La S

MARA CAROLLO

Promettimi che non moriremo

Rizzoli

Pubblicato per

Rizzoli

da Mondadori Libri S.p.A.

ISBN 978-88-17-19202-6

Prima edizione: marzo 2025

Promettimi che non moriremo

Parte prima
Le cose che fanno morire
(1918-1925)

Capitolo I

Per lei, che ci era quasi nata, la guerra era un dato di fatto come Dio, la capra, le giornate di sole e quelle di pioggia.

Il giorno in cui Mario, senza darci troppo peso, le annunciò che la guerra era finita, Caterina per la prima volta ebbe l'impressione di avere una grossa pietra al posto dello stomaco.

Il cielo quella mattina era grigio e i grandi nuvoloni bianchi, che avevano già coperto le cime dei monti attorno, incombevano come fantasmi anche sulle case della contrada. L'umidità gocciolava dai coppi dei tetti, dai rami scheletrici degli alberi e dalle coperture in lamiera delle legnaie. Si depositava sulle facciate in pietra delle abitazioni a schiera e sulle foglie marce che nessuno aveva ancora raccolto dal cortile. Il picchiettare delle gocce al suolo era inframezzato solo dai versi delle cornacchie che svolazzavano attorno alle case e sui terrazzamenti del monte. Sui campi a novembre restava poco da fare e le stalle, dopo anni di guerra, erano vuote. Erano in molti quella mattina a starsene in casa davanti al camino.

Non Caterina e Mario.

Loro due, che di rimanere dentro con le loro mamme non avevano mai voglia, stavano strappando le foglie dell'alloro che cresceva di fianco alla porta di Mario e se le infilavano a pezzetti dentro le narici per vedere chi riusciva a farcene stare di più.

Fu allora che lui le disse che la guerra era finita, mentre giocavano, con la voce piatta di sempre, come se si fosse trattato di una notizia di poco conto.

«Come?» domandò lei, interrompendo la sfida e buttando via le foglie che ancora stringeva in mano.

«Sì, è così. Me l'ha detto mio fratello stamattina» rispose lui.

«Quale? Fortunato?»

«No, Felice.»

«E lui come lo sa?»

«Glielo ha detto il prete.»

Mario, a differenza sua, aveva già compiuto cinque anni, ma Caterina non era certo disposta a dargli credito solo per via dell'età.

Fece qualche passo in direzione della porta di casa sua per chiedere conferma a nonno Bortolo. Poi si ricordò che, quel giorno, era partito presto per fare legna e che difficilmente sarebbe tornato prima del tramonto.

Allora scansò le galline che razzolavano tra le foglie cadute del grande noce, che cresceva all'altro lato del cortile, e si avvicinò al ciglio dello spiazzo per dare un'occhiata di sotto.

Dai camini della contrada più bassa salivano lunghi pennacchi di fumo denso. Sulla strada militare non c'era anima viva, solo la nonna Nena, che stava scendendo alla fontana con i fagotti dei panni sporchi in mano. Quando l'anziana gli passò vicino, un cane da caccia rabbioso abbaiò forte da uno dei tanti serragli, ma era un brutto vizio che la bestia aveva da sempre e ormai nessuno ci faceva caso.

Più giù, oltre le colline, si allungava la pianura, così immobile e grigia che a fatica si distingueva dal cielo.

Mario, che nel frattempo era andato a sedersi sulla panchetta addossata al muro della casa di Caterina, con le foglie di alloro stava costruendo una piccola piramide sopra il legno della seduta.

Caterina tornò da lui saltellando.

«Secondo me ti sbagli. A me sembra tutto normale.»

Lui alzò la testa.

«Ti dico che la guerra è finita» ripeté. «Lo so per certo.»

Caterina montò in piedi sulla panca per spiare i soldati dentro la sua cucina.

Davanti al camino il cuoco militare, come ogni mattina, stava pelando le patate, seduto sullo sgabello che usava sempre, con le gambe divaricate per fare spazio alla pancia grossa. Un altro soldato, molto più magro, si muoveva da una parte all'altra della stanza fuligginosa; impilava le pentole di rame sul grande tavolo che usavano di solito per la distribuzione del rancio. Una teglia gli cadde sul pavimento e la bestemmia che ne seguì giunse nitida fino a loro.

«Vedi?» Caterina puntò l'indice contro il vetro polveroso della finestrella e vi tracciò una linea. «Sono ancora lì, come tutte le mattine.»

«Non so. Forse partono tra qualche giorno» disse Mario, allargando le braccia.

La pietra nella pancia di Caterina divenne così dura e grossa che per un attimo le mancò il respiro.

«Seguimi» disse all'amico, saltando giù dalla panca.

Gli prese la mano e, prima che lui potesse ribellarsi, lo trascinò di corsa su per il pendio, dietro le case, oltre i terrazzamenti degli orti, dove i prati di erba secca si allargavano e consentivano una visuale più ampia.

«Il nonno dice che il fronte è là. Che gli austriaci sono a un tiro di schioppo» gridò, puntando l'indice verso una zona a caso del lungo crinale erboso di Monte Serona, la cui massa tondeggiante si alzava alla destra della contrada, dall'altra parte della valle.

Mario non rispose.

Una cornacchia passò gracchiando sopra le loro teste.

Allora Caterina si lasciò cadere con il sedere sopra un mucchietto di terra fredda, uno dei tanti prodotti dalle talpe.

Sospirò. Poi strappò un cespo di erba giallastra e lo lanciò giù per il pendio.

Guardarono entrambi la zolla rotolare fino agli orti.

«Ma perché sei così triste? Io sono felice che la guerra è finita. Lo sono tutti» disse lui, sedendosi accanto.

Caterina lo guardò incredula.

«Cosa facciamo adesso, se non c'è più la guerra?»

Come Mario aveva previsto, i primi ad andarsene furono proprio i soldati che avevano occupato la cucina della famiglia di Caterina. All'improvviso le stanze in casa divennero troppe, al punto che poteva capitare che bambini e adulti se ne stessero in posti diversi anche per delle mezze giornate: i nonni lavoravano in stalla, la mamma sferruzzava davanti al camino e lei e la Linda, di un anno più piccola, se ne stavano di sopra, da sole, ad alitare contro i vetri per farci gli stampi con le labbra e le mani, o a fare le smorfie sullo specchio grande dell'armadio.

Certi giorni, piuttosto che rimanere dentro quella casa in cui ora le pareva di perdersi, Caterina si sedeva sul ciglio della strada militare e da lì osservava la processione di soldati che scendevano dal monte.

Quando le passavano vicini, provava a salutarli, ma quelli guardavano solo a terra. Sembrava che non vedessero l'ora di andarsene, come se la montagna fosse diventata all'improvviso un posto brutto. Non si fermavano più nemmeno alla porta della Maria, dove, fino a qualche settimana prima, i fanti facevano a gara per farsi accogliere.

Ogni tanto un asino ragliava. Qualche soldato richiamava un commilitone non troppo lontano. Un falco sfrecciava veloce nel cielo grigio e fischiava proprio sopra le loro teste. Poi il nulla, restava solo il crepitare degli zoccoli e degli scarponi sul ghiaino. Poco di sotto la processione girava il tornante e spariva inghiottita dalla boscaglia.

Dal cortile di casa Caterina riusciva a seguirne gli spostamenti fino a qualche chilometro di distanza. Guardava le lunghe colonne raggiungere il cimitero di Calvene e aggirare le sporgenze collinose delle Bregonze. Lei e Mario potevano trascorrere interi pomeriggi, seduti sotto il noce, a stabilire il punto esatto in cui le colonne in movimento venivano assorbite dal paesaggio indistinto della pianura e cessavano definitivamente di esistere. A volte le sembrava che accadesse all'altezza di Zugliano. Altre, se la giornata era limpida, un po' più in là, nei paesi che il nonno le aveva indicato come

Thiene e Villaverla. Una volta Mario sostenne di aver visto movimento fino a Vicenza.

In breve fu smantellata anche la teleferica, che per lungo tempo aveva incantato i bambini, facendo volare lungo il crinale del monte pacchi grossi come mucche. Al posto delle sue corde infinite, in mezzo al pendio rimase una lunga cicatrice di alberi recisi. Furono lasciati solo i grossi pilastri in cemento alla base della salita. Quando scendeva con la mamma alla fontana, Caterina si spezzava le unghie per grattare via il muschio che in un attimo era cresciuto sulla loro superficie ruvida e fredda.

Mario non volle più nascondersi con lei nelle crepe rocciose della Val Scura, dove avevano l'abitudine di rifugiarsi, quando sentivano le esplosioni lontane. Adesso che i soldati erano partiti e che i boati erano cessati, le miriadi di valli e vallette che solcavano il pendio portavano giù dal fronte solo il fruscio innocuo del vento sui cumuli di foglie secche.

Capitolo 2

Da circa una settimana era arrivata la lettera del Comune a dare notizia che gli zii Lino e Vittorio erano morti in guerra e da allora la nonna non era più la stessa. Se ne stava giorno e notte immobile davanti al camino, a pregare per le anime dei figli e a borbottare parole incomprensibili. Ferma, come le rane che di tanto in tanto Caterina trovava in sospensione nell'acqua fredda della fontana e che invano provava a stuzzicare con le dita.

Aveva smesso di parlare e anche di mangiare. Di raccontare le storie a Caterina proprio non ci pensava più.

La mamma, al contrario, dal giorno in cui avevano ricevuto la lettera non faceva che muoversi.

«Avete sentito?» chiedeva al più piccolo rumore insolito. «Dite che sta arrivando qualcuno?»

«No, Virginia, no» rispondeva il nonno, scuotendo il capo.

Ma tanto a lei non interessava la risposta, era come se parlasse da sola.

Se erano in casa dimenticava la polenta sul fuoco e i capelli della Linda pettinati a metà. Si precipitava alle inferriate e appiccicava il viso alle sbarre per allargare di qualche metro la visuale.

Se erano alla fontana, correva fino al tornante di sotto, lasciando i panni mezzo insaponati sulla tavola di legno. Quando tornava, si arrabbiava fuori misura con i vestiti bagnati e, dal troppo strizzare o dal troppo grattare col bruschetto, le nocche, già rovinate dal freddo, le sanguinavano.

Di notte non riusciva più a stare ferma, le stoppie del suo giaciglio sfregavano tra di loro con un rumore sordo e fastidioso che impediva agli altri di prendere sonno. Ogni tanto Caterina la sentiva alzarsi e scendere i gradini, che scricchiolavano nonostante il passo leggero. Una notte la seguì. La sorprese in fondo alle scalette, sulla soglia della porta spalancata, che osservava i deboli bagliori della pianura. Non portava lo scialle e l'aria gelida faceva ondeggiare la camicia da notte sui piedi. Caterina si avvicinò e provò a stringerle le dita, ma lei le ritrasse.

Non si curava più né di lei né di sua sorella Linda, il cui unico passatempo era diventato quello di starsene tutto il giorno sotto il tavolo della cucina, a tentare di strappare le piume alle galline, rintanate in casa in cerca di calore.

Dalla mattina in cui trovarono stecchita in stalla la loro capra Moretta, sua madre divenne ancora più distratta.

Già da un pezzo la bestia era nervosa, scornava da tutte le parti e grattava con gli zoccoli sul portone. Durante la notte, aveva fatto cadere la scala a pioli, poggiata al soppalco del fienile, e si era rotta l'osso del collo.

«Poveretta. Forse le mancava il maschio» commentò la Virginia, mentre ne trascinava fuori la carcassa. Poi pianse per l'intera giornata, avvolta nel suo scialle nero.

Caterina, invece, si chiedeva soltanto dove avrebbero trovato adesso il latte.

Il sole era tramontato da un pezzo e un nebbione denso si stava alzando dalla pianura. In giro non c'era più nessuno. Le famiglie monche si erano già ritirate dentro le case, le galline dormivano nei serragli e le capre, appena ne avevano avuto l'occasione, si erano infilate nel tepore delle stalle. Perfino Mario l'aveva abbandonata per andare a cena.

In attesa che qualcuno reclamasse la sua presenza in casa, Caterina giocava a fare l'equilibrista sui muretti a secco che sostenevano i terrazzamenti, seguiva il biancore delle pietre allineate, che risaltava nell'oscurità ancora incerta della sera.

Ogni tanto scivolava sui massi umidi e cascava tra il fogliame bagnato dei crisantemi che crescevano rigogliosi al limitare degli orti. Altre volte si fermava per grattarsi con furia le braccia irritate dalla lana dura e infeltrita del maglione.

Uno spicchio di luna comparve tra gli ammassi di nuvole che intasavano il cielo notturno, Caterina si fermò a osservare la pianura che, ricoperta dalla nebbia, si era trasformata in un'immensa conca lattea. Pensò che sarebbe stato bello se anche la montagna vi fosse sprofondata dentro. Sarebbero allora sparite le vallate brulle, la strada deserta e le cime dei monti vuote. Se la nebbia si fosse mangiata tutto, lei avrebbe potuto immaginare un mondo diverso. Un mondo in cui la mamma fosse ancora allegra e in cui la Maria ricominciasse a infilare le rose tra i capelli per attirare i fanti. Un mondo affollato di soldati, grida ed esplosioni. Un mondo pieno, insomma, come lo era stato il suo fino a poco tempo prima.

Proprio in quel momento, dalla strada arrivò un rumore lieve di passi sulla ghiaia. Il cane di Beniamino iniziò ad abbaiare e a raspare con le zampe sul terreno. Gli anelli della catena a cui era legato cigolarono e sbatterono gli uni sugli altri.

Caterina si accorse che una figura lenta e nera aveva abbandonato la strada e stava risalendo verso la corte. Ora che i militari se ne erano andati, veder passare qualcuno era una cosa davvero strana. Tanto più in una serata come quella, in cui, di lì a poco, si rischiava di non vedere nulla che fosse a più di mezzo metro dal proprio naso.

Scese dal muretto, infilando con cautela i piedi nelle fessure tra le pietre, e corse alle case. Il visitatore era così sporco e imbacuccato che ebbe la certezza che fosse un maschio solo quando gli fu proprio davanti.

Lui sembrò non accorgersi di lei, la scansò come se fosse stata una pianta o un attrezzo abbandonato sull'aia e proseguì, lento, guardando solo a terra.

Caterina gli si accodò.

Superarono l'abitazione di Mario, che era la prima della fila. Da dietro la finestra l'amico batté sul vetro per salutarla e lei alzò il braccio in risposta.

Il nuovo venuto, invece, ancora non dava segno di averla notata.

Quando furono davanti a casa sua, si sentì in diritto di tirarlo per le braghe.

«Perché sei così sporco?»

L'uomo si fermò.

La fissò.

«Quanti anni hai?»

Caterina alzò la mano, con il pollice ripiegato e le altre quattro dita belle alzate.

Lui ancora la fissava.

«E come ti chiami?»

In quel momento la mamma aprì la porta.

Il suo urlo, dopo tanto silenzio, la fece sobbalzare.

La guardò avventarsi sullo sconosciuto, stringerselo e baciarselo, come con lei non aveva mai fatto.

«È tuo padre!» disse a Caterina, nell'unico momento in cui si staccò da lui. «Tuo padre è tornato!»

Per la seconda volta in pochi giorni lei sentì la pietra occuparle lo stomaco.

Quell'uomo brutto non poteva certo essere suo padre. Lei lo aveva sempre immaginato come il Cristo del santino che il prete aveva lasciato loro, quando era venuto a benedire le case. Occhi celesti, capelli lunghi e ondulati, pelle chiara e cuore in mano. Non poteva certo essere a quel soldato sporco che sua madre, in occasione di ogni Natale, aveva spedito un pezzo di formaggio buono e un paio di calzettoni di lana morbida.

«Cos'è 'sto bordello?» brontolò il nonno dall'uscio, sputando a terra.

Quando vide l'uomo si zittì. Poi lo raggiunse, lo abbracciò, e iniziò a singhiozzare forte anche lui.

«Nena! Nena! Vieni fuori» gridava alla nonna.

I vicini, incuriositi dal baccano, aprirono un poco le porte delle case a schiera e sporsero le teste.

L'Adele e Silvano furono i primi ad avvicinarsi, perché erano anziani e avevano meno da fare degli altri. Poi li raggiunsero le altre donne della corte, la Rosa, la Elsa, la Beata e anche la Irma con Mario per mano. Tutti attorno all'uomo sporco e brutto, chi a mettergli una mano sulla spalla e chi a carezzargli i capelli.

Caterina, che non capiva cosa stesse succedendo e che, a stare lì in mezzo, temeva qualche ginocchiata, svicolò in fretta tra le gambe degli adulti. Sulla porta di casa quasi travolse la nonna, che, per la prima volta dopo tanti giorni, si era alzata dalla solita sedia e stava uscendo. Mentre saliva di corsa le scale per nascondersi nelle camere, mancò un gradino e si sbucciò il ginocchio sullo spigolo del successivo.

«Linda, Linda. Vieni a vedere» gridò, entrando nella stanzetta in cui lei e la sorella dormivano assieme alla mamma.

La bambina si mise a sedere, si sfregò gli occhi un attimo e poi tornò a stendersi.

Caterina allora la lasciò perdere e corse alla finestra della camera dei nonni, l'unica del piano superiore che si affacciasse sulla corte.

Da lassù osservò la folla aumentare: qualcuno saliva addirittura dalle case di sotto. L'ultima ad arrivare fu la Maria, che si avvicinò applaudendo, unica con lo scialle rosso anziché nero, e che gli posò un bacio sulla guancia.

Poi la mamma strattonò lo sconosciuto per un braccio, come se fosse stato una cosa solo sua, e la piccola folla si aprì per farli passare.

A vederlo avvicinarsi all'ingresso, gli occhi di Caterina si riempirono di lacrime. Perché non andava dalla Beata che aveva perso il marito in guerra? Oppure dalla Maria che era così bella?

«Son pieno di pidocchi» lo sentì dire, davanti alla porta.

La mamma allora lo aiutò a svestirsi. A lei, invece, non toglieva gli abiti da giorni e il maglione tornò a darle fastidio.

L'uomo entrò in casa in mutande. Era sporco, debole e così magro che gli si potevano contare le ossa.

Caterina scese i primi due gradini e allungò il collo oltre il parapetto per osservare la stanza di sotto.

Non aveva mai visto tanta confusione, nemmeno quando pareva che gli austriaci stessero per scendere dal fronte a prendersi le loro case.

Il nonno non faceva che camminare dal tavolo al lavello e dal lavello al tavolo con una scodella in mano, come se cercasse qualcosa, un paio di volte si scontrò con la nonna, che pareva altrettanto confusa. La mamma, invece, non riusciva a estrarre la padella dalla credenza e faceva un gran fracasso, sbattendo col manico contro la portiera del mobile. Quando si stufò di tirare, si alzò in piedi e urtò la scodella che il nonno teneva in mano, che cadde a terra e andò in frantumi.

A Caterina parevano tutti senza direzione, come le mosche intrappolate sotto i bicchieri.

L'unico che non faceva proprio niente era il nuovo venuto. Se ne stava immobile davanti al camino, con una coperta attorno alle spalle e guardava il fumo denso che usciva dai ciocchi ancora bagnati che nella fretta erano stati buttati nel fuoco.

Il nonno venne ad aprire la porta d'ingresso in fondo alle scale per far passare un po' di aria e di Caterina, appollaiata in cima al corrimano, proprio non si accorse. Una corrente gelida risalì i gradini, le si insinuò sotto la gonnellina e la fece rabbrividire.

Perché di lei non si prendeva più cura nessuno?

Di nuovo il prurito si fece insopportabile. Voleva togliersi il maglione, ma la lana infeltrita era dura e stretta. Ruotò un paio di volte su se stessa con la maglia davanti alla faccia e sbatté la schiena contro l'angolo del corrimano nel tentativo di sfilarla. Appena l'ebbe tra le mani, la appallottolò e la scagliò giù di sotto. La guardò rotolare sulla scala e a ogni gradino sentiva la rabbia montare. Decise che l'indomani sarebbe andata a cercarsi un'altra famiglia, con una mamma che le volesse bene e dei nonni che la coccolassero. Sarebbe andata dalla Beata, visto che in quella casa il papà era già morto.

Poi si sedette sull'ultimo scalino e si grattò le braccia, fino a quando le vennero via tutte le croste. Quando sentì le punte delle dita inumidirsi di sangue, si alzò e andò a stendersi vicino alla Linda, che dormiva tranquilla, solo perché ancora non sapeva nulla della disgrazia che era toccata loro.

Per la prima settimana il papà non si alzò dal letto. Averlo così vicino, la notte, era peggio di quando c'erano gli austriaci sul monte.

«Beata te, che tuo papà è già tornato» le diceva la Lucia, che abitava nella casa di fianco alla sua, mentre giocavano alla campana sul ghiaino.

Caterina la guardava incredula.

«Se vuoi, puoi prendertelo. È bruttissimo. Ci ha portato anche i pidocchi.»

Dopo una settimana, verso mezzogiorno, quando la polenta era quasi pronta ed erano già tutti seduti a tavola, sentirono le scale scricchiolare. Suo padre comparve in cucina. Indossava dei vestiti larghissimi che Caterina non aveva mai visto prima in casa. Non stava nemmeno tanto dritto e si appoggiava con una mano alla parete.

«Vado a fare un giro in orto» disse.

La mamma lasciò cadere il mestolo dentro il *caliéro* di rame appeso sopra il fuoco e gli si avvicinò per sorreggerlo.

«Vengo con te.»

Tutti guardavano la scena. Caterina addirittura tratteneva il respiro.

Lui allontanò la moglie con la mano e uscì barcollando.

Da dietro le inferriate lo videro percorrere la corte sostenendosi ai muri in pietra delle abitazioni allineate, e poi svoltare dietro la casa della Irma, che era la prima della fila.

Quando non poterono più tenerlo d'occhio dalla cucina, corsero tutti di sopra nella camera che dava sul retro. Lo guardarono risalire il pendio per raggiungere il muretto a secco che sorreggeva il loro orto.

La mamma piangeva.

«Guarda, Bortolo. Prima della guerra l'avrebbe superato con un salto» disse al nonno. «Adesso ha bisogno di sedersi sopra, per passare dall'altra parte. Che resti invalido?»

Lui non rispose.

Iniziò a piovigginare, ma Cesco non si mosse. Non tentò nemmeno di superare il muretto. Rimase seduto sulle pietre. Forse guardava il cielo bianco e i prati umidi o gli ultimi cespi di verze giallognole riversi al suolo.

In un attimo i capelli e le spalle della giacca gli si scurirono per via dell'acqua.

«Se sta lì al freddo, gli viene la morte. Cosa faccio? Vado a riprenderlo?» domandò la mamma.

«Lasciamolo in pace» rispose il nonno, scuotendo la testa. «Meglio se scendiamo in cucina e aspettiamo che torni da solo.»

Cesco non rientrò. Dopo una mezz'ora che non lo si vedeva più da nessuna finestra, uscirono a cercarlo. Anche gli altri abitanti della contrada si misero in allarme.

Lo trovarono Caterina e Mario che, durante le ricerche, si erano imbucati nella stalla della Beata per scaldarsi tra le capre. Cesco non faceva niente, sedeva su una fascina e fissava una corda appesa al soffitto. Le bestie lo annusavano, ma lui pareva non accorgersene. Non si voltò quando Caterina lo chiamò e nemmeno quando gli si avvicinò piano per toccargli il braccio.

In un attimo i vicini accorsero.

«Giuro che non l'ho messa io» si giustificò la Beata, mentre slegava il più in fretta possibile la fune che dondolava.

La mamma lo fece alzare e lo riportò in casa.

La polenta finì tutta attaccata al pentolone di rame.

E della corda non si parlò più.

Le settimane invernali si rincorsero tutte uguali, più o meno allo stesso modo. I nonni, adesso che Cesco era di nuovo a casa, se ne erano tornati a Pradelgiglio, dove abitavano prima della guerra, e venivano in visita di rado. Caterina osservava da lontano la loro casa, al di là della valle, tra una manciata di altre abitazioni in pietra, sul fondo del pendio lungo e arido del Costo Magro, e le passava l'appetito.

«Mangia, Cristo santo! Non vuoi diventare grande come gli altri bambini?» la sgridava sua madre ogni sera.

Caterina stava in silenzio, con gli occhi bassi sulla scodella di caffè d'orzo con dentro la polenta.

Non sapeva come spiegarle che le pareva di avere la pancia piena di sassi.

All'Immacolata la nonna le tagliò i capelli, perché da quando suo padre era tornato non erano più riusciti a liberarsi dei pidocchi. Le sue ciocche nere e arruffate furono raccolte da terra e buttate nel letamaio.

Passò Natale, passò il Primo dell'anno, ma, quell'anno, non passò la Befana, aveva troppo da fare e non portò neanche una noce o una pera. Mario, invece, trovò nella sua calza tre mele, una manciata di castagne secche e un paio di guantini di lana scura, ma non le solite manopole fatte alla buona, guanti veri con la forma di ciascun dito. Caterina si arrabbiò perché non riteneva che lui si fosse comportato tanto meglio di lei e alla fine lui glieli regalò.

Cesco non usciva più di casa, stava sempre a letto, ogni tanto scendeva in cucina e sonnecchiava davanti al camino. A volte la testa gli ciondolava in avanti e, dopo poco, una specie di spasmo del collo lo faceva raddrizzare di scatto.

«Perché hai sposato il papà?»

Erano in stalla e la mamma bagnava una gallina con una bacinella, assicurandosi che l'acqua penetrasse tra le piume, per farla smettere di covare.

«Non parla mai e non serve a nulla» aggiunse Caterina.

La Virginia prese la bestia ormai zuppa, le infilò la testa sotto l'ala e iniziò a muoverla in tondo. La gallina, stordita, si allontanò barcollando dalle uova. Attraversò la stanza e andò a sbattere col becco contro la parete opposta. Poi trovò la porta e uscì.

«Era ora» disse la mamma, sbuffando.

Si asciugò le mani rosse e gonfie sulla gonna e scacciò un ciuffo inesistente da davanti agli occhi.

«Tuo padre non è sempre stato così. La guerra è una brutta bestia, Nina. Prima era diverso, parlava. Ogni tanto rideva, anche.»

Agguantò con entrambe le mani una gallina nana, accovacciata sulla paglia vicina.

«Se la Madonna ci fa la grazia può essere che torni quello di un tempo. Era tanto un bell'uomo.»

La Virginia staccò la destra dall'animale per farsi il segno della croce.

«E adesso lasciami in pace, che ho da fare.»

Posizionò la gallinella sopra le uova e la tenne premuta fino a quando quella piegò una zampina e poi l'altra.

Caterina indicò la bestiola spaurita.

«Non le piace.»

La Virginia alzò la testa.

«Potessimo fare solo quello che ci piace. La gallina grossa deve riprendere a fare le uova, non ha certo tempo di occuparsi dei pulcini.»

Dopo la conversazione con la madre, Caterina cominciò a studiare suo padre con più attenzione. Quando lui dormiva davanti al camino, lei si sedeva sul pavimento e ne osservava il volto ciondolante, dal basso. Non era esattamente il Cristo del santino, ma entrambi avevano la barba rossiccia, le guance pallide e il viso sofferente. Una sera, in cui il solito tremito lo fece svegliare all'improvviso, Caterina scoprì che aveva anche gli occhi celesti.

A marzo, una mattina, suo padre parlò.

«Domani vado ai Livelli a far legna.»

La mamma lo guardò.

«Ma non si può. Sui rami ci son già le gemme.»

«Lo so, ma bisogna pulire il bosco.»

Partì, senza aggiungere altro. Silvano si consultò con l'Adele e poi si offrì di seguirlo.

La Virginia rimase a osservarli dalla porta di casa, sospirando e scuotendo la testa, fino a quando svoltarono alla curva in salita della strada militare.

Senza suo padre, in casa arrivò la primavera. In una manciata di giorni fu tempo di spalancare le finestre e le travi basse del soffitto parvero sollevarsi. La mamma un paio di volte sorrise e una sera le diede perfino un bacio per farla addormentare. Alla Linda passarono le coliche e a lei il prurito. Le galline ripresero a fare le uova e i gatti a baruffare e ad accoppiarsi in corte, mentre lei e Mario li spiavano dalle fessure del fienile e ridevano come matti.

Cesco stette via più di una settimana. La sera in cui tornò, con le braghe di fustagno piene di terra e una manica della camicia strappata, Caterina e la Linda furono mandate a dormire nel letto dei nonni e nella camera dei genitori non fecero più ritorno.

Nel giro di qualche giorno Silvano riuscì a vendere la legna a una ditta di Zugliano e portò loro i soldi. Il primo lunedì di aprile sua madre scese al mercato di Thiene che era ancora buio, e tornò, a ora di pranzo, con una capra marrone, che non era ancora abituata ai monti e che durante la salita già si era scheggiata uno zoccolo. Anche quella fu chiamata Moretta e Caterina ricominciò a bere latte.

Capitolo 3

I ciliegi del Costo Magro furono i primi a fiorire. Nel giro di qualche giorno tutte le dorsali si vestirono a festa, bianche come le nuvole di primavera e le lenzuola esposte alle finestre nella processione del Venerdì Santo.

A maggio Caterina fu mandata assieme ai nonni sui pascoli dei Livelli, con le due vitelle appena acquistate che dovevano abituarsi alla vita all'aperto, prima di affrontare le fatiche della malga estiva.

Tra i pascoli ampi e i boschi di carpine e faggio, Caterina riacquistò l'appetito e la nonna il movimento. La Nena non era più veloce come prima, faceva tutto con lentezza, come se dei fili invisibili la tenessero legata a qualcosa che doveva trascinarsi dietro, ma ora finalmente parlava e, a volte, rideva.

Di notte dormivano tutti e tre in mezzo al fieno del soppalco, Caterina godeva del tepore dei corpi dei nonni che profumavano di erba e sudore; sotto di loro, nella stalla, ruminavano le vitelle e riposavano le capre.

All'alba, quando la luce gigantesca, che di fuori già aveva occupato ogni angolo del cielo e dei prati, si infilava tra le sottili fessure del fienile, il nonno si alzava piano per mungere le capre e farle uscire nell'aria fresca del mattino.

Portava il latte a bollire nella casupola di sassi che si trovava a pochi metri dalla stalla e poi tornava da loro.

«Nena, Nina. Nena, Nina» gridava da sotto la scala a pioli, quando tutto era pronto. «Scendete, è ora di colazione.»

Caterina, a quel *Nena Nina*, si sentiva già sazia, balzava in piedi come una molla e cominciava a spintonare la nonna che, invece, era lenta, tale e quale alle lucertole al risveglio, e sembrava non avere alcun desiderio di immergersi nell'enorme distesa di luce che le aspettava all'esterno.

Di giorno i nonni falciavano, Caterina li seguiva e ammucchiava l'erba sulla loro scia, usando le dita come rastrello. Quando facevano pausa, tornava alla casetta in pietra per abbeverarsi al secchio di acqua fresca che stava appeso al gancio.

Dalla finestrella osservava allora il nonno e la nonna seduti con i visi rivolti alla pianura. Lui con la schiena curva, lunga e magra, e lei di corporatura tondetta. Il nonno spesso passava un braccio dietro le spalle della moglie e lei gli stringeva la mano libera tra le sue. A Caterina pareva strano: i bambini si abbracciavano, non i vecchi. Allora correva in discesa a tutta velocità per raggiungerli. Si infilava tra di loro e li riportava all'ordine.

Altre volte si distendeva sotto il vecchio faggio che cresceva davanti alla casupola in sassi e si incantava a guardarne il fogliame in controluce. Se una cavolaia si posava su di lei, era svelta a catturarla.

«Certe cose son solo da guardare» le spiegava la nonna, quando Caterina apriva le manine sudate e ne faceva uscire un insetto grigiastro che non prendeva più il volo. «A toccarle le rovini.»

E Caterina si disperava, e provava e riprovava a lanciarla in aria. E invidiava Mario che, invece, riusciva a mettere le farfalle dentro un barattolo di vetro senza rovinarle e morivano con le ali ancora belle.

Che peccato che Mario non fosse lassù con loro.

Lei e il nonno, seduti su due grosse pietre, sotto il grande faggio, presero l'abitudine di chiacchierare. Dai pascoli in alto, la pianura sembrava infinita e irreale. Lui le indicava le città lontane, oltre i rilievi collinosi che sorgevano ai piedi delle montagne, e azzardava qualche nome: Thiene, Vicenza, Padova...

Una mattina particolarmente limpida, un luccicore all'orizzonte prese il nome di Venezia.

Caterina tirava gli occhi per rubarne il segreto.

«Nonno, ma tu ci sei mai stato a Venezia?»

«Mai.»

«E hai mai visto il mare?»

«Mai.»

«Come è fatto secondo te?»

Il nonno ci pensò un po' su.

«È come la pozza per le vacche che c'è a Costa Mare, ma tanto più grande.»

«E sei mai stato in una città?»

Il nonno si portò un filo di erba alle labbra, che erano così sottili che la bocca risultava solo una crepa tra le rughe.

«Una volta, da giovane, sono stato a Milano.»

Caterina spalancò gli occhi e la sua manina strinse quella secca e dura del vecchio.

«Mi racconti?»

«Pensa che ci abitavano così tante persone che non si conoscevano nemmeno tra di loro.»

Poi tolse le foglie allo stecchino che teneva in bocca e se lo passò tra i denti, per pulirli. «E c'erano case addirittura più alte degli abeti.»

«Più alte di dove siamo noi adesso?»

«No, quello no. Noi siamo più in alto.»

Caterina tirò un sospiro di sollievo.

«Ci andiamo un giorno?»

«No, Nina. Io son troppo vecchio. Ci andrai tu quando sarai grande.»

«Allora non vedo l'ora di essere grande abbastanza.»

Il nonno rise.

«Non aver fretta. Le cose che aspetti non sono mai belle come le immagini.»

Una coppia di aquile volteggiava in lontananza sopra le cime dei monti. Seguirono con lo sguardo i cerchi ampi che disegnavano nel cielo. Il nonno le indicò.

«Quelle sì, sono belle per davvero.»

La sera i nonni scendevano, con il bastone curvo sulle spalle e i secchi dondolanti appesi ai lati, a prendere l'acqua alla sorgente che si trovava nell'avvallamento in fondo al bosco. Caterina li seguiva e giocava col nonno a indovinare i nomi degli uccelli dal loro canto.

La risalita era lenta e lei saltellava attorno a loro con la bocca spalancata e la lingua di fuori, per catturare le gocce che trasbordavano dai secchi.

Poi era già il momento della mungitura serale delle capre. La nuova Moretta era docile e li lasciava fare. La Cornetta, invece, era gelosa del suo latte e provava a incornare chiunque si avvicinasse. Solo il nonno sapeva ricondurla alla ragione; se le parlava piano all'orecchio, quella si calmava e tornava in stalla. E Caterina pensava che anche per lei era così, perché dava retta a tutti, ma a nonno Bortolo sempre un po' di più.

Quando tornarono a casa, Caterina aveva la pelle scura e i segni della camicia arrotolata sugli avambracci, proprio come gli adulti.

Incontrò suo padre davanti alla legnaia. I suoi occhi celesti, senza espressione, la fissarono.

«Sei cresciuta» le disse.

Senza aggiungere altro, l'uomo tornò a sistemare il manico del carretto su cui stava trafficando.

Caterina si spaventò, non ricordava la sua voce e non pensava nemmeno che lui l'avesse mai realmente guardata. Non seppe cosa rispondere e corse via, dietro le case, a cercare sua madre negli orti.

I terrazzamenti erano ormai irriconoscibili, niente a che vedere con la terra dura e spoglia degli anni precedenti. Ovunque crescevano le piante di mais. I fagioli rampicanti, avvinghiati ai loro fusti, erano ripiegati verso il terreno sotto il peso dei baccelli gonfi.

Trovò sua madre tra le patate, con un largo cappello di paglia sulla testa.

«Ma che bella che sei diventata. Vieni qui, fatti abbracciare.»

Caterina le corse incontro e affondò la testa sulla sua pancia morbida e accogliente.

«Dimmi, sei stata brava con i nonni?» le domandò, scompigliandole i capelli neri e dritti che ormai le arrivavano sotto gli orecchi. «Hai detto tutte le sere le preghiere?»

Lei, con un groppo in gola per la felicità, si limitò a staccare la testa e annuire.

La mamma le sorrise.

«Dai, vieni ad aiutarmi con le patate.»

«Il papà parla, adesso?» chiese sottovoce Caterina, mentre la seguiva facendo attenzione a non calpestare le piante.

La donna scosse la testa, poi si piegò per aprire il fogliame ai suoi piedi.

«Ecco» disse, indicando il punto in cui una pianta sbucava dal terreno. «Scava qui.»

Caterina si accucciò e iniziò a grattare il suolo con le mani. Era un dolore bello quello della terra che si infilava tra la pelle e le unghie.

Poi Mario, dalle case di sotto, la chiamò e lei dimenticò le patate, la mamma e i silenzi di suo padre. Si pulì le mani marroni sulla camicetta chiara e si precipitò per la discesa di corsa. Non vedeva l'ora di raccontargli di aver visto Venezia e di tutte le cose nuove che il nonno le aveva insegnato. Finì col travolgerlo perché aveva preso troppa velocità.

Quel pomeriggio lei e Mario chiacchierarono senza sosta fino a quando il sole si ritirò dietro il Monte Summano e dal bosco si levarono i primi squittii della civetta.

Lui la fissava con i suoi grandi occhi celesti. Con un bastoncino tracciava sul ghiaino le meraviglie di cui Caterina gli stava parlando: Venezia, il mare, Milano, i palazzi più alti degli abeti.

«Più grandi degli abeti?» le domandò per l'ennesima volta. «Ti ha detto proprio così?»

Caterina annuì.

In quel momento la Irma si affacciò in corte per cercare il figlio.

«Seguimi» gli sussurrò Caterina all'orecchio, scattando in piedi. «Devo dirti ancora una cosa.»

Presero il giro largo per non farsi vedere e raggiunsero il fienile della nonna di Mario, l'unico edificio non allineato alle case. Il posto ideale per non essere disturbati da nessuno.

Salirono le scalette a pioli e si aprirono un varco tra l'enorme mucchio di paglia che occupava tutto lo spazio. Si distesero di pancia sull'impiantito. Dalle fessure spiavano la Irma, che li cercava in cortile e che bussava alla porta di Caterina.

«Io ci voglio andare. Vieni anche tu?» chiese piano lei.

Mario la guardò senza capire.

«Dove?»

«A Venezia o a Milano, in una città grande, insomma.»

La Irma aveva appena finito di parlare con la Virginia e si guardava attorno con la fronte corrugata.

«Non sono sicuro. Ho un po' paura di andare lontano.»

«Perché?»

«Per via di tutte le cose che mi hai raccontato.»

Caterina gli strinse la mano.

«Ma ci sono io, sarà divertente.»

Un topolino sbucò dal mucchio di paglia, vicinissimo ai loro visi. Trattennero il respiro per non spaventarlo.

Quando tornò a nascondersi tra gli steli fitti, Mario si voltò verso Caterina.

«Va bene. Ci vengo anch'io.»

Caterina sentì il cuore battere fin dentro le orecchie.

«Perché non facciamo un giuramento?» propose, balzando in piedi.

«E come si fa?» domandò lui.

Sentivano gli zoccoli della Irma sui sassi, vicinissimi al fienile.

Caterina si guardò attorno. «Non saprei. Perché funzioni bisogna fare qualcosa di importante.»

Anche lui ci stava pensando.

«I miei fratelli hanno bevuto l'acqua sporca della pozza e dopo hanno ripetuto assieme la stessa frase.»

La mamma di Mario stava per raggiungere la porta.

Caterina si aggirava a fatica attorno al mucchio di paglia, sprofondando fino alle ginocchia.

Indicò un grosso gatto nero, acciambellato sopra una pila di cassette in legno, in un angolo della stanza.

«Se lo lanciassimo giù dalla scala, mentre diciamo nello stesso momento che andiamo a Milano?»

«Se ti prendo, ti riempio di botte» urlava intanto la Irma, che era ormai a pochi metri dal portone.

Mario si alzò a sua volta.

«Va bene» rispose piano. «Ma facciamo in fretta.»

Presero la bestia che ancora dormiva e che non ebbe il tempo di capire cosa stava accadendo e la lanciarono con tutta la loro forza giù dal soppalco.

La Irma aprì la porta giusto in tempo per vedere il gatto volare nella sua direzione con un miagolio atterrito.

«Andiamo a Milano» urlarono i bambini all'unisono.

A nulla valsero le spiegazioni e nemmeno le scuse. Quella sera Mario andò a letto senza cena e stessa sorte toccò a Caterina. Del gatto, invece, non si curò nessuno, rimase steso sul pavimento più morto che vivo per un paio di giorni. Quando si rimise in piedi non riusciva più a saltare.

Nonostante la punizione Caterina per giorni non poté smettere di sorridere e pensava che non era stata così felice nemmeno quando dormiva tra i nonni o quelle rare volte che sua mamma le dava un bacio.

Di lì a qualche settimana il campetto di granoturco sotto la contrada divenne il suo rifugio. Tra quelle piante alte il doppio di lei costruì i suoi percorsi e le sue tane. Dentro a quel labirinto lei e Mario giocavano a nascondersi e a ritrovarsi. Per lui era più facile sparire perché i suoi capelli chiari si confondevano con le barbe delle pannocchie. Uscivano dal campo doloranti, con le braccia rovinate dai bordi seghettati del fogliame. Prima di tornare a casa sputavano sui graffi della pelle o se li leccavano per farli sparire ed evitare i rimproveri.

Ovunque Caterina volgesse lo sguardo, i pendii avevano assunto forme nuove. I muretti a secco erano stati riparati. Dove non crescevano le file svettanti del granoturco c'erano comunque i tralci ordinati delle viti o i solchi preparati per la semina successiva. Nei prati, i pagliai che avrebbero sfamato le bestie durante l'inverno diventavano ogni giorno più grandi. I soppalchi delle stalle traboccavano di fieno. Sembrava che ogni elemento del mondo stesse crescendo in numero o dimensioni, che sfuggisse al suo controllo e che si trasformasse in qualcosa di nuovo. Tutto, adesso, era finalmente pieno.

A settembre, Caterina prese l'abitudine di appoggiarsi al fianco della madre, che lavorava la treccia sulla panchetta in legno davanti a casa. Poteva starsene ore a gustare l'odore della sua pelle, nella parte interna del gomito o sulle pieghe del collo, che sapeva un po' di sudore e un po' di cuoio. Guardava le dita lavorare veloci e il lungo filo di paglia intrecciata avanzare sulla gonna nera prima di toccare terra. Si faceva raccontare del signore di Marostica che avrebbe comprato la treccia per farne borse e cappelli per i ricchi. Con le gambe a penzoloni sulla panca scacciava le galline fastidiose tra i loro piedi. Era l'unico momento della giornata che lei e sua madre trascorrevano insieme, se la Linda provava ad avvicinarsi, le dava una gomitata di nascosto.

Ogni tanto la mamma le chiedeva di scostarsi un poco, quel tanto che bastava a non impedirle di sfilare i gambi dal fascio che teneva stretto sotto l'ascella. Lo chiedeva con una gentilezza insolita, che non aveva niente a che fare con gli ordini che le impartiva normalmente.

«Non starmi così addosso alla pancia» le disse, invece, una sera con voce secca.

Caterina sobbalzò.

«Perché?»

«Come, perché? Aspetto un bambino. Non vedi come sono grossa?»

Sentì il corpo di sua madre irrigidirsi contro il suo e diventare spigoloso e scomodo.

La pancia le si era di nuovo riempita di sassi e non riusciva più a stare seduta.

Attraversò la corte, passò in mezzo alla Lucia e alla Emma, che avevano pressappoco la sua età e che giocavano a mamma-casetta sotto il noce. Senza degnarle di uno sguardo, prese il sentiero che portava giù, nel campo di granoturco.

Mario si alzò dalla soglia di casa e provò a seguirla, come faceva ogni sera.

«Vattene via» gridò lei, scomparendo tra le piante fitte.

Si nascose in mezzo al campo, dove nessuno poteva vederla. Sedette sulle zolle di terra scura e si abbracciò le ginocchia. Osservò a lungo le piante di fagiolo, che si attorcigliavano lungo i fusti del granoturco per cercare la luce. Ne strappò un paio senza soddisfazione e le lanciò lontane.

Tornò a casa che era già troppo buio e fu mandata a letto con uno sculaccione.

Poi venne ottobre e le lunghe file di capre, dalle vallate intorno e perfino dalla pianura, vennero a farsi ingravidare dal becco della stazione di monta. L'odore del maschio penetrò nelle pietre delle case, nel terreno, nei panni stesi e perfino nella pelle degli abitanti della contrada. Tutto odorava di capra, di sporco.

Caterina non osò più sfiorare la pancia di sua madre e, se per caso le succedeva, si ritraeva. Il fastidio verso il padre silenzioso aumentava di pari passo con la crescita del ventre. Non faceva che domandarsi perché non fosse morto in battaglia come il marito della Beata. Non capiva perché Elio e Giobatta si fossero disperati quando avevano ricevuto la notizia della morte del padre: loro avevano ancora la mamma tutta per loro. Con il ritorno del papà, lei aveva perso anche i nonni.

Capitolo 4

Dopo un pomeriggio passato sui prati con le capre, Caterina tornò a casa e trovò la madre a letto. Aveva un neonato attaccato al seno e dormiva.

Appoggiò al davanzale il grande mazzo di *pissacani* gialli che aveva raccolto per lei e si avvicinò in punta di piedi per osservare la strana creatura.

Il visetto che spuntava appena dalla fasciatura non pareva per niente quello di un bambino, sembrava piuttosto il muso di un animaletto senza pelo, con la pelle rossa e le palpebre gonfie. Pensò che era più brutto dei capretti o dei vitelli, orribile quanto la pancia che lo aveva contenuto fino a quel momento.

Quando sentì i passi di suo padre sulle scale, si ritirò veloce in un angolo della stanza.

Cesco era stato nei campi ad arare e aveva gli zoccoli ancora infangati. Si avvicinò al letto, lasciando una scia di terra sul pavimento.

Guardò il bambino, allungò una mano marrone verso la testolina, ma all'ultimo la ritirò.

In quel momento la Virginia aprì gli occhi e gli sorrise.

«Guarda che spettacolo» disse, allungando il bozzolo nella sua direzione. «È maschio ed è anche bello grosso.»

Suo padre annuì, fece per poggiare la mano sulla spalla della moglie, ma di nuovo si fermò prima del contatto.

«Cosa dici, Cesco, se lo chiamassimo come uno dei tuoi fratelli morti?»

Lui continuava a fissare il piccolo, si prese le mani una con l'altra, come se non sapesse bene dove metterle.

«No, basta robe tristi.»

Guardò la moglie e subito distolse lo sguardo.

«Pensavo di chiamarlo come uno dei re di Roma.»

Lei si mise a sedere.

«E che storia sarebbe?»

Caterina, dal suo angolino, passava gli occhi da un genitore all'altro. Era la prima volta che li sentiva rivolgersi la parola.

Il neonato perse il capezzolo e iniziò a belare.

Suo padre prese il santino che stava appoggiato allo specchio del comò.

«Mi piacerebbe chiamarlo Tullio» disse, guardando il Cristo raffigurato sul cartoncino.

La Virginia lo fissò e sulla sua fronte si formarono delle lunghe rughe parallele.

«Ma Cesco...» il resto della frase fu sostituito da un grande sospiro.

Scosse la testa, controllò che il neonato si fosse riattaccato, e si lasciò cadere indietro sul cuscino con gli occhi chiusi.

Suo padre riposizionò il santino sul mobile e uscì dalla stanza. Caterina gli andò dietro, per raccogliere i pezzi di terra che lasciava sulle scale.

Il neonato fu battezzato dopo qualche giorno a Calvene. La mamma lo aveva infilato in un enorme sacco bianco ricamato, con una cuffietta tutta pizzi attorno alla testolina e lo aveva consegnato all'Adele e Silvano, che facevano da *santoli*. Lei non aveva potuto andare, perché nei quaranta giorni che seguivano il parto doveva stare in casa.

Quando in chiesa fu comunicato il nome, l'Adele si dovette appoggiare alla fonte battesimale.

«Tullio? Ma che nome è? Sei proprio sicuro?»

Si intromise anche Silvano.

«Ma Cesco, pensaci bene, nessuno in famiglia vostra si chiama così.»

Suo padre si chiuse nel solito silenzio e la cerimonia ebbe inizio. A Caterina *Tullio* pareva un nome bello. Nel momento in cui il prete lo scandì, cercò lo sguardo di suo padre e provò un timido sorriso.

Nei mesi successivi, poco alla volta, Cesco ricominciò a parlare, perlopiù dei lavori da fare. Caterina, che di nascosto ancora lo studiava, in lui non vedeva più il Cristo del santino; le ricordava, piuttosto, l'albero di pere che avevano al Campo Gualivo. Un fulmine, durante un terribile temporale estivo, ne aveva spezzato il fusto principale. La pianta non era morta, anzi in autunno i rami laterali producevano un sacco di frutti dolci, ma aveva irrimediabilmente perso la sua forma e, a guardarlo da lontano, non sembrava affatto un pero.

Capitolo 5

Quell'estate, ai Livelli i nonni ci portarono la Linda. Caterina era grande abbastanza per dare una mano in casa.

Nell'attesa che iniziasse la scuola, imparò a sciacquare i piatti, a mescolare la polenta, a portare il suo cesto di panni alla fontana e a usare la scopa di saggina, anche se il manico era troppo lungo e sbatteva di continuo contro i mobili e le pareti. Quando non era costretta dalla mamma a badare a Tullio, fantasticava con la Emma e la Lucia sulla scuola che doveva iniziare, o si riempiva il naso con le foglie del solito alloro, perché lei e Mario non erano ancora riusciti a stabilire chi riuscisse a farcene stare di più.

Le elementari si trovavano su a Contrà Monte. Lei, la Emma e la Lucia le iniziarono nel millenovecentoventi.

Caterina, nonostante avesse invidiato Mario per un anno intero quando era toccato a lui fare la classe prima, la mattina del primo ottobre aveva il mal di pancia e il golfino delle grandi occasioni troppo stretto sulle braccia.

«Non farci vergognare, Nina. Mi raccomando» le disse la Virginia, mettendole in tasca una pera troppo matura.

I bambini partirono in gruppo. I più grandi parlavano e i più piccoli morivano di paura. Ricordavano le storie terrificanti che Giuseppe, di due anni più vecchio, aveva raccontato loro durante l'estate. Di bacchettate, schiaffi e sassolini sotto le ginocchia.

Durante il tragitto la comitiva andò ingrossandosi. Caterina aveva una scheggia dentro lo zoccolo, ma non osava chiedere di fermarsi per toglierla. Arrivò al Monte camminando sbilenca per non sfregarci sopra il tallone.

La scuola si trovava vicino alla piazzetta della contrada, una costruzione normale, esattamente come le altre attorno: nulla che lasciasse presupporre che dentro ci fosse qualcosa di diverso da una cucina e un certo numero di stanze da letto.

Sulla strada davanti all'edificio, nell'attesa che la porta venisse aperta, un gran numero di bambini faceva baccano. Caterina non sospettava minimamente che nelle contrade intorno abitassero così tanti suoi coetanei. Si guardava attorno confusa, cercando conforto nei pochi volti familiari che le pareva di riconoscere. Pensò che così dovesse essersi sentito il nonno nella grande città, dove le persone non avevano idea dell'esistenza le une delle altre.

Cercò la mano di Mario.

Lui la ritrasse, come se l'avesse scottato.

«Non sono mica una femmina, io» disse, mentre controllava che nessuno li avesse visti.

A Caterina si infiammarono le guance.

Con le lacrime addossate al ciglio degli occhi, lo guardò raggiungere la fontana e sedervisi sul bordo.

Lo osservò da lontano mentre con un bastoncino tracciava una serie di cerchi sulla superficie della vasca. Se fossero stati in contrada, si sarebbe avvicinata e lo avrebbe schizzato, per farlo arrabbiare, ma anche per obbligarlo a ridere.

«Fallo ridere un po' tu 'sto bambino» le diceva la Irma, quando vedeva il figlio perso nei suoi pensieri.

Con Mario bisognava fare così, altrimenti poteva sprecare pomeriggi interi dietro a occupazioni inutili.

Si avvicinò alla Emma e alla Lucia che erano state abbandonate dai fratelli più grandi e che se ne stavano spaurite di fronte alla porta come gli uccellini davanti alla volpe. Prima di arrivare in contrada Francesco aveva ringhiato alla Emma di non dire a nessuno che era sua sorella, perché era brutta e stupida e lo avrebbe fatto sfigurare. Giuseppe con la Lucia era stato meno diretto, semplicemente si era aggregato a un gruppetto di amici di terza e l'aveva ignorata.

L'aula era un unico grande stanzone, i banchi, a coppie di due, erano disposti su cinque file. Le prime erano destinate agli scolari del primo anno, i più grandi stavano dietro.

Nella confusione, Caterina finì seduta proprio davanti alla pedana della cattedra, accanto a un bambino intimidito dalla nuova situazione almeno quanto lei. Si consolò, constatando che nemmeno la Emma e la Lucia avevano fatto in tempo a trovare due posti vicini.

Il maestro iniziò a fare l'appello delle tre classi. Caterina, che non aveva idea di quando fosse il suo turno, a ogni chiamata sobbalzava. Al suo nome, arrivò comunque impreparata e il suo *presente* si dissolse in un sussurro che nessuno sentì. Il maestro dovette chiamarla due volte.

L'aula non aveva niente di speciale, se non per il fatto di essere più grande di una qualunque stanza normale. Su una parete si trovavano due finestre; sull'altra era appesa una carta geografica sbiadita. Di fianco alla cattedra c'era una stufa, con un grande alone di fumo nero sul muro a cui era appoggiata, mentre all'altro lato era posizionata una lavagna con dietro un pallottoliere. Attirò la sua attenzione una stampa giallognola, grande poco più che una cartolina, appesa vicino alla carta geografica. Raffigurava un coniglio marrone, accovacciato e spaurito. Le parve che non c'entrasse niente con tutto il resto dell'arredo. Immaginò che anche lui sussurrasse un *presente* che nessuno sentiva.

Ogni tanto voltava la testa di nascosto per studiare Mario, tre file più indietro. Il suo amico teneva la testa bassa sul quaderno, svolgeva gli esercizi con concentrazione e non parlava con nessuno.

Quel giorno il maestro lesse la favola di una tartaruga che voleva volare e che faceva una gran brutta fine. Caterina, che fino a quel momento aveva sentito leggere solo la Maria, non riusciva a staccare gli occhi dalle sue labbra. Le pareva impossibile che non facesse pause, che non trascinasse le *a* e le *o*, e che non saltasse le parole troppo lunghe e, soprattutto, che sapesse pronunciare la *z*. E la cosa le parve ben più interessante della storia in sé e del suo insegnamento.

Al ritorno tutti chiacchieravano più tranquilli dell'andata e calciavano i sassi sulla strada militare, impegnandosi a non perdere il sassolino con cui erano partiti da Contrà Monte, ma non lei. Caterina ancora pensava al maestro e sognava di diventare altrettanto brava a leggere.

Mario tornò a camminarle di fianco.

«Ti è piaciuta la scuola?» buttò là per attaccare bottone.

Non rispose. Erano ormai arrivati in contrada e, per la prima volta, notava la targa che ne indicava il nome. Gli altri bambini raggiunsero di corsa le rispettive abitazioni, lei non si mosse. Rimase a fissare con desiderio quei simboli misteriosi, fino a quando non sentì sul fianco, dentro al grembiule, qualcosa di umido e molliccio.

Infilò una mano in tasca e si rese conto di non aver mangiato la pera.

I primi mesi di scuola furono per Caterina un'agonia. Lei, che sperava di imparare a leggere in fretta, si ritrovò ostaggio delle aste, anzi, degli altri bambini che non riuscivano a fare le aste.

«Guardate quanto è ordinato il quaderno di Caterina» li spronava il maestro senza successo.

Caterina capì in fretta che avrebbe dovuto arrangiarsi da sé. Chiese aiuto a Mario. Nonostante a scuola si comportasse come un estraneo, in contrada continuava a essere il suo Mario e a giocare solo con lei. Quando, dopo le vacanze di Natale, la classe iniziò con la lettera *a*, Caterina, grazie ai suoi insegnamenti, aveva già imparato l'intero alfabeto.

Iniziò a vedere parole ovunque, quelle scritte per davvero e quelle che immaginava in sovraimpressione sulla superficie delle cose, come etichette che ne indicavano il nome. Le scriveva sulla ghiaia con i bastoncini o sul vapore dei vetri con il dito. Un giorno il maestro le permise di portare a casa un paio di frammenti di gesso. Sul muro dietro casa scrisse parole fino a raschiarsi i polpastrelli contro la pietra.

nina, mario, mama, papa, stala, corte, gato, cavra, galina, bao.

A tutto corrispondeva una parola, ma il gesso era finito dopo un pezzettino piccolissimo di mondo.

Con il nome, a Caterina, le cose parevano più belle, più vere, più sue.

Inverno significava fumo. A casa, ma ancor più in classe. A turno i bambini portavano a scuola un pezzo di legno da ardere nella stufa. Dopo la prima ora, gli scolari si trovavano già immersi nella nebbia. In tanti tossivano e molti lacrimavano. Il maestro doveva interrompere continuamente le letture per schiarirsi la voce. A ricreazione, tutti si riversavano sulla piazzetta per riprendere fiato e sciacquarsi gli occhi alla fontana.

Un giorno il maestro la fermò.

«Vieni qua, Nina» le disse, mentre stava finendo di compilare il registro.

Caterina, che si stava accodando agli altri bambini verso l'uscita, si bloccò davanti alla cattedra.

«Sali sulla pedana. Sei così piccola, che altrimenti non ti vedo.»

Lei eseguì e si trovò con il mento all'altezza del tavolo. Si era tolto gli occhiali e li aveva appoggiati sulle pagine aperte del libro. Mentre si sfregava gli occhi, Caterina osservava i solchi delle rughe cambiare forma sotto i suoi gesti energici.

Si infilò nuovamente gli occhiali.

«Potresti dire a tua madre che vorrei parlarle?»

Un piede le scivolò dalla pedana per lo spavento. Fu costretta ad aggrapparsi alla cattedra.

La mamma odiava le sorprese e poi aveva anche lei paura del maestro. Lo capiva da come le raccomandava continuamente di fare bella figura con lui.

Caterina annuì, ma per il resto della mattinata ebbe il mal di pancia.

Quando arrivò a casa, trovò la madre in cucina. Prima di perdere il coraggio le riferì, tutto d'un fiato, la richiesta.

La Virginia, che stava pelando le patate, si bloccò con il coltello a mezz'aria.

«Nina, non ci avrai mica fatto vergognare?»

Caterina non ne aveva idea e nel dubbio non rispose.

La mamma sospirò.

«Lo sapevo che ci avresti creato problemi. Sei sempre stata strana, tu.»

Fece scivolare le bucce di patata dal tavolo al grembiule.

«Digli che passo domani, dopo la scuola.»

Si avviò verso il letamaio dietro casa.

«Se hai fatto qualcosa, mi senti» aggiunse quando era ormai a metà della corte.

Caterina rimase pietrificata a guardarla dalla porta. Quel giorno non riuscì a mangiare.

La mamma l'indomani entrò in classe poco dopo la fine della lezione. Erano già usciti tutti, tranne Caterina, che se ne stava seduta al suo banco con la testa bassa. Ogni tanto, senza darlo a vedere, alzava gli occhi verso il coniglio appeso al muro.

Il maestro sfogliava il solito registro, non si capiva cosa pensasse e nemmeno in che stato d'animo fosse.

La Virginia infilò la testa nell'aula e, senza dire niente, si avvicinò alla cattedra con un cestino di uova in mano.

«Buongiorno, signor maestro» disse vergognosa, mentre spingeva avanti il regalo, per assicurarsi che lui lo vedesse.

«Buongiorno, signora. Mi scuso se l'ho obbligata a fare tutta questa strada.»

«Si figuri, al suo servizio, signor maestro» rispose lei, abbassando gli occhi.

Lui spostò le uova di lato.

«Tutto bene, signora?» domandò.

Lei si fece il segno della croce.
«Ringraziando il Cielo.»
«Bene» disse, picchiettando con le dita sulla cattedra. «L'ho fatta chiamare perché mi sembra che, a scuola, la bambina si annoi.»
La Virginia lanciò a Caterina un'occhiata rabbiosa.
«No, signora. Non guardi male la bambina» disse, sorridendo. «Il fatto è che sua figlia è troppo veloce e passa la maggior parte del tempo a non fare niente.»
«Comprendo» rispose la Virginia.
Caterina notò che aveva la testa piegata di lato, come quella dei colombi disorientati. Pensò che non dava affatto l'impressione di aver capito.
«Devo quindi dirle di andare più piano?» aggiunse sottovoce.
«No, assolutamente» disse il maestro alzando le mani. «Anzi, volevo proporvi di passarla direttamente in seconda.»
La madre rizzò la testa e abbozzò un mezzo sorriso.
«Ma certo. Decida lei per il meglio. Cosa vuole che ne capiamo noi ignoranti.»
Adesso la Virginia pareva felice come se avesse ricevuto una grazia dalla Madonna.
Il maestrò infilò il libro nella cartella di cuoio.
«Ottimo, allora siamo d'accordo.»
Prese il cestino delle uova e si rivolse a Caterina.
«Da domani, Nina, tu starai nelle file di dietro, con i bambini più grandi. Arrivederci, signora.»
L'uomo uscì. Lei, senza perdere un secondo, prese per mano la figlia e ne seguì l'esempio.
Di fuori aveva iniziato a piovigginare. La Virginia gonfiò il petto come se non respirasse da un pezzo.
«Sei contenta?» domandò, sistemandosi la mantellina nera sulla testa.
Caterina la fissò per un attimo e scoppiò in lacrime.
La madre si bloccò e aggrottò le sopracciglia.
«Che storia è questa?»

«Ti prego, mamma, fammi restare in prima.»

«Ma cosa ti passa per il cervello? Si fa come dice il maestro.»

«Ti prego!»

Mentre le tirava la manica, il libro e il quaderno si sfilarono dalla cinghia di cuoio con cui li trasportava e caddero dentro una pozza.

La Virginia la fulminò con lo sguardo.

«Non è mica colpa mia se sei troppo veloce, dovevi pensarci prima» disse, già avviandosi lungo la strada militare.

Caterina asciugò velocemente la copertina del libro sulla mantellina e si mise all'inseguimento.

«Ti prego, ti prego, mamma. Parla di nuovo con lui.»

«Sta' ferma che mi strappi la gonna» disse lei, schiaffeggiandole la mano che la strattonava.

Poi si bloccò.

«Cosa dovrei dire al maestro? Che non vuoi imparare cose nuove? Che vuoi restare una somara?»

Caterina ormai faticava a parlare a causa dei singhiozzi che le rompevano la voce e del muco che le impiastricciava le labbra.

«No, mamma. Voglio solo fare tutte le classi, altrimenti io farò un anno in meno degli altri.»

La Virginia alzò gli occhi al cielo.

«I tuoi amici sarebbero tutti contenti di saltare un anno. Non sei degna di essere così sveglia.»

Non appena uscirono dall'abitato, Caterina rinunciò a stare al passo con la madre. Con gli occhi appannati dalle lacrime, centrava tutte le pozzanghere. I piedi, dentro gli zoccoli, facevano il verso delle rane a ogni passo.

Arrivò a casa con i vestiti così bagnati e pesanti che le pareva di essere incollata a terra. Quelli di sua madre, che l'aveva preceduta di qualche minuto, erano già stesi sulle sedie davanti al caminetto.

Quel pomeriggio il nonno venne a discutere alcuni affari con suo padre.

Caterina era seduta sul davanzale, con gli occhi gonfi e i calzettoni di lana ancora bagnati indosso. Guardava le galline razzolare nel fango della corte e nemmeno si voltò per salutarlo.

«Cosa succede alla piccola?» domandò lui alla Virginia.

Caterina ascoltò sua madre spiegare al nonno cos'era successo. Lo raccontava con parole diverse, rispetto a quelle che aveva usato con lei. Pareva quasi dispiaciuta.

«Non so nemmeno io cosa fare» la sentì concludere.

Il nonno si avvicinò alla nipotina e le scompigliò i capelli.

«Sei proprio sicura che vuoi restare in prima?»

Caterina si girò, si morse il labbro inferiore e annuì.

Il nonno le liberò i piedini bianchi e rugosi dai calzettoni bagnati e ci alitò sopra per scaldarli.

«Va bene. Allora domani ci parlo io con il maestro.»

Con le giornate più miti, lei e Mario si trovavano dopo la scuola. Percorrevano la Val Scura in cerca di primule, denti di cane e occhi di bue.

Quando c'era il sole salivano fino ai pascoli di Costa Mare e lanciavano sassi nella pozza dove i primi rospi si stavano accoppiando. Affondavano le dita nei filamenti gelatinosi delle uova e le trascinavano con un bastone lungo il perimetro dello stagno.

Se erano stanchi, si sedevano sul prato e guardavano la pianura.

Immaginavano come sarebbe stato bello quando, da grandi, fossero andati a Venezia o Milano. A volte litigavano sulle dimensioni del mare o sull'altezza dei palazzi.

La domenica mattina la nonna di Mario li mandava a cercare le uova, ma non quelle facili, deposte dove lei metteva le pietre tonde per invogliare le galline. Dovevano scovare quelle che le bestie dispettose lasciavano cadere dove capitava.

Se riuscivano a trovarne un buon numero, la nonna gliene regalava uno che si spartivano, nascosti dietro le case.

«Un giorno spero di conoscere tutte le parole che esistono» disse Caterina in uno di quei momenti a Mario.

Se ne stavano entrambi seduti a terra, con la schiena appoggiata al muro, su cui la pioggia ancora non aveva cancellato *nina*, *mario* e *bao*.

Guardavano i terrazzamenti che sostenevano il pendio. Oltre gli orti si allungavano i prati finalmente verdi. Dove finiva l'erba, i primi abeti si stagliavano puntuti contro il cielo limpido.

Mario alzò verso di lei i grandi occhi celesti.

«Perché?» le chiese, mentre bucava il guscio dell'uovo con un bastoncino.

«Perché così posso dire tutte le cose che voglio» rispose lei.

Le campane di Calvene giunsero fino a loro.

«E a cosa ti serve?»

Caterina lo guardò appoggiare le labbra al guscio. Un rivolo arancione gli colò sul mento. Lei si tolse i soliti guanti, quelli che lui le aveva regalato qualche anno prima, e glielo pulì con le dita, perché non si sporcasse la maglia.

«Se so dirle, magari poi riesco ad averle.»

Mario le passò l'uovo.

«Mah, io non ci credo» disse lui, guardando il muretto che li divideva dal letamaio.

Caterina sbuffò.

«Sei il solito noioso.»

Mario si alzò in piedi.

«E tu sei antipatica.»

«Allora vattene» gli gridò lei, lanciando il guscio ormai vuoto nel letamaio.

Lui allargò le braccia e le girò le spalle.

Caterina lo guardò allontanarsi, costeggiando il retro delle case. E, improvvisamente, non aveva più bisogno di nuove parole, perché l'unica che le serviva era quella per descrivere i sassi in pancia.

Capitolo 6

«Il governo è traditore, non ci piove. Ma ognuno deve stare al posto suo, sennò va tutto a ramengo.»

Seduta ai piedi del muretto, su cui il nonno e Silvano fumavano la pipa, Caterina per un pelo evitò uno sputo. Avevano appena finito di spargere il letame sugli orti, Bortolo era venuto a dare una mano al figlio. Per tutto il pomeriggio avevano fatto avanti e indietro con le carriole, dal letamaio ai terrazzamenti dietro casa. Cesco era già rientrato per mungere le vacche.

«E questo Mussolini? Cosa si è messo in testa?» di nuovo il nonno sputò e di nuovo Caterina si scansò.

Silvano guardava verso il tramonto.

«Cosa dici, Bortolo? Che piova 'sta settimana?»

La massa del Monte Summano si stagliava contro il cielo rosso. Frange di nuvole rosate si allungavano a pettine dalla sua cima, in direzione della pianura. Caterina ne percorreva con l'indice i contorni sfilacciati.

Il nonno guardò distrattamente nella stessa direzione.

«Mussolini e gli altri son gente pericolosa. Son peggio degli operai, che fanno tanto casino, ma che, in fin dei conti, sono poveri cristi, come noi.»

«Dai, Bortolo, non sta' a farti il sangue cattivo. Dimmi, invece, secondo te, piove?»

Il nonno sputò di nuovo.

«Ma mi ascolti? Non esiste mica solo l'orto. Perdio.»

Silvano distolse gli occhi dal cielo e guardò il nonno.

«Non so dove tu senta tutte queste storie, ma con le chiacchiere di sicuro non si mangia. Perché te la prendi tanto?»

«Ostia.» Il nonno appoggiò le mani al muretto, ai lati del bacino, e si diede la spinta per alzarsi in piedi. «Ho già perso due figli in guerra. Avrò ben diritto a un po' di pace.»

Si scrollò la polvere dai pantaloni di fustagno con manate pesanti e si abbottonò il gilet logoro, che un tempo era stato l'abito da festa. Svuotò la pipa sulle pietre del muretto.

«Vieni, Nina. Che inizia a far freddo.»

Caterina si arrampicò sulla carriola e vi si accucciò dentro. Silvano li seguì.

«Mi sa che non piove. Il cielo dietro al Summano è rosso.»

Bortolo lo mandò a quel paese con il braccio, senza nemmeno voltarsi. Si stava sforzando di non far cadere Caterina, che, con le braccine tese, si reggeva alle fiancate sporche della carriola.

«In mona i rossi e i neri e tutti quelli che rompono. Siamo marroni noi, come la terra. O sbaglio, Nina?»

Il nonno le sorrideva e lei annuì per farlo felice.

A votare Cesco non ci andò. Doveva far legna ai Livelli. «Tanto son tutti ladri» disse.

Per il nonno, invece, fu una decisione sofferta.

«Dici che ci vado, stavolta, Nena?»

Passava dal camino alla finestra, dalla finestra alla credenza e poi di nuovo tornava al camino.

«Magari se nel diciannove ci fossi andato...»

La nonna si infastidiva, perché, con tutto quel pestolare, le faceva perdere il conto dei punti sul ferro da calza.

«Se non ti fanno troppo male le gambe, vai» tagliava corto.

In quel periodo Caterina stava spesso da loro. La mamma era troppo indaffarata con Tarquinio, l'ultimo fratellino che era nato a marzo, a un anno di distanza da Tullio.

Aveva il sospetto che alla nonna non piacessero tanto i pensieri del marito. A lei interessava solo che le gambe del nonno stessero bene e che in chiesa ci fossero sempre due candele accese per i figli.

Una domenica mattina in cui la nonna le stava insegnando a lavorare a ferri, Bortolo si presentò in cucina. Indossava il vestito buono e i capelli bianchi parevano campi arati per via dei solchi paralleli lasciati dal pettine.

Si abbottonò la giacca e passò le mani sui fianchi per farla aderire meglio.

«'Sta storia del voto mi sta cavando il sonno, Nena. Scendo a Calvene a parlarne col prete.»

La nonna alzò appena gli occhi.

«Sta' attento a non rovinarlo.»

Il nonno aggrottò la fronte.

«Chi? Il prete?»

La Nena sospirò.

«Il vestito, Bortolo. Il vestito. Costa un occhio della testa.»

Caterina lo guardò uscire, bilanciarsi tra i suoi due bastoni e sprofondare qualche metro più giù in una nebbia così spumosa e soffice da far venire voglia di tuffarcisi in mezzo.

Dopo le elezioni, il certificato elettorale del nonno rimase in bella mostra sopra la credenza per settimane.

A Caterina piaceva quel foglio pieno di paroloni nuovi che poteva esercitarsi a leggere.

Lui si arrabbiava se la moglie lo faceva cadere o se le galline ci zampettavano sopra. Ogni tanto lo prendeva, ci soffiava via la polvere e lo riappoggiava nello stesso posto.

«Nascondilo, se non vuoi che si rovini» lo rimproverava lei.

«Ti dico che questo è il suo posto» rispondeva lui, tentando di farlo stare in verticale contro la vetrinetta. «Tu certe cose non puoi capirle perché sei una femmina.»

Allora la nonna si voltava verso Caterina, battendo l'indice sulla tempia, per dire che il marito era tutto matto e lei, davanti a quei siparietti, rideva di gusto.

In seconda il maestro andò in pensione e fu sostituito da uno più giovane, che si dichiarava fieramente patriota.

Grazie al nuovo insegnante la guerra non fu più solamente il cuoco militare che le allungava un mestolo di risotto, o la Maria che si metteva i fiori in testa per far contenti i fanti. Divenne una questione di Patria e di fronti. Solo allora Caterina comprese perché ci fossero stati gli austriaci sopra le loro teste e suo padre in Valtellina.

Era un pomeriggio grigio, di fine inverno. La mamma se ne stava nella stanza da letto coi piccoli che avevano la febbre e la Linda aveva troppo freddo per uscire a giocare con lei.

Suo padre da ore tagliava la legna in corte.

«Posso stare un po' con te?» domandò Caterina, sporgendosi dall'uscio.

Cesco alzò la testa e fece un cenno di assenso. Poi indicò i pezzi sparpagliati a terra.

«Visto che ci sei, inizia ad ammucchiarli.»

«Oggi il maestro ha detto che sei un eroe» disse lei, iniziando a raccogliere i ciocchi. «Perché hai fatto la guerra.»

«Non starmi dietro la schiena, altrimenti rischio di farti male con l'accetta.»

Caterina fece un paio di giri dal cortile alla legnaia, con le braccia cariche. Poi nuovamente si avvicinò a suo padre.

«È vero?»

«Cosa?» domandò lui, mentre tranciava di netto un grosso pezzo di tronco.

Caterina si affrettò a raccogliere le due metà che erano cadute poco distante.

«Che sei un eroe.»

Cesco si fermò e si asciugò la fronte con la manica.

«Il tuo maestro ha troppo buon tempo.»

La Linda uscì di casa, mandata dalla madre a chiudere le galline nel serraglio, prima che facesse buio.

«Un giorno mi racconti della guerra?» domandò piano Caterina, per non farsi sentire dalla sorella.

Lui fece finta di niente e riprese a tagliare.

La raggiunse nella legnaia, una mezz'ora più tardi, mentre lei stava impilando i ciocchi raccolti e cercava, con scarsi risultati, di imitare l'ordine con cui era stato costruito il muro di legna compatto che occupava ormai quasi tutta la parete.

«Brava» le disse lui, tenendosi a distanza.

Caterina si voltò e i pezzi dell'ultima fila franarono a terra.

Lo vide che si sfregava le mani contro le braghe di fustagno e che guardava un punto indefinito dietro di lei.

Girò la testa, ma alle sue spalle non c'era niente, solo una gallina sfuggita alla Linda che già dormiva in un angolo.

Cesco si schiarì la voce.

«In guerra...»

Deglutiva come se non avesse più saliva.

«Papà?» domandò lei, allarmata.

Lui scosse la testa e non aggiunse altro.

Caterina, che conosceva bene la mancanza di parole, credette di comprendere il disagio di suo padre. Si avvicinò e gli prese la mano che lui si ostinava a sfregare sui pantaloni. Quando la ebbe tra le sue si accorse che tremava.

«Però sei un eroe. E questa è una cosa bella.»

La mano del padre non trovava pace.

Caterina si guardò attorno. Era buio e in corte non c'era più nessuno. Lasciò la mano e gli abbracciò le gambe, l'unica parte del corpo che riusciva a raggiungere.

Non si mossero per un bel pezzo.

La capra fece in tempo a uscire per curiosare e anche a tornarsene in stalla al caldo, seguita dalla gallina, che ormai era stata svegliata dalla loro presenza.

Poi le gambe di suo padre iniziarono ad ammorbidirsi.

Caterina, che a quel punto aveva le braccia intorpidite e non sentiva più le punte dei piedi a causa del freddo, si decise a parlare.

«Non ti sembra che siamo come la pianta di fagioli attaccata a quella di granoturco?» gli domandò, staccando la testa dai pantaloni ruvidi.

Lui dall'alto le sorrise.

«Dai, entriamo che fa freddo.»

Cesco non trovò mai le parole per parlare della guerra e Caterina concluse che, forse, solo i patrioti ne erano capaci.

Con la bella stagione il maestro spesso li portava in gita. Camminavano fino ai pianori in quota: alle Mazze, a Cima Fonte o al Pian di Granezza. Passavano accanto ai crateri prodotti dalle bombe e si avvicinavano alle trincee. Venivano sgridati se toccavano le ragnatele di filo spinato che spuntavano un po' ovunque sul terreno. I camminamenti di malga Cima Fonte erano stati chiusi da poco, tutto attorno la terra era smossa e i pochi alberi sopravvissuti avevano le cime spezzate. Spesso vi incontravano gli operai del Comune che smantellavano quel che restava delle costruzioni o che piantavano gli abeti nuovi. Ma anche altre persone che si arrabattavano a recuperare il ferrame per conto proprio, per poi rivenderlo. Una volta si imbatterono in Elio e Giobatta, che Caterina vedeva partire ogni mattina con il piccone in spalla e tornare alla sera, trascinando un grande telo con sopra bobine di filo spinato, gavette o pali che erano serviti a sostenere i baraccamenti.

Col maestro cantavano gli inni patriottici: *Il Piave*, *Monte Grappa* o *Fratelli d'Italia*. Le vocette dei bambini si propagavano su quei pianori martoriati per centinaia di metri.

Quando si fermavano, ognuno scartava il suo cartoccio con dentro la polenta dura e, qualche fortunato, anche un pezzo di formaggio. Dopo pranzo, il maestro tirava fuori il libro *Cuore* e ne leggeva ad alta voce un capitolo. Caterina, allora, si stendeva tra l'erba, con gli occhi chiusi in direzione del sole, e aspettava che le immagini del racconto comparissero tra gli insettini luminosi che si muovevano dietro le sue palpebre.

Se Mario era disteso vicino a lei, senza farsi notare, appoggiava il fianco della sua mano alla sua e lui la lasciava fare.

Scendendo, facevano a gara a chi raccoglieva più pallini di piombo tra l'erba e tornavano a casa con le tasche gonfie e pesanti. Vinceva sempre lei.

Capitolo 7

Caterina alla fine della seconda leggeva ormai in modo spedito, non come il maestro, ma quasi.

Arrivò il momento della gara di lettura che aveva atteso per tutto l'anno con trepidazione. Il premio: *Le avventure di Pinocchio* di Carlo Collodi, edizione illustrata.

Assieme alla Lucia, che di recente era diventata la sua amica del cuore, si nascondeva tra l'erba alta del Campo Gualivo per esercitarsi. La Emma, che a malapena sapeva sillabare, non la chiamavano nemmeno, anche perché Beniamino non voleva che sua figlia perdesse tempo coi libri e se la scopriva la prendeva a botte. Le bambine portavano con loro la gatta Cleopatra, rossa e mansueta, che era così grossa che, durante il tragitto, dovevano passarsela per non farsi venire i crampi alle braccia.

Quando iniziavano a leggere, la gatta si accovacciava sulle loro gambe e dormiva. Ogni tanto si svegliava di soprassalto, rizzava le orecchie e spariva tra l'erba.

L'esercizio consisteva nell'aprire pagine a caso del libro di scuola. La Lucia sperava sempre che le capitasse un testo che già conosceva. Caterina, al contrario, aveva soddisfazione solo se il brano era nuovo.

Tornavano a casa con la testa imbiancata dai petali del ciliegio, che il vento primaverile trasformava in pioggia leggera.

«Il prete ha un sacco di libri. Perché non andiamo a chiedergliene uno in prestito per fare esercizio?» domandò un giorno Caterina, che per tre volte consecutive aveva aperto il volume su un racconto che ormai conosceva a memoria.

La Lucia scosse la testa e allungò la mano per accarezzare la Cleopatra, che dormiva placida sulle gambe dell'amica.

«A me il prete fa paura» sussurrò. L'amica la guardava con i suoi occhioni celesti, così spaventati da sembrare ancora più sporgenti di quanto non lo fossero già per loro natura.

Una folata di vento fece ondeggiare l'erba alta attorno a loro. Caterina sputacchiò una spiga di gramigna che le era entrata in bocca.

«Dai, facciamo almeno un tentativo.»

«No, Nina, a me va bene così» rispose la Lucia sorridendo. «Tanto non abbiamo nessuna possibilità di vincere contro quelli di terza.»

La gatta percepì il contrarsi dei muscoli di Caterina e spiccò un grande balzo, prima ancora che lei si rizzasse in piedi.

«Come sarebbe a dire che non abbiamo nessuna possibilità?»

«Nina, non urlare, che altrimenti la gatta scappa» provò a calmarla la Lucia, indicando la Cleopatra che aveva già raggiunto la strada sterrata.

Caterina tremava di rabbia.

«Perché ci esercitiamo allora?» gridò, gesticolando in aria.

La Lucia si alzò a sua volta.

«Perché è bello stare qui assieme.» Le prese la mano con delicatezza. «Ti prego, Nina, non andartene.»

Caterina con una spinta la fece cadere tra l'erba e attraversò il campo in diagonale, strappando e calciando i lunghi fusti che le intralciavano il cammino.

Com'era possibile che la Lucia non desiderasse il libro di Pinocchio tanto quanto lei?

Come avrebbero potuto essere ancora amiche dopo un simile tradimento?

Prima di entrare in casa, si fermò a lanciare qualche manciata di sassi contro il muro sul retro.

Mario, dai terrazzamenti, la osservava senza dire niente.

Dal prete Caterina ci andò da sola. Il pomeriggio stesso si fece trovare sui gradini della canonica all'orario in cui di solito tornava dal suo giro del paese.

«Sia lodato Gesù Cristo» disse Caterina, scattando in piedi.

«Sempre sia lodato» rispose lui, abbassando lo sguardo su di lei. «Cosa ci fai qui, Nina? Sei venuta a confessarti?»

Caterina scosse il capo.

«Non starà mica male qualcuno, vero?»

Di nuovo Caterina fece segno di no con la testa.

«Se non è troppo disturbo, avrei una questione» iniziò a bassa voce.

Anche gli adulti usavano spesso il termine *questione*, se si trattava di affari importanti.

«Dimmi» rispose secco.

Caterina prese fiato.

«Vorrei chiederle una cortesia.»

Il prete fece un gesto sbrigativo per incoraggiarla a parlare.

Lei sentì le gambe molli ma si fece forza.

«Volevo chiederle se potrebbe prestarmi uno dei suoi libri.»

L'uomo alzò i sopraccigli e arretrò di un passo.

«Ma tu non hai bisogno di libri. Tutto quello che c'è da sapere è già scritto nel catechismo.»

Caterina fece un altro respiro.

«A scuola ci sarà una gara di lettura. Vorrei esercitarmi» disse con un filo di voce.

Il prete in modo lento e minaccioso socchiuse le palpebre, lasciando aperta una fessura sottile come una lama.

«Vuoi vincere una gara, eh?»

Gli occhi si strinsero ulteriormente.

«Lo sai come si chiama questa brutta attitudine?»

Caterina arretrò di un passo e fece segno di no con la testa.

«Superbia, Nina, si chiama superbia. Ed è proprio il contrario della fede» disse in tono solenne.

Si piegò in avanti per essere alla sua stessa altezza e scrutarla da vicino.

«E lo sai, vero, che la superbia è uno dei sette peccati capitali?»

Peccati capitali. Satana. Inferno. Fiamme.

Caterina vide il suo destino dispiegarsi di fronte a lei e la bocca le divenne secca.

Il prete infilò una mano nella lunga apertura laterale della tonaca. Lei indietreggiò ulteriormente, temendo che tirasse fuori una lama vera e che la spedisse all'inferno seduta stante.

«Per tua fortuna, le vie del Signore sono infinite» disse lui, estraendo un opuscolo arrotolato.

Caterina lo prese con le mani che tremavano. Si trattava di un libriccino sottile con la carta ingiallita e la copertina senza titolo.

«Parla dei santi bambini, chissà che tu non possa prendere esempio da loro. Ormai l'età ce l'avresti.»

Caterina ripensò a tutti i giorni che aveva finto di non sentire i richiami della mamma, a tutte le volte in cui aveva lanciato i sassi contro il muro e a quelle in cui aveva bevuto di nascosto il latte di Tarquinio, che era troppo piccolo per potersene lamentare. Alla lista dei peccati aggiunse anche la superbia, che fino a quel momento non aveva mai considerato.

Aveva ormai il viso in fiamme.

Il prete stava entrando in canonica.

«Prendi esempio dalla tua amica Lucia, lei sì che ha pensieri retti. A quelli come lei è destinato il paradiso, non certo ai bambini curiosi e superbi come te.»

Si girò un'ultima volta a guardarla.

«E riportamelo quando lo hai finito» disse indicando l'opuscolo.

Caterina lo infilò sotto la blusa e corse via a tutta velocità.

Non si separò dal libriccino fino al giorno della gara. Quando aveva un attimo, lo estraeva da sotto la camicia e leggeva furiosamente qualunque santo le capitasse sotto gli occhi.

Imelda Lambertini, al secolo Maria Maddalena, nata a Bologna nel 1320 e morta nella stessa città il 12 maggio del 1333. Proclamata beata nel 1824 da papa Leone XII. *Tale era il suo desiderio di ricevere la comunione eucaristica che…*

Se alla pronuncia del participio *proclamata* dedicava cinque secondi buoni, e all'aggettivo *eucaristica* qualcuno di più, un mezzo minuto lo passava anche a domandarsi perché mai Dio avesse fatto morire la povera Imelda di estasi mistica, subito dopo averle fatto fare la comunione. E si trovava a pensare che nemmeno a essere buoni si poteva stare tranquilli. Per fortuna, un insidioso *ardentemente*, che compariva nella riga successiva, la riportava alla dizione e alle poche cose della vita di cui poteva aver certezza.

Il giorno della competizione c'era un gran sole e i maggiociondoli, ai lati della strada militare, erano presi d'assalto dai bombi e dalle api. Appena i bambini uscirono dalla contrada, una vespa punse la Emma sul braccio scoperto e le sue urla accompagnarono la comitiva per tutto il tragitto. Caterina si staccò dal gruppo per non sentirla. Non si voltò nemmeno quando Mario la chiamò per mostrarle un grosso ramarro, ancora intorpidito dalla frescura mattutina, che era riuscito a catturare a mani nude.

Pinocchio.

Lei aveva in mente solo di vincere il libro di Pinocchio.

E già pregustava la gioia di tenerlo tra le mani, l'odore della carta, mentre ne sfogliava le pagine, e il peso piacevole, al ritorno, tra le braccia. Perché non lo avrebbe certo tenuto dentro alla cinghia con il quaderno, dove rischiava di sgualcirsi. Lo avrebbe stretto al petto; anzi, lo avrebbe nascosto sotto la camicia, come aveva fatto con l'opuscolo dei santi bambini.

La competizione iniziò con la lettura di un paragrafo del sussidiario di terza. Uscirono di gara i bambini che sillabavano, come la Emma che, oltretutto, aveva la voce ancora rotta dai singhiozzi.

Rimasero in dieci.

A quel punto il maestro aprì un libro che spesso leggeva in classe: *Sussi e Biribissi*. Furono eliminati tutti coloro che non sapevano pronunciare la *z*, che erano tanti, visto che in dialetto quel suono non esisteva.

Caterina osservò la Lucia farsi da parte senza rimpianti.

Pensò che era anche disposta a concederle il paradiso, se a lei, in cambio, fosse toccato il libro.

Erano rimasti solo in cinque.

Quando tutti uscirono per la ricreazione, Caterina non si mosse dal suo posto, continuò a leggere pagine a caso del libretto dei santi bambini. Non mangiò la prugna che aveva portato da casa e non andò nemmeno in bagno.

I compagni rientrarono con gran fracasso, ridevano, si spintonavano e trascinavano le sedie sul pavimento.

Il maestro salì in cattedra e aprì *Le avventure di Pinocchio*: «"Come andò che Mastro Ciliegia, falegname, trovò un pezzo di legno che piangeva e rideva come un bambino"».

Nella classe nessuno più fiatava.

Il primo a leggere fu Mario, che pronunciò tutto correttamente, ma si inceppò sulla parola *paonazza*, riferita alla punta del naso di Mastro Ciliegia, per il solito problema che, chi più e chi meno, tutti avevano con la *zeta*. I due bambini successivi dovettero rileggere alcune parole. L'Annamaria, anche lei di terza, fu quasi perfetta.

Quando Caterina salì sulla pedana, sentiva che poteva fare ancora meglio.

«"Questa volta Mastro Ciliegia restò di stucco, cogli occhi fuori dal capo per la paura, colla bocca spalancata e con la lingua ciondoloni fino al mento, come un mascherone da fontana."»Esultò, dopo aver superato, senza incertezze, *ciondoloni* e *mascherone*. Prese slancio per il monologo successivo, che affrontò senza difficoltà alcuna.

Poi la Emma uscì dalla classe per andare in bagno. Caterina si distrasse a guardarla e si accorse, solo in quel momento, di quanto scappasse la pipì anche a lei.

All'improvviso il bisogno si fece così impellente che le venne paura di farsela addosso davanti a tutti i compagni. Al verbo *agguantò*, lesse *aggiustò*, tratta in inganno da quella doppia *g*, non frequente all'inizio delle parole. Quando si rese conto dell'errore, era troppo tardi per correggersi e andò in confusione.

Sbatacchiarlo le uscì come se stesse sillabando.

Poi il suo paragrafo era già finito.

Troppo presto per rimediare.

Troppo tardi per vincere *Pinocchio*.

La classe la osservava in silenzio.

Scappò in bagno senza chiedere il permesso e si chiuse dentro, prima che qualcuno la vedesse piangere.

Vinse l'Annamaria. Mario arrivò secondo e ricevette *Sussi e Biribissi*. Lei, classificata terza, dovette accontentarsi di una stretta di mano. Non bastò a consolarla nemmeno il buffetto amichevole che il maestro le diede sulla guancia all'uscita da scuola.

Sulla via del ritorno Mario si fermò ad aspettarla. Dopo essersi assicurato che nessuno li vedesse, le allungò la mano.

«Vai via» gli disse Caterina, guardando *Sussi e Biribissi*, che l'amico stringeva nell'altra.

«Mi dispiace, Nina» rispose lui, nascondendo il libro dietro la schiena.

«Vai via» ripeté lei.

Erano ormai arrivati a casa.

Caterina si asciugò le lacrime con un lembo del grembiule ed entrò in casa senza nemmeno salutarlo. La seguì una chiassosa nidiata di pulcini che, in un attimo, si sparpagliò sotto i mobili della cucina, pigolando. La mamma la sgridò per averli fatti entrare e si alzò a spazzarli fuori.

Caterina si sedette, ma lasciò la sua minestra alla Linda, che era arrivata prima di lei e che aveva già lustrato il proprio piatto.

Quel pomeriggio, dopo aver tempestato di sassi il muro dietro casa, tornò a cercare la Lucia. La Cleopatra aveva fatto i cuccioli nella legnaia e bisognava spostarli prima che gli adulti li affogassero. Mentre nascondevano i gattini, ancora ciechi e umidi, tra la paglia della stalla, le loro mani si toccarono e Caterina pensò che, forse forse, avrebbero anche potuto tornare amiche.

Capitolo 8

Quando Caterina iniziò la terza, il nonno era preoccupato. Chi saliva dalla pianura riferiva cose molto brutte. Lo straccivendolo, per esempio, aveva raccontato che il sindaco di un paese di giù era stato prelevato a casa dai fascisti e che gli avevano fatto bere l'olio di ricino in piazza, con i moschetti puntati.

Il nonno continuava a ripetere questa e altre storie, ma nessuno gli dava retta.

«Siamo brava gente quassù. Da noi, queste cose non succedono» tagliava corto Toni.

Il nonno sputava più del solito e non si dava per vinto.

La terza fu tutta in discesa. Caterina vinse la gara di lettura ma, se tanto aveva desiderato quel podio in precedenza, quando toccò a lei e vinse un pennino nuovo non ne ebbe grande soddisfazione. Quello che, invece, Caterina desiderava quell'anno era che i genitori le permettessero di frequentare la quarta e la quinta elementare a Calvene, come stava facendo Mario, grazie ai soldi che i fratelli maggiori, Felice e Fortunato, spedivano alla famiglia da Cogne, dove lavoravano in miniera.

Nessuna bambina aveva mai proseguito gli studi nella loro contrada. E anche Cesco e la Virginia erano fortemente convinti che per diventare contadine la terza elementare fosse più che sufficiente.

Calvene distava un'ora di strada a piedi. Caterina, che da Contrà Monte tornava da scuola molto prima di Mario, mangiava in fretta la sua minestra e gli andava incontro, in modo da percorrere assieme almeno l'ultimo tratto di sentiero. Lei lo aiutava a portare i libri e lui, in cambio, le raccontava cosa aveva imparato quel mattino.

In contrada, Mario non era mai stato particolarmente popolare, ma da quando aveva iniziato la quarta le cose erano andate anche peggio. Giuseppe e Francesco lo chiamavano *il sapientone* e non gli permettevano più di partecipare alle gare con le fionde né di giocare con loro a nascondino.

«Sei troppo noioso» gli dicevano per prenderlo in giro.

Loro erano più grandi di un paio di anni e quindi avevano il diritto di decidere chi era dentro e chi era fuori dal gruppo: Mario era fuori.

Solo a Caterina era permesso giocare ancora con lui. Perché lei stava con Mario da sempre e la cosa era talmente scontata che nemmeno i più grandi osavano metterla in discussione.

A Caterina, sotto sotto, non dispiaceva questo nuovo stato di cose, perché l'isolamento dell'amico lo rendeva finalmente tutto suo e il pensiero la faceva stare bene, come quando aveva la pancia piena.

«Se vuoi ti aiuto a tirargli i sassi addosso. Potremmo salire nella mia stanza e colpirli dall'alto» buttava là ogni tanto.

Mario non la guardava nemmeno.

«Sono stupidi come capre. Meglio lasciarli perdere» rispondeva, perso in riflessioni che lei non capiva. E Caterina, incredula e delusa, lo pizzicava per controllare che fosse fatto di carne e ossa come lei.

Durante le vacanze di Natale lo aiutò con i compiti. La maestra aveva assegnato ai bambini una poesia da imparare a memoria. Si intitolava *La mia sera*.

Mario, chino sul tavolo della sua cucina, non faceva che copiarla con noia nella speranza di impararla passivamente. Caterina invece, seduta accanto a lui, la leggeva e la rileggeva e, ogni volta, la trovava più bella; pensava che perfino le rane lo diventavano in quelle strofe.

Se la ripeteva in testa quando tornava a casa, mentre osservava, attraverso il vapore dei vetri, la neve che scendeva e rendeva soffice il pendio. E già immaginava quanto sarebbe stato bello in primavera conoscere parole nuove per descrivere le cose di sempre.

Mario, invece, riuscì a ripeterla tutta di seguito solo il pomeriggio prima della riapertura delle scuole, nascosto nel fienile della nonna con Caterina.

«Però non so se ho il coraggio di recitarla a scuola» disse, guardando il respiro tiepido che usciva dalla sua bocca e che svaporava nella penombra.

«Ma come? L'hai appena fatto.»

«Davanti alla classe mi vergogno.»

Si distese sulla paglia e fissò la trave del soffitto. Caterina si adagiò al suo fianco.

«Tranquillo, ce la farai» gli disse. «Quando sarà il tuo turno, fai finta di dirla a me.»

Rimasero in silenzio ad ascoltare i topolini che correvano lungo il perimetro della stanza e si strinsero la mano. Lui con le manopole di suo fratello più grande, lei con i soliti guanti, ogni anno più piccoli, che sarebbero appartenuti a lui.

«È bello stare qui» disse Mario.

Mario tornò con un bel dieci. Corse a dirlo a Caterina, prima ancora di andare a casa a pranzare.

La trovò in stalla che giocava con l'unico gattino rimasto, dopo che la Virginia aveva scovato la nuova cucciolata della Cleopatra.

«Bene» disse lei, senza nemmeno alzare la testa.

Mario la osservò confuso.

«Non sei contenta?»

Caterina non rispose, torse la coda alla bestiola e quella miagolò forte.

La sera in cui Mario recitò la poesia in stalla, davanti alla contrada riunita, lei se ne andò prima dello scroscio degli applausi.

Capitolo 9

Enzo, il fratello più piccolo della Lucia e di Giuseppe, morì di polmonite a febbraio. Per salvare il figlio, la Elsa fece voti alla Vergine e a tutti i santi, promettendo di mettergli la vestina di sant'Antonio per un anno intero. Ci provò la nonna Adele, con decotti di piantaggine e dulcamara e impacchi di pappe di lino. A nulla valse l'intervento del medico che fu chiamato troppo tardi, ma che, in ogni caso, avrebbe potuto fare ben poco.

Enzo aveva appena cominciato a camminare e a dire *mamma*. Era un'ingiustizia enorme che Dio lo avesse ucciso proprio quando iniziava a essere un bambino vero.

Che si fosse accorto di essersi sbagliato? Cosa poteva avere fatto di male il poveretto per essere cancellato a quel modo? E la piccola Imelda? E tutti i bambini del mondo che morivano?

Dio aveva resuscitato solo suo figlio, ma a quelli degli altri non ci pensava proprio.

Caterina, dentro il suo abitino scuro, scoppiò in lacrime e si buttò sul giaciglio dei genitori.

La Virginia, che si stava abbottonando il corpetto nero sul petto, le carezzò la guancia.

«Non credevo gli fossi così affezionata.»

«Non mi piaceva, infatti. Ci disturbava sempre quando giocavamo» rispose Caterina, sempre singhiozzando.

La mamma ritrasse la mano.

«Allora perché piangi? Smettila.»

Caterina proseguì.

«Piango perché Dio è cattivo, più del Diavolo.»

Il viso della madre era adesso a pochi centimetri dal suo, con gli occhi spalancati, che parevano volerla mangiare.

«Non ti azzardare a ripeterlo mai più» disse a denti stretti.

Caterina provò a metterla a fuoco attraverso il velo di lacrime che le appannava la visione.

«Ma è vero. Il Diavolo tortura i cattivi, mentre Dio uccide i bambini buoni.»

La Virginia si fece il segno della croce e tornò all'armadio. Tirò fuori la lunga gonna di tela scura e se la infilò con gesti bruschi. Annodò sotto il mento il fazzoletto nero che le faceva anche da velo e si voltò minacciosa.

«Domani ti porto dal prete. Che ti sistemi lui» disse strattonandola per farla alzare. «Io, con te, non ne sono capace.»

Il funerale era a Calvene. Tutta la contrada imboccò il sentiero in discesa. Nonostante la mattina fosse limpida, faceva molto freddo e le ragnatele, appese alle cortecce rugose dei tronchi, erano orlate di brina.

In testa alla lunga fila, il papà di Enzo e uno zio portavano la piccola bara bianca, li seguivano i chierichetti col prete, i parenti e dietro tutti gli altri. La processione era silenziosa, gli uomini indossavano lunghi mantelli di lana scura e le donne gli scialli neri, tirati sopra la testa per tenersi calde. Si sentiva solo il crepitio degli zoccoli sulle foglie secche, accumulate sull'acciottolato del sentiero. Dalla terra bruna, oltre i muretti che delimitavano il percorso, saliva, forte, l'odore del letame sparso sui campi. La Rosa appoggiò il piede su una traversa scivolosa, cadde di lato e si fece male al polso; dopo di lei, anche Silvano e l'Adele capitombolarono nello stesso punto. Mario si fermò di lato al sentiero, per indicare alle persone di fare attenzione. Magro com'era, quasi non lo si vedeva spuntare dal grosso sciarpone nero che la Irma gli aveva avvolto attorno.

Dopo un'ora di cammino trovarono il masso liscio su cui di solito si appoggiavano le bare, affinché i trasportatori potessero riprendere fiato. Si fermarono più per abitudine che per necessità. Il piccolo morto pesava poco o niente.

La mamma di Enzo si accasciò di fianco al tronco nudo di un carpine e proruppe in un pianto disperato. La Maria e la Irma la presero a braccetto da parte a parte, la fecero sollevare e la tennero salda nell'ultimo tratto ripido.

Quando sbucarono al mulino che si trovava in fondo alla valle, in paese le campane già suonavano a morto.

Caterina prese posto in chiesa di fianco a sua madre, che le teneva stretta la mano e che ancora le gettava occhiate di rimprovero.

In attesa dell'inizio della cerimonia si alzarono dai banchi gli interminabili *Eterno riposo*. Caterina guardava la piccola bara bianca davanti all'altare, e pensava che probabilmente a Enzo una ninna nanna sarebbe piaciuta molto di più.

Poi il funerale ebbe inizio. Tutti si alzarono, si sedettero e si rialzarono. In ginocchio, in piedi e di nuovo seduti.

Il prete si avvicinò al leggio.

«Non ci sono parole che possano esprimere il dolore per la morte del piccolo Enzo.»

La Elsa ricominciò a singhiozzare forte, le donne attorno estrassero i fazzoletti appallottolati dentro le maniche e si asciugarono gli occhi. A Caterina tornò in mente suo padre, il giorno in cui stava per mettersi a piangere nella legnaia. Anche lui non trovava le parole. Forse il problema era proprio quello. Le persone diventavano tristi quando non avevano parole a sufficienza.

Il prete con voce cupa intonò il *Dies irae*. Di fronte alla tragedia perfino i chierichetti, per una volta, non litigarono su chi dovesse scuotere il turibolo. Lo consegnarono spontaneamente a Giuseppe, che aveva perso il fratellino e che eseguì il compito con tale forza da soffocare le prime file in una nube densa di incenso. Caterina per un po' si incantò a seguire le volute che si addensavano sulla volta dell'altare, poi chiuse gli occhi e si addormentò sulla coscia di sua madre.

In primavera la morte puntò, invece, la casa di Mario. A Pasqua tornò da Cogne solo Felice. Fortunato era stato schiacciato sotto terra da un carrello con un difetto ai freni.

Caterina, non appena ricevette la notizia dalla madre, si precipitò a casa loro. Felice se ne stava davanti al camino, smagrito e pallido. La lasciò passare, senza chiedere niente.

Trovò Mario steso sul letto. Dalla finestra piccola, che dava sul pendio della montagna, non entrava mai il sole e la stanza era piuttosto buia, nonostante fosse mattina. Gli si sedette di fianco e gli diede una leggera spintarella sulla spalla.

Lui si svegliò e si mise a sedere. Sul viso aveva i segni della superficie ruvida su cui era stato appoggiato e gli occhi erano gonfi di pianto e sonno.

«Mi dispiace» sussurrò Caterina.

Mario piangeva.

Gli carezzò la guancia, che era calda e umida.

Lui la lasciò fare.

«Ho paura che moriamo tutti, Nina» disse lui, prendendole la mano.

«Non essere sciocco.»

«Prima è morto il fratello della Lucia, adesso il mio. E se domani toccasse a noi?»

Mario iniziò a singhiozzare così forte che non riusciva più a riprendere fiato.

Caterina lo abbracciò e guardò i letti allineati dei fratelli, quello sfatto di Felice e quello senza lenzuola di Fortunato.

Dio era cattivo, avevano poco da difenderlo la mamma e il prete.

«Noi non moriremo, Mario, te lo prometto.»

«Come fai a dirlo?» I suoi respiri erano corti e convulsi. Il petto cercava aria, Caterina lo sentiva alzarsi e abbassarsi veloce contro il suo.

«Noi staremo attenti. Non faremo le cose che fanno morire.»

«Ma sono così tante.»

Caterina si scostò.

«Ho un'idea. Facciamo una lista di tutte le cose che fanno morire e poi ci stiamo attenti.»

Mario sembrò pensarci un po' su.

Tra un singulto e l'altro, iniziava a infilare qualche respiro normale.

«Dici che funziona?»

«Certo» rispose lei con un sorriso.

Mario si alzò e sfilò un quaderno dal pacco di libri che teneva ai piedi del letto. Poi si sistemò sul pavimento, aprì il calamaio e ci immerse il pennino.

Alzò la testa verso di lei.

«Da dove cominciamo?»

Caterina scese dal letto e si sedette a gambe incrociate accanto a lui. Il legno dell'impiantito scricchiolò.

«Pensiamo a tutte le persone che sono morte e vediamo che cosa le ha uccise.»

LE COSE CHE FANNO MORIRE scrisse lui, in maiuscolo, al centro del foglio.

Per un po' fissarono le lettere senza dire niente.

«I miei zii sono morti in guerra» buttò là Caterina.

Mario prese nota.

«Mio fratello è morto in miniera.»

«La Spagnola ha ucciso la cugina di mia mamma» rilanciò lei che per l'entusiasmo era scattata in piedi.

«Piano» disse Mario. «Lasciami il tempo di scrivere. La polmonite» aggiunse, quando staccò il pennino dal foglio.

«La Ada è morta di riscaldo.»

Mario la guardò.

«Sei sicura? A me pareva che avesse fatto un colpo.»

Nel dubbio, decisero di scrivere entrambi.

Mario andò a prendere la carta assorbente.

«Il Soio delle Laste» disse, tornando a sedersi. «Ti ricordi che l'altr'anno il mulo dell'arrotino è uscito di strada e sono caduti entrambi giù per il burrone?»

A Caterina dispiacque che non fosse venuto in mente a lei.

«La fame! Anche di fame si muore!» urlò, battendo le mani.

Mario non era convinto, perché non conoscevano nessuno che, in fin dei conti, fosse morto proprio di fame soltanto. Accettò, purché si potessero aggiungere anche i semi del maggiociondolo, che avevano avvelenato la capra di un suo compagno di classe.

Alla fine, la lista si presentava così:

LE COSE CHE FANNO MORIRE
La guerra
La miniera
La Spagnola
La polmonite
Il riscaldo
Il colpo
Il Soio delle Laste
La fame
I semi del maggiociondolo
Gli ordigni inesplosi
Il basilisco
Il tetano
La poliomielite
I fulmini
L'estasi mistica
L'infezione
Il colera

Caterina la rilesse a voce alta. Alla fine sorrise.

«Vedi? Così è facile non morire.»

Mario ancora scorreva l'elenco col dito.

«E se avessimo dimenticato qualcosa?»

«Lo aggiungeremo quando ci viene in mente.»

Piegarono il foglio in otto e lo nascosero in una fessura, tra due assi del pavimento. Poi Caterina propose di andare a fare le corse sui campi gialli di *pissacani*. Mario si mise svelto un maglione e la seguì.

Nonostante le sue rassicurazioni, dopo la morte del fratello Mario non fu più lo stesso.

Una sera di giugno, dopo essersi salutati per rientrare, Caterina si voltò e si accorse che stava facendo dei movimenti strani davanti ai due gradini di casa sua. Era piegato verso terra, come se cercasse qualcosa.

Fece dietro front e lo raggiunse.

«Cosa fai?»

Mario tornò diritto.

«Niente.»

«Cosa stai raccogliendo?»

«Niente.»

«Fammi vedere cosa tieni dietro la schiena.»

Caterina gli tirò fuori un braccio a forza.

Lui cedette e aprì la mano.

«Ma, Mario, hai le mani piene di sassi.»

Mario guardava la pianura alle spalle di lei e non diceva nulla.

«Perché lo fai?» insistette Caterina.

I suoi occhi celesti puntavano sempre lontano.

«Mario?»

Lui sospirò.

«La sera libero lo spazio davanti all'ingresso.»

«Perché?»

«Ho paura che i miei genitori possano inciampare sui sassi e farsi male.» Poi scoppiò a piangere. «Ma sono troppi e non ce la faccio.»

Caterina guardò con preoccupazione i bambini più grandi che giocavano sulla strada militare di sotto.

«Smettila di piangere, altrimenti dopo ti prendono in giro. Ti aiuto io» disse, già chinandosi.

Spianarono per bene tutta la zona davanti all'entrata. Trasportarono i sassolini sul ciglio della corte, li lanciarono giù per il pendio e li guardarono rotolare fino alla strada.

«Va meglio, adesso?» domandò Caterina pulendosi le mani sulla gonnellina.

Mario ancora guardava lo spiazzo con poca convinzione.

«Non credo che li abbiamo tolti tutti.»
Caterina scosse la testa.
«Ma quanto strambo sei? Ovvio che non possiamo toglierli tutti, ma ti assicuro che nessuno si farà male.»
Mario ancora studiava la zona davanti alla soglia di casa, dove erano ben visibili gli strisci che i loro zoccoli avevano lasciato per spianare ogni irregolarità.
Fissò gli occhi su di lei.
«Me lo giuri?»
«Sì, te lo giuro, ma adesso piantala.»
Lui rilassò le spalle.
«Va bene allora. Grazie.»
Lei sorrise. Si salutarono e rientrarono ciascuno dentro la propria abitazione.

Caterina non fece in tempo a scoprire tutte le nuove stranezze di Mario. Come ogni anno, alla fine della scuola, i preti del seminario di Thiene fecero il giro delle contrade per reclutare i futuri sacerdoti.
Mario partì senza preavviso, la sera precedente avevano giocato a nascondino e, la sera successiva, era sparito per davvero. Si salutarono sull'uscio della casa di Caterina. I genitori e i preti lo attendevano a qualche metro di distanza, già all'imbocco del viottolo che collegava le abitazioni alla strada militare. Le regalò *Sussi e Biribissi*.
«Tienilo. In seminario c'è una biblioteca piena di libri.» Parlava veloce, più veloce del suo solito. «Studierò un sacco di cose nuove. Quando torno, le insegno anche a te.»
Siccome a Caterina veniva tanto da piangere, gli disse solo: «Ciao». Poi corse a nascondersi nel campetto di granoturco.
Vi rimase tutto il pomeriggio, abbracciata alle sue ginocchia, a contare i sassi che sentiva in pancia. E più li contava, più diventavano un'unica grossa pietra dentro lo stomaco, così dura e pesante che non riusciva più a muoversi.
Verso sera iniziò a piovere. Gocce grosse e distanziate, che picchettavano sugli steli rigidi del mais con tonfi sec-

chi. Il ticchettio si fece più intenso e diventò una caterva di acqua assordante. I rivoli confluivano nella venatura centrale delle lunghe foglie e si riversavano sulla testa di Caterina, che in un attimo fu fradicia. Poi la pioggia cessò di colpo. Fu di nuovo silenzio, il cuculo riprese a cantare in lontananza e le chiocciole uscirono dal terreno. Il sole rosso del tramonto si frantumò nelle infinite gocce aggrappate a ogni cosa. Infine, lontano, *un breve gre gre di ranelle.*

Caterina pensò che se ci fosse stato Mario si sarebbero tolti gli zoccoli e sarebbero scesi lungo la strada militare a immergere i piedi nelle pozzanghere e a cercare le rarissime salamandre piovute dal cielo. Quella sera, invece, le pozzanghere sarebbero state inutili e le salamandre sarebbero sparite nel bosco, con le loro movenze impacciate, senza rendere felice nessuno.

Per un paio di giorni la pietra nello stomaco le impedì di muoversi e di mangiare. Andava a nascondersi nei posti che aveva condiviso con Mario e faceva la conta di tutte le cose che erano diventate inutili senza di lui.

Un pomeriggio la mamma sbucò dalla botola che portava in fienile, era in bilico sulla scala a pioli e sporgeva solo con metà busto dall'impiantito. Aveva la faccia seria. Una ruga nuova e profonda creava un solco tra gli occhi.

«È un'ora che ti cerco, Nina. Devo dirti una cosa.»

Caterina, che era distesa sulla paglia, si mise a sedere.

«Cosa?»

«Io e tuo padre abbiamo deciso che puoi andare in quarta. Oggi è venuto il maestro al campo a parlarci. Dice che è un peccato se non ti lasciamo finire le elementari.»

Caterina improvvisamente non riusciva più a stare seduta.

Si avvicinò a gattoni alla madre e allungò le braccia per stringerla. La donna, in equilibrio precario, si ritrasse per non cadere.

«Vedi di non farcene pentire.»

La Virginia iniziò a parlare della fatica, della distanza e dei soldi per i quaderni e la ruga tra gli occhi diventava, a ogni preoccupazione, più profonda. Caterina, invece, vedeva davanti a sé solo parole, nuove parole, tutte le parole del mondo, per dire ogni cosa ed essere sempre felice.

Dopo cena, per la prima volta, prese *Sussi e Biribissi* da sopra l'armadio della camera dei genitori, dove l'aveva lanciato in un momento di rabbia. La copertina si era staccata dalle pagine, la ricompose in qualche modo. Andò a sedersi sul prato sotto casa e lo aprì. La brezza fresca, che scendeva dal monte, le solleticava le braccia nude e faceva vibrare le foglie nuove del pero storto sotto il quale si era seduta.

I maggiolini zampettavano sull'erba appena tagliata. Qualcuno tentava un volo e planava sulla sua pagina aperta. Allora lei lo lanciava in aria e lo guardava allontanarsi lungo il pendio, verso le colline rugose e la pianura infinita che quella sera aveva lo stesso colore perlaceo del cielo.

La luce lunga di giugno dilatava i confini di tutte le cose.

Capitolo 10

La scuola elementare di Calvene era un edificio nuovo e imponente, appena dopo la piazza principale del paese. Aveva due file di bifore sul corpo centrale e, ai lati, si allungavano due appendici più basse con lo stesso tipo di finestre.

All'interno gli ambienti erano ampi e accoglienti. I muri erano stati imbiancati da poco per cancellare le tracce dei soldati feriti, curati lì durante la guerra, quando la scuola era stata usata come ospedale militare. C'era perfino una bidella e non era più compito dei bambini portare la legna per la stufa.

La maestra era una donna. Per Caterina fu una grande sorpresa. Non ne aveva mai conosciuta una, prima di allora, che non facesse la contadina.

Il primo giorno di scuola la fece rimanere in piedi davanti alla classe.

«La vostra nuova compagna si chiama Caterina» disse mettendole un braccio attorno alle spalle. «Siate gentili con lei, perché ogni mattina deve fare un'ora di strada a piedi.»

Caterina avrebbe preferito che la maestra non dicesse niente, le scappava la pipì dall'agitazione e non vedeva l'ora di sedersi.

«Gilda, falle un po' di spazio» aggiunse la maestra, rivolgendosi a una bambina che stava in un banco laterale, proprio nel fascio di luce di una delle finestre.

Caterina si sedette nel posto assegnato.

La compagna di banco profumava di sapone e la sua cascata di riccioli biondi, tenuti fermi da un cerchietto in velluto blu, risaltava in controluce come se fosse stata cosparsa di brillantini. Aveva gli occhi celesti e la carnagione chiara. Caterina aveva sempre immaginato così la Fatina di Pinocchio.

Per tutta la prima ora le due si osservarono di nascosto. Senza darlo a vedere, ognuna spostò il proprio quaderno verso l'estremità opposta del banco.

Quando iniziarono a scrivere, Caterina si accorse che le mani della compagna si muovevano leggere come farfalle. Al confronto, le sue parevano delle pinze, con le punte di pollice e indice che diventavano bianche per lo sforzo. Le fece un timido complimento per la calligrafia. L'altra rispose che i capelli di Caterina le piacevano un sacco, che non ne aveva mai visti di così scuri e lisci.

Si sorrisero e avvicinarono i loro quaderni. La Gilda accentuò le volute del polso e Caterina scrollò più volte la testa, per far frusciare la chioma sulle spalle. A fine mattinata, mentre impilavano quaderno e sussidiario, fu del tutto naturale che la peluria trasparente delle loro braccia si sfiorasse.

Dopo una settimana che giocavano assieme all'intervallo, si accordarono per scambiarsi i libri. Lei portò *Sussi e Biribissi* e l'altra *Il giornalino di Gian Burrasca.*

«È il libro più divertente che ho» disse l'amica, mentre glielo metteva tra le mani.

Caterina non le confidò che lei non ne possedeva altri. Ed era la prima volta in vita sua che sentiva di non essere del tutto sincera.

Quando, a novembre, il direttore venne in visita, furono entrambe selezionate per l'esibizione. A Caterina toccò la geografia d'Italia. La maestra le chiese gli affluenti di destra del Po e la suddivisione delle Alpi. La Gilda recitò la poesia *Rio Bo* ed ebbe modo di mostrare a tutti la grazia con cui gesticolava. Quando terminarono, il direttore strinse loro la mano e disse che erano il futuro dell'Italia.

Una mattina di gennaio, quando, verso le sei, scese in cucina, trovò sua madre ad attenderla davanti al camino. Teneva in mano un pezzo di pane raffermo, quello che conservava per le occasioni speciali.

«Cosa succede, mamma? Sono per caso ammalata?»

La madre glielo mise davanti.

«È talmente freddo fuori stamattina che hai bisogno di un po' di sostanza in più.»

Caterina lo prese e lo inzuppò con cautela nella scodella di caffè d'orzo.

Sua madre guardava la notte fuori dalla finestra.

«Sei proprio sicura che devi andarci?» Aveva la solita espressione dei colombi disorientati, con il capo leggermente piegato di lato.

«Sì, ho l'interrogazione di storia. Altrimenti la maestra pensa che sto a casa apposta» rispose lei, ancora masticando.

La Virginia si mise a trafficare con la molla per ravvivare il fuoco nel camino. Non metteva mai bocca sulle cose di scuola. È stato il maestro a insistere. Fosse stato per noi, si giustificava con i vicini che non comprendevano perché la bambina continuasse a studiare. Ma si capiva che quella mattina non era d'accordo. Era nervosa e faceva più rumore del necessario.

Prima che Caterina uscisse, le mise il berretto pesante sulla testa e le infilò in tasca un ulteriore pezzo di pane e rimase sulla porta a guardarla, con il solco tra gli occhi ancora più profondo del solito.

Fuori, il biancore della coltre gelata rischiarava debolmente la notte. I respiri di Caterina si addensavano sulle ciglia, che in un attimo si gelavano, rendendo le palpebre pesanti. Attraversò le case di sotto, ancora addormentate sotto una spessa coperta di neve, e poi imboccò il solito sentiero, che sapeva esserci, nonostante tutto quel bianco ne avesse livellato il solco.

Affondava fino a metà polpaccio. La neve penetrava senza trovare resistenza nelle cuciture lasse delle scarpe e in un attimo i calzettoni grossi furono zuppi. I guanti di Mario, ormai piccolissimi, le lasciavano scoperti i polsi.

Corse più veloce che poteva giù per i pendii, seguendo il tracciato dei muretti che a malapena affioravano dalla neve. Un paio di caprioli, scesi in pianura in cerca di cibo, le tagliarono la strada. Le loro impronte leggere intersecarono la sua scia grossolana. Era un tempo da bestie, non da uomini. Forse sua madre aveva ragione.

La notte sbiancò e il colore del cielo si confuse con quello del terreno, solo gli scheletri scuri degli alberi permettevano di distinguere la terra dalle nuvole. Caterina si fermò un attimo a riprendere fiato. Si piegò in avanti, appoggiò le mani sulle cosce. Le bastò alzare un attimo gli occhi verso il cielo carico, per rimettersi a correre, molto prima di quanto avrebbe voluto.

Rallentò solo quando fu in vista del mulino che annunciava il centro abitato.

Arrivò in paese che la scuola era ancora chiusa, come i balconi e le porte delle case che si affacciavano sulla strada. La distesa bianca si era mangiata tutto: la piazza, il vialetto, le aiuole, i canali di scolo. Un silenzio così grande era planato sul paese che Caterina per la prima volta riusciva a sentire il gorgoglio del torrente che scorreva lontano, in fondo all'avvallamento, dietro la chiesa.

Si rannicchiò sui gradini, abbracciò le gambe per trattenere il poco calore rimastole addosso. Pensò al fianco di sua mamma, a quando qualche anno prima vi si accucciava addosso. Poi, vinta dal freddo, chiuse le palpebre.

«Vuoi morire congelata?»

La bidella la svegliò con dei leggeri schiaffi sulle guance.

Caterina non riusciva a muoversi. Richiuse gli occhi perché era la cosa più facile da fare; svegliarsi, alzarsi o parlare le sarebbe costata troppa fatica.

Sentì che veniva presa in braccio, portata dentro e adagiata su una sedia. Qualcuno attorno a lei trafficava con gli anelli in ghisa della stufa e borbottava.

Un'ondata di calore, improvvisa, le si conficcò nelle mani e nella pelle del viso, come tante lame. Quando riprese coscienza, il dolore ai piedi la fece piangere.

«Ma chi te l'ha fatto fare di venire oggi?» domandò la bidella, che aveva l'aria più arrabbiata che curiosa.

Caterina nascose le lacrime nella mantella che la donna le aveva allargato sulle spalle.

«Ma è il modo di mandare in giro una bambina?» borbottava l'altra mentre con gesti energici le massaggiava i piedi. «Meglio non farli i figli, se poi non si sa curarli.»

Caterina pensava al collo da colombo di sua madre e non riusciva a smettere di piangere.

Non appena tornò a sentire le mani, estrasse dalla tasca il pezzo di pane secco che le aveva dato prima di partire e se lo appoggiò sulla gonna. Non aveva fame, voleva solo assicurarsi che la bidella lo vedesse, perché era una bugia che sua madre non si curava di lei. Di nuovo desiderò il suo fianco caldo e morbido.

Dall'esterno arrivò il vociare dei primi bambini, un paio di palle di neve colpirono la porta con un tonfo sordo.

Caterina scattò in piedi.

La donna la fece sedere di nuovo e le asciugò le guance con lo scialle. «Sta' tranquilla» le disse. «Non li faccio entrare, finché non ti sei rimessa in ordine.»

Quel giorno in classe mancava metà dei bambini. Lei e la Gilda furono interrogate in storia e presero nove entrambe. Si abbracciarono e Caterina ebbe finalmente modo di infilare il naso tra i suoi riccioli di zucchero filato.

Durante la ricreazione la maestra le si avvicinò. Senza dire niente, le mise in tasca un pennino e due fogli di carta assorbente.

Nevicò tutta la mattina. Inutili furono gli sforzi della maestra di spiegare il periodo ipotetico. Gli occhi della classe erano rivolti alle finestre e ai vortici di fiocchi, che riempivano l'aria e che di lì a poco sarebbero diventati pupazzi e proiettili o, nel caso di Caterina, solo freddo e sforzo per tornare a casa.

«Se abitassi in pianura, farei meno fatica» disse, quando la maestra le chiese di fare un esempio di periodo ipotetico.

La maestra le sorrise e le fece i complimenti. Gli altri bambini non riuscirono a formulare alcuna frase, nemmeno la Gilda, erano tutti imbambolati a guardare la neve.

Caterina, in compenso, in testa sua ne aveva per tutti.

Se fossi un maschio sarei in seminario come Mario.

Se fossi buona come la Lucia andrei in paradiso.

Se avessi tanti soldi avrei più libri della Gilda.

All'uscita, la aspettava suo padre. Era così intabarrato che non lo riconobbe subito, anche perché non si aspettava che lui sapesse dove andava a scuola.

Aveva portato un altro mantello e un paio di ghette da avvolgere attorno alle scarpe e ai polpacci.

«Me le ha prestate Toni» disse mentre gliele allacciava sulle gambe. Non aggiunse altro.

Risalirono la strada militare sotto una bufera, a testa bassa: Cesco davanti e lei dietro.

Nonostante il freddo e la fatica, e i ghiaccioli minuscoli che sferzavano il viso, la figura grande di suo padre che le apriva un varco tra la neve la faceva sorridere e tutto quel bianco le pareva, adesso, bello. Se abitassi vicina alla scuola, mio padre non sarebbe venuto a prendermi.

Invece, quel giorno, lui era sceso dai monti apposta per lei.

Alla fine dell'inverno vennero fatti i falò nei campi e ricominciò la stagione dei lavori. Il tragitto per scendere a scuola si fece più agevole. I contadini che zappavano o che aravano con le bestie ai lati del sentiero alzavano la mano in segno di saluto quando passava.

Con le giornate più lunghe, se non doveva aiutare i suoi nei campi, si fermava a fare i compiti dalla Gilda.

L'amica viveva a due passi dalla scuola e aveva una casa vera e propria, con la cucina divisa dal salotto e tappeti stesi sulla veneziana. Al piano terra c'era perfino un bagno.

Se fossi la Gilda, non dovrei fare la pipì nella baracca in orto.

Studiavano in cameretta, su un tavolino di legno, tra una piccola libreria con una dozzina di volumi illustrati e la casa delle bambole, che riproduceva, in miniatura, tutte le comodità di quella vera.

Caterina non le disse mai che abitava in un posto molto diverso né la Gilda chiese mai nulla. L'amica si comportò sempre come se fosse scontato che entrambe possedessero una casa delle bambole.

Sbrigavano i compiti in fretta, perché facevano a gara su tutto. Poi chiacchieravano. Era la prima volta che Caterina incontrava qualcuno a cui piacesse parlare tanto quanto a lei. Alla gente della sua contrada le parole costavano fatica, alla Gilda, invece, venivano facili e ne conosceva anche molte di nuove. Le diceva che, da grande, avrebbe fatto la farmacista, proprio come suo padre.

Caterina pensava allora ai suoi genitori, sempre curvi, con le mani screpolate e la faccia seria, e rispondeva che lei ancora non aveva deciso.

Se scappassi dalla contrada, non dovrei fare la contadina.

Capitolo 11

La scuola chiuse qualche giorno per le vacanze di Pasqua, che quell'anno cadeva tardi, quasi a maggio.

Caterina scese comunque in paese con il nonno che doveva ritirare la pensione. Il sole di aprile aveva fatto esplodere la vegetazione. In più punti le frasche si erano impadronite del sentiero e avevano chiuso i varchi attraverso cui Caterina era sgusciata per tutto l'inverno. Il nonno ogni tanto imprecava perché aveva male alle gambe e faceva fatica a piegarsi.

Nei prati verdi, i pagliai erano ormai esauriti e gli alberi da frutto che delimitavano il perimetro delle proprietà erano in fiore. Le vitelle, spaurite dai primi giorni di pascolo all'aperto, si avvicinavano in cerca di conforto. Caterina porgeva la mano e loro ne leccavano il sudore salato con la lingua ruvida che a lei faceva il solletico.

A metà, fecero una pausa. Si sedettero su un muretto e le lucertole corsero a nascondersi nelle fessure tra le pietre. Il nonno si piegò a raccogliere gli steli dei *pissacani* e ne fece delle trombette. Ci provò anche lei, ma le sue non emettevano alcun suono.

Arrivarono in paese che Caterina ancora gli stava spiegando il periodo ipotetico, per il quale aveva sviluppato una vera e propria ossessione, in virtù di tutte le possibilità che le si aprivano davanti quando formulava le frasi a quel modo.

«Se tu non fossi così vecchio, potremmo fare una bella corsa» Caterina lo prese per mano. «Vedi, nonno, quante cose si possono immaginare?»

Il nonno guardava in basso per non inciampare e si limitava ad annuire.

«Le cose sono quelle che sono, Nina. Perché immaginarsele diverse?» provò a dire nonostante il fiatone.

Quando arrivarono in piazza, le suole degli zoccoli erano diventate verdi e profumavano di artemisia.

«Ti piace davvero la scuola?» Il nonno si era portato una mano alla fronte per schermarsi dal sole. Studiava il grande edificio con gli occhi stretti e la bocca che pareva solo una fessura secca.

«Tantissimo.» Poi Caterina indicò il lato destro del piano terra. «Quella è la mia classe.»

Il nonno entrò in posta e poi al negozio dell'Angelica, dove comperò una spagnoletta di filo nero per la nonna. Lei, nel frattempo, raggiunse un suo compagno, che giocava con i fratelli ad acchiapparello attorno al monumento ai Caduti, nello spiazzo davanti alla scuola.

Al ritorno, imboccarono la strada militare anziché il solito sentiero, perché il nonno voleva fermarsi dalla sorella per un saluto.

La zia Rosina abitava in una delle prime case di Mortisa. Era una donna piccoletta e sempre vestita di nero. A Caterina stava simpatica, rideva di tutto e non era mai di malumore. Rimasero poco, giusto il tempo di mangiare la mela avvizzita che aveva messo loro tra le mani, perché era il giorno in cui lei di solito andava a trovare il marito al cimitero. Adagiato sul tavolo, era già pronto un enorme mazzo di narcisi gialli.

Faceva caldo, prima di entrare in contrada, si fermarono un attimo alla fontana. Dal canalone della Val Scura scendeva una piacevole arietta fresca.

«Nina, ti piace davvero andare a scuola?»

«Sì, nonno. Perché me lo chiedi ancora?»

Lui si era slacciato il fazzoletto dal collo e lo stava mettendo sotto al rubinetto per sciacquarsi la faccia.

«Visto che hai tanta passione per la scuola, se campo abbastanza, con i soldi della pensione ti faccio studiare da maestra.»

Caterina rimase senza parole.

Era il periodo ipotetico più bello che le fosse mai capitato di sentire. Migliore di tutti quelli che aveva formulato lei negli ultimi mesi.

«Ormai sono vecchio e dei soldi non me ne faccio più niente.» Sorrise e con l'indice le indicò i buchi sulle gengive. «Vedi? Quando si ha il pane non si hanno più i denti.»

Lei lo osservava con gli occhi spalancati e non riusciva ancora a parlare.

Percorsero gli ultimi metri in silenzio.

Sarebbe andata in collegio.

In pianura.

Come Mario.

Si lasciarono sulla porta di casa, Caterina lo abbracciò con tutte le sue forze, ancora non riusciva a esprimersi diversamente. Il nonno proseguì per Pradelgiglio, dove la nonna aspettava la spagnoletta dal mattino.

Lei non osava entrare. Aveva paura che, a parlarne con gli altri, la felicità si sarebbe disgregata e che dei pezzetti si sarebbero dispersi nell'aria assieme alla voce. Rimase ancora un attimo a guardare la pianura, seguì le anse del torrente Astico che sparivano dietro le colline e andavano verso le città che un giorno sarebbero state sue. Poi spinse la porta.

La mamma stava mescolando la polenta sul camino. Tullio le tirava la gonna e Tarquinio, a gattoni sul pavimento, schiacciava con il palmo della mano una lunga fila di formiche nere.

Caterina si avvicinò alla madre.

«Il nonno mi ha detto che con la sua pensione mi fa studiare da maestra» sussurrò pianissimo per disperdere meno felicità possibile.

La Virginia girò la testa verso di lei.

«Lo sapevo già. Contenta?»

Caterina batté le mani.
«È il giorno più bello della mia vita.»
La donna sospirò.
«Vedi, però, di non montarti la testa, la strada è ancora lunga.» Si voltò verso la credenza e tirò fuori il tagliere rotondo per la polenta, sbattendolo contro le ante del mobile troppo strette. «Intanto, potresti cacciare fuori la gallina?»
Caterina con quattro colpi di scopa la spaventò verso la finestra aperta. La bestia si appollaiò sulle inferriate, lasciò cadere un escremento sul davanzale in pietra e poi si buttò di fuori, aprendo appena le ali.
Dopo aver pranzato, Caterina andò a trovare la Lucia. Era indaffarata con la Mara, l'ultima sorellina nata, e non mostrò particolare entusiasmo per la notizia.
«Ma non hai paura di andare via dalla contrada?»
Caterina la guardò mentre puliva il rigurgito della neonata con un triangolo di stoffa giallina e zuppa.
«No, per niente. Anche Mario è andato via.»
La Lucia si piegò per adagiare la piccola nella culla.
«Io, invece, spero di restare sempre qui, con la nonna Adele, il nonno Silvano, Giuseppe e i miei genitori.»
«Ma sei proprio sicura che vuoi fare la contadina da grande?»
«Non mi importa. A me basta maritarmi e fare tanti bambini.»
La neonata stava vomitando di nuovo. Caterina se ne andò storcendo la bocca.
Cosa poteva trovare la Lucia di bello a dormire con un maschio che russava? Ad avere i bambini nella pancia, a puzzare di latte acido e a pulirli dalla cacca e dal vomito? Pensò che l'amica si meritava davvero il paradiso.
Prima di rientrare bussò alla casa di Mario.
Quando la Irma e Toni si affacciarono dalla finestrella, chiese loro di far sapere al figlio che anche lei sarebbe andata a scuola e che sarebbe diventata maestra.
La donna sorrise.

«Puoi dirglielo tu stessa, Mario tornerà a casa per le vacanze.»

Saltellando, Caterina tornò in stalla, slegò la Moretta e la portò fuori a pascolare.

Il giorno dopo disse alla Gilda che anche lei aveva deciso cosa voleva fare da grande.

Capitolo 12

Negli ultimi mesi di scuola Caterina diede tutta se stessa e superò la Gilda in ogni materia. All'ultimo componimento, la maestra le fece i complimenti, perché aveva dato il primo dieci della sua carriera.

Era il nove giugno. Il nonno era con il papà su ai Livelli, calcolò che avrebbe dovuto aspettare un paio di giorni per poterglielo raccontare. Tornò a casa, trotterellando tra la doppia fila di muretti in pietra che delimitava il sentiero. Donne e uomini erano piegati sull'erba a falciare. Un'anziana la chiamò e le mise tra le mani una manciata di ciliegie.

Caterina, risalendo il sentiero, fantasticava un po' su tutto, sulla soddisfazione che avrebbe dato al nonno con il suo voto, sulle vacanze, sul ritorno di Mario e sulla parola *imminente* che aveva appreso giusto quella mattina. Sputava gli *ossi* delle ciliegie davanti a lei e la ripeteva a bassa voce. Le piaceva come suonava, le ricordava il guizzo di una trota nell'Astico. Provò a inventare qualche frase che la contenesse. *La fine della scuola è imminente*, *Non c'è niente di imminente* e così via.

In cortile trovò un carretto vuoto, proprio davanti alla porta di casa. Un grande fascio di frumento era sparpagliato sotto la tettoia della legnaia. Un paio di capre lo annusavano curiose.

Da dentro provenivano la voce di suo padre e quelle di altre persone, forse la Irma o forse la Elsa.

La parola *imminente* si fece minacciosa.

Scavalcò le stanghe del carretto e si affacciò alla cucina. La Linda piangeva davanti al caminetto spento, i due piccoli, seduti a terra, raschiavano con le dita le croste rimaste nel pentolone.

Imminente era nero come la pentola vuota che, a quell'ora, avrebbe dovuto essere piena di polenta gialla e bollente.

Sua sorella si voltò verso di lei.

«Il nonno ha fatto un colpo. Lo hanno portato giù col carretto perché non riesce a stare in piedi.»

Nonostante la pietra che sentiva prendere forma dentro lo stomaco e che le comprimeva il respiro, Caterina si precipitò di sopra. Attorno al letto trovò la mamma, il papà e tutto il vicinato. Parlavano a bassa voce.

Si fece spazio e si avvicinò al nonno.

Era disteso, occhi chiusi, bocca chiusa, nessuna fessura sul suo viso, solo un muro di terracotta. Gli prese la mano, abbandonata lungo il fianco: era fredda e molla.

La scosse.

«Sveglia, nonno! Ho preso dieci! Sveglia!»

La mamma gli sfilò delicatamente la mano dalle sue. «Non ti sente. È meglio se vai di sotto.»

Caterina la afferrò nuovamente. Non aveva nessuna intenzione di scendere.

I vicini, che avevano dato una mano col trasporto, a poco a poco se ne andarono. La Elsa corse dalla Mara che piangeva tra le braccia della Lucia, l'Adele e Silvano avevano lasciato le capre in corte e Toni e la Irma dovevano tornare a falciare. Anche sua madre scese, perché i piccoli avevano fame.

Rimasero lei e suo padre, che le fece segno di sedersi sull'unica sedia che c'era di fianco al letto.

«Si sveglierà, papà?»

«Chi lo sa. Non ci resta che pregare.»

E Caterina pregò. Pregò con tutte le sue forze. Pregò Dio di farsi vivo e di compensare a tutti gli errori del passato. La piccola Imelda, Enzo, Fortunato. Se esisteva e se davvero era buono come dicevano tutti, quella era l'occasione per mostrarlo.

Venne sera e arrivò il dottore. Era stanco, perché aveva fatto il giro di tutte le contrade a piedi. Chiese che gli fosse portata una candela e ordinò a Caterina di uscire dalla stanza.

Il nonno aveva fatto un colpo per davvero.

Il dottore disse che il cuore aveva ceduto e non c'era alcuna possibilità che sopravvivesse.

Caterina sentì che le gambe non reggevano più. Si aggrappò al letto del nonno e cadde a terra, trascinando il lenzuolo con sé. Prima di perdere i sensi, fece in tempo a vederne il corpo nudo, abbandonato sul materasso.

Fu svegliata all'alba, da un borbottio sommesso. Si guardò attorno: la luce che precedeva il sole entrava debolmente dal vetro polveroso della finestra, il comò era un rettangolo nero contro il muro, i volti pallidi dei suoi fratelli, ammucchiati su un unico giaciglio e avvolti da un solo lenzuolo, riflettevano il cielo latteo del mattino.

Si alzò senza fare rumore e raggiunse le scale. I suoi genitori erano seduti in cucina. La madre aveva incrociato le braccia sul tavolo e ci aveva appoggiato la testa per riposare. Tra le mani teneva ancora un rosario con i grani aggrovigliati. Suo padre, seduto davanti a lei con la schiena diritta, fissava la porta della stalla, oltre la sagoma della moglie.

Caterina si accostò all'altra camera in punta di piedi, per non far scricchiolare il solaio. La nonna era seduta accanto al letto, stringeva la mano al nonno, nel modo in cui lo faceva sul campo, quando guardavano assieme le capre. Con una mano sopra e una sotto a quella del marito, come se, ancora una volta, si accarezzassero a vicenda. Gli parlava sottovoce. Il nonno aveva la bocca un po' aperta, una fessura buia da cui non usciva più niente.

Tornò a letto. I suoi fratelli, bianchi come il cielo di fuori, ancora dormivano. Li invidiò: per loro la morte del nonno sarebbe stata solo la morte del nonno.

Per giorni, in contrada, si commentò la morte di Bortolo, che alla gente di su pareva di gran lunga più interessante di quella del deputato Matteotti, di cui si parlava, invece, giù in paese.

Il nonno si portò via le parole, i sogni e tutto ciò in cui Caterina aveva creduto da bambina. La bara fu calata in una voragine buia. Caterina vi lanciò sopra il suo pugno di terra, con la stessa forza con cui scagliava i sassi sul muro dietro casa.

Trascorse l'estate a fare ciò che andava fatto. Aiutava i genitori, badava ai fratellini, sgranava i fagioli e imparava a fare la treccia. Ma nella sua testa non c'erano più domande, non c'erano più periodi ipotetici e le parole che già conosceva, per la prima volta, le parevano fin troppe per esprimere le poche cose a cui pensava.

Ad agosto, Mario provò a entusiasmarla, mostrandole i suoi quaderni di latino. Caterina non li guardò nemmeno.

«Io non sono come te, preferisco avere degli amici» gli disse, prima di raggiungere Giuseppe e Francesco che l'aspettavano sui muretti.

Non gli rivolse più la parola per tutta la vacanza e lui la trascorse da solo, a leggere e a guardarla passare da dietro le inferriate di casa sua.

Iniziò la quinta per inerzia. I risultati erano mediocri e la maggior parte dei giorni stava a casa per dare una mano. Non si fermò più dalla Gilda a fare i compiti, alla sua compagnia preferiva quella della Emma o della Lucia.

Quando, dopo la Befana, la nonna si trasferì da loro, smise definitivamente di andare a scuola. L'anziana aveva bisogno di assistenza continua, diceva che le gambe non la reggevano più. Ma Caterina sapeva bene che il problema era la voglia di vivere. La mamma era di nuovo incinta, al settimo mese, e il male alla schiena non la faceva dormire la notte. Anche la Linda, che faceva solo la terza a Contrà Monte, dovette smettere di andare a scuola per occuparsi dei fratelli.

Una mattina di marzo Caterina venne svegliata dai rantoli della nonna. Aveva il viso deformato, una parte della faccia pendeva da un lato. Non muoveva più niente.

Il dottore disse che aveva fatto una paralisi e fece un estremo tentativo di salvarla con un salasso di sanguisughe.

Caterina pensò che, con i vermi attaccati al collo, la nonna pareva già terra.

«Lo so che sei triste, Nina, per come sono andate le cose. Ma sei una bambina sveglia e troverai comunque la tua strada» le aveva detto solo una settimana prima.

Due giorni dopo, il dodici marzo, sua madre partorì un altro maschio.

Cesco, che ricevette la notizia di ritorno dal funerale della madre, non sognava più i re di Roma, e propose di chiamarlo semplicemente Quinto. La Virginia, che pur di fare un piacere al marito aveva sempre accettato tutto, quella volta si oppose. Dall'unica discussione che ebbero nella loro vita, venne fuori Quintilio, che non era mai esistito, ma che sembrava ugualmente uno dei sette re.

Caterina si affezionò oltremodo a quella piccola creatura inutile. Avrebbe voluto lanciare sassi contro tutti, fuorché contro di lui, che era nuovo e non c'entrava ancora niente con il mondo intorno.

Quando fu svezzato, chiese alla mamma se poteva farlo dormire nel suo stesso giaciglio.

In quel primo inverno assieme, lei e il suo fratellino si tennero stretti tutte le notti per scaldarsi. Quintilio si addormentava stringendo il pugno attorno ai suoi capelli e lei appoggiava la guancia a quella di lui, che era ancora più soffice della sua. Riversò su Quintilio tutto l'affetto che non riusciva più a provare per gli altri.

La Virginia la guardava con preoccupazione. In altri momenti a Caterina avrebbe fatto piacere quell'interessamento, ma adesso ne era solo infastidita. Non voleva più bene nemmeno alla sua mamma.

«È solo una bambina, le passerà» dicevano le vicine alla Virginia per consolarla.

Ma Caterina aveva intravisto un mondo diverso da quello a cui era destinata e per lei l'infanzia era ormai finita.

Parte seconda
La lettera da Novara
(1928-1940)

Capitolo 1

«Non se ne parla. A servizio tu non ci vai.» Cesco batté il pugno sul tavolo.

La Virginia si alzò per ravvivare il fuoco.

Caterina passò lo sguardo supplichevole dall'una all'altro.

«Ma papà, non potete tenermi qua per sempre. La Emma è a Novara da due anni, la Lucia parte la prossima settimana per Torino. Avrei già...»

«Le mie figlie a fare le serve non ce le mando. Qua non ti manca niente. Lascia che parta chi la fame la fa per davvero.»

Dal camino si alzò una fiammata. La luce fece tremolare le rughe sul viso di suo padre.

Caterina si alzò in piedi.

«Sono stufa di questa vita.» Allungò le braccia verso i genitori. «Guardate. Ho le mani di una vecchia.»

Cesco scosse la testa.

«E cosa credi? Che svuotare i vasi da notte dei ricchi sia meglio?»

Caterina capì che anche quella sera non sarebbe arrivata da nessuna parte. Uscì dalla stanza senza replicare. Le scale scricchiolarono sotto i suoi passi.

In camera si accostò alla finestra, la luna piena rendeva argentea la pianura. Si tolse gli zoccoli e i calzettoni e ispezionò le vesciche sui piedi. Di solito le bucava con un ago, per farne uscire il liquido e avere un po' di sollievo. Ma non quella sera. Quella sera voleva sentirlo tutto, il male, e odiare la sua vita senza sconti.

Tullio borbottò nel sonno, la Linda e Tarquinio russavano. Caterina sentì la manina di Quintilio che la invitava a distendersi e si lasciò guidare.

«Perché piangi?» le chiese il bambino, quando le loro guance si toccarono.

Fare legna, a novembre, era massacrante. Avevano sudato come bestie tutta la settimana. Lei, suo padre, la Linda e perfino Tullio, con i suoi otto anni di montagna. La fatica non stava tanto nell'abbattere i faggi, quanto nel trasportare i tronchi fuori dal bosco, fino alla curva di Folgaria, dove sarebbe poi andata a prenderli una ditta di Zugliano.

Si erano tenuti in forze bevendo caffè d'orzo con pezzi di burro rancido sciolti dentro. Caterina odiava gli anelli di grasso che galleggiavano sulla superficie della brodaglia, untuosi sulle pareti del pentolino di latta come su quelle della sua gola.

«Cosa fai? La difficile?» le aveva chiesto quella mattina suo padre, quando lei aveva passato il mestolo alla Linda, senza bere.

Non aveva risposto. Si era allontanata a osservare la vallata. Novembre spogliava la terra e rendeva i panorami più veri. Sotto di lei aveva individuato Pradelgiglio, in cui una volta abitavano i nonni. Ora era un cumulo di pietre bianche, appena visibile nell'alba nebbiosa. Non ci abitava più nessuno a cui voler bene. Nessuno che desse un senso a quel luogo.

Sul versante opposto c'era la sua contrada, collegata alle altre dalla strada militare: la "Strada della Salvezza", come era stata ribattezzata, da qualche anno, da coloro che avevano passione di raccontare storie della guerra.

Da lassù gli abitati parevano grumi di case aggrappate ai pendii, come le piante di fichi che crescevano contorte tra le pietre dei muretti, destinate a restare piccole e a fare pochi frutti, nonostante gli sforzi enormi.

Identificò la sua abitazione tra quella della Irma e quella dell'Adele.

Cosa stava facendo sua madre? A quell'ora aveva già munto le mucche, governato le galline e bollito il latte. Probabilmente stava scendendo alla fontana, perché di notte Quintilio bagnava ancora il letto. Poi sarebbe andata al caseificio, avrebbe spazzato, rammendato e preparato la polenta. Anche a quella avrebbe aggiunto qualche pezzo di burro: in inverno i piccoli avevano bisogno di più sostanza.

Tutto veniva misurato in sostanza sui monti, nessuno spazio per la bellezza.

Non poteva dormire. Quintilio scalciava e Tullio, nel letto poco distante, continuava a borbottare.

La puzza del formaggio messo a stagionare sulla mensola sopra le loro teste le pizzicava il naso. Suo padre non aveva mai saputo fare bene le pezze, e finivano sempre col creparsi. Il liquido che ne usciva aveva un odore intenso, di marcio e di acido.

Si rivoltò sulla paglia del materasso per tutta la notte, senza riuscire a prendere sonno.

Al *Padrenostro* decise di alzarsi.

In cucina faceva freddo quanto di sopra. Le braci della sera precedente erano già state scoperte, ma il nuovo ceppo ancora non aveva preso. Un chiarore proveniva dalla larga fessura sotto la porta della stalla. Caterina la aprì piano.

Sua madre mungeva la Mora. La vedeva di spalle. Aveva il secchio tra le ginocchia e la fronte appoggiata sul fianco della vacca. Sembrava dormisse. Doveva avere appena iniziato, perché gli spruzzi rimbalzavano ancora sul fondo di latta. Caterina si appoggiò allo stipite della porta e li ascoltò diventare più sordi, a mano a mano che il secchio si riempiva.

Sua madre non diede segno di averla sentita.

Erano anni che non la vedeva sedersi neppure per mangiare, le venne il dubbio che non andasse nemmeno più a letto a dormire, che lo facesse così, appoggiata a una vacca o a una vanga, tra un lavoro e l'altro, come capitava.

Si avvicinò e le posò una mano sulla spalla.

«Non sapevo fossi qui» borbottò lei.

Caterina trascinò uno sgabello vicino al suo, avrebbe voluto appoggiarsi al suo fianco, come faceva da bambina. Invece allungò le braccia per darle il cambio.

«Non ti preoccupare, Nina. Hai già lavorato tanto i giorni scorsi.»

Ascoltarono assieme il secchio riempirsi.

«Mamma, perché non volete che vada a lavorare in pianura? Avrei già trovato un indirizzo dalle parti di Alessandria.»

La Virginia si fermò e la guardò negli occhi, seria.

I respiri umidi delle vacche saturavano la stalla e preannunciavano pioggia.

«Non pensare che le ragazze che vanno in giro siano trattate tanto bene. I signori, quando pagano, pensano di poter comprare tutto.»

«A volte vorrei essere povera come la Emma, così sarei obbligata a partire.»

Sua madre si riassestò sullo sgabello e strinse le altre due mammelle della Mora.

«Non chiamare disgrazie, che quelle arrivano già da sole.»

«Ti supplico, mamma. Non ho potuto studiare. Lasciate almeno che impari qualcosa dal mondo.»

Per un po' non dissero nulla, le mani della Virginia si muovevano decise sui capezzoli rosei e penduli.

«Senti» disse, senza distogliere lo sguardo dal secchio. «Se vuoi andartene per un po', potrebbe esserci una soluzione. Mio fratello Bruno, quello che è tornato da poco dall'America, mi ha mandato a dire che cerca una ragazza che gli dia una mano in casa. Mi ha chiesto se tu o la Linda foste interessate. Abita a Caldogno...»

«Ci vado anche subito.»

La Mora era asciutta, la Virginia trascinò lo sgabello sulla paglia e passò alla Merica, che, mansueta, si mise in posizione.

«Allora sentiamo cosa dice tuo padre. Non credo che faccia storie. Ormai è San Martino e qui non c'è più tanto da fare.»

Caterina rientrò in cucina col primo latte. Un topolino la precedette, correndole tra i piedi. Il gatto ci si avventò dalla sedia.

Agganciò il secchio alla catena del camino e ravvivò la fiamma ancora incerta, rimestando i carboni con la molla e soffiandoci sopra.

«Bravo, Nerone, bravo» disse al gatto, che stava leccando le ultime tracce di sangue e pelo sul pavimento.

Lo prese in braccio, sedette, e se lo appoggiò sulle gambe.

Se ne stettero così a lungo, entrambi sazi. Il gatto a fare le fusa e lei a fissare il fuoco, sorridendo.

Poi il campanile batté le cinque e le assi del soffitto scricchiolarono sotto i passi di suo padre.

Partì una domenica di dicembre. Uscì di casa che era notte. Imboccò il sentiero con la sacca in mano. Dentro c'erano un ricambio, il santino della Vergine e i soldi giusti giusti per il viaggio.

Fino a Calvene seguì la via che aveva fatto centinaia di volte, fin da piccola. In discesa, tra i boschi brulli e i campi a riposo.

Poi attraversò il ponte sull'Astico, e il terreno si fece pianeggiante ed estraneo.

Solo sulla strada che attraversava il paese di Zugliano iniziarono a passarle di fianco i primi carretti del mattino.

Il sole raggiunse Thiene prima di lei. Un sole rosso e freddo, buono solo per accecare gli occhi, non certo per scaldare le ossa.

Mario era in seminario a Thiene. Ora ci arrivava anche lei.

Prima di inoltrarsi nei quartieri abitati, si sedette su un muretto e tirò fuori dalla tasca un incarto contenente un pezzo di polenta.

Mentre masticava, per la prima volta misurava la distanza tra sé e casa propria e sentiva l'appetito aumentare a dismisura.

Al piazzale del Bosco dei Preti pagò il dovuto e si fece spazio su un carro di pellegrini diretti a Monte Berico; i posti dietro, quattro per parte, erano tutti occupati, si sedette davanti, tra il carrettiere e un'altra donna. Non appena i cavalli si avviarono, i suoi compagni di viaggio iniziarono la recita del rosario.

Attraversarono il centro di Thiene e Caterina non faceva che chiedersi quale edificio fosse il seminario. Si aspettava di veder uscire il suo amico d'infanzia da ogni casa un po' più grande delle altre.

Finalmente si stava inoltrando nella pianura, andava addirittura più distante di quanto non fosse riuscito a fare Mario.

Superarono la città e arrivarono alla campagna. Ai lati della carreggiata la terra si distendeva nuda e arata di fresco. L'ombra, che dalle sue parti aveva alleate le montagne, su quel terreno pianeggiante era frantumata in piccole porzioni innocue, costretta ad annidarsi tra le zolle di terra o dentro l'impronta di un mulo, permettendo al sole di distendersi sui campi senza fatica. E tutto era luminoso e tutto pareva semplice. Perfino i cavalli sembravano tirare il carro senza sforzo.

Arrivarono a Villaverla a metà mattina. Procedettero lungo il muro di una grande villa sulla sinistra e lasciarono la chiesa sulla destra.

Il conducente la fece scendere appena prima di Caldogno e le indicò un campanile.

Trovare la casa di suo zio fu facile. Era vicina alla chiesa, lungo la strada sterrata. Costeggiò l'alto muro di mattoni. La cancellata in ferro era solo accostata. Un grande cortile, circondato da alberi da frutto ancora senza gemme, si apriva davanti alla casa. Un'abitazione a tre piani, solida e rettangolare, affiancata da un'ampia barchessa.

Sotto il portico erano sistemati con cura attrezzi di ogni tipo e due carretti, di cui uno senza ruote. Placidi muggiti provenivano dalle finestrelle allineate sulla parete.

Si avvicinò all'ingresso. Lungo la facciata sporgeva dal terreno una fila di stecchi legnosi, che promettevano di diventare in primavera cespugli di ortensie, intervallati da rosai spogli che si arrampicavano alle inferriate delle finestre del piano terra.

Caterina cercò i suoi monti oltre il muro del cortile. Erano sempre più lontani, in parte nascosti dalle colline, che lei aveva sempre conosciute dal versante opposto.

Quando tornò a guardare il grande edificio, sentì una stretta allo stomaco.

Aprì la porta una donna di mezza età, alta, secca, con i capelli grigi e mossi, raccolti sopra la fronte da un pettinino di madreperla.

«Buongiorno, signora, sono Caterina. Abita qua il signor Bruno?»

La donna sorrise in modo esagerato.

«Certo, è mio marito.»

Iniziò a trafficare dietro la schiena per slegare il grembiule.

«Scusami, cara, mi daresti una mano con la traversa?»

Caterina appoggiò a terra la sua sacca e sciolse il nodo con facilità.

La donna, rientrando, lasciò il grembiule sulla credenza di legno scuro dell'ingresso. Dietro il vetro smerigliato del mobile Caterina ammirò un elegante servizio da caffè dai motivi floreali.

«Sono tutta in disordine, mi dispiace, ma non sapevo quando arrivavi» disse la padrona di casa, sistemandosi nervosamente i capelli.

Le cadde il fermaglio, ma parve non accorgersene. Fece segno a Caterina di seguirla.

La stanza era piuttosto buia e piena di oggetti. Le tende spesse, su cui erano ricamati grandi mazzi di rose, impedivano alla luce di entrare. Caterina provò una sensazione di soffocamento.

La donna parve intuire il disagio della nipote. In un attimo liberò il grande tavolo rotondo e vi distese una tovaglia di lino bianco con il bordo finemente ricamato.

«Sono Santina, ma puoi chiamarmi zia Tina se ti fa piacere. Io ne sarei contenta.»

Poi si affacciò alla porta che dava sul retro.

«Bruno, Bruno, vieni. È arrivata tua nipote!»

Caterina fece in tempo a intravedere, all'esterno, uno spicchio di terra scura, delimitata da lunghi filari di gelsi scheletrici.

La zia le sfilò la sacca dalle mani, la poggiò sul divano, e le fece segno di sedersi a tavola.

«Come è andato il viaggio? Sei stanca? Hai freddo? Hai fame?»

Mentre ancora provava a ordinare le risposte, Caterina si ritrovò sotto il naso un piatto di minestrone e una fetta di pane bianco.

«Su, mangia. Bruno è andato un momento in stalla perché uno dei due buoi ha un problema allo zoccolo.»

Gli zii dovevano essere davvero ricchi. Nessuno in contrada poteva permettersi i buoi, facevano tutto le povere vacche, smagrite dagli sforzi e dalle gravidanze.

Il minestrone scottava. La zia Tina, che non riusciva a stare ferma, uscì nuovamente a chiamare il marito.

Caterina si guardò attorno cercando di indovinare la forma e il colore dei mobili, nascosti da pesanti strati di centrini.

Sulla parete alla sua destra era appeso un gran numero di padelle di rame di varie dimensioni, ordinate dalla più grande alla più piccola; sotto, appesi con il criterio inverso, erano allineati altrettanti mestoli. Sulla credenza in basso, tre quadretti dalle cornici dorate raffiguranti: la Madonna col Bambino, Gesù Cristo con il cuore in mano e sant'Antonio circondato dai gigli bianchi.

Dall'altra parte della stanza, sopra il divano, il muro era invece interamente ricoperto da piatti decorati. Alcuni appartenevano allo stesso servizio, i cui disegni, sui toni del marrone, erano ispirati a dei motivi di caccia. Su altri erano raffigurati fiori, paesaggi e monumenti che lei non conosceva.

Tornò la zia, sciacquò il mestolo sul secchiaio in marmo e scoperchiò il minestrone, che ancora bolliva sulla stufa. In un attimo le nuvole di vapore si condensarono sulle piastrelle del muro e un piccolo crocifisso, appeso poco più in alto, cominciò a gocciolare.

Un altro Cristo, più grande, stava sopra la porta d'ingresso.

«Cosa dici di fare un segno della croce, per ringraziare Dio del cibo che hai nel piatto?» disse la zia, sedendosi al suo fianco.

Caterina eseguì, anche se mai le sarebbe venuto in mente di pensare che il cibo le venisse dal cielo.

Si mise in bocca un pezzo di pane dal candore esotico.

«Ti piace?»

La zia la scrutava da vicino, le narici del naso sottile vibravano in attesa di una risposta.

«Sì, grazie.»

E furono le uniche parole che riuscì a dire. Sia perché la mollica l'aveva ingannata con la sua apparente morbidezza e si era, invece, rivelata una palla difficile da ingoiare, sia perché la zia, da quel momento, non la smise più di parlare.

Nel tempo in cui Caterina mangiò il minestrone le raccontò che lei e il marito erano stati in America per quindici anni, che lui aveva lavorato nelle miniere della Pennsylvania e che lei aveva fatto la sarta. Che, con i soldi messi da parte, erano tornati e avevano comprato casa e campi. Che, per volontà del Signore, non avevano avuto figli. Che lo zio aveva la silicosi ma che, grazie a Dio, ancora se la cavava bene. Che aveva assunto due uomini perché lo aiutassero con le bestie e i lavori grossi. Che sperava che la nipote si trovasse bene, che le desse una mano con i lavori di casa e che si facesse degli amici a Caldogno.

Si zittì solo quando Bruno spalancò la porta.

Le due donne lo guardarono in silenzio, mentre raschiava via il letame dagli zoccoli contro la lama metallica accanto alla soglia.

Prima di entrare, controllò ancora un paio di volte di aver tolto il grosso.

I suoi gesti, al contrario di quelli della moglie, erano lenti e pesanti.

«E così tu sei la Nina» disse, squadrandola. «E come sta mia sorella?»

Era un uomo grande, con le spalle larghe, un po' curve e la testa pelata, soltanto due mezzelune di capelli scuri sopra le orecchie.

«Sta bene. Le manda i suoi saluti e la ringrazia.»

«Dammi del tu, per carità. Non siamo mica tra signori, qui.» Poi si voltò per uscire. Piegò la testa sotto lo stipite della porta, nonostante fosse molto più alto di lui.

«Ma Bruno, sii più gentile con tua nipote. Guarda che ragazza perbene. Con i tuoi modi la fai scappare.»

Lo zio tornò dentro, ancora reclinando il capo.

«E cosa vuoi che dica? È ovvio che son contento che sia qui. Ho chiesto io a mia sorella di mandarmela.»

Uscì di nuovo, tossendo.

«Perdonalo. Tuo zio è di poche parole, ma ha un cuore grande.»

A Caterina lo zio piacque subito, le ricordava gli uomini burberi della sua contrada. Si accorse presto che, invece, la zia aveva bisogno di parlare in continuazione e che, se stava in silenzio, il tremore del corpo si accentuava e la molla della stufa, la casseruola, o qualunque altro oggetto tenesse tra le mani finiva col caderle a terra.

Era costantemente preoccupata che la nipote si trovasse bene, che mangiasse abbastanza e che non avesse freddo. Caterina provò a spiegarle fin da subito che la nuova casa era piena di agi rispetto a quella a cui era abituata, ma la zia non sentiva ragioni e continuava a coltivare la sua apprensione.

Di fatto, l'unico vero impegno richiesto a Caterina era di aiutare a portare i secchi in latteria, due giri al mattino e due al pomeriggio. Sistemare i letti o spolverare la casa non li considerava affatto lavori, e fare la spesa era addirittura una festa: indicare qualcosa con l'indice e un attimo dopo averlo dentro la sporta le sembrava così facile da essere peccato.

In casa aveva una stanza tutta sua, con un letto vero, il materasso di lana e non di paglia, un armadio, un tavolino e una piccola libreria vuota. Se ci fosse stata la casa delle bambole non avrebbe avuto nulla da invidiare alla camera della Gilda.

Per Natale la zia volle portarla dalla sarta. Le fece confezionare una gonna blu e una camicetta bianca. Quando si guardò allo specchio Caterina pensò che era addirittura più ordinata di Mario quando era arrivato in contrada con i suoi abiti puliti da seminario.

Capitolo 2

Caterina non vedeva Mario da tanto tempo. La sua visita, subito dopo la Befana, la colse di sorpresa.

Non gli parlava da quel pomeriggio di due anni prima in cui aveva capito che ormai lui sapeva indiscutibilmente più cose di lei. Come facevano da sempre, anche quel giorno, ormai lontano, erano seduti sulla panchetta davanti a casa. Dopo un intero pomeriggio di pioggia, le rondini avevano ripreso possesso del cielo e loro ascoltavano gli alberi scrollarsi di dosso le ultime gocce e i rivoli d'acqua precipitare a valle lungo i solchi della strada militare. La pelle delle gambe raggrinziva a contatto con il legno umido della panca.

«Fa freddo, a stare fermi. Perché non andiamo a controllare se qualche salamandra è piovuta dal cielo?» gli aveva chiesto lei.

L'estate stava finendo e l'indomani lui sarebbe ripartito.

«Stai scherzando, vero?» le aveva risposto.

Caterina aveva riso.

«Non essere il solito precisino. Lo so che di solito si vedono in autunno inoltrato, ma magari con un po' di fortuna...»

Lui l'aveva fissata.

«Ma tu credi ancora che le salamandre piovano dal cielo?»

Caterina aveva sentito la pelle d'oca propagarsi dalle braccia alle spalle, e scendere lungo la spina dorsale.

Mario aveva distolto lo sguardo ed era arrossito.

«Be', lo credono in tanti, da queste parti» provò a recuperare, cercandole la mano.

Lei l'aveva ritirata.
«Vado. Ho da fare.»
«Dai, Nina, è una cosa senza importanza.»
«Lo so» aveva risposto lei, un attimo prima di sparire in casa.
Alle successive vacanze di lui, non si era più fatta trovare.

Quella mattina di gennaio le comparve davanti a Caldogno, mentre lei tornava dal droghiere. In controluce era secco come la bicicletta che portava per mano. Lo riconobbe solo quando furono a pochi metri.
«Ciao, Nina.»
Lei sobbalzò e si guardò attorno.
«Cosa ci fai qui?»
«Avevo voglia di salutarti. Oggi è il mio ultimo giorno di vacanza. Domani rientro in seminario.» Le prese dalle mani il sacchetto di sale e lo appoggiò sulla sella.
Si avviarono.
«E sei venuto in bicicletta?»
«Me l'ha prestata un amico.»
«Chi ti ha detto che ero qui?»
«Tua mamma.» Si fermò a risistemare il sale, che scivolava di lato. «Perché? Ti dispiace che sia passato?»
Una pioggia di salamandre cadeva su di loro.
Caterina scosse la testa.
«No, no. È che oggi ho tanto da fare.»
Continuarono a camminare in silenzio. Caterina sentiva solo i tonfi delle salamandre che toccavano terra, allo stesso ritmo dei loro passi sullo sterrato.
La zia fu felicissima di avere ospiti, e subito la liberò da tutti gli impegni della giornata. C'era un bel cielo limpido, così sistemò per loro due sedie nel cortile davanti a casa, di fianco a un tavolino in legno, e preparò una limonata per ciascuno.
«Se c'è troppa aria, potete entrare. Ma ho pensato che vi sentiste più liberi di chiacchierare qua fuori.»

A Caterina le guance divennero calde e, per non darlo a vedere, iniziò a sorseggiare la bibita.

Mario, invece, mescolava la limonata con cura, assicurandosi che il cucchiaino toccasse l'intero perimetro interno del bicchiere. Caterina notò che aveva una nuova peluria bionda sopra il labbro e, di nuovo, sentì il viso avvampare.

«Ti trovi bene qui?» chiese lui, dopo il primo sorso.

«Sì. Non ci sono né discese né salite. Mi piace la pianura.»

Il campanile segnava le dieci e quarantacinque e nessuno dei due aveva più niente da dire.

Le mucche nella stalla muggivano, le galline chiocciavano tra i loro piedi e gli uomini, nei campi, si davano indicazioni da lontano.

A intervalli regolari lei e Mario portavano il bicchiere alla bocca, bevevano un sorso, e lo appoggiavano di nuovo sul tavolo.

Da dietro le tendine della cucina la zia li spiava senza discrezione, e, di tanto in tanto, alzava la mano in cenno di saluto.

Quando la campana batté le undici erano ancora in silenzio.

Alla fine, Caterina parlò.

«E tu? In seminario?»

Mario fece un profondo respiro e ammorbidì le spalle.

«Ero venuto da te proprio per questo. Tra qualche mese finisco la quinta ginnasio e devo decidere cosa fare.»

Caterina aveva finito la limonata e poggiò il bicchiere a terra.

«In che senso?»

«O esco o mi faccio prete.»

Il cane lupo dello zio si avvicinò facendo le feste, lei gli grattò la testa.

«E quindi?»

«Non lo so proprio. Per questo sono venuto a parlare con te.»

«Cosa c'entro io?»

«Quando eravamo piccoli tu sapevi sempre cosa fare.»

Caterina si mise un po' più comoda sulla sedia.
«Ti piacerebbe diventare un prete?»
«Da un certo punto di vista sì. Potrei continuare a studiare. Un giorno potrei fare l'insegnante. Dall'altra parte, se diventassi prete, non potrei sposarmi e fare una famiglia.»
Adesso era lui ad arrossire.
Caterina accavallò le gambe.
«Se è per questo, chi la vuole una famiglia?»
Il sole si levò sopra l'abitazione di fronte, al di là del cortile. Entrambi si trovarono con gli occhi inondati di luce. Mario si schermò il viso con la mano.
«Come? Tutte le ragazze vogliono sposarsi.»
«Io no di certo. Guarda le nostre mamme, Mario. Lavorano e basta, e si consumano nelle preoccupazioni per i figli. Dopo il matrimonio diventano tutte uguali, tutte vestite di nero, tutte con la treccia arrotolata sulla nuca. Non ce n'è una che sia felice.»
«Non ci avevo mai fatto caso.»
«Guarda la Maria, invece. Lei non ha figli, ed è l'unica che ancora sa sorridere.»
«Non starai scherzando, vero? Non hai ancora capito che tipo è la Maria?»
Dalla stalla si alzò, potente, un muggito. Seguì un forte rumore di ferrame.
Caterina tornò a sentirsi scomoda sulla sedia. Le ossa, sotto i glutei appena accennati, pigiavano contro il metallo, mentre lei cercava una nuova posizione.
«Cosa fa la Maria?»
«La Maria non è una donna perbene.»
«In che senso?».
«Lascia perdere. E, sentiamo, cosa vorresti fare tu, invece di sposarti?»
«Vorrei un lavoro in città. Basta terra e basta letame.»
Caterina continuava a pensare alla Maria e, di nuovo, alle cose che Mario sapeva e lei no. Con la punta del piede calciò un sassolino, che cadde qualche metro più in là.

«In ogni caso stavamo parlando di te, non di me» disse puntandogli l'indice contro. «E piantala di girare quel cucchiaino che mi dà sui nervi. I preti non ti hanno ancora fatto passare le fisse?»

«Scusami, hai ragione. E comunque, c'è un'altra cosa che mi preoccupa se decido di prendere i voti.»

Appoggiò il bicchiere sul tavolo, estrasse il cucchiaino e lo appoggiò di lato, perfettamente allineato. Lo osservò un attimo e poi lo risistemò secondo un meglio che era solo nella sua testa.

Quando tornò a guardare Caterina, lei scoppiò a ridere.

«Sei proprio strambo, Mario.»

Risero assieme.

«Cosa mi stavi dicendo?»

Lui si piegò in avanti sulla sedia, coi gomiti appoggiati alle gambe. Fissò a lungo le proprie mani intrecciate.

«Non sono sicuro di credere in Dio» disse piano, senza alzare la testa.

Caterina ancora rideva.

«Questa sì che è una vera stramberia. Tutti credono in Dio!»

Mario si mise dritto sulla sedia. «Non è vero, e speravo che tu non fossi diventata come tutti gli altri.»

A quelle parole Caterina sentì l'impulso di lanciare i sassi, con la stessa forza con cui lo provava da bambina. Scattò in piedi. Con una manata fece volare a terra il cucchiaino che lui ancora si ostinava a sistemare.

«Come ti permetti, Mario? In questi anni, mentre tu passavi le giornate a chiederti se Dio esistesse o no, io mi sono rovinata mani e piedi, trascinando legna e zappando la terra!»

Gli prese una mano e lo obbligò ad appoggiarla al palmo calloso della sua. Lo sentì sussultare.

«Mi chiedi se Dio esiste? Sì che esiste, perché non voglio aggiungere nuovi problemi ai problemi che già ho. La vita è faticosa con Dio che ci aiuta. Figuriamoci senza!» Prese fiato: «Io voglio solo andarmene dai monti, e tutto il resto non mi interessa. Tu nemmeno ti accorgi di quanto sei fortunato. Se resti in seminario continuerai a fare quello che ti piace e, se esci, non sarai obbligato a sgobbare come un mulo, perché hai studiato e un lavoro buono lo trovi comunque. Perciò dimmi, Mario, cosa vuoi da me?».

Uno dei braccianti dello zio aprì il portone della stalla, sbuffi e muggiti invasero l'aia.

«Le bestie sono nervose oggi» gridò allegro dalla barchessa, scrutando il cielo. «Mi sa, ragazzi, che cambia il tempo.»

Mario si alzò. Era pallido. Raccolse il cucchiaino e lo sistemò con cura di fianco al bicchiere. Poi rientrò in casa, senza dire niente.

Caterina lo seguì.

In cucina la zia stava trafficando con la stufa.

«Nina, non lo farai mica andare via così, vero? Il pane è quasi cotto.»

«Mi dispiace, signora, è davvero gentile, ma purtroppo mi aspettano. Grazie comunque dell'ospitalità.»

Caterina si stupì della rapidità con cui era tornato in sé. Le sue guance avevano ripreso colore. Parlava come se nulla fosse accaduto.

La zia sospirò.

«Che peccato. Torna pure a trovarci quando vuoi. Gli amici della Nina sono sempre i benvenuti, qui.»

Arrivati all'uscio, non si salutarono nemmeno. Caterina lo guardò dalla finestra saltare sulla bici. *Tutto ossi*, come diceva sempre la Irma, quando era piccolo. Nemmeno il cibo del seminario era riuscito a farlo ingrassare.

Sentì un groppo di pianto intasarle la gola, mentre la zia già la reclamava in cucina.

«Allora, chi era questo bel giovanotto?»

Caterina deglutì più volte per appianare la voce.

«Solo uno della contrada, zia.»

«Un po' patito, a dire il vero. Però ha gli occhi celesti. Non sarà mica il tuo morosetto, per caso?»

«Moroso? Ma cosa dici? Vuole farsi prete.»

Non aveva mai pronunciato la parola *moroso*, e detta da lei le pareva una bestemmia.

«Oh, che peccato. Si vede che non era destino. Ma non preoccuparti, perché il tuo non te lo ruba nessuno.» Mise in tavola il cestino del pane. «Vieni qua, mangiane un po' finché è caldo.»

Caterina ne strappò un pezzo controvoglia e se lo mise in bocca. Come sempre, la mollica spugnosa le si fermò in gola.

Capitolo 3

Qualche tempo dopo la visita di Mario, Caterina conobbe la Marcella e la sua permanenza a Caldogno assunse una piega inaspettata.

Per mesi, in latteria, aveva osservato con curiosità quella ragazza formosa e ridanciana che pareva conoscere tutti; fino a che, una mattina, era stata proprio lei ad avvicinarsi per domandarle chi fosse.

«La nipote di Bruno?» Batté le mani. «Ma allora qui non conosci nessuno! Dobbiamo assolutamente fare qualcosa assieme. Ti piace passeggiare?»

A Caterina non dispiaceva parlare finalmente con qualcuno della sua età e subito presero accordi per ritrovarsi.

La zia Santina, alla notizia, fu entusiasta. Già da un pezzo la domenica mattina, dopo la messa, la incoraggiava a unirsi al gruppo delle ragazze che sostavano sullo spiazzo davanti alla chiesa, ma Caterina, fuori dal suo ambiente, si era scoperta più timida di quel che credeva di essere.

Lei e la Marcella si incontrarono in piazza quello stesso pomeriggio.

A fine febbraio l'aria era già tiepida, e l'erba incolore dei campi, sul retro delle case, iniziava a essere punteggiata di primule. Percorsero il perimetro del muro della grande villa che dava il nome al paese. Arrivarono al cancello in pochi minuti e, dato che dentro non si poteva entrare, si sedettero a terra con la schiena appoggiata al possente muro, a godersi il sole, come stavano facendo tutt'attorno le prime lucertole.

La Marcella aprì i primi tre bottoni della camicetta. Caterina notò il profondo solco creato dai seni stretti nel reggipetto. La zia aveva preteso di farne indossare uno anche a lei, ma sul suo corpo le grinze della stoffa non facevano che mettere in evidenza ciò che ancora non c'era.

«Quanti anni hai, Nina?» La Marcella aveva gli occhi chiusi, e il viso rivolto verso il sole.

«Quattordici. E tu?»

«Sedici. E quest'anno posso finalmente andare alla sagra di Villaverla con le mie amiche.»

«Bello. E cosa ci fate alla sagra?»

«Spero di incontrare il mio moroso.» A quel punto aprì gli occhi e la guardò seria. «Ma non dirlo a nessuno, eh? È un segreto, perché non si è ancora presentato a casa.»

«Va bene.»

«E tu ce l'hai un moroso?»

«No, non mi piace nessuno.»

«Allora sei nel posto giusto. Qui a Caldogno è pieno di bei ragazzi.»

Ci volle poco per entrare in confidenza con la Marcella: faceva tutto lei. Aveva già in mente i ragazzi, le sagre, e le scarpe col tacco; e a tutte queste meraviglie non vedeva l'ora di iniziare la sua giovane amica.

Presero l'abitudine di andare a messa assieme. Caterina, che abitava vicinissima alla chiesa, allungava il tragitto per passare a chiamarla. La trovava sempre indaffarata a sistemarsi i capelli. Li arricciava attorno alla molla del camino. *Come in America*, le spiegava. Ogni volta era dubbiosa tra due gonne, sempre le stesse.

«Cosa dici, Nina, la blu o la nera?»

«Stavolta la blu.»

In realtà, non ricordava mai quale aveva indossato la volta prima. Sull'amica, infatti, i vestiti si notavano appena, parevano messi per ostentare quel poco che restava scoperto. Le gambe solide, le braccia morbide e il petto abbondante straripavano dalla stoffa, anche quando la taglia era quella giusta.

Mentre camminava vicino a lei, Caterina si sentiva secca e insignificante, e ringraziava la zia che le aveva fatto fare i vestiti larghi, in modo che durassero più a lungo.

In chiesa la Marcella *incontrava* il suo moroso, un certo Battista, con il quale si scambiava occhiate languide da una navata all'altra e con cui aveva parlato, sì e no, un paio di volte, giusto per accordarsi di diventare morosi.

Finita la messa, quando gli uomini si ritrovavano al bar e le donne rientravano con i piccoli alle loro case, Caterina si fermava nella piazzetta davanti alla chiesa con le amiche della Marcella, tutte un po' più vecchie di lei, che parlavano dei maschi che avevano visto durante la funzione e di andare a ballare alle sagre. Lei non diceva granché, si limitava ad annuire e cercare di capire come si facesse a diventare donne.

«Guido vuole farti la corte.»

Era un dopopranzo soleggiato. La Marcella se ne stava davanti alla porta di casa della zia, con le maniche arrotolate e i pugni appoggiati ai fianchi.

Caterina la fissava senza dire niente.

L'altra le sventolò una mano davanti al viso.

«Guido. Hai presente?»

Caterina ricordava vagamente un ragazzotto grande, tutto spintoni e battute fatte a voce troppo alta.

«Sei venuta per questo?»

«E ti sembra poco?»

La zia percorse il corridoio d'ingresso con i piatti sporchi ancora in mano e si avvicinò.

«Cosa succede, ragazze?»

La Marcella fece una risata.

«La nostra Nina ha fatto colpo.»

Caterina la guardò implorante.

«Piantala, davvero.»

Alla zia già brillavano gli occhi.
«E di chi si tratta?»
«Di Guido. Il figlio di Pierpaolo.»
La zia appoggiò i piatti alla credenza.
«Davvero? Ma sei proprio sicura, Marcella?»
«Me l'ha detto sua sorella.»
Caterina si sentì come anni prima, il giorno in cui la mamma e il maestro si accordavano sul suo percorso scolastico senza consultarla.
«Non lo voglio un moroso. Smettetela.»
«Ma, cara, facci un pensiero. Se ti trovassi il fidanzato, potresti stare sempre qui da noi. E poi è un ottimo partito, suo papà è amico del podestà e ha fatto anche la marcia su Roma. Sta facendo carriera.»
La Marcella le fece l'occhiolino.
«E in più è un bel ragazzo. Se non fossi già fidanzata con Battista, ci farei un pensiero anche io.»
«Per quel che mi riguarda, puoi prendertelo.»
La Marcella rise di nuovo.
«Sono sicura che non appena si presenterà qui, cambierai idea.»
«Per carità! Se viene, non gli apro neanche la porta.»
Le altre due si scambiarono un'occhiata complice.
«Tranquilla, ci penserà tua zia.»
«Basta. Non lo voglio un moroso, sono troppo giovane.»
«Io sono fidanzata con Battista già da un anno. Invece a te sembra che i ragazzi non interessino proprio. Si può sapere cosa vorresti?»
Caterina guardò la bicicletta alle spalle dell'amica, appoggiata alle sbarre in ferro del portone.
Da quando Mario era arrivato in bici, le era venuta la smania di imparare anche lei a usarla.
«Mi piacerebbe andare con quella» disse, indicandola.
«La bicicletta? Tutto qua?» la Marcella la guardò spalancando gli occhi. «Va bene, ti insegno, se è questo che vuoi. Ma tu, mi prometti che su Guido ci fai un pensiero?»

«Ma, cara» si intromise la zia, che non voleva essere seconda a nessuno nel procurare felicità alla nipote. «Perché non me lo hai detto prima? Puoi prendere la mia bici, che non la uso mai.»

Non appena si sentì sicura di non cadere, Caterina prese l'abitudine di sbrigare le faccende più in fretta possibile, in modo da avanzare tempo per girare la campagna con la bicicletta.

La primavera in pianura era in anticipo rispetto a quella di mezza montagna. I campi gialli di *pissacani*, che circondavano i viottoli su cui lei pedalava con cautela, si stavano già trasformando in distese di soffioni e i gelsi capitozzati, disposti in lunghi filari, sembravano fremere sotto il peso delle gemme gonfie, ormai pronte a esplodere. Ai lati delle strade i pruni erano in fiore. Quando si faceva da parte per far passare i carretti, le pungevano le braccia e le tiravano i fili del golfino.

Un sabato mattina di marzo raggiunse il paesetto di Rettorgole. Superò la breve salita di Ponte Marchese, alzandosi in piedi sui pedali per lo sforzo, e proseguì fino a vedere le prime case di Vicenza.

In lontananza, dall'abitato sporgevano le sagome allungate dei campanili.

Chissà se Mario a Vicenza ci era già stato?

Al ritorno si concesse un po' di riposo. Appoggiò la bici al tronco di un ciliegio e si distese sull'erba a contemplare i fiorellini bianchi che planavano su di lei. Dopo tanti anni, si accorse di tornare a desiderare nuove parole che descrivessero il vento sul viso, la velocità e lo spazio che, per la prima volta, pareva essere in suo possesso.

Rincasò che l'orologio del campanile segnava l'una. La zia, piegata sul pavimento della cucina, lucidava le pentole di rame. Era la loro occupazione del sabato pomeriggio.

Alzò la testa di scatto.

«Grazie al cielo sei qui!»

Lo straccio imbevuto di aceto oscillava sopra il secchio, assecondando il tremore della mano.

«Ho avuto così tanta paura di non vederti tornare! Pensavo ti fossi stufata di noi.»

Caterina si avvicinò con cautela.

«Ma zia, cosa stai dicendo? Non me ne andrei mai senza avvisarvi.»

La zia si alzò con la pezza gocciolante. Abbracciò la nipote e le inzuppò di aceto la camicia.

«Tieni, ti ho portato delle violette. Tra il grano ce ne sono tantissime.»

La zia le prese e le stropicciò in tasca come faceva sempre con il resto della spesa.

«Grazie al cielo! Lo diceva Bruno che mi stavo agitando per niente.»

Corse verso la porta, lasciando una lunga scia di gocce sul pavimento. «Bruno, Bruno. È tornata!»

Da fuori non giunse alcuna risposta, ma lei chiuse la porta e sorrise, come se ci fosse stata.

«Zia, non ti bruciano gli occhi con tutto questo aceto?»

«Certo, cara, hai ragione.»

Spalancarono le finestre della stanza, Caterina fu obbligata a sedersi e mangiare un enorme piatto di tagliatelle messo da parte per lei. Durante tutto il pasto la zia tenne una mano appoggiata sulla sua.

Caterina non poteva più ignorare le occhiate che Guido le lanciava in chiesa, tanto più che la zia o la Marcella, sedute accanto a lei, gliele facevano notare a gomitate.

Era un ragazzo moro, alto e robusto. Le ginocchia toccavano il banco davanti e gli arredi della chiesa parevano non contenerlo. Ogni volta che si alzava, finiva per spostare l'intera panca, con uno stridio sul marmo che riecheggiava per tutta la navata. L'unico a non accorgersene era proprio lui, troppo impegnato a sbuffare sul ciuffo di capelli che gli cadeva davanti agli occhi.

Per la zia Santina erano giorni felici. Mussolini si era accordato col papa – «Mussolini sì, è uno che mette le cose a posto» diceva sempre – e la nipote aveva l'età giusta per tutti i discorsi che aveva tenuto in serbo per la figlia mancata.

A Caterina costava poco starla a sentire, tanto non le interessavano granché né Guido né Mussolini, a lei bastava girare in bicicletta per la pianura.

Arrivò la Settimana Santa, e lei e la zia si buttarono nelle grandi pulizie di casa. Portarono in cortile tappeti e materassi da sbattere al sole, lavarono le tende, spostarono i mobili per togliere i gattoni di polvere annidati contro le pareti, e riordinarono la soffitta. Per giorni lunghe file di centrini svolazzarono sui fili tesi sopra i cespugli di ortensie.

«Esci di casa, che io e la Nina abbiamo da fare» diceva al marito ogni volta che Bruno provava a sedersi sul sofà o su una sedia della cucina.

Quell'*io e la Nina* alla zia piaceva così tanto che iniziò a usarlo anche quando erano da sole.

«Finito con i vetri, *io e la Nina* impastiamo le focacce» le annunciò la mattina del Mercoledì Santo.

«Allora *io e la zia* vediamo di fare in fretta» rispose lei per ridere.

La zia non rise affatto.

«Buona idea» disse, con il volto serio. Poi riprese a sprimacciare i cuscini in velluto blu del sofà.

La sera del mercoledì andarono al mattutino. I ragazzi, che davanti alla chiesa aspettavano lo spegnimento dell'ultima candela per dare il via al fracasso che mimava l'arresto di Cristo, si fecero da parte per farle passare. Guido, invece, si parò loro davanti e, prima del tempo, fece roteare la sua *ràcola* proprio sopra la testa di Caterina.

Tutti si voltarono nella loro direzione. I suoi amici gli gridarono: «Bravo!» e presero a imitarlo; in un attimo l'attesa silenziosa si trasformò in cagnara.

Caterina avvertì i primi crampi allo stomaco e, farfugliando per l'imbarazzo, spiegò alla zia che si sentiva male e che voleva tornare a casa.

Il giorno dopo non uscì, si rifiutò di andare in chiesa per la messa grande e anche per l'adorazione.

Si lasciò convincere dalla zia ad andare alla processione del venerdì.

La chiesa quella sera era piena. Non appena uscirono per unirsi al corteo della Via Crucis, furono affiancate dalla Marcella. Di ottimo umore, nonostante la veletta e gli abiti neri.

«Vedrai cos'ha combinato il tuo Guido» le sussurrò.

Caterina si bloccò in mezzo alla fiumana di uomini e donne che avanzavano a passo lento e grave. La zia non se ne accorse e proseguì.

«Cos'ha fatto?»

«Lui e Battista questo pomeriggio sono andati a prendere i rami di ginepro.»

«E allora?»

«Un cugino di Guido, che abita nei monti sopra Malo, ha detto che, da loro, i maschi frustano le gambe delle ragazze alla processione.»

«Oh, mio Dio. E ti fa ridere?»

Di nuovo Caterina sentì la pancia contrarsi e dovette appoggiarsi alla spalla della Marcella.

«Insomma, Nina, vieni o no?»

Caterina non rispose nemmeno, raggiunse la zia e le si strinse al braccio.

«Zia, non mi sento bene, posso tornare a casa?»

Sulla strada i passi dei fedeli facevano il rumore di una pioggia leggera.

«Tesoro, anche stasera? Non possiamo mica lasciare la processione così.»

Erano solo alla terza stazione. Cristo cadeva la prima volta.

«Ho tanto male alla pancia.»

«Va bene. Tieni duro un altro po'. Tra cinque minuti passiamo davanti a casa.»

Caterina arrivò al giardinetto di ortensie piegata in avanti, schiacciando forte il braccio sullo stomaco per soffocare il dolore.

Passò la Pasqua a letto. Quando il martedì il medico venne a visitarla, disse che aveva una brutta gastrite.

«L'aria di pianura spesso non si conferisce a quelli che vengono dai monti. Forse è meglio se ognuno sta al posto suo» disse alla zia.

Caterina si disperò.

La prima mattina che uscì per andare in latteria, Guido la aspettava dietro l'angolo di una casa. Si fece vedere in mezzo alla strada, ma non si avvicinò, si limitò a fischiare da lontano, tra le risate dei suoi.

Iniziò a trovarselo davanti dappertutto e ricominciarono i crampi allo stomaco. A nulla servivano le camomille che la zia Santina le faceva bere tre volte al giorno.

«Ma possibile, zia, che non abbia niente di meglio da fare che dare il tormento a me?»

«Pensa, tesoro, a quanto è innamorato» rispondeva lei, con un sorriso ebete sulle labbra. «Non ne trovi mica un altro così, sai?»

Iniziò a uscire malvolentieri, solo verso sera, quando era sicura che lui fosse in osteria con gli amici. Camminava nella campagna intorno a casa, guardava gli uomini ancora al lavoro che finivano di falciare i campi e le donne arrampicate sui tronchi dei gelsi, a gambe aperte per non cadere, che spellavano i rami per i bachi da seta. Tornava a desiderare le montagne, che vedeva là in fondo: il dosso tondeggiante di Monte Tena e, dietro, il profilo grande e smussato di Monte Corno.

Tra lei e loro, troppi campanili e troppe colline.

Tra lei e loro, Thiene, dove c'era Mario.

Per distrarsi, faceva grossi mazzi con i papaveri che crescevano smargiassi tra il grano e ai bordi del viottolo. Le dita si impregnavano dell'odore acre delle loro foglie, ma i petali si staccavano prima di raggiungere casa. Tra le mani le rimanevano solo fasci di gambi verdi e ruvidi e qualche fiordaliso raccolto per sbaglio.

Poi, una sera, in cui sui campi non c'era nessuno, per via di un forte acquazzone che si era appena acquietato, se lo trovò davanti. Era concentrata a evitare le pozzanghere e non lo aveva visto. Niente papaveri quella sera, stavano ripiegati su se stessi con i petali stropicciati e gonfi di acqua. In mano non aveva nulla e si sentì ancora più vulnerabile.

Guido era seduto a poca distanza, sul rudere di un muro che un tempo aveva delimitato una proprietà. Non le andava incontro, aspettava che fosse lei a passargli davanti, come il gatto con le lucertole.

Caterina si guardò attorno: da una parte, oltre il campo di grano, c'era il muro esterno del cimitero, dall'altra, il granoturco era così alto che nessuno avrebbe potuto vederli. La casa degli zii era ormai mezzo chilometro più indietro e, comunque, nascosta da una macchia di robinie.

Se fosse corsa via lui l'avrebbe agguantata senza fatica, se avesse gridato nessuno l'avrebbe sentita. I morsi allo stomaco le davano il vomito, ma non poteva che proseguire.

Quando fu a mezzo metro, lui balzò giù dal muretto. Affondò con i piedi nel pantano, schizzandole le gambe, e le si affiancò senza dire niente.

Gli ultimi raggi di sole stavano sparendo dietro al Monte Summano. L'ombra lunga di lui si riversava su di lei.

Percorsero una decina di metri in silenzio e Caterina prese tutte le pozzanghere. Era impiastricciata di fango fino alle ginocchia e il sudore, come colla, faceva aderire la camicetta al busto, delineando le sue forme acerbe.

Arrivarono a un grande gelso, completamente denudato del fogliame. Lui le afferrò l'avambraccio e la fece fermare.

«Ti chiami Caterina, vero?»

Il sole sparì definitivamente dietro al monte lontano.

«Non dici niente? Ti sto antipatico per caso?»

Sentì le sue dita stringere un po' più forte. La superficie rugosa del tronco dell'albero le grattava la schiena.

Guido lasciò la presa.

«Ti vedo sempre in chiesa con tua zia.»

Caterina riprese a camminare veloce. Il cuore le pulsava nelle orecchie.

Lui la seguiva.

«Tu mi hai mai visto?»

Avevano superato i campi di granoturco, finalmente la strada era di nuovo aperta sui campi falciati.

«Cristo santo! Sei sempre così musona? Perché non dici niente? Voglio solo fare due chiacchiere, mica ti mangio.»

Un gatto tigrato, con un topo stretto tra i denti, tagliò loro la strada.

«Se era nero, lo ammazzavo» disse lui.

Seguì una grossa risata.

Le fitte allo stomaco obbligarono Caterina a fermarsi e a piegarsi lievemente in avanti.

«Non sto tanto bene. Vorrei tornare a casa» sussurrò.

«A essere sincero, speravo in una passeggiata.» Si abbassò per osservarla da vicino e lei ebbe l'impressione che dovesse piegarsi ad angolo retto per essere alla sua altezza. Quando ebbe il suo grosso viso davanti, notò che aveva gli incisivi superiori un po' distanziati. Da piccola, aveva sempre immaginato così gli orchi, e anche gli austriaci.

«Sei pallida. Mi sa che non è aria stasera» sbuffò. «Pazienza. Già che son qua, ti riaccompagno.» Si arrotolò le maniche della camicia buona e soffiò verso l'alto per spostare il ciuffo dagli occhi.

Fecero dietro front e lui iniziò a parlare del tempo e poi degli scherzi che faceva al prete, assieme alla sua banda di amici.

Rideva compiaciuto di tutto ciò che diceva, ma con la coda dell'occhio continuava a controllare la reazione di Caterina.

Il suo bisogno di approvazione iniziò a farle un po' pena.

Sul viottolo videro arrivare dal paese un paio di uomini che uscivano a sparpagliare i mucchi di erba bagnata. Tutto attorno le rane gracidavano insistenti.

«Le odio le rane. Ti tirano scemo con tutto 'sto casino! Su da voi ce le avete le rane?»

«Ce ne sono di meno. Qualche volta, dopo la pioggia, arrivano le salamandre.»

Salamandre.

Mario.

«Brava! Finalmente sento la tua voce. Intendi le bestie nere e gialle?»

Caterina annuì.

Guido sputò per terra.

«Animali strambi.»

Lei ci pensò su un attimo.

«Da me si dice che piovano dal cielo.»

«L'avevo detto io che erano animali strambi.»

Caterina lo fissò, socchiudendo un po' le palpebre.

«Cioè, tu credi che sia possibile?»

«Perché no?»

Non sembrava cattivo. Solo molto grosso. Aveva lo sguardo vuoto dei buoi.

«Ma non ti sembra un po' strano?»

«No, per niente. Ma scusa, che te ne frega da dove vengono? Certo che sei stramba anche tu. Parlami, invece, un po' di te. Ce l'hai un moroso su nei monti?»

Avevano aggirato la casa ed erano arrivati alla barchessa. Caterina scattò in avanti e superò quasi correndo i cespugli di ortensie rosate.

«Una di queste sere passo a trovare i tuoi zii» disse lui ad alta voce, alzando il braccio per salutare.

Caterina infilò la porta senza rispondere.

Quella sera ebbe l'ennesimo attacco di gastrite. Il medico, l'indomani, disse che l'unica cura era tornare a casa, perché, evidentemente, non era adatta all'aria di pianura.

La zia fu inconsolabile per giorni. Smise di usare *io e la Nina*, aggiunse due centrini nuovi al davanzale del camino e ruppe il servizio da caffè fiorito mentre spolverava il mobile d'ingresso.

Capitolo 4

Arrivò in contrada che il sole era già tramontato. Gli abeti scuri di Monte Serona fendevano, con le loro punte nere, il cielo sfilacciato e pallido della sera.

Si fermò a una curva della strada militare a guardare la pianura sfumata in lontananza. Non riuscì nemmeno a localizzare il paese degli zii. Da lassù la pianura le sembrava solo un'entità indifferenziata: tutto ciò che lei non era.

Mario era pianura. Lei non ci era riuscita. E ancora non aveva capito se ciò che le faceva paura era lasciare i suoi monti o diventare donna.

Trovò suo padre che affilava i falcetti con il martello davanti a casa, approfittando dell'ultima luce.

«Appena in tempo» le disse, senza chiedere nulla. «Ce n'è uno pronto anche per te.»

Il primo taglio durò circa una settimana, era il più duro, perché l'erba di inizio estate aveva il gambo più tenace. Tutta la contrada si metteva in movimento prestissimo, in modo da fare il grosso del lavoro prima che il sole fosse alto. Già alle quattro si sentivano in corte gli zoccoli di Toni e della Irma. Falciavano più lontano di tutti e, con Mario e Felice distanti, non avevano nessuno che li aiutasse.

Caterina, come ogni anno, si ritrovò con le dita piene di minuscoli tagli provocati dalle manate d'erba che tratteneva, e le braccia dure da muovere al mattino. Ma erano dolori addomesticati, niente a che vedere con i crampi alla pancia della pianura.

La sera, quando suo padre e Tullio tornavano nei campi a rivoltare i cumuli e la Linda se ne stava con la madre in corte a chiacchierare, lei si caricava Quintilio in spalla e scendeva al Campo Gualivo, per raccogliere le ultime ciliegie.

Afferrava i rami che riusciva a raggiungere con un salto e li abbassava in modo che il fratellino potesse staccare i frutti direttamente con le sue mani. Facevano a gara a chi sputava i noccioli più lontani. Lui si sbrodolava di rosso i vestiti e la Virginia brontolava.

Tullio era sempre l'ultimo a rientrare, rimaneva fuori fino a quando faceva buio. «È un gran lavoratore» diceva Cesco, guardandolo arrivare da lontano. «E soprattutto non ha grilli per la testa» aggiungeva rivolto a Caterina.

I lavori proseguirono a ruota. A fine luglio era pronto il grano *marzolo*, con i cui steli si faceva la treccia. Venne poi la raccolta dei fagioli e, poco dopo, quella delle patate. Fu poi l'ora della seconda fienagione, per fortuna, meno ostile della prima.

Alla sagra di San Rocco, al Monte, ci andò con sua sorella. Le amiche della contrada erano tutte partite a servizio. Mangiò l'anguria in piazza e scambiò quattro chiacchiere con Giuseppe e Francesco.

Mario quell'estate non era tornato a casa. Ogni mattina Caterina, prima di andare sui campi, buttava l'occhio dentro le finestre di casa sua sperando di vederlo leggere in cucina. Alla Irma non osava chiedere nulla.

Ai primi di settembre vennero spogliati i filari di uva *mericana* del Campo Gualivo e i grappoli vennero messi a fermentare. Nel frattempo si tirava avanti con il vino di *cornola*, acidulo e leggero, e ci si riempiva la pancia di fichi, fino a stare male.

In un attino i fascetti dei culmi di grano, messi a seccare contro i muri delle case, erano pronti per essere lavorati. Alcune sere, la Virginia dispensava la figlia maggiore dal fare la treccia e si assicurava che iniziasse a provvedere alla sua dote.

Caterina non era mai stata così docile, non si lamentava né del caldo, né della schiena, né delle vesciche. Era semplicemente felice che lo stomaco non fosse tornato a tormentarla.

Venne ottobre e le giornate, ancora miti, presero ad accorciarsi. I boschi si coloravano, ed era già il tempo di raccogliere il granoturco e di battere il noce davanti casa. Le vacche si attardavano all'aperto, così le stalle erano riempite dal crepitio delle pannocchie e dalle chiacchiere delle donne.

Se la giornata era buona, saliva con i fratelli su per i boschi. Al pomeriggio tornavano trascinando i sacchi gonfi di castagne e nocciole, facendosi largo tra le mandrie di capre che arrivavano in contrada per la monta. Il lunedì, il raccolto era venduto al mercato di Thiene dalla Ida, una cugina di Mario di poco più vecchia di Caterina, a cui lasciavano una parte del ricavo per il servizio.

Un mattino di ottobre Caterina portò Quintilio a Calvene, voleva fargli vedere le case, il ponte sul torrente Astico, la piazza grande, come aveva fatto il nonno con lei quando aveva più o meno la stessa età.

Scesero per il solito sentiero, le prime foglie secche scricchiolavano sotto i loro zoccoli. Quintilio, che in quel periodo aveva paura del basilisco, strappò un ramo di sanguinella rosso cupo e ne fece una sferza, da agitare a destra e sinistra, per garantire loro un passaggio sicuro. A metà strada, Caterina finse di aver intravisto il mostro dietro un carpine.

«Scappiamo, prima che ci uccida coi suoi occhi di fuoco» gridò.

Arrivarono in piazza correndo.

In paese Caterina salutò un paio di persone, la bidella della scuola e l'Angelica, che quel giorno aveva poca clientela e se ne stava appoggiata sulla porta d'ingresso a guardare la strada. Proseguirono per il sentierino pietroso che, da dietro la chiesa, scendeva verso il torrente Chiavona, dove le donne erano curve a sfregare i panni. Di lì, seguendo il corso d'acqua, sarebbero arrivati all'Astico, in cui il torrente confluiva.

Quintilio, ancora eccitato dall'inseguimento del basilisco, trotterellava più avanti, cercando di acchiappare le lucertole, che si dileguavano nella sterpaglia non appena percepivano i suoi passetti sul terreno.

Caterina lo richiamava in modo svogliato. Uno stormo di anatre selvatiche che pitturava il cielo azzurro aveva catturato la sua attenzione. Erano disposte a triangolo isoscele.

Quante volte la maestra aveva insistito perché imparasse i termini corretti della geometria. Isoscele, equilatero, scaleno. Angoli retti, angoli ottusi, angoli acuti.

Un uccello faceva da punta e gli altri costituivano i due lati obliqui.

Perfino loro andavano verso la pianura, pensò Caterina.

Mario era in pianura.

«Nina, Nina. Vieni a vedere. Ho trovato una cosa strana.»

Avrebbe più rivisto Mario dopo il loro litigio?

Le anatre erano disposte a freccia e indicavano mondi lontani.

Chissà quale era la loro destinazione. Qualcuno le aveva raccontato che molti uccelli svernavano in Africa. E dov'era l'Africa? Lei ci sarebbe mai stata?

«Vieni» la chiamò di nuovo Quintilio.

«Un attimo.»

Le anatre erano già diventate puntini lontani.

«Allora te la porto io. Devi vederla.»

Gli uccelli scomparvero. Il cielo tornò perfettamente azzurro, senza traiettorie né direzioni. Perfettamente in pace.

Fu in quel momento che il fragore di un tuono sbalzò Caterina a terra.

Quando sollevò la testa, un fischio le penetrava il cranio, da timpano a timpano. A pochi metri da lei, Quintilio era riverso a terra, di schiena. Le foglie di sanguinella, tra le mani, erano diventate sangue vero. Spillava ovunque. Sulle pietre attorno, sulla camiciola marrone, sul viso bianco.

Caterina non riusciva ad alzarsi.

Urlò a più non posso, ma il fischio dentro la testa copriva le grida.

Angelo, il fabbro, scese per primo dalla piazza. Raccolse il bambino da terra. Mezzo paese si stava riversando giù per la scarpata di corsa, tutti con le braccia allargate per non perdere l'equilibrio nella discesa. Le donne avevano abbandonato le ceste con i panni e salivano dal torrente.

Angelo gridò qualcosa a quelli ancora lontani e iniziò a correre nella loro direzione. Le gambe di Quintilio penzolavano dalle sue braccia, mentre si allontanava di schiena.

L'Angelica, accorsa subito dopo, offrì una mano a Caterina perché si alzasse.

Lei guardava le labbra della donna muoversi, ma non sentiva niente. Nella salita scivolò più volte, le pareva di non avere più le gambe.

«Maledette bombe. Maledette bombe» fu la prima cosa che riuscì nuovamente a sentire.

Quintilio era adesso dal dottore. Caterina voleva entrare e si disperava nell'anticamera. Le persone attorno provavano a calmarla.

Arrivarono i suoi genitori trafelati, accedettero direttamente alla stanza in cui si trovava il figlio. Caterina si lasciò cadere sulle mattonelle fredde del pavimento e rimase seduta a fissare la porta davanti a sé. Le persone attorno provavano a farla alzare.

«Poteva capitare a chiunque con tutte queste bombe in giro. Non è mica colpa tua, è colpa della guerra» le dicevano per consolarla.

Loro non sapevano che lei si era distratta pensando a Mario, all'Africa e ai triangoli isosceli.

Nel tardo pomeriggio, uscirono tutti dalla stanza del medico. Quintilio era vivo, ma necessitava ancora di tante cure. Era completamente avvolto in bende chiare. Tra le garze, gli occhi erano spalancati dal terrore. Fu caricato su un carretto per essere trasportato all'ospedale di Thiene. La Virginia saltò sul carro con lui.

Caterina li guardò partire. Nessuno le aveva ancora detto nulla. Giurò a se stessa che se suo fratello fosse morto, si sarebbe uccisa anche lei.

Quintilio tornò a casa dopo dieci giorni, al posto della mano, all'estremità del braccio sinistro, c'era un moncherino fasciato. Aveva punti in fronte, sul mento e sulla testa, come filo spinato sulla pelle rosa. Caterina corse a vomitare nel letamaio.

Cosa aveva fatto al suo fratellino?

Nei mesi successivi non si staccò più da lui, prendersene cura divenne la sua unica missione.

Lo cambiava, lo imboccava, lo coccolava e lo sorreggeva quando era il momento di fare i suoi bisogni nel secchio.

Se lo stringeva forte contro il petto e gli sussurrava parole dolci all'orecchio, mentre la Virginia gli strappava le bende incollate alle ferite per mettere quelle nuove. E mentre lui urlava, che lo sentivano fino alle contrade di sotto, lei gli copriva gli occhi perché non vedesse i brandelli di carne rossa non ancora rimarginati.

Se chiedeva di andare a giocare con gli altri bambini, gli raccontava le favole e gli prometteva che da grande l'avrebbe portato con sé in una grande città, dove avrebbero potuto mettergli una mano di legno, ancora più bella di quelle vere.

Trascurò i suoi doveri e anche i suoi bisogni. La dote rimase ferma a lungo a una sola federa e la gonna le divenne così larga che due volte ne strinse i bottoni.

Natale arrivò senza che se ne accorgesse.

«Devi cambiare aria» le disse una sera suo padre, entrando in cucina dalla stalla. «Tuo fratello è fuori pericolo. È un bambino, si abituerà.»

Caterina stava bevendo la sua minestra, direttamente dalla scodella, per tornare il più in fretta possibile da lui.

Sua madre si avvicinò da dietro e le appoggiò una mano sulla spalla.

«Guarda il figlio di Angelo. Anche lui da piccolo ha perso tre dita allo stesso modo, ma è un bel ragazzo lo stesso.»

Caterina girò la testa e li guardò confusa.

«Ma cosa state dicendo? Non posso lasciarlo in questo stato. È stata colpa mia.»

La Virginia scosse la testa.

«Non darti troppa importanza, Nina. Queste cose le decide il Cielo, mica dipendono da noi.»

Di nuovo le carezzò la spalla.

Controvoglia, fu trascinata dalla madre e dalla sorella alla messa di mezzanotte a Contrà Monte.

Si avviarono una di fianco all'altra, avvolte in pesanti scialli neri, come le chiocce quando gonfiavano le piume per tenersi più calde. Sua sorella cadde un paio di volte sul manto ghiacciato della strada militare e quasi trascinò a terra la madre. Caterina, che desiderava solo farsi male, arrivò invece illesa alla chiesa di San Bellino.

Pregò tutto il tempo per Quintilio. Arrivò a chiedere la grazia di perdere lei la mano al posto suo. Lazzaro era risuscitato dai morti. Cosa ci voleva a far ricrescere una mano?

Dopo la messa la mamma e la Linda si fermarono nel terrazzo davanti alla chiesa per gli auguri.

Caterina le aspettava ai piedi della gradinata. Guardava in basso. Non voleva incontrare nessuno. Non aveva niente da festeggiare. Avrebbe voluto dissolversi nella notte, come le stelle, che l'avanzare delle nubi stava facendo riassorbire nel cielo nero.

Si avvicinò la Irma, a piccoli passetti per non scivolare.

«Auguri, Nina.»

Caterina alzò la testa e fece un cenno col capo.

«Ti vedo un po' sbattuta. Come stai?»

Non rispose. Si tirò su fino al mento il bavero del mantello.

La Irma le carezzò la schiena.

«Vedrai che tuo fratello si riprenderà. È solo un bambino.»

È solo una bambina. I dolori passati si confusero con quelli presenti e si sentì stanca come non lo era mai stata.

«Ma lo sai, vero, che Mario è uscito dal seminario?»

Caterina staccò gli occhi dai sassi della strada.

Per la prima volta si accorse delle grida dei ragazzi che pattinavano sulle pozze ghiacciate alle spalle della donna. Degli adulti che si scambiavano gli auguri sulla doppia scalinata. Dei contadini che si abbracciavano e che ridevano come bambini perché Cristo era finalmente nato in mezzo alle vacche e alla povera gente.

Guardò in faccia la Irma.

«È qui adesso?» chiese, allungando il collo per vedere meglio tra la folla che ancora sostava davanti alla chiesa.

«No, si è trasferito a Milano, da mia sorella.»

Milano. La città vera.

Da piccoli avevano giurato di andarci assieme a Milano.

Le mani di Caterina tremarono un poco, come quelle della zia Santina. Ne fece un imbuto e ci soffiò dentro per dare loro uno scopo. Non riuscendoci, le nascose sotto il mantello.

«E cosa fa là?»

«Le dà una mano in bottega, lei ha un'attività di impagliatura di sedie. A forza di studiare, mio figlio si è montato la testa e non si accontenta più di fare il contadino.»

Non si accontenta più di fare il contadino.

Mario.

Anche lei aveva una parente a Milano, se ne ricordò solo quando fu a casa. La figlia della zia Rosina.

Non appena la madre e la sorella si avviarono sulle scale, svuotò sul tavolo della cucina il contenuto della cassettiera della credenza.

Nell'immediato dopoguerra, la cugina di suo padre aveva spedito loro una cartolina. Ne era sicura. Era il periodo in cui stava imparando a leggere, e se l'era riletta molte volte, perché non le capitava spesso la fortuna di trovare qualcosa di scritto.

Sì. La cartolina era ancora lì, tra i tappi di sughero e qualche posata, impilata con il certificato elettorale del nonno e vecchie ricevute della vendita del legname.

Studiò l'immagine del duomo in bianco e nero, accarezzò con l'indice l'angolo di cartoncino mangiato dal tempo.

Dietro, la scritta che ancora ricordava:

Spero tutti in salute.
A Milano si sta bene.
Chissà che el Signore ne varda.
Saluti.
Alma

Caterina se la strinse al petto.

Poggiò sul caminetto le pezze per Gesù Bambino, come aveva promesso a Quintilio, e andò a letto portando con sé la cartolina.

Nemmeno lei si sarebbe accontentata di fare la contadina. Sarebbe andata in città e avrebbe guadagnato abbastanza soldi da comprare una mano nuova a suo fratello.

Capitolo 5

In stazione a Vicenza scandì l'indirizzo della zia Alma al bigliettaio.

«E perché lo dice a me, signorina? Il treno non arriva mica dentro casa. Deve prima raggiungere Milano e poi chieda.»

Sudava. Il signore dietro di lei sbuffava.

«Si dia una mossa che altrimenti perdo il treno» le ripeté più volte.

Caterina si fece da parte e raggiunse il binario, tenendo così stretto il manico della valigetta, che le aveva prestato la Maria, da sentire i crampi alle dita. Dentro c'erano esattamente le stesse cose dell'altra volta, più mezza forma di formaggio, come regalo per la cugina del padre, e il vestito della zia Santina che, improvvisamente, era diventato della giusta lunghezza.

Salì sul treno che le era stato indicato.

La signora seduta di fronte a lei provò ad attaccare bottone ma, grazie al cielo, il suo bambino, più o meno dell'età di Quintilio, scappava da tutte le parti e ci rinunciò quasi subito.

Caterina tenne lo sguardo fisso sui suoi monti lontanissimi e immobili, fino a quando non fu più in grado di vederli.

Era di nuovo in pianura, prima di quanto avesse previsto, più lontano di quanto avesse immaginato.

Si sentì frastornata.

Chissà che el Signore ne varda.

Corse in bagno a vomitare.

Arrivò in stazione a Milano verso sera, stordita dal mal di treno e dal fracasso del metallo sulle rotaie.

Rimase impalata sul marciapiede a riprendere confidenza con la terraferma, incurante delle persone che le passavano vicine di fretta, che inciampavano sul suo piccolo bagaglio e che la invitavano a spostarsi.

Sugli altri binari vi erano dei treni fermi, la gente accorreva per salirvi. Uno, alle sue spalle, dopo un lungo fischio, si allontanò sferragliando, prima di essere inghiottito dalla notte. Due binari più in là, un treno era appena arrivato, le porte si aprirono e i passeggeri furono vomitati sul marciapiede.

Seguì gli ultimi arrivati attraverso un grande padiglione sulla sinistra dell'edificio e arrivò all'uscita.

Sotto la galleria esterna, illuminata dai lampioni, c'era ancora più affollamento di quanto ce ne fosse dentro. Signori con cappotti neri e la valigia in mano e donne con mantellette più chiare. Erano tutti in attesa e guardavano con impazienza al grande piazzale circolare che si apriva davanti a loro. Parlavano e si chiamavano da una parte all'altra. Le grida diventavano nubi di vapore nell'aria fredda.

Di tanto in tanto qualcuno si faceva largo e raggiungeva un'auto, nera e rettangolare. Rombando, la vettura si allontanava dalla piazza, luccicava per un attimo quando passava sotto ai lampioni accesi e poi spariva tra i palazzi.

Al suo fianco, una giovane madre con un lungo cappotto color crema teneva per mano due bambine ricciolute.

Caterina provò a scandirle l'indirizzo della zia Alma. Un tram spuntò dalla nebbiolina giallastra dell'illuminazione elettrica e si fermò, stridendo, proprio davanti a loro. Caterina, che non ne aveva mai visto uno in vita sua, si zittì. La signora strattonò le bimbe e in fretta vi saltò su, sgomitando.

Arrivò a destinazione che le pareva notte fonda. La foschia di città confondeva gli spazi, ma anche il tempo e i pensieri.

Si trovava in un paesotto di periferia, i palazzoni erano meno alti di quelli che aveva intravisto poco prima in città, mentre la attraversava con il tram. Erano per davvero *più alti degli abeti*, come le aveva raccontato il nonno anni prima.

Ai lati della strada che stava percorrendo si allungavano file di case a due piani tutte uguali, grigie nel buio, con le porte marroni e strette, collegate tra loro da lunghi ballatoi con le ringhiere in metallo. Alcune si affacciavano sulla strada, altre erano disposte a quadrato su piccoli cortili interni. Dove finivano le palazzine, tra la nebbia, intravedeva delle baracche e poi si intuivano i campi.

In giro non c'era anima viva, ma dagli infissi socchiusi e perfino dalle piccole finestre rasoterra degli scantinati provenivano bagliori intermittenti.

Caterina inspirò l'odore della terra umida e dell'erba marcia che le ricordava casa e prese coraggio.

Dov'era Mario?

Inciampò, senza cadere, su un cumulo di mattoni e assi di legno accatastati sotto l'arco in cemento che conduceva all'interno del cortile. Le lenzuola stese sui terrazzi toccavano quasi terra. Caterina dovette scostarne uno per imboccare l'entrata che era solo socchiusa.

Salì le scale a tentoni, nel buio. Si fece guidare dal corrimano metallico. Da dietro le porte si sentiva un vociare sostenuto, pianti di bambini, rumore di pentolame sbattuto o sedie spostate sul pavimento. L'aria era pregna di minestra e cavolo bollito.

Arrivò al primo piano e si trovò davanti a una porta scrostata. Dentro, passi e voci.

Avrebbe trovato la zia? Le ultime notizie ricevute da suo padre risalivano a un paio di anni prima.

Caterina, dopo Natale, le aveva scritto una lettera per annunciarle il suo arrivo, ma era partita prima di aver ricevuto risposta e solo ora si accorgeva di aver fatto un colpo di testa.

Bussò.

Sentì dall'altra parte dei passetti leggeri e veloci. Venne ad aprire una bambina. All'incirca di una decina d'anni, magra, con i capelli neri e dritti come quelli di Caterina e un vestitino troppo largo, celeste sbiadito, da cui spuntavano i piedi scalzi.

Fu colta dall'imbarazzo.

«Buonasera» disse alla ragazzina. «Penso di essere una vostra parente.»

La bambina la squadrò, senza spostarsi.

«Io mi chiamo Veronica.»

Una signora bassetta, con in braccio un bambino di pochi mesi, sbucò nel corridoio d'ingresso da un'altra stanza. Aveva il naso sottile e aquilino. Gli occhi allegri, che spiccavano tra le rughe, la osservavano con curiosità.

«E chi saresti esattamente?»

Caterina notò che era uguale alla zia Rosina e sentì gli occhi inumidirsi.

«Sono Caterina, la figlia di suo cugino Cesco.»

Tra le guance scavate della signora si allargò un bel sorriso tutto buchi.

«Cara da Dio! Potevi scriverci. Ti avremmo accolta un po' meglio» disse, abbracciandola e comprimendo tra loro il piccoletto, che agitò le gambine per farsi spazio.

Fece entrare la nipote nel corridoio strettissimo e la guidò dentro la cucina.

La zia, sempre ninnando il bambino, prese dalla credenza un pentolino e si mise a trafficare con il fornelletto ad alcol. Veronica prese un bicchiere dal catino.

«Siediti pure» le disse la zia con un sorriso. «Ti preparo un caffè d'orzo.»

Entrarono due ragazzini. Si appiattirono sulle piastrelle bianche del muro davanti a lei e la osservarono senza dire niente.

Veronica fece loro segno di sedersi.

«È nostra cugina» disse con entusiasmo.

Ma quelli non si mossero.

In attesa che l'acqua bollisse, la zia si informò su come stessero suo cugino Cesco, la Virginia, ma anche l'Adele e Silvano, la Irma e Toni e tutti gli altri. Poi volle sapere quanti fratelli avesse Caterina e come se n'erano andati i nonni. *Erano brave persone.* Disse.

Due bambine si affacciarono alla porta e, dopo avere incrociato lo sguardo della nuova arrivata, si ritirarono, gridando di spavento ed eccitazione, lungo il corridoio. Veronica spiegò che c'era un altro fratello, ma che già dormiva.

Caterina prese coraggio e domandò se poteva fermarsi per qualche tempo da loro.

La zia si fece una risata.

«Siamo già in nove, uno più o uno meno non fa differenza. Ma dovrai cavartela da sola. Non ho mica il tempo di starti dietro, io, e tuo zio è più in osteria che a casa.»

Il neonato iniziò a piangere e ad aggrapparsi alle ciocche di capelli grigi che sfuggivano alla crocchia disfatta. Lei si sbottonò la camicia e se lo mise al seno, che era cadente e con lunghe striature bianche sulla pelle.

Con il bimbo attaccato le fece vedere le altre due stanze dell'appartamento. In una c'era un letto matrimoniale, in cui dormivano i genitori con i tre più piccoli, nell'altra stanza tre materassi a terra, per gli altri quattro figli. Dal ballatoio indicò la latrina comune in un angolo del cortile e la fontanella, all'altro lato.

Caterina bevve la sua tazza di caffè d'orzo. La zia tagliò il formaggio appena ricevuto, che, come sempre, aveva l'interno molliccio e maleodorante, e ne diede un pezzetto a ciascun figlio.

Poco dopo arrivò il marito, barcollando. Aveva i capelli neri arruffati, il naso grosso e una gamba un poco più corta dell'altra. La presenza di Caterina non suscitò in lui alcun interesse; si sedette, appoggiò la testa sul tavolo e si addormentò.

«Per fortuna che è piccoletto» disse la zia, con una risata. Passò il neonato a Veronica e si caricò il braccio del marito dietro al collo per trascinarlo in camera.

Era una famiglia chiassosa e accogliente, nessuno si lamentò mai della sua presenza, nemmeno Veronica, che con lei dovette spartire il materasso. Ognuno era alle prese con la sua personale sopravvivenza e nessuno pestava i piedi agli altri.

Lo zio Fedele era stato muratore, come ce n'erano tanti da quelle parti. Dopo una caduta dall'impalcatura, si era ritrovato una gamba offesa. Quando era a casa brontolava tutto il tempo, se la prendeva col Comune, con Mussolini e col mondo intero. Ma, di fatto, era sempre in giro. Si barcamenava facendo il venditore ambulante di fazzoletti; portava con sé il terzogenito, che aveva undici anni, a cui si vantava di insegnare il mestiere. Ogni tanto prendeva a prestito l'ultimo nato, per far commuovere le casalinghe con cui faceva affari. Sembrava che con le mani se la cavasse bene, capitava che i vicini venissero a chiamarlo per qualche lavoretto: il cardine di una porta, l'anta di una credenza, un muro da tirare su. Fino alle cinque del pomeriggio, perché poi spariva in osteria a bersi il ricavato della giornata.

I due figli più grandi, che erano pressappoco coetanei di Caterina, lavoravano in una fabbrica metallurgica.

Veronica dava una mano alla madre e le altre due femmine, in teoria, andavano a scuola, ma in realtà passavano la maggior parte delle giornate a giocare con gli altri bambini nei cortili interni dei caseggiati. L'ultimo nato, Bortolino, era sempre attaccato al seno.

Non fu facile trovare lavoro, non si faceva che parlare della crisi arrivata dall'America e del crollo delle esportazioni. Nei dintorni le aziende stavano licenziando. Dopo una settimana di ricerche inutili, la zia le consigliò di recarsi a Sesto, dove le fabbriche erano molte di più.

Arrivava presto al mattino, dopo un'ora di cammino, e si confondeva con l'esercito dei lavoratori, soprattutto uomini, che il treno portava da tutti i paesi della periferia milanese. Lavoravano nei grandi stabilimenti della Breda, della Pirelli, della Magneti Marelli o ai forni delle acciaierie Falck.

Passò tutte le fabbriche che assumevano manodopera femminile, ma ovunque le dicevano che non era un buon periodo.

Una mattina dovette tornare indietro perché un folto corteo di operai stava protestando con urla e striscioni e si prese paura.

Dov'era Mario?

Quando lo zio si beccò l'influenza, lo sostituì nella vendita dei fazzoletti.

«Ma che ragazza a modo» commentavano le donne quando bussava alle porte affacciate sui ballatoi. Per l'occasione metteva la gonna e la camicia della zia Santina e parlava l'italiano imparato a scuola. La zia era contenta perché, per la prima volta, i soldi dei fazzoletti arrivavano sulla loro tavola.

Quando stava per disperare, fu chiamata da una filanda.

La paga era di 20 lire a settimana: non era tanto, ma avrebbe avuto il sabato e la domenica liberi.

Si lavorava in un lungo stanzone, il soffitto era altissimo, con possenti tiranti scuri, da parte a parte. Su entrambe le pareti laterali si aprivano lunghe finestre rettangolari, con l'intelaiatura metallica che divideva il vetro in grandi quadrati. A eccezione dei meccanici, che stavano alle caldaie, nella fabbrica erano tutte donne.

Le operarie erano disposte su due lunghe file. Sfregavano i bozzoli ammolliti dall'acqua bollente con una specie di bruschetto, per estrarne le bave. Caterina si ritrovò seduta tra due ragazzine più giovani di lei. La sua compagna di destra piangeva tutto il tempo, di nascosto, per il dolore alle mani.

Anche lei aveva male, ma provava a distrarsi, immaginando gli abiti eleganti che sarebbero venuti fuori da quel filo. Quando non ne poteva più, immergeva le dita nel secchio di acqua fredda, che ciascuna di loro aveva di fianco. Solo un attimo, perché la caporeparto passava nel corridoio centrale e controllava di continuo come procedeva il lavoro.

La sera uscivano dalla fabbrica con le mani bianche e gonfie e i vestiti bagnati, per via dei vapori puzzolenti che saturavano lo stanzone.

Arrivava al quartiere stremata, ma prima di salire in casa metteva la testa sotto la fontanella per togliersi dai capelli la puzza delle crisalidi marce.

Dopo le prime settimane, iniziarono a comparire tra le dita delle piccole bollicine biancastre che grattava senza sosta. Nel giro di un mese la pelle si era già lacerata. Il dolore non la faceva dormire la notte e la continua immersione nell'acqua sporca impediva la cicatrizzazione delle ferite. Su suggerimento della zia, iniziò ad applicarci sopra le foglie di piantaggine, che raccoglieva ai bordi della strada al ritorno dalla fabbrica.

Gli zii per l'ospitalità le chiedevano un contributo minimo, il corrispettivo di quello che mangiava, così Caterina poteva mandare a casa buona parte dei guadagni e qualche pensierino per Quintilio, una tavoletta di cioccolato, una cartolina, un quaderno.

Nel quartiere la vita pareva lasciata al caso. Niente santi che accompagnavano l'anno e decidevano i lavori da fare. Niente campane a scandire i momenti importanti della giornata, al massimo le sirene lontane degli stabilimenti. E, cosa ancora più sorprendente, a nessuno interessava che piovesse, grandinasse o che ci fosse il sole. Perfino la luna poteva crescere o calare, senza che nessuno lo sapesse.

Col passare dei mesi imparò a familiarizzare con le urla delle madri, con i litigi, con i piagnistei dei bambini, con i panni stesi ovunque e con le grida continue degli ambulanti e degli arrotini. Con la signora che abitava di sotto e che si diceva facesse *il mestiere*.

«Puttana. Chissà che la buttino dentro» ripeteva la dirimpettaia. «Se una cosa buona Mussolini l'ha fatta, è stata di metterle tutte al chiuso.»

La zia, sempre con Bortolino attaccato alla tetta, scrollava le spalle e rideva.

«Eh, cara mia. Ognuno nella vita fa quel che può!»

Una sera Caterina sorprese i due cugini più grandi con le orecchie appoggiate al pavimento della camera, che tentavano di ascoltare i rumori dell'amore. Quando la videro, scattarono in piedi e uscirono dalla stanza rossi di vergogna.

Dopo che se ne furono andati, Caterina non resistette e fece lo stesso.

Non sentì assolutamente niente, ma quel nulla, nella sua immaginazione, prese la forma di scene simili a quelle a cui aveva assistito alla monta taurina o a quella delle capre in contrada.

Da quel momento, iniziò ad avere dei turbamenti nuovi.

Una sera di maggio, tornando dal lavoro, si trovò davanti a un uomo che usciva dall'appartamento. Era già accaduto altre volte di incrociare qualche cliente, ma quella sera Caterina scappò su per le scale di corsa, due scalini per volta.

Si sentiva come la gallina che, qualche anno prima, aveva cercato rifugio dal maschio sulla scala a pioli della *tezza*. Quando era caduta chiocciando, il gallo le era montato sopra fulmineo. Ricordava che era rimasta a terra scarruffata, mentre l'assalitore si era subito diretto verso il serraglio in cui si erano rifugiate le altre. Lei e la Linda avevano pure riso di gusto, scommettendo su quale sarebbe stata la vittima successiva.

La domenica, con i cugini e gli altri ragazzi, uscivano in gruppo verso la campagna. Partivano a piedi, con le sporte, alla ricerca di un po' di ombra sotto cui sedersi. Si spartivano pane, formaggio e vino cattivo. Mentre mangiavano, i maschi facevano la corte alle ragazze, quelle non ancora imbruttite dalla fabbrica. Qualcuno di loro aveva un bel sorriso o sapeva cantare, altri avevano solo denti cariati e mani nere. Lo zio si ubriacava e bestemmiava contro Mussolini.

Lei, seduta sotto i gelsi, osservava i contadini, che in lontananza facevano il primo taglio dell'erba e lo sguardo le cadeva sulle sue mani rovinate dalla filanda.

La sera, a letto, ripensava ai ragazzi che le avevano sorriso e si chiedeva cosa stesse facendo Mario a pochi chilometri di distanza. Anche a impagliare le sedie ci si rovinava le mani?

Capitolo 6

Il secondo autunno fu peggiore del primo. Le ulcere ricominciarono a divorarle le dita. Guardava con terrore alle mani delle sue compagne più anziane, che a trent'anni già faticavano a congiungere pollice e indice e che potevano ambire solo a una misera pensione di invalidità.

Proprio loro le consigliarono di lenire il dolore con la pipì; ben presto, scoprì che lo facevano tutte.

Mentre, chiusa nella latrina in cortile, si disinfettava le ferite con l'urina calda, pensava che il letamaio di casa e gli orinali svuotati in corte e gli escrementi delle galline sul pavimento della cucina non erano poi così indesiderabili.

Si decise a scrivere una lettera a Mario per chiedergli se poteva aiutarla a cercarsi un altro lavoro.

Avrebbe voluto contattarlo fin dal giorno del suo arrivo in città, ma non ne aveva mai avuto il coraggio. Ora che sentiva che non avrebbe resistito ancora molto tempo in quelle condizioni, ogni pretesto era buono per farsi viva.

Mandò un bigliettino all'indirizzo che la Irma le aveva dato prima di partire.

Nelle due settimane in cui attese risposta le parve, all'improvviso, di vederlo ovunque. In lontananza, sulla strada sterrata che percorreva per andare al lavoro. Nel gruppetto di persone che, all'alba, aspettavano il tram o tra quelle che ne scendevano alla sera; dietro gli angoli dei caseggiati, quando girovagava il sabato pomeriggio senza meta per il quartiere. Un giorno lo confuse, di spalle, con il nuovo macchinista della fabbrica, biondo e magro pure lui.

Una domenica mattina in cui Caterina, seduta su uno dei materassi stesi a terra, con la schiena appoggiata all'intonaco pieno di muffa, si stava bendando le dita per non imbrattare tutto di sangue, venne a cercarla sua cugina Anita.

«Un ragazzo chiede di te» annunciò con eccitazione la bambina, anche lei secca con i capelli neri.

Le mani iniziarono a tremarle. Chiuse a fatica l'ultimo giro di garza.

Quando lo trovò sulla porta, non seppe come iniziare.

Si accorse che non riusciva nemmeno a guardarlo negli occhi.

«Ciao» disse lui.

«Ciao» rispose lei.

Anche lui evitava il suo sguardo.

«Come stai?»

Caterina indicò un punto vago alle sue spalle.

«Stavo andando a messa.»

«Bene. Ti accompagno.»

Non era cambiato tanto, solo che adesso aveva i capelli un po' più lunghi, con la riga di lato, e sembravano leggermente più chiari. Era così magro che, nonostante le bretelle, i pantaloni parevano cascargli. In mano non teneva il solito pastrano, ma un bel paltò marrone, piegato in due.

Caterina fu contenta di essere già vestita da messa, con la gonna blu sotto le ginocchia e la camicia della zia Santina.

«Va bene. Prendo lo scialle.»

Scesero le scale in silenzio.

Caterina si appoggiava al corrimano freddo e appiccicoso e temeva il momento in cui sarebbe finito e non avrebbe più saputo come tenere le mani.

Il tubo metallico terminò, con un taglio netto, senza preavviso. Lei si ritrovò con entrambe le braccia lungo i fianchi, troppo ingombranti e pesanti per capire cosa farne.

In cortile non c'era nessuno. Il sole sbiadito obbligava i palazzi a ombre pallide sulla ghiaia.

Mario era molto serio, come del resto era sempre stato.

«Non vorrai davvero andare a messa?»
Caterina lo fissò con sorpresa.
«Perché? Tu cosa avevi in mente?»
Lui si guardò attorno.
«Non saprei. Ti va una passeggiata? Non ho molto tempo, ma possiamo prendere il tram e andare in centro.»
Intanto erano usciti dall'arco che delimitava la corte. Caterina indicò il capolinea in lontananza, dove la terra battuta diventava acciottolato.
Alla fermata si sedettero su una panchina. In più punti la vernice era stata incisa. *Sempre col Duce* era scritto dietro le spalle di Mario. Allungarono entrambi le gambe in avanti, come facevano da piccoli, quando sedevano sui terrazzamenti, in contrada. Allora, era una gara a chi aveva più croste. Caterina vinceva sempre perché Mario era più attento a come si muoveva. E poi lei le grattava via troppo presto, le ferite si riaprivano e in un attimo si riformavano.
Il ricordo imbarazzò entrambi, perché ritirarono i piedi sotto la panchina con una velocità innaturale.
Mario le domandò delle mani.
Caterina cercò di svicolare, ma lui insistette.
Volle sapere tutto della filanda, della paga, degli orari e delle mansioni. Mentre lei gesticolava per rispondergli, la garza si snodò e iniziò a penzolare.
Si innervosì.
Lui la aiutò a riavvolgerla.
Caterina si accorse allora che le mani di Mario erano diventate adulte.
Il dorso era segnato da un reticolo di vene che si assottigliavano in prossimità delle dita magre. Le nocche erano in rilievo e le sottili falci bianche delle unghie erano pulitissime. Caterina pensò che le sue lo erano solo nel momento in cui le tirava fuori dall'acqua bollente: il tempo di arrivare a casa ed erano nuovamente grigie.
Dall'altra parte della strada spuntò da dietro le case un gruppo di cinque bambini, si disposero lungo il bordo con

le gambe incrociate e iniziarono a giocare con le biglie. In un attimo finì a botte.

Mario continuava a trafficare con la benda. Lei ebbe il tempo di osservarne il viso rasato e la pelle chiara e liscia.

Ricordò che suo padre, Toni, era sempre arrabbiato quando si faceva la barba la domenica mattina. Se la prendeva con le galline, che saltavano sul tavolo e facevano cadere lo specchio posticcio appoggiato a una bottiglia, o col vetro appannato, o con la luce scarsa della cucina. Non gli piaceva radersi e ogni scusa era buona per lamentarsi. Si tagliava sempre. Mario correva a passargli uno straccio, prima che macchiasse la flanella e la Irma lo sgridasse.

Attorno al collo Mario aveva un colletto inamidato, attaccato con dei piccoli bottoni alla camicia chiara. Non ne aveva mai visto uno da vicino. In contrada, la fascia chiusa da un unico bottone era più che sufficiente.

Mario era rasato, Mario era pulito, Mario era elegante.

Non era giusto.

Lui le lasciò la mano e lei distolse lo sguardo.

Una signora si affacciò da un palazzo e chiamò i bambini che ancora stavano litigando. Quelli se la diedero a gambe, disperdendosi tra le case.

Mario riprese la mano che lei già teneva abbandonata sulla coscia senza uno scopo. Controllò, di nuovo, che il nodo con cui aveva fissato la garza fosse ben fatto.

Quando Caterina vide che lo lisciava un certo numero di volte, le venne da ridere.

«Sei sempre il solito strambo! Pensi ancora che se non fai le cose in un certo modo possa accadere qualcosa di brutto?»

«Non so nemmeno io, Nina, a cosa penso. Se non lo faccio mi sento l'agitazione addosso» rispose lui arrossendo.

Caterina gli bloccò la mano e questa volta fu lei a carezzargli il dorso.

Aveva la pelle liscia e morbida, come solo i bambini, in contrada, potevano permettersela.

«Va tutto bene» gli sussurrò.

Lui sorrise.

Caterina sentì che mani, braccia e gambe avevano ritrovato il loro posto e che non doveva più occuparsene.

«Non mi va più di prendere il tram» disse alzandosi. «Perché non facciamo invece due passi?»

Si diressero verso il centro del quartiere, attraversarono la strada intorno alla piazza e si ritrovarono davanti alla chiesa. Le campane suonavano l'inizio della funzione. Gli ultimi ritardatari si affrettavano. Una madre, all'ingresso, tirava per il braccio un ragazzino col moccolo al naso, che puntava i piedi.

«Sicuro che non ti va di entrare?»

«Sicurissimo.»

«Allora spostiamoci da qua. Non voglio che mi vedano.»

Si avviarono verso la doppia fila di tigli, piantati da poco, che circondava la piazza.

«Hai ancora dubbi su Dio?» chiese lei.

Poco lontano un gruppo di uomini giocava a briscola, seduti in un bar. Caterina riconobbe tra loro suo zio, che rideva più forte di tutti.

Mario li osservava in silenzio.

«Non credo che Dio esista, preferisco pensare che gli uomini siano in grado di prendersi cura di se stessi.»

Lo zio Fedele, che aveva perso, batté il pugno sul tavolo e rovesciò il bicchiere di rosso, pieno a metà, sui pantaloni dell'amico seduto di fianco. Questo si alzò bestemmiando.

«Cosa vuoi che combiniamo da soli? Guarda mio zio, sono le dieci di mattina e già non sta più in piedi.»

«È quello?» domandò Mario, indicandolo.

Caterina annuì.

«Non è cattivo, ma non sa certo badare a se stesso.»

Un gruppo di bambini giocava a prendersi zigzagando fra i tronchi sottili. Dovettero scansarli più volte mentre facevano il giro della piazza.

«E come vanno i tuoi studi?» domandò Caterina, dopo un lungo silenzio.

Mario si fermò e si voltò verso di lei.

«Devo prima dirti una cosa, Nina.»

«Dimmi.»

«Se tu avessi potuto studiare, saresti sicuramente stata più brava di me.»

Caterina si accorse di avere improvvisamente molto caldo. Mario le avvicinò la mano alla guancia e provò una carezza, così veloce da ridursi a un tocco lievissimo.

«Spostatevi di mezzo» urlò un signore in bicicletta.

Si resero conto di essere finiti sulla strada. Arrossirono entrambi.

Fecero un altro mezzo giro di piazza, senza aggiungere niente.

Poi Mario iniziò a raccontare che stava per finire il liceo. Gli zii coprivano le spese della scuola e gli offrivano vitto e alloggio. Lui li aiutava in bottega.

Di nuovo guardò le mani lisce e bianche di lui e poi le sue, mezze marce, e le passò la voglia di fargli altre domande.

Lasciarono la piazza e imboccarono una stradina a caso. Sentirono solo i loro passi sui sampietrini. Cuoio lui e legno lei. Non c'era tanta gente in giro, appena qualche bici da far passare ogni tanto.

«Mi piacerebbe diventare ingegnere» disse lui.

Caterina non rispose.

Un velo di nubi grigie avvolse il sole, le ombre dei palazzi sulla strada sbiadirono fino a dissolversi nel grigio dei mattoncini.

Arrivarono in fondo alla strada e poi decisero di tornare indietro. Si sedettero su una delle panchine in piazza.

«E tu? Sono quasi due anni che non ci vediamo. Come sei arrivata a Milano?»

Sono venuta a Milano perché c'eri tu, Mario.

«Non ho granché da raccontare. Sono scappata da casa, perché ho combinato un guaio enorme.»

«Ti riferisci a Quintilio?»

«Come fai a saperlo?»

«Mia cugina Ida mi scrive ogni tanto.»

Mario estrasse dalla borsa di tela che portava a tracolla due pezzi di pane e alcune fette di salame avvolte nella carta.

«Vuoi?»

Mario mangiava salame. Lei non ricordava quando lo aveva assaggiato l'ultima volta.

Caterina ne strappò un pezzetto.

«Che buono» disse masticandolo con gli occhi chiusi.

«Comunque, tu non hai colpa per quello che è successo.»

Il pane, come le accadeva sempre, si era fatto palla tra lingua e palato.

«Come fai a dirlo? Tu non c'eri.»

«Non essere sciocca. Non l'hai mica messa tu la bomba.»

«Tu non sai niente di me.»

Mario la guardò perplesso.

Lei finì di deglutire.

«Quel giorno Quintilio mi stava chiamando, ma io mi ero distratta a guardare uno stormo di anatre in cielo e non avevo nessuna voglia di raggiungerlo.»

«Smettila. È colpa delle guerre. Tu e tuo fratello siete solo delle vittime.»

A Caterina cadde un pezzo di pane. Mario lo raccolse, ci soffiò sopra e glielo rimise in mano.

«Ma le cose cambieranno, Nina. Te lo prometto.»

Il cielo si era fatto completamente grigio e una coltre nebbiosa aveva trasformato il sole in un disco perlaceo.

«Ah sì? Farai ricrescere la mano a Quintilio?» domandò Caterina.

«Quello no, ma questo regime schifoso non durerà per sempre. Stanno accadendo tante cose nel mondo. Gli oppressi sono stanchi di essere sfruttati. Ci sarà una rivoluzione.»

«Ma cosa dici? Chi è senza soldi sta sotto, chi ce li ha comanda. Così vanno le cose.»

«Non è vero. Guarda cos'è successo in Russia.»

Caterina ripose il pezzo di pane, che teneva in mano, dentro la sacca. «Non sarai mica per caso diventato...?»

Lui non rispose.

«Mario, è pericoloso! Mussolini li fa ammazzare.»

«Ovvio. Perché la dominazione fascista delle masse fa il gioco del capitalismo. Ma ti ripeto che le cose cambieranno, non manca più tanto. Le contraddizioni del capitalismo stanno venendo a galla. Guarda cos'è successo alla borsa in America.»

Caterina sospirò.

«Non ho idea di cosa parli, Mario.»

Una nebbia densa era planata sul quartiere, trasformandolo in una brutta cartolina in bianco e nero.

Mario si mise in bocca una sigaretta stropicciata. Si alzò in piedi e iniziò a cercare i fiammiferi, tastandosi i vestiti. Li trovò nella tasca di dietro dei pantaloni. Tornò a sedersi. Appoggiò i gomiti alle gambe. Con la mano destra teneva la sigaretta verso l'interno per proteggerla dal vento. La portava alla bocca con fare nervoso.

Caterina contò otto secondi esatti tra una boccata e l'altra. Capì che anche lui li stava contando. Aspettò che finisse.

Mario lanciò il mozzicone in strada e si scrollò la cenere dai pantaloni.

«Un giorno creeremo una società più giusta anche per le donne. Ho riflettuto molto su quello che mi hai detto la scorsa volta, che non vuoi sposarti perché la vita delle madri è troppo misera. Ma lo sai che in Russia le donne possono essere madri e anche lavoratrici? E che gli stipendi delle operaie russe sono in continuo aumento? Queste cose dovrebbero interessare anche a te.»

Le mise in mano un volantino sgualcito.

Caterina lo afferrò con cautela tra la punta del pollice e quella dell'indice.

«Che roba è?»

«Leggilo.»

A lavoro uguale uguale salari, aumento di tutti i salari del 20 per cento, sussidio di 10 lire al giorno per tutti i disoccupati, elezioni delle commissioni interne, libertà sindacale di stampa e di sciopero. Rifiuto di pagare i contributi sindacali, liberazione di tutte le vittime del fascismo, leggi per la tutela della maternità.

«Ancora non capisco, Mario.»

«È un volantino che è stato distribuito alle donne, per l'otto marzo.»

Caterina glielo restituì immediatamente.

Rabbrividì e si strinse dentro la mantellina.

«E come avrebbero fatto in Russia a fare tutte queste cose?»

Mario piegò con cura il volantino e lo ripose nella tasca interna della giacca.

«Il popolo è diventato proprietario delle fabbriche. Hanno fatto la rivoluzione e se le sono prese. Guarda te, per esempio: ti rovini le mani per arricchire qualcuno che probabilmente non hai mai visto. Non sarebbe più giusto che la fabbrica fosse di chi ci lavora?»

«Ma io non avrei idea di come gestirla. Non è meglio che lo faccia chi sa farlo?»

«Ci stiamo preparando. Per cosa credi che io voglia diventare ingegnere?»

Caterina lo fissò pensierosa.

«Mettiamo anche che gli operai riescano a prendere le fabbriche. E cosa succede dopo?»

«Non ci saranno più classi sociali. Niente più ricchi e niente più poveri. Nessuno sfrutta più nessuno.»

Le calze di lana le arrivavano solo alle ginocchia. Rimboccò la gonna ai lati perché aveva freddo alle gambe.

«Tu vaneggi. Perché questo accada non basta una rivoluzione, servirebbe un miracolo. Nessuno a questo mondo si accontenta di quello che ha, ci sarebbe sempre qualcuno che vuole qualcosa di più.»

Si accorse di rimpiangere i tempi in cui erano solo le salamandre a sancire la loro diversità.

«Questo è quello che ti fanno credere. Nella società comunista i bambini saranno educati fin da piccoli a essere persone migliori.»

Caterina scosse la testa.
«Non ti ha fatto bene studiare così tanto. Non si può insegnare alle persone a essere buone. Io stessa vorrei qualcosa più di te se ci fosse la rivoluzione.»
«E perché, se tu avessi già tutto il necessario?»
«Perché io ho patito più di te. Perché tu hai potuto studiare e io no» gli mise davanti agli occhi le sue mani bendate. «Per queste» aggiunse, e sentiva che stava per piangere.
Lui abbassò lo sguardo.
Le campane batterono le undici e mezzo. I giocatori di carte si alzarono. Caterina guardò suo zio avviarsi verso casa, barcollando.
«Vedi, Mario, noi abbiamo patito troppo per concederci il lusso di essere buoni. Per te è diverso. Sei così fortunato che puoi permetterti di buttare via tutto quello che la sorte ti ha concesso per queste scemenze.»
«Non sono scemenze. Lo faccio anche per te.»
Caterina avrebbe voluto dargli uno spintone, come faceva da piccola quando lui la faceva arrabbiare.
«Non ho bisogno che tu faccia niente per me.»
Rimasero in silenzio ad ascoltare il fruscio delle foglie di platano secche, che il vento trasportava dalle strade laterali e faceva mulinare sulla piazza.
«Va bene, tu riceverai qualcosa più di me, se è questo che vuoi. In tal caso, mi aiuteresti a fare la rivoluzione?»
«È uno scherzo, vero?»
Mario scosse la testa.
«Neanche morta. Dovresti stare attento anche tu. Tutte queste storie non ti porteranno niente di buono.»
All'altro lato della piazza, i fedeli uscirono dalla chiesa. Una folata di vento fece rotolare qualche metro più in là il cartoccio del salame. Mario si alzò per recuperarlo.
«Devo lavorare oggi pomeriggio» disse, rimettendo tutto nella sacca.
Caterina rifiutò la mano che lui le porgeva per alzarsi. Il vento le scompigliava i capelli. Si sentiva brutta.

Si incamminarono verso la fermata del tram.
«Posso chiederti di non fare parola con nessuno di ciò che ci siamo detti?»
Caterina non alzò nemmeno gli occhi dallo sterrato.
«A chi vuoi che interessi?»
«Tu fallo lo stesso.»
«Eri già strano, ma adesso lo sei ancora di più.»
«Il tram sta arrivando» disse lui, indicando la scatola di lamiere che si avvicinava, con un rombo simile a quello di un temporale. «I prossimi due fine settimana non posso muovermi. Ti andrebbe di vederci il successivo?»
«Mi piacerebbe, ma sto pensando di tornare a casa» disse mostrando le mani. «Non ce la faccio più.»
«Capisco.» Mario era serio. «Fai bene, non è posto per te questo.»
Si sentì ancora più brutta di prima e non disse niente.
Il tram si fermò con un grande stridio di freni. Mario saltò su.
«Mi ha fatto piacere vederti, Nina.»
«Anche a me» balbettò lei.
«Può essere che io torni dai miei per Natale» le gridò dal finestrino quando il mezzo era già in movimento.
Restò ferma sul marciapiede a guardare il tram che spariva nella nebbia.
Si avviò verso casa, calciando i sassi. Nascose le mani bendate dentro le tasche.
Quando fu davanti all'edicola, tirò fuori le monete che aveva risparmiato sul biglietto. Indicò col dito il «Corriere della Sera». Non leggeva da anni e non sapeva in che altro modo chiederlo.
Nella sua strada, la nebbia si era assottigliata, la palla del sole era diventata di un rosa opaco.
Si sedette su un bidone abbandonato nel cortile, il vento arricciava le pagine grandi che tentava di stendere sulle gambe. Poco lontano le cuginette giocavano a mamma-casetta.
Anita, quando la vide, interruppe i giochi e le venne vicino.

«Che fai, Nina?»
«Non lo vedi? Leggo il giornale.»
«Posso guardare con te?»
Caterina lo aprì nella sua direzione.
«Certo.»
«Ma non ci sono figure.»
«Infatti non è da guardare, è da leggere.»
«Che brava che sei tu, Nina. La mamma dice sempre che dobbiamo andare a scuola per diventare istruite come te.»
La bambina attraversò il cortile saltellando. Raggiunse le altre, che si contendevano l'unica bambola che possedevano e fingevano di cucinare e pulire sotto i bancali ammucchiati.
Iniziò a leggere un articolo sul conflitto nippo-cinese. A metà dovette ripartire perché si accorse di aver capito poco o niente. La zia Alma aprì un attimo la porta sul ballatoio, le bestemmie dello zio e il pianto di Bortolino si riversarono sul cortile. Caterina chiuse il giornale e salì per dare una mano.

La settimana successiva annunciò agli zii che finiva il mese di lavoro e che poi sarebbe tornata a casa.
Aveva sperato che Mario le chiedesse di restare, ma non l'aveva fatto.
Se doveva rimanere a Milano solo per farsi marcire le mani, tanto valeva farlo a casa. Le filande non mancavano di certo anche dalle sue parti.

Capitolo 7

Quando iniziò a percorrere a piedi la strada militare che portava a casa sua, era buio da un pezzo.

Dopo aver visto la città vera, Calvene si riassumeva nelle quattro case che si contendevano l'affaccio sulla via principale, dove il nuovo impianto di illuminazione pareva essere l'unica cosa al passo con i tempi.

In un attimo si ritrovò tra i boschi, così silenziosi e brulli che parevano non essere mai stati attraversati da essere umano. A ogni tornante guardava le deboli luci della pianura farsi confuse. Superò Mortisa, spettrale nella notte invernale, e raggiunse la fontana ghiacciata all'imboccatura della Val Scura.

Più avanti si stagliavano le prime case, con i battenti chiusi, i tetti neri e, in apparenza, nessuna anima viva.

I cani da caccia sentirono il suo odore estraneo e iniziarono ad abbaiare nei serragli.

La Virginia, quando se la trovò davanti, l'abbracciò stretta. Cesco non si spostò dal tavolo, ma abbozzò un mezzo sorriso. I fratelli scesero dalla camera dove già riposavano.

Sua madre era invecchiata. Mentre parlava, le rughe di fianco agli occhi si contraevano e si distanziavano tra loro, per assecondare i movimenti della bocca. Una volta sorrise e le pieghe confluirono in un unico solco profondo. Quando il volto si ricompose, tornarono a dipanarsi in ogni direzione. In terza elementare aveva studiato la differenza tra le foci a delta e quelle a estuario. Le rughe della madre erano un delta. Fu contenta di poterle definire. Ogni tanto ancora le dava soddisfazione appropriarsi di pezzetti di mondo grazie alle parole.

Suo padre era rimasto più o meno come lo ricordava, così anche Tullio e Tarquinio, che erano pressoché uguali a prima, ma soltanto più voluminosi.

Quello dai maggiori cambiamenti era Quintilio, che si era fatto un bambino a tutti gli effetti, con tanto di capelli neri e pensieri propri in testa, così densi che a Caterina pareva di vederli. Si lasciò abbracciare da lei come avrebbe fatto con una zia che non sentiva alcuna necessità di toccare. Caterina gli strinse la mano buona, ma andò in confusione davanti al moncherino. Lui non le disse niente, nemmeno le frasi di circostanza degli altri due, e, non appena i più grandi tornarono a letto, non vide l'ora di accodarsi.

Caterina rimase in cucina con i genitori a raccontare della vita nella grande città. Scoprì solo allora che la Linda era partita per Napoli la settimana precedente, a servizio di una ricca famiglia.

La stanza era buia e fumosa, le loro ombre sulle pareti non si distinguevano dalle macchie di fuliggine. Caterina, che non ci era più abituata, ebbe un attacco di tosse. La madre le porse un bicchiere di acqua. Mentre beveva nessuno parlava. Il crepitio del fuoco era inframezzato dal grattare dei topi al di là della porta della stalla.

«Ma il gatto che lo teniamo a fare?» sbottò la Virginia.

Posò il bicchiere sul secchiaio e andò ad aprire la porta d'ingresso. La bestia, accovacciata di fuori, si stirò ed entrò con calma, indugiando sulla soglia in pietra, indecisa sul da farsi.

Non appena fu dentro, balzò sulle ginocchia di Caterina, che iniziò a lisciargli il manto freddo.

«È un buono a niente, un giorno o l'altro lo ammazzo» disse Cesco, alzandosi e prendendo la scopa di fianco al camino.

Caterina continuava a carezzarlo. Le pulci le si incagliavano sotto le unghie e poi tornavano a tuffarsi nel folto del pelo.

«Non abbiamo mai avuto un gatto grigio. E quello storpio che fine ha fatto?»

La Virginia, che stava ravvivando il fuoco, scosse il capo.

«Ormai era vecchio e si dice che Luigi abbia patito tanto la fame l'inverno passato.»

Suo padre si tolse la giacchetta e la poggiò allo schienale della sedia. Rimasto solo col gilet, arrotolò le maniche della solita camicia a quadri, a cui la Virginia aveva rifatto i polsini decine di volte, e sparì nella stalla con la scopa.

La madre si avvolse dentro lo scialle di lana e tornò a sedersi.

«La maestra, il postino, il dottore. Tutti quanti hanno fatto la tessera per stare più tranquilli. Vedrai che tra un po' tocca anche a noi, se vogliamo che ci lascino in pace» le disse con un sospiro.

Rientrò suo padre, tenendo un topolino per la coda.

«Si sono messi in mente di costruire la casa del Fascio e pretendono che andiamo a lavorarci a gratis» disse, buttando l'animaletto sul fuoco.

Mentre si rimetteva la giacchetta, la Virginia lo guardava con aria di rimprovero.

«Adesso ci sarà odore di pelo bruciato fino a domattina. Potevi darlo al gatto.»

«Non se lo merita. Chi non lavora non mangia.»

La Virginia sbadigliò e passò le mani sulla lunga gonna scura per lisciarla; quello fu il segnale. Senza aggiungere niente, si alzarono tutti e si diedero la buonanotte.

In camera, Caterina guardò il posto vuoto, di fianco a Quintilio, sotto la solita mensola col formaggio. Accarezzò il lenzuolo ruvido e poi andò a distendersi nel giaciglio lasciato libero dalla Linda, dall'altra parte della stanza.

La mattina dell'Immacolata, se ne stava seduta davanti alla finestra ad attaccare un bottone alla camicia di suo padre.

Le mani in tempi rapidissimi avevano recuperato l'agilità di sempre.

L'aria di pianura spesso non si conferisce a quelli che vengono dai monti. Forse è meglio se ognuno sta al posto suo.

Era sola in cucina.

Ogni tanto gettava un'occhiata all'esterno. Qualche passero si appoggiava sul davanzale di pietra per proteggersi dal nevischio, che proprio in quel momento stava scendendo da un cielo troppo bigio per promettere neve vera. Le galline zampettavano nella fanghiglia della corte. Sotto la tettoia della legnaia la Virginia sgridava Tarquinio, a cui i ciocchi di faggio sfuggivano di continuo dalle mani e rotolavano tra la segatura.

Poi tornava a guardare la camicia che stringeva tra le mani, osservava l'alone grigio sulla fascia del colletto, uguale a quello di tutti gli uomini della contrada.

Mario, invece, aveva il colletto bianco.

Strappò il filo, con un gesto secco.

Solo quando si alzò per mescolare la polenta che bolliva sul camino, si rese conto che Quintilio era fermo alle sue spalle. La osservava in silenzio, con un maglione di lana marrone lungo fino alle ginocchia e un quaderno in mano.

«Tesoro, che fai? Mi fai prendere paura, sembri un fantasma.»

Lui si avvicinò di un paio di passi.

«La mamma ha detto di mostrarti il mio lavoro di scuola» disse, porgendoglielo. «Dice che sei l'unica che ci capisce qualcosa.»

Lei sorrise.

«Lo guardo molto volentieri. Dai, vieni vicino, che lo sfogliamo assieme.»

Caterina aprì il quaderno sulle ginocchia. Il bambino stava al suo fianco, in piedi, diritto. Ne percepiva il calore e il respiro, ma non osava toccarlo. Decise di comportarsi come con i gatti randagi e aspettare che fosse lui a fare la prima mossa.

Osservò le aste di cui erano piene le pagine. Erano perfettamente parallele, nessuna sbavatura. Capì che il suo fratellino era troppo bravo per il posto in cui era nato e sentì che le lacrime si addossavano sull'orlo della congiuntiva.

«Sei molto preciso. Complimenti. E sai già scrivere qualcosina?»

Lui annuì e passò velocemente le pagine. Nell'ultima, c'era una riga di parole.

quintilio, nina, mama, papa, stala, corte, gato, vaca, galina, bao.

«Ho imparato da solo a scrivere.»

A quel punto il desiderio di vicinanza si fece irresistibile e Caterina lo abbracciò.

Lui non si ritrasse. Anzi. Con sua grande sorpresa, le salì in grembo e lei poté finalmente stringerlo di nuovo, come aveva fatto dal giorno in cui era nato. Ritrovò la consistenza morbida della pelle tra la nuca e le scapole, in cui era solita affondare i polpastrelli, e la cartilagine ancora flessibile delle orecchie contro la sua guancia.

Poi dovette farlo scendere, perché dalla pentola sul camino venivano fumo e puzza di bruciato.

Quella stessa sera tornò a fare filò da Silvano e l'Adele. Lei e sua madre trascinarono le sedie in corte, una aveva con sé l'ennesima federa per la dote da ricamare, l'altra un maglione da rammendare.

La lanterna, poggiata a terra al centro della stanza, riverberava la sua luce morbida sulle pareti della stalla. Le donne erano sedute da una parte, gli uomini dall'altra e i ragazzini a giocare tra le mucche. La Ida, col moroso, Elio, stava al centro, sotto gli occhi dell'intera contrada.

A Caterina, che si teneva un po' in disparte, parevano statuine di un presepio mai disfatto, alcune scolorite, qualcuna scheggiata, altre più nuove, ma immutabili nel ruolo loro assegnato.

I maschi riparavano gli attrezzi e si lamentavano del tempo e del governo. Le femmine parlavano sottovoce e lavoravano a ferri. Caterina cercò nella Irma tracce del figlio, senza scorgerne alcuna. Pensò che quello delle donne era un presepio triste: la Elsa aveva perso il piccolo Enzo, la Irma il figlio Fortunato e la Beata il marito.

Una mucca si alzò di scatto per orinare, la catena in ferro sbatté contro la mangiatoia. Vide che gli schizzi stavano inzuppando le calze grosse di sua madre. La Virginia non interruppe il lavoro a ferri, solo spostò lo sgabello di qualche centimetro.

Cosa c'entrava lei con tutti loro?

Desiderò la camicia pulita di Mario, le sue unghie bianche, la pelle rasata.

Senza entusiasmo, tirò fuori dal cesto la sua federa.

Entrò in stalla la Lucia, tornata da qualche mese da Torino dove era andata a servizio, ancora più minuta e secca di quando si erano lasciate. Aveva gli stessi occhi puliti che ricordava, azzurri e sporgenti. Tutte le donne della sua famiglia li avevano così, anche sua madre, la Elsa, e sua nonna Adele.

L'amica l'abbracciò stretta.

«Non sai quante cose sono successe da quando sei partita.»

Non succede mai niente qui.

Caterina le sorrise.

La Lucia si sedette al suo fianco e tirò fuori dal cestino un asciugamano a cui stava facendo l'orlo.

«L'anno prossimo mi sposo» le disse sottovoce, non appena ebbe infilato l'ago nella cruna. «Con lui» aggiunse piano, indicando, senza darlo a vedere, Giobatta, che proprio in quel momento varcava il portone della stalla.

«Ma non è troppo vecchio per te?»

Arrossì.

«Otto anni possono sembrare tanti, ma stiamo bene insieme.»

«Ma non sei troppo giovane per il matrimonio?»

«Nina, abbiamo quasi diciott'anni.»

Niente grilli per la testa, la Lucia era sincera come i suoi occhi estroflessi. Le venne voglia di stringerla, ma, mentre la abbracciava, si punse la pancia con l'ago infilato nella federa e si ritrasse veloce.

Il futuro sposo venne a sedersi accanto a loro. Non era brutto. Solo aveva il mento sfuggente, il pomo d'Adamo che sporgeva troppo per l'eccessiva magrezza, e la postura un po' incurvata, come se non volesse farsi notare. Non si erano mai parlati, solo un paio di anni prima la loro differenza d'età sembrava incolmabile.

Fu cortese, domandò a Caterina come fosse il duomo di Milano. Lei non gli confessò di non averlo mai visto.

Quando allungò il braccio per cingere le spalle della piccola fidanzata, inavvertitamente il suo avambraccio peloso sfiorò il collo di Caterina. Lei si sentì di troppo e andò a sedersi in mezzo alle altre donne.

L'Avvento quell'anno fu per Caterina l'attesa di Mario.

Iniziò a fare pratica presso un sarto di Lugo. Voleva imparare un mestiere vero.

Non aveva bisogno che fosse Mario a lottare per le sue mani. Ci avrebbe pensato da sola a renderle preziose.

Ogni mattina scendeva a Calvene, dove scoprì che la via principale, in sua assenza, era diventata *via Roma*. Quando era piccola quella era la sua strada preferita, perché le dava l'opportunità di leggere due nomi, anziché uno e, per di più, ciascuno composto di due parole: *Villa Inferiore* e *Villa Superiore*.

Dalla piazza scendeva a costeggiare il torrente gonfio. Camminava sull'erba degli argini, zigzagando tra gli ontani spogli. Infine risaliva a Lugo, evitando i solchi dei carri sulla terra fangosa per non affondarci con gli zoccoli.

Come tutte le donne, Caterina sapeva già cucire, ma il signor Alessandro, così si chiamava il sarto, pretendeva una bellezza nel risultato a cui lei non era mai stata abituata.

Per cominciare, la mise a fare gli orli dei pantaloni. Una prima piega al tessuto sul rovescio, una stirata veloce e una seconda piega.

Anche quando a lei pareva di aver fatto bene, lui si avvicinava e passava la mano curata sul tessuto ancora caldo.

«Caterina, la seconda piega va fatta leggermente più grande, altrimenti l'orlo si ingrossa e non è bello da vedere.»

E lei doveva ricominciare daccapo. Ma lo faceva volentieri perché, per la prima volta, il risultato del suo lavoro era misurato in termini di bellezza e non solo di sostanza. E le pareva una cosa nuova, una cosa da città, una cosa da Mario.

In quelle prime settimane imparò il sottopunto, appena visibile sul dritto, e il punto a giorno, più resistente, ma meno discreto. «Devono avere la stessa misura e la stessa distanza per essere eleganti» le diceva, prima di disfarle tutto il lavoro. «Cosa sono questi punti incerti? Le cose o si fanno con decisione, oppure è meglio non farle.»

Era un uomo istruito. Un paio di volte alla settimana comperava il «Corriere della Sera» e, dopo il lavoro, permetteva a Caterina di fermarsi a leggerlo.

«"Fragili intese, assetti economici, dazi doganali"» ripeteva lei sottovoce, seduta sulla poltrona in pelle nera del salotto, nella speranza di memorizzare qualche nuova parola per quando avrebbe incontrato Mario. In realtà indugiava molto più volentieri sugli inserti pubblicitari di pagina due. Le sue fantasie venivano allora occupate dai salami Negroni, dai dadi Maggi Croce-Stella Oro, dalle pillole di Catramina Bertelli e da altri prodotti per l'igiene di cui aveva sempre ignorato l'esistenza. Alessandro le permetteva di ritagliare i trafiletti e di portarseli a casa, dove, in compagnia di Quintilio, sognava cosa avrebbero comperato se fossero stati ricchi. Al bambino sarebbero piaciuti i salami.

«Ma sei tu il mio salamino» lo prendeva in giro Caterina, facendogli il solletico sulla pancia morbida.

Lei desiderava, invece, il Pacco Propaganda della Premiata Officina di Profumerie e Saponi Migone, oppure La Nuova Biblioteca Amena, edita da Treves, Treccani e Tumminelli. Una raccolta di dieci romanzi italiani e stranieri, *di formato elegantissimo, stampato con nuovi caratteri, su carta di tipo giapponese, rilegato in tutta tela seta, con impressioni oro*, come recitava la réclame.

Entrambi costavano 50 lire. Una cifra spropositata.

Arrivò Natale, ma non Mario.

Le sue aspettative si sgonfiarono come l'impasto lasciato lievitare troppo a lungo.

Le fu invece recapitata una lettera di Guido che aveva saputo dalla Marcella che era tornata e che le chiedeva se poteva andarla a trovare. Ma lei non rispose.

Il primo dell'anno i ragazzi della contrada passarono a fare gli auguri alle donne. Caterina, con finta noncuranza, chiese alla Irma notizie del figlio.

«Chi lo sa, Nina, cosa passa per la testa di quel ragazzo. Spero che, a studiare troppo, non vada a mettersi nei guai.»

Per la Befana preparò a Quintilio un rosario fatto di castagne, mele e fichi secchi e in un attimo arrivarono i giorni della merla.

Alla Candelora piovve, i contadini si prepararono, allora, per un inverno ancora lungo.

Si recava ogni giorno da Alessandro, sfidando il sentiero dei Gramoli gelato. Gli scivoloni le procurarono un paio di lividi al sedere, prima viola intenso e poi gialli, lenti a riassorbirsi.

A San Valentino ripresero i lavori della terra, ma di Mario ancora nessuna notizia.

Ai primi di marzo decise di scrivergli lei un biglietto. Poche parole, in cui ribadiva la speranza di vederlo presto in contrada.

Non vedeva la Gilda da anni. Caterina quasi ci sbatté addosso in piazza a Calvene, mentre si avviava con la busta in mano alla cassetta delle lettere.

Aveva conservato la forma elegante che già la contraddistingueva da bambina; anche lo sfarfallio delle mani, mentre parlava, era rimasto lo stesso. Caterina si accorse di avere ancora il desiderio di affondare il viso nei suoi ricci biondi e profumati e pensò che sarebbe stato bello avere di nuovo un'amica come lei.

La Gilda le domandò come stesse e cosa facesse.

Si limitò a rispondere che stava imparando a fare la sarta, omettendo i guai e i trascorsi in fabbrica.

La Gilda ne fu entusiasta e promise che si sarebbe fatta fare i vestiti da lei. Poi le raccontò di essere tornata a casa per via dell'influenza, perché il padre, farmacista, non si fidava delle cure che riceveva in collegio, ma che l'indomani sarebbe ripartita. Le chiese se le piacesse ancora leggere come un tempo. Lei si era appassionata a Grazia Deledda, aveva appena finito di leggere *Canne al vento* e invitò Caterina a passare un attimo da casa sua, in modo da poterglielo prestare. Doveva assolutamente leggerlo, disse.

Era facile parlare con la Gilda e Caterina si lasciò convincere, era curiosa di scoprire se la casa dell'amica d'infanzia fosse davvero così bella come la ricordava.

«Dove stavi andando?» le domandò lei. «Così ti accompagno e poi andiamo da me.»

«Devo solo spedire una lettera.»

«Una lettera?» domandò con aria maliziosa.

«Dai, non essere sciocca. È solo un biglietto a un amico.»

«Lo conosco?»

Era davvero facile parlare con la Gilda, tutto in lei si rivelava entusiasmante e spontaneo allo stesso tempo.

«Forse sì. Viene dalla mia contrada, ma ha fatto anche lui la quarta a Calvene. Ha un anno più di noi, si chiama Mario.»

«Ah, Mario. Certo che lo conosco. Il mese scorso ci siamo visti e mi ha anche chiesto di te, ma io non avevo tue notizie da anni.»

Caterina sentì la solita pietra nello stomaco.

«Vuoi dire che un mese fa è venuto qui?»

La Gilda tacque un attimo, e non era da lei.

Le parve addirittura che fosse impallidita.

«Mi aveva chiesto di non farne parola con nessuno. Ti prego, fingi che non te l'abbia detto.»

«Ma cosa era venuto a fare?»

«Ti prego, non chiedermi niente. Non ne parliamo più. D'accordo?»

Caterina, che aveva le mani in tasca, strinse la busta fino ad accartocciarla.

Si accorse di odiare Mario e di odiare anche la Gilda, che sicuramente sapeva cosa significavano parole come *fragili intese*, *assetti economici*, *dazi doganali*.

«Devo andare, Gilda. Il sarto mi aspetta.»

«E il libro?»

Caterina si era già allontanata di qualche passo, a starle ancora vicino le pareva di ustionarsi.

«La prossima volta.»

Si mise a correre in direzione dell'Astico. Salì sul ponte, ormai senza fiato, e si sporse dal parapetto. In un attimo il biglietto fu strappato in pezzettini minuscoli, che gettò nelle acque tumultuose del torrente. Li vide confondersi con la spuma della corrente e sparire. Il desiderio di spaccare ogni cosa le rimase invece addosso ancora per qualche settimana buona.

Capitolo 8

Smise di leggere il giornale.

Tanto a cosa sarebbe servito?

Fu presa da una nuova frenesia. Soldi. Voleva più soldi. Decise che si sarebbe appropriata del mondo con il denaro e non più con le parole.

Al diavolo *fragili intese, assetti economici, dazi doganali.* Quelle erano per coloro che avevano studiato e che avevano tempo da perdere.

Decise che il suo riscatto sarebbe arrivato dall'acqua di colonia, dal borotalco e dalle scarpe nuove.

Chiese consiglio alla Ida che al mercato di Thiene, assieme al moroso Elio, smerciava un po' di tutto.

Lei le disse che era la stagione del radicchio selvatico, così Caterina trascorse il fine settimana successivo china sui campi, con il coltello in mano, a strappare alla terra la sua rivincita. Avrebbe mostrato a Mario che i vestiti puliti poteva procurarseli anche lei. Che non era solo una contadina e che, se voleva, poteva diventare bella quanto la Gilda.

Il lunedì, invece di andare da Alessandro, all'alba si trovava già in piazza a Thiene, con i polpastrelli gialli e la terra sotto le unghie. Alle sei arrivò il fruttivendolo, con cui la Ida era solita fare affari, soppesò il raccolto, ne prese un paio di manciate per assicurarsi che fosse fresco e, dopo aver tirato il più possibile sul prezzo, lo acquistò tutto.

Il lunedì successivo, vendette anche il *cumo*, che era più difficile da trovare, ma che veniva pagato meglio. Si era inerpicata fino ai pascoli di Malga Granezza e aveva scoperto che, lassù, anche il radicchio cresceva più rigoglioso.

In apparenza tutto procedeva come al solito. Al mattino andava a far pratica di sartoria, dove ormai stava imparando a fare i pantaloni per intero, e al pomeriggio aiutava i suoi con l'orto e le bestie. Ma la busta, in cui precedentemente conservava le pubblicità, andava, ora, ingrossandosi di soldi.

A maggio, quando la sera si iniziava la recita del rosario davanti al capitello della Vergine e le rose della Maria sbocciavano in tutto il loro splendore, a Caterina toccò di salire ai Livelli con le vacche. Un mese senza andare dal sarto, in attesa che la Mora e la Merica partissero per la malga estiva.

Nel fienile, in cui un tempo dormiva accoccolata tra i nonni, ci stavano adesso lei e Tullio. Alcune mattine a Caterina pareva di svegliarsi con il *Nena Nina* del nonno, ma era solo suo fratello che aveva il vizio di parlottare nel sonno.

I suoi traffici nemmeno in quel periodo conobbero sosta. La domenica scendeva con le sporte piene di mercanzia. Per una notte le dava il cambio Tarquinio. Il lunedì sera era nuovamente sui pascoli in alto, con le gambe intorpidite dalla scarpinata e con qualche lira in più.

A metà maggio aveva finalmente i soldi necessari per ordinare il pacco della Premiata Officina di Profumerie Migone e il sudore si trasformò in acqua di colonia dall'aroma di limone, in cipria e crema. Del dentifricio non seppe che farsene, perché uno spazzolino non l'aveva mai posseduto. Al massimo si lustrava i denti con le foglie di salvia.

La Virginia la guardava e stringeva le labbra in segno di disapprovazione. Non diceva niente, ma Caterina la sentiva pregare la Madonna che la figlia tornasse con i piedi per terra e si trovasse un marito.

Con i soldi avanzati Caterina si comprò uno scampolo di batista e, grazie agli insegnamenti di Alessandro, si fece una camicetta nuova, di color azzurro cielo, con il punto del seno evidenziato e le spalle morbide, secondo la moda.

Lei e la Lucia, già da qualche mese, avevano preso l'abitudine di recarsi giù in paese per le funzioni religiose della domenica pomeriggio. Fu facile convincere l'amica a saltarle per andare a ballare di nascosto a Lugo, dove da qualche tempo avevano cominciato ad andare i ragazzi della contrada.

A loro si unirono alcune amiche di Mortisa, tra cui l'Anna, una bella ragazza mora e slanciata.

Attraversavano di corsa la vallata che divideva le loro contrade dal versante opposto, lungo sentieri poco battuti in modo che nessuno le vedesse, camminando a piedi nudi per non sporcare le scarpe nei rigagnoli. Si impigliavano di continuo i capelli sugli ornielli in fiore e le gonne sui roveti del fondovalle.

Dopo la lunga salita, facevano una pausa, per riprendere fiato e asciugarsi le ascelle con le foglie di un grande fico che cresceva lungo la strada, che risultavano decisamente più efficaci del talco con cui Caterina si era cosparsa prima di partire.

Sempre correndo, scendevano a Lugo, dove trovavano ad attenderle in piazza Giobatta, Francesco e Giuseppe.

L'Anna, che di Giuseppe era follemente innamorata, ogni domenica inventava un fastidio nuovo, a cui lui non vedeva l'ora di porre rimedio. *Un'ape mi ha punto il polso. Ho una spina conficcata nell'alluce.* Qualunque pretesto era buono per mettersi a braccetto, in coda alla comitiva. La Lucia e Giobatta, invece, camminavano vicini in testa al gruppo, però senza mai toccarsi. Francesco, che tanto sveglio non era mai stato e che se non poteva fare da spalla a Giuseppe non sapeva che fare, raccontava storie mirabolanti per darsi un tono con le ragazze di Mortisa.

Assieme arrivavano al Magazìn, dove si suonava la fisarmonica e dove accorrevano i giovani da tutti i comuni intorno. Per un pomeriggio, anche i ragazzi delle contrade di montagna, sempre curvi e aggrappati alla terra, si abbandonavano alla musica e si facevano ballerini provetti. E Caterina per qualche ora dimenticava la sua rabbia per Mario e tutte le fortune che erano toccate a lui e che erano mancate a lei. Smetteva di preoccuparsi delle unghie sporche, delle vesciche e delle dita marroni. Volteggiava, senza peso, sulle note di un valzer e faceva salti da matta, quando era l'ora della polka. In quel lasso di tempo il corpo esisteva solo per farle percepire la mano dei ragazzi appoggiata alla schiena, le gambe rapide che si incrociavano senza toccarsi, i respiri che odoravano di vino e fumo e che, da soli, bastavano a farla ubriacare.

Il ritorno lo facevano pure di corsa, con il ballo ancora nelle gambe. Le discese le facevano al ritmo di polka, con la mazurka attraversavano i prati tagliati e i valzer lenti andavano bene per la strada militare, dove incontravano la gente del posto e non volevano dare troppo nell'occhio.

Salutavano, compìti, l'Angelica in passeggiata o Toni col carretto, ma, non appena erano di nuovo da soli, scoppiavano a ridere e ricominciavano a saltare e a ragionare su come organizzare la domenica successiva, quando la festa sarebbe ricominciata, e quella dopo, e tutte quelle che ancora li aspettavano.

Perché, con la bella stagione, si iniziò a ballare ovunque, un'esplosione di allegria di cui, fino a quel momento, a Caterina non era giunta nemmeno l'eco. Si danzava nelle corti, nei prati, alle sagre. Si faceva musica con violino e mandolino, ma in caso di necessità era sufficiente una fisarmonica. Come era possibile che non avesse mai sentito le note che rimbalzavano da una vallata all'altra? Da un bosco all'altro? Da una contrada all'altra?

Quello che, fino a qualche mese prima, le pareva solo un grumo di case in mezzo al nulla, si stava rivelando un intero universo.

Al termine della scuola pagò le 5 lire necessarie a ritirare la pagella di Quintilio.

«Per farne cosa?» brontolava la Virginia. «Soldi buttati.»

Rispetto a quando andava a scuola Caterina, molte cose erano cambiate.

Nozioni varie di cultura fascista oppure *Igiene e cura della persona* erano alcune delle nuove discipline che vi erano annotate.

Dopo lo stupore iniziale, si rallegrò che finalmente si insegnasse ai bambini come diventare puliti.

Appoggiò la pagella sulla credenza, come aveva fatto il nonno anni prima con il suo certificato elettorale, e la lasciò a lungo in bella mostra. Tutti dovevano sapere quanto bravo era suo fratello. Ma, soprattutto, tutti dovevano vedere che lei aveva pagato le 5 lire di tasca sua.

Giuseppe e Francesco, intanto, avevano fatto la visita di leva. Il primo, con le spalle larghe che pareva un armadio, l'aveva superata con facilità. Francesco, invece, che aveva rischiato di essere riformato per insufficienza toracica, era così contento di essere risultato idoneo che si era ubriacato per tre giorni di fila.

Con i primi caldi a Caterina venne una nuova idea per risolvere il problema delle scarpe, che ancora non era riuscita a comperare.

«Cosa ne dici se, quando abbiamo finito con le nostre famiglie, ci offrissimo di tagliare l'erba per gli altri?» propose alla Lucia una mattina alla fontana, mentre sfregava con estrema attenzione la sua camicia di batista.

La Lucia alzò la testa e la fissò con i suoi occhi da rana. «Non saprei. Siamo solo due ragazze. Come si fa?»

«Chiediamo anche alle altre se vogliono partecipare e poi ci dividiamo i soldi.»

Non c'era ragazza che non sognasse un paio di scarpe nuove. Con questa lusinga Caterina riuscì a convincerle tutte.

Ebbe termine la prima fienagione, che aveva visto la transumanza dell'intera contrada verso gli appezzamenti, più o meno lontani, che ogni famiglia possedeva. La Beata, con i figli Elio e Giobatta, era la più precisa. «Così lo voleva vostro padre» diceva a lavoro finito, guardando il prato talmente uniforme da sembrare finto. Poi si asciugava gli occhi, per via del raffreddore da fieno e anche perché a parlare del marito morto ancora non era capace. Toni e la Irma, invece, che erano ogni anno più soli e più stanchi, terminarono con qualche giorno di ritardo. «Se almeno Mario ogni tanto venisse a darci una mano» scappò una sera alla Irma, chiacchierando con le donne.

Il primo incarico le ragazze lo ricevettero dalla Maria, che era brava con rose, gigli e crisantemi, ma molto meno con l'erba e le falci. Come sempre era generosa. A mezzogiorno le invitava a casa per pranzare e apriva una bottiglia di vino rosso. Era invecchiata, aveva perso le guance paffute che facevano sognare i fanti qualche anno prima, ma, quando rideva, gli zigomi si riposizionavano in alto, la pelle si distendeva e il viso tornava alle proporzioni di un tempo. Il marito, Egidio, pareva un tipo gentile, ma non parlava mai, al punto che, pur abitando nella stessa corte da sempre, Caterina poteva dire di conoscerlo appena. Non avevano figli e anche di questa stranezza ne sapeva poco. E sì che in corte si parlava di tutto, principalmente dei conti (degli altri) che non tornavano. Egidio mangiava veloce, senza dire una parola, e poi saliva in stanza a riposare perché, rispetto alla moglie, era abbastanza avanti con l'età.

Loro tornavano al lavoro stordite per il caldo, che con l'avanzare della stagione si faceva più intenso, ma anche per il vino, a cui non erano abituate. Tra una chiacchiera e l'altra, arrivava sera e, verso le sei, andavano a distendersi sotto i castagni in fiore, che delimitavano il campo della Maria. Aspettavano che il sudore svaporasse e, ascoltando il ronzio delle api, fantasticavano sulle scarpe che avrebbero comprato di lì a un mese.

Il secondo incarico lo ebbero dalle parti del Costo Magro, dalla Maria del Bepi, vedova, il cui figlio, tornato storto dalla guerra, era partito per l'America in cerca di fortuna. Il luogo era lontano e impervio. Per evitare alle ragazze la fatica di dover attraversare ogni giorno la Val di Fonte, mise loro a disposizione il capanno degli attrezzi per dormirci la notte.

La settimana che trascorsero sul Costo Magro fu la loro prima e ultima villeggiatura.

Arrivavano a sera sfinite, perché sul quel pendio non c'era riparo dal sole cocente e i falcetti grattavano di continuo contro il terreno pietroso. Ma, dopo aver divorato il riso bollito che la proprietaria portava loro dentro una pignatta, già avevano dimenticato le fatiche della giornata ed erano pronte per una lunga serata di chiacchiere. Quando si faceva buio, cercavano riposo per la schiena sull'erba ancora umida di taglio. Inseguivano le stelle cadenti per esprimere i loro desideri, districandosi a fatica tra astri e lucciole, entrambi abbondanti su quel versante.

La Lucia sognava il matrimonio e l'Anna la dichiarazione di Giuseppe.

Caterina, invece, non pensava ad altro che alle scarpe. Le avrebbe volute di cuoio, bianche, come quelle della Marcella. E, guardando il cielo, già faceva i calcoli di quanto avrebbe ricavato dalla seconda fienagione.

«Possibile che i ragazzi a te non interessino?» sbottavano le amiche, stufe di sentir parlare solo di soldi e scarpe.

Nel capanno dormivano strette, fianco a fianco. Talvolta Caterina si svegliava in piena notte con il fiato caldo delle amiche sul viso.

Sgattaiolava di fuori a godersi l'aria fresca che scendeva da Monte Serona. Si sedeva su un masso e cercava, nella distesa di stelle, il Piccolo e il Grande Carro.

«Nonno, perché, con tutte le cose che Dio poteva disegnare in cielo, ha scelto proprio dei carretti?» chiedeva da piccola, durante le meravigliose estati trascorse con lui ai Livelli.

«Per ricordarci che anche il lavoro può essere bello» rispondeva Bortolo, con il naso per aria.

Caterina seguiva con lo sguardo il costone scuro della montagna che separava i chiarori tisici della pianura dal cielo di montagna che era invece così luminoso da far spavento. E si accorgeva di piangere di felicità.

A fine luglio ognuna aveva un paio di scarpe, ma in tutta la contrada bianche ce le aveva solo lei. Le nascose sotto il letto, perché i fratelli non ci mettessero le mani. Ogni tanto le tirava fuori per gustarsele. Solo per un attimo sarebbero rimaste così brillanti e pulite. Ne percorreva con l'indice la punta tondeggiante, il tacco grosso e il cinturino a forma di T, e a guardarle le venivano gli occhi lucidi, come succedeva alle vecchie durante l'adorazione del Santissimo in chiesa. Avrebbe voluto che Mario la vedesse con le scarpe bianche. Bianche, come le unghie e il colletto di lui.

Capitolo 9

La vita stava diventando una serie di promesse mantenute. Bastava faticare per ottenere ciò che desiderava. Quelli di Caterina non erano più sogni impossibili di vite diverse, ma oggetti acquistabili con una manciata di lire. Si stava convincendo che il segreto della felicità fosse tutto lì, nei trafiletti pubblicitari che ancora conservava in camera.

Ciò che usciva dalle sue traiettorie smise completamente di interessarla.

A settembre venne arrestato il papà della Gilda. Se ne fece un gran parlare perché era un uomo conosciuto e stimato in paese. Tornò a casa dopo una settimana e non riprese più a lavorare.

La riflessione di Caterina fu un generico *chi gliel'ha fatto fare?* Non capiva perché fosse andato a mettersi in una situazione del genere, con tutti i privilegi di cui già godevano lui e la famiglia.

I suoi, nel frattempo, avevano pagato la colombina perché Quintilio potesse iscriversi ai balilla. Per non sbagliare, la Virginia suggerì di mandarci anche Tullio e Tarquinio. «Meglio fare come dicono, che non pensino che abbiamo idee strane.» Cesco si innervosiva. «Che vadano in mona.» Ma alla fine, esattamente come tutti, accettò di comperarsi la tranquillità e i suoi figli iniziarono a partecipare al sabato fascista.

Ricominciò l'anno scolastico e Quintilio torturò la famiglia per una serata intera con il giuramento.

«Nel nome di Dio e dell'Italia giuro di eseguire gli ordini del Duce e di servire con tutte le mie forze e, se necessario, con il mio sangue, la causa della rivoluzione fascista.»

Per ambire al massimo del voto, doveva recitarlo bene. «Con sentimento» aveva detto la maestra.

«Più serio» lo incitava Caterina. «Più serio. Come se stessi per morire.» Alla fine tornò con un bel nove e lei gli comperò un cubetto di surrogato.

Il ventotto ottobre, ricorrenza della marcia su Roma, fu celebrato con una solenne sfilata per le vie del paese.

Caterina vi si recò, curiosa di vedere come se la cavavano con le coreografie i suoi fratelli, contadini selvatici, abituati a correre sui campi a piedi nudi e a tirare di fionda.

Trovò sorprendente la serietà con cui grandi e piccini presero parte all'evento. C'era talmente tanta gente, e tutta così desiderosa di avere un posto in prima fila, che dovette alzarsi sulla punta dei piedi per riuscire a vedere la parata oltre le teste dei suoi compaesani.

Perfino Tarquinio, che in condizioni normali non riusciva a eseguire una sequenza di due azioni senza confondersi, marciava in fila come un ingranaggio perfetto. Poi toccò ai figli della lupa, con divisa, moschetto di legno e berretto col fiocco. «Lu-pi Lu-pi Lu-pi» gridavano i bambini sincronizzati. In mezzo a loro, Quintilio muoveva il suo moncherino a comando, come se fosse stato un braccio tutto intero.

Risalendo la strada militare per tornare a casa, non riusciva a togliersi dalla testa il giuramento che aveva fatto imparare a memoria a Quintilio. In particolare quel *Se necessario con il mio sangue*. Che fosse una cosa più seria di quanto le era sembrato fino a quel momento?

Verso novembre la raccolta delle nocciole divenne facile. Le si trovava a terra già pulite, bastava allungare le mani per riempire i sacchi. E fu il tempo della sagra a Mortisa.

La sera prima rimase alzata fino a tardi, per rifinire l'orlo del suo vestito nuovo, e poi, una volta a letto, non fece che rigirarsi fino all'alba. All'idea di indossare per la prima volta le scarpe bianche non riusciva a stare ferma.

La domenica pomeriggio si presentò in piazza con le scarpe nuove, acqua di colonia, cipria e perfino rossetto.

Avrebbe dato un dito purché Mario la vedesse.

Chissà dov'era Mario.

I ragazzi avevano iniziato a farle la corte. Era nell'ordine delle cose che una donna in età da marito, non ancora fidanzata, destasse l'interesse dei giovani delle contrade attorno. Erano quattro gatti, tra loro si corteggiavano, si accoppiavano e facevano figli che, prima o poi, avrebbero fatto lo stesso. Tutti lo sapevano. E andava bene alla Emma, che da poco era tornata da Novara e che sorrideva senza sosta al carrettiere di Zugliano, alla Lucia fiera di aver terminato la sua dote, e all'Anna che era al settimo cielo perché finalmente Giuseppe si era dichiarato. Ma a lei?

A lei i ragazzi interessavano fintanto che la facevano danzare. Non un solo pensiero andava oltre la loro mano appoggiata alla sua schiena durante un volteggio. Di un moroso non avrebbe saputo che farsene, tanto più che alla maggior parte delle ragazze, una volta fidanzate, non era più permesso di ballare.

Caterina era diventata elegante e profumata per competere col paltò e i colletti di Mario. Non era certo per i suoi compaesani che aveva accettato di farsi donna.

Un pomeriggio, mentre lei e le amiche erano sedute a un tavolino che aspettavano che il sudore svaporasse per ributtarsi in pista, si avvicinò a loro un certo Eugenio da Lugo. Un ragazzo a modo, con un vestito di buona fattura e scarpe nere di cuoio, che le chiese se avrebbe potuto andarla a trovare.

Lì per lì, a Caterina non venne in mente alcuna scusa per declinare.

Il ragazzo si presentò a casa il martedì successivo, dopo cena. Una serata fredda e umida. La Virginia, tutta complimentosa, gli preparò un caffè di cicoria. Poi si avviarono a fare filò da Silvano.

Si sedettero vicini e iniziarono a parlare del più e del meno. Caterina non aveva mai visto sua madre tanto compiaciuta, le capitava addirittura di ridere se perdeva i punti, cosa che quella sera accadeva con una frequenza insolita, per una come lei che lavorava a ferri da tutta la vita.

Non appena ne ebbe l'occasione, Eugenio fece sapere a Caterina che aveva ventidue anni e tre sorelle più giovani, di cui un paio col moroso e che si sarebbero sposate entro l'anno. Che possedeva una stalla con dieci vacche e terra a sufficienza per non avere pensieri, e che nessuna delle donne della sua famiglia aveva mai dovuto andare a servizio o a lavorare in fabbrica. Questo lo ripeté ben due volte, guardando Caterina negli occhi per assicurarsi che avesse capito bene. Descrisse la casa in cui viveva così minuziosamente che a lei parve di vedere le tende ricamate del soggiorno. Le disse che quando avesse trovato moglie l'avrebbe sicuramente portata a vivere lì. Poi fece una pausa piuttosto lunga. Aggiunse che aveva intenzioni serie e che gli piacevano le famiglie molto numerose.

Caterina pensò che, se mai avesse deciso di sposarsi, non sarebbe stato di certo per continuare a vivere tra le vacche e, quando lui finì di parlare, scoppiò a ridere.

Poi la Lucia e Giobatta si avvicinarono a loro e lei si dimenticò completamente di Eugenio e del motivo per cui era venuto.

Nei mesi successivi fece ancora dei tentativi, più che altro per non sembrare troppo strana rispetto alle sue coetanee.

Prima con Bartolomeo, biondino e pallido, che si rese conto di non aver respinto subito solo perché vagamente le ricordava Mario. Poi con Rodolfo, un esaltato del regime che sapeva solo tessere le lodi del Duce, gesticolando e accalorandosi, e che aveva lasciato che tornasse una seconda volta solo perché Giuseppe ne faceva un'imitazione strepitosa.

A chiudere la serie, venne un certo Pietro, che fu l'ultimo, perché, a tradimento, dopo un solo appuntamento, si presentò a parlare con Cesco e la Virginia, scatenando in casa il putiferio.

Le urla di Cesco si sentirono in tutta la corte, anche se era inverno e le finestre erano serrate.

«Si può sapere cosa ti sei messa in testa?»

Al rientro dai campi, suo padre l'aveva trovata sola in cucina e si stava avvicinando minaccioso.

Senza darlo a vedere, Caterina si spostava piano sul lato opposto del tavolo, scivolando verso la porta della stalla.

«Cosa credi di fare con tutti questi ragazzi che ti girano attorno?»

La gallina, che fino a un attimo prima se ne stava accovacciata davanti alla credenza, allungò il collo, volgendo il capo a destra e a sinistra con piccoli scatti e gli occhi spiritati.

«Sto solo provando a trovarne uno che mi piace» balbettò lei.

In un attimo suo padre le fu davanti e le sferrò un ceffone.

Cesco non aveva mai alzato le mani e lei non ebbe la prontezza di spostarsi.

La gallina iniziò a chiocciare tra i loro piedi.

«Così ci fai vergognare. Lo capisci?»

Caterina, ancora tramortita dalla sberla, scosse la testa.

«Ah no?»

Cesco afferrò la gallina per il collo, aprì gli infissi, la spinse attraverso le inferriate quasi spaccandole un'ala; quella ruzzolò per un paio di metri sul ghiaino, prima di avviarsi, barcollando, sotto la legnaia.

«Sai cosa ti dico? O adesso la smetti di fare la difficile e ti sposi quel Pietro o non azzardarti mai più a portare un ragazzo da queste parti!» Diede un pugno sul tavolo così forte che Caterina fece un balzo all'indietro, fino ad appoggiarsi alla porta della stalla.

«E scordati di andare ancora a ballare! Credi che non sappia cosa fate tu e le tue amiche la domenica pomeriggio?»

Poi passò oltre Caterina e in stalla ci entrò lui, sbattendo forte la porta.

Cesco era un uomo pacato, non era bravo a litigare, e quella sera andò a letto senza cenare per il nervoso.

Caterina non se la passò meglio. Anche lei si ritirò in camera senza mangiare.

Per la prima volta si domandò cosa sarebbe accaduto se non si fosse maritata. Sarebbe diventata una zitella *rimasta da sposare*? Un aborto? Uno scherzo della natura di cui prendersi gioco?

Finiti i lavori grossi dell'autunno, doveva ripartire a ogni costo.

Questa volta non si sarebbe limitata ad andare a Milano, sarebbe andata più lontano, ancora più lontano di Mario, dove nessuno della contrada avrebbe saputo più niente di lei.

Intanto la Lucia e Giobatta avevano fatto le pubblicazioni ed erano diventati novizi. Dalle grate delle loro finestre, Caterina e i suoi osservavano le due famiglie, che, in gregge, si spostavano da una parte all'altra della corte, per pranzare dapprima dagli uni e, la domenica successiva, dagli altri. La Virginia guardava quella transumanza con grande interesse e poi tornava alle sue faccende con l'aria rassegnata.

Si sposarono a Calvene. La Lucia, nel suo vestito di pizzo bianco, abbottonato sul collo e sui polsi, stretto sui fianchi e lungo fino ai piedi, risultava ancora più piccola di quanto già non lo fosse. La madre per renderla un po' più attraente continuava ad allargarle sulle spalle il lungo velo di tulle che le aveva fissato ai capelli con una coroncina di rosette di stoffa; ma, persa in quella sovrabbondanza di tessuto, la Lucia pareva solo una madonnina spaurita con gli occhi da rana.

Giobatta, che per la prima volta in vita sua sotto la giacca scura portava una camicia bianca, durante la messa non faceva che infilare l'indice sulla chiusura del colletto per cercare di allargarla un poco.

Dopo la cerimonia l'intera contrada scortò gli sposi fino a casa.

C'era un sole grande e freddo che metteva a nudo ogni singola pietra e ogni singola crepa lungo le dorsali brulle dei monti, ancora prigioniere dell'inverno. Con la gran cagnara che facevano tutti, però, perfino il paesaggio spoglio quella mattina sembrava allegro.

Le donne non la smettevano di complimentarsi per la bellezza della sposa e discutevano di prezzi, tessuti e lavorazioni.

Giuseppe seguitava a urlare: «Viva gli sposi». E tutti ridevano per niente, per come la Emma era stonata o per il sassolino nella scarpa di Caterina che la faceva sembrare storpia. Per il cugino di Giobatta, che si diceva fosse innamorato di una ragazza grossa come un covone di paglia o per Francesco, che aveva strappato i pantaloni da festa proprio sul sedere. E se non c'era nessun motivo, si rideva lo stesso, bastava pensare al rinfresco che sarebbe seguito per sentirsi contenti.

Gli sposi, invece, in testa alla processione, erano gli unici in silenzio. Giobatta, che aveva finalmente sbottonato la fascetta sul collo, aveva ora problemi con la martingala del gilet che continuava a sistemare dietro la schiena. Con la mano libera stringeva quella di sua moglie. Ogni tanto se la portava alle labbra, ma non la baciava per davvero, la sfiorava appena. La Lucia arrossiva e voltava la testa dall'altra parte per sorridere alla nipotina che, vestita come un angioletto, trotterellava al suo fianco e giocava a indossare i guanti bianchi usati in chiesa dalla sposa.

Arrivati in corte, si portò fuori un tavolo. Nonno Silvano e nonna Adele offrirono una damigiana e un paio di soppresse con la polenta abbrustolita. Toni, che un pochetto sapeva suonare, si era fatto prestare la fisarmonica da un amico. E, dopo i primi bicchieri, fu festa grande.

Elio e la Ida, da poco sposi, non si persero un solo ballo, lo stesso fecero Giuseppe e l'Anna, che erano così belli insieme che era fatica togliere loro gli occhi di dosso.

Caterina, che un moroso non ce l'aveva, dovette accontentarsi di fare qualche giro di valzer con i suoi fratelli, anche se Tullio si vergognava e Tarquinio le pestava i piedi. Alla fine si rassegnò a ballare con la Emma, che era brutta e che, pure lei, se ne stava da sola in disparte.

La Lucia e Giobatta ballarono solo quando gli ospiti li trascinarono nella mischia, ma per il resto del tempo rimasero seduti sulla panchetta a guardare la festa e a parlare piano tra di loro.

Al tramonto, sotto gli occhi di tutti, la sposa si trasferì dalla Beata, nella casa del marito, giusto qualche abitazione più in là rispetto a quella in cui era sempre vissuta.

La festa si stava smorzando, qualcuno era già in stalla a governare le bestie. Caterina, con le braccia conserte e il bicchiere vuoto in mano, appoggiata al noce, guardava seria la pianura che iniziava a illuminarsi.

Si stava alzando un vento gelido che le arruffava i capelli e le sollevava la gonna del vestito marrone.

Si avvicinò Giuseppe con una caraffa e le versò un altro po' di vino nel bicchiere che teneva in mano.

«Allora, Nina, ho sentito che la prossima sei tu.»

Lei lo bevve tutto d'un sorso.

«Piantala di prendermi in giro. Ho visto come ti divertivi quando veniva Rodolfo a farmi la corte.»

Giuseppe scoppiò a ridere.

«Glielo avevo detto di lasciar perdere.»

Caterina lo guardò seria.

«Perché doveva lasciar perdere? Ho forse qualcosa che non va?»

Giuseppe passò un braccio tra lei e il noce e le cinse le spalle.

«Non hai niente che non va, Nina, in fondo sei una brava ragazza, ma io non ti farei mai la corte.»

«Cosa intendi?»

«Voglio dire che una moglie come te sarebbe un tormento» aggiunse, bevendo un sorso direttamente dalla caraffa.

«A te non piacciono le cose normali, quelle semplici che piacciono a tutti.»

Caterina si scrollò il suo braccio dalle spalle.

«Sta' tranquillo, che tanto non ho nessuna intenzione di sposarmi.»

Giuseppe le riempì di nuovo il bicchiere.

«Alla fine ti mariterai anche tu, vedrai. Solo, poveretto quello che ti sposa!»

Riprese a ridere e, improvvisamente, anche a Caterina venne una gran voglia di ridere. E risero così forte che i rimasti si voltarono a guardare cosa fosse successo.

Poi Giuseppe raggiunse l'Anna, le legò la mantellina attorno collo, facendo attenzione a non impigliarle i capelli nel nodo e, tenendola per mano, la guidò verso la strada militare, per far ritorno a Mortisa.

Caterina vuotò il bicchiere e girò la testa in direzione della casa della Beata, a cercare la finestra, chiusa, degli sposi. Aveva solo una vaga idea di cosa l'oscurità avvolgeva. Doveva essere una nudità dura quella della Lucia, senza forme e senza seno; quella di Giobatta una continuità di peli abbondanti che fuoriuscivano dai polsi e dal colletto della camicia. Secco anche lui, spigoloso.

Si avvicinò alla tavolata ormai vuota e poggiò il bicchiere.

Le tornò in mente la devozione con cui, all'uscita dalla chiesa, lo sposo appoggiava le labbra sulla mano della moglie. Che fosse quella la felicità?

Le tornò in mente Mario, bambino, che non aveva voluto darle la mano il primo giorno di scuola e che, invece, aveva provato a offrirgliela, per consolarla, quando aveva perso la gara di lettura. E ricordò quando lei, a Caldogno, gli aveva fatto sentire i calli per rabbia, e lui le mani le aveva ritratte spaventato. E quando Mario le aveva fasciato le mani, a Milano, a lungo, e poi aveva ricominciato, perché era strambo, Mario, lo era sempre stato.

Sempre mani.

Sempre Mario.

Perché non era a Milano con Mario?
Voleva Mario.
Odiava Mario.
Poi, a forza di guardare in alto, verso la finestra chiusa, iniziò a girarle la testa e decise che era meglio andare a letto, prima che suo padre si accorgesse che era ubriaca.

La Lucia si prese incinta subito. In primavera andò un'ultima volta con le amiche a raccogliere il radicchio selvatico, ma il *cumo* no, quello cresceva su pascoli troppo alti. Per lei il tempo dei balli e delle scarpinate fino a Thiene era finito, ma, come sempre, era contenta della volontà del Signore, che ne aveva fatto una madonnina con gli occhi da rana e il ventre gonfio.
Caterina, invece, stava stilando un lungo elenco di fabbriche tra la Lombardia e il Piemonte. Non era difficile, perché quasi tutti i compaesani avevano un familiare emigrato da quelle parti. A giugno c'era stata una terribile grandinata e, con il frumento rovinato e le piantine di fagioli e patate divelte, si profilava un inverno di stenti.
Usò i suoi ultimi risparmi per affrancare una decina di lettere e si mise in attesa.
Le risposero da un paesotto del Basso Novarese che non aveva mai sentito.
Prima di partire, fece comunque in tempo a far la legna e a conoscere Enzo, figlio della Lucia e di Giobatta, che nacque di domenica pomeriggio, mentre le sue amiche si divertivano alla sagra di San Bellino e lei era costretta a casa, a ricamare la federa numero sei della sua dote, sotto lo sguardo vigile di Cesco.

Capitolo 10

Alla sua terza partenza la valigia era più pesante, dentro ci aveva messo anche le scarpe bianche, un paio di vestiti e tutto quel che restava di talco e profumi.

Il paese in cui giunse non pareva molto più grande di Calvene, ma si coglieva subito che lì giravano molti più soldi. Lo dicevano le case in costruzione tutto attorno al centro storico, la varietà di negozietti che si affacciavano sulle strade acciottolate, i campi grandi, fittamente coltivati, intervallati da canali per l'irrigazione e, infine, le fabbriche, le cui ciminiere di mattoni svettavano in lontananza, in mezzo alla campagna.

Trascorse la prima notte in un alberghetto e, il giorno successivo, prese una stanza in affitto presso una coppia di anziani.

Si trovava pressappoco in centro, su un vicolo laterale di una strada più larga, che collegava il palazzo del municipio a una chiesa bianca a tre arcate, sul retro della quale iniziavano i terreni agricoli. Sulla via principale c'erano un panificio, una macelleria, un negozio di utensili che vendeva un po' di tutto, dalle pentole ai cacciaviti, e perfino un negozio di stoffe. Il vicolo in cui aveva trovato la stanza era quel che restava di una vecchia corte. La casa, alta e stretta, aveva tre piani collegati tra loro da due rampe di scale esterne. Al piano terra vivevano gli anziani proprietari. Al primo una giovane coppia, lei era incinta e lui lavorava alla centrale elettrica del paese. Caterina stava in alto, nella stanza sotto il tetto spiovente in legno che, nei decenni precedenti, doveva essere stata adibita a granaio. Come le altre abitazioni attorno, l'edificio si affacciava su uno slargo, il cui pozzo era stato chiuso con l'avvento della rete idrica.

I suoi affittuari furono molto contenti di aver trovato una ragazza perbene e mostrarono tutta la loro soddisfazione, procurandole un tavolino e un fornelletto ad alcol e offrendole i loro scarti di biancheria da casa. Un ometto gentile e stempiato, proprietario del negozio di utensili sulla strada principale, le fece avere una branda dismessa e la aiutò anche a portarla su per le scale.

Le uniche cose che Caterina dovette comperare di tasca sua furono una sveglia e un piccolo specchio. Dato che la finestrella era spoglia, ci appese davanti una delle federe che le erano state regalate; più in là avrebbe pensato a addobbarla con una tenda ma, per il momento, andava bene così.

Trascorse il primo pomeriggio stesa sul letto, a fissare il soffitto e a stupirsi della facilità con cui aveva arredato la sua prima casa, il primo posto tutto suo. Quando iniziò a far freddo, si avvolse nella coperta grossa, semplicemente per continuare a fissare il soffitto, che le pareva un'occupazione bellissima.

Era già buio da un pezzo quando accese il fornelletto ad alcol e mise a lessare un pugno di riso.

La fabbrica era uno stabilimento tessile. Si trovava a un paio di chilometri fuori dal centro abitato, vicino al canale da cui traeva energia. Per arrivarci Caterina doveva percorrere una strada sterrata che attraversava un'immensa distesa di campi. Mentre ci camminava, si chiedeva come potessero orientarsi nella vita gli abitanti di quel luogo, senza le montagne ad arginare le pianure e le salite a contenere i desideri.

Provava sollievo quando finalmente arrivava ai terreni lasciati a maggese e riusciva a posare lo sguardo sulla fabbrica, un grande edificio rettangolare in mattoncini rossi affiancato da una ciminiera.

Nello stanzone c'erano una decina di macchinari. Le operaie, otto per macchina, avevano il compito di annodare i fili, che si spezzavano durante il processo di avvolgimento su grandi rocchetti. Le mani delle sue compagne si muovevano così veloci che Caterina non riusciva nemmeno a vederne le dita. Le ricordavano la destrezza con cui sua madre e le altre facevano la treccia in contrada.

L'ambiente era molto diverso da quello della filanda. L'aria era buona e il lavoro più leggero. Le ragazze furono fin da subito socievoli e disponibili a insegnarle il mestiere. Parlavano un dialetto strano e ridevano bonariamente del suo accento cantilenante. Per farsi capire fu costretta a rispolverare l'italiano imparato a scuola e la cosa non le dispiacque affatto.

Avevano più o meno tutte la sua età ed erano accomunate da una gran voglia di divertirsi. Fatta eccezione per quelle poche che abitavano in zona e che ancora vivevano con la famiglia, stavano sperimentando la prima indipendenza, con un entusiasmo in cui si riconosceva facilmente. Magari non fissavano il soffitto, come faceva lei quando era felice, ma trovavano altri modi per esprimere la loro soddisfazione. Qualcuna coltivava i gerani sul balcone, altre cenavano sedute sul letto, certe confessavano di invitare di nascosto i morosi nelle stanzette. Una, addirittura, si era tagliata i capelli corti.

Con la bella stagione, dopo il giro serale del direttore, spalancavano le finestre e intonavano *Giovinezza*.

Anche in Piemonte per divertirsi ci si trovava a ballare, ma lei ci andò solo un paio di volte, in un'osteria appena fuori dal paese.

In entrambe le occasioni la Selene e la Filomena, due compagne con le quali si era messa d'accordo, erano sparite col moroso per l'intero pomeriggio, lasciandola sola in pista. L'avevano raggiunta solo al momento di tornare, con i capelli arruffati sulla nuca e le gonne macchiate dall'erba. Ridacchiavano tra loro e lei si era sentita esclusa.

In quelle pianure senza ostacoli, Caterina non era nel suo elemento: favorivano una libertà di cui ancora non aveva bisogno.

Dopo Natale, dato che i turni della fabbrica le concedevano mezza giornata libera, aveva trovato lavoro per qualche ora al giorno presso il laboratorio di una sarta.

Lì aveva conosciuto la Pina. Fin dall'inizio si erano piaciute e avevano preso l'abitudine di fare lunghe passeggiate serali in campagna.

«Ma sei proprio sicura?» Caterina osservava con la coda dell'occhio l'amica, che camminava spedita al suo fianco sul viottolo erboso.

Passeggiavano da circa un'ora, ma quella sera erano i discorsi a farle camminare e ormai non sapevano più dove si trovavano.

«Sì» rispose l'altra, senza guardarla. «Me lo ha detto una mia cugina sposata.»

La Pina era una con la testa a posto. Abitava in paese con la famiglia e aveva un fidanzato perbene, Ernesto, che Caterina aveva anche intravisto un paio di volte. Niente a che vedere con la Selene e la Filomena e tutte le altre spudorate.

Se la Pina diceva che gli uomini si accoppiavano esattamente come le capre, c'era da crederci. Tanto più che corrispondeva a ciò che lei stessa aveva sempre sospettato.

Si stavano avvicinando alle risaie, non si erano mai spinte così lontano nelle loro passeggiate serali. Caterina schiacciò un paio di zanzare che le si erano appoggiate sulla gamba. Anche l'amica ne aveva le braccia e il collo pieni, ma non pareva farci caso.

Ai lati del viottolo le coltivazioni di lino erano in fiore. Il cielo rosso del tramonto divorava l'azzurro mite dei campi. Con il passare dei minuti la campagna assumeva gradazioni sempre più violacee.

Caterina la guardò.

«Ma tu...?»

Non finì la frase e abbassò la testa sugli zoccoli, che si muovevano a ritmo costante sulla terra battuta del viottolo.

Le Pina si bloccò.

«Scherzi?»

Caterina tirò un sospiro di sollievo.
«Ma proprio come le bestie?» domandò di nuovo, forzando un sorriso.
L'amica arrossì e scacciò un'altra zanzara che le ronzava attorno all'orecchio, sulla guancia le rimase una sottile scia di sangue.
«Be', a volte sì e a volte no» prese fiato. «Mia cugina dice che non è necessario che il maschio stia di dietro.»
Da quando erano entrate nell'argomento parlava veloce, molto più veloce del solito, come se avesse urgenza di liberarsi degli insegnamenti che, suo malgrado, le erano stati impartiti in vista del matrimonio.
Caterina pensò che lei faceva lo stesso quando andava a confessarsi e parlava in fretta nella speranza che al prete sfuggisse qualcosa di ciò che non poteva omettere.
«Mia cugina ha detto che l'uomo può anche stendersi sopra da davanti, col viso contro quello della femmina» disse la Pina, che ormai non riusciva a fermarsi.
Caterina notò che le piccole gocce di sudore alla radice dei capelli dell'amica ora stavano confluendo sulle tempie in un unico rivolo.
«Anzi, mi ha detto che si fa quasi sempre così» aggiunse asciugandosi il viso con la manica della camicia.
Questa seconda possibilità sconcertò Caterina più della prima. Un'ondata di caldo improvviso la obbligò a sbottonare i primi due bottoni del golfino. Non contenta ne arrotolò anche le maniche.
«Non capisco come possa essere» sussurrò. Ancora non osava immaginare la nudità dei corpi umani e simulava la scena solo con gli animali di cui aveva visto gli accoppiamenti. «Fatico a immaginarlo.»
«Non credo sia difficile. Spero solo che non faccia troppo male» si avvicinò all'orecchio di Caterina. «Mi hanno detto che la prima notte di nozze basta che io mi stenda e che apra le gambe. Farà tutto Ernesto» aggiunse, sussurrando appena.

Per un po' camminarono senza parlare. Avevano smesso anche di schiacciare moscerini e zanzare, si lasciavano divorare la pelle quasi senza accorgersene.

Quando arrivarono in vista delle risaie, la Pina la fissò con il suo viso lungo, da cavalla buona, che fin dal primo momento le aveva fatto simpatia.

«È tutto quello che so, però non manca più tanto. L'anno prossimo mi sposo e poi ti racconto tutto» le disse provando a ridere.

Quella sera Caterina fece fatica a addormentarsi. Si girava sulla brandina, grattandosi le braccia e le gambe martoriate dagli insetti, la rete metallica cigolava a ogni movimento e lei non faceva che sudare. Le pareva che il calore emanasse dal ventre, da quel luogo nascosto, dove, ora sapeva, tutto avveniva.

Pensava alle coppie di sposi e fidanzati che conosceva, la Lucia e Giobatta, l'Anna e Giuseppe. L'idea che tutti prima o dopo avrebbero fatto quella cosa la faceva sudare ancora di più.

E la Maria, che faceva entrare i fanti dalla finestra?

Che intendesse questo Mario, quando aveva detto che non era una donna perbene?

Mario.

Anche Mario faceva quelle cose?

Al pensiero di Mario il calore si fece insopportabile, dovette alzarsi e aprire la finestrella coperta dalla federa.

Di fuori la corte era tranquilla, illuminata da una grande luna, quasi piena. La brezza notturna faceva tremare le foglie dei pioppi dietro i tetti delle case, mentre i pipistrelli si lanciavano silenziosi da un tetto all'altro della corte.

Davanti alla porta della casa di fronte, la cagna dormiva pacifica con i cuccioli beatamente attaccati alle mammelle, di tanto in tanto, alzava la testa per dare una leccata al più piccino.

Respirò a fondo l'aria fresca e poi tornò a letto.

Ascoltò, fino all'alba, la rete cigolare sotto il suo peso e il ticchettio della sveglia sul tavolo, di cui fino a quella notte non si era mai accorta.

L'indomani, appena alzata, andò cercarsi un altro lavoretto. *Lavorare toglie i grilli dalla testa* dicevano sempre i suoi.

Aveva sentito che nel panificio della strada principale cercavano una ragazza che servisse al bancone il sabato. Vi si recò la mattina stessa e fece una così buona impressione che le passarono un grembiule e le chiesero se voleva iniziare subito.

Capitolo 11

Il tre ottobre millenovecentotrentacinque l'Italia dichiarò guerra all'Etiopia. Caterina, che si trovava nel Novarese ormai da due anni, aveva finalmente le mani curate, la pelle liscia e le unghie bianche. Come quelle di Mario, o forse anche di più. Non aveva più provveduto ad arredare ulteriormente la sua stanza, sulla finestra c'era ancora la vecchia federa. Già il fatto che fosse un posto solo suo lo rendeva perfetto.

Grazie ai suoi tre lavori era riuscita a mandare a casa un bel po' di soldi, attraverso vaglia postali che eseguiva con regolarità. Per lei teneva solo il denaro necessario per le spese correnti, che erano davvero poche. Oltre al pane che rimediava in panificio al sabato, comprava solo un po' di margarina e qualche pugno di riso e, di tanto in tanto, un pezzetto di formaggio. Si era però fatta un paltò invernale di lana pettinata color cammello, con un ampio collo a *rever*, foderato di pelo di coniglio che nulla aveva da invidiare al cappotto che Mario portava quel giorno a Milano.

Il mantello ormai lo metteva solo per raggiungere la fabbrica.

Ascoltò la dichiarazione di guerra al lavoro, attraverso gli altoparlanti. Ci furono canti e lanci di berretti. In un attimo pareva di essere passati dall'altra parte della storia, quella inusuale per la povera gente, di chi prende e comanda senza chiedere il permesso.

Solo la Filomena, che si mormorava fosse comunista, si mostrava delusa.

«Siamo proprio messi male, se nemmeno noi poveretti riusciamo più a stare dalla parte di chi viene schiacciato. Cosa ci hanno fatto gli etiopi? Questa guerra farà arricchire solo chi è già ricco, come sempre.»

Caterina, nuovamente, pensò che avevano tutti patito troppo per concedersi il lusso di diventare buoni e che Mario avrebbe dovuto assistere a quell'euforia generale, per abbandonare una volta per tutte il suo sogno di una società giusta.

Mario.

Poche settimane dopo, al ritorno dal lavoro, la proprietaria la fermò sulle scale per consegnarle un pacchetto che il postino aveva lasciato per lei.

Caterina percorse l'ultima rampa con il cuore in gola. Non appena fu dentro, si sedette sulla branda e strappò l'involucro con furia. Sul pavimento, cadde un libro e, tra le mani, le rimase una lettera. La aprì con altrettanta frenesia, lacerando, assieme alla busta, anche un angolo del foglio.

Cercava la firma con una agitazione tale da non trovarla pur avendola davanti agli occhi.

Mario.

Mario.

Prima ancora di sapere cosa le avesse scritto, gli occhi le si riempirono di lacrime e fu obbligata ad aspettare qualche interminabile minuto prima di ricominciare a vedere qualcosa e iniziare a leggere.

Milano, 2 novembre 1935

Carissima Nina,

ti invio la presente per farti i miei più sinceri auguri di compleanno.

Non ci siamo visti per molto tempo, perciò ti sarei grato se volessi rispondermi per informarmi di te.

anno fa, non credo di essere io la persona più adatta a consigliarti. A malapena capisco cosa vuoi dire e, a essere sincera, non mi sembrano nemmeno problemi così seri.

Se non ti interessa più di fare la rivoluzione, fai qualcos'altro. Le possibilità certo non ti mancano.

Tanto credo che non ci sarà alcuna rivoluzione, che tu ci provi oppure no.

Dietro ai tuoi lunghi giri di parole, mi pare, però, di intuire che tu, invece, vorresti sposarti.

C'è già una fortunata nel tuo cuore?

Ti ringrazio per il libro che mi hai spedito. Inizio a leggerlo appena finisco di scriverti. Purtroppo, devo confessarti che da anni non leggo, un po' per mancanza della materia prima (come ben sai in contrada non è facile reperire un libro) e un po' per mancanza di tempo.

Anche io ti ricordo sempre con grande affetto,

Caterina

Non ricevette alcuna risposta.

La attese per cinquanta giorni esatti. Per cinquanta sere aprì la porta della sua stanza con la speranza di trovare una busta sul pavimento. Cinquanta giorni in cui non fece che chiedersi di che timori lui parlasse nell'ultima riga della sua lettera. Cinquanta giorni durante i quali si domandò per tutto il tempo se davvero stesse pensando di sposarsi. Cinquanta giorni con il dubbio che quella persona prossima, a cui aveva accennato nella lettera, non fosse proprio la Gilda.

Cinquanta giorni in cui lo immaginò compiere l'atto sessuale con lei.

Poi, sfibrata dall'attesa, decise di mettere via i fogli che ancora teneva sul tavolo e che ormai sapeva a memoria, e anche *Martin Eden*, che aveva finito da un pezzo, che aveva capito solo in parte, e sul quale aveva anche fatto delle annotazioni da condividere con lui. Infilò tutto in un cassetto del tavolo che si ripropose di non aprire mai più.

Iniziò a lavorare con un impegno tale da suscitare le lodi dei suoi datori di lavoro. In fabbrica la promossero ad aiutante della caporeparto.

E poi passeggiava, senza meta e senza sosta, anche da sola, anche se faceva freddo, per quegli spazi infiniti di campagna, che le mettevano più paura del Soio delle Laste. Chiusa in casa non riusciva più a starci.

Dopo Natale, contro le sue stesse intenzioni, rifiutò lo scapestrato figlio della sarta. Forse era stato il tono sicuro con cui il ragazzo le aveva fatto la proposta a infastidirla. «Mia mamma vorrebbe che ci sposassimo. Per me va bene» le aveva detto con noncuranza. Non si era nemmeno impegnato. Aveva dato per scontato il suo consenso perché era povera.

In quel momento aveva pensato a Mario che faceva l'università e che abitava a Milano, come i signori veri, ma che ancora le diceva di avere bisogno dei suoi consigli.

Quella sera, a casa, si era mangiata le mani e, in preda alla rabbia, aveva strappato la lettera di Mario. Poi però non aveva avuto il coraggio di buttarla. L'aveva ricomposta.

Ogni volta che apriva il cassettino ci gettava un'occhiata.

Dopo il rifiuto al matrimonio non le fu più permesso di mettere piede in sartoria e dovette cercarsi un altro lavoro.

Nelle ore libere iniziò a tenere un paio di bambini. Due creature docili e ben educate, niente a che vedere con le sassate a cui era abituata in contrada. La bambina pensava solo a pettinarsi e cambiarsi il vestito davanti allo specchio della camera dei genitori e il grande, che voleva diventare contabile come suo papà, nel tempo libero non faceva che inventarsi operazioni da risolvere sul quaderno. Ogni tanto Caterina proponeva loro una passeggiata in campagna: la seguivano controvoglia, chiedendo per tutto il tempo quando sarebbero potuti rincasare.

La villetta era spaziosa e ben arredata. La dispensa sempre piena e in salotto c'era una piccola vetrinetta con dentro una decina di libri che appartenevano alla padrona di casa.

Nei momenti tranquilli, che erano tanti, Caterina iniziò a leggerli. *La fidanzata del bersagliere*, *Il bacio d'una morta*, *La trovatella di Milano*. Non le dispiacevano, in certi passaggi la emozionavano fino alle lacrime, ma le parevano complessivamente un po' sopra le righe sia nelle trame sia nei sentimenti. Le sarebbe piaciuto poter leggere qualche altro libro simile a quello che Mario le aveva regalato, ma non aveva idea di chi scrivesse quel tipo di storie e non avrebbe nemmeno saputo a chi chiedere.

Fu in quel periodo, aiutando il bambino più grande con i compiti a casa, che si rese conto che senza troppi sforzi avrebbe potuto prendersi la licenza elementare.

Arrivò il nuovo anno in un clima di euforia generale. I bambini le raccontavano che ogni mattina il maestro srotolava sulla cattedra la cartina geografica e metteva delle bandierine sulle città africane conquistate. Fantasticavano su quel giro dell'oca cruento e sognavano Adua, Amba Alagi, il deserto, i cannibali africani e i leoni, che ormai popolavano le copertine dei loro quaderni scolastici. Non parlavano d'altro e, giocando, cantavano *Faccetta nera*.

Caterina, invece, aveva iniziato a studiare di nascosto il loro sussidiario, senza confidare a nessuno i nuovi progetti.

A gennaio aveva inviato a sua mamma un fermacapelli in osso, il primo regalo che mai le avesse fatto, per consolarla di aver dovuto cedere la fede alla Patria.

Sistemava singole questioni, il disegno complessivo, come sempre, la interessava poco.

Nel giugno del millenovecentotrentasei, mentre l'intero Paese era mobilitato nella Battaglia del grano, compresi i bambini, che a scuola guardavano crescere di giorno in giorno le spighe del loro piccolo orticello, chiese un permesso in fabbrica per andare a sostenere a Novara l'esame di licenza elementare.

Nell'affollatissima aula le donne si contavano su una mano, la maggior parte erano ragazzi e padri di famiglia.

Li osservava sudare copiosamente, per l'affollamento della stanza e per la difficoltà della prova. Tanti di loro parevano non aver mai tenuto in mano una penna, la rigiravano tra le dita come se ne fossero spaventati, molti si asciugavano le gocce sulla fronte con la manica della camicia buona, messa per l'occasione. Caterina si guardava attorno con delusione e si chiedeva per quale scherzo si fosse ritrovata a condividere lo stesso destino di quegli analfabeti.

Superò senza fatica il dettato, i problemi di aritmetica, la stesura di una lettera per chiedere lavoro e tutto il resto che, francamente, le parve una gran sciocchezza.

Solo quando strinse tra le mani il suo attestato comprese con certezza che se quindici anni prima quel pezzo di carta avrebbe significato tutto, ormai, a quel punto della vita, per lei non rappresentava più niente. Era riuscita comunque a sfuggire alla vita contadina, anche senza titoli di studio. Decise che era a posto anche così e che non aveva più senso inseguire i sogni mancati del passato.

Tornò a casa e infilò il documento nel cassetto in cui aveva nascosto anche *Martin Eden* e la lettera di Mario.

Riprese la sua vita come se nulla fosse accaduto, con i canti in fabbrica, con il panificio affollato il sabato mattina e i bambini che le erano ogni giorno più affezionati. Quando il più grande arrivò a casa con i libri nuovi, per via del cambio di scuola, Caterina evitò di sfogliarli. Confezionò, invece, un paio di vestitini per la sorellina, uno di cotone rosa, a cui applicò un merletto nel punto vita e anche sull'orlo della gonna, e una vestina bianca di Sangallo.

La sera riprese a passeggiare con la Pina tra i campi di lino in fiore, di Mario parlò solo un paio di volte e alla meccanica dell'amore non osarono più nemmeno accennare. Alle questioni sentimentali, preferivano i pettegolezzi sulle compagne di fabbrica o sui fatti del paese.

A luglio ricevette una lettera da casa. Ebbe sentore di una disgrazia non appena la trovò davanti all'ingresso. I suoi le avevano scritto la settimana prima per confermarle di aver ricevuto i soldi e per raccontarle di aver venduto tre vitelli: non c'era motivo per pagare un altro francobollo, di sicuro, non dopo un così breve intervallo di tempo.

La aprì con le mani che tremavano.

Quintilio le scriveva che suo padre aveva avuto un attacco, non era specificato di che tipo. Diceva soltanto che ne era rimasto gravemente offeso e che, viste le mutate circostanze, sua madre chiedeva se le fosse possibile tornare a casa subito.

Due giorni dopo Caterina era già sul treno, con la Pina, nuova di nozze, che la salutava in lacrime dal binario.

Si spostò di corsa sul corridoio tra i sedili, per sbracciarsi fino all'ultimo e non pensare alla pietra che si sentiva al posto dello stomaco. Quando l'amica e la periferia del paese sparirono, dietro all'ultimo vagone rimase solo una lunga scia di binari tra i campi, così simile al filo di lana che sua madre tirava per disfare i maglioni vecchi che Caterina fu vinta dallo sconforto. Si lasciò cadere sul sedile e chiuse gli occhi per non vedere più nulla.

Capitolo 12

Le condizioni di Cesco erano davvero critiche. La parte sinistra del corpo era totalmente compromessa, gli arti rispondevano ai comandi in modo inconsulto, metà della bocca era cristallizzata in un ghigno da cui non uscivano più parole, ma solo rigurgiti di saliva e cibo.

«Se non l'avessi fatto arrabbiare così tanto, il suo cuore non si sarebbe ridotto in questo modo» le disse un giorno la Rosa, la mamma della Emma, che era venuta a chiedere un pezzo di burro.

Lo schiaffo che suo padre le aveva dato tempo addietro le aveva fatto meno male. E se già non poteva vedere Beniamino, perché quando era piccola picchiava la Emma e le impediva di leggere, da quel giorno evitò anche la moglie.

Con grande sollievo, Caterina si accorse che Tullio, ormai sedicenne, aveva preso in mano le redini delle attività agricole. Sapeva con chiarezza cosa andava fatto, quando andava fatto e come. Era uguale a Cesco, nel corpo e nei modi; se non fosse stato per il colore degli occhi, che erano quelli scuri di sua madre, avrebbe potuto essere lui da giovane. «Stesso buon carattere» dicevano i vicini.

Caterina studiava il fratello con curiosità, cercando le tracce di un padre che la guerra le aveva sottratto.

Tarquinio, invece, era di tutt'altra pasta. Aspettava che fosse il maggiore a dirgli cosa doveva fare. Nonostante da un pezzo avesse l'età per uscire nei campi, le sue mansioni erano confinate alla stalla, dove i suoi movimenti maldestri erano contenuti dalle pareti: portava da mangiare alle bestie, le mungeva e faceva le lettiere. Ora che le vacche erano in malga, sembrava perso. Ciondolava da una stanza all'altra facendo lavoretti di poco conto, aspettando che Tullio venisse a dargli indicazioni o che se lo portasse dietro. Caterina li guardava da lontano, mentre rivoltavano l'erba nel campo. Il più vecchio era solido, con i capelli neri e corti, l'altro alto e dinoccolato, con i boccoli castani scompigliati dal vento.

E poi c'era Quintilio, che era in casa, ma sempre da un'altra parte.

«Quintilio è come te da piccola» sospirava la Virginia. «Da chi avete preso, voialtri, con tutti questi pensieri in testa, proprio non lo so» le confidava quando si ritrovavano loro due, da sole, a sbocconcellare davanti al camino quel che restava della cena dei maschi.

Ora che i ragazzi erano cresciuti, occupavano loro la tavola apparecchiata per gli uomini, lei e sua madre dovevano accontentarsi degli sgabelli, a una certa distanza.

La Linda, dopo l'incidente, era tornata giusto un attimo per dare una mano con la fienagione e poi era subito ripartita per Napoli. In quell'occasione lei e Caterina scoprirono di avere gran poco da dirsi. Non che si stessero antipatiche ma entrambe, da sempre, trovavano più piacevole la compagnia di altre persone. Quando, poco prima della partenza, la Linda le confidò che lei e Francesco erano innamorati e che al suo ritorno contavano di sposarsi, Caterina comprese in modo inequivocabile che non si sarebbero mai capite fino in fondo.

In Piemonte non poteva tornare. Le fu chiaro fin da subito. Per non pensare che la montagna aveva nuovamente vinto sui suoi desideri, si buttò anima e corpo nella cura del padre. Perché senza uno scopo chiaro le pareva di impazzire.

Cesco necessitava di tutto. Doveva essere spostato, cambiato, pulito e imboccato. Il momento peggiore era quando doveva fare i suoi bisogni. La nudità di suo padre la metteva a disagio; ogni volta che era costretta ad affrontarla, distoglieva gli occhi e lasciava fare alla madre. «Non fare la schizzinosa, è la natura» la rimproverava la Virginia, maneggiando il sesso del marito come fosse stato un oggetto qualunque, per infilarlo nel pitale.

Mentre le donne trafficavano, Cesco guaiva e grugniva. Durante le operazioni più umilianti tentava di ribellarsi e scalciava con la gamba rimasta buona.

Perché Dio aveva creato gli uomini così sporchi e imperfetti? Pieni di necessità corporee uguali a quelle delle bestie?

Il nonno sicuramente avrebbe avuto una risposta semplice e divertente, come tutte le sue osservazioni, ma ora anche del nonno rimaneva solo terra.

Forse per dimenticare le brutture del corpo, a Caterina venne l'idea di leggergli qualcosa. Se non poteva girare il mondo, la malattia del padre poteva essere l'occasione per portare un po' di mondo tra quelle quattro mura.

La prima volta che Caterina gli si sedette di fianco con *Sussi e Biribissi* tra le mani, Cesco, che in tutta la sua vita mai aveva pensato di doversi dedicare a un'attività tanto frivola, provò a ribellarsi. Con la gamba sana calciò lo sgabello della figlia e, non ottenendo risposta, grugnì verso la moglie che osservava la scena dalla porta comunicante con la stalla.

«Cosa vuoi che faccia, Cesco? Sai anche tu com'è fatta tua figlia» rispose lei, allargando le braccia e ritirandosi tra le vacche.

Già dopo la prima mezz'ora di lettura gli occhi del padre smisero di correre dappertutto e si posarono sulle pagine che Caterina girava con ritmo regolare. Era calmo, più calmo di quanto lei l'avesse mai visto negli ultimi tempi.

Il giorno successivo lasciò che la figlia si sistemasse di fianco a lui, senza protestare.

Caterina prese l'abitudine di leggere una mezz'oretta ogni mattino, dopo che aveva portato il latte al caseificio.

Mentre l'ascoltava, suo padre socchiudeva gli occhi, tra le ciglia rimaneva solo una fessura di qualche millimetro, una via di mezzo tra sonno e concentrazione, e le labbra recuperavano una posizione quasi orizzontale. Nel momento stesso in cui terminava la lettura, l'occhio buono si spalancava, con il solito sguardo spaventato che ormai era diventato il suo per uno scherzo dei nervi, e la bocca tornava a pendere sul lato sinistro.

Terminato il raccontino di *Sussi e Biribissi*, iniziò a leggergli *Martin Eden*, a pezzi, saltando i paragrafi che nemmeno lei era sicura di aver ben compreso. Poi la scorta di libri era già finita.

Si ricordò allora che la Gilda ne aveva una casa piena.

Una mattina mise da parte l'orgoglio e andò a trovarla.

C'era solo la madre, che fu molto felice di poterla aiutare. Mentre Caterina provava a orientarsi tra gli scaffali dell'enorme libreria, le raccontò che la figlia studiava a Milano.

La Gilda era a Milano.

Mario era a Milano.

Mario.

Caterina risalì la strada militare con la testa bassa, nella speranza che nessuno si accorgesse dei suoi occhi lucidi, e *Zanna Bianca* nascosto sotto il paltò, per non sembrare troppo strana davanti all'Angelica che, come sempre, se ne stava sulla porta del negozio a osservare la strada.

A fine estate, l'umore di Cesco sembrava migliorato. A forza di insistere, la mano sinistra riusciva quasi a stringere l'uovo che ogni mattina Caterina lo obbligava ad afferrare. Il giorno in cui riuscì a romperlo, Caterina fece i salti di gioia ed era così felice che permise al gatto di leccarlo dal pavimento, nonostante la bestia non lo meritasse affatto.

Quell'autunno si mise nuovamente d'accordo con le amiche per fare la raccolta delle nocciole. L'Anna, da poco sposata con Giuseppe, fu felice di unirsi a loro, la Lucia invece, che aspettava il terzo figlio, le guardava partire senza rimpianti.

Le unghie di Caterina erano tornate marroni, così come il reticolo di crepe sulla pelle dei polpastrelli. Il colletto della camicia, però, era ancora pulito.

Capitolo 13

Era un sabato pomeriggio di ottobre e Caterina stava aiutando Tullio con la semina del frumento nella terra appena arata del campetto sotto casa, quello che possedevano al di là della strada militare. Portava un fazzoletto scuro annodato alla testa, perché da qualche giorno le faceva male un orecchio. Indossava i vestiti logori da lavoro e gli zoccoli sformati, sotto i quali la terra morbida e umida formava uno strato così pesante che faticava ad avanzare lungo i solchi tracciati dal fratello.

Fu allora, mentre era piegata verso il suolo, con la mano piena di semi, che, alzando la testa, lo vide passare.

Mario.

Si accucciò dietro il muretto che sosteneva la strada. Non voleva che lui la vedesse in quelle condizioni.

Guardò la sua figura magra prendere il viottolo che portava in corte. Aveva i capelli biondi, tagliati molto corti, braghe di fustagno, come i contadini, e uno zaino di cuoio sulle spalle.

In un attimo fu sulla porta. La Irma, quando se lo trovò davanti, urlò di gioia e chiamò Toni, entrambi uscirono per abbracciarlo.

Poi sparirono tutti dentro l'abitazione e a lei sembrò di aver solo sognato.

Sapeva che lei era casa? L'avrebbe cercata? Sarebbe sparito, come sempre, prima che potessero dirsi qualunque cosa?

Tullio fece finta di non vedere le lacrime della sorella e continuò a lavorare come se non fosse successo niente, perché le giornate erano brevi e il sole stava già tramontando dietro al Summano.

Quella sera, a cena, Caterina rovesciò la saliera e si scottò con la molla del camino. Mangiò appena e poi disse a suo padre, che la cercava con occhi desiderosi, che era troppo stanca per leggere.

Andarono a filò nella stalla dell'Adele e Silvano.

Lui sarebbe venuto?

Caterina prese posto sul suo sgabello e iniziò a ricamare l'asciugamano che la madre l'aveva obbligata a portare con sé. «Sarebbe anche ora di finirla questa dote, che non si sa mai» l'aveva rimbrottata al mattino.

Sbagliava tutto e dovette ripartire da capo più volte. Accanto a lei Francesco e Giuseppe commentavano la nuova linea del bus che collegava Thiene a Vicenza, con l'Anna che faceva gli occhi dolci e che provava a convincere il marito a portarla in gita a Monte Berico. Arrivò la Emma, che le si sedette accanto, trovando in Caterina poco più che una statua.

«È per via del male all'orecchio che sei così musona?» le domandò all'ennesimo tentativo di attaccar bottone.

In quel preciso istante Mario fece ingresso in stalla con i suoi genitori. La Irma se lo teneva a braccetto e lo portava, orgogliosa, di qua e di là, perché l'intera contrada vedesse suo figlio. Il suo Mario, che abitava a Milano e che studiava all'università.

«C'è Mario» esclamò la Emma, che ormai diceva qualunque cosa le passasse per la testa, pur di suscitare una risposta nell'interlocutrice. «Se non fosse così patito, ci farei un pensiero. È uno *studiato*. Chi se lo sposa si sistema per bene.»

Caterina alzò la testa e la guardò con gli occhi sgranati.

La Emma e Mario?

Giuseppe le diede una gomitata.

«Toh, guarda chi si vede» disse, indicandolo. «Il tuo amico è tornato.»

Caterina si sentì il viso caldissimo e abbassò la testa sul lavoro, che era sempre al punto di partenza. Non riusciva più a mettere a fuoco niente. L'ago le cadde per terra.

Quando Mario si avvicinò a loro, lei stava ancora gattonando alla ricerca dell'ago.

Si alzò in piedi tutta sudata con lo stampo delle ginocchia sulla gonna e fili di paglia attaccati alle calze. Mario non diede segno di averla notata.

Erano tutti gentili con lui, perfino Giuseppe e Francesco. Da adulti non avevano più bisogno di farsi la guerra per mostrare chi erano.

Quando ne incrociò lo sguardo, lui le fece solo un lieve cenno del capo. Caterina rispose allo stesso modo. Poi si scrollò la polvere dalla gonna e tornò al suo ricamo.

Sentiva Mario, poco lontano, che discuteva di bus e treni, ormai l'argomento della serata. Parlava con calma, in tono monocorde, ma aveva sempre l'aria di conoscere bene ciò di cui raccontava. Gli altri si stufarono presto di ascoltarlo, e iniziarono a prenderlo in giro per l'accento cittadino. Lei, invece, avrebbe potuto starlo a sentire per tutta la notte. Finalmente si occupava di cose normali: treni e strade. Niente Dio e niente rivoluzioni.

Mario se ne andò presto, disse di aver viaggiato molto quel giorno e di sentirsi stanco.

«A ognuno le sue fatiche» commentò ironico Giuseppe, non appena lo vide uscire dalla porta.

La notte Caterina non riuscì a dormire, nel saperlo a pochi metri da lei, non trovava pace. Un paio di volte fu sul punto di uscire in corte e tirargli un sasso contro la finestra della camera per farlo scendere. Da bambini lo facevano spesso.

Alle prime luci dell'alba l'agitazione si placò e i propositi notturni le parvero ridicoli. Per andare al caseificio si vestì comunque con più cura del solito, indossò camicia e gonna pulite, si pettinò e si passò anche il rossetto sulle labbra, che subito tamponò sul dorso della mano, per evitare di dare nell'occhio.

Mario si presentò a casa, mentre stava leggendo per suo padre. Quintilio gli aprì la porta e lui entrò piano, per non disturbare. Si accomodò su una sedia, all'angolo più lontano del tavolo, e aspettò una decina di minuti che Caterina finisse. Lei riuscì a non confondersi solo perché nella lettura si sentiva protetta.

Quando chiuse il libro, lui si avvicinò. Salutò Cesco stringendogli la spalla, quindi chiese a lei se le andava di fare due passi. Caterina guardò suo padre, ormai non osava più fare niente senza il suo consenso. Con la mano buona Cesco le fece cenno che poteva andare.

Uscirono di casa.

Mario era serio. Il suo Mario.

Senza decidere nulla, presero la mulattiera che partiva dalle case e che portava su a Costa Mare, un gesto automatico, fatto così tante volte da piccoli, da essere scontato.

Caterina non diceva niente, era stordita dall'ebbrezza di averlo vicino, finalmente in un luogo che non necessitava di essere spiegato.

Se solo avesse aperto bocca, avrebbe potuto raccontargli tutte le cose che aveva tenuto in serbo per lui, in quel lunghissimo arco di tempo.

Poteva succedere un tutto talmente grande che non sapeva da che parte cominciare. Nemmeno lui diceva niente e Caterina ebbe, chiara, l'impressione che provasse lo stesso.

Le traiettorie dei loro pensieri si scontrarono in un lieve «Come stai?» che pronunciarono nello stesso momento.

La deflagrazione creò un po' di confusione su chi dovesse rispondere per primo, poi ritrovarono l'ordine.

Tutte le parole che aveva preparato per lui sparirono: in sua presenza non avevano più senso, perché non tenevano conto del piacere di averlo accanto, che rendeva ormai falso tutto ciò che non fosse scaturito da quel preciso momento.

Mario le spiegò di essere sparito per lungo tempo perché alcuni suoi compagni erano stati arrestati, uno addirittura era stato mandato al confino. Per un certo periodo anche lui aveva dovuto vivere nella clandestinità e scriverle avrebbe messo in pericolo entrambi.

Attorno ai casoni di Costa Mare le mucche, scese da qualche settimana dalle malghe in altura, pascolavano e si godevano gli ultimi giorni di libertà, prima del rientro in stalla. Un paio, immerse fino al ginocchio nell'acqua fangosa, si voltarono, placide, nella loro direzione. I proprietari stavano trafficando a sistemare steccati e tettoie degli edifici, prima dell'arrivo dei freddi.

Decisero che il posto era troppo affollato e proseguirono per la Strada della Salvezza che, da lì in poi, non presentava più tornanti, ma si allungava in salita verso i boschi di abete rosso di Monte Serona.

I campi coltivati si diradarono. Sul lato digradante della montagna, alla loro sinistra, c'erano ora solo prati e pascoli, sul lato in salita, tra rocce e cespugli, fiorivano a ciuffi i ciclamini, con le foglie scure e spesse, ricamate di bianco.

Caterina gli stava descrivendo il periodo trascorso in Piemonte e provava a spiegargli quanto le fosse piaciuto vivere da sola.

«Sono contento che tu non abbia sposato il sarto» la interruppe Mario.

Caterina si sentì così felice che lì per lì non seppe come rispondere.

«Non era un sarto, sua madre lo era» disse, scioccamente.

Mario calciava un sassolino davanti a lui da un pezzo.

«Be', quello che era.»

«Perché?»

Continuava a seguire il sassolino e non accennava ad alzare la testa.

«Non mi sembrava adatto a te.»

Erano ormai arrivati a Folgaria, dove la strada riprendeva i tornanti, proprio in quella curva che Caterina odiava tanto, perché era lì che dovevano trascinare i tronchi quando toccava di far legna.

La superarono, scesero sotto il ciglio della strada e si sedettero su un prato.

La giornata era limpida e l'erba insolitamente asciutta. Più in alto, dalla curva della Meletta, sentivano arrivare i belati e gli scampanellii delle capre. Sotto di loro si apriva la pianura, arginata da una parte dalle linee morbide dei colli Berici e, dall'altra, dalle forme geometriche degli Euganei. Come sempre, Caterina tirò gli occhi per vedere, all'estremo orizzonte, Venezia e, come sempre, dovette solo fidarsi che esistesse davvero.

«Sei mai stato al mare?»

Mario annuì.

«E com'era?»

«Grande. Un giorno, se vuoi, ci andiamo.»

Caterina scoppiò a ridere.

«Ah sì? E quando, che non ci sei mai?»

Mario accennò un sorriso.

«Mi è piaciuto ascoltarti mentre leggevi. Sono i libri che hai preso dalla Gilda?»

Come faceva Mario a sapere che andava a prendere i libri da lei? Che affari avevano loro due?

«Be', in Piemonte ne ho letti anche molti altri» rispose secca, senza fare le domande che più le stavano a cuore.

Mario sembrò non accorgersi del suo cambio di umore.

«Ah sì? Quali?»

Caterina snocciolò i titoli che aveva letto nella casa in cui teneva i bambini.

«*Il bacio d'una morta*? Sarei davvero curioso di sapere di cosa parla.»

Caterina, ancora arrabbiata, iniziò a raccontargli la trama, a una velocità che ne rendeva impossibile la comprensione.

Quando finì di parlare e riprese fiato, Mario la fissava.

«Ma, quindi, Guido è buono o cattivo?»

«Buono. È Nara che lo ha reso cattivo. Insomma, mi hai ascoltata o no?» sbottò lei.

Solo a quel punto si rese conto che Mario la stava prendendo in giro. Nemmeno quando scherzava era capace di ridere. Le venne la voglia di fargli il solletico, quando erano piccoli funzionava.

Mario era lì.

Mario era con lei.

Poteva toccarlo.

Si limitò a dargli un leggero spintone.

«Sì, lo so che era un libro stupido, ma non è che avessi tanta scelta.»

Mario urtò piano la spalla contro la sua.

«È sempre così facile farti arrabbiare. In questo non sei cambiata per niente.»

Di fianco a loro c'era un melo selvatico, carico di piccoli frutti rossi e lucenti al sole mattutino. Mario si alzò, con un balzo afferrò un ramo, che si protendeva verso il basso, e con l'altra mano staccò due piccole mele. Una pioggia di frutti cadde a terra e rotolò sull'erba bassa, qualche metro davanti a loro. Poi tornò a sedersi e ne offrì uno a Caterina. Lei allungò la mano e le punte delle sue dita toccarono il palmo di lui. Si affrettò a addentare il frutto per nascondere l'agitazione.

Attorno a loro i colori esplodevano senza pudore. Davanti alle malghette chiuse, i noci erano gialli. Tra i carpini e i noccioli, che rivestivano i pendii di marrone, spiccavano le macchie rosse della sanguinella. Più in alto, il verde scuro dei pecci contrastava con il celeste chiarissimo del cielo. Più o meno alla loro altitudine, in direzione della pianura, stormi di fringuelli punteggiavano l'aria in ordine sparso.

«Come è bello qui» disse Mario.

Lo stridio degli uccelli giunse fino a loro.

«Sì» rispose Caterina.

E pensava alla bellezza di essere lì, seduta sull'erba con lui, e a tutte le parole nuove che avrebbe voluto conoscere per descriverla.

Mario parve leggerle nel pensiero.

«Dovremmo imparare a dire anche le cose belle, non solo quelle che non vanno bene.»
Anche lui morse la mela.
«A proposito, hai trovato il tempo per leggere il libro che ti ho mandato?»
Caterina pensò che avrebbero avuto tutto il tempo di dirsi le cose belle che passavano loro per la testa. Che non c'era fretta. Che per un po' avrebbero anche potuto parlare di altro. C'era troppa bellezza perché potesse sparire.
«Sì, l'ho letto tutto d'un fiato.»
«Ti è piaciuto?»
«Sì.»
Mario la guardò.
«Più del bacio della morta?»
«Stupido» sussurrò Caterina. «Mi è piaciuto molto il finale» aggiunse. «È tremendo, ci ho pensato per giorni.»
«E cosa mi dici della critica alla borghesia, la fa a pezzi, non trovi?»
Caterina sbuffò.
«No, Mario. Questo libro fa a pezzi tutti.»
Lui le porse la mano, perché lei potesse appoggiarci il torsolo della mela. Poi, assieme al suo, lo lanciò sul prato di sotto.
«In che senso?»
«Nel senso che per tirare avanti ci raccontiamo un sacco di bugie, altrimenti non resta che ammazzarsi. L'ho sempre pensato anche io, è che non sapevo come dirlo.»
A quel punto Mario tirò fuori dalla tasca della giacca una sigaretta e l'accese.
Rimasero in silenzio per tutto il tempo in cui lui la fumava. Caterina si godeva le sue dita bianche, la sua concentrazione e i suoi insensati otto secondi tra un tiro e l'altro. E pensava che era un silenzio bello, un silenzio tranquillo, che sarebbe potuto durare ore, senza mettere in agitazione nessuno.
Poi Mario spense la sigaretta sul terreno e lanciò lontano il mozzicone. «Quindi, secondo te, il protagonista non vuole elevarsi dalla sua classe sociale?»

«No, Mario. Queste scemenze ce le hai in mente solo tu. Ma cos'hai?»

Mario la fissava con i suoi grandi occhi celesti e non diceva niente.

Caterina strappò qualche filo d'erba.

«E tu, invece, cosa pensi del libro? Mi pare che mi hai fatto un'interrogazione.»

Mario si osservò le mani tese in avanti, con le braccia appoggiate sulle ginocchia flesse.

«Non saprei» di nuovo guardò Caterina, «io direi che è un libro sull'amore. Se il protagonista avesse avuto al suo fianco una donna che amava, avrebbe trovato un senso alla vita e non si sarebbe ucciso.»

Caterina corrugò la fronte.

«Dici?»

«Sì. Non puoi certo negare che tutto quello che ha fatto, lo ha fatto per rendersi degno di lei.»

Caterina sentì un'improvvisa agitazione. Si sentì calda e rise in modo nervoso.

«Da quando in qua sei così romantico?»

Anche Mario era arrossito, ma poco e per un attimo.

Il suo viso rasato era tornato del solito pallore.

Ora fissava, serio, un punto in basso, forse Thiene, appena abbozzata oltre le colline.

«Nina, sei sempre dell'idea che non vuoi sposarti?» domandò, senza guardarla.

Caterina guardò nella stessa direzione.

«Non so.» Ci fu un attimo di silenzio. «Tu?»

Lui si voltò verso di lei, fermò lo sguardo, per un lunghissimo momento, su una ciocca di capelli che le scendeva dalla spalla. Poi le cercò gli occhi.

«Sì, io credo di sì.»

Una folata di vento portò intenso l'odore dei ciclamini, così forte da dare fastidio, il profilo della mano di lui sfiorò il fianco della sua, appoggiata sull'erba.

Caterina sentiva il cuore dentro le orecchie, le pareva di

tremare tutta, ma forse non era nemmeno così. Distolse lo sguardo in fretta e staccò la mano per paura che lui se ne accorgesse.

Che stesse accadendo per davvero?

Percepiva il tutto prendere forma davanti a loro e stendersi fino alla pianura, Thiene, Vicenza, Padova e Venezia.

Sì, ora ne aveva la certezza, quel luccicore lontano era Venezia.

Il mondo era ai loro piedi, l'intensità di questa consapevolezza le dava le vertigini e la ammutoliva.

«Ehi, ragazzi! Son qua!»

Si girarono di scatto. Dalla strada che avevano alle spalle, videro scendere nella loro direzione la figura tozza e dondolante dello zio di Mario, con il bastone in mano, seguito da una decina di capre che andavano ciascuna per conto suo: qualcuna già lo aveva superato e correva giù per il pendio verso Mario e Caterina, altre si erano fermate più in alto, a brucare l'erba lunga tra i ciuffi di ciclamini attorno alle pietre, un paio proseguivano, incuranti, per la strada militare.

Caterina si rese conto di cosa stesse veramente accadendo solo quando lo zio Bepi si sedette di fianco a Mario e un intenso afrore da capra cambiò radicalmente il tono dell'atmosfera.

«Beata gioventù. Avessi io le vostre gambe, non starei mica seduto qua a far niente.» Affondò le dita grosse e marroni nella coscia di Mario come per saggiarne la giovinezza. «Ostia, se sei magro! Ma ti danno da mangiare alla tua scuola?»

«Sì, zio, non preoccuparti.»

«Bella stagione, eh? Né caldo né freddo. Cosa ne dite?»

Nessuno rispose.

«Bravo, bravo mio nipote che ogni tanto torna a casa a salutare la sua mamma.»

Mentre parlava con loro, lo zio non li guardava, girava la testa calva, a scatti, a destra e a sinistra, per controllare le capre.

Fermò per un istante lo sguardo sulla pianura.

«Di' la verità, Mario, a Milano te lo sogni un panorama così!» e già si voltava indietro per cercare le bestie.

Caterina e Mario fissavano l'erba attorno ai loro piedi, ognuno preso nei propri pensieri. Quando capirono che non aveva alcuna voglia di andarsene, e non ci volle molto, si alzarono allo stesso momento.

«Voi giovani avete la furia in corpo» ansimò lui, puntellandosi con una mano per sollevarsi. Mario fu costretto a porgergli la sua. «Dove andate di bello?»

«Non saprei» disse Mario, cercando di indovinare le intenzioni dello zio. «Si è fatto tardi, abbiamo un po' di fretta di tornare.»

«Ottimo, allora scendo con voi e vengo a salutare mia sorella» disse, rimettendosi in equilibrio sulle gambe. «Dai, belle! Venite che scendiamo!» urlò al gregge indisciplinato.

In un attimo Caterina si ritrovò circondata da capre, una sfregò il muso sulla stoffa ruvida della sua gonna, proprio sul sedere. Dovette scansarsi perché la smettesse.

«Piace anche a loro l'odore delle ragazze giovani. Vero, Mario?» gli domandò, dandogli di gomito.

Mario non rispose, risalì a grandi falcate il prato e raggiuse la strada, seguito da Caterina, qualche passo indietro, e dallo zio, che arrancava in mezzo al gregge.

Lo zio Bepi non smise un secondo di parlare. Succedeva spesso a chi passava troppo tempo con gli animali.

Arrivarono in contrada che le campane di Calvene battevano mezzogiorno. Bepi stava ancora facendo il resoconto di tutti i tentativi andati a vuoto per ingravidare la vacca. Era la seconda volta che raccontava la storia. Di nuovo spiegò che, al terzo giro alla stazione di monta, tutto si era concluso secondo natura e che in un paio di mesi la bestia avrebbe partorito.

«Che sia un problema di età?» chiese anche questa volta a Mario, mentre si avvicinavano alla porta di casa.

Mario aveva l'aria assente.

«Non saprei, zio.»
Intanto erano già arrivati.
La Irma uscì in corte e abbracciò il fratello.
«Io devo ripartire subito» disse sottovoce Mario a Caterina, non appena furono di nuovo soli.
«Ma come? Sei appena arrivato.»
«Mi dispiace. Pensavo che avremmo avuto più tempo.» Con un cenno del capo indicò lo zio, che, qualche metro più in là, già aveva iniziato a parlare con la sorella.
E improvvisamente Caterina si rese conto che non c'era più niente a portata di mano e che quel tutto, che le era sembrato di percepire in modo così nitido, forse non c'era mai stato.
«Senti, provo a tornare la prossima domenica. Ma non posso assicurarti niente. Devo dirti una cosa importante.»
No, forse non era tutto perduto.
«Ti prego, Mario, dimmela adesso. Non credo di poter resistere un'altra settimana. Poi passano sempre anni prima che ci rivediamo.»
Mario deglutì più volte. Ora la fissava.
«Volevo chiederti una cosa.»
La voce un po' gli tremava.
La Irma lo chiamò e andò in confusione. Caterina ebbe il sospetto che gli mancasse il respiro. Gli succedeva spesso da bambino quando era agitato.
Gli prese la mano.
La Irma ora gli gridava che si muovesse, che la polenta si stava freddando. Nel frattempo era uscito anche Toni a salutare il cognato. Il cane da caccia di Beniamino scodinzolava, abbaiando attorno a loro.
Mario chiuse un attimo gli occhi e Caterina ebbe la certezza che non riuscisse a respirare.
Gli carezzò il dorso della mano.
«Mario? Va tutto bene?»
Quando li riaprì era calmo.
Riprese fiato.

«Volevo dirti che sto per partire. Ero tornato per salutarti.»

Lo disse con voce distesa, quasi con noncuranza.

«In che senso? Dove vai?»

«In Spagna.»

Caterina iniziava a sentire la pietra dentro lo stomaco.

«Sei matto? Cosa ci vai a fare in Spagna?»

«Mi arruolo, vado a combattere con le Brigate internazionali.»

Le dita pulite, il colletto ordinato, Milano, l'università. Più niente.

«Stai bene? Sei pallida.»

Lei gli strinse di più la mano.

«No, Mario, ti prego, non partire.»

«Devo. Mi avevi scritto anche tu che forse era il momento di fare qualcosa di diverso.»

«Ma non intendevo certo questo. Cosa c'entri tu con la Spagna?»

«Le dittature vanno combattute ovunque. Anche da noi succederà, vedrai.»

«Ti prego, Mario. No.»

Mario la guardò serio.

«Ho bisogno che tu mi dica che andrà tutto bene.»

La guardava con gli occhi grandi e spaventati.

Caterina aveva un groppo in gola che le impediva di parlare. Scosse il capo.

Mario le strinse forte le mani.

«Ti prego, Nina, dimmelo. Solo se me lo dici, sono sicuro che torno vivo.»

«Andrà tutto bene. Tornerai vivo» sussurrò lei.

«Basta smorosare voi due» gridò la Irma. «È pronto da un pezzo.»

Quelle parole imbarazzarono entrambi e la guerra passò in secondo piano.

Caterina tentò di stringergli a sua volta le mani, ma aveva la pelle sudata ed ebbe la sensazione di una presa impossibile. Le sentì sfilarsi dalle sue, come succedeva da piccola quelle rare volte che riusciva ad afferrare le salamandre.

Anche le salamandre facevano lacrimare gli occhi, guai a strofinarseli, dopo averle toccate.

Rientrò in casa e si buttò a piangere sul suo giaciglio.

Odiava Mario. Poteva avere tutto e invece andava in Spagna. Non si meritava i privilegi che la vita gli aveva offerto.

Come si poteva essere così stupidi?

Circa una mezz'ora dopo arrivò in corte una Balilla scura. Non se ne era mai vista una lassù. Tutta la sua famiglia si compresse dietro le inferriate per guardarla e in un attimo il mezzo venne circondato dai bambini, scappati fuori nonostante i richiami delle madri.

Ne scesero la Gilda e suo padre. Andarono a bussare da Mario, lui si sporse dalla finestra di sopra. La Gilda gli chiese qualcosa e lui indicò la casa di Caterina.

Caterina, da dietro l'inferriata, la vide avvicinarsi e si sentì in dovere di uscire.

«È bello quassù» disse l'amica, guardandosi attorno e facendo ondeggiare i suoi riccioli biondi.

«Siamo venuti a prendere Mario per accompagnarlo in stazione, ma volevo assolutamente salutarti.»

Caterina aveva la nausea per via della pietra nello stomaco, lei era l'ultima persona con cui avrebbe voluto parlare.

Poi la Gilda le si fece più vicina.

«Immagino ti abbia detto della Spagna» aggiunse piano.

Caterina annuì.

«Venire qui oggi è stata una follia. Negli ultimi tempi ho dovuto nasconderlo da me, a Milano. Quando i suoi zii hanno scoperto cosa sta combinando lo hanno cacciato perché non vogliono problemi con la polizia.»

Caterina osservava le labbra della Gilda muoversi, ma registrava il significato dei suoni in differita.

«Non ha nemmeno i soldi per pagarsi da mangiare, ma è voluto venire a tutti i costi.» La ragazza continuava a parlare, liberando le mani affusolate in aria, come fossero farfalle. «Che peccato che abbia lasciato l'università, era così bravo.»

Caterina la ascoltava in uno stato di sfasamento. Un'intera vita di Mario, di cui lei non sapeva nulla, le stava esplodendo in faccia.

La Gilda la fissava con i suoi occhi celesti, sempre entusiastici, sempre vivaci.

Poi lui uscì di casa con la valigia in mano.

«Ora devo andare. Sono così felice di averti rivista» le disse l'amica, sempre sfarfallando.

La guardò raggiungere i due uomini e salire per prima nell'auto.

Mario, un attimo prima di entrare, si voltò nella sua direzione e le fece un cenno di saluto.

Mario che era diventato un estraneo. Mario che aveva lasciato gli studi. Mario che si era nascosto dalla Gilda. Mario che andava a combattere in Spagna.

Lo guardò come aveva guardato le labbra della Gilda, cercando un significato che tardava ad arrivare.

Non riuscì a pensare a niente, solo che lui e la Gilda avevano gli occhi celesti e lei no. Loro avevano le mani pulite e lei no. Loro erano biondi e lei no.

Che loro erano anche stupidi e viziati, mentre lei non poteva permetterselo.

Disse solo «Ciao» ma non uscì alcun suono.

Poi l'auto si mise in moto e partì, con lo scodazzo dei bambini che la seguirono di corsa fino al primo tornante.

Quella stessa sera nacque il terzo figlio della Lucia. I genitori lo chiamarono Romano e brindarono anche alle 150 lire che il regime avrebbe fatto arrivare loro per la nuova creatura.

Capitolo 14

Caterina non sapeva se Mario sarebbe davvero tornato il fine settimana successivo, come le aveva detto. In ogni caso decise di non farsi trovare.

Quando, domenica pomeriggio, la Emma venne a chiamarla, con alcune amiche del Monte, per andare a ballare alla casa del Fascio, aveva solo fretta di partire.

«Ma non ti sistemi?» le chiese l'amica, mentre la guardava scendere le scalette. «Ci saranno tutti i ragazzi del paese e anche quelli di fuori.»

Caterina si guardò la gonna, si accorse che non aveva ancora tolto quella che aveva indossato per la messa. Si limitò a stirarla con le mani.

«No, va bene così.»

Scese al paese come sarebbe andata in chiesa, con un paio di scarpe vecchie che la Linda aveva portato da Napoli, senza acconciarsi e senza trucco.

Camminavano dentro una nuvola lattea. La pianura non si vedeva affatto e si intuiva appena tutto ciò che si trovava a più di un centinaio di metri di distanza. I capelli si appiccicavano alla fronte e l'umidità rendeva pesanti le ciglia, invitandola a un sonno che, quel giorno, avrebbe apprezzato più del ballo.

In una settimana si era fatto freddo. Solo il sabato precedente, su in Folgaria, ci era andata in camicetta e ora, nonostante la mantellina, aveva i brividi giù per la schiena.

Tempo da foglie marce e salamandre.

Caterina non parlava. I discorsi delle amiche non la interessavano. Per godersi i pettegolezzi bisognava essere di buon umore, altrimenti diventavano solo un elenco di fatti tristi.

Calciava un sassolino, come aveva visto fare da Mario, la settimana precedente, ma in discesa rotolava più veloce e continuava a perderlo e doveva di continuo cercarne uno nuovo.

Poteva non ascoltare le amiche per lunghissimi minuti e poi, d'improvviso, registrare un paio di frasi.

Lino aveva messo le corna alla moglie con la cameriera dell'osteria. La Maddalena, che aveva quattro figli ancora piccoli, apprezzava i ragazzi giovani.

«Anche Francesco va a trovarla, quando è nervoso» stava dicendo la Emma.

«Di' che venga a trovare anche me se ha bisogno di rilassarsi» disse, ridendo, una ragazza con i capelli rossi con cui Caterina era andata qualche volta a ballare in passato.

Seguì la risata delle altre.

A quel punto la Emma iniziò a raccontare di Mario, che era tornato per un solo giorno, e della Gilda, che era venuta a prenderlo con l'auto in contrada. Una bella auto, grande e costosa.

Poi si zittì perché non c'era molto da dire sull'argomento.

«Gente *studiata*» chiosò un'altra, senza manifestare alcun interesse per l'argomento.

Caterina non disse niente, si limitò a calciare via il sasso con cui stava giocando, con una forza tale che la suola si staccò dal cuoio della scarpa. Ed erano già alla chiesa di Calvene.

La casa del Fascio si trovava poco dopo la piazza della scuola elementare, scendendo verso il torrente Astico, sulla destra.

Era un edificio dalla facciata elegante, su due piani, con tre finestre, lunghe e strette di sopra e, di sotto, altre due della stessa forma, con al centro la porta. Si diceva che dentro ci fossero nove stanze e addirittura uno spazio adibito a teatro.

Dalle finestre del piano terra si riversava sulla strada la musica di un grammofono, inframezzata da voci e risate.

Salirono la scalinata, sgusciando tra i maschi, che sostavano all'ingresso con il chiaro intento di soppesare le ragazze in arrivo.

La stanza era molto grande. Sulla parete di fronte all'entrata, sopra la cappa di fumo e gli schiamazzi della gente, proprio in corrispondenza del tavolo su cui era appoggiato il grammofono, troneggiava una foto di tre quarti del Duce. Bella grande, in bianco e nero, come quelle che ormai si vedevano ovunque, con il basco in testa e l'espressione spavalda.

In pista molte coppie stavano già ballando.

Rodolfo, che ormai era un pezzo grosso del partito, faceva gli onori di casa, salutava tutti all'ingresso con il suo modo farsesco, gesticolando e accalorandosi nel far notare le bellezze dell'edificio nuovo di zecca. Venne ad accogliere anche Caterina, apostrofandola con un «Carissima la mia bellissima Caterina» che le strappò un sorriso.

Nella confusione, riconobbe anche Eugenio, quello che aveva rifiutato per primo. Ballava con una giovane, diciassette anni al massimo, bionda e graziosa. Quando, volteggiando sulle note di *Primavera baciata dal sole*, le passarono di fianco, notò che al dito lei portava un grosso anello di fidanzamento.

Le amiche si buttarono subito nelle danze. La Emma, che, per via di quei lineamenti tutti raggrumati al centro del viso, aveva l'aria arcigna e sgraziata, prese posto su una delle sedie disposte a semicerchio attorno alla pista, in paziente attesa che qualcuno la invitasse.

Caterina, invece, dalla pedana si era tenuta lontana di proposito. Di ballare non le passava nemmeno per la testa: anche per quello bisognava essere di buon umore.

Se ne stette un pezzo appoggiata contro un muro laterale, che odorava di pittura fresca, con le mani dietro la schiena e le gambe incrociate, in modo che la scarpa rotta fosse nascosta dall'altro piede. Le persone le passavano davanti senza notarla, una ragazza, senza accorgersene, le diede una gomitata.

Proprio non riusciva più a ricordare cosa ci fosse di divertente nell'eseguire quelle infinite sequenze di quadrati sul pavimento, saltando e sudando come bestie imbizzarrite.

Notò che i colletti dei ballerini avevano quasi tutti la striscia di unto dove la pelle sfregava e che in pochi avevano tutti i denti in ordine.

Contava le chiome bionde e quelle scure. Contò nove teste chiare, diciotto molto scure, compresa la sua, e trentatré castane.

Pensò che i capelli biondi erano rari.

Mario era biondo.

La Gilda anche.

Intanto valzer, mazurke e polke si susseguivano senza sosta.

«Pensierosa?»

Solo allora Caterina si accorse di un ragazzo, a pochi passi da lei. Per quel che ne sapeva, poteva anche trovarsi lì da mezz'ora.

Pensò che era un bel ragazzo e che avesse una fisionomia affilata. Questa fu la prima impressione; al secondo sguardo già si era disfatta, invano provò a ritrovarla nella somma delle singole porzioni di viso.

Lui allungò la mano nella sua direzione.

«Mi chiamo Vincenzo.»

«Caterina» rispose, stringendogliela.

Lui sorrise.

«Lo so già.»

Aveva denti dritti e bianchi. Naso dritto e labbra sottili.

«Sono venuto apposta, perché speravo di incontrarti» aggiunse.

I capelli erano ricci, molto scuri. Gli occhi dello stesso colore.

Caterina alzò i sopraccigli.

«Ma figurati.»

Lui ancora rideva.

«Non ci credi? Ti ho vista ad agosto alla sagra del Monte. Sputavi i semi dell'anguria sul prato davanti alla chiesetta di San Bellino.»

Caterina staccò la schiena dal muro e lo osservò con più attenzione. «E di dove saresti, tu?»

«Delle Lore.»

«E com'è che non ti ho mai visto in giro?»

«Fino a due anni fa stavo ai Piani.»

Caterina ancora lo studiava.

Lui sembrava divertirsi.

«Ti ho vista anche alla festa del Rosario, qualche settimana fa. Passeggiavi in piazza con un'amica, avevi scarpe bianche, molto eleganti.»

Notò che l'alone di sporco sulla fascetta della camicia era appena percettibile.

Poi si ricordò che lei indossava le scarpe vecchie e rotte e si fece ancora più piccola contro la parete.

«Insomma, si può sapere cosa vuoi?» disse in tono più aggressivo di quello che avrebbe voluto.

Lui rideva e guardava la pista.

«Ti va di ballare?»

Le prese la mano e si fece strada tra la folla, in direzione della pedana.

Lei si lasciò portare.

«Me lo dici cosa vuoi?» chiese in tono più accomodante, al terzo giro di pista.

«Vorrei conoscerti. Mi piaci.»

Caterina pensò che era facile arrendersi.

«Mi piace un altro» rispose, divertita.

Era la prima volta che lo ammetteva. Si stupì della sua stessa sfacciataggine. Poi si accorse che era molto più facile confidarsi con uno sconosciuto e provò nei suoi confronti un moto di gratitudine.

«E lui ti vuole?»

Caterina sorrise.

«No, credo che preferisca un'altra.»

Rise anche lui.

«Ottima notizia per me, allora.»

Caterina rise.

Chiacchierarono a lungo.

Lei gli raccontò dei suoi viaggi di lavoro, del diploma elementare e della malattia di suo padre.

Anche del diploma non ne aveva mai fatto parola. Avrebbe voluto dirlo a Mario, ma lui non gliene aveva dato il tempo.

Vincenzo, invece, era stato in seminario fino ai dieci anni, anche lui aveva studiato solo fino alla quarta, poi era tornato a casa per fare quello che facevano tutti. Campi, orto, bestie, fatica e vita grama. Il padre era morto da un paio d'anni, la madre era malata e aveva due fratelli più piccoli.

La Emma, da bordo pista, le fece segno che se ne stavano andando. Caterina staccò la mano dal braccio di Vincenzo, per indicare che andassero pure senza di lei.

«E ti piace quello che fai?» gli chiese, tornando alla conversazione interrotta.

Lui scosse la testa.

«No, ma non sarà sempre così.»

La gente iniziava a defluire dalla sala e in pista c'era sempre più spazio per girare.

«In che senso?»

«Al momento non ho alternativa, dopo la morte di mio padre sono l'unico in grado di tirare avanti la baracca, ma appena i miei fratelli sapranno cavarsela, voglio andarmene.»

Scansarono, all'ultimo, una coppia che stava attraversando la pista per uscire.

«Dove?»

«America, Argentina, Germania. In qualunque posto dove possa mettere da parte un po' di soldi per aprire un'attività tutta mia. Vorrei avere un negozio. Sarei bravo con le persone.»

Caterina gli sorrise.

«Non ho dubbi.»

Sorrise anche lui.

«E tu, che piani hai?»

«Anche io vorrei andarmene.»

«Chissà che non ce ne andiamo insieme, allora.»

Erano rimasti gli ultimi in pista. Quando la canzone finì, Rodolfo spense il grammofono con mille gesti di scuse.

Uscirono nella nebbia e iniziarono a risalire la strada militare. Arrivarono al bivio, dove le loro strade si dividevano, immersi in un nebbione fittissimo, in cui nulla sembrava reale, oltre la loro presenza.

Temporeggiarono, perché non avevano ancora finito di parlare.

Poi tacquero, uno di fronte all'altra.

Gli eventi parevano in discesa. Lei si lasciava scivolare, non aveva più la forza di opporsi alla montagna.

Pensò che la nebbia avrebbe assorbito gesti e parole e che quel momento non sarebbe mai esistito nel mondo reale.

Lui la abbracciò e avvicinò il viso al suo. Labbra contro labbra. Poi il calore morbido e insistente della lingua di lui la obbligò ad aprire la bocca. In un attimo le sensazioni diventarono vere. Forse troppo. Andò in confusione e si ritrasse.

Lui ci riprovò, con più decisione. Questa volta lo lasciò fare, a lungo, e poi lo cercò a sua volta.

Era bello. Era facile. Bello e facile da far paura.

Pensò a Mario.

Se lo avesse voluto, avrebbe potuto farlo mille volte.

Ma lui non l'aveva mai toccata.

Quando arrivò a casa, non chiese nemmeno se Mario fosse passato.

Capitolo 15

Per tutto l'inverno, ogni mercoledì, Vincenzo andò a trovarla. Metteva il vestito buono, impomatava i capelli e prendeva la bici, bestemmiando in salita, nei tratti più ripidi in cui doveva scendere e portarla a mano. Sfidò la pioggia torrenziale di novembre e i giorni della merla a gennaio. Ma quando bussava alla porta aveva sempre il sorriso sulle labbra.

Sapeva farsi benvolere, aveva la chiacchiera facile. La Virginia stravedeva per quel *bel moretto*, come lo chiamava lei.

«Mi raccomando, niente brodi lunghi» iniziò a dire fin dal primo mese di fidanzamento.

Cesco, invece, lo guardava storto, dopo essersi tanto preoccupato che la figlia non trovasse marito, forse, non gli dispiaceva l'idea che Caterina potesse rimanere in casa a prendersi cura di lui.

Con Tullio parlava di lavoro, campi e bestie, mentre Tarquinio li ascoltava e non aggiungeva niente per paura di sbagliare.

Non ci furono più baci, solo chiacchiere innocue, perché Quintilio, durante le visite, era obbligato dalla Virginia a stare nella stessa stanza dei morosi.

Vincenzo aveva tanti progetti. Grandi e, soprattutto, lontani, come piaceva a lei.

«Appena Battista è in grado di prendere il mio posto, io e te ce ne andiamo. Ti porto via di qua. Te lo giuro» le ripeteva.

Era l'unico dei tre fratelli a essere nato prima della guerra. Il secondogenito, Battista, aveva solo quindici anni e la sorellina più piccola, Antonia, appena tre. La madre l'aveva partorita in età avanzata, poco prima che il marito morisse di tubercolosi.

Caterina non era mai stata a casa sua, ma sospettava che la famiglia vivesse in grandi ristrettezze. Non avevano legna da vendere e poca terra. Campavano sull'orto, un appezzamento da fieno e un paio di bestie.

Si arrabattavano, come i più, con latte, polenta scadente, fagioli e patate. L'autarchia di Mussolini la praticavano da sempre.

Finito il taglio dell'erba, in estate, lui andava in malga come stagionale, mentre in inverno, quando lo chiamavano, faceva l'operaio per una ditta di legname di Zugliano.

In paese si diceva che la sua famiglia, quando era ai Piani, stesse bene, che avessero bestie e campi buoni, ma che fossero stati costretti a vendere tutto per via dei debiti e che avessero ancora l'acqua alla gola. «Suo padre non aveva fatto bene i conti» disse Angelo a Caterina, un giorno che era scesa in paese per sistemare la lama di un falcetto. Glielo confidò sottovoce, con grande imbarazzo, perché tutti sapevano che fare il passo più lungo della gamba era la peggiore colpa in cui un uomo potesse incorrere.

Caterina a Vincenzo non chiese mai niente e lui non ne fece mai parola.

Alle cerimonie del ventotto ottobre Caterina non voleva andarci. Non aveva nessun motivo per festeggiare il regime. A lei non aveva portato nessun vantaggio, le aveva solo strappato Mario.

Vincenzo, che era venuto a prenderla con il vestito buono, camminava nervoso da una parte all'altra della cucina in attesa che si decidesse.

Lei era curva sul pannello di compensato rettangolare che Quintilio aveva appoggiato sul tavolo. L'ultima passione di suo fratello erano gli insetti, ne aveva catturati una trentina e li aveva attaccati con gli spilli. Le stava indicando la differenza tra i cerambici e gli altri coleotteri.

Caterina lo ascoltava stupita, chiedendosi dove il suo fratellino avesse imparato tutte quelle cose.

Vincenzo si avvicinò e provò ad abbracciarla.

«Dai, non fare la difficile, Nina. Scendiamo un attimo in paese, giusto per farci vedere. Cosa ti costa?»

Quintilio uscì dalla stanza con la sua tavola di compensato.

«Io non ci vengo a queste sceneggiate. Non c'è più libertà in questo Paese.»

Vincenzo si era fermato al centro della stanza.

«Perché? Eravamo forse liberi prima di Mussolini? Non siamo mai stati liberi, noi.»

Le sorrise.

«Io e te, Caterina, non abbiamo bisogno di un governo che ce la conceda la libertà, noi ce la prenderemo.»

«Ah sì? E come?» domandò Caterina, che non aveva alcuna intenzione di muoversi e che se ne stava ancora seduta davanti al camino, con le gambe incrociate e gli zoccoli addosso.

«Con i soldi. Appena mi sarà possibile, emigro e vedrai se non riesco a mettere via quel che serve per un'attività tutta mia.» Si piegò e le appoggiò un bacio sulla guancia. «Ti prometto che la libertà te la compero io» le sussurrò all'orecchio.

La logica di Vincenzo era in discesa.

Bella e facile da far paura.

«Va bene» disse lei sospirando. «Vado a prepararmi.»

A novembre Vincenzo le annunciò che sarebbero partiti per l'Africa.

Aveva sentito che stavano cercando di rendere produttive le nuove colonie.

«Vogliono soprattutto operai, ma anche contadini che sappiano lavorare la terra. Mi hanno detto che l'Etiopia è simile all'Altipiano, ci sono campi per tutti. Chi ci va, diventa ricco.»

«Ma gli etiopi non coltivano già le loro terre?» domandò Caterina.

«Non sono più le loro terre. Li abbiamo sottomessi, lo capisci o no? Ora siamo noi che comandiamo da quelle parti.»

Le tornarono in mente le parole della Filomena quando era stata annunciata la campagna di Etiopia.

«Non lo so, Vincenzo, io pensavo piuttosto di andare in America.»

«Ascoltami, Nina. Per una volta nella vita che ci viene offerta la possibilità di non essere più l'ultima ruota del carro, perché non approfittarne? Non abbiamo scelto io e te di conquistare l'Abissinia, ma ormai è fatta. Se non ci andiamo noi, farà la domanda qualcun altro.»

Per Vincenzo la realtà si giustificava da sé, non c'era motivo né di sentirsene responsabili né di opporvisi. Non era mai critico verso niente e nessuno, forse per questo piaceva alle persone.

Di nuovo Caterina fu tentata dalla discesa.

Immaginò l'Africa per come l'aveva conosciuta sulle copertine dei quaderni di scuola. Tramonti infuocati e animali portentosi.

Avrebbe visto gli elefanti e i leoni?

Esistevano davvero i cannibali?

«Cosa bisognerebbe fare?» chiese pensosa.

Sul volto di Vincenzo si aprì un bel sorriso.

«Basterebbe scrivere una lettera alla Sezione per dare la nostra disponibilità.»

«Ma noi non siamo sposati.»

«Facciamo anche quello, così ci prendiamo anche le cinquecento lire del premio di matrimonio.»

Che fosse davvero arrivata la loro occasione di andarsene dai monti?

Scrisse la lettera lei stessa, Vincenzo non era così preciso con l'ortografia e poi aveva una brutta scrittura.

Per qualche settimana fantasticarono sulla casetta col tetto in paglia, sui terreni fertili e i servitori negri.

L'avventura africana tramontò in breve tempo, quando fu loro risposto che le domande avevano superato le disponibilità e che la precedenza era stata data agli ex combattenti.

Se ne dispiacque anche la Virginia, che vedeva così sfumare la possibilità di un matrimonio veloce.

Capitolo 16

In primavera, la domenica, iniziarono a fare lunghe passeggiate. Il rumore degli zoccoli chiodati sui sassi della strada militare le ricordava quello dei treni sulle rotaie e le faceva sognare viaggi lontani. Avevano iniziato a fantasticare sulle Americhe, in modo molto vago, sulla base dei racconti della zia Santina o dalle avventure di altri compaesani.

Il più delle volte scendevano verso Calvene attraverso il sentiero dei Gramoli, oppure seguivano la strada militare fino a Contrà Monte.

In qualche occasione, dopo essersi assicurati che nessuno li vedesse, abbandonavano il sentiero e si sedevano tra l'erba ancora alta di maggio.

I grilli per un attimo si zittivano.

Solo quando la natura riprendeva il suo corso, palesando assoluta indifferenza nei loro confronti, lui osava cingerle le spalle.

Si baciavano a lungo, ogni tanto lui le mordicchiava l'orecchio o il collo. A Caterina pareva di accendersi tutta, ma, all'altezza delle spalle, c'era un confine invalicabile e Vincenzo si comportava come se quella limitazione fosse un dato di fatto.

«È ora di andare» diceva semplicemente.

Faceva un profondo respiro e si alzava. Dopo essersi sistemato i capelli, le allungava la mano, per aiutarla a sollevarsi.

Lei obbediva, provando a nascondere la delusione e il subbuglio che sentiva dentro. Persino la Emma, che era brutta e antipatica, aveva trovato un ragazzo che le toccava il seno.

Un pomeriggio, quando lui fece per andarsene, lo attirò a sé. Non lo aveva pianificato, le pareva che le braccia avessero fatto tutto da sole. Si ritrovarono distesi, lei sotto e lui sopra.

Proprio come le aveva detto la Pina, viso contro viso.

Lui alzò la testa e la guardò, stupito.

«Cosa stai facendo?» sussurrò, senza però opporsi.

Caterina non rispose. Sentiva il suo peso su di lei e avrebbe voluto che la pressione aumentasse ancora.

Lui ricominciò a baciarla. Con la mano iniziò ad accarezzarle il fianco. Tanti piccoli cerchi di indecisione. Poi i respiri si fecero più brevi. La mano scese a sollevare il bordo della gonna e risalì piano fino a toccare la sua intimità.

Al primo contatto Caterina ebbe un sussulto.

A quel tremito, Vincenzo scattò come una molla e in un attimo fu in piedi, quasi inciampando per fare più in fretta.

I grilli si zittirono.

Caterina raggelò.

Lui aveva il viso rosso.

«Cosa stai facendo?» le gridò, guardandola, ora, dall'alto. E non riusciva a smettere di sistemarsi i capelli. «Non farmi più uno scherzo del genere, hai capito? Tu sei una brava ragazza, perdio!»

Caterina si mise in piedi e si sistemò la gonna in fretta, con le lacrime pronte a esplodere.

Quando mai era la vacca a cercare il toro?

La gatta si metteva in posizione, ma all'ultimo si ribellava sempre.

Che fossero, i suoi, desideri contro natura?

E la Selene? E le altre? Come facevano?

«È ora di andare» disse, secco, allungandole la mano. «Facciamo finta che non sia successo niente.»

Caterina ancora non osava guardarlo.

Perversa. Ecco cos'era. Quante volte il prete aveva usato questa parola per definire tutto ciò che non corrispondeva alla natura così come Dio l'aveva voluta.

Vincenzo se la sarebbe tenuta ancora?

Se avesse raccontato in giro della sua perversione?

Uscirono dal campo, lui davanti, lei un paio di metri dietro.

Quando raggiunsero la strada, i grilli ricominciarono a frinire.

Tornarono alla contrada senza dire una parola. Vincenzo continuava a sistemarsi i capelli e lei teneva lo sguardo a terra.

Fu l'unica volta in cui Caterina vide Vincenzo contrariato.

Di solito arrivava a complimentarsi con la Virginia per la polenta, anche quando era tutta grumi, che solo alle galline sarebbe piaciuta, o faceva gongolare la Lucia, dicendole quanto era bello il piccolo Romano, che, a detta di tutti, aveva preso il peggio da entrambi i genitori e pareva un piccolo rospo col collo troppo lungo. Una sera, in passeggiata, ammirò il muretto che Giobatta aveva malamente ricostruito sugli orti, dopo che il precedente era crollato a causa delle piogge primaverili. Non si limitò a dire: «Ben fatto», cosa che palesemente non era, ma aggiunse un: «Davvero ben fatto» che a Caterina fece saltare i nervi.

«Con me fai lo stesso? Mi dici fesserie, tanto per farmi contenta?» sbottò, non appena furono sufficientemente distanti da non farsi sentire.

«Se una cosa non fosse importante, piuttosto che ferirti, sì, ti mentirei.» Poi le sorrise: «Ma tanto tu te ne accorgeresti».

Si stese sull'erba, appena sopra gli orti, e batté con la mano il terreno accanto a lui, per invitarla a fare lo stesso.

Lei si accucciò al suo fianco, senza sedersi per non sporcare la gonna chiara sull'erba tagliata di fresco.

«La verità non è importante per te, Vincenzo?»

Lui la guardò, da disteso.

«A me piace rendere gli altri felici. Il muretto è fatto male, ma ormai è così. Il poveretto ha lavorato tutto il giorno come un mulo. Perché dargli un altro fastidio?» sorrise.

«L'anno venturo, alle prime piogge, se ne accorgerà da solo. Perché devo accollarmi io la rogna di dirgli la verità?»

«Le bugie alla lunga ti rendono odioso.»

«Preferisco correre il rischio di diventarlo in futuro, piuttosto che esserlo di sicuro adesso.»

Caterina non si decideva a stendersi.

Lui le mandò un bacio.

«Dai, non arrabbiarti. Guardiamo le nuvole.»

Caterina, controvoglia, alzò gli occhi al cielo. Che era bello, con i cirri rosati, sopra il Monte Summano, che, spinti nella loro direzione dal vento, si frantumavano progressivamente in pennellate più brevi, fino a trasformarsi in un gregge di piccole nuvolette bianche, proprio sopra le loro teste.

«Guarda che meraviglia, Nina, non farti il sangue cattivo per niente.»

Vincenzo cercò la sua mano, ma lei la ritrasse.

Duttile. Questo fu l'aggettivo che le suggerì quella conversazione. Vincenzo era duttile. L'oro, le pareva di ricordare, era duttile. C'era scritto nel sussidiario su cui aveva studiato per la licenza elementare. Non era affatto sicura che la cosa le andasse a genio, ma se l'oro, il metallo più prezioso, era duttile, chi era lei per giudicarla una caratteristica sbagliata?

Lì per lì provò a vederne i lati positivi, che erano tanti e tutti in discesa. Poi ammise che, forse, non aveva più il coraggio di tornare ad affrontare le salite e che, quindi, stava diventando duttile anche lei.

Quell'anno, i soldi che guadagnò andando in opera, non li spese in scarpe o vestiti: li mise da parte per sposarsi e andarsene. Aveva finalmente terminato la dote: quattro lenzuola di canapa, otto federe, cinque asciugamani, due coperte di lana, una tovaglietta ricamata da mettere sul comò e qualche indumento di biancheria personale.

Capitolo 17

«Ormai sono due anni che stiamo assieme, Nina, e ancora non sono riuscito a fare niente per portarti via.»

Sospirò.

«Se sto qua, posso campare anche cent'anni, senza che nulla accada. Ormai Battista è grande, sto pensando di partire.»

Era sceso da qualche settimana dalla montagna, dove, per tutta l'estate, aveva fatto l'aiuto malgaro. Dalla ditta di legname, per cui di solito lavorava in inverno, gli avevano appena fatto sapere che quell'anno non avrebbero avuto bisogno di manodopera.

«Non eravamo d'accordo di partire assieme?»

Vincenzo guardava la fiamma del camino.

«Prima devo mettere via un po' di soldi.»

«E dove vuoi andare?»

«Ho uno zio a Chicago che fa il muratore, mia mamma dice che se la passa bene.»

«Non puoi andare in America senza di me.»

«Potrei andarci prima io e poi tu potresti raggiungermi. Non ho cuore di portarti via senza certezze.»

Anche se imbellettava la fame con la brillantina sui capelli e il sorriso bello, Caterina la riconosceva nell'alito amaro e nei moscerini che lui vedeva davanti a sé quando si alzava di scatto.

«Sposo vostra figlia solo quando riesco a garantirle una vita da signora» si giustificava con la Virginia.

«Attenti ai brodi lunghi» rispondeva lei, che da un pezzo aveva smesso di sorridergli.

Dopo Natale, la Befana fascista fece pervenire alla sorellina un pacco di solidarietà: un'arancia, un pacco di farina e una matassa di lana. E qualcosa in lui si ruppe.

«Ormai ci fanno la carità» si confidò con Caterina, quando andò a trovarla quella sera. «La gente pensa che sia un buono a nulla, che non ho nemmeno i soldi per sposarti.»

«Lascia che la gente pensi quello che vuole. Noi ci vogliamo bene e questa è l'unica cosa che conta. Una soluzione per andarcene la troviamo.»

Vincenzo pareva non sentirla, guardava sconsolato la corte imbiancata, fuori dalla finestra.

«Pensano che io sia come mio padre, ecco cosa pensano.»

Il mercoledì successivo, Caterina lo aspettò invano. Passò solo per un attimo, il sabato mattina, senza preavviso, per dire che non lo aspettasse nemmeno il mercoledì successivo, perché aveva delle faccende da sbrigare.

Quando, dopo due settimane, tornò a trovarla, le annunciò che sarebbe partito per Cogne.

A sentire quel nome Caterina rabbrividì, gli tornarono in mente la morte di Fortunato e l'aspetto spettrale di Felice, quelle poche volte che ancora tornava a casa.

«No» lo supplicò. «Troviamo un'altra soluzione.»

«Il dottore ha detto che alla mamma restano pochi anni, voglio che almeno alla fine non abbia preoccupazioni.»

Non ci fu verso di fargli cambiare idea.

Caterina scoprì in lui una durezza inaspettata.

In qualche modo, era riuscito a farsi dare un permesso per la migrazione interna, probabilmente conosceva qualcuno o aveva fatto qualche giro strano, perché ormai non era affatto facile ottenerne uno.

Vincenzo rimase a Cogne per più di un anno.

La sua assenza riportò Caterina con i piedi per terra, alla nuova guerra che ormai si profilava all'orizzonte.

Non se ne parlava. Caterina, che era tornata a lavorare da Alessandro e che settimanalmente sfogliava il giornale, aveva l'impressione di essere l'unica a vedere le nubi minacciose che si addensavano tutto attorno.

Nell'estate del millenovecentotrentanove in contrada l'evento di rilievo fu l'inaugurazione del solario, nei campi lungo gli argini del torrente Chiavona.

La Lucia ci mandò per due settimane Enzo, la seconda, l'Irene, era ancora troppo piccola e non l'avevano presa.

«Nina, se solo tu avessi figli, capiresti davvero quanto Mussolini sta facendo per noi. Ogni mattina li fanno lavare. Il primo giorno Enzo voleva scappare, perché non aveva idea di cosa fosse una doccia» scoppiò a ridere. «Poi li fanno giocare e cantare. A colazione mangiano latte e pan biscotto. A pranzo, brodo con le farfalline, purè e perfino carne di manzo. Chi l'ha mai mangiata a casa nostra? Vedessi come si è fatto robusto il mio bambino. Tu sapevi che prendere il sole fa bene?»

Caterina, di fronte a tanto sincero entusiasmo, non osava esprimere i suoi timori.

A settembre apprese, per caso, che la guerra era scoppiata. Lei e suo padre erano in cucina, avevano appena terminato la lettura serale. I fratelli erano tornati al Campo Gualivo a finire la vendemmia delle quattro viti che possedevano e sua madre era dalla Rosa a fare la *dressa*, sotto il portico.

«La Francia e l'Inghilterra hanno dichiarato guerra alla Germania, proprio come nel quattordici. Scommettiamo che ci tocca di nuovo?»

Caterina, che stava sciacquando i bicchieri nel catino del secchiaio, si avvicinò alla finestra.

Toni, sullo sgabello sotto il noce, stava caricando la pipa. Beniamino, al suo fianco, già tabaccava.

«Stavolta la Germania è forte.»

Toni si voltò a guardarlo.

«Perché? L'altra volta non lo era?»

In corte non c'era nessuno, tutti erano nei campi a terminare qualcosa, a settembre andava sempre così.

Caterina e Cesco li sentivano distintamente.

Beniamino mosse in aria le mani per allontanare un nugolo di moscerini.

«Voglio solo dire che Hitler sa quello che fa. Vedrai che sarà una cosa veloce.»

Toni adesso fumava.

«Speriamo che questa guerra resti là dov'è. Abbiamo già tante tribolazioni lo stesso.»

Beniamino gli poggiò una mano sulla gamba.

«Tranquillo, Toni, che anche Mussolini sa quello che fa.»

«Io non mi fido di nessuno, tantomeno di Mussolini» rispose lui, un attimo prima di alzarsi.

Passò davanti alla loro finestra con la pipa in bocca. Le mani grosse, scure, piene di crepe, totalmente diverse da quelle del figlio.

Il pensiero di Caterina andò subito a Tullio, che di lì a poco doveva partire per il servizio di leva. Si avvicinò a suo padre che la fissava con il suo occhio perennemente terrorizzato e gli fece una carezza.

I mesi che seguirono si avvicendarono in un clima di calma apparente.

Anche Caterina faceva finta di niente, si limitava a incubi terribili in cui Vincenzo spariva e nessuno sapeva dove fosse andato. Certe notti al posto di Vincenzo era Mario a sparire. E si svegliava ancora più agitata.

Mario.

Chissà dov'era Mario?

In autunno, giunse voce che stavano richiamando alle armi alcune classi di leva. Scrisse a Vincenzo per sapere se avesse ricevuto qualche comunicazione, ma lui non ne sapeva niente.

Nessuno ne sapeva niente, nessuno diceva niente, ma, a scuola, i bambini della Lucia avevano iniziato le esercitazioni di guerra e, con gran divertimento, stavano imparando a nascondersi sotto i banchi in caso di un attacco aereo.

Furono mesi molto pesanti, a novembre Tullio si era preso la varicella e lei dovette accollarsi anche la sua quota di lavori pesanti, dal taglio del bosco a quello della legna in corte. Le mani le si riempirono nuovamente di vesciche, ma ogni volta che le veniva da lamentarsi pensava a Vincenzo e solo adesso capiva cosa voleva dire suo padre, anni prima, quando le diceva che loro erano dei privilegiati.

Vincenzo tornò per una settimana a Natale. Caterina lo trovò cambiato, l'esperienza della miniera l'aveva scavato dentro, svuotandolo dei sogni. Fino ad allora non si era mai allontanato dai monti ed era convinto che, da altre parti, la vita fosse meno ingiusta e che a tanto lavoro corrispondesse una meritata ricchezza. Caterina, che aveva già affrontato, molto tempo addietro, questa disillusione, non provava nemmeno a consolarlo.

«Non sai quanto lavoriamo, Nina. Neanche le bestie.»

Appoggiava la testa sul suo petto e lei si limitava ad accarezzargliela, non c'era tanto altro da aggiungere.

«Ho paura. Là sotto mi manca l'aria. Mi sento già morto e mi vengono i brividi se inizio a pensare a tutta la terra che ho sopra la testa. A ottobre due di noi sono stati schiacciati da un crollo.»

Lui le stringeva le mani e Caterina distoglieva lo sguardo dalle sue unghie, che erano diventate più nere di quelle dei contadini.

Al Vincenzo che conosceva piaceva vestirsi bene, sorridere e guardare le nuvole. Il Vincenzo di cui si era innamorata le aveva promesso di portarla lontano.

«Non è vita, questa. E per cosa, poi? Tolte le spese per alloggiare nei baraccamenti, quello che spedisco a casa basta appena per sfamare la mia famiglia. Neanche se lavoro mille anni riesco a mettere via i soldi per un'attività mia.»

Accarezzandogli la testa, lo spettinava, ma a lui non interessava più essere ordinato. Certe sere arrivava senza essersi rifatto la barba, con la camicia sporca.

Di sposarla non parlava più.

«Potremmo trasferirci tutti e due a Novara. Il padrone forse mi riprenderebbe e magari potresti lavorarci anche tu» buttava là Caterina senza convinzione. «Vuoi che provi a scrivere una lettera?» gli domandò una sera.

Vincenzo sbuffava.

«Aspettiamo fino all'estate e poi vediamo cosa succede. Qualcuno in miniera dice che potremmo entrare in guerra anche noi, in quel caso, chi lo sa cosa ci aspetta.»

Fu l'unico accenno alla guerra che fecero in quella settimana, ma lei di notte continuava a sognarne la sparizione.

Il giorno della partenza, Caterina lo accompagnò fino in piazza a Zugliano. Il rumore delle loro scarpe sulla strada non la faceva più pensare a viaggi lontani, ma solo alla fatica della risalita.

Non si era rasato e, quando si baciarono, i peli ispidi, appena visibili, le scorticarono le labbra.

Tornando, si fermò a Lugo, da Alessandro. Anche se non era giorno di lavoro, gli chiese se poteva fermarsi a leggere il giornale.

Per la prima volta lesse gli articoli che riguardavano la guerra in Spagna. In quegli anni aveva sempre evitato le pagine che ne parlavano.

Capitolo 18

Tullio fu chiamato alle armi.

A gennaio, anche Tarquinio fu invitato, assieme a tutti quelli della sua classe, a presentarsi in municipio per l'iscrizione alle liste di leva. Dal prefetto di Vicenza continuavano a giungere ordinanze per l'asportazione del ferro da recinzioni e cancellate.

A Caterina pareva impossibile che nessuno vedesse la guerra arrivare e si sentiva ogni giorno più sola.

Una arrivava e un'altra finiva: nel giornale di Alessandro si diceva che in Spagna le Brigate internazionali erano state sconfitte. Caterina ne aveva seguito, con preoccupazione crescente, la disfatta. Di notte sognava la sparizione di Mario e non più quella di Vincenzo. Adesso si parlava di tremila volontari che si erano ritirati in Francia.

Che Mario fosse tra loro?

Da febbraio vennero richiamati anche coloro che il servizio militare lo avevano già fatto. Si mormorava che stessero mobilitando le classi dal millenovecentodieci al millenovecentosedici, in pratica tutto il mondo di Caterina.

Questo fu, per tutti, il primo segnale di allerta.

Ma non c'erano le cannonante sopra la testa, come la volta precedente, e tutto pareva fatto solo per precauzione. Come le prove generali che i bimbi facevano a scuola, ma un po' più in grande.

Poi toccò a Giuseppe, che da qualche giorno era diventato papà della piccola Paola: partì tranquillo, perché tanto sarebbe stato trattenuto in territorio italiano. Lo seguì Francesco.

A maggio fu richiamato Vincenzo.

Tornò in fretta e furia e pareva che avesse ogni giorno questioni da sistemare. Andò da Caterina solo l'ultima sera. I suoi ebbero il tatto di lasciarli soli, persino Cesco si era fatto portare la sedia in corte.

Si sedettero sugli sgabelli davanti al camino, sistemandoli più volte, come se non sapessero bene a che distanza posizionarli.

Niente a che vedere con gli addii romantici di cui aveva letto nei libri. Vincenzo continuava a prendere in mano la molla del camino e riappoggiarla sul bordo. Caterina aveva messo a fuoco, solo qualche ora prima, che i ragazzi morti nella guerra precedente avevano esattamente la loro età. E quella sera, le interminabili liste che venivano lette alle celebrazioni del Quattro novembre le scorrevano davanti, impedendole di parlare.

Non avevano voglia di baciarsi, lo fecero solo perché pareva di doverlo fare. Di nuovo lui non si era rasato.

C'erano tante mosche, o forse sembravano tante a forza di star in silenzio. Ronzavano attorno.

«Ti ho fatto un regalo» disse a un certo punto Vincenzo, estraendo un pacchetto dalla tasca. «Son talmente via di testa, che quasi me ne scordavo.»

Posò tra le mani di Caterina una scatolina di cartone blu. Un grosso moscone verde vi si appoggiò sopra e iniziò le sue pulizie con le zampine posteriori.

Con un gesto fulmineo Vincenzo lo catturò, lo gettò a terra e lo schiacciò con la punta della scarpa.

Puntò l'indice sul pacchetto.

«Aprilo.»

Caterina eseguì, senza aggiungere niente, per non innervosirlo ancora di più.

Dentro c'erano due orecchini d'argento, due roselline con una pietra bianca al centro e i gancetti penduli per infilarle alle orecchie.

«Vincenzo. Sono bellissimi.»

Lui, finalmente, fece un sorriso.

«Son proprio contento che ti piacciano.» Le prese e le rigirò tra le mani, come se volesse controllare di aver fatto un buon acquisto.

Caterina gli carezzò la guancia ruvida.

«Non dovevi. Potevi risparmiare i soldi per tua madre.»

Lui pestò un'altra mosca.

«Sarò in diritto di fare un regalo alla mia morosa, prima di partire. O neanche questo?»

Gliele restituì.

«Dai, fammi vedere come ti stanno.»

Caterina non si mosse.

«Dai» insistette lui.

Lei lo guardò titubante.

«Non ho mai fatto i buchi alle orecchie» disse piano.

Vincenzo non rispose.

Un ulteriore ostacolo in una serata in cui ogni gesto e ogni parola parevano avere spigoli.

«Però, potresti farmeli tu, adesso» propose allegra.

Le piaceva l'idea che lui lasciasse un segno tangibile sul suo corpo prima della partenza.

Lui la guardò perplesso.

«Non ho idea di come si fa.»

Caterina si era già alzata in piedi.

«Alla Emma li ha fatti sua zia, con un ago scaldato sul fuoco.»

«Non so, Nina, non vorrei farti male.»

«Be', lo hanno sopportato in tante.»

Prima che lui potesse replicare, salì di corsa di sopra.

Tornò in un attimo con un ago spesso.

Vincenzo lo prese e vi appoggiò la punta dell'indice.

«Sei proprio sicura?»

«Certo. Se non ricordo male, dietro l'orecchio bisogna mettere qualcosa di morbido, tipo un tappo di sughero.»

Sotto il treppiedi del camino le braci erano ancora accese.

Quando fu tutto pronto, Caterina si allungò, fino a posare la testa sulle gambe di lui, che ancora rigirava l'ago con un po' di imbarazzo.

«No» disse infine, riappoggiandolo sul bordo del camino. «Non mi sembra una buona idea.»

«Se non ho paura io, vuoi averne tu?» lo stuzzicò Caterina, ridacchiando.

Lui la fissò per un attimo.

«Va bene, ma ricordati che l'hai voluto tu.»

Fece diventare rossa la punta dell'ago e, prima che Caterina potesse cambiare idea, le perforò il lobo.

Lei lanciò un urlo di dolore e scattò in piedi. Lo sgabello era rotolato dall'altra parte della stanza e l'ago era ancora infilato nell'orecchio.

Vincenzo la guardava, mortificato.

«Scusami, pensavo che a farlo in fretta facesse meno male.»

Caterina si tastò il lobo.

Provò ad assumere un tono allegro.

«Hai fatto bene. Ora dovresti toglierlo e mettermi l'orecchino, almeno credo.»

La seconda operazione fu più dolorosa della prima, Caterina dovette stringere i denti per non piangere.

Poi toccò farlo dall'altra parte.

Quando fu tutto finito, si ritrovò comunque in lacrime. Il cuore le pulsava dentro i lobi. Se li sentiva enormi e non riusciva a smettere di tastarseli.

Vincenzo la guardò e scoppiò a ridere.

«Proprio una bella idea hai avuto» le accarezzò la testa. «E io che volevo lasciarti un bel ricordo.»

Poi la abbracciò e la baciò per davvero, facendo attenzione a non sfiorarla dove le faceva male.

E lei desiderò più intimità, desiderò di nuovo i loro progetti, desiderò di nuovo che lui volesse sposarla, desiderò di nuovo lui. Erano mesi che non parlavano più di niente.

«Speriamo che la prima notte di nozze non faccia altrettanto male» sussurrò.

Vincenzo tornò a mettersi dritto sullo sgabello.
«Cosa ti viene in mente? Che c'entra adesso?»
Caterina lo osservava divertita.
«Dicevo per dire.»
Lui sorrise.
«E comunque non credo proprio» disse ravvivando la fiamma con la solita pinza.
«Sei sicuro?»
«Di cosa?»
«Che non fa altrettanto male.»
Vincenzo si alzò a prendere un bicchiere d'acqua.
«Ma sì.»
«E tu come fai a saperlo?»
«Noi uomini certe cose le sappiamo.»
Caterina sentiva che essersi fatta bucare le orecchie da lui le dava diritto a un'intimità nuova.
«Come mai?»
«Ma la smetti?» rispose lui, guardando fuori dalla finestra.
Caterina non gli toglieva gli occhi di dosso.
«Vuoi dire che tu certe cose le hai già fatte?»
Vincenzo tornò a sedersi, davanti a lei.
«Son stanco e domani parto. Possiamo parlare d'altro?»
Afferrò un'altra mosca, che ronzava attorno alla testa di Caterina, e le fece fare la stessa fine delle altre.
Lei guardò gli insetti spiaccicati a terra, tra loro.
«Rispondimi, Vincenzo.»
«Ma cosa ti prende stasera? Anche se fosse, tutti lo fanno.»
Ora Caterina si era alzata in piedi e lo fissava con gli occhi lievemente socchiusi.
«Fanno cosa?»
Le allungò la mano per farla sedere nuovamente.
«Lascia perdere, Nina, sto dicendo un sacco di sciocchezze. Sarà questa maledetta guerra.»
Caterina si spostò indietro di un passo, in direzione della credenza alle sue spalle.
Sì, era la guerra. La loro guerra. Improvvisamente non

erano più fatti d'oro, quello era per i tempi buoni. Si stavano trasformando in pietre grigie e dure, come il futuro che li attendeva.

«Tutti fanno cosa, Vincenzo?» ripeté.

Vincenzo si alzò, a sua volta, e lanciò il pezzo di sughero sporco di sangue nel camino.

«Io me ne vado.»

Caterina si mise tra lui e la porta e allargò le braccia.

«No, caro mio, non te ne vai così. È già da un po' che non sei più lo stesso. Voglio sapere se vale la pena di aspettarti per i prossimi mesi.»

Parlò di *mesi* e non di *anni*, e fu l'ultima delicatezza che usò nei suoi confronti.

«Sei stato in quei posti, per caso?»

Lui tornò a sedersi. Sembrava pensoso, aveva i gomiti appoggiati alle ginocchia e le mani sotto il mento.

Poi alzò la testa e la guardò.

«Sì, ogni tanto» disse. Poi riabbassò la testa.

Piuttosto che ferirti, sì, ti mentirei, le aveva detto quando ancora erano felici. Ma, quella sera, aveva scelto la verità.

«Non è possibile» mormorò Caterina, tornando ad appoggiarsi alla credenza.

«Dai, Nina, non fare così. Quelle donne non c'entrano niente con noi. Ti ho sempre portato rispetto. Non credi che sarebbe stato più facile approfittarmi di te?»

«Quindi ci sei stato anche finché eravamo morosi?»

Adesso giocherellava con i pollici, non la guardava.

«Un paio di volte, a Cogne. Quel posto mi ha fatto impazzire.» Si alzò in piedi. «Avevo bisogno di togliermi di dosso la paura di andare là sotto.»

«Mi fai schifo.»

Lui si avvicinò.

«Cosa credi? Che gli altri siano diversi? Ci andavano tutti in quell'inferno di miniera, anche quelli sposati. Tu credi che Francesco o Giuseppe non ci siano mai andati?»

Caterina respirava forte, col naso.

«Mi dispiace che tu ti senta offesa, ma non credo di aver fatto niente di così grave.»

«Ah no?» rispose Caterina furiosa.

«Non siamo mica sposati, in fondo.»

Ora stavano uno di fronte all'altra, immobili, come i gatti prima di saltarsi addosso. Lui se ne accorse e allungò le mani in avanti, alzando i palmi.

«Ti assicuro che ti stai immaginando più di quello che c'è da immaginare, Nina. Non ne sai niente di queste cose.»

Caterina lo spinse forte con entrambe le braccia.

«Sei tu che non sai niente» gridò. «Cosa pensavi, di diventare ricco in miniera? Chi mai ha fatto i soldi in quel modo? Nessuno in miniera diventa ricco. Nessuno di noi diventa mai ricco.»

Vincenzo arretrò e quasi inciampò sullo sgabello.

«Vuoi forse dire che sono stupido?»

«Io sono stata stupida a fidarmi delle tue promesse. Ti porto di qua. Ti porto di là. Ti faccio fare una vita da signora. Cosa credevi, che bastasse andare via da qui per fare i soldi? Hai fatto male i conti, mio caro» riprese fiato. «Hanno ragione a dire che sei come tuo padre.»

Caterina si accorse di piangere solo quando il muco le impiastricciò le labbra.

Ora Vincenzo era livido, spostò lo sgabello con un calcio.

«Be', sai cosa ti dico io? Che a puttane ci sono andato anche quando ero a casa, perché non ti sopporto più da un pezzo.»

Preoccupati per il baccano, entrarono in cucina la Virginia e Quintilio.

Caterina e Vincenzo non provarono nemmeno a ricomporsi.

«Me ne vado» disse Vincenzo, sistemandosi i capelli, «e asciugati il naso, che sei tutta sporca.»

«Vattene pure tu e non farti rivedere mai più.»

Caterina si asciugò il naso sulla manica e corse di sopra in camera.

L'indomani Vincenzo partì.

Dopo qualche giorno le orecchie fecero infezione. Caterina tolse gli orecchini e li ripose nel cassetto del comò di sua madre.

In un paio di mesi i buchi si richiusero, ma dentro ai lobi rimase una pallina dura e fastidiosa.

Parte terza
Il bottone di madreperla
(1943-1945)

Capitolo 1

La sera dell'otto settembre millenovecentoquarantatré, quando sentì le campane suonare a festa, Caterina si trovava sul Campo Gualivo con la Linda. Stavano riempiendo un cestino di fichi, una delle poche cose su cui la guerra non aveva ancora messo le mani. Tutto il resto era andato.

Cesco era morto nel giugno del quaranta. Lo aveva trovato lei, un pomeriggio, tornando dalla prima fienagione. Era caduto dalla sedia e se ne stava disteso a terra, davanti al camino, con la faccia tumefatta, la guancia contro il pavimento. Gambe e braccia erano spalancate. Sulla schiena zampettava una covata di pulcini, entrata dalla porta socchiusa della stalla. La chioccia cercava di radunarli senza successo.

Il medico non aveva mai fatto prognosi diverse, ma a Caterina sembrò di non averlo mai saputo. Amava quel suo padre silenzioso, ci aveva messo anni a riconoscere la fatica che gli era costata, dopo la guerra, tornare a essere uomo e genitore.

E tutto quello sforzo di comprensione reciproca nel tempo si era trasformato in amore.

Per lei sarebbe sempre stato l'uomo dalle spalle larghe che le aveva aperto un varco tra la bufera di neve, in quarta elementare.

Mentre si reggeva con una mano allo stipite della porta d'ingresso, osservando i pulcini saltellare su e giù dal corpo del padre, provò, per la prima volta, la sensazione di doversela cavare da sola per davvero.

Da quando era diventata adulta, l'essere d'accordo o in disaccordo con lui era stata la spinta alla maggior parte delle sue decisioni.

Per un attimo ebbe paura di non essere più in grado di scegliere nulla e che il suo destino fosse quello di rimanere immobile, sulla soglia di quella stanza, a guardare.

Poi arrivarono gli altri familiari e, come sempre, si trattò perlopiù di questioni da risolvere.

Qualche giorno dopo, ascoltando dagli altoparlanti in piazza Mussolini che annunciava la guerra, in mezzo a una folla esultante, a Caterina era tornata in mente quella volta in legnaia, quando era tornato a casa da poco e della guerra non era riuscito a parlare.

Pensò che forse era meglio che se ne fosse andato prima di vedere i suoi figli partire.

Tullio era stato trattenuto alle armi, si era imbarcato quasi subito per il Nord Africa e di lui non avevano più notizie da circa un anno e, anche se nessuno osava ammetterlo, iniziavano tutti a pensare che gli fosse successo qualcosa.

Di Tarquinio sapevano che, fino al luglio precedente, si trovava nel Goriziano a pattugliare i confini; così diceva nell'ultima lettera che avevano ricevuto.

Gli amici erano tutti in giro per il mondo, come in una deflagrazione senza logica. Giuseppe l'estate precedente era tornato a casa, giusto per dire all'Anna che l'avrebbero spedito in Russia.

Russia.

Metteva il terrore quel nome. Con quella *ru*, iniziale che richiamava *rumore*, *rubare*, *rudere*. E la doppia *s* di *sassate*, *salasso*, *assassino*.

Non sarebbe nemmeno dovuta toccare a Giuseppe la Russia, ma chi aveva agganci si era fatto spostare per tempo e così nell'ARMIR ci erano finiti tanti poveretti che non avevano idea di come girava il mondo. Partì con la consapevolezza di essere stato beffato, senza neanche sapere che l'Anna era nuovamente incinta.

Francesco, invece, era in Grecia, come Giobatta: cosa facessero là non lo sapeva nessuno.

Caterina venne a sapere da un compaesano rientrato per una breve licenza che Vincenzo era nei Balcani, dalle parti di Mostar, impegnato nella controguerriglia partigiana.

«Gran brutta guerra quella. Guerra sporca. Non si sa mai chi è il nemico» aveva aggiunto il ragazzo, prima di cambiare discorso.

Caterina sentì lo stomaco contrarsi. Era così grave quello che le aveva fatto, di fronte alla prospettiva che potesse morire da un momento all'altro?

L'otto settembre Caterina stava, appunto, raccogliendo i fichi con la sorella. Erano belli gonfi, con la scorza violacea, morbida e invitante. Ma, a differenza di un tempo, non cedevano alla tentazione di metterseli direttamente in bocca. Era molto meglio seccarli e usarli in inverno per condirci la polenta.

Quando sentirono arrivare dalla pianura il suono delle campane a festa, lei e la Linda si bloccarono e si guardarono l'un l'altra con stupore.

Sapevano, in modo vago, che Mussolini era stato destituito da circa un mese e che, da allora, comandava un certo Badoglio. Caterina aveva smesso di lavorare da Alessandro e le uniche notizie che riceveva erano frutto di una comunicazione imprecisa, che passava dalle osterie, dagli incontri casuali, e dai pettegolezzi delle donne alla fontana.

In un attimo la Linda saltò giù da un ramo basso su cui era salita. Caterina fissò un panno attorno al cestino, perché i frutti non scappassero fuori nella corsa e risalirono verso la contrada in velocità.

Imboccarono il viottolo che si staccava dalla strada militare, giusto in tempo per incrociare il prete, che vi scendeva in bicicletta.

Caterina si mise in mezzo al sentiero e gli fece cenno di fermarsi.

«Padre, cosa sta succedendo?» domandò, saltando le formule di rito.

Il prete poggiò un piede a terra per frenare.

«L'Italia ha firmato l'armistizio con gli inglesi e gli americani.»

La Linda si avvicinò a loro di qualche passo.

«Ed è una buona cosa?»

«Non ne ho idea, ragazze. Temo che non andrà tutto liscio. Affidiamoci al Signore, altro non possiamo fare.»

In contrada c'era un gran fermento. Tutti erano di fuori. Le donne si stavano abbracciando davanti alle case e i pochi uomini rimasti allestivano un po' di rinfresco.

La Rosa metteva le braccia al collo perfino alla Maria, a cui di solito urlava: «Troia» dalla finestra. La Lucia piangeva di gioia e spiegava ai figli che il papà sarebbe tornato a casa, mentre l'Anna, con la neonata in braccio e l'altra piccolina per mano, accennava a qualche passo di ballo in mezzo alla corte e rideva, facendo segno a Caterina di avvicinarsi per seguirla nella danza.

Silvano entrò in casa e tornò fuori con una bottiglia; anche Beniamino, che di solito era tignoso, dopo essersi consultato con la Rosa, ne seguì l'esempio.

La Virginia, con un rarissimo sorriso, fece un cenno alle figlie di avvicinarsi e fu lei stessa a porgere loro il bicchiere. A vedere la madre così felice, le ragazze dimenticarono le parole del prete e si unirono ai festeggiamenti.

Tutti bevvero un sorso alla canna, brindando a qualcosa. Alla pace, a Giuseppe, a Giobatta, al re, ai fratelli, ai soldati, ai figli nati in guerra e a quelli che ancora dovevano nascere e a qualunque cosa passasse per la testa.

La mattina seguente, nulla lasciava intendere che qualcosa fosse cambiato. Un bel sole settembrino splendeva nel cielo pulito e la giornata era mite.

Dietro le case Enzo insegnava a Romano come costruire una fionda per ammazzare le ultime lucertole di stagione che pigramente prendevano il sole sui sassi dei terrazzamenti. Sul davanti, l'Irene, la figlia della Lucia, giocava a mamma-casetta con la Paola, la figlia dell'Anna, che aveva tre anni e che lei portava in giro per la corte come se fosse una bambola gigante, cingendole il busto da dietro e sollevandola con grande sforzo.

Le madri erano scese alla fontana, insieme alle nonne. Beniamino, Toni, Egidio e gli altri, troppo vecchi per combattere, erano sui campi, chi a raccogliere l'uva e chi il sorgo. Silvano se ne stava seduto in corte, sulla panchetta, con gli occhi chiusi e la schiena appoggiata al muro, perché ormai il male alle gambe gli impediva di fare qualunque cosa.

Caterina quel giorno doveva scendere in pianura.

Come ogni mese, si sarebbe riempita le tasche di uova, avvolgendole nella paglia per evitare che si rompessero. Avrebbe pedalato fino a Caldogno per portarle alla Marcella, che le rivendeva alla borsa nera a 5 lire l'una.

Una volta aveva trasportato anche un pollo, nascondendolo sotto la camicia e fingendosi incinta. Non che di polli ne avessero in abbondanza, anzi: quando tiravano il collo a una gallina se la facevano bastare per due o tre giorni, ma del sale avevano ancora più bisogno e per quello servivano soldi, tanti, perché ormai era introvabile.

Se mangi troppo derubi la Patria era l'ultimo slogan del regime. Frase che avrebbe fatto ridere, se non fossero stati tutti troppo affamati per averne la forza.

In campagna e sui monti, tutto sommato, si sopravviveva, perché un orto o una capra ce li avevano tutti. Poi gli espedienti non mancavano. In quei tre anni di guerra si erano abituati a fare le minestre con le ortiche e i torsoli delle verze, a fingere la polvere di caffè con gli acini dell'uva essiccati e avevano anche preso l'abitudine di mandare i figli a letto presto, prima che tornasse loro il desiderio di mangiare.

Il vero problema erano le città, dove la gente moriva letteralmente di fame perché il cibo che si poteva acquistare con i bollini della tessera non bastava di certo a sfamare un cristiano. Le donne di Vicenza partivano in bicicletta verso i paesi attorno, per cercare uova, latte o qualche pollo.

Quando Caterina, passando in bicicletta tra Villaverla e Caldogno, si faceva largo in mezzo a quelle orde di affamati, pensava che la montagna aveva la sua rivincita sulla città. Sapeva che era un pensiero cattivo, ma i vestiti di buona fattura, ormai troppo larghi, e le scarpe di cuoio, indossati da quelle donne disperate, raccontavano di un lusso che lei non aveva mai conosciuto.

A volte, invece dei soldi, la Marcella le dava direttamente un pugno di sale. Conosceva un tale del suo paese che andava a Chioggia a piedi per procurarselo. Era un sale marrone, bisognava prima farlo bollire e, una volta che l'acqua era evaporata, filtrare la crosta di fango che restava sul fondo della pentola. Poi, aggiungendo altra acqua pulita e facendola nuovamente dissolvere, si otteneva un sale quasi normale.

Era così prezioso che nella stessa acqua salata prima ci bollivano più volte le patate e i fagioli e poi ci si faceva anche la polenta.

Ormai l'arte di arrangiarsi non aveva più segreti e quella manciatina di sale sporco, a casa di Caterina, riuscivano a farsela bastare per una decina di giorni.

Quando la Marcella non ne aveva, invece, le toccava di fermarsi a Thiene, dove, nel retrobottega di uno scarparo, si poteva acquistare il sale rosso. Quello che in tempo di pace Cesco aveva sempre usato per le bestie. Faceva venire il mal di pancia ma, alla lunga, anche a quello si erano abituati.

La Marcella era sempre la stessa, si era maritata con il suo Battista, che era di stanza in Albania. Aveva quattro figli maschi, tra i cinque e i dieci anni, che tirava su col mattarello, ma anche con tanti baci. Si era appesantita, il petto era diventato enorme, un rigonfiamento sotto la traversa che partiva dal collo e arrivava a metà pancia.

Come un tempo, conosceva tutti e aveva l'aria di sapere sempre come girava il mondo.

«Hai bisogno di zucchero, Nina? Posso procurartene un po'» chiedeva ogni tanto. Altre volte le proponeva un paio di scarpe col tacco, una lattina di carne Simmenthal o un po' di sapone, pur sapendo che Caterina di soldi non ne aveva. Aveva il gusto per gli affari clandestini e quando il cliente era soddisfatto, la più felice era lei. Ed era generosa; il giorno in cui Caterina arrivò con due uova rotte, gliele pagò lo stesso.

«Non posso credere che alla tua età tu non ti sia ancora maritata. Inizi a essere un po' vecchiotta. Sei stata proprio *baùca* a lasciarti scappare Guido quando era il momento» sospirava ogni tanto.

Il ragazzo era morto, ancora prima della guerra. In paese lo ricordavano tutti con affetto e riconoscenza, perché era entrato in una casa in fiamme per salvare un anziano che vi era intrappolato e una trave gli era caduta in testa, quando era ormai sulla porta. Solo il vecchio si era salvato e ogni settimana qualcuno metteva un mazzetto di fiori dove Guido aveva perso la vita. La Marcella era ancora convinta che, se non ci fosse stata la tragedia, alla fine Caterina l'avrebbe sposato. «Te lo dicevo io che era un bravo ragazzo.»

E, in effetti, Caterina si chiedeva come aveva potuto esserne così spaventata all'epoca. Adesso che era morto, si dispiaceva anche di averlo giudicato male, solo perché era grosso e perché, come lei, credeva che le salamandre piovessero dal cielo.

«Ma non preoccuparti, te lo trovo io un marito» aggiungeva l'amica. «C'è un mio cugino da Novoledo che, se torna tutto intero dalla Russia, fa proprio al caso tuo.»

Caterina rideva di gusto e pensava che era proprio bello poter ancora scherzare di quelle sciocchezze in mezzo al disastro. Non avrebbe saltato l'appuntamento mensile con la Marcella per nulla al mondo.

Dopo aver risolto la questione delle uova, andava a pranzo dagli zii, che le facevano un sacco di feste e le tenevano sempre da parte un pezzettino di pollo. Lo zio stava molto male, la silicosi gli stava mangiando i polmoni e quasi non riusciva a parlare. La zia, invece, era serena: finché Mussolini e il papa le indicavano la strada, non aveva incertezze.

Anche all'indomani dell'armistizio Caterina arrivò dalla Marcella in tarda mattinata, consegnò le uova, bevve il solito caffè e andò a pranzo dagli zii. Tutto si svolse in modo regolare, anzi non fu fermata nemmeno a Thiene, dove di solito i soldati la interrogavano.

Al pomeriggio scese alla fontana dove incontrò la Irma. La donna era talmente persa nei suoi pensieri che nemmeno si accorse che Caterina aveva appoggiato la tavola di legno non lontana dalla sua.

«Buonasera, Irma» disse lei per farsi notare. «Contenta che la guerra è finita?»

Caterina era confusa da quel nulla che aveva seguito l'annuncio dell'armistizio e non faceva che chiedere a tutti un'opinione.

La donna alzò la testa di scatto.

«Scusami, Nina, non mi ero accorta che fossi arrivata.» La fissò a lungo, come se fosse insicura su come continuare la conversazione.

Poi tornò a lavare.

«Spero tanto che Mario possa tornare a casa adesso» disse sottovoce.

Caterina, che stava strizzando una flanella, si voltò verso di lei e un rivolo d'acqua dal panno bagnato le colò sugli zoccoli.

«Perché? Era in guerra anche lui?»

Come sempre, quando si trattava di Mario, sentì le mani tremare. Per nasconderlo, si piegò sulla tavola a insaponare di nuovo la stessa flanella.

La Irma si guardò attorno, la vallata, all'altro lato della strada militare, digradava silenziosa, così come era deserto il bosco in salita dietro la fontana. Si sentivano solo lo scroscio dell'acqua dal rubinetto e il fruscio delle prime foglie che cadevano leggere tra gli alberi. Non c'era nessuno.

«No, Nina. Lui in guerra non ci è andato» disse ancora più piano di prima, scoppiando a piangere.

Caterina poggiò la camicia che stava lavando sul bordo in cemento della vasca, si asciugò le mani sulla lunga gonna scura e le circondò le spalle con il braccio.

«Tutto bene, Irma?»

La donna scosse il capo.

«Sono due anni che Mario è al confino a Ventotene» sussurrò.

Mario era vivo.

«Non ne abbiamo mai parlato con nessuno» continuò la Irma. «Ci faceva vergognare con tutte quelle idee strane. Ma adesso, vedendo come sono andate le cose, io e Toni cominciamo a pensare che avesse ragione.»

Mario era vivo.

«E perché non mi hai mai detto niente?»

«Come potevamo, Nina? È un miracolo che non abbiano arrestato anche noi.»

La testa, il petto, gli arti di Caterina presero a formicolare, come se si stessero risvegliando da un lunghissimo letargo.

«E come sta?»

La Irma scosse la testa.

«Purtroppo è tanto tempo che non abbiamo sue notizie.»

Mario era vivo.

Il resto non contava.

Capitolo 2

Gli uomini ancora non tornavano, al loro posto arrivarono i tedeschi.

Sui monti, fu di nuovo il prete a darne l'annuncio.

Usò il termine *occupare*, che in corte generò non poca perplessità. Essere *occupati in qualcosa* era normale, essere *occupati da qualcuno* esigeva qualche spiegazione in più.

«Insomma, padre, ci sta dicendo che adesso comandano loro?» domandò Toni, con la fronte corrugata, portandosi la pipa alla bocca.

Il sacerdote aprì le braccia.

«Temo proprio sia così.»

Beniamino lo fissava con aria minacciosa.

«E cosa dobbiamo fare, esattamente?»

«Affidarci al Signore» disse il prete, girando lo sguardo sul gruppetto che l'aveva accerchiato. «Non resta tanto altro da fare. Fidiamoci di Lui.»

Quella sera, Caterina e le donne di casa saltarono le preghiere per la Patria. A quelle per i soldati e i raccolti, ne aggiunsero una per loro stesse e le proprie case.

Nei centri più grossi i tedeschi si erano già insediati da qualche tempo, occupando le scuole e le case più confortevoli. A Calvene li videro arrivare con qualche giorno di ritardo.

Fin da subito chi aveva necessità di spostarsi doveva avere il loro lasciapassare. Tutti quelli che dai monti scendevano a lavorare in cartiera a Lugo dovettero farne richiesta.

Una mattina gli occupanti salirono in contrada. Fermarono la camionetta in mezzo alla corte e scesero in quattro, con i mitra spianati.

Tutti corsero dentro casa. La Virginia, per sicurezza, si portò dietro anche un paio di galline, strette sotto le braccia.

Dalle finestre li guardarono gironzolare tra le case, fare un giro attorno al fienile della nonna di Mario e raccogliere da terra qualche noce, caduta ai piedi dell'albero. Poi si fermarono sul ciglio della corte a guardare il panorama e lanciare i malli verso la pianura. Parlavano tra loro, in una lingua tagliente, piena di *zeta* e raschiamenti di gola.

Finita la perlustrazione, risalirono sul mezzo e ripresero la via della pianura, ignorando gli abitanti nel modo più assoluto.

Quando tornarono una seconda volta, qualche giorno dopo, in corte erano tutti meno spaventati. Beniamino, addirittura, continuò a caricare il fieno sulla *tezza* e Silvano, che aveva troppo male alle gambe per muoversi, non interruppe il sonnellino sulla panchetta.

Anche i tedeschi provarono a essere più amichevoli. Uno di loro, molto alto, con i capelli brizzolati, si avvicinò a Silvano e azzardò un «Buongiorno» che pareva uscire da una scatola di latta. Incoraggiato dal cenno del capo che ebbe per risposta, tentò un principio di conversazione.

«Bello tempo» disse indicando il sole.

«Bello tempo» rispose piano Silvano. Poi chiuse gli occhi e tornò a dormire.

Per un certo periodo i loro affari con i tedeschi si limitarono a questi sporadici scambi di opinioni.

Caterina ebbe evidenza dell'occupazione tedesca solo quando fu il momento di tornare con le uova dalla Marcella.

Quella mattina di gente in giro per le strade ce n'era gran poca. Arrivata al Bosco dei Preti di Thiene, fu, invece, sorpresa da una certa confusione. Un soldato, fermo in mezzo alla strada maestra, le fece segno di scendere dalla bicicletta e di accodarsi a una fila di persone che aspettavano di essere interrogate nel piazzale adiacente.

Due soldati tedeschi, con grandi stivaloni neri e cinturone in cuoio, stavano controllando tutti. Se non avesse temuto di attirare ancora di più l'attenzione, si sarebbe voltata e se la sarebbe data a gambe levate. Ma lo sguardo vigile del militare che l'aveva instradata verso il posto di blocco non le consentiva di muoversi.

Iniziò a sudare.

La borsa nera era un reato serio, non ci aveva mai riflettuto bene fino a quel momento. La facevano in tanti e la Marcella l'aveva sempre fatta sembrare una cosa allegra.

Si passò più volte la manica sulla fronte per non far vedere le piccole goccioline che sentiva addensarsi alla radice dei capelli. A ogni passo le uova nascoste sotto i vestiti si facevano più voluminose, le pareva addirittura che il loro sfregamento producesse un rumore udibile a tutti.

Quando fu il suo turno, la squadrarono entrambi, serissimi.

Aveva le gambe malferme e si appoggiò alla bicicletta per non darlo a vedere. Le uova, dentro le tasche, erano ormai palloni da calcio.

Diede un'occhiata veloce ai soldati e abbassò subito lo sguardo. Uno dei due aveva i capelli chiarissimi, quasi bianchi, e gli occhi trasparenti.

D'istinto, si avvicinò al soldato di destra, che aveva invece la capigliatura scura e le pareva più simile alla sua specie.

In italiano stentato lui le chiese le generalità e dove stesse andando.

Lei estrasse da un taschino esterno della giacca la carta d'identità e gliela allungò con il braccio che tremava.

Le furono chiesti anche l'indirizzo dei parenti e il motivo della visita.

Il tedesco trascrisse i dati che gli aveva fornito e poi passò a interrogare il signore anziano che aspettava dietro di lei. Caterina fece per inforcare nuovamente la bicicletta, quando il biondo, che per tutto il tempo l'aveva tenuta d'occhio a un paio di metri di distanza, le bloccò il manubrio con una mano.

«Cosa è?» domandò, indicando il rigonfiamento sulla tasca della giacchetta.

Caterina si sentì raggelare e non riuscì a emettere alcun suono di risposta.

«Vedere» ordinò il soldato, allargando le gambe giusto davanti alla ruota della bici e portando una mano alla pistola, attaccata al cinturone.

Dal momento che Caterina pareva paralizzata, allungò lui stesso il braccio e strinse la sporgenza.

I gusci scricchiolarono e, in un attimo, una chiazza scura si allargò sull'esterno della stoffa.

«Erano per mio zio» balbettò Caterina. «Sta male.»

Il soldato osservò l'altra tasca altrettanto voluminosa e anche la camicia rigonfia.

«Tante uova. Io no credere.»

Il suo viso si era fatto duro, con gli occhi stretti e la fronte corrugata.

Caterina lasciò cadere la bicicletta di lato e si inginocchiò davanti a lui. Si ritrovò a pregare come in chiesa, con i sassolini del piazzale conficcati sulla pelle scoperta delle gambe.

«Giuro su Dio che non lo farò mai più.» Congiunse le mani e iniziò a piangere. «Lo giuro. Lo giuro» ripeté in un sussurro.

Intorno a loro si era fatto silenzio. Le teste delle persone in attesa si allungavano oltre la fila per non perdersi la scena. Una coppia ben vestita, all'altro lato del posto di blocco, si era fermata per vedere come andava a finire.

Tutti adesso aspettavano una risposta dal soldato biondo, anche il suo collega aveva interrotto i controlli sull'anziano e si era voltato verso di loro.

Caterina, dal basso, vide che gli occhi stretti di lui non sapevano bene dove posarsi, passavano dalla tasca sporca, alle mani giunte, alla ruota davanti della bicicletta che ancora girava piano di fianco a lei, ed ebbe chiara l'impressione che nemmeno lui sapesse cosa fare.

Quando ne intercettò lo sguardo smarrito, capì di essere salva.

«Oggi io lascio andare. Tu fare mai più» disse il militare, facendole segno di alzarsi. «Noi avere tuo indirizzo. Noi controllare» gridò, come monito per la gente attorno.

Caterina si chinò per raccogliere la bicicletta, ma era così agitata che le sfuggì la presa del manubrio e le cadde di nuovo. Al secondo tentativo, mentre si piegava, un altro uovo le cadde fuori dalla tasca.

La gente attorno aveva ormai ripreso le proprie faccende. Il soldato fu veloce a calpestarlo col suo scarpone grosso prima che qualcun altro lo vedesse. Lo disperse col piede sul ghiaino del piazzale e si affrettò a raccogliere la bicicletta.

«Via subito» ordinò piano a Caterina, porgendogliela.

Lei si allontanò senza guardarlo in faccia.

Fu un viaggio terribile. Alle Ca' Beregane, così come più avanti, a Villaverla, era un continuo passaggio di mezzi militari. In più occasioni, temendo che si stessero avvicinando a lei, fu sul punto di disfarsi delle uova.

Arrivò dalla Marcella senza forze e si accasciò sulla sedia a dondolo che l'amica teneva in cucina davanti alla stufa.

«Mi dispiace, Nina» esordì la Marcella, prima ancora che Caterina potesse raccontare le sue disavventure. «Mi sa che questa è l'ultima volta che facciamo affari. I crucchi fanno sul serio, se mi beccano, mi mettono dentro per davvero.»

Mentre lo diceva si scottò con il coperchio della pentola che aveva sulla stufa. Lo lasciò cadere a terra con un gran fracasso.

«Maledetti tedeschi. Mai sopportati io!»

Caterina le raccontò della sua perquisizione. Insieme convennero di lasciar perdere, almeno per un po', la borsa nera.

«Ho paura» le confidò la Marcella, mentre sfregava la giacca di Caterina sul secchiaio per provare a togliere la macchia dell'uovo. «Ho sentito che i soldati italiani vengono portati in Germania come prigionieri.»

Caterina, che stava sorseggiando il caffè che l'amica le aveva offerto, appoggiò la tazzina.

«Come lo sai?»

«Li hanno visti transitare per la stazione di Vicenza, chiusi dentro a treni piombati. Qualcuno è riuscito a scappare. Di qua, ne sono passati due che cercavano di tornare a casa a piedi. Figurati che uno doveva raggiungere Asti. Sicuro che lo prendono. Hai visto quanti crucchi ci sono in giro?»

Tullio, Tarquinio, Giuseppe, Francesco, Vincenzo.

Dov'erano? Anche loro chiusi come bestie dentro ai treni? In cammino verso casa? Cadaveri in terre lontane?

Le venne da piangere.

La Marcella, che se ne accorse, le diede un colpetto sulla spalla. «Su col morale, Nina. Non possiamo mica abbatterci così: abbiamo il mondo da mandare avanti, noi.»

Poi si voltò di nuovo verso il secchiaio. Caterina vide che con la traversa si asciugava gli occhi.

A pranzo trovò la zia confusa. Ormai sul muro erano appesi più centrini che piatti.

«Non so cosa pensare di tutti questi tedeschi. Che siano timorati di Dio?» chiese trafficando attorno alla tavola.

Caterina fissava il suo piatto di patate lesse, senza appetito.

«Non ne ho idea, zia.»

La donna emise un lungo sospiro.

«Speriamo che torni Mussolini.»

Poi prese il piatto per il marito e si avviò su per le scale per portarglielo a letto.

I familiari della Emma da qualche giorno avevano lo sguardo cupo e l'aria sospettosa. Ogni tanto Beniamino si avvicinava al ciglio della corte e guardava intensamente gli ultimi tornanti della strada militare. Poi si sporgeva ai lati, come se cercasse di ampliare la visuale tra le pieghe create dalle colline sottostanti e dai molti solchi, grandi e piccoli, che segnavano le valli. La Rosa, dal canto suo, a ogni rumore lontano tendeva il collo come le galline spaurite.

Caterina non sapeva cosa pensare.

Una mattina, mentre stava stendendo i vestiti sotto il noce, venne raggiunta dalla Emma.

«Devo dirti una cosa» le disse l'amica sottovoce.

Caterina si accorse che Beniamino e la Rosa le spiavano da dietro le finestre di casa loro.

«Cosa succede?»

La Emma muoveva nervosamente i suoi piccoli occhi scuri a destra e a sinistra.

«Mio fratello, Fabrizio, è tornato» sussurrò.

«Che bella notizia» Caterina si guardò attorno come per cercarlo. «E dov'è? Era partito con Tullio. Ha per caso sue notizie?»

«No, non credo. Era a Piacenza. Dopo l'armistizio ha rubato una bicicletta ed è tornato a casa.»

Caterina riprese a stendere.

«E sta bene?»

La Emma si chinò, prese un paio di calze dal mastello e gliele porse.

«Il problema è che se i tedeschi lo trovano, potrebbero ammazzarlo come disertore.»

Caterina si bloccò. Non ci aveva pensato.

«Posso fare qualcosa?»

«Al momento lo teniamo in casa, ma bisognerebbe che fossimo avvisati per tempo se arrivano i tedeschi.»

«Certo, contate su di me. Starò attenta. Gli altri della corte già lo sanno?»

«Sì, lo sanno già tutti.»

«E perché non me l'hai detto prima?»

La Emma si imbarazzò un pochettino e guardò i suoi genitori, ancora dietro la finestra.

«I miei pensano che sei un po' stramba. Dopo tutte queste storie coi ragazzi e poi con Vincenzo...»

A Caterina venne una voglia incredibile di lanciare sassi contro di lei e contro la loro finestra. Sognò i vetri che andavano in pezzi e si conficcavano nella faccia di Beniamino.

«Neanche tu ce l'hai un moroso, se è per questo» rispose secca.

La Emma alzò lo sguardo da terra.

«Ma io sono brutta» disse con le labbra che le tremavano.

Caterina sbatté forte in aria un paio di pantaloni di Quintilio e poi li appese al filo.

«Va bene, digli pure che, se ha bisogno, vada a nascondersi sotto le assi di legno della nostra stalla. C'è uno spazio bello grande.»

«Grazie, grazie davvero, Nina.»

La Emma le cercò la mano.

Caterina la ritrasse e continuò a stendere senza guardarla.

Quando Caterina riferì a sua madre e alla Linda la conversazione avuta con la Emma, si riaccese nei suoi familiari la speranza di veder tornare Tullio e Tarquinio.

«Perché no?» ragionava sua sorella ad alta voce. «Magari anche loro sono riusciti a scappare subito.»

Caterina non ebbe cuore di raccontare dei treni piombati diretti al Brennero e le lasciò fantasticare.

Da quel giorno, tornò a vedere in sua madre un'ansia antica, la stessa che aveva accompagnato la fine dell'altra guerra. Di nuovo si allarmava a ogni rumore insolito, di nuovo la sentiva camminare di notte e scendere le scale, di nuovo smise di interessarsi di tutto ciò che la circondava. Una notte la seguì, come aveva fatto da bambina. Le avvolse attorno alle spalle lo scialle di lana e rimase accanto a lei, sulla porta, a fissare la pianura.

Povera mamma, che per due volte aveva dovuto vivere le stesse angoscianti attese.

Era terribile essere mogli e madri. Aveva quasi trent'anni e, su questo, ancora non aveva cambiato opinione.

Un paio di settimane dopo l'ultimo pellegrinaggio dalla Marcella, un giovane tedesco raggiunse la contrada in bicicletta. Era un sabato mattina, c'era il sole e, nonostante la guerra, un discreto numero di capre stava risalendo la strada militare per raggiungere la monta caprina. Facendosi largo tra il gregge, con la bici per mano, si avvicinò alla Irma e alla Rosa, che erano alla fontana a lavare, e chiese dove abitasse una certa Caterina.

L'Irene, che era presente, corse in contrada, tagliando per i campi, in modo che Fabrizio facesse in tempo a nascondersi.

Beniamino andò a bussare alla porta di Caterina personalmente.

«Attenta a quello che fai» le gridò. «Tuo papà non c'è più, ma, se serve, ti metto in riga io.»

Caterina non aveva nemmeno capito di cosa parlasse.

Un attimo dopo, dal viottolo videro salire un ragazzo con la testa quasi bianca che pedalava con grande sforzo verso la corte.

Tutti si dileguarono.

Solo quando se lo trovò davanti, Caterina si rese conto che era il tedesco che l'aveva fermata a Thiene. Senza uniforme, con il maglione di lana verde e i pantaloni di fustagno, pareva un altro.

«Buongiorno» disse con la solita voce metallica.

A Caterina si chiuse lo stomaco. Possibile che fosse tornato per fargliela pagare?

Pulì velocemente le mani sulla traversa e si asciugò la fronte con la manica. Erano ore che mescolava sul camino cotenne di maiale e soda caustica per fare il sapone. Perfino il sudore, ormai, puzzava di animale.

Urlò alla Linda, che era al piano di sopra, di scendere a darle il cambio.

Il visitatore la guardava frastornato, senza uniforme aveva l'aria di un bambino un poco timido.

«C'è qualche problema?» chiese Caterina.

«No problema. Io oggi libero. Belle montagne» disse e, allargando il braccio, indicò i terrazzamenti dietro le case e le macchie di bosco colorato che esplodevano sopra i pascoli e nei pendii più scoscesi degli avvallamenti, dove la coltivazione era impossibile.

«Io ricordare. Tu abitare qui.»

Caterina non rispondeva.

Lui arrossì e, con tutto quel biondo, non era un bel vedere.

«Uova» disse titubante.

«Sì, sì, mi ricordo» rispose spiccia lei. «Posso fare qualcosa?»

«Bicchiere acqua?» domandò lui, spostando lievemente il collo in avanti.

Caterina annuì e sparì dentro casa.

Cosa si era messo in mente? Che fossero amici solo perché l'aveva fatta passare quel giorno?

Quando uscì con il bicchiere in mano, si accorse che tutti stavano guardando la scena. La Rosa e la Irma erano risalite dalla fontana, e se ne stavano impalate sul viottolo, con i secchi pieni di vestiti bagnati appoggiati a terra. All'altro lato della corte, qualche casa più in là della sua, Beniamino era sull'uscio e guardava nella loro direzione con i pugni sui fianchi e le guance rosse. Persino Toni era uscito e fingeva di raccogliere le ultime noci sotto l'albero. Ed era sicura che anche quelli che non si vedevano stessero comunque spiando dai fienili o dai campi. L'unico completamente disinteressato, come sempre, era Silvano, che a pochi passi da loro sonnecchiava sulla solita panchetta, con la schiena appoggiata al muro.

Caterina osservò il tedesco mentre beveva. Doveva essere di qualche anno più giovane di lei, il viso era quadrato, come la corporatura, era massiccio, ma non grosso. Non sembrava cattivo.

Quando finì di bere e le porse il bicchiere con gratitudine, lei ebbe l'impressione che fosse più perso che *occupante*.

«Tu abitare bello posto. Io in Germania abitare in città.»

«Sì, è un bel posto. C'è un bel panorama» rispose lei, mascherando la pena che le suscitavano quegli occhi chiari e smarriti.

A ogni parola di Caterina, lui alzava i sopraccigli e reclinava lievemente il capo per avvicinare l'orecchio destro alla bocca di lei, con una concentrazione che pareva stupore.

«Ora io andare. Grazie di acqua.»

Caterina guardò Beniamino, che li fissava da lontano con il viso sempre più rosso, e trattenne il sorriso che altrimenti avrebbe fatto all'ospite.

Lui risalì sulla bici e si lanciò giù per la discesa, schivando la Irma e la Rosa, all'imbocco del viottolo, che non facevano nemmeno finta di trovarsi lì per un valido motivo.

«Be', cosa avete da guardare?» gridò Caterina, in modo che tutti la sentissero.

La Emma uscì dalla legnaia, facendo rotolare a terra un paio di ciocchi accatastati. Caterina nemmeno si era accorta che ci fosse entrata.

«Si può sapere cosa ci facevi nella mia legnaia?» le chiese arrabbiata.

«Mi ha mandato mio padre ad ascoltare se gli dicevi qualcosa.»

Caterina non fece nemmeno in tempo a replicare che la Rosa le si fece incontro minacciosa, costeggiò le case fino a raggiungere la sua, ancora con il secchio dei vestiti bagnati tra le braccia.

«E così, adesso ci porti in casa anche i tedeschi?» le urlò quando fu a pochi passi. «Sei più troia di quella là» aggiunse, gesticolando verso l'ultima casa della fila, che era quella della Maria.

Caterina fu contenta che sua madre quella mattina fosse andata a castagne e che non dovesse assistere a quella scena.

Persino la Lucia uscì di casa.

«Nina, ma sei matta? Cosa stai facendo?» le domandò, con gli occhi da rana che parevano volerle scappare fuori dal piccolo viso ossuto.

Dai prati di sotto arrivavano forti i belati e l'afrore delle capre, da dentro la puzza delle cotenne. Caterina aveva la nausea.

«Ma davvero pensate che l'abbia invitato io?»

Si era aggiunta anche l'Anna, sempre con la neonata in braccio.

«E chi sennò?»

«Ha cercato di te, giù alla fontana» intervenne Toni.

Caterina guardò frastornata i suoi vicini.

«Mi ha fermata un paio di settimane fa per un controllo, quando sono scesa l'ultima volta a vendere le uova. Sono stata costretta a dargli i miei dati.»

Gli altri si scambiarono qualche occhiata incerta.

La Lucia sospirò di sollievo e sorrise.

«Sapevo che non potevi aver fatto nulla di male.»

Beniamino, invece, ancora fremeva. «Fossi figlia mia ti riempirei di botte.» Poi si rivolse agli altri. «Questa qua ci fa accoppare tutti.»

Raccolse da terra uno dei ciocchi che la Emma aveva fatto cadere, e lo brandì in aria: «Povero Cesco, che disgrazia gli è toccata con una figlia come te».

A sentir parlare a quel modo di suo padre, Caterina non capì più niente. Di nuovo immaginò la faccia di Beniamino sfregiata dai vetri della finestra.

«Cosa potevo fare stamattina?» urlò, rivolta a tutti loro. «Ditemelo voi che siete tanto bravi a parlare» continuò, puntando l'indice a caso, prima sulla Lucia, poi sulla Rosa e infine su Toni. «Non potevo mica mandarlo via. Comandano loro adesso.»

Nessuno parlava più e lei scoppiò a piangere.

Uno alla volta, iniziarono ad avvicinarsi.

«Va bene, va bene, ti crediamo» la rassicurò la Irma, mettendole una mano sulla spalla. «Ma attenta a quello che fai.»

Poi la donna si voltò verso Beniamino, che, invece, se ne stava immobile a qualche passo di distanza, con il ciocco ancora in mano.

«Adesso basta, Beniamino, tornatene a casa tua e lasciala in pace.»

L'uomo lanciò il pezzo di legno contro la tettoia in lamiera e se ne andò bestemmiando.

Caterina rientrò in casa e si accorse di tremare. Il modo in cui l'intera contrada l'aveva aggredita le aveva fatto più paura dei tedeschi.

La guerra era arrivata tra loro.

«Un bel ragazzo, il tedesco» disse la Linda per alleggerire l'atmosfera.

Caterina non aveva nessuna voglia di ridere.

«La prossima volta che viene, chiamo te, allora.»

Versarono il miscuglio bollente del sapone in un largo recipiente di latta, affinché si indurisse.

«Mio Dio, quanto puzza 'sta roba» disse, spostando la faccia dai vapori che salivano dall'intruglio. «Vedi se trovi nell'orto qualche rametto di rosmarino da buttarci dentro, altrimenti quando lo usiamo odoriamo più delle bestie» ordinò alla Linda.

La sorella uscì.

Lei pulì con la manica gli schizzi che erano finiti sul tavolo e poi si lasciò cadere sulla sedia più vicina.

Capitolo 3

La seconda volta che Ernest, così scoprirono chiamarsi il tedesco, andò a fare visita a Caterina, fortunatamente lei stava lavorando a ferri in cucina assieme alla Lucia.

Ernest, con la solita aria timida e cordiale, rimase sulla soglia, tenendo la bicicletta di fianco. Salutò e chiese dove portasse la strada militare.

Dato che Caterina si guardava bene dallo scambiare anche una sola parola con lui, fu la stessa Lucia a spiegargli che arrivava a Monte Corno. Aggiunse che valeva la pena di andarci, perché da lassù la vista era molto più bella.

Lui ringraziò e partì subito.

Lo guardarono scendere il viottolo e poi proseguire in salita, sul rettilineo della strada sterrata, fino a quando svoltò dietro il tornante successivo.

«Non sembra cattivo» disse la Lucia.

«No, infatti» rispose lei.

«Mi sembra quasi che si senta un po' solo.»

Caterina non aggiunse altro. Osservava i vicini, che guardavano la scena da lontano.

Perché nessuno aggrediva la Lucia, come avevano fatto con lei?

Certo, perché la Lucia era maritata e madre di tre figli e questo ne faceva una donna perbene.

«Mi fa pensare a Giobatta. Magari anche lui si sente solo là dov'è» sospirò l'amica. «Chissà se ha provato a fare amicizia con qualche famiglia greca.»

Caterina di nuovo non rispose.

Alla visita successiva, lei era ai Livelli a fare legna. Non trovandola a casa, Ernest cercò direttamente la Lucia, che addirittura lo fece entrare in cucina, visto che aveva iniziato a piovigginare.

Quando Caterina tornò, tutti già sapevano che il tedesco veniva da Amburgo e che si era da poco laureato in Medicina. Le raccontarono che aveva visitato Romano, per via di una brutta tosse, e anche Silvano per il dolore alle gambe, promettendo loro di portare qualche medicinale.

Madonna Lucia aveva fatto il miracolo: improvvisamente il tedesco suscitava simpatia e ammirazione.

A parte Beniamino e famiglia, che avevano Fabrizio da proteggere, tutti meditavano un qualche consulto sui propri malanni.

La settimana successiva tornò con uno sciroppo e della crema. L'Anna gli chiese di visitare le bambine e la Maria si fece togliere un dente. Dato che ora si poteva, Caterina gli mostrò la spalla, che, dopo l'ultimo taglio della legna, le faceva male.

«Non fare fatica con questa» disse Ernest, dopo averla mossa e tastata.

Lei scoppiò a ridere.

«No possibile» rispose, imitando la sua parlata.

«Si chiama spalla» intervenne Quintilio che, in piedi, appoggiato al caminetto, aveva seguito la visita con estremo interesse.

«Spal-la» ripeté Ernest.

«Avrei tanto voluto studiare Medicina anch'io» aggiunse Quintilio serio.

Caterina, seduta sullo sgabello, si voltò sorpresa.

«Da quando in qua volevi studiare Medicina?»

Quintilio lanciò nel fuoco una pallina che aveva fatto con i peli del maglione.

«Credi di essere l'unica che avrebbe voluto andare a scuola?»

Ernest ascoltava concentrato, inclinando la testa, come il primo giorno, per aiutare le parole a raggiungere l'orecchio destro.

«Qui, no studiare?»

«No, qui no studiare» ripeté Caterina, ancora fissando il fratello.

Il bando con cui la Repubblica di Salò chiamava alle armi le classi millenovecentoventiquattro e millenovecentoventicinque troncò ogni speranza di Ernest di trovare amici tra i monti.

Quintilio fu ritenuto non abile, diverso fu il verdetto per i suoi amici di sempre, Franco, Dino e Olinto, che abitavano qualche curva di sotto.

Le famiglie, che erano ancora in attesa di conoscere il destino dei figli più grandi, furono le prime a opporsi alla loro partenza e si decise di provare a nasconderli.

Nel giro di poche settimane ogni contrada iniziò ad avere i suoi renitenti da proteggere.

Quando in lontananza si sentiva il rumore della camionetta tedesca in arrivo dalla pianura, i ragazzi, come lepri, balzavano fuori da stalle, fienili e granai. Li si vedeva risalire di corsa il pendio dietro le case o buttarsi negli avvallamenti della Val Scura, dove, se serviva, si stendevano tra i rovi e i pungitopi.

I tedeschi divennero molto meno gentili. Arrivavano con le armi in mano e sbraitavano tra le case. A volte aprivano le porte a calci e obbligavano le famiglie a uscire in fila. Domandavano dei ragazzi, urlando in faccia ai genitori. Questi fingevano di non capire o di non sapere.

Per il momento non c'erano conseguenze gravi per nessuno: nella corte di Caterina, il giorno che si arrabbiarono di più, infilzarono con le baionette la paglia dei fienili e, non trovando fuggiaschi, si portarono via, con grande fatica, il maiale della Maria, che era ormai pronto per essere ammazzato e che di salire sulla camionetta proprio non ne voleva sapere.

Beniamino, che era salito ad Asiago per una questione di legname, era tornato raccontando che il comando militare tedesco dell'Altipiano si stava mobilitando contro alcune bande armate che, lassù, stavano dando del filo da torcere agli occupanti. Per i ragazzi nascosti, si aprì, allora, la speranza di poter fare qualcosa e iniziarono ad aspettare la bella stagione per salire in montagna.

Una sera, a filò, Quintilio venne a sapere da Toni che il papà della Gilda partecipava a certe riunioni segrete al collegio vescovile di Thiene.

«Vedi? Può fare qualcosa anche chi non combatte» disse alla sorella con un'eccitazione nuova, dimenando il suo braccio offeso.

I muri attorno alla piazza di Calvene erano stati tappezzati di manifesti dai fascisti del presidio. Quando scendeva in paese, Caterina si fermava a leggerli.

In cambio di armi, berretti, giubbe, pantaloni, gavette e posate promettevano soldi. Un vero e proprio listino, accanto a ogni oggetto era indicato il suo valore. Una pistola 100 lire, un fucile o un moschetto 200 lire. Una mitragliatrice addirittura 500.

Caterina si chiedeva chi mai possedesse una mitragliatrice.

Una mattina, mentre leggeva, le si affiancò Rodolfo.

«Carissima la mia bellissima Caterina, hai qualcosa da portarci?»

Indossava una giubba a tre bottoni, color verde militare. I pantaloni, dello stesso colore, ampi sulle cosce, erano fermati sui polpacci dai gambali in pelle. Poggiava le mani sulla cintura in stoffa che serrava l'uniforme all'altezza della vita.

«Cosa sta succedendo, Rodolfo? Qui non si capisce più niente.»

Caterina vide passare un guizzo di gioia nei suoi occhi.

«Succede» iniziò, parlando piano, come se si trattasse di una confidenza, «che i nostri amici tedeschi hanno un'arma segreta e che tra poco sarà tutto finito.»

Fece una pausa perché Caterina potesse assimilare la notizia. Poi la guardò con solennità.

«Meglio stare dalla parte giusta, Nina, ricordatelo. Questo è un momento storico.»

Caterina ripensò alle imitazioni che ne faceva Giuseppe e serrò le labbra per non farsi scappare un sorriso.

Le mancava Giuseppe.

«Non so se capisci cosa intendo» aggiunse lui, parlandole all'orecchio e trattenendo il berretto con la mano perché, nell'inclinarsi, non gli cadesse.

«Assolutamente» rispose Caterina, sforzandosi di essere altrettanto seria.

La parte giusta. Quale era la parte giusta?

Risalì il sentiero dei Gramoli con questa domanda in testa.

Come poteva esserci una parte giusta per chi aveva già patito così tanto?

Miseria e giustizia non potevano andare assieme.

Se ci fosse stata giustizia lei avrebbe potuto studiare, Quintilio non avrebbe perso la mano, Fortunato non sarebbe morto in miniera, lo zio Bruno non avrebbe preso la silicosi ed Enzo non sarebbe morto di polmonite. E, soprattutto, Mario, che aveva avuto ogni cosa, l'avrebbe spartita con lei invece di partire per una guerra non sua.

Una ingiustizia per ogni passo in salita.

Si accorse che non le interessava affatto di chi sarebbe stata la vittoria, né di stare da una o dall'altra parte, perché, tanto, per lei e per quelli come lei non sarebbe mai cambiato niente.

Sale. Voleva tornare a mangiare le patate col sale. Ecco l'unica cosa che le stava a cuore.

Arrivò in corte calciando i sassi, sempre più convinta che l'unica cosa giusta da fare fosse salvarsi la pelle.

Ernest ormai aveva percepito la diffidenza che circondava le sue visite, ma salì ancora un paio di volte.

Chiacchierava con Quintilio, che gli insegnava un po' di italiano, controllava le gambe di Silvano e lanciava occhiate furtive alla Mara, la sorella piccola della Lucia, che era più graziosa dell'altra e che aveva l'età giusta per lui.

Un pomeriggio di dicembre aiutò i figli della Lucia a fare il presepio e raccontò loro che in Germania, a Natale, si decoravano gli abeti.

Quando fu il momento di andarsene, bussò alle case della contrada per fare gli auguri e avvisare che per un po' non sarebbe venuto. Saltò quella di Beniamino e a Caterina venne il dubbio che avesse intuito qualcosa.

Nonostante gli si fossero affezionati, quando videro la sua bicicletta correre veloce giù per la strada militare e sparire nel buio precoce della sera invernale, tutti si sentirono alleggeriti.

Fu un Natale triste.

Caterina, che aveva rinunciato al suo maglione pesante per i soldati al fronte, aveva ripreso a indossare la flanella di lana grezza, che le grattava le braccia e le arrossava il collo, proprio come nell'altra guerra. La Linda aveva lo stesso problema e passavano le serate a grattarsi.

Alla messa di mezzanotte ci andò col mantello nero. Da tempo aveva fatto a pezzi il bel cappotto confezionato a Novara. Dalla fodera interna aveva ricavato dei mutandoni e un fazzoletto da annodare sulla testa. Con la stoffa esterna, spessa e calda, era riuscita a cucire due paia di pantofole, uno per lei e uno per sua madre. Il pelo raso del collo era diventato un berretto, che contava di inviare a uno dei fratelli per Natale.

Negli anni precedenti c'era stato almeno un indirizzo a cui spedire un biglietto o un regalino; quell'anno, nemmeno quello. E il berretto stava sul davanzale senza che nessuno osasse indossarlo, in attesa di avere un destinatario.

I bambini cantarono la *Stella*, nella speranza di rimediare qualche castagna secca o qualche carruba, ma tutti, ascoltandoli, anziché rallegrarsi, si ritrovarono a pensare ai loro padri o ai loro fratelli di cui si era persa ogni traccia.

L'ultimo giorno dell'anno, il postino recapitò una busta alla Virginia. Era un po' di tempo che non saliva in contrada; negli ultimi mesi lo si vedeva arrivare sempre più di rado.

La Virginia, che non sapeva leggere, andò in agitazione e chiamò i figli a gran voce, mentre si trovava ancora nel cortile.

Ovviamente, a quelle grida, accorsero anche tutti i vicini.

Si affacciarono alla soglia della sua cucina, proprio nel momento in cui Quintilio iniziava a leggere il piccolo biglietto aperto sul tavolo, con le sorelle al suo fianco che tiravano gli occhi per vedere prima di lui cosa ci fosse scritto.

Il mittente era una certa signora Lina Furlan di Trieste.

La donna raccontava di essersi casualmente trovata a passare per la stazione della sua città e di essersi imbattuta in un treno pieno di soldati italiani, diretto ai campi di internamento in Germania. Attraverso le feritoie del convoglio i ragazzi lanciavano biglietti e richiamavano l'attenzione dei passanti, supplicandoli di portare notizie alle famiglie. Tarquinio era tra quelli e l'aveva incaricata di far sapere loro che era vivo.

La Virginia durante la lettura era sbiancata e si era lasciata cadere su una sedia.

«Germania» sussurrò, quando ci fu silenzio, come se l'aria non le arrivasse alla bocca.

Caterina afferrò la busta, il timbro di partenza era dei primi di ottobre. Ci aveva impiegato tutti quei mesi ad arrivare perché il nome della contrada non era scritto correttamente. Immaginò la povera signora Furlan a raccogliere pezzetti di carta sul binario e a memorizzare tutti quei nomi, tra il fragore dei convogli in partenza e le urla dei tedeschi sui binari.

La Lucia, ancora appoggiata allo stipite della porta, iniziò a piangere. La seguì l'Anna e, in un attimo, anche le sue due bambine. Nessuno ci fece caso.

Ciascuno era perso nelle sue preoccupazioni.

La Irma fissava il camino e la Rosa la corte di fuori. La Linda carezzava i capelli della madre, che ancora non riusciva ad alzarsi.

Quintilio diede un calcio a una sedia e uscì sui campi.

A febbraio arrivò un nuovo bando di chiamata alle armi. Questa volta ai renitenti si prometteva la pena di morte e ritorsioni anche contro le loro famiglie.

Nel giro di qualche settimana Franco, Dino e Olinto presero la via delle montagne.

«Dovrei fare qualcosa anch'io» ripeteva Quintilio in continuazione.

Caterina si infuriava.

«Possibile che vai a cercare guai anche quando loro non vengono a cercare te? Sarà l'unica volta nella vita in cui non avere la mano ti sarà di vantaggio. Hai già patito tanto, prenditela questa fortuna!»

«Potrei imparare a sparare usando solo la destra» continuava lui, che nemmeno la stava a sentire.

Allora Caterina provava a convincerlo con le buone.

«Non fare lo stupido. Ci sei rimasto solo tu, fratellino.»

Continuava a chiamarlo *fratellino*, anche se era ormai un uomo a tutti gli effetti. Era diventato alto più di Tarquinio e forte più di Tullio.

Non potendo mettere l'energia dei diciott'anni in una causa più grande, la riversava sulla terra. A febbraio, finito di vangare l'orto di famiglia, sistemò anche quelli di Silvano, della Lucia e dell'Anna. Era l'unico in contrada tra i diciotto e i quaranta e non faceva che offrirsi per fare i lavori più pesanti.

Caterina si accorse che la Mara iniziava a guardarlo con occhi diversi: in fondo erano quasi coetanei, la ragazza aveva solo un anno più di lui. Li vedeva spesso assieme, se Quintilio era nei campi, lei lo raggiungeva a metà mattina per portargli la colazione, come facevano le donne coi mariti in tempo di pace. Se lei scendeva alla fontana, lui trovava una qualche scusa per seguirla. In più occasioni Caterina iniziò a chiedersi se tutto quel desiderio di mostrare la propria forza non fosse dovuto alla ragazza, e le tornava in mente Mario, che più o meno alla stessa età era venuto a cercarla a Milano. Mario non era forte, era sempre stato gracile, ma le sue nuove mani, da uomo, all'epoca, l'avevano turbata ugualmente.

Provava nostalgia per quegli anni acerbi, in cui la vita era altrettanto dura, ma tutto pareva ancora possibile.

«Ti piace la Mara?» gli chiese una sera, a bruciapelo.

Stava fissando i bottoni ai vestiti. Perderli in tempo di guerra sarebbe stata una disgrazia. Quintilio, seduto davanti al camino, accanto a lei, stava leggendo. Dopo la morte di Cesco, il fratello aveva continuato a scendere a casa della Gilda per farsi prestare qualche volume. Anche lui si era invaghito di Jack London.

Alzò la testa dal libro.

«Sì, molto.»

Tornò a leggere, con il viso cupo.

«Be', secondo me, anche tu piaci a lei» disse Caterina con un sorriso.

«Non dire sciocchezze, Nina.» Alzò il moncherino, senza smettere di leggere. «Chi vuoi che mi voglia?»

«Per me non farebbe nessuna differenza» disse Caterina, carezzandogli la spalla.

Quintilio la guardò.

«Se abitassimo in pianura sarebbe diverso, ma, quassù, valgo poco.»

«Intanto, una mano ce l'hai» disse lei, indicandola con l'ago che teneva tra le dita. «E poi chissà, non è mica detto che tu rimanga quassù per sempre.»

«Ci penso spesso anch'io» rispose lui, chiudendo il libro. «Finita la guerra potrei riprendere a studiare, magari per diventare contabile o qualcosa del genere. Che ne pensi?»

Caterina pensava ai suoi, di sogni. Pensava al suo inutile diploma elementare, nascosto in un cassetto. Pensava al suo appartamento a Novara, in cui avrebbe voluto vivere per sempre con una federa appesa alla finestra. Pensava a Mario. E pensava a quanto odiava la terra.

Nessuno dei suoi sogni aveva retto l'urto della realtà.

Sorrise.

«Mi sembra un'ottima idea, fratellino.»
Quintilio tornò a leggere.
«Smettila di chiamarmi così, mi fai vergognare.»

A marzo la Lucia venne a sapere che a Lugo un prigioniero era tornato dalla Germania, perché aveva accettato di arruolarsi nell'esercito della Repubblica Sociale Italiana. Si sparse la voce che ai prigionieri era dato di scegliere se restare a lavorare nei campi d'internamento tedeschi o tornare a giurare fedeltà a Mussolini.

Arrivò anche una lettera di Giobatta. Pochissime parole in cui diceva di trovarsi in un campo di lavoro vicino a Norimberga. Raccontava di essere trattato peggio delle bestie, di avere freddo e tanta fame. Gli mancavano la moglie e figli.

Caterina, quel pomeriggio, accolse le lacrime della Lucia.

«Sarebbe tanto sbagliato, secondo te, se gli suggerissi di entrare nell'esercito di Mussolini, come ha fatto quel tale di Lugo?»

«Non credo che ci sia un giusto e uno sbagliato. Certo, se va coi fascisti, deve mettersi contro ai ragazzi che sono in montagna.»

«Lo so, Nina, ma non sai cosa darei per sentirmelo vicino di notte. Romano si ricorda a malapena chi sia.»

«Su col morale, Lucia» disse Caterina, sforzando un sorriso. «Anche noi abbiamo conosciuto i nostri padri solo alla fine della guerra e ci è andata bene lo stesso, no?»

E nel mentre pensava che no, non era andata affatto bene, che suo padre ci aveva messo anni a parlarle e che lei, per un lungo tempo, lo aveva odiato.

Si salutarono e Caterina incominciò a pensare come sarebbe andata se Tarquinio fosse tornato con la divisa della RSI. Sarebbe stato poi così male avere uno stipendio fisso?

Si diceva che pagassero bene e loro erano settimane che avevano finito il sale.

Capitolo 4

Quando le primule gialle bucarono gli strati pesanti del fogliame invernale, i coetanei di Quintilio presero la via dei monti.

Per non farsi vedere, seguivano i percorsi dei caprioli, che, come loro, avevano svernato in prossimità delle contrade.

Iniziarono ad arrivare anche da Thiene, da Fara, da Breganze, perfino qualcuno da Villaverla, Caldogno e Vicenza.

Si davano appuntamento al Mulinetto di Calvene e, da lì, cominciavano a salire, tenendosi il più possibile lontani dalle zone coltivate, in quel momento dell'anno ancora troppo nude. Attraversavano i boschetti primaverili di noccioli, castagni e faggi, fino a sbucare nei pianori alti di Bocchetta Granezza dove, tra gli abeti del Bosco Nero, era più facile nascondersi.

Quintilio era informato di tutto, conosceva gli orari, i luoghi e gli appuntamenti e, più ne sapeva, più pareva una bestia in gabbia. Il giorno in cui apprese che i partigiani avevano assaltato il trenino di Asiago, con il braccio buono vangò gli orti di mezza contrada.

Solo ad aprile si capì davvero di essere in guerra. Iniziarono gli attacchi ai presidi fascisti che c'erano ormai in ogni paese, e ai magazzini della TODT, che stava costruendo le fortificazioni a ridosso dei monti.

Se ne sentiva una ogni giorno.

I tedeschi risposero con perquisizioni e rastrellamenti. Iniziò nelle contrade la grande paura.

Vennero più volte anche nella contrada di Caterina. Rivoltarono stalle e fienili e rovesciarono i ciocchi, impilati con cura nelle legnaie. Cercavano Fabrizio che, a quanto pare, si era fatto notare.

Un giorno fecero uscire di casa Beniamino, la Rosa e la Emma, spaccarono la credenza e l'unico armadio che avevano di sopra, facendo volare dalla finestra i quattro vestiti che conteneva. Li misero al muro e minacciarono di fucilarli.

Non li ammazzarono, ma si portarono via fagioli, farina, pentole e lenzuola. Stessa sorte toccò ai genitori di Olinto e alle sorelle di Dino.

A tutti gli altri non restava che guardare da dietro le finestre, nessuno osava fiatare e Caterina, ogni volta, vomitava dalla paura.

Non erano solo i tedeschi a seminare terrore. I fascisti, davanti a loro, diventavano ancora più cattivi per farsi prendere sul serio.

Arrivarono dei manifesti così lunghi che la maggior parte delle persone nemmeno riusciva a leggerli per intero. Chi tornava in contrada ne riportava il contenuto in modo frammentario.

Caterina si prese la briga di scendere a Calvene per vederli di persona. Uno bello grande era attaccato sulla porta della casa del Fascio.

Riportava indicazioni precise dei compensi che si potevano ottenere, denunciando i ribelli.

Una segnalazione che portasse alla cattura di un partigiano valeva 5000 lire e cinque chili di sale, i compensi raddoppiavano se il ribelle in questione era un capo.

Soldi e sale.

Caterina ebbe la certezza che questo avrebbe funzionato. Di sicuro, prima o dopo, qualcuno avrebbe ceduto, magari qualcuno che non avesse in simpatia un vicino o semplicemente che non avesse nulla da perdere.

Che erano dei morti di fame, questo, i tedeschi l'avevano capito bene.

A Pasqua andò a Lugo a fare gli auguri ad Alessandro.

Era un paio di anni che non lo vedeva, lo trovò molto invecchiato.

«Cara Nina, che brutti tempi viviamo» l'accolse sulla soglia. «Vieni dentro, che ti offro un orzo.»

Era curvo, appoggiato su un bastone che Caterina non gli aveva mai visto usare prima e, camminando, trascinava le ciabatte sul pavimento.

Portava comunque un'elegante vestaglia bordeaux, sotto la quale si intravedeva una camicia stirata, e i capelli avevano la riga di lato.

La fece accomodare al tavolo rotondo, nel suo bel salotto. Caterina notò che aveva cambiato le tende, quelle di adesso erano più scure e spesse, rispetto a quelle bianche e vaporose che conosceva. Sul tavolino davanti alla poltrona in pelle, come sempre, era aperto il giornale. Allungò lo sguardo oltre la porta socchiusa che dava sulla stanza di lavoro. Sopra la macchina da cucire era steso un telo chiaro e il grande tavolo rettangolare, su cui tagliava le stoffe, era sparito. Il manichino era incantonato dietro alcuni rotoli di stoffa poggiati al muro.

«Sono malato, Nina. Non ho più la forza» si giustificò, intuendo i pensieri di Caterina.

Alzò le braccia, tenendole parallele davanti a sé, per mostrare che non stavano più su.

«E cosa dice il dottore?»

«Cosa vuoi che dica? Che alla mia età di qualcosa bisogna pur morire. Aspetta» disse, puntellandosi al tavolo per alzarsi, «ti ho promesso un orzo.»

Caterina gli poggiò la mano sulla spalla.

«Stia tranquillo, Alessandro. Faccio io.»

Si alzò per raggiungere la stanzetta attigua, dove si trovavano il secchiaio, la stufa e le pentole.

Mentre scaldava l'acqua, gli raccontò quel poco che sapeva sulla sorte dei fratelli.

Dall'altra stanza, lui le parlò di sua figlia, che viveva a Bassano e che non andava mai a trovarlo.

«I tedeschi non mi piacciono, sai?» disse quando Caterina tornò, reggendo un vassoietto. «Ma ho sempre sostenuto Mussolini e continuerò a farlo, anche adesso che è in disgrazia.»

Prese in mano la sua tazzina, ma nel breve tragitto fino alla bocca parte dell'orzo gocciolò sul tavolo.

«Ora nessuno è più disposto ad ammetterlo, ma ha fatto del bene al nostro Paese. Dove sono, adesso, tutti quelli che fino all'altro giorno sventolavano le bandiere?»

Sorseggiò quel poco di liquido che era rimasto.

«Questa guerra Mussolini l'ha proprio sbagliata, ma sono ancora fiducioso che possiamo uscirne bene.»

Caterina bevve il suo orzo.

«Dice? A me sembra che stia andando tutto a ramengo.»

Alessandro batté la mano sul tavolo, ma l'intenzione del suo gesto fu tradita dall'assenza di forza.

«Se solo i nostri giovani, invece di fare i codardi in montagna, prendessero le armi contro i veri nemici...»

Tirò fuori dalla tasca della vestaglia un fazzoletto piegato e si asciugò con la mano incerta gli angoli della bocca.

Alessandro era sempre stato una persona gentile. L'aveva trattata meglio di tutti gli altri datori di lavoro.

Caterina preferì cambiare discorso.

«Mi mancano i tempi in cui venivo qua a imparare il mestiere. Mi ha insegnato tanto.»

Alessandro poggiò la mano sulla sua.

«Sei una brava ragazza, Nina. Se non ci fosse stata la guerra, magari l'avremmo gestita assieme questa sartoria» e con il capo indicò la stanza vuota, di fianco.

A Caterina si inumidirono gli occhi e gli strinse la mano a sua volta. In quel periodo i *se* iniziavano a farle questo effetto, forse perché la sua condizione le pareva ogni giorno più irreversibile.

Ad aprile venne ucciso Dino. Appena fuori dalla contrada, dove era sceso a salutare le sorelle; si imbatté in quattro fascisti del presidio che lo aspettavano. Tra loro c'era anche Rodolfo.

Gli spararono prima che potesse buttarsi dentro il bosco della Val Scura.

Lo lasciarono nel punto in cui si era accasciato, sul campetto della Maria, a pochi metri dai castagni, in modo che tutti lo vedessero.

Le sorelle andarono a recuperarlo quando venne buio. Aveva tre buchi: uno sulla nuca, uno sulla spalla e uno sulla scapola.

Quintilio aiutò a trasportarlo e anche Caterina andò a vegliarlo.

In tre anni di guerra era il primo cadavere che vedeva.

Tra un *Eterno riposo* e l'altro, guardava quel corpo senza vita e ricordava quando da piccolo veniva in corte a giocare con Quintilio e facevano alla guerra, con i moschetti in legno dei balilla.

Dopo la sciagura il clima in corte divenne opprimente. Ciascuno iniziò a tenere per sé quel che sapeva, chi nascondeva o dove andava.

Caterina continuava a domandarsi chi aveva intascato il prezzo di tutti gli anni che Dino non avrebbe mai vissuto.

Un giorno si ritrovò a chiedere alla Lucia dove avesse trovato il sacchettino di sale che teneva in vista sulla mensola in pietra del camino. Prima di darle il tempo di rispondere, si scusò di averle fatto la domanda. Ma la Lucia ci rimase male lo stesso.

Poi arrivò un ulteriore bando: sarebbe stato fucilato anche chi avesse semplicemente accolto o dato cibo ai ribelli.

Quel mese, dopo aver seminato il granoturco nel campetto sotto la contrada, Caterina salì ai Livelli con Quintilio, per far pascolare le bestie prima che partissero per la malga.

Di solito era bello maggio ai Livelli, tutta la primavera pareva convergere in quel luogo, anche perché stare con le bestie concedeva tempi più distesi rispetto alla vita in contrada.

Eppure lei, quell'anno, non riusciva a stare ferma. Camminava senza sosta tra l'erba alta dei prati, finché l'orlo della gonna non veniva inzuppato dagli sputi bianchi lasciati dagli insetti sugli steli e il legno duro degli zoccoli non iniziava a farle male agli alluci.

Cercava pace, ma quell'anno la guerra era dappertutto. Gli uccelli non smettevano di litigare per le femmine, lo stesso facevano i ramarri, che si azzannavano per un sasso scaldato dal sole, e i mosconi verdi che zampettavano sugli escrementi delle mucche, allontanandosi l'un con l'altro per averne di più.

Un mattino si attardò nel bosco a studiare una mantide che aveva catturato un grillo.

La osservò divorare la testa dell'insetto, mentre quello ancora si muoveva. Con le zampe anteriori uncinate e quegli occhi giganteschi senza sguardo faceva più paura dei tedeschi.

Dov'era finito il suo paradiso di bambina?

Cercava di rievocare i racconti che il nonno le faceva sotto il grande faggio, gli abbracci della nonna sull'erba o loro due che si tenevano teneramente la mano, ma non ci riusciva.

Forse quel paradiso non era mai esistito. I nonni, all'epoca, erano in lutto per la morte dei figli, capiva solo ora quanto dovevano aver faticato per tenerla all'oscuro della loro guerra.

Un giorno, scendendo dal bosco, vide sotto il faggio la Mara. Era salita ai Livelli per salutare Quintilio.

Li osservò dall'alto. Erano di schiena. Guardavano la pianura e chiacchieravano. Si capiva che se la intendevano.

Quintilio si alzò per richiamare una capra, quando tornò a sedersi, lei gli appoggiò la testa sulla spalla. Lui fece per allungarle il braccio dietro la schiena, ma all'ultimo lo ritrasse.

Caterina provò nostalgia per i tempi in cui aveva amato e anche per quella sua stessa goffaggine nei gesti da compiere. Ricordò lei e Vincenzo tra l'erba, i desideri e gli imbarazzi della vicinanza fisica.

Vincenzo.

Lui non le aveva mai scritto da quando era partito, ma nemmeno lei lo aveva cercato. Era incredibile quanto poco le fosse mancato. Sperava con tutto il cuore che fosse vivo, ma di certo non lo stava aspettando.

Sarebbe tornata la pace e poi?

Tutti avevano un *e poi* in cui sperare. Lei, invece, non aveva nessun *poi* ad aspettarla.

Il fatto che Mario fosse vivo era abbastanza per traghettarla al di là della guerra?

Scese, attraversando il prato sulla diagonale, passò oltre la stalla e la casupola e si sedette anche lei sotto il faggio. Quintilio e la Mara stavano pranzando, avevano già ciascuno una fetta di polenta in mano. Ne passarono una anche a lei.

«Allora, cosa succede giù in contrada?» chiese Caterina, già masticando.

I due si guardarono e scoppiarono a ridere.

«È successa una cosa incredibile» iniziò la Mara, ancora ridendo.

«Dai, racconta anche a mia sorella» la incitò Quintilio, che si mangiava con gli occhi il sorriso di lei.

La ragazza deglutì e si schiarì la voce.

«Allora. Devi sapere che due giorni fa i partigiani hanno provato a dirottare un camion pieno di farina verso l'Altipiano.»

«Ma non ci sono riusciti» la interruppe Quintilio.

«Esatto» riprese la Mara, ridendo. «Insomma: ai Cavrini il camion ha fuso il motore e non c'è stato più verso di farlo ripartire.»

Fece una breve pausa, per creare un po' di attesa.

«Hanno provato a trafficare dentro il cofano, hanno chiesto consiglio, hanno cercato di alleggerirlo, ma non c'era verso di farlo ripartire.»

Caterina non la trovava una storia così divertente, ma provò a fingere interesse.

«E dopo?»

La Mara si spostò un ciuffo di capelli ramati dalla fronte.

«A quel punto, siamo scesi in strada anche noi a dare una mano. Tutti quanti, nessuno si è tirato indietro. Una cagnara di gente che non si era mai vista, figurati che sono saliti anche quelli delle contrade di sotto.»

Quintilio allungò il braccio per prendere un'altra fetta di polenta dalla pentola di latta che stava in mezzo a loro.

«Che peccato non esserci stato! Mi perdo sempre le cose più interessanti» disse, incrociando le gambe per stare più comodo.

La Mara gli sorrise e gli carezzò il ginocchio, ora vicinissimo al suo.

«E poi?» chiese Caterina.

La ragazza tornò a guardarla.

«Abbiamo spinto come dei matti. A Toni sono venuti i crampi alle gambe e Beniamino si è inventato un paio di bestemmie nuove, ma niente da fare.»

Caterina ancora non comprendeva tutta quell'allegria.

«E quindi? Li hanno presi?»

«Ma no, i ragazzi sono scappati. Ma, prima di darsela a gambe, hanno svuotato il camion e ci hanno dato un sacchetto di farina per ciascuno. Anche la Linda ne ha avuto uno.»

Addentò una seconda fetta di polenta.

«Vedessi che festa, Nina. Era una vita che non ci divertivamo così tanto!» aggiunse con la bocca piena.

Caterina non diceva niente.

Una coccinella si posò sulla spalla della Mara, Quintilio gliela soffiò via.

«Non sei contenta?» domandò alla sorella.

«E il camion?»

«Ma, Nina, che ti importa del camion? Abbiamo preso un sacchetto di farina anche noi! Non ti basta? Possibile che ultimamente sia così difficile farti ridere?»

Dopo pranzo la Mara li salutò e iniziò a scendere il sentiero, che si allungava tra i pascoli.

Caterina diede una leggera spinta a Quintilio.

«Non la accompagni? Di questi tempi, non è sicuro che una ragazza giri da sola.»

Per anni, aveva vissuto nell'illusione che le possibilità fossero infinite, suo fratello non doveva fare lo stesso errore.

Guardò Quintilio scendere a salti il pendio e raggiungere la ragazza e poi svoltare, assieme, dall'altra parte del versante.

Si chiese come sarebbero andate le cose se quel giorno alla curva di Folgaria lei fosse riuscita a dire a Mario quel che provava per lui. Magari avrebbe scelto lei, magari non sarebbe partito. Chissà.

Una sera, bussarono alla porta del *bàito* un paio di partigiani. Capitava che, ogni tanto, qualcuno scendesse alla fonte, nei pressi di contrada Marziele, per fare rifornimento d'acqua.

Era buio da un pezzo, le bestie dormivano nella struttura di fianco al *bàito* e la civetta già aveva iniziato a farsi sentire nel bosco.

Uno portava pantaloni lunghi e camicia, entrambi scuri, l'altro solo calzoncini corti e una flanella chiara, con le maniche lunghe.

Avevano il fiatone e chiesero se potevano essere ospitati per la notte. Erano andati in pianura per tagliare dei collegamenti telefonici e il buio li aveva sorpresi prima di raggiungere l'Altipiano.

Quintilio e Caterina erano contenti di avere un po' di compagnia in mezzo a tutto quel silenzio, e dissero di sì, senza stare troppo a pensarci.

Li fecero entrare e stapparono il bottiglione che avevano in serbo per qualche momento particolarmente triste. Il vino era già un po' acido, ma quella sera, con la polenta abbrustolita, parve loro delizioso.

I ragazzi venivano da Fara ed erano cugini. Quello con i pantaloni corti aveva le unghie dei piedi blu e aveva forato i calzettoni di lana, perché gli avevano procurato un paio di scarponi troppo piccoli e non smise un secondo di massaggiarsi le dita sotto il tavolo. L'altro non faceva che rosicchiarsi le unghie delle mani, anche mentre mangiava.

Erano entrambi convinti che la guerra sarebbe finita entro l'estate.

«E secondo voi, cosa succederà quando la guerra finisce?» chiese Caterina, stupita dalla loro incrollabile fiducia nel successo.

«E chi ha tempo di pensare al dopo?» disse il più vecchio, quello che si mangiava le unghie di continuo. «Un problema alla volta. Intanto, vediamo di mandarli via.»

Finita la cena, giocarono a dire cosa avrebbero fatto il giorno in cui la loro terra fosse stata liberata.

Paolo, il più giovane, raccontò che voleva andare al mare. Non l'aveva mai visto. A costo di arrivarci a piedi, sarebbe arrivato a Venezia e si sarebbe buttato in acqua.

«Ma sai nuotare?» chiese Quintilio con ammirazione.

«No, ma se sopravvivo alla guerra vuoi vedere che mi fa paura l'acqua?»

«Bravo, mona!» gli gridò l'altro. «Vinci la guerra e vai ad ammazzarti da solo.»

Quintilio, con qualche imbarazzo, confidò che si sarebbe dichiarato con la Mara.

«Puoi farlo anche adesso. Perché aspettare?» domandò Caterina.

«Perché voglio che tornino tutti, per essere sicuro che mi vuole davvero, non perché sono l'unico ragazzo della sua età in circolazione.»

«Mona anche tu!» disse sempre il più vecchio, che si chiamava Attilio, arrotolandosi le maniche della camicia al gomito. «Io, al posto tuo, non starei mica a rischiare.»

Poi raccontò che lui sotto le armi ci era già stato e che l'otto settembre era riuscito a scappare e a tornare a casa. Lì, aveva scoperto che la morosa se la faceva con suo fratello più piccolo, che era stato rimandato a casa perché si era ferito una gamba.

«Il giorno che la guerra finisce, lo prendo a pugni, fino a togliergli i sensi, e poi mi ubriaco per tre giorni di fila.»

«Perché proprio tre?» domandò Quintilio.

Lui emise un sonoro rutto.

«Padre, Figlio e Spirito Santo.»

Poi fu il turno di Caterina.

Non sapeva bene cosa dire e si confuse.

«Così non vale, ora tocca te» la incitarono gli altri.

Caterina guardò le sue mani rugose e sporche di terra. Ricordò le mani pulite di Mario, il colletto pulito di Mario, l'odore di Mario che non aveva fatto a tempo a sentire. Avrebbe voluto cambiare vita, avrebbe voluto andare a Milano con lui. Ecco cosa avrebbe voluto. Ma non avrebbe osato confessarlo a nessuno.

«Prima della guerra, ho lavorato qualche anno in Piemonte. Mi piaceva là. Vorrei tornarci.»

«Tutto qua?» esclamò il più giovane. «Vorrai ben sposarti, come tutte!» Bevve l'ultimo sorso rimasto nella bottiglia. «Anzi, se posso permettermi, dovresti darti una mossa, alla tua età.»

Il cugino più vecchio gli diede una botta sulla coppa e a quell'altro andò il vino di traverso.

«Non si parla così a una donna. Ecco perché non ti trovi una morosa.»

«Meglio non averla, che trovarne una come la tua, che va con tutti» rise il più giovane, mentre ancora tossiva.

Caterina li guardava divertita. Non avevano niente di eroico, erano una coppia di sempliciotti.

«Siamo messi bene» sussurrò a Quintilio, «se questi devono salvarci.»

Quando uscirono dal *bàito*, raggiunsero a fatica la stalla poco lontana; la luna era coperta dalle nuvole e, nonostante si trattasse di percorrere solo una decina di metri, i ragazzi inciamparono un paio di volte sulle pietre nascoste tra l'erba.

Salirono nel fienile attraverso la stretta scaletta a pioli. Ognuno sistemò la paglia a modo suo per crearsi un giaciglio. Paolo si tolse i pantaloncini luridi e se ne fece un cuscino. Caterina preferì non controllare se portava le mutande.

«Abbiamo lasciato i fucili al *bàito*» disse Attilio, con gli occhi già chiusi. «Dite che sia sicuro, qui?»

«Non è mai venuto nessuno» rispose Quintilio, con la voce impastata dal vino e dal sonno.

Poi si alzò il vento e le due falci che avevano attaccato al faggio per tenere lontane le volpi iniziarono a battere tra loro e a fare il solito concerto.

Caterina e Quintilio si resero conto di quanto avevano rischiato solo la settimana successiva, quando, all'alba, furono svegliati dai mitra appoggiati alle loro guance.

Aprirono gli occhi e si trovarono davanti due tedeschi rabbiosi.

«Partigiani!» gridò quello che teneva l'arma su Caterina.

La scaletta a pioli scricchiolò sotto il peso di altri soldati che stavano salendo.

In un attimo si ritrovarono circondati. Erano in quattro ma, da sotto, arrivavano altre voci.

«In piedi e mani in alto» gridò quello vicino a Quintilio, mentre gli dava un calcio sul fianco.

A Caterina tremavano le gambe, ma in qualche modo riuscì a sollevarsi lo stesso. Quintilio si alzò di scatto e rimase a guardare negli occhi il soldato che lo stava tenendo sotto tiro.

Era la sua occasione, erano mesi che cercava la lotta.

«Mani in alto» ripeterono quelli.

Quando videro il moncherino di Quintilio, capirono che non era un renitente e il clima si ammorbidì, uno di loro scoppiò addirittura a ridere.

Caterina sentì il fianco del fratello, appoggiato al suo, irrigidirsi, e parlò veloce, prima che fosse lui a farlo, anche se le mancava la saliva in bocca.

«Non siamo ribelli. Siamo qui con le vacche.»

«Nascondere partigiani?» chiese un altro soldato, che proprio in quel momento sbucava con la testa dalla scala.

Caterina scosse il capo. Quintilio continuava a guardarli negli occhi, passava da uno all'altro.

Furono fatti scendere e uscire. Uno dei militari rimase a sorvegliarli davanti al *bàito*, mentre gli altri perquisivano il casone. Rivoltarono la paglia, frugarono tra le bestie e perlustrarono la zona attorno alle costruzioni in pietra.

Quando ebbero finito, presero il sacco di farina che Caterina era scesa a prendere dalla Linda proprio il giorno prima, e se ne andarono.

Non appena sparirono alla loro vista, Quintilio sfondò la porta in legno con un pugno.

Quando le vacche partirono per la malga e loro fecero ritorno a casa, scoprirono che la Linda aveva iniziato a lavorare per la TODT e che ci lavoravano anche Toni, Beniamino e l'Anna. Al mattino, i camion facevano il giro delle contrade per caricare la gente e portarla a costruire fortificazioni sul Monte Sunio o sul Monte Foraoro e dalle parti di Lusiana, secondo le necessità.

Conveniva andarci, visto che se i tedeschi non avevano abbastanza manodopera caricavano comunque le persone con la forza e, comunque, la paga era buona.

Grazie al lavoro della Linda nel giro di qualche mese riuscirono a mettere via un discreto gruzzoletto. Lo tennero da parte in attesa che ci fosse, di nuovo, qualcosa da comperare.

In estate successe di tutto. Ci fu il primo rastrellamento sull'Altipiano e i partigiani iniziarono ad attaccare qualunque cosa: presidi, installazioni militari, ma anche semplici mezzi in transito. Erano ormai in centinaia e ogni giorno ne arrivavano di nuovi dalla pianura.

Il presidio di Thiene era ormai esasperato, lo si capì dall'ennesimo bando che venne affisso in piazza a Calvene: chi aiutava i ribelli avrebbe perso la testa.

Usarono proprio questa espressione: *perdere la testa.*

Lì per lì Caterina vi lesse un certo romanticismo. Capì meglio cosa intendevano quando ad agosto si seppe che avevano bruciato settantaquattro case a Camporovere.

E quello non fu che l'inizio.

Capitolo 5

Il pomeriggio del cinque settembre Caterina era scesa in paese con la tessera ed era in fila per la sua razione di farina. Ancora si commentava l'incendio di Camporovere e, se non si parlava di quello, ci si scambiava notizie sui familiari internati in Germania o sui patimenti della guerra. La sorella dell'Angelica aveva il figlio in Russia, mentre la cugina raccontava che i tedeschi le avevano preso la casa per alloggiarci.

D'un tratto videro una lunga colonna di camion militari provenire da Lugo, superare il cimitero e poi il ponte sul torrente Chiavona.

La fila del razionamento si sciolse in un attimo.

Chi abitava in paese corse a barricarsi in casa. Caterina e tutti gli altri che erano scesi dalle contrade si dispersero tra le abitazioni, cercando di raggiungere il più velocemente possibile i sentieri che risalivano il monte.

Bisognava avvisare chi era nascosto nelle stalle e portare via cibo e bestie prima che fossero requisiti.

Caterina tagliò per i prati, che ancora profumavano dell'ultima erba falciata. Pensava a quanto era fortunata a non aver ancora preso il sacco di farina, che le sarebbe stato d'impiccio nella risalita e che probabilmente avrebbe fatto una brutta fine.

Arrivò alla fontana senza fiato. Capì dall'agitazione che regnava tra le case che l'allarme era arrivato prima di lei. Se c'era qualche fuggiasco di sicuro se l'era già data a gambe e tutti si stavano preparando alle razzie. Alcune capre, una decina, erano state spinte dentro il canalone della Val Scura, nella speranza che i tedeschi, passando per la strada militare, le avrebbero superate senza farci caso.

In corte, si imbatté in Toni, Egidio e Beniamino che stavano decidendo dove andare. In quanto uomini rischiavano di essere soggetti a rappresaglie ed era meglio che non si facessero trovare. Si risolsero di raggiungere Quintilio e la Linda, che erano ai Livelli con le bestie. Quell'anno, vista la situazione caotica, le vacche erano scese dalle malghe con una ventina di giorni di anticipo.

Arrivò il prete trafelato. Stava facendo il giro delle contrade per avvisare che dalle parti di Lusiana, già al mattino, erano arrivati moltissimi tedeschi, ucraini e fascisti. E che alcuni ragazzi in fuga erano stati presi e portati in piazza a Santa Caterina.

Il tramonto sorprese le donne in pieno fermento, chi a nascondere cibo, chi a dare istruzioni ai bambini. Dei tedeschi ancora nessuna notizia. Eppure erano certe che sarebbero arrivati.

Niente filò quella sera, ciascuno rimase chiuso in casa a pregare.

La notte pareva non finire mai, Caterina e la Virginia dormirono nella stessa stanza. Non chiusero occhio, aspettandosi da un momento all'altro il rumore dei motori.

Arrivò il *Padrenostro* e ancora non era accaduto niente. Lei e sua madre si alzarono e provarono a fare le cose di sempre: accesero il fuoco, diedero da mangiare alle galline, scesero a prendere l'acqua coi secchi e avviarono la polenta.

A metà mattina tutti trassero un sospiro di sollievo e la vita in corte riprese uguale a quella di ogni altro giorno.

La Virginia raggiunse le altre donne che già erano al lavoro negli orti. Caterina prese i panni da lavare e scese alla fontana, dove incontrò l'Anna con le piccole.

Le bambine si divertivano a tormentare le capre, che erano stufe di stare nel canalone e che si avvicinavano all'acqua perché avevano sete.

Fu allora che sentirono l'eco dei motori risalire la valle di sotto. Dovevano essere già arrivati a Mortisa, ma, per qualche gioco del vento, fino a quel momento non avevano udito nulla.

Lasciarono le tavole di legno appoggiate al cemento della fontana e anche il cesto con i vestiti. L'Anna prese in braccio la più piccola e Caterina l'altra.

Arrivarono alle case che in giro non c'era già più nessuno.

Gli attrezzi erano rimasti negli orti.

In corte trovarono solo la Maria e la Lucia, che provavano a convincere Silvano, immobile sulla sua solita panchetta, a entrare. Alla fine lo trasportarono di peso, con l'aiuto della Beata, quando i camion erano ormai a un centinaio di metri.

Era una fila interminabile, non avevano mai visto così tanti mezzi assieme.

Li guardarono passare da dietro le inferriate. Al rombo dei motori si sommava l'abbaiare dei cani chiusi dentro alle camionette. Qualche animale si affacciava al finestrino e digrignava i denti nella direzione delle case.

Capirono subito che non avevano alcun interesse a fermarsi da loro, ma la cosa non procurò alcun sollievo.

Centinaia e centinaia di soldati stavano risalendo la montagna, in direzione di Monte Corno: il loro obiettivo era l'Altipiano, dove tutti avevano almeno un figlio o un fratello tra le file dei partigiani.

L'enorme nuvolone che lasciarono dietro di loro raggiunse le case e si depositò sui vetri delle cucine e sui vestiti stesi in corte.

Nessuno parlava, in pochi pranzarono.

Nel primo pomeriggio salì dalla pianura una nebbia densa. Non succedeva mai in quel periodo dell'anno. La Rosa lo prese come un presagio e si disperò per il suo Fabrizio, che da poco si era unito alla Brigata Mazzini, su al Bosco Nero.

Quel pomeriggio nessuno uscì a fare i lavori. Caterina e la Virginia si chiusero in casa a dire il rosario e gli attrezzi rimasero sui campi fino al giorno successivo.

Verso sera passarono per la contrada quelli che si trovavano in altura a fare legna e che erano corsi giù per non essere travolti dal disastro. Raccontarono che era in atto un enorme rastrellamento, una cosa inimmaginabile. Solo al Bosco Nero erano in migliaia. Girava voce che i partigiani non fossero scappati, forse non ci erano riusciti o forse lo avevano fatto di proposito, e stavano dando battaglia.

In contrada si passò un'altra notte in bianco.

Fabrizio, Olinto, Franco e tutti gli altri ragazzi, che conoscevano più o meno bene, stavano facendo la fine del topo? Erano accerchiati da cani e soldati, dentro al loro bosco? Che fossero già morti?

Per tutta la giornata si rincorsero notizie di violenti combattimenti e di tanti morti. A chiunque passasse la Rosa chiedeva notizie di suo figlio, ma, ovviamente, nessuno aveva informazioni così dettagliate.

Un malgaro, sceso di fretta, riferì che sulla strada del Costo stavano transitando camion pieni di morti e lunghe file di ambulanze.

Due giorni dopo Toni, Egidio e Beniamino scesero dai Livelli. Dissero che la battaglia era terminata e che i ragazzi erano stati costretti ad abbandonare le postazioni in montagna.

I tedeschi avevano fatto saltare in aria anche l'aeroporto militare di Asiago.

Era tutto finito.

Raccomandarono di tenersi pronti, perché chi era riuscito a scappare stava ripiegando verso la pianura e poteva darsi che, passando, necessitasse di soccorso.

La sera stessa tornò Fabrizio, era sceso trascinando una gamba e un piede ferito. Fu ricoverato nella stalla di Caterina, dove, in caso di necessità, poteva riparare nel buco sotto le assi del pavimento. La Rosa trascorse la notte con lui.

L'indomani Caterina raggiunse la Linda ai Livelli. Quintilio si era unito al gruppo dei volontari che era salito a cercare i feriti e a dare sepoltura ai morti.

Nelle contrade furono giorni di lutto. Con lo smembramento delle formazioni partigiane si capì che la guerra sarebbe stata ancora lunga e che i contadini avrebbero trascorso un altro inverno di stenti, aspettando chi era ancora lontano.

Poi arrivò ottobre con i suoi cieli puliti e i boschi infuocati. Le mattine fresche e i pomeriggi miti, che sarebbero stati perfetti per andare a castagne e nocciole, se i più disperati non vi si fossero recati di notte, a razziare ogni cosa.

Fu in quel periodo che Caterina incontrò la Gilda. La vecchia amica l'aspettava all'uscita da messa, sulle scale della chiesa.

Non voleva dare nell'occhio. Era vestita di nero, come le donne delle contrade, e aveva raccolto la sua chioma spumosa sulla nuca.

Le si parò davanti con la veletta calata sul viso.

«Avremmo bisogno del tuo aiuto, Nina» le disse sottovoce, senza preamboli.

Se avesse potuto cambiare strada, Caterina lo avrebbe fatto.

«Di chi parli?» le rispose brusca.

La gente scendeva le gradinate e le schivava. La Gilda finse di baciarle le guance.

«Del Comitato di Liberazione» le sussurrò nell'orecchio, mentre con le labbra le sfiorava la guancia.

Caterina non si stupì che ne facesse parte, chissà quante cose avevano fatto assieme lei e Mario, in tutti quegli anni.

«Avremmo bisogno di ragazze sveglie come te, per portare informazioni e armi» continuò.

La Gilda era istruita.

Lei solo una ragazza sveglia.

«Mi dispiace, Gilda, non fa per me.»

«Saresti brava» provò l'altra, con un'ultima lusinga.

Caterina la scansò e scese la gradinata senza voltarsi.

Negli stessi giorni arrivò una lettera della zia Santina. Lo zio Bruno era morto. Caterina chiese un lasciapassare per andare a Caldogno.

Era pericoloso spostarsi: tra i bombardamenti alleati sulle città e le rappresaglie tedesche, il rischio di non fare ritorno era concreto.

Ma Caterina aveva la certezza che, da sola, la zia Santina non potesse cavarsela. Oltretutto voleva parlare con la Marcella; era stufa di non avere la minima idea di ciò che accadeva fuori dai monti. Chi stava combattendo? Chi stava vincendo?

Era un pomeriggio grigio, il tempo prometteva pioggia o, forse, solo nebbia fitta verso sera. Per strada c'erano ormai pochissimi civili. Fu fermata per controlli in prossimità del Bosco dei Preti, dove si trovava il presidio della Guardia nazionale repubblicana, e poi dai tedeschi, qualche chilometro dopo, all'uscita di Thiene.

Fuori dalla città la strada proseguiva in mezzo alla campagna, un paio di carretti agricoli e qualche raro contadino sui campi, intento ad arare, era tutto ciò che restava della vita normale. Le distese di granoturco erano ormai secche e le piante incolori, che non erano ancora state tagliate, se ne stavano riverse sul terreno. Di tanto in tanto qualche aereo sfregiava il cielo e il rumore cupo del motore faceva sollevare la testa ai rari passanti. Fermavano la bicicletta, poggiavano un piede a terra, giusto un attimo per controllare di non essere in pericolo, e poi ripartivano.

Superò il campo di aviazione, a destra della strada, dove un centinaio di aerei della Croce rossa tedesca erano disposti su lunghe file parallele, come in un enorme cimitero. Un paio di chilometri dopo dovette fermarsi per far passare una colonna di mezzi militari, che si immettevano sull'arteria principale dal viottolo laterale di una imponente casa colonica.

Quando arrivò a Caldogno, scoprì che tutto il paese era mobilitato per scavare un enorme bunker dietro le barchesse della villa, dove un tempo lei e la Marcella andavano a camminare; decine di squadre di civili lavoravano con pale e picconi sotto il comando dei tedeschi ed era tutto un viavai di camion.

Si infilò dentro il cancello della zia prima che la fermassero per metterle in mano una pala.

Lungo il muro della casa i cespugli di ortensie erano ripiegati su se stessi, con i cespi dei fiori marroni e le foglie che, a contatto con il terreno umido, iniziavano a marcire. I rami contorti dei rosai, avvinghiati alle inferriate, non erano stati potati ed erano un reticolo di spine e frutti rinsecchiti.

La zia venne ad aprirle. Non aveva nemmeno provato a raccogliere i capelli, le lunghe ciocche grigie le cadevano sulle spalle. Portava una sola buccola, all'orecchio destro, sul lobo sinistro il foro vuoto si era allungato a fessura. La traversa era macchiata, forse pomodoro, forse prugne.

La donna, in un primo momento, la scambiò per la figlia del vicino.

Ma anche dopo averla riconosciuta non mostrò particolare entusiasmo. Quando si voltò di spalle per farla entrare, Caterina notò che, dietro la testa, i capelli si dipanavano in tutte le direzioni, lo stampo del cuscino aveva creato una specie di radura al centro.

Caterina si sedette su quello che era sempre stato il suo posto.

«Posso aiutarti in qualche modo, zia?» domandò, studiandone il pallore.

La Santina provò a versarle un bicchiere d'acqua dalla caraffa, ma la mano le tremava così tanto che, senza intenzione, la lanciò sulla gonna di Caterina che stava dall'altra parte del tavolo.

Non se ne accorse, si sedette e la guardò bere.

«Ti ricordi, Nina, che bei mesi che abbiamo passato assieme, quando eri giovane?»

«Sì, zia, me lo ricordo bene.»

I mestoli di rame e anche le pentole appesi alle pareti erano ricoperti da uno spesso strato di polvere. I centrini pendevano flosci per via dell'umidità che impregnava la stanza.

«Ti accendo la stufa?» domandò Caterina, rabbrividendo.

«Che peccato che tu non ti sia fidanzata con quel bel ragazzo che ti faceva la corte. Mi sarebbe piaciuto così tanto che ti fossi sposata qui. Io e tuo zio ti avremmo avuta sempre con noi.»

Altri lavori all'uncinetto avevano coperto anche il piano di lavoro di fianco la stufa, dove la zia era solita impastare. I merletti erano impiastricciati di cibo e fuliggine.

«Lo zio Bruno ti vuole ancora tanto bene. Mi chiede sempre di te.»

Caterina non sapeva più da dove iniziare, era chiaro che la zia non ci stava più con la testa.

«Posso fare qualcosa per te?» le ripeté, cercandone lo sguardo, che vagava per la stanza.

«Ti ricordi che bello che era andare a messa assieme? E poi tu ti fermavi sempre a chiacchierare con le tue amiche.»

Nel lavello c'era una montagna di piatti sporchi che già puzzavano. Sospettò che la zia non cucinasse da giorni e decise di provvedere. Nella dispensa trovò solo un po' di sale e un mezzo chilo di farina gialla. In cantina, dove un tempo tenevano le scorte, non c'era proprio nulla.

Incalzata dalle domande di Caterina, la donna spiegò, tra le lacrime, che i tedeschi requisivano tutto, latte, uova e galline.

A Caterina parve un buon segno che iniziasse a parlare del presente.

Uscì nell'orto dietro casa, raccolse una verza e scavò con le mani in cerca di qualche piccola patata che fosse sfuggita alla raccolta. Ne trovò un paio, una era mezza marcia, ma la parte buona si poteva ancora utilizzare.

Preparò una minestra.

Dopo cena oscurarono le finestre e ricamarono assieme, come ai vecchi tempi, sedute vicine, sul divano. La zia parve tornare in sé e le raccontò gli ultimi giorni del marito.

L'indomani Caterina si recò dalla Marcella, la trovò ancora più indaffarata del solito. Dopo i bombardamenti di maggio su Vicenza, sua cugina, a cui avevano raso al suolo la casa, si era trasferita da lei con i due gemelli di quattro anni.

«Che bello vederti, Nina» la accolse sulla porta, asciugandosi le guance umide e arrossate sulla traversa. «Spero tu non sia venuta per mangiare, perché hai proprio sbagliato posto.» Rideva e, nel contempo, la abbracciava con il mattarello ancora in mano.

Le offrì un caffè di cicoria e le raccontò che il marito era internato in Germania.

«Ma non ha mica ceduto, sai, il mio Battista.» Dimenava il mattarello in aria. «I maledetti ci hanno provato a convincerlo. Ma meglio patire con dignità che stare dalla parte dei crucchi.»

Riprese a stendere la pasta sul tavolo.

«Non che gli inglesi o gli americani siano meglio. Hai visto come hanno ridotto Vicenza?»

Caterina scosse il capo, erano anni che non andava in città. In generale, non sapeva più niente di ciò che succedeva in pianura.

«Sembra che si divertano a fare il tiro a segno. Mia cugina si è salvata per sbaglio, giusto perché quel giorno non era in casa. Anche qui stanno costruendo dei rifugi» continuò, indicando un punto vago fuori dalla finestra. «Ma se iniziano a bombardare, non ci salvano di certo quei quattro buchi.»

Prese la pasta e la infilò dentro un macchinario a manovella per renderla più sottile.

«Maledetti tutti. I tedeschi, i fascisti, gli alleati e anche i partigiani, che si fanno i comodi loro e mettono in mezzo anche noi.»

Caterina trovò rassicuranti i brontolamenti della Marcella equamente distribuiti tra le parti.

«Marcella, ma dove la trovi tutta quella roba?» chiese Caterina, indicando la pasta stesa sul tavolo, che l'amica stava tagliando a strisce con la rotella.

La Marcella fece un gesto vago e poi rise.

Caterina decise di rimanere con la zia ancora una notte. Dormirono gran poco, a causa delle continue raffiche di Pippo, il mitragliere volante degli alleati che aveva preso di mira la zona. Si raccontava che bastasse fumare una sigaretta al buio per essere colpiti.

La mattina, prima di partire, aiutò la zia a cambiarsi e a pettinarsi. Poi la salutò, promettendole di farle visita presto.

Percorse la stessa strada dell'andata. Di nuovo venne fermata e perquisita a Thiene, poi anche dalle parti di Zugliano, dove la toccarono ovunque, perfino sul seno e tra le gambe per assicurarsi che non avesse con sé armi o biglietti.

Arrivò novembre, freddo e umido, più di sempre, con le sue nebbie fitte e le visite al cimitero.

Quell'anno Caterina non andò a fare legna. Aveva finito l'unguento di Ernest e, con i primi freddi, la spalla già le faceva male. Ci andarono la Linda e Quintilio, senza di lei, per prendere lo stretto necessario. Tanto, se avessero avuto legna in abbondanza se la sarebbero comunque presa i tedeschi per le loro fortificazioni.

La Virginia si era trasferita a Contrà Monte ad assistere la sorella con la polmonite. Caterina era a casa da sola.

Fu in quei giorni che si accorse che Quintilio si comportava in modo strano. Faceva cose senza logica, come scendere dai Livelli a metà pomeriggio per andare a prendere un libro a casa della Gilda. E non accadde una volta soltanto, lo fece per ben due pomeriggi di seguito.

«Cosa fai?» chiedeva, vedendoselo capitare a casa con il sole ancora alto. «Lasci la Linda lassù a lavorare e tu vai in giro? La fai venire giù da sola col buio?»

«Non ti preoccupare. Scendo a Calvene un attimo e poi torno su a prenderla.»

Erano un paio di ore di cammino. Non aveva alcun senso.

Caterina cominciò a sospettare che ci fosse sotto qualcosa di grosso la notte in cui lo sentì uscire di casa, nonostante il freddo e, ben più grave, il coprifuoco.

La seconda volta lo seguì senza farsi sentire. Lo vide attraversare la corte, passare sotto il noce e raggiungere la stalla che era stata della nonna di Mario, l'unico edificio che sorgeva sul lato digradante della corte, isolato da tutti gli altri.

Caterina aspettò una decina di minuti seduta sull'ultimo gradino della soglia di casa, stretta nel mantello nero. Poi lo vide uscire e chiudere piano il portone della stalla, affinché non cigolasse.

Per tornare, Quintilio fece nuovamente il giro largo.

Non si era accorto di Caterina, quando se la trovò davanti alla porta fece un salto dalla paura.

Entrarono senza dire niente.

«Mi spieghi cosa diavolo stai facendo?» gli domandò lei non appena ebbero chiuso la porta alle loro spalle.

«Non sono fatti tuoi» rispose Quintilio, che si era riavuto in fretta dalla sorpresa.

Dalle inferriate della cucina entrava la luce debole della luna.

«Come puoi dire che non sono fatti miei? Se stai facendo qualcosa di clandestino o se stai nascondendo qualcuno sono, eccome, fatti miei. Qui ci ammazzano tutti.»

Quintilio si avvicinò a una delle finestrelle e guardò fuori.

«Meno ne sai, meglio è. Fidati.»

Caterina si avvicinò a lui e guardò nella stessa direzione. Non vedeva niente di insolito. La corte, il noce, il pendio, le masse scure delle colline e la pianura, più buia della notte stessa per via dell'oscuramento. Vicino alla stalla della nonna di Mario, l'altalena, che Toni aveva appeso al melo perché le bambine dell'Anna si divertissero, ondeggiava piano a causa del vento.

«Se non mi dici chi nascondi in quel fienile, giuro che mi metto a gridare e sveglio tutta la corte.»

«Sta' calma» disse Quintilio.

Si spostò dalla finestra.

«Non c'è nessuno nel fienile.»

Caterina lo seguì verso il caminetto spento, a cui si era appoggiato.

«Cosa stai combinando, Quintilio?»

Lo guardò negli occhi.

«Tu lo sai, vero, che probabilmente Tullio è morto. Non possiamo perdere anche te; lo capisci, vero?»

«Mi dispiace, Nina, ma io non riesco più a guardare questo disastro senza fare niente. Non posso combattere, ma ci sono un sacco di altri modi in cui posso rendermi utile.»

A Caterina tornarono in mente gli strani movimenti degli ultimi giorni, su e giù da Calvene.

«La Gilda! È stata lei, vero?»

Era furiosa, avrebbe voluto tirare la molla del camino contro il muro.

«È una disgrazia quella ragazza! Non le permetterò di portarmi via anche te.»

Quintilio le mise le mani sulle spalle.

«Ma di cosa parli? Lei è partita per Milano.»

«Chi ti ha assoldato, allora? Suo padre? Sua madre?»

Quintilio la scrollò un poco.

«Parla piano, perdio, vuoi svegliare tutti?»

Caterina si mise a piangere.

«Senti» iniziò Quintilio, cercando di calmarla. «Te lo dico solo perché so che è una persona che conosci e di cui ti fidi. Poi, però, non mi chiedi più niente.»

Caterina smise di piangere e alzò la testa verso di lui.

Una nuvola scura passò in cielo e si trovarono al buio completo.

«È stato Mario.»

Mario.

Caterina si immobilizzò.

Mario.

«Mario è qui?» sussurrò, con le mani che già tremavano.

«L'ho incontrato qualche settimana fa a casa della Gilda, ero solo passato a chiedere un libro. Ma non posso dirti niente di più.»

Mario.
La Gilda.
Caterina allungò il braccio verso l'alto e afferrò il bavero della camicia di Quintilio e lo strattonò fino a far saltare il bottone che chiudeva la fascetta.
«Di Mario non mi fido per niente. Ma proprio per niente. Ti ha raccontato un sacco di scemenze. Questa è la loro guerra, Quintilio, non è la nostra. Solo perché hanno studiato pensano di poterci comandare. Lo capisci?»
Lui, senza fatica, allontanò il braccio esile della sorella che ancora gli strattonava la camicia.
«È la guerra di tutti, Nina. Non so come tu faccia a essere così cieca da non capirlo.»
Diede un pugno sul tavolo.
«Sapevo che non dovevo parlartene, ma pensavo che fossimo dalla stessa parte.»
Così dicendo, le diede uno spintone e raggiuse le scale.
Dopo i primi gradini, ebbe un ripensamento.
«E vedi di non parlarne con nessuno. Neanche i suoi genitori sanno che lui è qui.»

Caterina rimase fino all'alba seduta al tavolo della cucina a guardare l'altalena oscillare debolmente, dall'altra parte della corte.
Era gelata, ma non riusciva a muoversi.
Alla prima luce, i fratelli scesero le scalette per ripartire in direzione dei Livelli.
«Ci fermiamo su per la notte» disse Quintilio, senza guardarla in faccia. «Sono gli ultimi giorni, non ha senso che facciamo avanti e indietro.»
«Non sarà freddo?» obiettò piano Caterina.
«Accenderemo il fuoco» rispose lui.
La Linda era allegra.
«Su col morale, Nina» disse, dandole una leggera pacca sulla schiena. «Tra un paio di giorni siamo di ritorno. Se ti senti sola, puoi sempre raggiungerci.»

Caterina non si alzò nemmeno dal tavolo.
Non li salutò e non li guardò partire.
Era gelata e non riusciva a muoversi.

Capitolo 6

Quella mattina, alla fontana, Caterina dovette rompere un sottile strato di ghiaccio. Era solo la metà di novembre, ma quell'anno anche l'inverno aveva deciso di sorprenderla.

Era scesa a lavare presto, perché prima di mezzogiorno voleva salire nel bosco a cercare le ultime nocciole. Si sa mai, che con un po' di fortuna, ce ne fosse ancora qualcuna in giro.

Ne trovò appena una manciata.

Mentre per pranzo sorseggiava la sua scodella di latte di capra e ci inzuppava dentro una fettina di polenta fredda, le pareva di essere riuscita a addomesticare l'idea che Mario fosse di nuovo in zona; come il fatto che suo fratello fosse entrato attivamente nella Resistenza.

Scese al Campo Gualivo a potare il pero. Al ciliegio, che era molto più alto, avrebbe pensato Quintilio. Con la spalla dolorante lei non osava arrampicarsi.

Il resto del pomeriggio lo trascorse a pulire la stalla. Aveva rimandato l'operazione per diversi giorni e gli escrementi accumulati la rendevano ormai impraticabile. Fece avanti e indietro dalle bestie al letamaio più volte. Quando, verso l'imbrunire, la ruota uscì dal cardine, continuò a lavorare solo col badile.

Il crepuscolo era gelido, il rossore dietro al Summano la indusse a pensare che l'indomani sarebbe stato bel tempo. Magari avrebbe potuto raggiungere i fratelli e fare la pace con Quintilio. Non aveva mai litigato con il suo *fratellino* e le male parole con cui si erano lasciati non le davano pace.

In casa scaldò un po' di acqua nella pentola e vi immerse le dita screpolate, non conosceva altri modi per eliminare l'odore del letame. Con un ago si tolse una piccola scheggia, che da qualche giorno le si era conficcata sotto l'unghia del pollice.

Allungò le mani verso il fuoco e si fermò a osservarle.

Mani da vecchia, mani da contadina.

Aveva trent'anni e il destino iscritto nella sua natura fin dal giorno in cui era nata aveva preso il sopravvento.

Alla fine era diventata una contadina.

In fondo, lo aveva sempre saputo, ma si trovava lo stesso a sorprendersene.

Andò a far filò nella stalla dell'Adele, con il lavoro a maglia e la coperta pesante da mettersi sulle gambe. Faceva così freddo che aveva portato con sé quella del letto di Quintilio.

Erano solo donne e bambini. Quella sera non c'era nemmeno suo fratello a fare la corte alla Mara e a far sognar loro un po' di amore. Caterina ripensava ai filò spensierati di dieci anni prima, quando i ragazzi erano così tanti che poteva permettersi di cambiarne uno ogni sera. Ricordava le battute di Giuseppe, le prime coppie di fidanzati che parlottavano tra loro sotto gli occhi vigili dell'intera contrada; Silvano che ancora ci stava con la testa e che imprecava contro il tempo, Toni che se la prendeva col governo e Beniamino con le femmine.

«Ti vedo un po' sbattuta» disse la Lucia, sistemando lo sgabello accanto al suo. I figli, assonnati, si erano radunati sulla paglia poco distanti.

«Sono solo un po' stanca. Ho spalato letame tutto il pomeriggio.»

«Ti capisco, per fortuna Enzo è grande e adesso può darmi una mano.»

Si avvicinò anche l'Anna, che non poteva sedersi, perché la più piccola era piena di tosse e, ogni volta che la madre provava a fermarsi, iniziava a urlare.

«Ci vorrebbe Ernest» disse la Lucia, poggiando una mano sulla fronte della bambina.

Caterina osservò quella minuscola creatura senza colpa

né paura e, per la prima volta, ebbe il desiderio di tenere tra le braccia un neonato.

Forse i figli erano davvero la salvezza. Lo aveva sentito ripetere tante volte dopo l'altra guerra.

Cos'altro avrebbe potuto salvarla, a quel punto della sua vita, se non l'idea che qualcun altro potesse riuscire dove non era arrivata lei?

Se ne andarono tutti a letto presto. Era un attimo che ai piccoli tornasse la fame o che finisse il petrolio della lampada.

Uscirono nella notte come fantasmi, senza dilungarsi in saluti, per non farsi sorprendere da Pippo.

Era una serata limpida e ventosa.

Caterina non aveva alcuna voglia di tornare subito a chiudersi in casa. La stalla, con il fiato umido delle bestie, l'odore di petrolio e le finestre oscurate, le aveva lasciato una spiacevole sensazione di prigionia.

Alzò la testa e contemplò la magnifica stellata che si apriva sopra di lei. Guardarla le pareva già un atto di resistenza. Stette a lungo immobile, con il cesto in mano e la coperta avvolta sulle spalle, a contemplare quella libertà lontana. Cercò il Piccolo e il Grande Carro e le parole del nonno scritte nel cielo.

Fu a quel punto che venne colpita da qualcosa sulla caviglia, forse un sasso.

Si spaventò.

Si guardò attorno per vedere da dove fosse venuto, le abitazioni a schiera erano tutte serrate.

Il vento forte le fece volare i capelli sugli occhi. Le venne il dubbio che a colpirla fosse stato un rametto volato dal noce.

Un attimo dopo fu raggiunta da un secondo lancio, questa volta vide chiaramente che si trattava di un sassolino e che proveniva dal fienile della nonna di Mario, lo stesso edificio in cui era entrato Quintilio qualche sera prima.

L'ombra nera della costruzione, grande e quadrata, si stagliava minacciosa contro la pianura illuminata dalla luna.

Caterina, che non voleva saperne niente di armi, biglietti o ribelli, fece per scappare in casa.

Sulla maniglia della porta, esitò.

E se tra il fieno ci fosse stato qualcuno che aveva bisogno di aiuto? Magari un ferito?

Si voltò di nuovo verso la stalla.

Forse si trattava di un ragazzo della contrada.

Poi le venne un ulteriore sospetto e le mani iniziarono a tremare.

Attraversò la corte come se, all'improvviso, le fosse impossibile fare diversamente.

Aprì piano il portone per non farlo cigolare ed entrò, assieme a un cumulo di foglie morte, sospinte dal vento.

Da quando la nonna di Mario non c'era più, la stalla di sotto era rimasta vuota. Le catene, a cui un tempo venivano attaccate le bestie, erano state portate via durante la raccolta del ferro; sulla parete di fondo, rimanevano solo gli anelli a cui erano agganciate. Le inferriate metalliche, davanti ai vetri polverosi delle finestrelle, tagliavano a rettangoli la luce della luna, che si rifletteva, lattea, sul pavimento vuoto.

Poggiò a terra cesto e coperta e si arrampicò sulla scaletta a pioli che portava al fienile.

Uscì dal buco e si trovò immersa in un buio ancora più denso di quello di sotto. Si mise in piedi, appoggiandosi alla parete, che ricordava vicina all'apertura. Aspettò che gli occhi si abituassero.

Al centro della stanza presero forma un mucchio di fieno, poi la forca che vi era appoggiata sopra e una falce che pendeva dal soffitto, attaccata a una delle travi che percorrevano il sottotetto.

Si accorse di lui solo dopo qualche secondo.

Era addossato alla parete opposta a quella a cui era appoggiata lei.

Non lo vedeva bene, ma aveva la certezza che fosse lui.

Era in piedi, immobile, come lei.

Caterina aveva smesso di respirare.

Capitolo 7

«Nina?»

«Mario?»

Quando decisero di muoversi, lo fecero assieme. Si avvicinarono l'uno all'altra nello stesso momento.

Prima di rendersene conto, Caterina si ritrovò addosso a lui, più vicina di quanto non gli fosse mai stata. Avevano preso troppo slancio e non riuscivano a fermarsi alla giusta distanza.

I loro visi si scontrarono.

Si baciarono con la voracità della carestia.

Sentì le mani nervose di lui sul suo corpo.

Lei fece lo stesso.

Pensava di non desiderare più niente e, invece, tutto quello che aveva voluto per anni era, adesso, tra le sue braccia.

Il viso ben rasato, le mani pulite con le vene sul dorso, la pelle bianca del collo, Milano: tutto era suo, finalmente.

Lo carezzava, lo tastava, lo stringeva. Spalle, schiena glutei. Le mani sotto il maglione, dentro i pantaloni, tra i capelli.

Aveva fame.

Voleva divorarlo.

Lui le sfilò la camicia e anche la flanella, fece saltare il bottone della gonna per toglierle.

Erano schiacciati l'uno contro l'altra, eppure ancora troppo distanti.

Caterina sentiva il suo sesso premere contro il ventre e le parve inevitabile aprirgli le gambe. Non aveva le mutande, nessuno le portava in tempo di guerra.

Sbatterono contro la trave al centro della stanza, tutto il tetto tremò.

Mario cercava un varco, premeva punti a caso tra l'inguine e il pube.

Fu lei a guidarlo.

Lui spinse più volte senza successo.

Lei lo trascinò a terra, sul mucchio di fieno.

Poi sentì una fitta al basso ventre ed era tutto finito.

L'impiantito smise di scricchiolare. Di nuovo si sentiva il vento, contro le pareti esterne del fienile, e la paglia, su cui erano caduti, che frusciava a ogni respiro.

Mario era steso su di lei, aveva la faccia appoggiata oltre la sua spalla. Non si muoveva e non parlava. Caterina ne sentiva solo il fiato sull'orecchio sinistro.

L'urgenza di divorarlo non si era spenta, ma non aveva più il coraggio di muoversi e nemmeno di parlare.

Il vento si fece più forte; fischiava tra gli spifferi delle travi e le faceva raggrinzire la pelle nuda delle gambe. Sopra le loro teste, la falce mulinava, intrappolata in una corrente d'aria.

Caterina cominciò a tremare.

Pregò che lui dicesse qualcosa.

Avrebbe voluto rimettersi i vestiti, ma era schiacciata e le braccia, abbandonate sulla paglia, lungo i fianchi, non le rispondevano.

Il corpo di lui si faceva poco alla volta più estraneo e più pesante.

«Mi dispiace» le disse all'orecchio, in un momento in cui il vento parve acquietarsi.

Mario aveva parlato con la voce seria, quella di sempre.

Caterina lo riconobbe.

Adesso lo sentiva di nuovo leggero. Più magro di come lo avesse mai immaginato. Tutto ossi. Tutto suo.

Rimasero distesi, ad ascoltare i loro petti appoggiati, che respiravano assieme, e il verso lontano della civetta, che si confondeva con quello del vento.

Caterina ricordò quando i loro corpi respiravano all'unisono dentro il crepaccio in cui si nascondevano da bambini, durante l'altra guerra.

Provò la stessa sensazione di pienezza e lo strinse ancora più forte.

«Perché ti dispiace? Io sono felice» rispose, quando ebbe di nuovo il coraggio di disturbare il silenzio.

Mario uscì da lei e si stese sulla schiena, al suo fianco.

Caterina si sentì vuota. C'era troppo spazio attorno a lei, ebbe paura.

«Rimani ancora» gli sussurrò.

Gli cercò il sesso appoggiato all'interno della coscia. Lo carezzò. Era umido e mollo. Non staccò la mano.

Mario aveva chiuso gli occhi.

Caterina si accorse che il respiro si stava facendo affannoso.

Lasciò la presa e gli appoggiò la mano sulla guancia.

«Mario?»

Lui non rispondeva.

Si girò nella sua direzione.

«Mario, va tutto bene?»

Aprì gli occhi e la guardò. Caterina gli riconobbe lo stesso sguardo perso che aveva da piccolo quando qualcosa lo metteva in difficoltà.

«Cosa succede?» domandò, confusa.

«Mi dispiace, Nina» disse guardando la falce che roteava sopra di loro.

«Di cosa parli?»

«Be', di quello che è appena successo» disse indicando in modo vago i loro corpi. «Non so se avremmo dovuto...»

Prese i pantaloni e si coprì il bacino.

«È che ho immaginato così tanto questo momento che poi...»

Caterina si coprì a sua volta con la camicia.

«Non sono stata con nessun altro» disse Caterina incerta. «Di solito è diverso?»

Ci fu un lungo silenzio. Poi Mario sospirò.

«Non lo so» disse piano, fissando il soffitto. «Anche per me era la prima volta.»

Caterina si girò verso di lui.

Mario continuava a non guardarla, pareva imbarazzato.

«Sai… Non ho avuto tanto tempo per le donne negli ultimi anni.»

«Quindi sei stato solo con me?» domandò incredula.

Mario annuì.

Mario aveva avuto solo lei, lei aveva avuto solo Mario.

Si ritrovò a sorridere e poi a ridere.

«Sei il solito strambo» gli sussurrò all'orecchio.

Anche lui sorrise, poi le allungò il braccio in modo che lei potesse appoggiarci la testa.

Mario aveva avuto solo lei. Lei aveva avuto solo Mario.

Mario, Nina.

Nina, Mario.

Con la mano iniziò ad accarezzarle piano la guancia.

«Non sai quante volte sarei voluto tornare, qui, a casa da te» disse lui, sospirando.

Caterina ruotò nella sua direzione e si posò sulla spalla.

«Tua madre mi ha accennato qualcosa.»

«Già» disse lui senza aggiungere ulteriori spiegazioni. «E qui? Come ve la siete passata in questi anni? Hai notizie dei tuoi fratelli?»

Caterina scosse la testa.

«No, ancora niente.» Lo guardò. «Ho saputo di Felice. Mi dispiace tanto.»

Mario sospirò.

«Aveva i polmoni marci, ormai.» Scosse la testa. «In futuro non permetteremo più che queste cose accadano. Quando cesserà la guerra la cambieremo questa società malata.»

Mario era finalmente accanto a lei, come da piccoli. C'era voluta un'altra guerra perché tornassero a nascondersi assieme.

Non voleva sentire parlare di altro, solo di loro due.

Gli spostò i pantaloni con cui si era coperto.

«Ce l'hai ancora» disse allungando il braccio e toccando un grosso neo che lui aveva tra il pube e l'anca sinistra.

Mario alzò la testa e lo guardò sorpreso.

«Perché?» disse, ricoprendosi.

«Perché quando eravamo piccoli te l'ho sempre invidiato. Una volta me ne sono disegnato uno col carbone. Ma non era bello come il tuo e la mamma, che mi trovò con la gonna abbassata, mi gridò che ero una svergognata.»

Mario la guardava serio.

«A malapena sapevo di averlo.»

Caterina lo scoprì di nuovo e ci poggiò sopra la punta dell'indice.

«Smettila» protestò lui blandamente. Le prese la mano e la trattenne tra le sue.

In quel momento, dall'esterno, arrivarono dei colpi secchi contro la parete. Netti, consecutivi, alla stessa distanza uno dall'altro. Mario le fece segno di non muoversi. Con un gesto fulmineo prese il fucile che aveva lasciato appoggiato alla parete. Si appiattì a terra e strisciò fino all'imbocco della scaletta.

Caterina senza fare rumore finì di abbottonarsi la camicia.

Trattenevano entrambi il respiro.

Mario guardava giù, con la canna dell'arma vicino al viso, puntata nella direzione del suo sguardo. Si sporse di più, per vedere fuori dalle finestrelle della stalla.

Caterina ne osservò le gambe magre e i glutei duri e stretti.

Di nuovo ci fu un colpo secco.

«È solo l'altalena» sussurrò. «Il vento è così forte che ha sbattuto contro il muro.»

Si alzò e appoggiò nuovamente il fucile alla parete.

«Aspetta un attimo» disse, allontanandosi verso la scala. «Vado giù a prendere la coperta.»

Era magrissimo, gli si potevano contare le costole e le ossa delle anche sporgevano sotto la pelle, sul fianco, all'altezza del bacino. Lo guardò infilarsi nel buco che scendeva di sotto. Era così sottile che pareva dovesse dissolversi da un momento all'altro nell'oscurità.

Provò sollievo quando, poco dopo, lo vide ricomparire dall'imbocco.

«Cosa ti sei fatto?» gli domandò, indicando una lunga cicatrice sul fianco destro.

«In Spagna» rispose vago.

Si infilò i pantaloni e poi allargò la coperta in modo che ci stessero sotto entrambi. Lei si rannicchiò, di schiena, nel suo abbraccio.

Lui le baciò la nuca.

«Mi dispiace che hai preso paura.»

Caterina fece aderire ancora di più la schiena al suo petto, il sedere al suo bacino, le gambe alle gambe.

«Raccontami qualcosa.»

«Ma non so neanche da dove cominciare. È passato così tanto tempo dall'ultima volta che ci siamo visti.»

«Puoi iniziare dalla Spagna, se ti va.»

Mario non disse niente per qualche secondo.

«Ma ti interessa davvero?»

No, Mario, non mi interessa proprio niente della Spagna, ma farei qualunque cosa pur di tenerti qui.

Caterina annuì.

Mario fissò il debole chiarore che dalle scalette si propagava sul mucchio di paglia e iniziò a raccontare, con lo stesso tono che gli aveva sentito qualche anno prima, quando aveva parlato di treni e strade durante il filò, senza dare particolare importanza a ciò che diceva, come se si fosse trattato di un resoconto, ma senza riuscire a omettere alcun dettaglio, anche i più insignificanti.

Che fosse diventato il suo modo di parlare da adulto?

Si girò e appoggiò la testa sulla sua clavicola, in modo da sentirne la voce direttamente dal petto.

Figueras, le Brigate internazionali, Madrid, Guadalajara e la ritirata: numero di uomini, di morti, numero di armi, di civili, numero di muli abbandonati al di là del confine spagnolo.

Le sue parole adesso passavano per contatto.

Tutto le arrivava attraverso la pelle. La sua vicinanza la ubriacava. Gli passava le dita sulla barba ispida, sul pomo d'Adamo che si muoveva quando parlava, e sulle spalle. Poi scese sul petto, sulla cicatrice, una striscia ruvida e sporgente, e poi di nuovo sul sesso, che rispose al tocco.

«Se fai così, non credo di poter continuare» si interruppe lui, bloccandole il polso. «E c'è almeno un'altra cosa che vorrei raccontarti.»

Era serio.

Il suo Mario.

Caterina ritirò la mano, divertita dal suo nuovo potere.

«E quale sarebbe?»

«Nel febbraio del trentanove stavo per morire a causa di questa» disse toccando la cicatrice. «Ero stato ferito durante la ritirata, una granata mi è esplosa davanti, mentre coprivamo la fuga dei catalani in Francia.»

Caterina ricordò di aver letto sul giornale di Alessandro la cronaca di quegli aventi. Quante volte si era chiesta se Mario fosse tra loro.

«Eravamo in una enorme spiaggia, per proteggermi dal vento mi avevano scavato una buca nella sabbia. Già mi davano per morto.»

Caterina gli baciò la guancia.

Per la prima volta, da quando aveva iniziato a raccontare, era davvero interessata.

«E poi?»

«Stavo malissimo, ogni tanto deliravo, ma, quando ero cosciente, continuavo a ripetermi che l'ultima volta che ci eravamo visti tu mi avevi promesso che sarebbe andato tutto bene.»

Caterina scoppiò a ridere.

«Ma che stupidaggine, Mario.»

«Hai ragione. Sarà anche una sciocchezza. Ma alla fine sono guarito.»

Caterina ancora rideva. Lui era serio.

«Nina, mi prometti di nuovo che non moriremo?»

«Piantala con queste stupidaggini.»
Lui le bloccò le braccia dietro la testa.
«Promettilo.»
Mario la toccava, le stringeva i polsi, era su di lei.
A Caterina veniva da ridere.
«Non sarà mica un'altra delle tue fisse, vero?»
Mario non rideva affatto. Aveva paura.
«Tu promettilo e basta.»
Caterina sbuffò.
«Non moriremo.»
Mario lasciò la presa e sospirò.
«Adesso sono sicuro che vinceremo questa maledetta guerra. Avevo bisogno di sentirtelo dire.»

Capitolo 8

«A me non importa chi vince. Io voglio solo andarmene via dalla miseria e che i miei fratelli tornino a casa sani e salvi.»

Lui, che le stava carezzando la testa, si fermò e si mise a sedere.

«Vuoi dire che ti vanno bene anche i fascisti?»

La voce era tesa. Aveva raddrizzato la schiena e poggiato le mani a terra, come se si preparasse ad agire.

Caterina prese paura e si mise a sedere anche lei.

«No, no. Hai capito male. Sono dalla tua parte, certo.»

Decise di non dirgli che era stata amica di Ernest e di aver fantasticato che Tarquinio potesse arruolarsi nelle fila della RSI.

Mario rilassò le spalle, di nuovo fissava il bagliore sulla parete.

«Mi sembra impossibile che gli italiani si siano lasciati abbindolare in questo modo. Vent'anni, Nina. Vent'anni come stupidi a credere alle buffonate di Mussolini. L'autarchia, la potenza, l'impero» scuoteva la testa. «A volte mi chiedo come possa la gente essere stata così cieca. Come possa stare in pace con la propria coscienza sapendo di non aver fatto nulla.»

Estrasse dalla tasca di dietro un pacchetto di sigarette. Ne batté una più volte sul ginocchio dalla parte del filtro. Fece per avvicinarla alla bocca, poi interruppe il movimento a mezz'aria e tornò a picchiettarla più volte sulla rotula sporgente. In quei gesti sciocchi Caterina riconobbe le prigioni invisibili di Mario. Del suo Mario.

E decise che non era più importante spiegargli che anche lei sarebbe andata volentieri nelle colonie in Africa e che per lei Mussolini non aveva fatto peggio di tutti gli altri.

Lei e Mario erano finalmente insieme e tutto il resto non contava più nulla.

Lo guardò cercare la scatoletta dei fiammiferi, nelle braghe appoggiate di lato, e sfregarne uno contro il bordo ruvido.

Mario lo alzò sopra le loro teste.

Si ritrovarono faccia a faccia, seduti uno di fronte all'altra.

Finalmente Caterina vedeva i suoi occhi alla luce, sempre grandi e sempre celesti. Aveva le guance scavate, gli zigomi sporgenti e la barba corta e rossiccia.

Pensò che sembrava molto più vecchio dei suoi anni.

«Sei così bella che mi sembra impossibile che tu sia qui, proprio con me» disse lui, che la studiava con la coda dell'occhio, mentre si fingeva impegnato ad accendere la sigaretta.

Caterina scoppiò a ridere.

«Non me lo spiego nemmeno io.»

Poi lui iniziò a fumare e non dissero più niente. Lo faceva con regolarità. Otto secondi tra un tiro e l'altro. Come quel giorno alla curva di Folgaria. Negli intervalli teneva la sigaretta rivolta verso l'interno, con le braccia appoggiate alle ginocchia flesse, proprio come quella mattina sul prato. E Caterina pensava che tutto poteva ricominciare, e che quegli otto anni, trascorsi da allora, fossero stati solo una svista, un errore, una fissa inutile, come lo erano i suoi otto secondi.

Gli sbottonò appena i pantaloni e, di nuovo, appoggiò la punta dell'indice al neo, ne percorse i contorni.

Mario finì di fumare, disperse con il piede le tracce della cenere e si mise il mozzicone in tasca.

La stanza era sparita di nuovo, come tutti i dettagli di Mario che aveva fatto suoi.

Il buio improvviso ricordò a Caterina che terra, guerra e miseria divoravano ciò che lei lasciava indietro. Non poteva permettere che accadesse di nuovo.

«Te ne andrai, come hai sempre fatto?»
Mario girò la faccia verso di lei.
«Nina. Sei tu che mi hai sempre mandato via.»
Caterina appoggiò la testa alla sua spalla.
«Non è vero. Ti ho aspettato per anni.»
Mario prese tra le dita una ciocca di capelli che le scendeva dalle spalle. La strofinava tra i polpastrelli, pareva concentrato solo su quella.
«Nina, tu mi sei sempre piaciuta.»
Il vento spezzò un ramo del melo, che cadde sul tetto. Legno contro legno, un botto secco. Lo ascoltarono rotolare e cadere al suolo.
E adesso Caterina ripensava ai loro incontri. A tutte le aspettative disattese, alle uniche parole che davvero importavano e che avevano lasciato indietro. A tutti gli anni perduti, mangiati dalla terra, dalla guerra e dalla miseria.
«E perché non me l'hai mai detto?» domandò con la voce che le tremava.
Mario allargò le braccia.
«Tu piacevi a tutti. La Ida ogni tanto mi scriveva e mi raccontava dei tuoi spasimanti e io... Sì, insomma, non è che ho tanto successo con le donne. Poi non sono bravo in queste cose.»
Le pareva che anche lui avesse la voce strozzata.
«Potevi almeno provarci» sussurrò lei.
«L'ho fatto, credimi.»
Mario le prese la mano, appoggiata sulla paglia di fianco alla sua, e la strinse forte.
«Il motivo per cui non volevo farmi prete eri tu» le disse piano. «Ma quando sono venuto a Caldogno per dirtelo, ho scoperto che non volevi sposarti.»
Caterina si accorse di piangere.
«Non hai idea di quante cose ho fatto, pensando a te. Sono diventato comunista per davvero solo quel giorno a Milano, dopo aver visto come erano ridotte le tue mani.»
Mario si portò alla guancia le dita che stringeva.

«Puzzano di letame» disse Caterina, provando a sfilarle dalla presa.

Mario annusò il dorso, poi il palmo e poi la baciò.

«Lo so, ti ho guardata tutto il giorno dalle fessure» disse indicando la parete che dava sull'abitazione di Caterina.

Lei pensò a tutto il letame che aveva spalato.

«Se mi avessi sposato, forse non sarei nemmeno partito per la Spagna. Ero tornato per chiedertelo.»

Caterina ritirò la mano.

«A te piaceva la Gilda.»

«Non hai proprio capito niente, Nina. È da quando ho ricordi che mi piaci solo tu.»

«E la Gilda?»

«E la Gilda, cosa? Avevo affari con suo padre. Mi ha aiutato quando avevo bisogno. Tutto qua.»

«Mi sembrava che vi intendeste bene.»

Mario le carezzò la testa.

«Lei potrebbe piacermi solo se tu non esistessi.»

Caterina non gli disse di Vincenzo. Forse lui lo sapeva già o forse no. Non aveva importanza. Niente più l'aveva. Lei e Mario erano di nuovo insieme, nel fienile, come da piccoli.

Si girò verso di lui e lo abbracciò stretto.

«Quando finisce la guerra, ci sposiamo, vero?»

Era tra la paglia con Mario.

Aveva un futuro con Mario.

«Non ho mai voluto altro» rispose lui.

Niente veniva lasciato indietro, quella sera si prendeva tutto.

Come doveva essere, come avrebbe dovuto essere da sempre.

Caterina lo strinse ancora di più.

«E perché vuoi sposarmi?» domandò piano.

«Perché tu sai sempre cosa fare.» Sorrise. «E poi chi altra mi prenderebbe con tutte le mie fisse.» Si batté l'indice contro la tempia. «Me lo dici sempre anche tu che sono strambo.»

La guardò.
«E tu? Tu potresti averne tanti altri, perché proprio me?»
Caterina di nuovo lo attirò a sé.
«Perché sei l'unico che può salvarmi da questo posto» rispose baciandolo.
Mario si sfilò i pantaloni e lei si tolse la camicia.
Si distesero.
Caterina sentì le mani di Mario che la cercavano nel punto giusto.
Lo sentì scivolare dentro di lei e poi esitare.
Aprì gli occhi.
Mario la stava guardando.
Caterina annuì.
Cominciò a muoversi su di lei e a Caterina sembrò di non aver mai desiderato altro.
Si sentiva piena e si sentiva sazia come non lo era mai stata.
Le parve di non capire più niente e le venne da gridare.

Capitolo 9

«Mio Dio, Nina, ci siamo addormentati.»

Mario era scattato in piedi.

Caterina batteva i denti. Erano tornati l'inverno, la guerra e tutto il resto.

«È grave?»

«Ho perso un appuntamento!»

Mentre si metteva le braghe, il pacchetto di sigarette gli cadde fuori dalla tasca. Le cercò nel buio, tastando con le mani sull'impiantito e quasi inciampò sul fucile che era scivolato dal muro.

Caterina non lo aveva mai visto così agitato.

«Ti prego, Mario, dimmi cosa succede.»

«Non posso, credimi.»

Stava cercando la camicia, Caterina si accorse di esserci seduta sopra. Spostò il sedere senza alzarsi e gliela porse.

«Ti prego, dimmi almeno se vai a combattere. Altrimenti le cose che immagino mi tormenteranno di più che sapere la verità.»

Mario era in piedi davanti a lei e si stava chiudendo la cintura dei pantaloni.

«Sta' tranquilla. Io non ho più l'età per combattere. Sono qui in missione di pace. Sto provando a mettere insieme le brigate di montagna. Cose noiose, insomma» disse carezzandole la testa. «Ma adesso alzati. Ti prego.»

Caterina raccattò i suoi abiti a carponi.

«E come sta andando?» domandò, mettendosi in piedi.

«Male. La gente di qua è come te» le baciò la guancia.

«Qui non vogliono essere comandati da nessuno, men che meno dai comunisti. E su, sull'Altipiano, è peggio ancora.»

Caterina ora cercava il bottone della gonna.

Mario accese un cerino e illuminò l'intavolato. Il bottone era sul ciglio della scaletta. Si piegò a raccoglierlo.

«Posso tenerlo io, questo?»

Caterina annuì e lo guardò infilarsi di sotto; poi fece un risvolto alla gonna, sulla vita, perché non le scivolasse e si obbligò a seguirlo giù per la scala.

Fuori l'aria era calma, il cielo era ormai più grigio che nero e le stelle iniziavano a sbiadire. Camminavano su strati di frasche e foglie secche, portate in cortile dal vento notturno.

Caterina sentiva le lacrime tiepide diventarle fredde sulle guance.

«Ho paura che non ci rivedremo mai più.»

Mario appoggiò la fronte a quella di lei.

«Non succederà. Ti prometto che, appena finisce la guerra, ti porto a Milano con me.»

Caterina gli prese le mani. Erano ruvide e secche, questa volta non sgusciavano alla sua presa.

«Un'ultima cosa, Mario. Ti prego, lascia stare mio fratello. Ci è rimasto solo lui.»

Mario le ritrasse.

«Tuo fratello è grande, Nina. Comunque, se ti fa stare tranquilla, oggi parto.»

Ormai Caterina singhiozzava senza nemmeno provare a trattenersi.

«Non voglio che parti.»

Mario la abbracciò stretta, poi si voltò senza dire niente.

Caterina guardò la sua ombra passare rasente la fila di case e imboccare il sentiero che portava a Costa Mare, ne ascoltò i passi tra le foglie morte fino a quando non sentì più nulla.

Alle nove del mattino Caterina ancora dormiva. Non le era mai capitato in tutta la sua vita.

Si svegliò con la luce del sole in faccia. Il vento aveva pulito il cielo e la giornata era limpidissima.

Mario. Matrimonio. Milano.

Furono le prime tre parole che le vennero in mente.

La gravità non aveva più potere su di lei. Ogni fibra del suo corpo aveva perso consistenza e le pareva di fluttuare sopra il giaciglio di paglia.

Si mise a sedere e le venne da ridere senza motivo.

Fuori dalla finestra spuntava il tetto del fienile in cui aveva trascorso le ore più belle della sua vita. Osservò Toni che, sul melo, stava recidendo con la sega il ramo che si era spezzato nella notte.

Ripensò al corpo di Mario, al suo sesso, al suo neo e a tutti quei dettagli che ora erano anche suoi.

Era in questo stato di grazia, quando sentì bussare forte alla porta di casa.

Era ancora vestita e in un attimo fu di sotto.

Si trovò di fronte la Linda, stralunata.

«Che scherzi sono questi? Si può sapere dov'è Quintilio?» urlò.

«Come sarebbe? Non era a fare legna con te?»

«No, è sceso ieri pomeriggio. Doveva tornare prima di sera, ma non l'ho visto. Ho passato la notte da sola, a morire di paura.» Fissò Caterina. «Ma cosa ti sei fatta alla bocca?»

Caterina si passò le dita sulle labbra.

«Perché?»

«Hai tutta la pelle rovinata.»

Caterina si sentì avvampare.

«Sarà stato il freddo.» Si spostò dalla porta per far entrare la sorella. «Ti ha detto dove andava?»

«No. So solo che doveva scendere a Calvene.»

A Caterina si chiuse lo stomaco.

«Dobbiamo andare a vedere se qualcuno l'ha visto.»

La Linda già saliva le scale.

«Vacci tu. Io non ho chiuso occhio. Vado a stendermi un attimo.»

Caterina si rese conto che la sorella non sapeva nulla dei pericoli che stava correndo Quintilio e pensò che era un bene che ne fosse all'oscuro.

Prese una fetta di polenta al volo e se la mise in tasca. Poi infilò gli zoccoli, si annodò al collo la mantella pesante di lana nera e si avviò di corsa giù per il sentiero dei Gramoli.

Arrivò in paese col fiatone. La gonna, senza bottone, continuava a scivolarle sui fianchi, doveva continuamente fermarsi per arrotolarla in vita.

In piazza tutto pareva tranquillo, i bambini giocavano a sassetto e un paio di anziani se ne stavano con gli sgabelli davanti casa, a prendere il sole. Schivò un secchio d'acqua sporca che qualcuno lanciava sulla strada dalla finestra del primo piano. Un paio di donne le passarono di fianco con un cespo di verze per ciascuna tra le mani.

Il mondo sembrava immune dallo stravolgimento che sentiva dentro. L'amore per Mario e il terrore per il fratello si mescolavano in un sentimento così forte che nulla attorno le pareva altrettanto reale.

Si precipitò dalla Gilda, che abitava poco sotto la casa del Fascio. Il cancelletto in ferro era aperto. Passò sotto l'arco metallico su cui era aggrovigliata una pianta di glicine, scostò col braccio un rametto pendente e le foglioline gialle le piovvero in testa; percorse il breve vialetto di ghiaia e si attaccò al batacchio metallico della porta.

Nessuno venne ad aprire.

Cercò qualche ombra dietro i due grandi rettangoli di vetro smerigliato che si allungavano sulle ante, ma dentro non si muoveva niente.

Riprovò a battere con tutta la forza che aveva nel braccio e poi si mise a gridare in direzione delle finestre del primo piano, i cui balconi erano aperti.

Si affacciò Angelo dal portone della sua officina, che si trovava dall'altra parte della strada.

«È inutile che chiami, Nina. Li hanno portati via ieri.»

Caterina si avvicinò. La bocca le era diventata asciutta.

«Chi? Chi? Chi hanno portato via?»
«Luciano e la moglie.»
Sentì che il sangue non le arrivava più alla testa e dovette appoggiarsi all'uomo.
«Vieni da me, che ti offro un bicchiere d'acqua.»
Si lasciò guidare dalle sue mani grosse, strette attorno all'avambraccio.
L'officina era una stanza piccola. Angelo spostò un pesante martello da sopra una sedia impagliata e lo appoggiò su un ripiano in legno a cui era attaccata una grossa morsa.
Caterina poté sedersi.
L'uomo sparì dentro una porticina che si apriva nella parete laterale e che collegava l'officina all'abitazione.
Caterina rimase a guardare il muro annerito dal fumo davanti a lei. Gli occhi passavano frenetici dal camino in mattoni alle pinze appese alla parete.
Angelo tornò col bicchiere e glielo porse.
«Com'è successo?» domandò lei, senza bere.
«Verso le undici è arrivata una camionetta. I fascisti sono entrati in casa. Per una buona mezz'ora abbiamo sentito solo urla, poi li hanno caricati sul mezzo e li hanno portati via. Luciano aveva la faccia che sanguinava. Ma di più non so dirti. Era buio e noi non potevamo uscire per via del coprifuoco.»
Angelo, aggirando l'incudine al centro della stanza, si avvicinò al camino.
«C'era qualcun altro con loro?» chiese Caterina.
L'uomo, adesso, le dava le spalle, trafficava col fuoco, sotto la cappa di metallo nero. Lei dovette ripetere la domanda due volte per farsi sentire.
Angelo scosse la testa.
«No, la figlia deve essere a Milano» rispose, alzando la voce.
Quintilio non era stato arrestato.
Caterina sentì lo stomaco sgrovigliarsi e portò alla bocca il bicchiere con l'acqua.

Arrivò l'Angelica.
Entrò senza bussare e senza salutare.
«Nina cara, come sta tuo fratello? Sono stata in pena tutta la notte.»
A Caterina scivolò il bicchiere dalle mani. Non si ruppe, rotolò a qualche metro da lei.
«Perché me lo chiedi?» balbettò.
La donna si portò la mano alla bocca.
«Mio Dio. Non ne sai niente, allora.»
Angelo si avvicinò con una lunga pinza in mano, raccolse il bicchiere e lo posò sul ripiano in legno.
«Cosa succede, Angelica?» domandò l'uomo.
La donna guardò entrambi, pareva confusa.
«Ieri sera mia figlia, mentre tornava dalla Cartiera, ha intravisto Quintilio dentro a un camion militare. Pensavo fossero venuti a prenderlo a casa. Per questo non ti abbiamo avvisata.»
Di nuovo Caterina non aveva saliva. Sudava e al contempo aveva i brividi. Non riusciva a stare ferma. Si alzò.
«Tua figlia è sicura che fosse lui?»
«Sì, hanno fatto le elementari assieme e poi non ce ne sono tanti in giro senza una mano. Era messo male, mi ha detto che pareva più di là che di qua.»
Caterina voleva piangere, ma, come la saliva, anche le lacrime si erano seccate.
Si voltò verso Angelo.
«Dove credi che l'abbiano portato?» chiese con un filo di voce.
«Probabilmente vogliono interrogarlo. Di solito li portano al presidio di Thiene.»
Caterina sentì le gambe che ritrovavano forza.
«Vado subito.»
Le mani grosse di Angelo sulle spalle la obbligarono a sedersi di nuovo.
«Non essere stupida. Vuoi farti arrestare anche tu? Adesso torni a casa e avvisi tua mamma e tua sorella. Non so cosa

abbia fatto Quintilio, ma è meglio per voi se per un po' non vi fate trovare.»

Caterina si alzò.

«No, vado a Thiene.»

«Non ha senso, Nina» si intromise l'Angelica. «Non c'è niente che tu possa fare. Vai a metterti al sicuro, finché sei in tempo.»

Caterina era già sulla porta.

«Angelica, potresti farmi un favore? Hai modo di avvisare la Linda che raggiunga mia mamma al Monte?»

Le sirene di allarme la sorpresero quando arrivò sul colle di Zugliano. Scese per la strada ripida come se la cosa non la riguardasse, passando in mezzo alla gente che scappava in cerca di rifugio. Il terrore che provava per Quintilio non lasciava spazio a ulteriori paure.

Quando fu nella piazza del paese, vide arrivare il primo gruppo di bombardieri, il rombo dei loro motori si aggiunse all'urlo assordante delle sirene. Solo allora, si accorse di essere rimasta l'unica per strada.

Alla prima esplosione sussultò all'unisono con il muro della casa a cui si era appoggiata. I vetri tremarono.

Non aveva mai fatto esperienza di bombardamenti e non riusciva a immaginare a che distanza fosse avvenuta l'esplosione.

Gli ululati delle sirene le impedivano di pensare, dentro la testa aveva solo quelli.

La piazza, senza vita, pareva più grande di quanto le fosse mai sembrata.

Da dietro il municipio uscì un gruppo di persone; attraversarono di corsa la spianata e sparirono tra le case. Un signore con un carretto a mano le passò di fianco veloce e le fece segno di scappare.

Caterina osservò la scena come se non fosse reale. Senza pensare a niente, si rimise in marcia nella direzione opposta.

Un nuovo sciame di bombardieri passò sopra la sua testa, all'uscita dal paese. Il fragore era uguale al precedente.

Era ormai in campagna. Non aveva alcun muro contro cui appiattirsi. Si accucciò, al centro della strada sterrata, stringendosi le ginocchia e coprendosi la testa con la mantella nera.

Arrivarono nuove esplosioni.

Appena fu silenzio, Caterina si alzò e ricominciò a correre.

Entrò a Thiene nel fuggi fuggi generale, con le sirene che, per l'ennesima volta, avevano messo tutti in allarme. Nuovamente gli aerei solcarono il cielo e questa volta Caterina vide anche le bombe cadere, qualche secondo prima dei boati. Non tremarono solo i vetri, ma la terra stessa. Si alzarono le grida delle persone e, in lontananza, all'altro lato della città, anche una grande colonna di fumo.

Non riusciva a stare in piedi, di nuovo si accucciò a terra, con la testa tra le ginocchia. Un muro alto costeggiava la strada da un lato, dall'altro si allungava una fila ininterrotta di case, non c'erano varchi in cui potersi nascondere.

Poi la sequenza si ripeté: i motori in aria, l'esplosione, il fumo e le urla.

Infine le sirene cessarono.

La strada in cui si credeva sola si riempì di gente, le persone sbucavano da dentro ogni casa e da stradine laterali che non aveva notato nel momento di panico.

Una donna arrivava dal centro gridando come una matta.

Un bambino si avvicinò e recuperò la biciclettina che aveva abbandonato in mezzo alla strada. Caterina pensò che doveva essere ricco; se dalle sue parti un bambino avesse posseduto una bicicletta sarebbe morto sotto le bombe pur di non abbandonarla.

Tutti avevano un posto da raggiungere in fretta. Caterina si alzò veloce per raggiungere il suo.

Nel grande piazzale di ghiaia che si apriva davanti al presidio della Guardia nazionale repubblicana era un viavai continuo di mezzi italiani e tedeschi. Nell'edificio non si poteva entrare. Tutti erano intenti a dare o a ricevere ordini e nessuno badava a lei.

Fermò un soldato, appena uscito dall'ingresso, tirandolo per un braccio.

«Cosa volete, signorina?» chiese brusco. «Lo vedete cosa sta succedendo?» disse, indicando il fumo che si alzava da dietro le case, a qualche chilometro di distanza.

«Mio fratello è stato arrestato ieri, a Calvene. È qui per caso?»

«Non ne ho idea. Oggi non abbiamo tempo.»

Caterina lo guardò raggiungere il rimorchio di un camion e salirci sopra con un balzo.

Riuscì a fermare un altro militare. Era più anziano, aveva la faccia rubiconda e si muoveva con meno frenesia. Stava uscendo anche lui.

Di nuovo Caterina spiegò dell'arresto del fratello.

«E come si chiama vostro fratello?»

«Quintilio.»

Il soldato si fece serio, guardò il gruppetto di uomini che lo aspettava nel cortile e fece segno che partissero senza di lui.

«Venite con me.»

Caterina si accodò.

Superarono l'ingresso e lo seguì sulle scale. Al piano superiore, la fece entrare in uno stanzino. Dentro non c'era niente, nemmeno una sedia, le pareti erano giallognole e le finestre avevano i balconi chiusi.

L'anziano tornò dopo qualche minuto accompagnato da un altro militare. Un bell'uomo, alto, dal portamento diritto, che ispirava deferenza.

«È lei» disse il primo soldato indicandola.

Il nuovo arrivato squadrò Caterina dalla testa ai piedi, poi fece cenno all'altro di andarsene.

«Anzi, portami due sedie, prima» gli ordinò, con un accento che non era del luogo.

Poi si rivolse a Caterina.

«Sono tutto orecchie, signorina.»

Caterina prese fiato.

«Mio fratello è stato arrestato ieri sera. Si chiama Quintilio, per caso sapete dirmi dove si trova?»

Il milite anziano rientrò, sbattendo le due sedie metalliche contro lo stipite della porta. Quello che parlava con Caterina si infastidì, l'altro fece un cenno di scuse. Poi sparì, chiudendosi, piano, la porta alle spalle.

«Sapete qualcosa di mio fratello?» chiese di nuovo Caterina, togliendosi la mantella e poggiandola sullo schienale della sedia.

Il soldato non rispose.

La guardava come se vedesse qualcos'altro, era chiaro che seguiva un flusso di pensieri completamente staccato da ciò che lei gli stava domandando.

«Di questo parliamo dopo. Intanto sedetevi.»

Non c'era alcuna gentilezza, era un ordine.

Caterina iniziò a sentirsi in soggezione; si zittì e fece quello che lui le chiedeva.

Si sedette anche lui, di fronte a lei. Tolse il berretto militare e lo appoggiò sul ginocchio.

«Innanzitutto, vi dico che avete fatto bene a presentarvi di vostra spontanea volontà. Avete risparmiato tanti fastidi a noi e a tante brave persone che non c'entrano niente.»

Caterina guardò i balconi chiusi e iniziò a sudare.

«Non capisco cosa intendete» balbettò.

«Credo che voi capiate fin troppo bene, signorina. Risparmiate le sceneggiate.»

Anche i palmi delle mani ora sudavano, li sfregò sulla gonna, perché non riusciva a stare ferma.

«Eravate al corrente di cosa faceva vostro fratello?»

Caterina scosse il capo.

«E ditemi, quando è stata l'ultima volta che avete incontrato il vostro amico Mario?»

Ormai sudava ovunque.

«Non lo vedo da anni» sussurrò.

Non aveva ancora finito di parlare che sentì un'ustione al volto. Era così impreparata che, in un primo momento, non aveva nemmeno capito di aver ricevuto uno schiaffo.

Si alzò per scappare, ma bastò una sola mano dell'uomo per rimetterla a sedere. Con l'altra teneva ancora fermo il berretto sul ginocchio.

Le strinse il bicipite così forte da farla gridare e ripeté la domanda su Mario.

Caterina rispose allo stesso modo, ma questa volta vide il colpo arrivare.

«Vi consiglio di essere più collaborativa, signorina. Altrimenti qui finisce male.»

La calma con cui parlava non faceva che accrescere il suo terrore.

Poi lui le assestò un terzo schiaffo, prima ancora di riformulare la domanda.

Caterina non rispose, tremava e basta. Il naso iniziò a sanguinare.

«Facciamo così, signorina. A questa domanda rispondo io.»

Fece una lunga pausa.

«Stamattina all'alba siete stata vista con lui.»

Di nuovo Caterina fece per scappare, ma un pugno sullo zigomo la fece cadere a terra.

L'uomo se ne andò senza aggiungere niente.

Caterina rimase sul pavimento a tremare. Con la guancia, imbrattata di sangue, appoggiata sulle piastrelle fredde.

Capitolo 10

Quando l'uomo rientrò non era più solo, c'erano altri due con lui. Erano più giovani, non avevano vent'anni. Uno era riccio e biondo e gli mancavano due denti davanti, l'altro tondetto e con i capelli corti e scuri, ispidi sulla fronte bassa. Non portavano la divisa militare, ma erano comunque armati.

L'uomo si sedette nuovamente davanti a Caterina che era ancora stesa a terra, incapace di muoversi dalla paura.

«Allora, signorina, come vi sentite? Avete riflettuto nel frattempo?»

Caterina si raggomitolò su se stessa.

«Fatela alzare» ordinò il soldato ai due ragazzi.

La presero per un braccio ciascuno e la misero dritta. La gonna, senza bottone, scivolò dai fianchi e si afflosciò ai suoi piedi.

Rimase nuda a metà, coi calzettoni di lana al ginocchio.

I ragazzi sghignazzarono.

«Ci state proponendo qualcosa, signorina?» chiese il soldato, con un sorrisino.

Caterina tirò giù il più possibile la camicia. Tremava, le pareva che la testa le scoppiasse dal male; lo zigomo colpito dal pugno si era nel frattempo gonfiato, chiudendole l'occhio.

L'uomo seduto la osservava, faceva scorrere lo sguardo sulle gambe nude e indugiava sul pube, che Caterina ora provava a coprire con le mani.

Poi la guardò in faccia.

«Avete deciso di spiegarmi cosa ci facevate all'alba con Mario?»

«Era solo venuto a salutarmi» balbettò.

L'uomo mimò un applauso silenzioso.

«Brava. Finalmente vi siete decisa a rispondere.»

Si alzò e le carezzò la testa.

Caterina ricominciò a sudare.

«Vi ha dato qualche informazione su cosa stava facendo?»

Caterina scosse il capo.

«Signorina, voi capite che non posso credere che un ricercato come lui abbia messo a repentaglio la vita di entrambi solo per un saluto.»

«È così, ve lo giuro» gridò lei.

Questa volta il pugno le colpì lo stomaco. Fece per ripiegarsi su se stessa, ma i ragazzi, ai lati, furono pronti a sorreggerla. Per un lunghissimo intervallo di tempo le mancò il respiro. Non appena riuscì a prendere aria, vomitò sui suoi piedi.

«Perché sarebbe venuto a salutare proprio voi? E non, per esempio, i genitori, che abitano nello stesso posto?»

«Perché ci vogliamo bene» sussurrò.

Solo a quel punto Caterina riuscì a piangere.

Lui le girò attorno, camminando con calma. Caterina sentì che, passando, la stoffa dei pantaloni, bombata sulle cosce, le sfiorava i glutei nudi.

«Perbacco! Siamo davanti a un Romeo, allora. Immagino sia stato un saluto molto speciale» disse, quando le fu di nuovo davanti.

Gli altri due fecero una risatina, più dovuta che sentita. Era chiaro che lo temevano.

«E durante questo *saluto*, come lo definite voi, vi ha detto qualcosa per caso? Dove stava andando? Con chi doveva incontrarsi?»

Caterina scosse la testa, solo a muoverla le pareva che miriadi di aghi le si conficcassero nelle tempie.

«Solo parole d'amore, quindi?» domandò il soldato, di nuovo ridacchiando.

Un secondo pugno affondò nello stomaco molle di Caterina. Di nuovo, appena riprese fiato, vomitò. Non aveva più niente in pancia: solo bave trasparenti.

«Ricapitoliamo, signorina. Voi siete l'amante di un capo partigiano, e non di uno qualunque, di uno mandato da Milano, uno che tiene i contatti con gli inglesi. In aggiunta, siete anche la sorella di un partigiano. E volete farmi credere di non sapere niente?»

Nella testa di Caterina i pensieri vorticavano senza logica.

Mario era un capo? Gli inglesi? Milano?

Chi era Mario?

Il suo Mario era spaventato. Il suo Mario aveva bisogno di lei.

Gli aghi le impedivano di ragionare.

«Io vorrei credervi» continuava l'altro, «ma proprio non ci riesco. Voi che dite, ragazzi?»

I due giovani annuirono come scimmiette ammaestrate.

Si rivolse al biondo.

«Vai a prendere un bicchiere di acqua per la signorina. Poveretta, avrà sete, dopo tutte queste ore.»

Caterina si accorse che, dalle fessure tra gli infissi, non entrava più alcuna luce.

Il ragazzo tornò col bicchiere. Lei lo bevve tutto d'un fiato.

L'uomo glielo prese di mano.

«Ve lo chiedo un'ultima volta. Dove si trova, adesso, il vostro amante?»

Caterina ricominciò a tremare e sentì l'acqua che dallo stomaco le risaliva in gola. Ebbe uno sforzo e la sputò sul pavimento.

Ormai sapeva che a ogni domanda seguiva una percossa.

«Mi ha solo detto che doveva partire. Non so altro, ve lo giuro. Ve lo giuro.»

Iniziò a urlare più forte che poteva, forse dentro la caserma c'era ancora qualcuno con un po' di cuore.

Il suo aguzzino prese un fazzoletto e glielo appallottolò in bocca, mentre gli altri due la tenevano ferma per le braccia.

Si avvicinò al suo orecchio e le parlò sottovoce.

«Capisco che non siamo il vostro tipo di uomo, ma abbiamo anche noi le nostre attrattive» mentre parlava, una mano le carezzava la pelle del sedere e si insinuava tra i glutei.

Poi la ritrasse e le girò attorno, con l'indice le sfiorò prima il collo e poi il ventre scoperto.

Le gambe di Caterina cedettero.

Non era una partigiana, lei. Non lo era mai stata. Non si era scelta quel destino. Mario glielo aveva imposto.

Il capo ordinò agli altri due di stenderla a terra e di legarle i polsi.

Poi se ne andarono.

La lasciarono legata e mezza nuda, sopra il suo vomito.

Mario l'aveva trascinata dentro la guerra, contro la sua volontà. Lui sapeva cosa sarebbe potuto accadere e lo aveva messo in conto. Lui conosceva i fascisti. Per questo non aveva voluto dirle niente.

Come aveva potuto farle questo?

Di tutte le fortune che avrebbe potuto spartire con lei, perché proprio in questo l'aveva coinvolta?

Chi era Mario?

Lo odiava.

Scoppiò in un pianto disperato.

Due soldati in divisa vennero a prelevarla parecchie ore dopo. Prima di farle scendere le scale, le permisero di rimettersi la gonna e le avvolsero attorno il mantello.

Quando uscì in strada, era già tutto buio. C'erano le stelle e, come ogni notte, tutto era silenzioso. Alla sua destra le finestre delle case affacciate sulla strada che portava in centro erano chiuse, le pareva impossibile che dentro potessero esistere famiglie che dormivano tranquille.

Fu trascinata sul grande spiazzo in ghiaia che si apriva di fronte alla caserma e spintonata dentro uno dei tanti mezzi parcheggiati in fila.

Fu chiusa nel rimorchio, immersa nel buio più totale.

Quando la fecero scendere, era in un altro paese.

Aveva davanti un edificio piuttosto grande, su più piani, con una torretta. Potevano essere delle scuole. Non vedeva bene anche per via degli occhi pesti.

All'entrata fu consegnata ad altri due soldati.

Inciampò sull'ultimo dei gradini d'ingresso e si aggrappò al braccio di uno dei due.

Quello la sorresse.

I loro sguardi si incrociarono.

Era Ernest.

Era Ernest.

Caterina sentì tutto il suo corpo rilassarsi.

Era Ernest.

«Ernest» sussurrò lei.

Lui non diede segno di riconoscerla.

«Guardare basso» ordinò, spingendola su per le scale.

Anche la voce era la sua.

Era Ernest, non aveva dubbi.

Ricominciò a tremare. Ora le era chiaro di essere completamente perduta.

Davanti a lei si allungava una stretta rampa. Nel sottoscala, era seduta una guardia armata che le lanciò uno sguardo distratto.

La fecero salire, poi la lasciarono in una piccola stanza in cui non c'era niente. Sul pavimento, erano ben visibili lunghe strisce di sangue che continuavano oltre la porta di legno che i due soldati avevano chiuso con il catenaccio, uscendo. Sull'intonaco delle pareti qualcuno vi aveva raschiato delle scritte e dei disegni.

Caterina provò ad avvicinarsi allo spioncino, ma in quel momento entrò un italiano in divisa, accompagnato da un altro che non parlava la loro lingua. Il secondo era scocciato. Imprecava.

Caterina si accucciò in un angolo della stanza.

«Sarò chiaro con te» le disse l'italiano, senza la finta cortesia del primo interrogatore. «Se non collabori ti faccio ammazzare.»

Caterina gli lesse negli occhi odio. Così netto da essere quasi rassicurante.

«Tuo fratello è morto la scorsa notte, proprio qui» disse, indicando le scie di sangue. «Non credo che tu voglia fare la stessa fine.»

La trascinarono nella stanza accanto. Dalla porta, Caterina vide il corpo nudo di Quintilio riverso a terra di pancia, in un lago di sangue. Gli avevano mozzato anche l'altra mano. Il volto era così gonfio da essere irriconoscibile.

Si riebbe con una secchiata d'acqua.

Era di nuovo nella prima stanza, stesa a terra.

Alzò la testa.

Vomitò.

Quintilio. Il suo fratellino dalla pelle morbida che dormiva stringendole i capelli. Quintilio che era bravo a scuola. Quintilio che leggeva Jack London e che era innamorato della Mara.

Quintilio non c'era più.

Quintilio era diventato un sacco vuoto.

Sentì la pipì calda inzupparle la gonna.

Anche lei era un sacco vuoto.

«Tuo fratello è stato trovato in possesso di un plico contenente grafici di obiettivi militari. Ne sapevi niente?» chiese l'italiano.

Caterina alzò il busto e lo guardò negli occhi.

«Lavorava per Mario.»

«E sai dirmi cosa ci faceva lui da queste parti?»

«Voleva mettere assieme le brigate di montagna» rispose, fissando il pavimento sporco.

Era un sacco vuoto anche lei e avrebbe detto molto di più, se solo l'avesse saputo. Tanto di Mario non le importava più nulla. Non le importava più nulla di niente.

«Per conto di chi agiva?»

«Non lo so» rispose lei.

«Dove si trova adesso?»

«Non lo so.»

«Eppure avete trascorso la notte assieme.»

Caterina annuì.

«Il nostro testimone vi ha visti all'alba in atteggiamenti amorosi.»

Di nuovo lei annuì.

«E non vuoi dirci altro?»

«Non so niente di più» ancora fissava il sangue sul pavimento. «Gli avevo chiesto solo di lasciare stare mio fratello.»

Il soldato si rivolse all'altro con un cenno di assenso.

Lo straniero si avvicinò e le legò anche le caviglie.

Nemmeno di quello le importava più.

Capitolo 11

Rimase nelle loro mani per un paio di giorni.

La riportarono a Thiene che era di nuovo notte. Dovettero trasportarla di peso dentro la caserma. Non riusciva più a muoversi.

«E di questa cosa dobbiamo farne?» chiese il soldato che presidiava l'ingresso.

«Lasciare andare» rispose uno dei tedeschi che l'aveva trasportata.

«Come fa ad andarsene? Guardate com'è ridotta. Una bella grana ci lasciate.»

La adagiarono sul pavimento.

«Noi dire solo di portare qua.»

Caterina perse i sensi.

Quando riaprì gli occhi, tra le fessure delle palpebre gonfie, vide luce. Non riusciva a mettere a fuoco gli oggetti attorno a lei. Aveva male all'addome, alla testa e agli arti.

Non aveva idea di dove si trovasse.

«Caterina. Tu senti?»

Vicinissimo al suo, c'era il viso di Ernest.

Caterina riprese a tremare.

Sentì che le avvicinava dell'acqua alla bocca e che le spostava i capelli perché non le finissero nel bicchiere.

Bevve.

Tornò a chiudere gli occhi.

Attorno a lei, voci e passi.

Era di nuovo nella stanza delle torture?

Sarebbero ripartite le scosse?

O era ancora nel camion di ritorno, quando i soldati a turno le erano saliti sopra?

Ernest adesso parlava con qualcuno.

C'era anche Ernest sul camion?

Fu messa su una coperta e trasportata fuori.

Venne poggiata da qualche parte. Provò ad aprire gli occhi, ma la luce li faceva bruciare.

Sentì Ernest dare indicazioni a qualcuno su dove abitava. Poi la superficie su cui era distesa si mosse. Ogni scossone le faceva male. Così male che lei smetteva di esistere.

Si svegliò con la Lucia che le toccava la spalla.

Urlò per il dolore e lo spavento.

«Mio Dio. Cosa ti hanno fatto?» chiedeva l'amica, piangendo.

Tutto attorno le voci della corte.

Chi di loro l'aveva tradita?

Aveva paura. Tanta paura. Tremava.

La portarono dentro la casa di Silvano.

«Stai qui da noi, finché non tornano tua madre e tua sorella» le stava dicendo l'Adele.

Che fosse stata lei a denunciarla?

Di nuovo tremava.

Il corpo era duro, un pezzo di legno.

Provarono a farle mangiare qualche cucchiaio di minestra. Non riusciva a deglutire. Voleva solo dormire.

Arrivò il dottore.

Fu costretta ad aprire gli occhi.

Sentì le mani del medico sul suo corpo e iniziò a gridare.

«Non c'è niente di rotto. Le è andata bene, ma ci vorrà del tempo perché si rimetta.»

Le è andata bene.

Le scosse. Le tornarono in mente le scosse. Lei cadeva e sbatteva la testa sul muro. Loro ridevano.

Il dottore la stava di nuovo toccando e lei gridava.

«Abbiate pazienza» continuava il medico. «Può essere che non ci stia più tanto con la testa, dopo quello che ha passato. È normale.»

È normale.

Avevano fermato il camion.

In quanti le erano saltati sopra? Due? Tre?

Ernest era tra loro?

Non poteva muoversi. Il corpo era più duro del legno.

La Lucia, ora, la stava pulendo con un panno bagnato. Con delicatezza. Sul viso, sulle braccia, le gambe.

«Poveretta.»

Caterina si svegliava e si riaddormentava. Aveva freddo. Aveva male. Ogni tanto sentiva la Lucia che piangeva al suo fianco. Poi arrivava l'Adele e provava a farla mangiare.

Arrivarono sua madre e la Linda.

Era mattina. Sentiva le campane di Calvene.

Per la prima volta, si accorse di avere coscienza dello spazio e del tempo.

«È così da due giorni» stava dicendo la Lucia.

Sentiva sua madre piangere e carezzarle la mano.

«Dite che si possa trasportare da noi?»

Caterina non ascoltò la risposta, voleva solo dormire.

La svegliarono per il trasporto. Di nuovo usarono una coperta, ogni sobbalzo le faceva male, una lama le attraversava il busto, dal ventre fino al collo.

Le voci dei vicini le mettevano i brividi.

Chi l'aveva denunciata?

Adesso era di nuovo nella sua stanza, quella in cui aveva sempre dormito con i fratelli. Si ricordò di Quintilio e del suo corpo vuoto e disarticolato. Senza mani. La faccia gonfia.

Voleva gridare, ma le uscì solo un gemito.
Riprese a dormire.

Ogni tanto le cambiavano i panni su cui faceva i suoi bisogni, altre volte le infilavano in bocca un cucchiaio di minestra o di acqua.
Lei voleva solo dormire.

Capitolo 12

Dopo qualche giorno si accorse che avrebbe potuto anche cambiare posizione, ma non vedeva motivo per farlo e rimase comunque immobile.

Non riusciva a trovare una sola ragione per cui valesse ancora la pena di vivere. Voleva solo dormire.

Una mattina si svegliò che nevicava. Osservò per un po' il turbinio della neve fuori dalla finestra, stretta nelle due coperte pesanti che le avevano steso sopra. Le venne voglia di alzarsi per guardare i fiocchi da vicino.

Si mise a sedere e si rese conto di non essere più sopraffatta dal male. Percepiva singoli dolori, circoscritti a zone precise, e già poterli localizzare li rendeva tollerabili.

Provò ad alzarsi in piedi, ma un capogiro la fece ricadere sul giaciglio.

Entrò la Virginia con una scodella di latte caldo.

«Ti sei seduta. Brava» le disse tentando di farla bere.

Caterina annuì.

Sua madre le passò un braccio sulle spalle.

«Ce la farai. Si sopravvive a tutto.»

Caterina scosse la testa.

«Quintilio è morto.»

Erano le prime parole che diceva da quando era tornata.

La Virginia poggiò la scodella a terra per non spandere.

Era diventata bianca, come il cielo di fuori.

«Sei sicura?» chiese con un soffio di voce.

Iniziò a piangere, ma non in modo disperato, un lamento cupo, basso, continuo. Caterina appoggiò il suo fianco a quello della madre e cercò di piangere, ma di lacrime non ne aveva.

Dovette aspettare ancora parecchi giorni per alzarsi. Trovò la volontà di farlo solo in occasione della seconda nevicata. Di nuovo, sentì un richiamo irresistibile verso i fiocchi che scendevano fitti e grossi dal cielo.

Provò ad avvicinarsi alla finestra, appoggiandosi al muro, e ci riuscì.

Contemplò il manto bianco e uniforme della neve. Pareva il lenzuolo poggiato sul corpo del Cristo.

Se la terra fosse morta, anche il dolore sarebbe finito.

Pensare alla morte le diede pace.

Aprì il vetro e si sporse di fuori a guardare le case ai lati.

Scoprì, solo allora, che la casa di Toni e della Irma era stata bruciata; rimaneva solo un pezzo di facciata, nero, come le travi che vi erano collassate sopra e che sporgevano sulla corte.

Chissà chi l'aveva tradita.

Le venne freddo e chiuse in fretta il vetro.

Con fatica, tornò a buttarsi sul materasso di paglia. Si avvolse dentro le coperte e rimase a guardare la neve che scendeva e seppelliva il mondo di fuori.

«Ho visto che hanno bruciato la casa di Toni» disse alla Linda, quando entrò con la minestra.

La sorella aveva le palpebre gonfie e occhiaie violacee. Da quando aveva saputo di Quintilio non si dava pace. Continuava a pensare che avrebbe dovuto impedirgli di scendere a Calvene quel giorno.

Caterina non osava dirle quante cose avrebbe potuto fare lei diversamente.

«Mi fa piacere che ti sei alzata» le rispose la sorella, tentando di sorridere.

«Puoi dirmi cos'è successo alla casa di Toni?»

La Linda le sistemò il *panaro* sulle ginocchia e vi poggiò sopra il piatto con la minestra.

«Lascia stare. Meglio dimenticare le cose brutte.»
«Ti prego. Dimmi quello che è successo.»
Lei si sedette al suo fianco. Assieme guardarono per qualche minuto la neve scendere di fuori e posarsi leggera sulla sommità del fienile della nonna di Mario. L'unico edificio visibile dal letto.
«Io non c'ero quella mattina. Mi avevi mandato a dire di raggiungere la mamma al Monte. Mi hanno raccontato che i fascisti, quando sono arrivati, hanno fatto il finimondo. Cercavano Mario. Hanno preso a bastonate sia Toni sia la Irma e alla fine hanno anche bruciato la casa. Ora stanno a Fara, da parenti.»
La Linda stava per mettersi a piangere.
«Scusami» balbettò.
Si alzò in fretta e scese di sotto.
Caterina rimase seduta sul letto a guardare di fuori.
Quanto dolore aveva causato la presenza di Mario.
«Smettila di proteggerlo. Se ti amasse davvero, verrebbe a costituirsi. Sa che sei stata arrestata» gli aveva ripetuto più volte uno dei suoi torturatori, tra una scossa elettrica e l'altra.
«La puttana del partigiano» la chiamava un altro. «Ti ha fatto anche questo?» le chiedeva mentre le stritolava i capezzoli.
Spostò la minestra e tornò a stendersi, in modo da non vedere più il tetto di quel fienile in cui aveva creduto di conoscere la felicità.
Avrebbe dato tutto pur di cancellare quella notte maledetta in cui lei faceva l'amore, mentre suo fratello veniva ammazzato a causa di Mario. Di un Mario di cui lei non sapeva nulla.

Verso Natale scoprì di non essere incinta, né di Mario né dei soldati che l'avevano riportata a Thiene. Fu un sollievo così grande che per un attimo le sembrò di provare qualcosa di simile alla felicità.
Quel giorno, per la prima volta, scese di sotto a lavorare a ferri davanti al camino assieme a sua madre.

Quando la Virginia vide i panni sporchi, Caterina la sentì ringraziare il Cielo. Fu una sorpresa scoprire che la madre aveva le sue stesse preoccupazioni.

Un pomeriggio, venne a farle visita una ragazza di Calvene. Si chiamava Marietta e veniva per conto dei partigiani. Le disse che erano vicini alla sua famiglia e che, finita la guerra, avrebbero fatto in modo di risarcirli per tutte le disgrazie subite.

Caterina pensò che non esistevano risarcimenti di tale entità, ma non lo disse.

Non disse niente. Non si fidava più di nessuno. Era passato più di un mese dal suo ritorno, ma ancora non osava uscire di casa.

I vicini le facevano paura, la contrada le faceva paura, l'umanità intera le faceva paura.

Capitolo 13

L'Anna non era mai venuta a trovarla dopo l'arresto. Le capitò in casa una mattina; tra le braccia teneva la bambina più piccola, raffreddata e moccolosa, come lei l'aveva sempre vista.

Caterina la fece entrare, sorvegliando le galline pronte ad accodarsi per godere del calore della stanza.

L'Anna pareva spaurita, guardava la sedia che Caterina le aveva messo davanti al camino, senza muoversi.

«Come stai, Nina?» domandò piano.

Caterina allungò la mano verso la bambina e le fece il solletico sulla pancia.

«Meglio. E voi? Novità?»

L'Anna scosse la testa.

«Di Giuseppe ancora nessuna notizia.»

Intanto il gatto balzò sulla sedia vuota e vi si appallottolò sopra, Caterina dovette inclinarla per obbligarlo a scendere.

«Siediti. Posso offrirti qualcosa?»

L'Anna si accomodò, ma scosse la testa.

Guardarono la bambina. Tendeva le braccine verso l'animale, che ora si strusciava sulle gambe della sedia con la coda ritta.

«Nina, devo dirti una cosa. Se non lo faccio, non mi do pace.»

Caterina prese un'altra sedia e le si sedette davanti.

L'Anna guardava la bambina che teneva tra le braccia, come per cercare coraggio.

«Dimmi? Cosa succede?»

L'Anna teneva gli occhi bassi.
«Allora?» la incalzò Caterina.
L'amica la guardò in faccia. Le labbra le tremavano.
«Nina, sono stata io a denunciarti.»
Caterina si accorse di sudare.
«Cosa vuoi dire?»
I grandi occhi nocciola dell'Anna erano diventati lucidi.
«Ho detto io ai fascisti di averti vista con Mario.»
Caterina non riusciva a parlare. L'Anna iniziò a piangere.
«Non ho avuto scelta, Nina. Quella mattina, quando sono arrivati, hanno buttato in aria la casa e poi hanno preso le bambine. Hanno detto che le ammazzavano se non dicevo dov'era Mario. Avevano già puntato le pistole contro le loro teste.»
Caterina ancora sudava.
«E cosa hai detto?»
«Quello che ho visto. Che la notte prima eravate usciti assieme dal fienile.»
«Ci avevi visti?»
L'Anna annuì.
«Quella notte Eleonora non riusciva a dormire» disse, spostando la figlia leggermente in avanti. «Aveva la tosse. Verso mattina, mentre la cullavo, vi ho visti dalla finestra.»
La bambina starnutì, l'Anna tirò fuori dalla tasca un fazzoletto e le pulì il viso.
«Mi dispiace, Nina. Ho fatto anche voto alla Madonna di Monte Berico perché tornassi a casa sana e salva» la fissava con gli occhi imploranti. «Ti prego, Nina, di' qualcosa.»
Caterina non riusciva a parlare.
Si stava ripetendo in testa quello che l'Anna le aveva appena confessato. Non le bastò farlo una volta. Dovette ripetersielo più e più volte. E poi arrivò il sollievo, improvviso, travolgente.
«Grazie di avermelo detto, Anna» disse, buttandole le braccia al collo e baciando la bambina tra loro. «Io avrei fatto lo stesso.»

Adesso anche Caterina piangeva.
Non c'era nessuna spia tra loro, solo una mamma disperata.

Arrivò San Sebastiano. Come ogni anno, gli ellebori lasciarono il posto ai bucaneve, alle primule e alle violette.

A Caterina non era tornata la voglia di vivere, si lasciava trasportare dai ritmi della terra e del lavoro.

In casa non si parlava di ciò che era successo, non si parlava di niente che fosse troppo vicino, solo dei soldati lontani e dei campi da preparare. Nessuno le chiese mai cosa le avessero fatto durante la prigionia e, con l'anno nuovo, smisero anche di chiederle come si sentiva.

Lei avrebbe comunque risposto *bene*.

Di notte si svegliava di continuo con i sudori freddi e si stringeva a sua madre, che dormiva vicino a lei per calmarne le grida nel sonno.

Di giorno andava un po' meglio. Senza Quintilio la dose di lavoro di ciascuno era aumentata in modo considerevole e la fatica le toglieva i pensieri.

Quel mese, lei e la Virginia sparsero il letame sui campi, cosa che ancora non avevano fatto, e fecero nascere il vitello. Tirarono con tutte le loro forze le corde che gli avevano legato agli arti per estrarlo, sudarono e imprecarono come facevano Cesco e Tullio quando toccava a loro.

Assieme scesero in fondovalle, al mulino, con le granaglie da far macinare. Giù e su con i sacchi sulle spalle. La Linda non poté aiutarle perché lavorava a pieno ritmo con la TODT.

Caterina oliò lo sterzo del carretto, sollevando la tavola centrale del piano di appoggio, come aveva visto fare tante volte da suo padre e dai suoi fratelli.

Poi potò il ciliegio.

Vi si arrampicò a fatica. L'ultima volta che ci era salita era stato tanti anni prima, in un pomeriggio di giugno, in cui aveva lanciato le ciliegie a Quintilio che, da sotto, agitava le manine in aria per prenderle e si sbrodolava di rosso quando le metteva in bocca.

Mentre segava, dalla cavità di un ramo secco sbucò un cerambice, infastidito dal rumore. Caterina lo lasciò camminare sulla sua gonna nera. Ne osservò le elitre brillanti e le antenne spropositate.

Quintilio sicuramente ne avrebbe saputo il nome. Lei non lo conosceva e per la prima volta riuscì a piangere per la morte del fratello.

Tutto attorno la violenza non era affatto cessata, ma Caterina era diventata immune. Niente poteva più toccarla perché tutto era già successo. Si sentiva morta e ben presto si accorse che, senza la paura di morire, la vita aveva ben poco senso.

Una sera piombarono in corte due partigiani. Avevano gli occhi fuori dalle orbite e si misero a gridare in direzione delle finestre già serrate delle case.

Caterina fu l'unica a uscire.

Mise loro a disposizione la stalla e li aiutò lei stessa a nascondersi sotto le assi del pavimento, buttandoci sopra sterco e paglia.

Quando arrivarono i fascisti con i mitra spianati, era la sola a non tremare. Li guidò senza esitazione in stalla e disse loro che potevano perquisirla senza problemi.

Forse sperava di morire.

O forse, semplicemente, non le importava nulla.

Vedendola così tranquilla, i soldati diedero un'occhiata svelta e lasciarono tutto in ordine. Nelle altre stalle, invece, i vicini dovettero lavorare per giorni a riparare i danni.

Quando i fuggiaschi uscirono, Caterina fece loro sapere che le sue porte sarebbero sempre state aperte.

Da quel giorno, quasi ogni settimana, le capitava di ospitare qualcuno.

Giocava con la morte, voleva vedere per quanto tempo avrebbe potuto resisterle. Era la sua resistenza.

Un giorno venne a cercarla la Gilda, salì in contrada in bicicletta, portava abiti maschili, braghe di fustagno marrone e un maglione blu scuro. Era febbraio, il tramonto rosato già si era appropriato del cielo e Venere, bassa sopra la pianura, da un pezzo annunciava la sera.

La Gilda la raggiunse nell'orto dietro le case, dove lei stava iniziando a preparare la terra per la semina primaverile.

Nonostante gli abiti da uomo, l'amica portava scarpe di cuoio e i capelli, biondi e ricci, erano fermati di lato da un pettinino di osso.

Caterina conficcò la vanga nel terreno, si asciugò la fronte e il collo con il fazzoletto scuro che aveva annodato sotto il mento e le fece cenno di sedersi sul muretto a secco che sorreggeva l'orto.

«Come mai da queste parti?»

La Gilda le sorrise.

«Volevo portarti questo, ne abbiamo tanto in giardino.»

Le diede un rametto di calicanto dal profumo dolcissimo. Caterina lo avvicinò al naso in maniera troppo brusca e una manciata di fiorellini gialli rimbalzò sulla sua gonna sporca e poi cadde a terra tra gli zoccoli.

«Pensavo fossi a Milano.»

«Sono tornata per fare compagnia a mia mamma, da quando mio padre è stato deportato in Germania è così sola.»

«Capisco.»

«Mi dispiace per tuo fratello, volevo dirtelo di persona. Tutto quello che ti è successo deve essere stato terribile.»

Caterina fissò a lungo la pianura, oltre i tetti delle case allineate davanti a loro. Cercò Thiene e le vennero i brividi.

«Lo è stato» disse.

La Gilda le carezzò la mano poggiata sul muretto.

«Stai ancora tanto male?»

Caterina la guardò con stupore.

In casa non si parlava di certe cose e non sapeva nemmeno da che parte avrebbe dovuto cominciare per rispondere.

La Gilda era diversa da loro, lo era sempre stata.

«Non lo so nemmeno io.»

Di nuovo l'amica le carezzò la mano.

«Il Comitato vuole ringraziarti per i ragazzi che nascondi.»

Una distanza incolmabile ormai le divideva. Caterina non provò nemmeno a spiegarle che la sua resistenza non c'entrava niente con la loro. La ascoltava appena.

«Nina, non trovi che quello che sta succedendo, per la prima volta, metta anche noi donne nella condizione di lottare? Di agire tanto quanto gli uomini?»

Le mani della Gilda sfarfallavano come un tempo.

«Il governo Bonomi poche settimane fa ha emanato un decreto che riconosce il diritto di voto anche a noi donne. Appena ci liberiamo dall'occupazione, possiamo votare. Lo sapevi?»

Caterina annusò di nuovo il calicanto. Il suo profumo era così dolce da stordire. Un altro fiorellino cadde sulla terra scura, appena vangata.

«No, non lo sapevo, Gilda. E comunque io non sto lottando. Sto solo provando a morire.»

L'amica la guardò come se fosse matta.

«Cosa intendi?»

Caterina sospirò.

«Non ho più nessun motivo per vivere. Do una mano a questi ragazzi perché ogni volta ho l'impressione di salvare mio fratello. E poi lo faccio perché spero che prima o poi mi fucilino.»

Rimasero a lungo in silenzio a guardare la pianura.

Venere, nel cielo ormai blu, chiamava a raccolta le prime stelle.

«Mi dispiace, Nina. Non riesco nemmeno a immaginare cosa devi aver passato.»

Provò ad abbracciarla. Caterina si ritrasse; c'erano alcune zone del corpo che non riusciva ancora a far toccare a nessuno, tranne a sua madre.

Alla Gilda vennero gli occhi lucidi e Caterina le volle bene come un tempo, come quando erano bambine e avevano gli stessi sogni, prima che la terra si mettesse tra loro.

«Tu sai, esattamente, cos'è successo quel giorno?» domandò Caterina, che da un pezzo aveva in testa questa domanda.

La Gilda si guardò attorno.

«Non so i dettagli, perché di tante cose sono tenuta all'oscuro anch'io. Ormai è certo che qualcuno ha fatto una soffiata. Quintilio doveva portare a casa mia alcuni incartamenti per conto di Mario. Mio padre avrebbe dovuto consegnarli agli inglesi, ma hanno fermato tuo fratello ancora prima che bussasse. La nostra abitazione era sorvegliata. Evidentemente, qualcuno sapeva che Mario era in zona.»

«E non si sarebbe potuto fare niente per Quintilio?»

«Purtroppo quella notte Mario non si trovava e questo ha sicuramente complicato le cose. Quintilio avrebbe dovuto riferire a lui di aver portato a termine la missione. Forse, se Mario avesse dato l'allarme, si sarebbe potuto cercare di liberarlo o almeno mio padre avrebbe fatto a tempo a mettersi in salvo. Chi lo sa.»

Caterina sudava.

Iniziò a muovere il piede che penzolava dal muretto.

«E, per caso, si sa dov'era Mario quella notte?»

La Gilda sospirò.

«Sembra che abbia avuto un malore. Mi dicono che è andato fuori di testa il giorno dopo, quando ha scoperto quello che era successo. E sai che lui non si scompone mai.» Guardò Caterina. «Ma ti senti bene?»

Caterina scosse il capo.

«Solo a sentire parlare di Mario sto male e mi si chiude lo stomaco» balbettò lei.

«Ma, Nina, non è mica colpa sua.»

Forse si sarebbe potuto cercare di liberarlo.

Se solo non avesse trascorso quella maledetta notte con Mario.

A Caterina venne da vomitare.

«Non importa più di chi è la colpa. Ormai è così e non posso farci niente.»

La Gilda la fissò a lungo.

«Mi dispiace. Mi dispiace tanto, Nina» le disse, stringendole il braccio.

La Gilda aveva bisogno di contatto, Caterina glielo concesse.

«Ora vado» disse l'amica, balzando giù dal muretto. «Non voglio tornare col buio. Se hai voglia di fare due chiacchiere con qualcuno, vienimi a cercare. Io ci sono.»

Caterina tornò a vangare, poco dopo vide la Gilda immettersi con la bicicletta nella strada militare e girare veloce il primo tornante.

Le piaceva la Gilda. In fondo le era sempre piaciuta. Ma non andò mai a parlarci.

Capitolo 14

Marzo si aprì con l'assassinio di sei ragazzi delle Lore, fratelli e cugini. Furono accerchiati e ammazzati nel corso di un rastrellamento. Poi fu la volta di Silva. Tutti lo conoscevano nelle contrade. Era il capo della Brigata Mazzini. Lo finirono a Mortisa, dopo averlo torturato a Thiene. Lo appesero a un albero di noci perché i contadini lo vedessero. Caterina non ci andò.

I tedeschi erano in fuga. Erano sempre di più e si comportavano come bestie braccate. Non passava giorno senza che i paesi fossero sconvolti da perquisizioni e rastrellamenti. Tutti vivevano in uno stato di terrore. Tutti tranne Caterina, che imperterrita continuava a dare ospitalità a chiunque bussasse alla sua porta.

Ricevette una lettera della Marcella, che aveva sentito della morte di suo fratello e voleva farle le condoglianze. Descriveva orde di affamati che si aggiravano per le campagne attorno a Vicenza, saccheggiando tutto ciò che era commestibile. Mamme e figli che addentavano i torsoli di verza abbandonati sui campi. In città, per non morire, si mangiavano i gatti.

Nei momenti di calma Caterina prese l'abitudine di chiacchierare con la Mara. La morte di Quintilio aveva sconvolto anche lei.

Si trovavano in stalla. Caterina rammendava le calze e la Mara preparava la sua dote, misera, una dote di guerra. Caterina le regalò un paio di federe della sua, tanto a lei non sarebbe più servita.

Trovava la Mara una ragazza piacevole, aveva il buon senso della sorella, ma con un pizzico di vivacità in più.

Parlavano di Quintilio, di cosa faceva, di cosa diceva e di com'era. Ricordarlo assieme rendeva la mancanza meno straziante. Caterina non trovò mai il coraggio di dirle com'era morto, le pareva di infliggere alla ragazza un ulteriore supplizio. Non lo disse a nessuno. Un giorno, invece, fu la Mara a confidarle che conosceva da tempo gli affari di suo fratello con i partigiani.

Caterina pensò che anche lei, dunque, avrebbe potuto fermarlo.

Questa constatazione per qualche breve momento la faceva sentire un po' meno responsabile. Ma poi provava a immaginare come sarebbero andate le cose se solo non avesse trascorso la notte con Mario. Quel *Forse si sarebbe potuto cercare di liberarlo* detto dalla Gilda la perseguitava: non sarebbe mai stata innocente abbastanza da meritare di vivere.

Avrebbe potuto confidare le verità che la tormentavano alla Linda, che ogni mattina si svegliava con gli occhi più gonfi, convinta di essere lei, invece, la responsabile della morte di Quintilio per non avergli impedito di scendere dai Livelli. Ci provò un paio di volte, ma in entrambe le occasioni si accorse di non avere con la sorella la confidenza necessaria, così le parole le morirono in bocca.

Andavano assieme a raccogliere il radicchio selvatico sui campi. Curve sulla terra, si limitavano a intuire l'una la sofferenza dell'altra, senza dire niente.

Da metà aprile, per impedire ai tedeschi la ritirata, i partigiani bloccarono tutti i collegamenti tra la pianura e i monti. I ponti furono fatti saltare e c'erano sbarramenti ovunque. Sabotarono le linee elettriche e per giorni nei paesi si restò al buio.

Nessuno osava uscire dalla contrada. I reparti in ritirata erano feroci. Ma Caterina sentiva montare anche la rabbia della gente attorno a lei.

«Se mai mi capitasse tra le mani un tedesco» le disse un giorno Beniamino, «gliele farei pagare tutte. Non mi basterebbe ammazzarlo. Mi sogno perfino la notte cosa vorrei fargli.»

Fabrizio fu mandato dai comandi partigiani a fare il giro delle case. Spiegava alle persone che non dovevano in nessun modo cercare vendette personali, che sarebbero stati istituiti dei regolari processi, a guerra finita. Suo padre fu il primo a mandarlo a quel paese.

Caterina iniziò a temere il dopo più del presente. C'era troppa sete di vendetta e troppa consuetudine con le atrocità.

Non si respirava aria di vittoria, solo di violenza.

Il mondo attorno a lei era allo sbando, come i suoi pensieri. Sentiva che in quei giorni senza legge sarebbe potuto accadere di tutto, fuori e dentro di lei.

Accadde che tornò Mario.

Era un bel pomeriggio di sole, la luce si riverberava sul fogliame e sui prati, facendoli brillare. Caterina stava raccogliendo l'ultimo radicchio sui campi sopra le case, assieme alla Linda.

Sul limitare del bosco, era tutto un cinguettio di uccelli e, lontano, risuonava il verso del cuculo.

Caterina alzò gli occhi in direzione degli alberi e si trovò davanti Mario. Aveva le maniche della camicia arrotolate, i pantaloni troppo larghi, tenuti su dalle bretelle, e uno zaino che pendeva da un lato.

Caterina si aggrappò alla Linda, che quasi cadde sotto il suo peso.

«Ciao» disse Mario.

Non riuscì a rispondere.

Lui la studiava.

«Linda, potresti lasciarci un attimo soli?» chiese, avanzando di qualche passo nella loro direzione.

«No, Linda, ti prego» la implorò Caterina, stringendosi ancora di più a lei.

«Non posso» rispose la Linda a Mario, indicando la sorella aggrappata alla sua camicia.

Nessuno più parlava.

Il cuculo dai monti continuava a lanciare i suoi richiami d'amore. Una lieve brezza portò dal bosco il profumo dei fiori di orniello e fece volare una ciocca di capelli davanti agli occhi di Caterina.

Mario la fissava.

«Cosa succede, Nina? Non vuoi più vedermi?»

Caterina annuì.

«Non sono venuto prima, perché avrei messo a rischio troppe cose e troppe persone. Ma ho pensato a te ogni secondo. Te lo giuro.»

La guardò, in attesa di una reazione.

«Ti supplico, Nina, dimmi qualcosa.»

Caterina era concentrata su un calabrone che volava con caparbietà tra i suoi piedi. Le venne il dubbio di avergli calpestato il nido. Si staccò da sua sorella e si spostò di qualche centimetro.

«Non mi perdonerò mai di averti causato tanto dolore. Tu lo sai, vero, che è l'ultima cosa che avrei voluto?»

Si era avvicinato di qualche passo.

«Ti prego, dammi un'altra possibilità.»

Caterina alzò la testa nella sua direzione. Era tutto occhi, celesti come sempre. Ma non era più il suo Mario. Solo un capo partigiano che aveva sacrificato suo fratello e che aveva lasciato che la torturassero per non mettere a rischio ciò che davvero gli stava a cuore.

«È troppo tardi» disse.

Ma lo disse così piano che le venne il dubbio che il ronzio del calabrone avesse coperto la sua voce. Si chiese se lui l'avesse sentita.

«Non è possibile.» Mario si portò le mani tra i capelli. «La guerra è praticamente finita. Abbiamo tutto adesso. Possiamo iniziare una nuova vita, possiamo andare dove vuoi tu. Lontano da qui e dai brutti ricordi.»

Caterina era stremata. Tutte le sue forze erano concentrate a tenere a bada i fantasmi e non aveva energie per parlargli.

Voleva solo che se ne andasse per sempre, con le disgrazie che aveva portato e gli orrori che ancora le ricordava.

Si concentrò su un fringuello che cinguettava tra i rami di un biancospino, dietro la testa di lui. L'uccello ogni tanto spariva dentro la nuvola di fiori bianchi e ricompariva più in alto o più in basso, dove meno se lo aspettava.

Mario avanzava con cautela.

«Quello che è successo ti ha sconvolta. È normale. Serve tempo per queste cose. Ti aiuterò io.»

È normale.

Guardarlo la faceva vergognare. Lui l'aveva vista nuda, come l'avevano vista anche i soldati.

Mario lasciò scivolare a terra lo zaino che teneva sulla spalla.

«Nina, non ho mica ucciso io tuo fratello. Lo capisci, vero?»

Si avvicinò ancora e la guardò come si guarda un bambino piccolo di cui si voglia catturare l'attenzione.

Ma Caterina vedeva davanti a lei solo Quintilio. Un sacco vuoto, senza mani.

«Non sono arrabbiata con te. Ma se ti vedo, sto male.»

Di nuovo Caterina si chiese se lui l'avesse sentita, ancora una volta i rumori della natura le parevano più forti della sua voce.

«Ti supplico, Nina. Non permettere loro di farci questo. Vuoi che partiamo oggi? Va bene, andiamo via subito.»

Il malessere di Caterina continuava a montare. Non sentiva più né insetti né uccelli. Le mani iniziarono a formicolarle, poi le guance e tutti gli altri punti del corpo su cui avevano infierito.

Eccola la puttana del partigiano... Così preferisci morire, piuttosto che dirci dove si trova... Perché non viene il tuo Mario a salvarti?

La Linda passava gli occhi dall'uno all'altra, senza capire a cosa stava assistendo.

«Vattene. Sto male» sussurrò Caterina che stava per svenire.

Mario non si muoveva.

«Ti supplico, Caterina. Così vincono loro.»

Che importanza poteva avere chi vinceva? Lei aveva già perso tutto. Poteva solo sperare di dimenticare, e la vicinanza di Mario glielo avrebbe impedito.

Il cesto che teneva tra le mani le cadde a terra. Il radicchio si sparpagliò sull'erba e la Linda si chinò per raccoglierlo.

Caterina guardò la scena, poi si voltò e si avviò verso le case barcollando.

Non riuscì nemmeno a guardare Mario per un'ultima volta.

Capitolo 15

Il ventisette aprile Calvene fu liberata e i partigiani presero il comando. I tedeschi, senza una strategia precisa, cercavano solo la strada più veloce per raggiungere la Germania attraverso le montagne. Dietro di loro lasciavano una scia di sangue. Fabrizio riferì che in Altipiano, dove ancora si combatteva, le donne e i bambini si erano nascosti nei boschi per paura di rappresaglie.

Il trenta aprile tornò l'elettricità.

Iniziarono i giorni della vendetta.

Una sera Caterina incrociò sul viottolo Beniamino che scendeva in paese con l'accetta in mano.

Le ragazze che si erano innamorate dei tedeschi persero i capelli: furono rasate in piazza tra sputi e insulti. Caterina non scese a godersi lo spettacolo. Al solo pensiero di assistervi le veniva da rimettere.

La Linda le raccontò che tra le sciagurate c'era anche l'Annamaria, quella che aveva vinto la gara di lettura in terza elementare. Pareva avesse tradito il marito, che era al fronte, con un ufficiale. Vi erano versioni discordanti, ma, nel dubbio, punirono anche lei. Meglio una di più che una di meno.

Fu a quel punto che a Caterina tornarono in mente Alessandro e le sue farneticazioni. E le venne paura per la sua incolumità. Non appena seppe che anche Lugo era stata liberata, si recò a casa sua.

Sulla strada che univa i due paesi circolava più gente di quanta ne avesse mai vista in tanti anni. C'erano da fare tutte le cose sognate durante la guerra. Caterina si ricordò dei due ragazzi di Fara che avevano ospitato ai Livelli. Si chiese se il più grande avesse preso a botte il fratello che gli aveva rubato la morosa e se il più giovane fosse già in cammino per Venezia.

Poi pensò a Quintilio che non si sarebbe mai dichiarato con la Mara. Era a metà della salita che portava in piazza e dovette fermarsi, perché le pareva che non ci fosse aria abbastanza per respirare.

Quando arrivò alla casa di Alessandro, c'era un capannello di persone disposte a semicerchio davanti ai tre gradini che conducevano al giardinetto. Il cancello in ferro era spalancato. Alcuni si accostavano all'uscio, spiavano dentro e tornavano in strada. Altri, di passaggio, chiedevano spiegazioni e riprendevano frettolosamente il cammino.

Caterina ebbe un brutto presentimento e attraversò di corsa la piazza acciottolata.

«Cosa succede?» domandò senza rivolgersi a nessuno in particolare, quando fu vicina abbastanza.

«Lo stanno arrestando! Lo stanno arrestando!» rispose un bambinetto, che le saltellava davanti con eccitazione. «I partigiani lo stanno arrestando!»

Si guardò attorno con aria interrogativa, ma nessuno diceva niente.

Dall'interno arrivarono urla e rumore di mobilia che andava in pezzi.

Si fece largo tra la folla e decise di entrare. Forse per l'attrazione che la morte esercitava su di lei in quel periodo o, forse, con l'intenzione di aiutare un amico. Non lo sapeva, era già da lungo tempo che non aveva più chiarezza sui suoi scopi.

Superò l'ingresso, che conosceva bene, e si ritrovò nel bel salotto di Alessandro. La scena che le si parò davanti sarebbe stata comica se le circostanze non fossero state drammatiche.

In piedi, sopra il bel tavolo rotondo di mogano, stava il sarto in perfetta tenuta fascista: stivali neri, pantaloni alla zuava e camicia nera. Caterina rifletté su quanta fatica doveva essergli costata vestirsi a quel modo, con tutti quei bottoni da chiudere e gli stivali da tirare su al ginocchio.

In una mano teneva una pistola puntata verso terra. Con l'altro braccio faceva un saluto romano, così malfermo da sembrare uno sbracciarsi d'addio.

Davanti a lui c'erano due ragazzi, che pareva non sapessero che pesci pigliare per farlo scendere senza rischiare di ammazzarlo o di farsi uccidere.

«Se non vien giù, spacco tutto» urlò il più giovane dei due, sfondando la vetrinetta della credenza con un pugno.

Poi estrasse la pistola e minacciò di sparare.

«Non farlo» gli intimò l'altro, che stava leggendo con aria solenne una serie di capi d'accusa.

«Buongiorno, Caterina. Mi fa piacere che tu sia qui» esclamò Alessandro con la cortesia di sempre, come se non si accorgesse del pandemonio che stava scatenando.

Caterina guardò, confusa, i due ragazzi.

«Cosa succede?»

«Il bastardo non vuole scendere» rispose quello con la pistola in mano. «Ma se non vien giù subito, giuro che lo accoppo io.» E di nuovo puntò l'arma in direzione dell'anziano.

«È molto vecchio» provò a dire Caterina. «Non è che potete lasciarlo stare?»

«Che fai? Lo proteggi?» Il ragazzo giovane le si avvicinò. «Dobbiamo tagliare i capelli anche a te, per caso?»

«Lasciala stare. Lei è a posto» si mise in mezzo quello con l'aria solenne che aveva appena terminato di leggere il documento con i capi d'imputazione.

Solo allora Caterina riconobbe in lui uno dei ragazzi che erano transitati spesso per la sua stalla nel mese precedente.

Caterina pensò che un piccolo favore glielo doveva.

«Non potreste lasciarlo perdere? Credo sia molto malato.»

Il partigiano la guardava con gli occhi spalancati.

«Ma hai idea di che cosa ha fatto?»

Caterina scosse la testa.

«Ha denunciato decine di renitenti in questi anni. Sai quanti ragazzi ha fatto arrestare? Non ha avuto pietà nemmeno per il figlio della vicina che, poveretta, aveva già perso gli altri due in guerra. A causa sua» disse, indicando l'anziano, «l'ultimo che le restava glielo hanno ucciso i fascisti il mese scorso.»

«Ha fatto arrestare mio cugino!» urlò rabbioso l'altro a pochi centimetri dal viso di Caterina. «L'hanno torturato per una settimana, prima di farlo fuori. Quando l'abbiamo trovato, a malapena lo abbiamo riconosciuto.»

Caterina iniziò a sudare e poi a tremare.

Che si fosse lasciata scappare qualcosa sulle intenzioni di Quintilio, quando lei e Alessandro prendevano il caffè assieme?

«Siete sicuri che sia stato lui?» balbettò.

Il sarto tossì. Era sempre più instabile sopra il tavolo.

«Certo, Nina. Sono stato io e ne sono orgoglioso. Bisogna avere il coraggio di fare anche scelte difficili per ciò in cui si crede. Le cose o si fanno per bene o non si fanno proprio.»

«Ma come ha potuto, Alessandro? Erano solo ragazzi.»

«Codardi! Ecco cos'erano. Mi dispiace per te, Nina, perché ti sono affezionato, ma anche tuo fratello lo era.»

Per la prima volta in vita sua, Caterina provò il desiderio di uccidere qualcuno.

«E adesso ammazzatemi, se ne avete il coraggio» continuò Alessandro, guardando i due partigiani. «Perché in prigione io non ci vado. Altrimenti ammazzo io voi.»

Fece l'atto di prendere la mira.

Era così tremolante che il colpo sarebbe potuto finire ovunque. Caterina si accucciò dietro alla poltrona in pelle.

Da lì, guardò il braccio del vecchio perdere quota. Si chiese se avesse sufficiente forza nelle dita per premere il grilletto.

Caterina aveva le mani che le formicolavano, osservò il ragazzo rabbioso, che si era nascosto sul lato della credenza, e sperò con tutto il cuore che sparasse.

Anche l'altro si era protetto, sporgeva solo con la testa dalla porta del cucinino.

Ci fu un attimo di silenzio, i tre si guardarono, indecisi sul da farsi. Caterina, per un attimo, pensò di aggirare il tavolo e spingere a terra l'uomo da dietro. Tanto di lei non si curava, puntava agli altri due.

«Un'ultima cosa, Nina cara» disse il vecchio, senza guardarla. «Vorrei che ti portassi via la pianta di lillà che ho nell'aiuola davanti a casa. Ti è sempre piaciuta così tanto. Mi piacerebbe che l'avessi tu, se muoio.»

Ci fu un altro momento di silenzio. Caterina stava per scattare, quando le gambe di Alessandro cedettero da sole. Cadde sulle ginocchia con un tonfo secco sul tavolo e sparò un colpo in aria.

I due uscirono dai nascondigli e subito lo agguantarono, tirandolo giù dal tavolo.

«Ammazzatemi, codardi!» iniziò a gridare Alessandro con l'ultimo fiato che gli restava. «Vi faccio vedere io come muore un fascista!»

Dato che non la smetteva più di gridare, il ragazzo più arrabbiato gli assestò uno schiaffo. Il naso iniziò a sanguinargli e, per fortuna, non disse più niente.

Quando uscirono in strada, i vicini iniziarono ad applaudire. Una donna pallida, con delle enormi borse sotto gli occhi, gli si avvicinò e gli sputò in faccia.

«Spero che crepi, soffrendo quanto mio figlio» gli sibilò tra i denti. Poi si mise le mani davanti al volto ed entrò nella casa vicina.

Caterina rimase impietrita all'ingresso dell'abitazione. La porta del laboratorio era ancora socchiusa. Sbirciò dentro la stanza nella quale aveva trascorso tante ore felici. Il telo bianco era ancora steso sulla macchina da cucire.

Rifai quell'orlo, Nina, le cose o si fanno bene o meglio non farle.

Le sembrava di arrivare sempre un attimo dopo a capire la vita.

Era stata in ritardo con l'amore e ora lo era anche con l'odio.

Per la prima volta si sentiva in guerra, ma la guerra era ormai finita.

Si chiuse la porta di casa alle spalle. Passò davanti alla pianta di lillà, che cresceva in una piccola aiuola circoscritta da pietre bianche di fianco all'ingresso. Le pannocchie rosa ancora profumavano, per merito della stagione fresca. Si diceva che, sull'Altipiano, si combattesse ancora tra la neve.

Ci immerse il naso e chiuse gli occhi. Aveva sempre associato quel profumo dolce ai modi gentili di Alessandro.

Non poteva portarsi via la pianta, di sicuro non quel giorno.

La notte non dormì. Ripercorse tutte le conversazioni avute con il sarto. Ripensava a ogni singola parola, per essere sicura di non avergli mai raccontato niente della rabbia di Quintilio.

Riuscì a prendere sonno solo quando ebbe la certezza di non avergli mai rivelato nulla.

Due mattine dopo, all'alba, mentre stava mungendo la mucca, sentì bussare piano al portone.

Erano ancora giorni violenti e confusi. Con cautela Caterina aprì il battente in legno della finestrella.

«Chi è?» chiese con un sussurro, sporgendo la testa.

«Ti prego. Aprire.»

Era la voce metallica di Ernest. Caterina sentì che le mani iniziavano a formicolare.

«Vattene» disse chiudendo la finestra.

«Ti prego. Se io andare, morire.»

Lo ascoltò piangere dietro la porta.

«Vattene» ripeté lei, senza aprire.

Lo sentì singhiozzare forte, come fanno i bambini.

Caterina, senza fare rumore, tirò il chiavistello del portone e sbirciò dalla fessura.

Lo vide seduto a terra, appoggiato ai ciocchi della legnaia, con la testa bianca tra le ginocchia e la schiena sussultante, per via dei singhiozzi.

Le mani smisero di formicolarle. Venne un po' da piangere anche a lei.

«Cosa vuoi?»

Lui alzò la testa. Era un ragazzo spaurito, con le guance scavate e gli occhi spiritati.

«Voglio andare a casa.»

Caterina aprì un po' di più.

«Ma così ti prendono di sicuro. In montagna li ammazzano quelli come te.»

«Voglio tornare a casa.»

Di nuovo piangeva.

«Hai fame?»

Annuì.

Lo fece entrare in stalla. In cucina, già si sentiva la Linda trafficare. Gli fece bere qualche sorso di latte appena munto, direttamente dal secchio. Ernest lo ingurgitava con disperazione, con i rivoli che gli scorrevano ai lati della bocca per la foga.

«Tanti giorni senza mangiare» disse in tono di scuse.

Caterina andò in cucina e tornò con un paio di fette di polenta fredda del giorno precedente.

Ernest divorò anche quelle.

Poi si sedette a terra, contro il muro, e gli occhi gli si chiusero.

Caterina gli scrollò la spalla.

«Cosa fai? Non puoi restare.»

Il ragazzo era senza forze, non ce la faceva nemmeno ad aprire le palpebre.

Fuori albeggiava.

Caterina iniziò a temere che qualcuno potesse scoprirli.

Riuscì a trascinarlo al centro della stanza, dove si trovava il buco. Spostò le assi e lo fece rotolare dentro. Poi coprì il pavimento con la paglia.

Tornò in cucina con il latte. La Linda lo mise a bollire. Lei prese il secchio e scese alla fontana, aveva bisogno di stare da sola.

Chi era davvero Ernest?

Quanta gente aveva ucciso in quei due anni di occupazione?

Che avesse tentato di socializzare con loro per controllarli?

Quando tornò in corte con l'acqua, fu sul punto di bussare alla porta di Fabrizio, lui sicuramente avrebbe saputo cosa farne di un tedesco in fuga.

Ma poi ripensò a quel *Voglio andare a casa* pronunciato, a fatica, tra i singhiozzi, e pensò che, forse, doveva lasciarlo tornare ad Amburgo e permettergli di diventare il ragazzo e il medico che la guerra aveva ucciso. Si chiuse in casa per il resto della mattina, per resistere alla tentazione di parlarne con qualcuno.

Lei e la Linda, dopo pranzo, piantarono i tuberi delle patate. La primavera era in ritardo e ancora non lo avevano fatto. La sorella la riprese più volte perché non riusciva a fare le file diritte.

Una domanda tormentava Caterina su tutte.

C'era anche Ernest sul camion che l'aveva riportata a Thiene?

La mattina del rilascio le aveva dato da bere e l'aveva caricata sul carretto che l'aveva trasportata fino a casa. Era abbastanza?

Dopo cena le donne si ritrovarono in corte a recitare il rosario, in cerchio sugli sgabelli in legno, mentre gli uomini tornati dai monti erano ancora sui campi, a recuperare il tempo perduto.

Caterina osservava Beniamino solcare il sorgo in lontananza.

Se mai mi capitasse tra le mani un tedesco, non mi basterebbe ammazzarlo. Mi sogno perfino la notte cosa vorrei fargli.

I grani del rosario le scivolavano con troppa fretta tra le mani sudate.

Che avesse partecipato anche Ernest alle sevizie su Quintilio?

Gli aveva dato lui il colpo di grazia?

Sentiva che ogni momento di luce poteva ancora segnarne il destino.

Solo quando terminarono le preghiere e le chiacchiere serali e gli uomini tornarono alle loro case, Caterina si rese conto che la sua indecisione, per il momento, lo aveva salvato.

Ormai era buio e lui sarebbe ripartito. Se anche l'avessero preso, non era più affar suo.

Aspettò che sua madre e la Linda andassero a letto. Preparò nuovamente del latte e qualche fetta di polenta e andò ad aprire il buco.

Fece fatica a svegliarlo, dovette calciarlo col piede sul fianco, più e più volte.

Quando il ragazzo riuscì a mettersi a sedere, pareva non avere idea di dove fosse. Disse che erano tanti giorni che non dormiva.

Di nuovo divorò quello che Caterina gli aveva portato. Poi sgusciò fuori dalle assi e, barcollando, si avviò verso il portone.

I pantaloni erano scuciti sul di dietro e aveva i gomiti del maglione di lana bucati.

«Grazie» disse, con gli occhi di nuovo pieni di lacrime e i segni dei sassi, su cui aveva dormito per l'intera giornata, sulla guancia.

Afferrò il chiavistello. «Mi dispiace per te e tuo fratello» aggiunse, senza guardarla in faccia.

Caterina sentì il solito formicolio.

«Ernest, c'eri anche tu nel camion che mi ha riportata indietro dopo l'interrogatorio?»

Ernest annuì, senza voltarsi.

Caterina non si sentiva più le braccia. L'intorpidimento stava risalendo dalle mani, fino alle spalle, al collo, alle guance.

«E anche tu...?»

Ernest si voltò e scoppiò a piangere.

«Mi dispiace. Non potere fare niente per te.»

Caterina dovette appoggiarsi alla parete della stalla.

«E perché sei venuto qui?»

«Io nessun altro posto.»

Poi scappò fuori.

Caterina lo guardò allontanarsi nella notte con la sua testa bianchissima che riluceva alla luce della luna e che pareva un tiro al bersaglio ambulante.

Non ce l'avrebbe mai fatta a tornare ad Amburgo.

Il giorno dopo lo trovarono morto, ai margini della Strada della Salvezza, quasi in cima al Monte Corno. Gli avevano sparato alla tempia.

La Lucia si disperò. Pianse un pomeriggio intero e per giorni non fece che ripetere che era il ragazzo più buono e gentile che avesse mai conosciuto.

Ai primi di maggio fu finalmente liberata anche Asiago.

I ragazzi tornarono a casa, non più dai fienili o dalle stalle, ma dagli ingressi principali. Le strade si riempirono di gente e la bandiera italiana riprese a sventolare ovunque. Sulle finestre della scuola, sulla casa del Fascio, in piazza.

La Gilda un pomeriggio venne a chiamarla e pretese che scendesse in paese a festeggiare. Caterina non ne aveva voglia, ma l'amica non volle sentire ragioni.

Alla fine salirono entrambe sulla bicicletta, la Gilda in sella e lei sul palo, e si lanciarono giù per la discesa.

In piazza c'era una gran baldoria. I partigiani cantavano e ballavano con le ragazze. Parecchi di loro erano passati per la sua stalla; con i volti sorridenti e rilassati, non parevano neanche gli stessi. In alcuni casi furono loro a riconoscerla e a salutarla.

Chiunque avesse ancora vino in cantina l'aveva tirato fuori e gli ubriachi erano più dei sobri. Tutti insieme cantavano a squarciagola l'*Inno di Mameli*. Le donne avevano portato gli sgabelli in strada e stavano ai margini a godersi lo spettacolo.

Caterina vide Fabrizio che, in cima alle scale della scuola, baciava la Teresa come nessuno aveva mai osato fare in pubblico con la morosa, e ben presto si accorse che non erano i soli. Improvvisamente parevano tutti innamorati, perfino la Emma se ne stava a braccetto con un cugino vedovo della Lucia e parevano contenti.

Fuori dal negozio dell'Angelica era stato appeso un cartello: W L'ITALIA LIBERA, lei se ne stava sulla soglia a guardare la festa. «Se solo avessi vent'anni in meno» disse a Caterina, quando le passò davanti.

Caterina ce li aveva vent'anni in meno, ma quel giorno le pareva di averne cinquanta in più.

Si lasciava portare, come ormai faceva da mesi. Come faceva Silvano, che voleva solo dormire sulla panchetta in corte e che le donne continuavano a spostare da una parte all'altra, preoccupate per la sua salute.

La Gilda, invece, conosceva tutti, abbracciava chiunque le si parasse davanti e non faceva che trascinarla da un gruppo di persone all'altro.

La presentava come la ragazza che aveva nascosto i partigiani in stalla; qualcuno la ringraziava o le stringeva la mano, altri provavano ad abbracciarla, ma lei ancora non riusciva a farsi toccare da nessuno.

Se qualcuno le veniva troppo vicino, le mancava il respiro e la testa iniziava a girarle.

Al primo carretto che risaliva il monte, salutò la Gilda e chiese un passaggio per tornare a casa. Voleva solo silenzio, voleva solo dormire.

Nel giro di qualche giorno tornarono anche quelli come Luigi, che riprese a picchiare la moglie una sera sì e una no. Abitavano nelle case di sotto, ma, con le finestre aperte, le urla della donna arrivavano fino alla loro corte e, di nuovo, pareva di essere in guerra.

La mattina in cui vennero a prenderlo a casa per alcuni fatti violenti accaduti nei momenti immediatamente successivi alla Liberazione, Caterina ne fu così sollevata che si recò il giorno stesso a Lugo, alla casa di Alessandro, con una paletta e un sacco.

Non ci abitava più nessuno. Sul giardinetto davanti all'abitazione le campanelle e la gramigna, durante l'estate, avevano soffocato i garofani e le bocche di leone che lui ci coltivava. L'edera aveva iniziato ad appropriarsi della facciata, una finestra del piano terra ne era già stata completamente ricoperta.

Caterina dovette faticare un bel po' attorno alle radici del lillà, ma alla fine riuscì a estirparlo con tutta la sua zolla di terra.

Lo piantò in corte, di fianco alla panchetta in legno, in modo da poterlo sempre vedere dalle finestre della cucina.

Per qualche mese la pianta patì il trapianto, a fine estate le foglie a forma di cuore avvizzirono e caddero. Caterina non si diede per vinta, continuò ad annaffiarla e a concimarla. Le dedicò attenzioni che non aveva mai dedicato a nessuna pianta, nemmeno a quelle dell'orto di cui aveva bisogno per mangiare. Quando la credette morta, fece un ultimo tentativo, ne potò i rametti secchi e poi quelli inutili che crescevano alla base. Proprio recidendo questi ultimi, si accorse che dentro vi scorreva ancora linfa.

Mentre, incredula, si sfregava i polpastrelli umidi, le parve così bello che la pianta fosse viva che scoppiò a piangere dalla gioia.

Parte quarta
Il volantino pubblicitario
(1946-1975)

Capitolo 1

Il due giugno millenovecentoquarantasei era una domenica.

Come ogni mattina, Caterina si svegliò molto presto. Nella contrada tutto ancora taceva, se non per una coppia di tortore che tubava proprio sopra il loro tetto. La luce estiva si riversava nella camera dalla lunga fessura verticale tra i due infissi della finestra e svelava la pochezza della stanza.

Caterina rimase ancora un attimo distesa, a fissare il muro di fianco a lei; era così vicino che, allungando una mano, avrebbe potuto grattarne la superficie irregolare.

Scostò il lenzuolo dentro cui era avvolta e, con estrema lentezza, si mise a sedere sul bordo del letto. Sentì il legno ruvido del pavimento sotto i piedi e si carezzò la pancia, nascosta sotto la camicia da notte lunga. Giusto un attimo, per accertarsi di non aver solo sognato.

A fine estate avrebbe partorito, ma ancora non riusciva ad abituarsi all'idea di un altro essere dentro di lei. La prima volta che l'aveva sentito muoversi, si era spaventata e, a stento, si era trattenuta dall'urlare. Fino a quel momento aveva pensato al bambino più o meno come a un uovo; il fatto che si fosse mosso, la obbligava ad accettare che esistesse davvero un essere vivente da qualche parte, annidato sotto lo stomaco.

Raccolse i lunghi capelli neri in una crocchia, poi si voltò a guardare la schiena di suo marito che ancora dormiva.

Lui aveva sempre caldo; con la sua parte di lenzuolo si copriva solo il busto; dalle ginocchia in giù, dormiva con le gambe scoperte.

Ne osservò la peluria, che la luce tenue faceva sembrare ancora più scura. Gran parte del suo corpo ne era ricoperta. Ogni volta si stupiva di avere conoscenza di simili dettagli e sentiva con chiarezza che non avrebbe dovuto essere lei la depositaria di quell'intimità.

Rigirò la fede attorno all'anulare. Le dita erano ogni mattina più grosse e l'anello iniziava a darle fastidio.

«È la gravidanza, Nina» le aveva spiegato la Lucia, con il quarto figlio, appena nato, tra le braccia.

Ma non l'avrebbe tolta proprio quella domenica, perché doveva scendere a Calvene per votare e la gente, vedendola con la pancia e senza anello, avrebbe pensato male.

Ci sarebbe andato Vincenzo a votare?

Glielo aveva domandato il giorno precedente e lui aveva risposto con un gesto vago.

Caterina non aveva insistito. Evidentemente era l'ennesima cosa di cui, con lei, non voleva discutere.

Dalla stanza di sotto arrivarono i rantoli di tosse della suocera. Aggirò il letto e raggiunse il comò addossato alla parete opposta per prendere scialle, gonna e camicia. La stanza era così piccola che non si potevano nemmeno aprire completamente i cassetti del mobile, senza sbattere contro il letto. Si vestì e scese le scale in legno, tenendosi saldamente al corrimano; da quando era diventata così grossa, lo spazio vuoto tra un'asse e l'altra le metteva paura.

Di sotto, la madre di Vincenzo aveva ancora gli occhi chiusi, i suoi erano solo rantoli nel sonno. Caterina tirò un sospiro di sollievo.

Prese un'ulteriore rampa di scale e arrivò allo sgabuzzino.

Prima del suo arrivo in casa, quello spazio veniva usato come dispensa. Era un locale minuscolo. Dal loro matrimonio, ci dormiva Battista, suo cognato. Guardò il poveretto che, anche rannicchiato, toccava il muro sia con la testa che con i piedi.

La sera prima doveva essere stato fresco, perché, con la

bella stagione, di solito preferiva trascorrere la notte nel fienile, piuttosto che stretto tra quelle pareti senza finestre.

«Questa casa è troppo piccola. Perché non ce ne andiamo?» aveva proposto, il giorno prima, a Vincenzo.

«E dove vuoi che andiamo?» le aveva risposto lui, senza nemmeno alzare la testa dal falcetto che stava battendo sull'apposito strumento metallico.

«Non saprei. A Pradelgiglio, per esempio, nella casa dei miei nonni. Tanto non mi sembra che Tarquinio abbia intenzione di sposarsi a breve.»

Di Tullio non parlavano più, non avevano sue notizie dal quarantadue.

«Perché no?» aveva risposto vago Vincenzo, che nel frattempo aveva iniziato ad affilare una seconda lama.

E Caterina ormai sapeva che quello era il suo modo educato per chiudere ogni conversazione.

Non voleva stare da solo con lei. Per questo motivo l'aveva trascinata a vivere in quel posto con sua mamma e suo fratello.

Evitava da mesi di parlarle o anche, semplicemente, di guardarla.

Solo quando si trattava del figlio che stava per nascere, tornava a essere il ragazzo che Caterina ricordava.

«Sarà bello, sarà forte, sarà intelligente» diceva, come se ce lo avesse già davanti.

Proiettava sul bambino tutto ciò che sentiva di aver perduto lui. Per un attimo gli occhi gli si accendevano e iniziava a sognare.

Quando lei, che del bambino non aveva mai voglia di parlare, cambiava discorso, lui tornava a fissare un punto indefinito, un oggetto qualsiasi per evitare di guardarla negli occhi: il muro, una pentola, una capra, una finestra aperta.

Con gli altri era rimasto più o meno lo stesso, lo si sarebbe detto un tipo socievole, dalla chiacchiera facile. In casa, invece, era solo educato, come se avesse assolto a tutti i suoi doveri, mettendole un tetto sopra la testa e un figlio in pancia.

Da quando era incinta, tanti odori le davano la nausea. Aprì con cautela un'anta della finestra per fare uscire il fumo della sera precedente. Se le spalancava entrambe, il vetro sottile andava a sbattere contro il lavello di marmo. Uno si era già crepato e la suocera non faceva che rinfacciarglielo.

Sporse la testa di fuori. L'alto fienile, che si innalzava al di là del viottolo, si mangiava tutta la luce destinata alla loro cucina.

Come ogni mattina, rimpianse la contrada aerea che aveva lasciato e casa sua, con le due finestre che davano sulla corte ampia e sulla pianura infinita oltre il noce.

Mise un pentolino di acqua a scaldare sul fuoco del camino. Mentre aspettava che bollisse, raccolse i bicchieri e i piatti sporchi che gli uomini avevano lasciato la sera prima sul tavolo. Si distrasse a guardare una mosca che non riusciva a centrare la finestra aperta e sbatté la testa contro il *caliero*, appeso al centro del soffitto.

Maledisse quel posto.

Lei era ogni giorno più larga e in quella cucina tutto era troppo sporgente.

Il tavolo occupava completamente una delle due pareti più lunghe, quel poco spazio che rimaneva ospitava la porta d'ingresso. Sul lato opposto c'erano il caminetto e il lavello. Sulla parete corta, si apriva l'unica finestra.

Come se non bastasse, da quando nella dispensa ci stava il fratello, Vincenzo aveva fissato una serie di lunghe mensole sulle travi grosse del soffitto, in modo da potervi poggiare cibo, stoviglie, posate e oggetti vari.

Erano così poveri da non potersi permettere neanche una credenza e, comunque, se anche avessero avuto i soldi per comprarla, in quello sputo di cucina non ci sarebbe stato spazio per metterla.

La suocera aveva ricominciato a tossire. Caterina uscì per non sentirla e si sedette sull'ultimo gradino della scala che portava al fienile. Sotto c'era la piccola stalla.

Era l'unico momento della giornata in cui quel luogo le pareva tollerabile, quando tutti ancora dormivano e lei poteva fingere che non esistessero.

Osservò le tortore rincorrersi da un tetto all'altro e poi planare sullo spiazzo all'ingresso della contrada, una ventina di metri più in basso rispetto a dove si trovava lei. Tubarono a lungo attorno al capitello della Madonna. Le osservò zampettare nella sua direzione, lungo il sentierino stretto e tortuoso che si insinuava tra le case. Il maschio gonfiava le piume del collo e la femmina si puliva il petto col becco. Se lui tentava l'approccio, lei si scansava infastidita.

Quando si accorsero della presenza di Caterina, si alzarono in volo all'unisono, riguadagnando il viottolo qualche metro più in su. Poi svoltarono dietro la casa ad angolo e sparirono alla sua vista. Ne ascoltò l'amoreggiare dissolversi su per il canalone ghiaioso che solcava il monte, dove finiva la contrada.

Poi sentì che anche Vincenzo stava scendendo dalla camera e, per non rischiare di incrociarlo, corse a liberare le capre, che già da un pezzo grattavano con gli zoccoli sul portone della stalla.

Capitolo 2

Alle sei e mezzo Caterina era pronta per andare a compiere il suo dovere di cittadina. Se le nuove forme glielo avessero consentito, avrebbe messo il vestito nuovo, come aveva fatto il nonno la prima volta che era andato a votare, invece, nonostante iniziasse a fare caldo, si nascose dentro un grande scialle, perché non le piaceva che le persone la vedessero così gonfia.

Era faticoso scendere a Calvene con quel peso sul ventre e le facevano male le reni.

A Mortisa decise di fare una pausa a casa della zia Rosina.

La trovò nell'orto che tagliava bocche di leone e margherite da portare al marito al cimitero. Era piccola e curva, come la figlia che Caterina aveva conosciuto a Milano. Stessi occhi allegri e stesso naso stretto e aquilino.

L'anziana fu contenta di vederla e pretese che entrasse in casa per un bicchiere d'acqua e la solita mela avvizzita.

Dopo la morte del marito e la partenza della figlia Alma per Milano, aveva tenuto per sé solo la piccola cucina e una stanzetta per dormire. I piani superiori li aveva venduti ai vicini. Possedeva, però, una bella credenza intarsiata e una raffinata tovaglia di lino bianco con il bordo ricamato, che le era stata donata da una contessa da cui era andata a servizio in gioventù. Caterina ogni volta si teneva scostata dal tavolo per paura di sporcarla.

«Dove vai di bello, bambina mia, a quest'ora?» le chiese incuriosita l'anziana, mentre annodava con lo spago i gambi dei fiori che aveva appena raccolto.

«Vado a votare, zia.»

Lei scoppiò a ridere.

«Mi raccomando, il prete in chiesa ha detto di non fidarsi dei comunisti, sennò vai all'inferno.»

Caterina addentò la mela.

«Non c'è pericolo, io li odio i comunisti. Ma lo sai, vero, che puoi votare anche tu?»

Di nuovo la zia scoppiò a ridere. Caterina si chiese quale fosse il segreto di tanta allegria.

«Sì, sì, lo so. Ma in famiglia nostra non l'ha mai fatto nessuno. Mi pare complicato.»

Caterina finì di spolpare il torsolo del frutto.

«Anche per me è la prima volta, ma non credo sia difficile. Perché non scendiamo assieme?»

Nel frattempo una capra bianca con gli occhi rossi si era affacciata alla porta socchiusa.

«Fila via, Tosca! Non fare la curiosa» la rimproverò la zia, spingendola delicatamente con il manico della scopa.

Poi si voltò verso Caterina.

«Mi controlla, sai? Se sente che c'è qualcosa di diverso, viene ad accertarsi che vada tutto bene. Il giorno che crepo, sarà lei a trovarmi stecchita.»

Caterina finì di bere l'acqua.

«Dai, zia, scendi con me. Insieme ci facciamo coraggio.»

La zia, di nuovo, tentava di allontanare la capra che di uscire proprio non ne voleva sapere. Poi fissò dubbiosa i fiori che aveva lasciato sul lavello.

«E mio marito?»

Caterina non rispose.

La zia passò più volte lo sguardo dai fiori alla capra, come se non sapesse che fare. Poi si avvicinò alla foto del marito sulla credenza e sospirò.

«Va bene, vengo a votare anch'io.»

Carezzò l'immagine del marito e rise.

«Se il mio povero Ermenegildo mi vedesse, farebbe un altro colpo.»

In piazza c'era una lunga fila di persone che attendevano di entrare al seggio.

Tante donne.

Caterina pensò che era giusto, perché la loro guerra era stata terribile tanto quanto quella degli uomini. Se ne fosse valsa la pena, però, non sapeva dirlo. Non aveva ancora chiara la consistenza di quella libertà che prendeva la forma di una croce su un foglio di carta. Le venne spontaneo toccarsi il braccio; anche sulla sua pelle, tra la spalla e il gomito, era rimasta una cicatrice a forma di croce. Era la più grande tra quelle lasciate dalle torture. Ne aveva un paio di lunghe sulla schiena e una sulla coscia.

Infilò la mano sotto lo scialle e ne percorse il solco ruvido. La pelle ancora tirava, ogni volta che piegava il braccio si ricordava di averla. Di essere ormai marchiata.

Si guardò attorno.

Tanti parevano emozionati, qualcuno era eccessivamente allegro; Angelo, un poco più avanti di lei nella fila, non faceva che passarsi le mani tra i capelli.

Aveva sperato che andare a votare e fare quello che facevano tutti l'avrebbe resa di nuovo normale. Lei, invece, ancora continuava a non provare niente. Ormai solo il dolore le ricordava di essere viva.

Si piantò l'unghia nella cicatrice per trovare conforto e poi fu il suo turno di entrare.

Nella prima scheda indicò il profilo femminile della Repubblica. Nella seconda votò Democrazia cristiana, perché l'aveva detto il prete, ma soprattutto perché lei con i comunisti non voleva più avere niente a che fare.

Mentre aspettava la zia, che per qualche misteriosa ragione non usciva più dalla sua cabina elettorale, incrociò la Lucia che stava avanzando nella fila di attesa. Aveva l'ultimo nato in braccio e Romano di fianco. Da sotto il fazzoletto nero che conteneva la chioma, fuoriuscivano alcune ciocche grigie. Non le aveva mai notate prima di allora.

«Che brava. Sei scesa con il piccolo» la salutò.

Gli occhi da rana dell'amica parevano un pochetto più vivaci del solito.

«Non l'avrei mai detto fino a qualche tempo fa, ma non me lo sarei persa per niente al mondo» rispose, indicando la lunga fila di persone che la precedeva.

Finalmente la zia uscì. Un ragazzo del seggio la guidò fino alla grande scatola in cui doveva inserire la tessera.

«Che bordello» esclamò l'anziana ridendo, non appena raggiunse Caterina. «Per non sbagliare ho crociato tutto. Che vada bene lo stesso?»

Caterina sorrise e la riprese sotto braccio.

Lasciarono la piazza e ricominciarono a salire. Adesso faceva caldo, la zia ansimava e anche Caterina aveva il fiato corto.

Fecero una breve pausa fuori dal paese, all'altezza del mulino. Dove la strada passava sopra il torrente, si appoggiarono al parapetto del ponte.

«È già un po' che volevo chiedertelo, Nina, ma sei incinta, per caso? Mi sembri un po' ingrossata.»

Di nuovo Caterina sorrise.

«Sì, zia. Mancano meno di tre mesi.»

«Ah che brava!»

Le accarezzò la pancia.

«È a punta. Sarà di sicuro un maschio.»

Caterina non le disse che per lei era solo un uovo.

Arrivata a casa, la zia prese dalla credenza una seconda mela, ci alitò sopra per renderla lucida e gliela mise in tasca.

«Visto che sei incinta, te ne meriti un'altra» disse, facendole l'occhiolino.

La salita l'aveva sfiancata, Caterina di nuovo aveva male alle reni. Si tolse più volte il fazzoletto dalla testa e si asciugò il collo e la fronte. Si fermò a mangiare la mela sotto un castagno, seduta su una grossa pietra che delimitava la carreggiata.

Alla biforcazione della strada maestra, dovette farsi violenza per non prendere a sinistra, verso la sua vecchia contrada. Era il bivio in cui lei e Vincenzo si erano baciati la prima volta tanti anni prima, e anche il bivio dove, dopo la guerra, avevano deciso di riprendersi, senza un chiaro perché.

«Possiamo fare finta che la guerra non sia mai esistita e ripartire da dove ci siamo lasciati» le aveva detto quel giorno.

Non lo vedeva da più di cinque anni, eppure lui pareva il Vincenzo di un tempo, con la brillantina in testa e il sorriso facile.

Era una domenica di settembre, si era fatto trovare fuori dall'osteria di Calvene, dove lei aveva iniziato a lavorare a ore dopo la Liberazione.

Aveva insistito per poterla riaccompagnare.

«Nina, abbiamo ancora tutta la vita davanti.»

Tutti erano tornati a credere in qualcosa. Sua sorella si era fidanzata con Francesco, la Lucia aveva riabbracciato Giobatta e perfino la Emma parlava di sposarsi col vedovo.

Caterina, con la fine dei combattimenti, aveva perso anche la possibilità di sfidare quotidianamente la morte e non aveva più nulla a cui aggrapparsi. In quel momento le era sembrato spaventoso avere tutta la vita davanti.

Vincenzo le sorrideva.

Una brezza tiepida di fine estate li aveva sospinti nella salita verso casa e portava loro il profumo dell'uva *frambola*, i cui grappoli gonfi appesantivano gli sparuti filari sopravvissuti agli anni di incuria e alle razzie.

Camminando uno di fianco all'altra, avevano osservato gli uomini al lavoro nei campi, tra il granoturco ormai alto e gli alberi di fichi colmi di frutti.

All'altezza di Mortisa un bambino li aveva fermati per mostrare loro una lucertola. Quando si erano chinati per guardare la bestiola spaurita tra le mani del ragazzetto, Vincenzo le aveva cinto le spalle e lei non si era ritratta.

Avrebbe potuto essere una domenica qualsiasi, di tanto tempo prima.

Avevano camminato fino al bivio in silenzio. Poi Caterina gli aveva preso la mano.

«Però ci sono delle cose che devo dirti.»

Un nugolo di moscerini si era abbattuto su di loro.

Vincenzo aveva agitato le braccia per scacciarli.

«Non importa, Nina. Non ho bisogno che tu mi dica niente. La guerra è stata dura per tutti.»

Caterina aveva sputacchiato un insetto che le era finito in bocca.

«Ma io ho bisogno di dirtele.»

Lui le aveva tolto gli ultimi moscerini che si dibattevano tra i capelli raccolti sulla nuca.

«Abbiamo bisogno di ricominciare, Nina. Quel che è stato è stato.»

Caterina non aveva insistito.

Si erano presi così, come due sopravvissuti, con l'illusione che la loro stessa esistenza li avesse già giustificati e assolti.

Capitolo 3

«Stavi gridando. Tutto bene?» sussurrò Vincenzo, allungando il braccio nella sua direzione.

Caterina si girò lentamente sul fianco, si era addormentata a pancia in su e il peso del bambino le aveva intorpidito le gambe. Gli infissi erano aperti. Negli ultimi tempi, non riusciva più a dormire al buio. Nella penombra notturna, mise a fuoco il profilo di suo marito, supino accanto a lei.

«Ho fatto un brutto sogno» rispose, asciugandosi la fronte sul cuscino.

Vincenzo, senza aprire gli occhi, le carezzò la spalla.

«Va tutto bene.»

Caterina si ritrasse, ancora spaventata.

«Ho paura che non smetterò mai di fare questi incubi.»

«Ne faccio tanti anch'io» disse lui, voltandosi dall'altra parte.

Questa volta fu lei a toccargli la spalla.

«E cosa sogni tu?»

Vincenzo non rispose subito. Caterina osservò il lenzuolo che gli copriva il fianco alzarsi e abbassarsi al ritmo del respiro.

«Cose brutte. Cose della guerra.»

Rimasero in silenzio ad ascoltare i rantoli di tosse di sua madre.

«Perché non mi racconti quello che è successo? Ci farebbe bene parlarne.»

Vincenzo si tirò su il lenzuolo fino al collo.

«Adesso va tutto bene. Non dobbiamo più preoccuparci della guerra.»

Un attimo dopo Caterina lo sentì russare.

Era sicura che lui già sapesse. Non le aveva mai chiesto conto delle cicatrici e nient'altro poteva spiegare la cautela con cui le si era avvicinato la prima notte di nozze e la pazienza con cui aveva aspettato che lei fosse in grado di accoglierlo.

Allora perché non voleva ascoltarla? Era un'umiliazione troppo grande sentire cosa avevano fatto a sua moglie?

Caterina si sentiva schiacciata dal silenzio, il loro e quello di tutte le persone attorno.

Non una parola nemmeno da Tarquinio, che l'estate precedente era tornato da un campo di internamento in Polonia con la febbre, le gambe gonfie e il peso di un bambino. Aveva mangiato erba, le aveva detto un giorno in cui le parole lo avevano tradito. Delle cinghiate ancora ben visibili sulla schiena non aveva dato spiegazioni. E, del resto, nessuno aveva osato chiedere.

E Vincenzo? Perché Vincenzo faceva gli incubi? A lui cos'era toccato?

Sapeva che era stato nei Balcani e che poi era stato fatto prigioniero dai tedeschi. Da qualche accenno, aveva capito che era fuggito e che si era unito alla Resistenza nel Veronese. Non aveva né malattie né cicatrici, ma nemmeno alcuna traccia della persona che lei aveva conosciuto in gioventù.

La guerra doveva essere stata terribile per la loro famiglia. Non possedevano né legna né campi. Nel gennaio del quarantaquattro i partigiani avevano requisito anche la vacca e, poco dopo, la sorellina era morta di consunzione.

Lo ascoltò russare piano.

Come poteva conoscerne così bene il respiro, senza sapere nulla di ciò che gli passava per la testa?

Rigirò la fede sull'anulare, l'operazione era sempre più difficile. Ci sputò sopra per riuscire a sfilarla e la ripose nel cassetto del comodino.

Si tastò il dito finalmente liberato. Erano passati solo nove mesi, ma sulla pelle si era già formato un fastidioso ispessimento.

Prese sonno che era quasi l'alba e, poco dopo, fu svegliata da Vincenzo che si alzava.

Lui e Battista andavano a tagliare l'erba nelle contrade intorno. Quelli che in gioventù Caterina aveva considerato lavoretti per soddisfare qualche capriccio erano diventati una delle loro principali fonti di sussistenza.

A fine guerra, Vincenzo era tornato con un po' di soldi ma li aveva usati tutti per saldare i debiti di suo padre e per comprare le due mucche e qualche capra.

Caterina si carezzò la pancia.

«Io sistemo tua madre e poi vado a raccogliere i fagioli.»

Vincenzo si stava stringendo la cintura dei pantaloni.

«Porta pazienza, Nina. Tra un po' le cose andranno meglio» disse, guardando il muro del fienile che si alzava davanti alla loro finestra. «Il Comune ha promesso un posto in cartiera a chi è stato prigioniero in Germania. Battista domani va a informarsi.»

Caterina si mise a sedere sul letto.

«Non mi piace che dipendiamo da tuo fratello.»

«Si fa quel che si può» rispose lui, sistemandosi il gilet. «Mi raccomando, se hai bisogno di aiuto, bussa dalla Rita. Oggi è a casa tutto il giorno.»

Caterina si sollevò a fatica, appoggiando il braccio alla testiera del letto.

«Hai pensato a trasferirci a Pradelgiglio?»

Vincenzo stava già imboccando le scale.

Caterina scese nella stanza di sotto che odorava di sudore ed escrementi. Aiutò la suocera a sollevarsi, le fece bere un po' di acqua per calmarne la tosse e le cambiò i panni sporchi.

La donna rantolava, si irrigidiva e faceva di tutto per renderle il compito ancora più insopportabile.

«Sei tanto un bel ragazzo. Non potevi prendertene una più giovane e allegra?» l'aveva sentita chiedere al figlio, poco dopo il matrimonio.

Odiava quella donna.

Aveva sempre pensato che Vincenzo fosse molto diverso dalla madre, ma la convivenza con entrambi le svelava ogni giorno piccoli dettagli che li accomunavano. L'attaccatura dei capelli sulla fronte, leggermente abbassata centralmente, o il modo particolare di arricciare la bocca per esprimere il dissenso.

E poi, i piedi.

Vincenzo aveva i suoi stessi piedi, col secondo dito più lungo dell'alluce e quello piccolo arcuato verso l'interno, quasi sotto il penultimo.

Negli ultimi tempi, mentre il marito dormiva, gli stendeva il lenzuolo sopra le gambe per non vederli. Inorridiva all'idea che suo figlio potesse nascere con gli stessi piedi.

Trascorse la mattina sul campo a raccogliere i fagioli.

Mentre lavorava, parlava con le capre, che la seguivano e mangiavano le erbacce ai margini del seminato. Erano tre, marroni di pelo, con gli occhi gialli. La fissavano con le loro pupille bizzarre, che parevano un tratto disegnato a inchiostro. Non avrebbe saputo dire se erano sagge o stupide, la loro espressione poteva indicare entrambe le cose. Raccontava loro della guerra, di Mario, di Quintilio e del fatto che non voleva diventare madre. Loro la stavano a sentire e poi riprendevano a brucare.

A mezzogiorno interruppe il lavoro e si avviò verso la contrada, trascinando il pesante sacco di juta sul sentiero pietroso. Di più non riusciva a fare, il caldo le toglieva fiato e forze. Anche il bambino, dopo averle dato qualche calcio sotto lo sterno di primo mattino, non si era più mosso. Caterina immaginava che, nascosto tra le viscere, stesse sudando ancora più di lei.

Sua madre non veniva quasi mai a farle visita.

Quando, al suo ritorno a casa, la trovò che trafficava davanti al camino, Caterina rimase sulla soglia a fissarla, per assicurarsi di non avere solo una visione.

Era proprio lei.

Finalmente una presenza rassicurante in quel posto ostile.

«Mamma» la chiamò piano.

La Virginia si voltò di scatto.

«Cosa succede, Nina? Stai piangendo?»

Lei si avvicinò e l'abbracciò.

«Sono solo molto stanca, mamma» rispose, senza lasciarla.

«Sono venuta a portarti una bella notizia» disse lei, liberandosi dolcemente dalla presa.

Caterina si staccò. Ne osservò il solco tra gli occhi e le rughe che si dipanavano a delta di fianco agli occhi, il collo sottile e il golfino nero su cui era adagiata la catenina d'oro col crocefisso della prima comunione.

Si rese conto solo in quel momento quanto le fossero mancati quei piccoli dettagli.

«Mi sembra impossibile che possano ancora succedere cose belle» le disse, senza smettere di piangere.

Sua madre le sorrise e le rughe si fecero ancora più profonde.

«Eppure è così. Tullio è tornato!»

Caterina indietreggiò e si appoggiò con una mano al tavolo.

«Come?» balbettò.

Era senza parole, non era più abituata a usarle con gli umani, e, in generale, non era più abituata alle parole belle.

Anche sua madre aveva gli occhi lucidi.

«Era prigioniero degli inglesi, in India. Ma ora è a casa.»

Forse fu l'emozione o forse era il momento giusto, ma proprio allora arrivò la prima contrazione.

Capitolo 4

«Nina, non aver paura. Devi provare a farlo uscire questo bambino.» La levatrice, dietro di lei, le carezzava con vigore la schiena.

Fuori dalla finestra c'era la notte.

Caterina era paralizzata.

Chiuse gli occhi.

Dov'era?

Attorno sentiva i soldati che, a ritmi regolari, le bastonavano la schiena e la pancia, davanti e dietro, nello stesso momento.

Di nuovo fu svegliata dal male. Vomitò e si ritrovò tutta bagnata di sudore.

Si accorse che sua madre era in piedi davanti a lei. Incastrata tra il letto e il comò.

Che fine avevano fatto i soldati?

«Forza, Nina» le disse la Virginia, stringendole la mano. «Ci siamo passate tutte.»

Pensò che lei non aveva mai voluto essere una di loro. Non aveva mai desiderato diventare una madre. Non voleva il figlio di Vincenzo. Se quel bambino voleva nascere, avrebbe dovuto arrangiarsi, lei non aveva nessuna intenzione di aiutarlo.

Si lasciò cadere di nuovo sul fianco, in attesa dell'ondata di dolore successiva.

La levatrice le chiese di girarsi, aveva bisogno di controllare a che punto era il parto. Ma lei non si muoveva e si rifiutava di aprire le gambe.

Le campane suonarono la mezzanotte.
«Devi collaborare, Nina. Altrimenti qui finisce male.»
Magari fosse finita male. Magari fosse finito tutto.
Il dolore la fece urlare e poi, di nuovo, vomitare.
Sua suocera, di sotto, tossì forte.
Arrivò anche la Linda per dare una mano alla madre. Era incinta anche lei, al quarto mese. Le stringeva la mano e la rassicurava, ma si vedeva che si stava spaventando a morte.
Di fuori era sempre notte. Una notte senza fine.
Tra una contrazione e l'altra gli occhi di Caterina si chiudevano dallo sfinimento e allora sentiva i soldati, le botte e le scosse.
Poi si svegliava terrorizzata, stretta nella morsa del dolore e, di nuovo, vomitava.
Batté il *Padrenostro*.
La levatrice fece chiamare Vincenzo e diede ordine di cercare una macchina.
«Dobbiamo portarti in ospedale» provò a farla ragionare. «Altrimenti il bambino può nascere offeso e tu rischi di morire.»
Pensò che sarebbe stato meglio se fosse morta, così suo marito avrebbe potuto trovarsene una più giovane e allegra, come voleva la suocera.
Si aggrappò al lenzuolo, la levatrice le aprì le dita per farglielo lasciare. Mentre con cautela iniziavano a spostarla verso il bordo del letto, lei raschiava con le unghie la superficie ruvida del materasso e guardava il crocifisso appeso al muro sopra la testiera. Cristo l'avevano lasciato morire, perché non potevano fare lo stesso con lei?
«Niente da fare. Dobbiamo spostarla di peso» disse la donna.

Era già tra le braccia di Vincenzo, sul primo gradino delle scale, quando, all'improvviso, un fortissimo impulso di spingere si impossessò del suo corpo.
«Fermi tutti» gridò la levatrice. «Sta nascendo!»

Vincenzo la ributtò veloce sul letto, come se avesse avuto paura di scottarsi, e scappò di sotto assieme al fratello.

Tutti i muscoli di Caterina adesso spingevano e lei non poteva farci niente. Era il suo corpo a comandare.

«Brava!» la incitava sua madre.

La levatrice armeggiava tra le sue gambe. Ogni tanto si asciugava le mani insanguinate sul lenzuolo.

«Brava!» ripeteva sua sorella.

Non era brava. Semplicemente, non aveva scelta.

Come sempre, nella sua vita, quello che lei voleva non contava nulla. Piantò le unghie nel materasso per la rabbia.

Il muro davanti alla finestra era già illuminato dal sole, quando, all'ennesima spinta, sentì il suo corpo svuotarsi.

Il dolore cessò di colpo. La rabbia rimase.

«È un maschio» disse sua madre, mettendogli la creatura sotto gli occhi.

Caterina lo osservò. Era tutto rosso e bagnato, dimenava gli arti in aria come gli insetti capovolti.

Le donne lo pulirono, lo fasciarono e glielo misero sul petto.

Lei non osava toccarlo, aveva paura di fargli male.

Il neonato iniziò a piangere e lei a tremare.

«Ha perso troppo sangue» disse la levatrice, raccogliendo da terra gli stracci sporchi. «Non datele il bambino adesso, prima deve riposare.»

Salì Vincenzo sorridente. Prese il neonato dalle braccia della Linda e si avvicinò alla finestra per guardarlo meglio.

«Su, fa' l'uomo» gli disse la levatrice, togliendoglielo. «Cosa sono questi occhi lucidi? Vai da tua moglie, che al piccolo ci pensiamo noi.»

Lui si avvicinò a Caterina e le baciò i capelli bagnati.

«Questo bambino cambierà tutto» le sussurrò all'orecchio. «Vedrai che torneremo felici.»

Lei pensò che finalmente aveva ammesso che non lo erano affatto, poi le palpebre divennero pesanti e si lasciò cadere tra le lenzuola che erano ancora sporche di sangue e sudore.

Si svegliò all'imbrunire, nella stanza pareva già notte per via del solito muro a pochi metri dalla finestra.

Dalla cucina arrivavano risate e schiamazzi. Vincenzo stava festeggiando con i vicini.

Ai piedi del letto era seduta la Virginia, con il bambino in grembo.

Si alzò.

«Credo abbia fame.»

Caterina si accorse di non tremare più. Si mise a sedere contro lo schienale del letto e allungò le braccia.

Si stupì di quanto fosse leggero. Quando ce l'aveva in pancia le era sembrato pesantissimo.

«Devi sostenergli la testa» disse la madre, sistemandoglielo meglio.

Osservò il faccino che spuntava dalle fasce. Era brutto, aveva gli occhi pesti e il naso schiacciato, un lungo graffio andava dall'orecchio al mento.

Sua madre le lesse nel pensiero.

«I primi sono sempre brutti, perché fanno più fatica a nascere. Con i prossimi andrà meglio.»

Di nuovo Caterina lo guardò, sforzandosi di provare un sentimento che non fosse solo curiosità.

«Ti ci abituerai. Anche io con te ci ho messo un po' di tempo.»

E a Caterina parve impossibile che sua madre avesse provato le stesse emozioni; erano sempre state così diverse una dall'altra.

Come un animaletto il neonato appoggiò la boccuccia sul dorso della sua mano e iniziò a succhiare. Non trovando niente, provò col braccio.

Faceva esattamente ciò che facevano i vitelli e i capretti appena nati.

Ma del resto, chi non era una bestia?

Alla fine aveva spinto anche lei, come le vacche e le capre. Né più né meno. Nemmeno lei aveva avuto alternativa. Nessuno ce l'aveva.

Si chiese se non fosse arrivato il momento di rassegnarsi e di smettere di lottare.

Il bambino iniziò a piangere.

«Ha fame» ripeté la Virginia.

Allora Caterina si sbottonò la camicia da notte sul davanti e se lo attaccò al seno.

Capitolo 5

Non accadde subito. Per i primi giorni, non fece che tastarsi la sua nuova pancia vuota e molle, senza capire. Si limitava a nutrire il bambino quando glielo portavano; se lui non c'era, chiudeva gli occhi e dormiva.

Successe una mattina in cui sua madre era scesa di sotto col neonato.

Improvvisamente Caterina si sentì inquieta, aveva bisogno che il piccolo fosse accanto a lei. Il seno era duro e le faceva male. Si guardò attorno. Il Cristo appeso alle sue spalle, con il corpo insaccato sulla croce e la striscia di sangue sulle costole, le mise paura.

Ancora non riusciva ad andare di sotto senza che le girasse la testa. Così chiamò. Una, due, tre volte di seguito.

Sentì la porta della cucina aprirsi e poi i passi di sua madre attraversare lo sgabuzzino e salire le scale.

Perché ci metteva così tanto?

Caterina ancora chiamava.

Sul davanti della camicia da notte si stavano allargando due macchie di latte.

Finalmente la Virginia si affacciò alla stanza.

«Cosa succede, Nina? Stai male?»

La madre non aveva il bambino con sé e a Caterina venne il batticuore.

«Dov'è il piccolo?»

«L'ho lasciato giù con la Rita.»

«Ti prego, portamelo subito» implorò.

La Virginia la fissò per qualche secondo e accennò a un sorriso.

Quando ebbe il bambino tra le braccia, Caterina sentì tutto il suo corpo rilassarsi.

Per la prima volta ne osservò gli occhi già vispi, le orecchie ancora morbide e la trasparenza delle narici. Sotto la cuffietta, già cresceva una lanugine impalpabile. Gli sfilò le manopoline e studiò le dita minuscole con le unghiette pulite, bianche come non credeva ne esistessero sui monti.

Come era possibile che dal suo corpo marchiato fosse uscita una creatura così perfetta?

E più lo guardava, più lo trovava bello.

Com'era possibile che, in un primo momento, non lo avesse voluto?

Il bambino sbadigliò e ogni domanda perse di senso di fronte all'ovale perfetto della piccola bocca.

Caterina ne tastò la consistenza perfetta, chiuse gli occhi e si godette il corpicino che si adattava al suo. Lo strinse forte e comprese che per lei non ci sarebbero più state fughe.

«No, mamma. Va tutto bene.»

La Virginia rimase da loro per circa un mese, si prendeva cura della casa e anche della consuocera, che sembrava gradire la sua presenza molto di più di quella della nuora.

«Come fai a sopportarla?» chiese un giorno Caterina, mentre la madre piegava le lenzuola e le riponeva nel comò.

«Poveretta, mi fa pena. Ha sofferto così tanto.»

«Chi di noi non ha sofferto, mamma?»

La Virginia chiuse il cassetto e si poggiò al mobile.

«Ognuno reagisce al dolore come può. Non siamo mica tutti uguali. Ha perso sua figlia perché non ha saputo sfamarla, non so se c'è tragedia maggiore. Tra un po' capirai anche tu cosa significa essere responsabili della vita dei propri figli. Essere madri può diventare terribile.»

Caterina dal letto la guardava incredula.

Si chiedeva perché sua madre avesse aspettato tutto quel tempo a farle sapere che la capiva.

Perché non le aveva parlato anni prima?

Pensò a quanto sarebbero state più semplici le loro vite se solo non avessero avuto tutta quella vergogna delle parole.

Francesco fu portato a battesimo a Lugo.

Vincenzo era così contento che non fece alcuna obiezione a chiamarlo Francesco.

In occasione della cerimonia tirarono il collo all'unico tacchino che possedevano e invitarono parenti e *santoli* a pranzo.

C'era anche Tullio, era la prima volta che Caterina lo vedeva dopo il ritorno: era smagrito, ma non tanto quanto Tarquinio. Aveva assunto una postura lievemente incurvata in avanti, ma nel complesso il suo corpo era ancora forte. Guardandolo, Caterina pensò a Quintilio, stesse spalle larghe e stesso collo tarchiato. Erano simili, se non per il fatto che il suo fratellino era più alto di tutti.

Tullio raccontò che gli inglesi lo avevano fatto lavorare tanto, trattenendolo anche a guerra finita, ma che, nel complesso, non lo avevano trattato male. Aveva imparato anche qualche parola in inglese. Su richiesta di Vincenzo, che lo studiava con occhi sognanti, disse *good morning* e poi *bread*.

«Pensa te, io non sono mai andata più in là del Piemonte e tu hai già visto l'Africa e anche l'India» disse Caterina per alleggerire l'atmosfera.

«Ne avrei fatto volentieri a meno, Nina. Non c'è posto più bello di qui» rispose, indicando con un gesto vago l'ambiente attorno a loro.

Era solido, Tullio. Amava la terra. Lei pensò che era fortunato, perché era nato nel posto giusto per lui.

Seguirono mesi di pienezza, Caterina e suo figlio costituivano un mondo a parte. Non esistevano più né la suocera, né Vincenzo, né le croci sulla pelle e nemmeno quelle sul muro.

Grazie a lui, iniziò ad appassionarsi nuovamente alla vita e a temere la morte.

A Lugo, una mamma si era accasciata improvvisamente davanti ai suoi tre bambini. Caterina pianse un giorno intero per la pena.

Divenne più cauta, iniziò a dare ascolto al suo corpo, come non le era mai capitato di fare prima, e scoprì mille nuovi motivi per cui sarebbe potuta morire anche lei: il cuore quando nella notte saltava un battito, un dolore al petto improvviso che le toglieva il fiato, un paio di giorni di mal di testa forte.

Non riusciva più ad ascoltare le sciagure degli altri senza apprensione, come se l'intero mondo, da un giorno all'altro, avesse iniziato a riguardarla e non vi fossero più porzioni di vita estranee alla sua.

Ricominciò a temere la guerra. Da quando era nata ce n'erano già state due, se ne fosse arrivata una terza a strapparle il suo bambino?

Se lo portava dappertutto, non osava separarsene.

La Rita si offriva di tenerglielo, era vedova e senza figli, e non vedeva l'ora di coccolarselo. Ma Caterina non ne voleva sapere. Arrivata alla fontana, tirava fuori i vestiti sporchi dal cesto e dentro ci metteva Francesco, avvolto in una coperta. Cantava per lui le canzoni che aveva imparato in fabbrica a Novara, lui la guardava estasiato e provava i primi sorrisi.

«Ma non ti pesa portartelo sempre dietro?» le chiedeva Vincenzo, stupito.

«No, affatto» rispondeva lei.

Non le pesava più niente. Si sentiva forte come non lo era mai stata. Adesso capiva chi diceva che solo i figli erano la salvezza.

Capitolo 6

Venne l'inverno. Un inverno povero come il precedente, ma adesso avevano un bambino e, almeno a lui, speravano di offrire una vita migliore.

Vincenzo fece il giro delle fabbriche in pianura, la solita ditta di legname di Zugliano gli diede qualche speranza, ma poi non lo chiamò mai. Battista, contrariamente alle promesse, non fu assunto in cartiera.

A febbraio le scorte di fagioli e patate erano quasi finite. Ormai aspettavano solo la primavera per poter vendere i vitelli.

Caterina parlava poco e Vincenzo rispondeva a monosillabi. Tra le mani di suo marito le cose iniziarono a rompersi con facilità, delle due scodelle che possedevano ne rimase una soltanto, sparirono la caraffa e anche la statuetta in ceramica della Vergine che stava sulla mensola del caminetto. Cominciò a bestemmiare forte per imprevisti di poco conto e a essere preoccupato oltre misura di ciò che la gente pensava di lui. Se ogni tanto la Virginia portava loro un pollo, Caterina doveva inventare mille scuse per farglielo accettare.

Si ricordò che nel periodo antecedente alla guerra aveva manifestato lo stesso atteggiamento. Il giudizio degli altri divenne in un attimo un'ossessione.

Di nuovo, come un tempo, Vincenzo iniziò a fare piani strampalati.

«Se andassimo in India, Nina? Tullio dice che là di lavoro ce n'è tanto e che i bianchi sono stimati.»

«Perché no?» rispondeva Caterina, che aveva imparato da lui come chiudere in fretta le conversazioni.

Nei progetti del marito non trovava più niente di entusiasmante e le veniva la stanchezza solo a sentirne parlare.

Battista si sposò e andò ad abitare in una piccola casa di fianco ai genitori della moglie, sempre nella stessa contrada. Lui e Vincenzo continuarono a lavorare la terra assieme, ma non fu mai messo in discussione che della suocera continuasse a prendersi cura solo lei.

La volontà di salvare suo figlio aveva però risvegliato in Caterina lo spirito d'iniziativa di un tempo. Non era più lei la protagonista dei suoi sogni. Il futuro era tutto per Francesco, che, a differenza sua, avrebbe studiato e sarebbe diventato maestro.

«Ridi, ridi» gli diceva, facendogli il solletico sul pancino, quando gli cambiava i panni. «A costo di morire di fame io, giuro che ti faccio diventare maestro.»

Verso l'estate scrisse alla sua amica Pina per chiederle se nel Novarese ci fosse ancora abbondanza di lavoro e se, eventualmente, era disponibile a ospitarla per qualche giorno.

L'amica le rispose che la situazione lavorativa non era rosea nemmeno dalle sue parti. Spiegava che con lo sblocco dei licenziamenti i disoccupati crescevano di giorno in giorno.

Caterina prese allora contatto con i commercianti di Marostica perché le portassero direttamente i culmi e ricominciò a lavorare la treccia. Le bastò qualche giorno per ritrovare le mani di un tempo. Dopo un mese, la si vedeva con il mazzo degli steli sotto il braccio anche mentre camminava da una parte all'altra della contrada con Francesco per mano.

Produceva fili da sette e da undici fusti, a seconda della richiesta, poi li avvolgeva sull'apposito attrezzo di legno a forma di croce. In cucina ce n'era sempre uno carico. Arrivava ai dodici passi necessari per fare un pacco, legava la matassa e ricominciava subito con la successiva. Certi giorni arrivava a farne addirittura due. La Rita, per quanto si impegnasse, riusciva a malapena a finirne una.

I pacchi si accumulavano e anche i risparmi.

Quando ritenne di aver messo via un discreto gruzzoletto, scese a Calvene ad aprire un libretto postale.

Vincenzo non si fidava, «scommettiamo che non li vedrai più quei soldi?», ma lei non gli dava retta. Temeva che a tenerli sotto il materasso, avrebbero finito con lo spenderli più in fretta.

In casa teneva solo lo stretto necessario; qualche volta finivano i risparmi prima che il commerciante di Marostica venisse a prendere i pacchi. Allora, lei e Vincenzo tiravano la cinghia, con polenta e minestre annacquate.

Solo per Francesco aveva sempre in serbo qualche boccone nutriente: una fettina di formaggio, un pezzettino di pollo lesso o un cremino che aveva acquistato di nascosto. Caterina ringraziava il Cielo di avere un figlio soltanto.

Nonostante le attenzioni della madre, il bambino continuava a essere mingherlino. Il suo collo sottile ricordava a Caterina quello degli uccellini che in primavera si sporgevano dal nido. Gli aveva fatto un maglioncino rosso, particolarmente ampio e spesso, per farlo sembrare più in carne.

Non potendo comperargli un libro vero, si era rassegnata a scriverne uno lei. Aveva acquistato un quaderno su cui aveva buttato giù una decina di storie; ogni cinque pagine ci aveva inserito un disegno, per invogliare il bambino a sfogliarlo. Un coniglietto, un sole, una casa, un gatto.

Per il momento Francesco si limitava a indicarli col ditino e a tentare di strapparli se gli arrivavano a tiro.

«No, Francesco. Non diventerai mai un maestro se fai così» lo rimproverava, aprendogli il piccolo pugno stretto attorno alla pagina.

Vincenzo, seduto davanti al camino, li osservava senza dire niente. Scuoteva la testa, ogni tanto sputava sul pavimento come facevano i vecchi.

Per un paio di inverni non venne chiamato in fabbrica e, di fatto, vivevano dei pochi spiccioli che guadagnava Caterina.

Quando lei gli proponeva di darle una mano con la treccia, lui rispondeva che erano lavori da femmine.

Poi fu di nuovo il momento di andare a votare. Per secoli nessuno li aveva mai consultati e ora tutti i partiti avevano la smania di chiedere alla povera gente da chi voleva essere comandata.

Il prete in chiesa non faceva che terrorizzare i contadini sul conto dei comunisti. «Dio ti vede, Stalin no» ripeteva dal pulpito, alzando l'indice.

Nelle piazze di Lugo e Calvene apparvero manifesti terrificanti. Un giorno, che era scesa a fare compere dall'Angelica, trovò Francesco che ne osservava uno con gli occhi spalancati.

«Uomini cattivi?» domandò il bambino, indicando un temibile uomo rosso, armato di falce, che si avviava a grandi passi alla conquista dell'Italia.

Caterina gettò un'occhiata veloce.

ATTENZIONE! IL COMUNISMO HA BISOGNO DI UNO STIVALE recitava la scritta nera in sovraimpressione.

«Non esistono» rispose lei, strattonandolo via.

«Non capisco tutta questa preoccupazione» buttò là un pomeriggio che era in stalla con Vincenzo. «Abbiamo appena finito una guerra. Tu credi davvero che qualcuno voglia fare una rivoluzione adesso?»

Ragionava a voce alta. Non si aspettava una risposta, non si era nemmeno voltata per fare la domanda, aveva continuato a mungere.

Vincenzo stava oliando i cardini della porta.

«Non so. Parlane col tuo amico Mario.»

Nemmeno lui interruppe il lavoro.

Caterina si voltò di scatto. Le mancò il respiro.

Non avevano mai parlato di Mario, non capiva nemmeno come al marito fosse venuto in mente.

Vincenzo sapeva?

Le venne la nausea dall'agitazione.

Ormai Francesco aveva due anni e Vincenzo ricominciava a cercarla a letto con più insistenza. Ogni volta, lei si negava con nuovi pretesti.

«Si può sapere cos'hai?» le chiese una sera esasperato.

Caterina aveva finito le scuse.

«La verità è che non voglio avere altri figli.»

Vincenzo si mise a sedere e la guardò con stupore.

«E che storia è questa?»

Anche lei si alzò, appoggiò la schiena alla testiera del letto e incrociò le braccia sul petto.

«Ci ho pensato tanto e non voglio che mettiamo al mondo altri morti di fame. Vorrei che Francesco avesse di meglio rispetto a quello che è toccato a noi.»

Vincenzo scuoteva la testa.

«Questa ormai è la nostra vita, Nina. Cosa ti sei messa in mente, Cristo santo?» Guardò fuori dalla finestra, il muro davanti. «Fare figli è normale, è sano. Li fanno tutti, anche quelli che sono più poveri di noi. Guarda Antonio e l'Arpalice, ne hanno cinque.»

«Appunto. E cosa possono garantire loro?»

Vincenzo allargò le braccia.

«In qualche modo si fa. Tanti sono contenti anche così.»

«Una volta faceva schifo anche a te questa vita. Te lo ricordi? Ci promettevamo sempre che noi saremmo stati diversi. Si può sapere cosa ti è successo?»

Vincenzo tornò a stendersi, si girò dall'altra parte, tirandosi dietro la coperta.

«Non sei l'unica delusa. Pensi che io abbia avuto quello che volevo? A un certo punto bisogna mettersela via.»

Caterina pensò che era la prima volta che lui le parlava in modo sincero da quando era tornato dalla guerra. Gli toccò la schiena.

«E cosa volevi tu?»

Lui si tirò su la coperta fino al mento.

«Lascia perdere.»

«Senti, Vincenzo» iniziò Caterina con tono più conciliante. «Per me ho smesso di sognare una vita diversa, ma vorrei che almeno Francesco ce l'avesse. È per lui che metto via i soldi, perché un giorno possa studiare. Lo capisci?»

Non ottenne alcuna risposta, ma dal respiro che ormai aveva imparato a conoscere, sapeva che lui era ancora sveglio.

Dopo la loro conversazione notturna Vincenzo smise del tutto di parlare con lei. Se non era in osteria, passava le serate a lottare contro le tarme dei mobili.

Caterina iniziò a tenere in casa un po' più di liquidità; era addirittura disposta a concedergli un salame o un pezzo di formaggio purché si tirasse un po' su di morale.

Invece non vi fu alcun acquisto, semplicemente suo marito iniziò a bere di più. Ogni sera tornava dall'osteria un po' meno stabile sulle gambe. Quando lei provava a farglielo notare, lui le rispondeva che non erano fatti suoi.

Una sera di maggio, in cui Caterina stava ancora lavorando alla treccia, alla luce della candela, Vincenzo spalancò la porta di casa decisamente ubriaco.

Per reggersi in piedi, dovette appoggiarsi con entrambe le mani agli stipiti.

Caterina alzò la testa.

«Cosa ti è successo?»

Vincenzo rise, una risata sprezzante, nasale. Poi si abbandonò sulla sedia più vicina alla porta.

«Da quando in qua ti preoccupi per quello che mi succede?»

Caterina pensava a quanti soldi doveva aver speso per ridursi in quello stato.

Si alzò e chiuse in fretta la porta.

«Mi fai schifo in queste condizioni» disse, tornando a sedersi.

Vincenzo si alzò e, con una manata, le buttò a terra il fascio di steli che teneva sotto al braccio.

«Prova a ripetere quello che hai detto» le sibilò a pochi centimetri dall'orecchio.

Caterina, che da quando aveva scoperto di cosa erano capaci gli uomini non aveva più la baldanza di un tempo, non osava alzare gli occhi dai fusti sparpagliati a terra.

Il fiato di Vincenzo sulla guancia la paralizzava.

Lui le strattonò il colletto e la spinse con la schiena contro il lavello.

«Tu hai reso la mia vita un inferno, Nina. Credi che io non sappia che non volevi me? Credi che sia stupido?»

Caterina stringeva le mani sul bordo di marmo e voltava la testa di lato per evitare l'alito del marito sul viso.

«Pensi di essere tanto intelligente e invece non sai proprio niente. Povera Nina, dovresti essere contenta di quello che hai.»

Le diede un ulteriore spintone, Caterina sbatté con la testa contro il secchio appeso. Poi Vincenzo lasciò la presa e tornò a sedersi al tavolo.

Le mani di Caterina iniziarono a formicolare, l'intorpidimento risalì le braccia e si propagò a tutto il cuoio capelluto.

«Non capisco cosa vuoi dire» balbettò. Si chinò a raccogliere il lavoro caduto per arginare il tremore in un movimento composto.

«Dico che dovresti essermi grata per averti sposata. Invece, cosa fai? Mi nascondi i soldi e ti rifiuti di fare altri figli.»

Caterina si spostò verso il camino.

«Non te l'ho mica chiesto io di sposarmi» disse piano.

Di nuovo Vincenzo rise.

«Ah sì? E chi altro ti avrebbe presa in quelle condizioni?»

In quel momento ebbe la certezza che lui sapeva.

«Niente più ci legava. Potevi andartene per la tua strada» rispose.

Lui fissava il pavimento, faticava a tenere aperte le palpebre.

Caterina sperò che si addormentasse.

Invece, prese fiato.

«Facciamo un patto» iniziò con voce strascicata. «Puoi fare quello che vuoi. Puoi ignorarmi, puoi gestire tu i soldi, la casa e tutto quello che ti pare, ma, ti prego, facciamo almeno un altro paio di figli.»

Caterina tornò a sedersi e ricominciò a intrecciare, ancora sperava che lui stesse per crollare.

«Ti prego, Nina, concedimi almeno questo» continuò supplichevole. «I figli portano felicità. Se restiamo solo noi tre, cosa penserà la gente? Che non so fare il mio dovere? Che mi faccio comandare da mia moglie?»

«Ma che ti importa di quello che pensano gli altri?»

Vincenzo scosse il capo. Ancora fissava il pavimento.

«Mi è rimasto solo quello. Non lo capisci?»

«Vincenzo, io altri figli non ne voglio. Non finché non ti trovi un lavoro vero.»

A quelle parole, si alzò come una furia e le fu di nuovo addosso. La prese per le spalle e iniziò a scuoterla.

«Tu lo sai che è un mio diritto, vero? Che potrei fare quello che voglio?»

«Allora fallo» urlò Caterina, piantandogli le unghie sul dorso delle mani. «Tanto sai benissimo che non saresti nemmeno il primo.»

Vincenzo la fissò. Caterina vide le pupille che si dilatavano.

Poi staccò le mani da lei e iniziò a dimenare le braccia e a colpire i piatti e i bicchieri, che si trovavano sulle mensole attaccate alle travi del soffitto. Scaraventò in aria anche la candela. Rimasero al buio. Caterina si accucciò a terra con le mani sopra la testa, per non venire colpita dagli oggetti che andavano a frantumarsi sul pavimento.

Quando finirono le stoviglie, staccò dal muro la foto del loro matrimonio, urlò una bestemmia e la lanciò contro il camino.

Poi, barcollando, tornò ad accasciarsi sulla sedia.

La mattina dopo, Caterina fu costretta a prelevare metà dei soldi che teneva nel libretto postale. Ormai l'inflazione era alle stelle e qualsiasi cosa costava uno sproposito. Non riuscì nemmeno a ricomperare tutto, rinunciò al suo piatto e a un paio di bicchieri.

Capitolo 7

Qualche giorno dopo ricevette la visita del prete. La porta era aperta, perché c'era un bel sole.

Caterina stava disegnando un nuovo libro di favole per Francesco. Il bambino, come un uccellino, allungava il collo esile per vedere cosa la madre stesse facendo sopra al tavolo.

«Buongiorno» disse il sacerdote, affacciandosi alla stanza.

Caterina chiuse in fretta il quaderno.

«Sia lodato Gesù Cristo» rispose, scattando in piedi.

Disse che era passato a benedire la casa. Caterina si fece da parte e lo lasciò compiere i soliti riti.

«Tuo marito è venuto a parlarmi, Nina» esordì, dopo aver riposto l'aspersorio nell'apposita busta. «È molto preoccupato.»

Caterina si avvicinò al tavolo e gli porse il bicchiere di vino che aveva preparato.

«È preoccupato per me?» domandò lei, alzando le sopracciglia.

«Sì» continuò il sacerdote. «Mi ha detto che non vuoi più avere figli. È la verità?»

Il prete guardò Francesco con un sorriso bonario e gli scompigliò i capelli.

Caterina si sentì avvampare e lo mandò a giocare di fuori.

L'uomo portò il bicchiere alle labbra.

«Io ti conosco da sempre, Nina, e so che certe volte tendi a farti delle idee tue sulle cose. Ma su questo punto è già tutto chiaro.»

La fissava con gli occhi socchiusi.

Caterina, che nel frattempo si era seduta, ebbe l'impulso di piegarsi in avanti, come faceva da piccola per nascondere i peccati che sentiva in pancia.

«So che ti piace tanto leggere. Non è che per caso hai fatto qualche lettura sbagliata?»

Caterina scosse il capo.

«No, padre, non leggo da tantissimo tempo.»

«Allora, dove sta il problema?»

Lei si guardava le mani intrecciate sul tavolo.

«Non abbiamo abbastanza soldi da mantenere altri figli.»

Lui sospirò.

«Pensi, forse, che sia tutto nelle tue mani? È Dio che provvede alle Sue creature.» Scosse il capo. «La fede, Nina. Devi avere più fede, è sempre quello il tuo problema, fin da quando eri piccola.»

Non parlò mai a Vincenzo della visita del prete, era troppo grande il risentimento nei suoi confronti per aver tradito anche quel poco di intimità che restava tra loro. Lesse un volumetto che spiegava l'enciclica *Casti Connubi*, che il sacerdote aveva preteso di lasciarle, più che altro per il piacere di tornare a sfogliare un libro e di imbattersi in qualche parola nuova. Non ebbe più nemmeno bisogno di negarsi a suo marito, Vincenzo ormai trascorreva tutte le serate in osteria.

Quando tornava a casa bestemmiava, spaccava qualcosa e poi si buttava sul letto ancora vestito. Un paio di volte inciampò sulle scale e prese sonno sui gradini.

Lei fingeva di dormire, ma in realtà rimaneva sveglia buona parte della notte a pensare a come riparare i danni.

Durante il giorno, appena poteva, andava a cercare conforto alla vecchia contrada, dove lavorava la treccia con le amiche di sempre.

Là osservava le vacche panciute in stalla, i capretti che sgambettavano sui pendii, l'aia animata dalle baruffe continue delle galline, e poi l'orto florido dietro le case e la grande catasta di legna impilata con cura sotto la tettoia, e si chiedeva come aveva fatto a ritenersi povera in gioventù.

I fratelli avevano ripreso in mano le proprietà e tutto era tornato a regime; si erano occupati anche dei lavori pesanti, quelli che lei e sua madre avevano trascurato durante la guerra. Erano stati rifatti i terrazzamenti e avevano sradicato il ciliegio dal Campo Gualivo, il cui tronco era marcio da anni. Caterina pianse il giorno in cui, al posto dell'albero, trovò solo un cumulo di terra smossa, perché sotto i suoi rami ci portava Quintilio da piccolo e iniziò a temere che, sparendo gli oggetti, svanissero anche i ricordi. Quando pensava a suo fratello, si stringeva Francesco al petto e si chiedeva come avesse fatto sua madre a sopravvivere alla morte del figlio.

Tullio, di passaggio tra una faccenda e l'altra, si fermava a salutare la sorella e raccontava al nipotino, che ancora capiva gran poco, delle zebre che aveva visto in Africa e degli elefanti dell'India.

A Caterina faceva ridere che proprio lui, che più di tutti era nato per fare il contadino, potesse diventare agli occhi di Francesco un personaggio esotico e avventuroso. Solo la guerra poteva aver architettato un simile scherzo. Un giorno le annunciò di essersi fidanzato con la Mara, anche questa, a Caterina, parve una burla.

Per un po' si chiese se il fratello maggiore fosse a conoscenza del legame tra lei e Quintilio. Poi smise di pensarci, perché le verità di guerra non interessavano più a nessuno.

Invece l'Anna non si dava pace.

«Giuseppe non è ancora tornato» esordiva ogni volta, trascinando lo sgabello vicino alla panchetta di Caterina.

Davanti a lei, nessuno osava dire *non è tornato* e basta, tutti aggiungevano quell'*ancora*, per pena. Ma ormai i reduci avevano fatto ritorno e avevano raccontato l'inferno della ritirata, dei compagni morti di fame e dei corpi congelati nella steppa. Nessuno, tranne l'Anna, credeva davvero che Giuseppe potesse essere ancora vivo. Forse nemmeno lei ci credeva fino in fondo, ma, dopo la guerra, anche le vite che ripartivano necessitavano di puntellarsi su verità taciute.

Alle bambine parlava in continuazione del papà, descriveva loro quanto era bello e quanto era forte.

«Vedrai come si arrabbia tuo padre, quando torna» rimproverò un giorno la Paola che aveva lanciato un sasso contro la sorellina più piccola.

Attorno all'assenza del marito, aveva costruito una quotidianità che lo includeva.

Anche a Caterina mancava Giuseppe. Sempre più spesso le tornava in mente la frase che le aveva detto, per prenderla in giro, il giorno del matrimonio della sorella.

Alla fine ti sposerai anche tu, vedrai. Solo, poveretto quello che ti sposa.

Forse non ci aveva visto male.

A modo suo, Giuseppe era saggio ed era stato anche un buon amico. Le si spezzava il cuore nel pensare al suo corpo poderoso abbandonato in mezzo alla steppa russa.

«Finalmente conosciamo anche noi qualcuno di importante!» disse Tarquinio, un pomeriggio che era appena salito dalla pianura, dove era andato a trovare la morosa.

Le donne, che stavano lavorando a ferri in corte, alzarono le teste.

«Vi ricordate di Mario?» domandò lui, indicando i resti pericolanti della casa di Toni e della Irma. «Mi hanno detto giù in paese che è stato eletto in Parlamento. Con i comunisti.»

A Caterina cadde dalle mani il lungo filo che già aveva intrecciato. L'Anna glielo raccolse e, passandoglielo, le carezzò la gamba.

«Sembra impossibile che qualcuno che viene da qua possa essersi fatto una vita così diversa dalla nostra» disse la Lucia, sorridendo.

«Si vedeva fin da piccolo che era sveglio» aggiunse la Maria.

E tutte concordarono e ognuna rievocò almeno un episodio in cui si era distinto per qualche ragione. Per un calcolo matematico, perché aveva detto un paio di parole in latino o per quella volta che, in quarta elementare, aveva recitato alla perfezione *La mia sera* di Pascoli durante un filò.

Caterina era l'unica che non diceva niente, teneva gli occhi bassi e provava a lavorare.

Suo fratello le diede una pacca sulla spalla.

«Eravate tanto amici da piccoli. Magari un giorno ci verrà utile la vostra amicizia.»

Quel giorno tornò a casa con la nausea.

Mario adesso era uno importante, un deputato, a Roma.

Di Roma, aveva visto un disegno nel sussidiario su cui aveva studiato per l'esame di licenza elementare. Mentre camminava lo immaginava davanti al Colosseo, elegante, con la camicia pulita e la cravatta.

Poi pensò a quella notte in cui lei, invece, lo aveva visto nudo, spaurito, e in cui gli aveva promesso che loro non sarebbero morti.

No, in effetti, lui non era morto. Solo lei lo era.

Arrivata nel punto in cui la strada passava sopra al greto del torrente in secca, un attimo prima di imboccare la stradina laterale della sua nuova contrada, si girò per dare la mano a Francesco.

Dietro di lei non c'era nessuno.

Solo il lungo rettilineo in ghiaia. Deserto e assolato, con l'alto muro a secco, da una parte, e i prati in discesa, dall'altra. I grilli frinivano tra l'erba e le api ronzavano attorno agli ornielli e ai maggiociondoli in fiore.

Da quanto tempo non si era più voltata a controllare suo figlio?

Non riuscì a ricordarlo e le venne il dubbio di non essersi girata affatto.

Iniziò a gridare il suo nome.

E se invece di salire fosse sceso?

Urlò ancora più forte.

E se fosse caduto giù dal Soio delle Laste?

Prese a correre lungo la strada, gridando a squarciagola.

«Lo avete visto?» urlava ai contadini che falciavano l'erba sui prati di sotto. «Lo avete visto?»

Quelli la guardavano e scuotevano il capo.

La Rita, impegnata nella fienagione, la riconobbe e salì di corsa verso la strada.

Iniziò anche lei a chiamare. Caterina era già avanti, inciampò, perse uno zoccolo e proseguì senza. Non sentiva sassi sotto i piedi e nemmeno il sudore che le inzuppava la camicia.

Lo vide poco prima del solito bivio.

Grazie al Cielo non lo aveva perso da tanto.

Suo figlio stava grattando con le manine la parete di roccia dal lato della montagna, che, in quel punto, era rossa e friabile.

«Guarda, mamma. Sono un pellerossa» disse, correndole incontro e mostrandole le manine sporche.

Caterina lo prese in braccio e iniziò a baciarlo e a singhiozzare.

Li raggiunse anche la Rita, che aveva infilato lo zoccolo nella tasca ampia della traversa. Le posò una mano sulla schiena per calmarne il pianto.

«Stai tranquilla. Per questa volta non dico niente a Vincenzo.»

Caterina la guardò senza capire.

Vincenzo?

Cosa c'entrava Vincenzo?

Non esisteva più nessun Vincenzo.

Non esisteva più nemmeno Mario.

C'era solo Francesco, che, con le manine sporche e sudate, le stava imbrattando il viso.

Suo figlio era vivo.

Anche lei lo era adesso. E non capiva come, solo poco prima, avesse potuto pensare il contrario.

Capitolo 8

I soldi non bastavano mai.

Molte donne avevano abbandonato la treccia ed erano scese in pianura a cercare lavoro nelle fabbriche dove i guadagni erano molto maggiori. Lei, con il bambino di due anni e mezzo e la suocera da accudire, non poteva certo muoversi.

Dopo l'ennesimo inverno terribile, in primavera Caterina ricominciò a vendere il radicchio selvatico al mercato di Thiene.

Avanti e indietro, come faceva da ragazza. Tanta fatica per un ricavo da niente.

Un lunedì mattina, dopo il mercato, decise di andare a trovare suo fratello Tarquinio che, fresco di matrimonio, si era trasferito a vivere a Marano, dalla moglie. Lavorava come manovale per un'impresa edile. Chissà mai che nella sua azienda non ci fosse posto anche per Vincenzo.

Si avviò verso il santuario dei Cappuccini, che si trovava alla periferia opposta della cittadina, e poi proseguì attraverso la campagna, in direzione di Marano.

Arrivò al paese che le campane battevano mezzogiorno. Aveva fame e non ricordava di preciso dove abitasse il fratello, c'era stata una sola volta, in occasione del matrimonio.

Sotto al campanile, fu travolta dagli scolari delle elementari, che si stavano riversando in strada. Caterina li guardò sparpagliarsi e sparire di corsa tra i vicoli del centro. Si chiamavano da una strada all'altra e giocavano a prendersi.

Si emozionò al pensiero che, nel giro di qualche anno, anche il suo Francesco avrebbe indossato il grembiulino nero e sarebbe stato uno di loro.

La scuola era un edificio grande e compatto, con un ampio cortile sul davanti e una torretta di lato.

Fu la torre ad attirare la sua attenzione.

Ne percorse con lo sguardo i profili di pietra chiara, il frontone decorato sopra la porta d'ingresso e i due pinnacoli ai lati del tetto.

Si accorse di conoscere quel luogo.

No, non poteva sbagliarsi.

Ci era già stata.

Il ricordo arrivò all'improvviso.

Le gambe cedettero. Tutto il corpo iniziò a formicolare. Dovette aggrapparsi alla ringhiera con entrambe le mani per non cadere a terra.

Sparirono i bambini, le grida e le corse. Si spensero la luce, le campane e l'azzurro del cielo.

Tornò notte.

Tornò alla notte in cui in quel luogo era stata condotta dai soldati e, uscendo dal camion, aveva visto davanti a lei la stessa torretta, con i due pinnacoli che si stagliavano contro la luna.

«Si sente bene? Cerca suo figlio per caso?»

Qualcuno le stava toccando la spalla.

Caterina si voltò a guardare la signora bionda che l'aveva raggiunta.

Chi era?

Nelle orecchie aveva gli ordini dei soldati, gridati in una lingua che non era la sua.

Le cicatrici sulle braccia e sulla schiena erano tornate in vita, dovette passarci sopra le mani per acquietarle.

«È molto pallida. Vuole entrare? Le faccio portare un bicchiere d'acqua?»

Caterina continuava a non capire.

La signora la prese sottobraccio e la condusse verso la porta.

All'ingresso Caterina irrigidì le gambe e si rifiutò di entrare.

«Credo che la signora si senta male» gridò la donna alla bidella, che era intenta a spazzare l'atrio. «Non vuole entrare. Non capisco cos'ha.»

Era notte. Ernest l'aveva spinta su per le scale. L'avevano buttata nella prima cella.

In quella di fianco giaceva Quintilio.

«Sarà per via del caldo» disse la nuova venuta, che adesso osservava il viso di Caterina a pochi centimetri.

Le donne la fecero stendere sui gradini d'ingresso. Una delle due andò a prendere un bicchiere d'acqua, mentre l'altra le faceva aria con un libro.

Dopo aver bevuto, Caterina sentì che il sangue le tornava al cervello. Si mise a sedere.

«Come si sente, signora?» domandò la bidella, recuperando la scopa che aveva abbandonato a terra.

«Meglio, grazie» balbettò Caterina.

«Io sono una maestra» si presentò l'altra. «Cercava suo figlio?»

Caterina scosse la testa.

«No, passavo di qua per caso.»

Alzò gli occhi verso l'edificio.

«Che lei sappia, durante la guerra era una prigione?» domandò, indicando la torretta.

La maestra guardò nella stessa direzione e sospirò.

«Purtroppo sì. Succedevano brutte cose lassù. Quello che interrogava era così cattivo che lo chiamavano *il boia*. È morta gente, sa?»

La donna le porse la mano per farla alzare.

«Va meglio adesso?»

Caterina si rimise in piedi e si lisciò la gonna.

«Sì, grazie. Ogni tanto soffro di capogiri.»

La maestra ancora la tenne d'occhio mentre attraversava il cortile. Quando fu sul cancello, Caterina alzò il braccio per rassicurarla che andava tutto bene.

Per qualche giorno perse l'appetito. Se ne stava seduta al tavolo della cucina semibuia, a guardare Francesco che, di fuori, rincorreva gatti e galline, e si sporcava di fango. Smise di raccontargli le favole e anche di fare la treccia.

Perfino Vincenzo si accorse che qualcosa non quadrava.

«Tutto bene?» le chiese una sera, prima di scendere in osteria.

Caterina lo guardò sconsolata e scosse la testa.

«Lunedì volevo andare a trovare Tarquinio, a Marano.» Prese fiato. «Invece sono finita nel posto in cui è stato ucciso Quintilio.»

Vincenzo, che già stringeva la maniglia della porta per uscire, si fermò un attimo.

«Mi dispiace, Nina. Mi dispiace tanto.»

Se ne andò senza aggiungere altro.

Quella sera tornò più ubriaco del solito; non riuscendo ad aprire la porta d'ingresso, la sfondò con un calcio.

Capitolo 9

Sapeva che la madre della Gilda viveva da sola. Il marito era morto in un campo di prigionia in Germania.

Sebbene le loro tragedie avessero un'origine comune, non si era più fatta viva. Aveva solo sperato di dimenticare.

Una mattina, si fece coraggio, attraversò l'arco di glicine fiorito da cui si accedeva al loro vialetto e bussò alla porta.

La donna fu molto contenta di vederla.

Caterina rimase colpita dal modo in cui era invecchiata. Il peso degli anni aveva impresso alle labbra una curvatura all'ingiù che le attribuiva un'espressione scontenta, a dispetto dei modi cordiali. Allo stesso modo, la caduta delle palpebre ne aveva reso lo sguardo duro, nonostante i gesti e le parole avessero conservato la dolcezza di un tempo. Aspetto e spirito parevano aver viaggiato a velocità diverse. Probabilmente le disgrazie avevano a tal punto indebolito l'animo che questo aveva rinunciato a domare la folle corsa del corpo.

La fece accomodare in salotto, su un divano morbido, ricoperto da un telo damascato.

Mentre le preparava il caffè in cucina, Caterina si guardò attorno.

Al centro della stanza c'era sempre lo stesso tavolo massiccio e rotondo, su cui, da piccole, lei e la Gilda passavano i pomeriggi a fare i compiti.

La signora tornò in salotto.

«Mi dispiace di non essere venuta prima» disse Caterina, distogliendo lo sguardo dai mobili.

La mamma della Gilda le si sedette di fianco.

Aveva un bel vestito bianco, con la gonna a pieghe sotto al ginocchio e il cinturino in vita. Le maniche corte, lievemente a sbuffo, erano arricciate attorno alla pelle chiarissima e cedevole delle braccia. Lattea era anche la pelle del décolleté, rigata in mezzo al petto dal peso del seno.

«Capisco benissimo» rispose lei, facendo un gesto vago con la mano.

Parlarono brevemente della stagione e dell'aumento dei prezzi, poi Caterina non seppe più come continuare.

Fu provvidenziale il gorgoglio della moka nell'altra stanza.

La donna si alzò. Quando fu di ritorno le mise tra le mani una tazzina di caffè piena fino all'orlo.

«Mi scuso se sono fuori luogo» cominciò Caterina, mentre girava con cautela il cucchiaino per non spandere. «Ma non riesco a smettere di chiedermi se lei abbia qualche informazione in più sull'arresto di mio fratello.»

La donna la guardò con sorpresa. Le palpebre pesanti si sollevarono e gli occhi tornarono arrotondati.

«Cosa volevi sapere in particolare?»

«Vorrei sapere se, per caso, lei ha mai saputo chi lo ha denunciato.»

«Be', per cominciare, non è detto che cercassero tuo fratello.» Bevve un sorso dalla sua tazzina. «Può darsi che i sorvegliati fossimo noi e che tuo fratello abbia avuto solo la sfortuna di trovarsi nel posto sbagliato al momento sbagliato. Era già da qualche giorno che i soldati del presidio passavano di frequente qua davanti» disse, indicando la strada oltre il giardino. «Ma se posso darti un consiglio» proseguì, mentre appoggiava la mano sul dorso della sua, «smettila di farti il sangue cattivo, Nina. So che sei sposata e che hai un bel bambino. Goditi il presente. Se non ha scovato Mario i colpevoli, probabilmente non salteranno mai fuori.»

Sospirò.

«Pensa che ha passato un intero anno, dopo la guerra, a spulciare le carte degli interrogatori e a parlare con i fascisti arrestati. Era diventata una vera e propria fissazione. Pareva matto. Ma alla fine ci ha messo una pietra sopra anche lui.»

Batté le mani sulle gambe e lisciò le pieghe della gonna.

«Parliamo invece di cose belle! La sai la novità?»

Caterina stava assimilando le parole della donna.

Mario per un anno, per un intero anno, era andato alla ricerca di un colpevole.

«Quale novità?» domandò sovrappensiero.

«Mia figlia si è sposata.»

Caterina sorrise.

Forse aveva sbagliato ad addossargli tutta la responsabilità di ciò che era successo.

«Sono felice per lei. Le faccia le mie congratulazioni» rispose Caterina meccanicamente.

«Ti aiuterò io» le aveva detto Mario quel giorno.

Come sarebbe stata diversa la sua vita se lo avesse seguito.

La mamma della Gilda stava ancora parlando, Caterina non riusciva più ad ascoltarla.

«Aspetta che ti mostro la foto del matrimonio» le stava dicendo.

La vide alzarsi e prendere una busta dalla credenza.

«È arrivata solo la settimana scorsa e non ho ancora avuto il tempo di incorniciarla.»

Abbiamo tutto adesso. Possiamo iniziare una nuova vita, possiamo andare dove vuoi tu. Lontano da qui e da tutti i brutti ricordi.

Com'era possibile che non avesse nemmeno considerato la sua proposta?

Non era forse quello che aveva sempre voluto?

Perché l'aveva cacciato a quel modo?

Improvvisamente non lo sapeva più.

Non ricordava più alcuna buona ragione per averlo respinto.

La mamma della Gilda le passò una mano davanti agli occhi, per attirarne l'attenzione.

«Be'? A cosa stai pensando?»
«Mi scusi» disse Caterina, abbassando lo sguardo sulla foto che la donna le aveva messo davanti.

Non vide nemmeno la Gilda.
Vide solo Mario, con l'abito scuro, una cravatta a strisce diagonali e gli occhi celesti fissi sull'obiettivo.
La Gilda guardava suo marito.
Mario guardava Caterina.
«È un gran peccato che non abbia voluto farsi fare l'abito da sposa, vero? Ma sono comunisti e hanno deciso di non sposarsi in chiesa.» La donna fece una risatina nervosa. «Comunque a Milano non sono gli unici» aggiunse, come per scusarli.
Caterina non rispose. Fissava gli occhi di Mario con le labbra strette.
Come aveva potuto?
Come aveva potuto?
«Adesso che lui è stato eletto, dovrà fare avanti e indietro da Roma. Lei vuole restare a Milano, dove lavora. Lo sai, vero, che fa parte del Consiglio nazionale dell'unione donne italiane?»
No, Caterina non sapeva niente.
Voleva solo uscire da quella casa il prima possibile per piangere in pace.
Risalì il monte con una pietra pesantissima in fondo allo stomaco. Non riusciva a piangere e nemmeno a pensare. Aveva davanti agli occhi solo l'immagine del neo di Mario, quello che aveva sotto l'ombelico, un po' più a sinistra, quel neo che avrebbe dovuto essere suo e che invece, adesso, apparteneva a un'altra. E non a una persona qualsiasi.
«Il tuo non te lo prende nessuno» le aveva detto tanto tempo prima la zia Santina.
Invece la Gilda glielo aveva rubato.

Quando, in autunno, venne a sapere che Vincenzo aveva un'altra, quasi non ci fece caso.

I suoi pensieri erano tutti per Mario e per la vita che avrebbe dovuto essere sua.

La Lucia le spiegò che era la cameriera dell'osteria di Calvene. Sembrava che, durante l'estate, fosse sceso più volte dalla malga per andare a trovare lei, senza nemmeno passare per casa. Gliela descrisse come una ragazza mora e riccia, né brutta né bella. La cugina della moglie di qualcuno che anche lei avrebbe dovuto conoscere.

Quella sera, quando rincasò, si rese conto che erano mesi che suo marito non beveva più e che lei non ci aveva nemmeno fatto caso.

Le venne da dire qualcosa, ma poi lasciò perdere e lo rimproverò per aver macchiato i pantaloni con l'olio della bici.

Lui le rinfacciò il libro di Pinocchio che lei aveva acquistato per il terzo compleanno di Francesco e la accusò di farli morire di fame per viziare il figlio.

Lei gli ricordò tutti i soldi che avevano dovuto spendere per riparare ai danni delle sue crisi di nervi.

Lui rispose di essersi pentito ogni giorno di averla sposata perché era la donna più fredda che avesse mai conosciuto.

Lei gli disse che ormai tutti sapevano che lui trovava affetto altrove.

Vincenzo lanciò l'unico bicchiere rimasto integro, accusandola di non sapersi godere la vita e Caterina gli gridò che si comportava come un animale in calore.

Quella, per qualche anno, fu l'ultima grande lite, poi si stancarono anche di litigare. Per riuscirci, bisognava avere qualcosa da dirsi e, soprattutto, un po' di interesse a farlo.

Capitolo 10

Nel febbraio del millenovecentocinquantuno la suocera morì e, dopo qualche settimana, Vincenzo fu assunto da una ditta che scortecciava la legna per conto della cartiera di Lugo.

Se fosse stato assunto direttamente dalla cartiera, come era successo ad altri della contrada, lo stipendio sarebbe stato migliore, ma già avere un'entrata fissa mensile era per loro una novità esaltante.

Certo, vivere alle Lore non era come stare a Milano e i soldi bastavano appena, ma sapere di avere una certa somma che le arrivava puntuale ogni quindici giorni faceva sentire Caterina meno selvatica e le dava finalmente la possibilità di pianificare anche per loro qualche passo verso la civilizzazione. Per un attimo, dimenticò la vita a cui aveva rinunciato e il rimpianto allentò la sua morsa.

Anche Vincenzo divenne più tranquillo. Riprese a scherzare con Francesco e qualche sera, addirittura, smise di uscire per fermarsi ad ascoltare Caterina che gli leggeva *Pinocchio*. Una domenica, portò alla moglie un mazzo di rose.

La gente aveva un bel dire che i soldi non facevano la felicità, Caterina era convinta che solo chi ce li aveva poteva avere inventato una simile sciocchezza. Erano proprio quelli ad ammansirli e a renderli sereni. Senza denaro, erano stati per anni tristi, brutti e anche cattivi.

Grazie alla nuova ricchezza che veniva dalle fabbriche, le stesse contrade stavano diventando più allegre.

Un giorno veniva ridipinta una facciata, un altro qualcuno faceva stendere il cemento sulla soglia di casa per evitare che il fango entrasse in cucina. La Rita cambiò gli infissi e quelli della casa attigua rifecero il tetto.

Loro ricavarono un piccolo bagno nella stalla, a cui si poteva accedere direttamente dalla cucina. Poco dopo chiusero il camino e vi inserirono una stufa a legna, con i cerchi in ghisa e un tubo che portava fuori il fumo.

Finì l'epoca della fuliggine sul muro e della cenere sul pavimento.

Non era Milano, ma era comunque civiltà.

All'inizio dell'estate, Caterina si accorse di essere incinta e questa volta accolse la notizia con gioia. Sia la mente sia il corpo erano pronti a fare spazio al nuovo bambino. Lo immaginò come tale fin da subito, senza quel complicato percorso di adattamento che aveva, invece, richiesto la prima gravidanza.

In dicembre nacque una bambina, che sgusciò dal suo corpo senza troppa fatica.

Sul monte, imperversava una tempesta di neve e la levatrice arrivò che la piccola era già nata.

Vincenzo allestì un rinfresco in stalla per festeggiare con la contrada intera; pretese che sfidassero le intemperie anche gli abitanti di uno sparuto gruppetto di case che sorgevano al di là del greto del torrente.

La neonata fu battezzata col nome di Giovanna. Era bella in carne e, fin da subito, mangiava, dormiva e non piangeva quasi mai.

Per la prima volta da quando erano sposati, trascorsero l'inverno senza la paura che il cibo finisse. Quello che non producevano loro stessi, potevano adesso acquistarlo al negozio dell'Angelica.

Caterina, in primavera, si ritrovò incinta una terza volta, ben prima di quanto credesse possibile. Le amiche le avevano assicurato che mentre allattava non sarebbe successo. Ma, di nuovo, sentì che era una cosa buona.

A ottobre Francesco iniziò le elementari a Mortisa. Nonostante le nausee della gravidanza, volle a tutti i costi accompagnarlo.

Mentre scendevano, gli fece tradurre una ventina di frasi dal dialetto all'italiano. Francesco non ne sbagliava una.

Quando lo vide varcare la soglia della scuola, in mezzo agli altri bambini, con il collo da uccellino spaurito e le gambe magre da capretto sotto i calzoncini corti, dovette girarsi in direzione della vallata per non far vedere a nessuno che era commossa.

Sempre a dicembre, a circa un anno di distanza, nacque una seconda bambina, che Vincenzo volle a tutti i costi chiamare Antonia, come la sorellina che aveva perso durante la guerra.

Di nuovo ci furono in casa grandi festeggiamenti, dopo i quali, senza necessità di prendere accordi, lei e Vincenzo convennero che tre figli erano più che sufficienti, anche perché l'ultima nata non dormiva mai e non la smetteva un momento di piangere.

Capitolo 11

I primi a trasferirsi in pianura furono la Lucia e Giobatta. Lui, come pure i due figli maggiori, avevano trovato lavoro in fabbrica.

Vendettero casa e campi, e andarono ad abitare a Zugliano. L'anno successivo il figlio maggiore, Enzo, si sposò e in un attimo la Lucia divenne nonna.

Anche sua sorella Linda se ne stava andando, lei e Francesco si stavano costruendo casa a Lugo, vicino alla cartiera dove lui era stato assunto.

Poi fu la volta dell'Anna, che a metà degli anni Cinquanta fu ufficialmente dichiarata vedova di guerra e che, in quattro e quattr'otto, si sposò col *moléta*, un signore di Thiene, dai modi gentili, magro e stempiato, che una volta al mese saliva in contrada per affilare forbici e coltelli.

«E gli va bene che tu abbia già due figlie?» le chiese Caterina.

«Lo dico solo a te, perché di te mi fido» le disse l'Anna sottovoce. «Ugo non può averne per qualcosa che gli è successo durante la guerra, quindi è contento che io ne abbia già.»

L'abitazione di Toni e della Irma non fu più ricostruita e, alla fine, una ditta di costruzioni venne ad abbatterla perché il Comune la riteneva pericolante. Il giorno in cui il fienile della nonna di Mario venne trasformato in un garage per la Topolino dei nuovi proprietari, Caterina ne fu sollevata. Già da un po', se guardava quell'edificio, le si chiudeva lo stomaco e sentiva la necessità di fare qualcosa, qualunque cosa, fosse anche rammendare un calzino.

Erano passati più di dieci anni dall'ultima volta che aveva visto la Gilda. Da quel pomeriggio in cui l'amica l'aveva trascinata in paese a festeggiare la Liberazione.

Una mattina in cui era scesa a Calvene con le figlie, la vide scendere da un taxi, davanti alla casa di sua madre. Non si era mai visto un taxi da quelle parti e Caterina non era l'unica che si era fermata a guardare cosa stava succedendo.

D'istinto, si ritirò dietro al muro dell'officina di Angelo e convinse le figlie a fare lo stesso, fingendo di giocare con loro a nascondino.

Forse per via dei tacchi o del rossetto acceso, Caterina si ritrovò a osservarla come studiava le dive che vedeva nelle riviste a casa di sua sorella. Ebbe l'impressione che, improvvisamente, il sole splendesse solo per lei. Per illuminarne la camicetta bianca, i boccoli biondi, come quelli di Marilyn Monroe, e le gambe chiare sotto la gonna blu attillata. Il profumo del glicine, che si spandeva per metri lungo la strada fino alle narici di Caterina, sembrava emanare dal suo corpo elegante.

C'era un bambino con lei. La Gilda gli porse la mano, per aiutarlo a scendere dal sedile posteriore.

Era anche lui biondissimo. Doveva avere più o meno l'età di Giovanna. Otto anni al massimo.

Dai calzoncini corti in velluto marrone sporgevano delle ginocchia immacolate. Di riflesso guardò le gambette delle sue figlie, piene di croste per le continue cadute sul ghiaino.

Chissà se, almeno in viso, assomigliava a Mario da piccolo.

Avrebbe voluto essere più vicina per scoprirlo.

«Mamma, andiamo» piagnucolò Antonia, che aveva compreso in fretta che la madre non stava giocando affatto.

Ma Caterina non si mosse, fino a quando la Gilda e suo figlio non sparirono sotto il glicine.

Tornò in piazza e si sedette sui gradini della scuola. Le figlie correvano sullo slargo davanti, assieme a un gruppetto di altri bambini. Non ce n'era uno che fosse pulito dalla testa ai piedi.

Lei potrebbe piacermi solo se tu non esistessi. Le aveva detto Mario.

Si abbottonò sul collo la camicetta di cotonella fiorita. Era quella buona, quella che metteva per scendere in paese. Se avesse potuto, ora se la sarebbe strappata di dosso, così come avrebbe lanciato gli zoccoli contro il muro della scuola.

Lei potrebbe piacermi solo se tu non esistessi.

Ma era lei che vedeva ogni notte il neo di Mario. Era lei che abitava a Milano. Era lei che aveva fatto un figlio con lui. Un figlio profumato, col colletto bianco.

Antonia cadde.

Caterina fu costretta ad alzarsi. Le pulì il ginocchio scorticato, sputandoci sopra. La gonna del vestitino era strappata e la bambina non la smetteva più di piangere. Caterina la scrollò per farla stare zitta e quella si mise a urlare ancora più forte.

Lei potrebbe piacermi solo se tu non esistessi.

Voleva andarsene in fretta da quella piazza piena di bambini sporchi, ma aveva promesso a Francesco, che da qualche mese aveva iniziato le scuole medie a Thiene, che lo avrebbe aspettato alla fermata della corriera.

Tornò a sedersi sui gradini con Antonia in braccio e si rassegnò a uno dei tanti pianti senza fine della bambina.

Quella sera fu Caterina a cercare suo marito. Mentre si muoveva sopra di lei, chiuse gli occhi e immaginò che non fosse lui.

Più tardi, mentre Vincenzo già dormiva pesantemente al suo fianco e lei guardava il muro buio fuori dalla finestra, decise che dovevano andarsene anche loro dai monti.

Solo in un posto nuovo, dove nulla la legasse più a Mario, forse il suo ricordo avrebbe smesso di perseguitarla.

Da un giorno all'altro la loro vita ricominciò a sembrarle misera.

«Mi compro la Lambretta» le annunciò una sera Vincenzo, rincasando.

«Non possiamo» obiettò Caterina, senza tirare in ballo il piano di trasferirsi.

«Ma la possiamo pagare a rate, non dobbiamo mica dare tutti i soldi subito.»

Caterina stava scaldando la minestra.

«Non credo sia una buona idea.»

«Non mi merito qualcosa anch'io, ogni tanto? Sono stufo di risalire tutte le sere portando la bici a mano. Con il caldo di questi giorni è un inferno.»

«Lo hai sempre fatto. Non vedo perché non si possa continuare così.»

Vincenzo si avvicinò alla stufa e le carezzò il fianco da dietro.

«Che ti prende, Nina?» le disse piano, appoggiando la guancia alla sua. «Ora i soldi ci sono.»

Caterina lo spinse di lato e si spostò verso il lavello per sciacquare il mestolo che stava usando.

«Dobbiamo conservarli per far studiare i ragazzi.»

Vincenzo si appoggiò al tavolo e guardò dalla porta aperta le bambine che giocavano davanti al capitello della Madonna.

«E chi ti dice che abbiano voglia di studiare? Io non vedevo l'ora di finire.»

Caterina si voltò verso di lui.

«E se invece di comprarti la Lambretta ci trasferissimo in pianura? In questo modo, saresti già vicino al lavoro.»

«Perché? Non stiamo più bene qui?»

«Non lo dico per noi. Finché Francesco fa la scuola media, c'è la corriera che lo porta su e giù da Thiene. Ma quando andrà alle magistrali, a Vicenza, dobbiamo comunque trasferirci.»

Vincenzo sospirò.

«Non possiamo, intanto, vedere se vuole davvero diventare maestro? Perché dobbiamo sacrificarci tutti, solo per un tuo desiderio?»

«Certo che vuole diventare un maestro!» Caterina aveva alzato il tono della voce. «Forse tu non te ne accorgi, ma a scuola è molto bravo!»

Vincenzo si staccò dal tavolo su cui era appoggiato.

«Vuoi forse dire che io sono stupido?»

Caterina indietreggiò di un passo e si trovò nell'angolo tra la finestra e il lavello.

«No, Vincenzo, non volevo dire...»

Vincenzo fece per uscire dalla stanza.

«I soldi li porto a casa io e la Lambretta me la compro quando voglio.»

Caterina gli andò appresso e gli carezzò la spalla.

«Ti prego, sii ragionevole. Ho già fatto tutti i conti. Con i risparmi che abbiamo messo da parte, più la vendita della tua parte di proprietà a Battista, abbiamo abbastanza soldi per comprare una casa giù. Ho già parlato con sua moglie e ha detto che sarebbero interessati.»

Il volto di Vincenzo, ancora sudato per la lunga salita, si incendiò.

«Cosa hai fatto?» disse, battendo la mano sul tavolo. «Hai già fatto i tuoi conti? Hai parlato con mio fratello alle mie spalle? Ma ti rendi conto di che figura mi fai fare?»

Caterina scosse il capo.

«Vincenzo, ma è davvero questo il problema?»

«Sì, è proprio questo il problema. Ti sei di nuovo messa in testa di comandarmi e di rovinare tutto? Sappi che ho brutte notizie per te: domani vado a comprarmi la Lambretta e da casa mia non mi muovo, neanche morto!»

Caterina si tolse la traversa e la lanciò sul tavolo.

«Lo vedremo. Non permetterò che a Francesco accada quello che è successo a me. Lui diventerà maestro. Dovessi andarci da sola in pianura.»

Vincenzo era furioso, si avvicinò e alzò il braccio come per picchiarla. Poi si fermò a mezz'aria e uscì di casa, sbattendo la porta.

Quella sera, dopo tanto tempo, Caterina lo vide arrivare ubriaco dalla piazzetta. Barcollava. Le donne che stavano recitando il rosario spostarono gli sgabelli per farlo passare.

Caterina si affrettò a mandare di sopra i figli, in modo che non dovessero assistere ai suoi sfoghi di rabbia.

Contrariamente a quello che si sarebbe aspettata, non era affatto arrabbiato. Quando entrò, si lasciò cadere sulla sedia più vicina, si prese la testa tra le mani e iniziò a piangere.

«Non eravamo fatti per stare assieme noi due, vero?» le chiese piano.

No, Vincenzo. No, io avrei dovuto sposare Mario.

Caterina non rispose.

«Te lo dico io che è così. Me ne ero già accorto prima della guerra.» Ruttò. «Tu vuoi troppe cose, Nina. Troppe.»

Poi si alzò e andò direttamente a letto.

L'indomani non si comprò la Lambretta, non ne parlò mai più, ma ricominciò a frequentare con assiduità l'osteria. Quando rincasava, non aveva più le intemperanze dei primi anni di matrimonio, semplicemente era triste. Certe notti dormiva in cucina con la testa appoggiata al tavolo.

Capitolo 12

«Ma vuoi davvero diventare maestro?» chiese Caterina, appoggiando l'accetta a terra e puntellandosi al suo manico.

Francesco, seduto sui gradini del fienile, alzò la testa.

«Certo.»

«Ma lo vuoi perché te lo dico sempre io o perché l'idea piace anche a te?»

Il ragazzino ci pensò su un attimo.

«Boh. Ma cosa cambia?»

Caterina pensò che alla sua età lei avrebbe saputo distinguere con chiarezza quel che voleva lei da quello che desideravano gli altri.

Che avesse ragione Vincenzo?

«Ma si può sapere a cosa pensi? Hai sempre la testa tra le nuvole.»

«Adesso o in generale?»

Caterina sospirò.

«Adesso, per esempio. A cosa pensi in questo momento?»

«Sto ripassando le capitali del mondo.»

A Caterina parve un'occupazione interessante e ne fu rincuorata.

«Come mai proprio le capitali?»

«Io e un mio compagno, a ricreazione, facciamo le sfide e, quando vinco, mi dà metà del suo panino.»

«Perché? Non ti basta quello che ti do io?» domandò Caterina allarmata.

«Ma loro mangiano la crema al cioccolato, mamma. E tu non hai idea di quanto è buona.»

«E se vince lui?»

Francesco arrossì e abbassò la testa.

«Allora?» lo incalzò la madre.

Francesco taceva, le si avvicinò e gli sollevò il mento.

«Allora?»

«Se vince lui, gli porto qualche cacca secca delle capre» disse piano, senza alzare gli occhi. «In un sacchettino.»

Caterina gli lasciò il viso.

«Ma sei matto? Per farne cosa?»

Francesco divenne ancora più rosso.

«Fa gli scherzi ai compagni, gliele infila nelle cartelle o le mette sulle sedie in modo che le schiaccino, sedendosi.»

Caterina lo fissava incredula.

Possibile che tutto ciò che suo figlio poteva offrire ai ragazzini di città fossero gli escrementi delle capre?

«Ma ti giuro, mamma, che io non c'entro niente con questi scherzi, non li ho mai fatti, io. Mai.»

«Ci mancherebbe, se lo fai ti riempio di botte» rispose lei, agitando l'accetta. «E comunque da domani te lo scordi di portare a scuola simili schifezze.»

Francesco non diceva niente, stava per mettersi a piangere.

Caterina riprese a tagliare.

«Fai bene a provare vergogna!»

Il ragazzino la guardò con gli occhi imploranti.

«Non è quello, mamma» rispose piano lui. «Ma allora, me la comperi tu la crema al ciccolato?»

Caterina scosse la testa.

«Non pensarci nemmeno. Invece alza il sedere e vieni ad aiutarmi a sistemare un po' di legna.»

Lo guardò raccattare i pezzi da terra, con i movimenti scattosi di un capretto. Nonostante i suoi dodici anni aveva ancora il corpo esilissimo. Forse avrebbe dovuto per davvero comperargli la crema.

In primavera, Caterina scese in pianura per vedere come si era sistemata l'Anna dopo il matrimonio. La trovò indaffarata dietro al bancone del negozietto di ferramenta che lei e il marito avevano aperto da poco. Era un buco, con lunghi scaffali metallici che straripavano di ferraglia e scatole contenenti chiodi di ogni dimensione.

Si era un po' appesantita e aveva tagliato i capelli corti. Alla civetteria aveva preferito la praticità. Stava servendo un signore, mentre altri tre erano in attesa. La guardò districarsi tra pinze e martelli.

Quando furono sole, l'Anna uscì dal bancone e corse ad abbracciarla.

Le raccontò che gli affari andavano molto bene.

«Ci sono persone che acquistano anche cose di cui non hanno affatto bisogno. Ieri un cliente ha comprato due tipi diversi di cacciaviti perché non era sicuro quale gli servisse. *Tanto prima o dopo vengono utili*, ha detto.» Sospirò soddisfatta. «Era proprio il momento giusto per aprire un negozio.»

Poi scese anche il marito, abitavano sopra la bottega.

Non era uno di tante parole, pareva quasi a disagio a trovarsi nella stessa stanza con due donne.

Per contrasto Caterina pensò a Giuseppe, alla sua allegria e alle sue battute facili. A Giuseppe a cui piaceva ballare e fare festa. A Giuseppe vigoroso e forte.

Ugo stava parlando delle figlie dell'Anna come se fossero sue, era chiaro che le amava come un padre. Caterina osservò l'amica avvicinare la mano a quella del marito, appoggiata sul bancone, e carezzargliela in modo discreto col mignolo. Lo faceva sempre anche con Giuseppe nelle lunghe sere di filò. La loro intesa di coppia sembrò a Caterina improvvisamente troppo affollata e trovò una scusa per andarsene in fretta.

«Senti, Vincenzo, ci ho pensato a lungo. Se ci trasferiamo in pianura può esser anche per te l'occasione di realizzare un sogno di cui mi parlavi sempre prima della guerra.»

Era curvo all'ingresso, a togliersi il fango da sotto le scarpe. Aveva piovuto a più riprese quel pomeriggio. Uno di quegli acquazzoni di aprile, che facevano volare via gli ultimi fiori da peschi e ciliegi, lo aveva sorpreso mentre risaliva con la bici per mano.

Alzò la testa verso di lei, con i capelli appiccicati sulla fronte che gli gocciolavano davanti agli occhi.

«Una volta dicevi sempre che volevi aprire un negozio» disse Caterina con un sorriso fiducioso.

«Posso almeno entrare e togliermi i vestiti bagnati prima di discutere con te?»

Caterina si rese conto di non aver scelto il momento migliore, ma aveva l'idea che quei momenti non esistessero più da parecchio tempo per loro.

Vincenzo entrò, si tolse la giacca e i pantaloni e glieli passò. Caterina li mise ad asciugare sulla sedia davanti alla stufa.

Lui rimase in mutande e si avviò verso lo stanzino della dispensa per andare di sopra. Quando fu sulla porta si voltò.

«Fai come vuoi, Nina. Tanto so che mi darai il tormento fino a quando non si fa come vuoi tu.»

Caterina non era sicura di aver capito cosa intendesse.

«Vuoi dire che posso iniziare a cercare un'altra casa?»

«Fai come vuoi» ripeté, uscendo. «Solo lascia che gli affari con mio fratello li gestisca io, intesi?»

Caterina si lasciò cadere su una sedia.

Non avrebbe mai voluto arrivarci in quel modo, ma era appena riuscita a sottrarre ai monti il futuro dei suoi figli.

Sentì le spalle rilassarsi e la testa che si fece improvvisamente pesante.

Quella notte, dopo anni, per la prima volta dormì profondamente e sognò Mario.

Capitolo 13

Nell'agosto del millenovecentocinquantanove si trasferirono a Thiene.

Un appartamentino non lontano dalla zona Bosco dei Preti; abbastanza vicino al negozio di ferramenta dell'Anna, e non troppo lontano dal centro, dove si trovavano le scuole elementari delle bambine e la fermata della corriera per Vicenza.

La loro casa era l'ultimo avamposto cittadino, da lì iniziavano i campi di grano e di papaveri. In lontananza si vedevano ancora le montagne, sufficientemente distanti perché Caterina potesse guardarle con affetto. Era sicura che la casa sorgesse proprio nel punto in cui, trent'anni prima, mentre andava dagli zii a Caldogno, si era fermata a guardare per la prima volta le montagne dalla pianura.

Si trasferirono nella casa nuova di domenica. Avevano così poche cose da portare che bastò un solo giro con il furgoncino per traslocare tutti i loro averi. Viaggiarono sul retro del mezzo, stretti tra i loro bauli, e per i ragazzi fu un gran divertimento.

«Sembra di essere alle giostre» esclamò Giovanna, all'ennesima curva che li faceva slittare contro le pareti del mezzo.

Si portarono dietro solo la stufa. Lasciarono il letto matrimoniale di stoppie e anche i giacigli di paglia dei ragazzi. Per la loro nuova casa avevano acquistato letti veri con i materassi a molle e un tavolo rotondo con cinque sedie. Non appena avessero messo da parte un po' di risparmi, avrebbero preso anche armadi e credenze.

Caterina, che aveva curato i dettagli dell'acquisto, conosceva gli spazi della casa alla perfezione. Era scesa più volte a rivedersela e a fantasticare su come arredarla. Vincenzo, invece, c'era stato una sola volta e i ragazzi non l'avevano ancora vista.

Erano una settantina di metri quadri su un unico piano. Un soggiorno, con annesso un minuscolo cucinino. Un corridoietto su cui si affacciavano due camere attigue e un piccolo bagno. Di sotto una cantina, non conteggiata nella metratura.

Dietro alla casa c'era un fazzoletto di terra, di cui Caterina andava particolarmente fiera. Sognava di tirarci un filo per stendere i panni e di abbellirlo con grandi cespugli di crisantemi. Sul davanti, un vialetto in cemento di un paio di metri tagliava un cortiletto di ghiaia e portava al cancello all'ingresso.

Caterina aprì la porta e i ragazzi si precipitarono dentro, spintonandosi per fare a gara a chi per primo poggiava il piede sul pavimento del soggiorno.

Giovanna spalancò la porta che dava sulle camere e Antonia il soffietto del cucinino.

«Ma è grandissimo qui» esclamò la figlia più piccola, girando su se stessa.

«Ci sono due lavandini» gridò Francesco, quando si accorse che, oltre a quello della cucina, ce n'era uno anche in bagno.

«Certo» rispose Caterina che stava trascinando dentro casa il baule. «Perché questo è un appartamento vero.»

Vincenzo guardò fuori dalla finestra del soggiorno; al di là della stradina asfaltata erano state da poco costruite un altro paio di abitazioni.

Poi si spostò nelle camere e ispezionò la visuale anche da quelle.

Quando finì il giro, lo ricominciò daccapo.

Caterina, intanto, si era inginocchiata a terra e cercava di dare ordine ai vari pacchetti.

«Non ti piace?» domandò, alzando la testa.

«Mah» rispose lui.

Uscì sul vialetto e osservò a lungo i campi di grano che sfumavano all'orizzonte, in direzione delle montagne.

«Mi sembra un po' triste questo posto. Non so cosa fare» disse rientrando.

Intanto Giovanna e Antonia stavano facendo i salti sulle reti a molle dei letti e Francesco aveva scoperto la botola che scendeva in cantina.

«Venite a sentire quanto fresco è quaggiù» stava gridando alle sorelle.

Quelle attraversarono di corsa il soggiorno, girando attorno al tavolo, e si infilarono giù per le scalette buie da cui il fratello le chiamava.

Caterina si sollevò da terra e posò una mano sulla schiena del marito.

«Ti prometto che andrà tutto bene.»

Dopo la prima ora di euforia, anche l'entusiasmo dei figli si spense. Antonia era scivolata sulle scale della cantina e non la smetteva più di piangere. Francesco e Giovanna, seduti al tavolo, fissavano la madre con aria interrogativa.

«Cosa ci facciamo qua, mamma?» domandò Francesco a Caterina che stava impilando i vestiti sopra al tavolo. «I miei amici sono tutti in contrada.»

Lei sorrise.

«Non preoccuparti. Presto te ne farai di nuovi.»

«E se qui in città sono diversi?»

A Caterina venne da ridere.

«Non credo proprio. E comunque adesso siamo cittadini anche noi.»

Si gustò in testa la parola *cittadini* e di nuovo le venne da ridere.

«Ma qui non ci sono i boschi e nemmeno le stalle. Non so nemmeno che giochi si possono fare in un posto come questo» continuò il figlio. «E poi fa troppo caldo» aggiunse lamentoso.

«Puoi fare un giro qua attorno e dirci com'è» disse Caterina indicando la porta aperta. «Magari ci vivono altri ragazzi della tua età.»

Francesco si alzò controvoglia, sbuffò e uscì. Caterina lo guardò allontanarsi nella calura del primo pomeriggio. La sua andatura saltellante che ben si adattava ai pendii, sulla stradina asfaltata pareva quella di un burattino mal condotto.

Poi fu la volta di Antonia che passò, senza soluzione di continuità, dal pianto per la caduta sulle scale a quello perché voleva tornare a casa.

Quando le spiegarono che ora era quella la sua nuova abitazione, sprofondò nella disperazione più totale. Con singhiozzi così teatrali che Caterina perse subito la pazienza.

«Non sgridarla. Non è mica colpa sua» la rimproverò Vincenzo.

Si caricò la bambina in spalla e uscì verso la campagna che iniziava rigogliosa dove terminava la loro stradina.

Rimasero solo lei e Giovanna, che aveva appena ritrovato le sue bambole e stava illustrando loro la casa.

«Per fortuna che ci sei tu» le disse Caterina, abbracciandola.

«Non devi disturbarmi, mamma» la allontanò la figlia. «Sto mostrando l'appartamento alle bambine.»

Per fortuna che ci sei tu, si ripeté in testa Caterina. Poi riprese a sistemare gli oggetti nelle varie stanze, disponendoli sopra un lenzuolo steso a terra, in attesa di avere i mobili dentro cui metterli.

Finita la cena, che consisteva nella solita minestra, gli umori non erano migliorati. Vincenzo non diceva niente, Francesco si lamentava di non aver visto nemmeno un ragazzo della sua età e Antonia piangeva per il mal di pancia.

Caterina iniziava ad averne abbastanza, ma fece un ultimo tentativo.

«Cosa dite se andiamo tutti assieme a conoscere i nuovi vicini?»

La loro casa si trovava in un blocco di quattro appartamenti, due sotto e due sopra.

«Ma non è strano che sopra la nostra testa vivano altre persone?» chiese Giovanna.

«Pensa che quando da giovane abitavo a Milano, c'era gente sia sotto che sopra. In città è così» rispose ridendo. «Allora, chi mi accompagna a vedere chi sono queste persone?»

Vincenzo disse che era stanco. Andò a buttarsi a letto e Antonia andò con lui.

A conoscere i vicini ci andò Caterina con i due più grandi.

«Come ci entriamo in casa degli altri?» chiese la figlia, osservando la recinzione del giardinetto di fianco al loro.

«Si suona il campanello» rispose Caterina, indicando un piccolo pulsante vicino al cancello.

Anche a lei faceva impressione che ognuno fosse così gelosamente barricato dentro la sua proprietà e le venne il dubbio di disturbare.

Al piano terra non rispose nessuno.

«Sono andati in vacanza» disse una signora con la traversa fiorita che si era sporta dal ballatoio di sopra. «Siete i nuovi?» domandò con un sorriso.

Caterina annuì.

La donna indicò loro le scale, sul fianco dell'edificio, da cui potevano salire.

«Sono proprio contenta che sia venuta ad abitare una famiglia perbene come la vostra» esclamò la signora, andando loro incontro lungo il ballatoio.

Li fece entrare nel suo soggiorno, che era esattamente sopra il loro. Sulla credenza la televisione era accesa. Due ragazzini, più o meno dell'età di Francesco, erano seduti sul divano e stavano guardando il *Carosello*.

«Questi sono i miei figli: Claudio e Renata» li indicò la signora. «Siediti» disse a Caterina, «ho il caffè già pronto.»

Francesco e Giovanna non toglievano gli occhi dall'apparecchio televisivo. Gli altri due ragazzi provarono invano a fare loro qualche domanda.

«Non abbiamo la televisione» si giustificò Caterina.

«Anche noi ce l'abbiamo da poco. Prima andavamo al bar Commercio a vederla.»

Mentre beveva il suo caffè, Caterina notò che, in un angolo del pavimento, c'erano decine di maglioni appoggiati sopra a un telo.

«Sei un sarta?» domandò, indicandoli.

«No, lavoro a domicilio. Mi pagano per i bottoni che attacco. Lo faccio per arrotondare.»

Caterina appoggiò la tazzina sul piattino.

«È facile trovare un lavoro del genere?»

«Ti interessa?»

«Sì, sono brava a cucire. Ho lavorato molti anni in sartoria.»

«Domani quando passano a ritirare i maglioni, ti chiamo.»

L'indomani Vincenzo, come ogni giorno, si recò al lavoro e Caterina, già in tarda mattina, aveva il suo primo pacco di maglie a cui attaccare i bottoni.

Riempì di acqua il mastello che un tempo usava per fare la lisciva e affidò le più piccole a Francesco, che le lasciasse sguazzare in giardino anche tutto il giorno.

Quando Vincenzo rincasò alla sera, Caterina aveva già quasi terminato la prima consegna.

«Cos'è 'sta storia?» domandò lui, indicando il tavolo ricoperto di maglie e bottoni. «I cristiani che lavorano non hanno più diritto di trovare la cena pronta?»

Era sudato per la lunga pedalata. Anche se non erano più sui monti, la fabbrica era comunque distante.

Caterina liberò in fretta la tavola e imbastì una cena con riso in bianco e uova lesse.

I figli della vicina scesero per invitare i ragazzi a vedere il *Carosello*.

Lei e Vincenzo si ritrovarono soli.

«Ho trovato un lavoretto» disse Caterina, per rompere il silenzio. «Attacco bottoni per una maglieria.»

Vincenzo non rispose.

Senza i rumori delle bestie nella stalla attigua e senza il fruscio serale degli alberi smossi dal vento, la loro solitudine apparve a Caterina in tutta la sua brutalità.

«Tutto bene?» domandò.

Vincenzo non rispose.

Sopra le loro teste sentirono le sedie dei vicini strisciare sul pavimento. Un attimo dopo il rumore di un'auto che, per errore, era entrata nella stradina e stava facendo manovra per uscirne prima di finire in mezzo ai campi.

Suoni nuovi. Suoni ostili.

«Vado a letto. Sono stanco.»

Capitolo 14

A ottobre Francesco e le bambine iniziarono la scuola, così Caterina poteva lavorare tutte le mattine. Vincenzo aveva trovato un bar vicino a casa e qualche sera, al ritorno dalla fabbrica, vi si recava a fare due chiacchiere.

Tutti i lunedì Caterina andava al solito mercato che si snodava lungo il corso principale e che era decisamente più economico dei negozi. Le sembrava un sogno arrivarci con una piacevole camminata di dieci minuti, senza vesciche ai piedi e male alle gambe.

Per la prima volta si avvicinava al banco dell'ortofrutta da cliente; tirava il più possibile sul prezzo, come per anni aveva fatto la gente di città con lei, quando scendeva all'alba dai monti per vendere il suo radicchio selvatico.

Stava di nuovo risparmiando. Questa volta aveva calcolato che, lavorando sodo entrambi, nel giro di quattro anni avrebbero potuto chiedere la licenza per un'attività tutta loro.

Arrivò Natale.

Fu il primo Natale, senza che i figli sparissero nei vicoli della contrada a cantare la Stella, senza la messa di mezzanotte a Mortisa e, soprattutto, il primo Natale lontano dalle persone a cui faceva gli auguri da quarant'anni.

Furono anche le prime festività in cui nella loro famiglia nessuno più credeva alla Befana. Antonia aveva ormai sette anni e i fratelli non avevano resistito alla tentazione di dirle la verità.

Caterina si rese conto che quel periodo magico, che da piccola le era sembrato infinito, era costituito, in realtà, da una manciata di anni. E che quel tempo per i suoi figli era già terminato, prima ancora che lei se ne accorgesse e prima che avesse modo di gustarselo e riviverlo attraverso loro.

Giovanna, che le sembrava ancora *tutta da fare*, aveva pressappoco l'età in cui lei aveva dovuto abbandonare la scuola per aiutare in casa.

La mattina di Natale portò i figli in duomo. Per l'occasione aveva fatto a Francesco un cappotto verde scuro, a doppio petto. Gli conferiva un'aria signorile e, soprattutto, lo faceva sembrare un po' più in carne di com'era. Avrebbe voluto colorargli le guance col rossetto, ma, ormai, non le permetteva più di mettergli le mani in faccia. Si limitò a spalmarlo sugli zigomi delle bambine.

Per la prima volta, tutti indossavano un paio di scarpe vere.

Dentro la grande chiesa si guardò attorno e le parve che, in mezzo a tutta quella gente elegante, loro non sfigurassero per niente.

Finita la messa, si riversarono nella piazza assieme alla folla. Antonia e Giovanna giocavano a prendersi tra le gambe delle persone, Francesco trovò un paio di compagni di classe, con cui si ritirò ai margini dell'assembramento, vicino al campanile.

Caterina non faceva niente, si godeva l'inebriante anonimato della piazza gremita di gente, il frusciare dei cappotti contro al suo, l'odore di naftalina mescolato al profumo di qualche signora, il rumore delle scarpe di cuoio sui sampietrini, il chiacchiericcio e le frasi degli altri che le arrivavano a spezzoni. Tante vite, tutte nuove, tutte di pianura.

Quando si sentì chiamare, sobbalzò.

Era la Ida, la cugina di Mario. Non la vedeva da quando si era sposata, prima della guerra.

«Ti trovo bene, Nina. Hai proprio un'aria cittadina adesso» la salutò la donna, abbracciandola.

Chiacchierarono del più e del meno, la Ida le raccontò che lei ed Elio abitavano in città da circa una quindicina d'anni.

Non se la passavano male, avevano quattro figli e i due più grandi già lavoravano. Le spiegò dove abitava e le indicò una merceria, sotto casa sua, che vendeva roba di qualità.

«Devi farci un salto, Nina. Un giorno, se vuoi, ci andiamo assieme.»

La gente, attorno a loro, aveva cominciato a disperdersi.

«Ho visto Mario» le disse quando la conversazione si stava spegnendo. «Sua mamma è morta un mese fa, è tornato per il funerale.»

«Mi dispiace, non ne sapevo niente, altrimenti sarei venuta anch'io.»

Caterina lo disse senza rendersi conto che andarci avrebbe significato incontrare Mario.

«Tumore.»

Dai, Nina, porta Mario a cercare le more. È troppo serio mio figlio, fallo ridere un po' tu, che ne sei capace, le diceva sempre la Irma quando erano bambini.

A Caterina si inumidirono gli occhi.

«E Toni come sta?»

«Dopo una vita insieme, è dura» sospirò la Ida. «Però abita vicino ai parenti di lei e poi immagino che Mario gli spedisca ogni mese una bella somma.»

La Ida studiò Caterina.

«Lo sai, vero, che era deputato?»

Caterina sentì che le mani un po' le tremavano.

Finse indifferenza.

«Perché? Non lo è più?»

Iniziarono a scendere dei minuscoli aghi di neve. La Ida alzò lo sguardo al cielo bianco e volse i palmi verso l'alto per accertarsi che nevicasse.

«No. Ora lavora come ingegnere o qualcosa del genere. Comunque hanno un sacco di soldi. Vedessi che casa hanno in centro a Milano. Un'eleganza! Cose che noi poveretti ci sogniamo!» Mulinò le mani in aria per dare enfasi alle sue parole. «Pensa che hanno una stanza solo per i libri» aggiunse sottovoce.

«È sempre stata elegante la Gilda» disse Caterina, che non aveva più voglia di parlare di niente.

«Mi ha anche chiesto di te.»

Caterina sgranò gli occhi.

«Chi? La Gilda?»

«No, Mario. Mi ha chiesto se avevo tue notizie. Gli ho detto che eri felicemente sposata e che avevi tre o, forse, quattro figli.»

La neve iniziò a scendere più fitta. Erano rimasti i soli in piazza. Francesco e le bambine si erano ritirati sotto il portico del campanile. Il marito della Ida la aspettava sulle gradinate della chiesa.

«Hai detto giusto.»

«Visto che è passato tanto tempo, adesso posso anche domandartelo: com'è che alla fine non vi siete sposati voi due? Stravedeva per te fin da quando eravate piccoli. Mi stupisco che non te l'abbia mai chiesto.»

Caterina iniziava a sentire una pietra in fondo allo stomaco e non riusciva più a fingere nemmeno un sorriso.

«Sono successe tante cose da allora. Probabilmente adesso non avremmo più niente da dirci.» Si voltò verso i figli. «Scusami, Ida, ma ora devo andare.»

Quando li raggiunse, i ragazzi si erano già spostati sulla piazza che si apriva al di là dello stretto passaggio ad arco sotto il campanile. Francesco e Antonia giocavano a prendere la rincorsa e a scivolare sul nevischio che si stava depositando sul fondo acciottolato. Giovanna misurava i solchi lasciati dai fratelli e decretava il vincitore.

Caterina si sentì stanca e si sedette sui gradini bagnati della fontana. In un attimo sui capelli si depositò un sottile strato di neve.

Si avvicinò Giovanna e le poggiò una mano sulla spalla.

«Cosa ci fai qui per terra, mamma?»

Antonia cominciò a lamentarsi di avere fame.

Caterina invidiò ferocemente i suoi figli che conoscevano solo il desiderio e non avevano ancora assaggiato il rimpianto.

Li osservò schierati davanti a lei.

Pensò che la loro innocenza andava festeggiata.

«Vi andrebbe una cioccolata con la panna?»

Tutti e tre batterono le mani dalla gioia.

C'era una pasticceria in zona, Caterina vi si strascinò a fatica, loro la precedevano saltellando.

Era affollata, molte persone, dopo la messa, vi avevano trovato riparo dalla neve.

Si strinsero tutti e quattro attorno al ripiano in marmo del tavolino rotondo. Non c'erano sedie abbastanza, Antonia salì sulle sue ginocchia.

La gente nel locale chiacchierava. Guardò le facce sorridenti agli altri tavoli. Evidentemente, tutti avevano cose interessanti e divertenti di cui parlare. Caterina si guardò nel grande specchio che stava dietro il bancone, con i capelli bagnati, appiccicati alla testa: era brutta, anche la sua espressione lo era.

Il cameriere portò la tazza fumante su un vassoio argentato. I figli sgranarono gli occhi davanti al ricciolo di panna che in parte trasbordava.

Diede uno schiaffetto ad Antonia, che aveva allungato il dito per toccarlo, e chiese altri due cucchiaini.

Nemmeno lei aveva mai assaggiato la cioccolata con la panna, ma la pietra in fondo allo stomaco le aveva tolto ogni desiderio.

Lasciò che se la spartissero i ragazzi e provò a saziarsi della loro gioia.

Possiamo iniziare una nuova vita, possiamo andare dove vuoi tu.

Chissà di cosa parlavano Mario e la Gilda la sera. Del mondo? Delle loro aspirazioni? Dei libri che leggevano?

Quanto le mancava conversare di qualcosa che non fossero solo problemi da risolvere.

Guardò i figli contendersi la tazza ormai vuota e passarci dentro le dita per lustrarla. Iniziarono a spintonarsi per l'ultima leccata. Sperò che nessuno li guardasse.

Per quanto lei si sforzasse, selvatici erano e selvatici restavano.

Quando rientrarono in casa, i ragazzi si precipitarono dal padre per raccontargli la trasgressione al bar. Litigarono per decidere chi dovesse iniziare a parlare e, come sempre, Antonia ebbe la meglio.

Caterina si sedette davanti alla finestra. Aveva la testa ancora bagnata, si stese una coperta sulle gambe perché aveva freddo e cominciò ad attaccare bottoni.

Vuoi che partiamo oggi? Va bene, andiamo via subito.

Si accorse di piangere.

Alzò la testa dal lavoro, tanto non vedeva più niente.

Fuori continuava a nevicare. I passeri, in mezzo alla strada, si affrettavano a becchettare dal terreno quanto ancora rimaneva da mangiare, prima che il manto bianco rendesse vana ogni ricerca.

Capitolo 15

In primavera Vincenzo perse il lavoro.

Tornò una sera e disse che era stato licenziato. La ditta aveva acquistato in Svezia delle nuove macchine automatiche per scortecciare il legno e non aveva più bisogno del lavoro manuale degli operai.

Aveva piovuto al mattino, i bambini erano in strada a raccogliere i lombrichi moribondi. Dopo i temporali l'asfalto ne era pieno, nel giro di qualche giorno la superficie nera e granulosa ne era ricoperta.

«Mamma, dobbiamo fare qualcosa» le aveva detto Giovanna, scandalizzata, dopo la prima pioggia in città.

«E cosa vuoi fare?» le aveva risposto Caterina. «È la natura.»

«Non è la natura, è la strada» si era intromesso Francesco. «Perché non andiamo a ributtarli nei campi?»

E così, dopo ogni temporale, avevano preso l'abitudine di precipitarsi in strada a salvare i lombrichi. Li raccoglievano con le dita a pinzetta e li lanciavano sulla terra ai lati.

Vincenzo si fece un caffellatte e andò direttamente a letto. Caterina raggiuse i figli ancora fuori. Nonostante i loro sforzi, contò ventiquattro lombrichi già morti.

Quella notte non dormì, l'immagine dei vermi rinsecchiti sull'asfalto non le dava pace e sì che le avevano sempre fatto un po' schifo.

Che non avesse fatto bene i conti? Che avesse compromesso il futuro dell'intera famiglia, con quel trasferimento in città?

Per qualche giorno non riuscì a mangiare, poi fu di nuovo la vicina di sopra a darle una dritta interessante. Qualche anno prima, oltre ai bottoni, aveva anche lavorato a domicilio per una ditta che confezionava stuzzicadenti.

Prese contatto con la fabbrica. La settimana successiva, davanti alla loro casa, un camion scaricò grossi cassoni pieni di stuzzicadenti e scatoline da assemblare.

«Mi raccomando, signora, che siano piene, ma non gonfie, altrimenti significa che ce ne sono troppi dentro» le raccomandò più volte il fattorino, mentre le mostrava come eseguire l'operazione. «La prossima settimana passo a ritirarle.»

Caterina lavorava incessantemente, quando finiva con i bottoni, lavoro che richiedeva la luce migliore, iniziava con gli stuzzicadenti. Stava alzata fino a notte fonda, accendendo solo la lampadina del cucinino per consumare meno elettricità. Anche Francesco, dopo la scuola, prima di iniziare i compiti, era obbligato ad assemblare e riempire almeno un centinaio di scatoline.

Vincenzo si aggirava per casa come una bestia in gabbia, di aiutarla con gli stuzzicadenti non ci pensava proprio.

«Cosa ci sto a fare qua?» continuava a ripetere a Caterina che lavorava davanti alla finestra. «Almeno in contrada, se non c'era lavoro, c'erano i campi.»

Quando usciva, andava al bar, con la scusa di informarsi per qualche lavoro. In realtà stava via per delle ore e tornava alticcio. Barcollando, andava direttamente dietro casa, a lavorare l'unica terra che ormai possedevano. In quei dodici metri quadri, che Caterina aveva sognato di riempire di fiori, piantò zucchine, carote, cipolle e due file di pomodori.

Arrivò l'estate e Caterina mise al lavoro anche Giovanna. Aveva solo otto anni, ma era paziente e desiderosa di rendersi utile. Antonia, invece, trascorse l'estate a sguazzare nel mastello in orto, aspettando che la sorella finisse. Quando entrava in casa, lasciava lunghe scie di acqua sul pavimento e si lamentava perché i vicini avevano un gatto con cui giocare e lei no.

«A che ci serve un gatto? Non ci sono topi qui» tagliava corto Caterina.

«Sei cattiva, mamma, non fai mai niente di bello per noi.»

Dopo cena mandava i figli a vedere il *Carosello* di sopra per poter continuare in pace le sue attività. Il giovedì sera ci saliva anche lei per vedere *Lascia o Raddoppia*, che era ormai il suo unico momento di svago. Se i vicini non erano in casa, andava a vederlo con i figli al bar Commercio.

Quando tornava, trovava Vincenzo col muso.

«Possibile che bisognasse fare tutto questo bordello per continuare la stessa vita grama?» era l'accusa che le rivolgeva più spesso.

Inutilmente, provava a farlo ragionare sul fatto che la vita che lui sognava non esisteva più.

Ormai sui monti non era rimasto quasi nessuno. Quando saliva per salutare sua madre, le sembrava impossibile che quelle quattro case decrepite, solo dieci anni prima, potessero custodire un mondo di fatiche, desideri e affetti. Nella sua vecchia contrada erano rimasti perlopiù i vecchi che tiravano a campare con gli ultimi scampoli di un mondo che ormai era andato. Tullio era rimasto uno degli ultimi a coltivare la terra, ma con i figli che iniziavano a crescere e che avevano esigenze sconosciute ai loro tempi, la vita contadina, tra salite e discese, era diventata troppo scomoda e i guadagni sempre troppo risicati. Alla fine aveva trovato lavoro presso un lanificio e anche lui aveva preso un appartamento a Thiene, alle case Fanfani. Si era portato dietro anche la Virginia che da sola sui monti non ci poteva più stare.

Ogni volta che pensava a suo fratello, a Caterina si stringeva il cuore. Come poteva un uomo come lui, con le mani grosse da contadino e la pelle color terra, forgiata dal sole e dalle intemperie, stare chiuso in un capannone a compiere sempre le stesse operazioni tutti i giorni?

Tullio, che aveva avuto la fortuna di nascere nel posto giusto, era comunque venuto al mondo nel momento sbagliato.

Finalmente a settembre Vincenzo trovò lavoro presso un albergo dalle parti del lago di Garda. Cercavano un guardiano notturno che facesse anche da facchino. Gli avrebbero dato vitto e alloggio e una pausa mensile di qualche giorno per tornare a casa.

Caterina non ebbe nulla da obiettare, anzi, non vederselo più attorno era una vera e propria benedizione.

Il giorno in cui Vincenzo partì, lei accompagnò Francesco a prendere la corriera, per il suo primo giorno di scuola magistrale a Vicenza.

Quando il mezzo si mise in movimento, anche questa volta dovette spostarsi dalla strada perché il figlio non vedesse che stava piangendo.

Per quattro anni Caterina fu tranquilla.

Vincenzo era sempre via, Francesco studiava e le ragazze non davano troppi problemi. Con i soldi ereditati alla morte della zia Santina, acquistò una macchina da cucire Singer a pedali. Tutta nera con i ghirigori in oro e una elegante copertura in cuoio marrone.

Abbandonò stuzzicadenti e bottoni e iniziò a effettuare piccole riparazioni di sartoria. Si fece pubblicità, attaccando dei volantini ai pali della luce o lasciando l'indirizzo presso negozi e parrucchiere.

Sarta con esperienza crea abiti su misura ed effettua riparazioni…

Ne portò un paio anche nella merceria che le aveva consigliato la Ida, ma non osò suonare a casa sua.

Adesso che le giovani mamme lavoravano nelle fabbriche, avevano sempre meno tempo per rifare gli orli ai pantaloni o per cambiare i colletti alle camicie. Così Caterina, nell'arco di qualche mese, iniziò ad avere il suo piccolo giro di clienti.

Con i primi risparmi comperò un manichino regolabile e cambiò il suo vecchio ferro da stiro con un modello elettrico. Si procurò una coperta da tavolo per poterci stirare sopra, poi aghi, fili, bottoni e forbici di vario tipo.

Mensilmente andava a rifornirsi alla merceria che le aveva indicato la Ida, ma lei non andò mai a trovarla. Al solo pensiero di sentire parlare di Mario e della Gilda, le si chiudeva lo stomaco.

Nell'estate in cui Francesco prese il diploma magistrale, lei mise in regola la sua attività, che non si limitava più a piccole riparazioni, ora confezionava anche cappotti, vestiti e pantaloni su misura.

Non poteva dire di essere felice, nelle lunghe notti di solitudine ancora pensava a Mario, al suo neo e alla vita che avrebbe potuto avere se le cose fossero andate diversamente. Ma era tranquilla di aver fatto tutto il possibile perché almeno i suoi figli felici lo diventassero per davvero.

Dopo il diploma Francesco si iscrisse all'università, di sua iniziativa.

«Sarai contenta adesso. Addirittura un figlio all'università!» le disse la Lucia quando andò a trovarla per raccontarglielo.

L'aveva trovata indaffarata con quattro nipoti di tutte le età. Il più vecchio, il primogenito di Enzo, aveva ormai una decina d'anni e stava facendo i compiti sul tavolo della sua cucina; un paio di bambine giocavano con il Cicciobello sul tappeto del salottino, mentre il figlio più piccolo di Romano, che aveva pochi mesi, stava prendendo il biberon tra le braccia della nonna.

«Non lo avrei mai creduto possibile» sospirò Caterina, appoggiandosi allo schienale della sedia e sospirando.

«E cosa diventa alla fine? Dottore? Ingegnere?»

«Si è iscritto a Filosofia.»

«Che roba è?» chiese la Lucia, poggiando il biberon sul tavolo e mettendo a terra il bambino che, gattonando, raggiunse le femmine.

«Non lo so. Mi ha detto che diventa professore. Mi pare una cosa buona.»

«E Vincenzo che dice?»

Solo in quel momento Caterina si rese conto che al marito non aveva detto ancora niente. L'ultima volta che era tornato a casa, in primavera, non aveva visto l'ora che ripartisse. Ormai aveva smesso di considerarlo un interlocutore per le faccende domestiche. Non gli aveva nemmeno detto che, dopo le medie, Giovanna sognava di diventare infermiera.

Si ripropose di chiamarlo l'indomani.

La sera, dopo che le ragazze erano andate a letto, prese l'abitudine di stare vicino a Francesco che studiava, rimaneva alzata con lui che preparava gli esami.

Lei leggeva il giornale che lui le portava a casa. Al mattino, infatti, prima di prendere il treno per Padova, andava a distribuire i quotidiani a domicilio per racimolare qualche soldo.

Una sera, sul tardi, dopo aver cambiato una cerniera e dopo aver letto le notizie più importanti del «Giornale di Vicenza», a pagina dieci si imbatté nella foto di Mario.

Una piccola immagine tre per due centimetri, in bianco e nero. Aveva il viso scavato e sotto agli occhi chiarissimi c'erano delle profonde occhiaie. I capelli radi e bianchi erano pettinati di lato.

Il lupetto scuro che indossava non faceva che sottolinearne il pallore e la magrezza.

Caterina si passò una mano sulla guancia non più piena, chiedendosi se anche lei fosse diventata così vecchia.

Nato nel 1913 in comune di Calvene (VI), laureato in Ingegneria civile e noto esponente del PCI fino al 1956.

Attualmente ritiratosi a vita privata, dirige lo studio da lui fondato a Milano.

Da sempre impegnato nella battaglia per la corretta gestione del territorio, da deputato ha più volte invocato il rispetto della legge urbanistica del 1942.

Rilesse più volte il breve profilo tracciato sotto la foto; a parte il comune di nascita, si rese conto che ogni altro aspetto della vita di lui le era completamente estraneo.

Quelle righe dicevano ciò che agli occhi del mondo contava, ma nulla di ciò che lei avrebbe davvero voluto sapere.

Chissà che uomo era diventato Mario.

Lesse l'articolo a cui la foto si accompagnava, un'intervista noiosa, una decina di domande relative alla conversione a terreno edificabile di una ampia zona dell'Alto Vicentino. Mario rispondeva in modo pignolo, citava esempi più o meno virtuosi e spiegava cosa significava rischio idrogeologico.

Niente di personale, nemmeno il più piccolo accenno biografico, nonostante i terreni di cui si parlava non fossero così distanti dai luoghi della loro infanzia.

Nella pedanteria dei dati e delle analisi, riconobbe il Mario che conosceva. Provò a immaginare la sua voce mentre lo intervistavano, il movimento delle mani, della bocca, delle braccia e infine, come sempre le capitava, pensò al neo.

Chissà perché lui non era d'accordo nel rendere la terra edificabile. Più di qualcuno in contrada si era arricchito in questo modo. Magari i campi della sua famiglia lo fossero diventati.

Poi le tornarono in mente le parole della Ida.

Hanno un sacco di soldi. Vedessi che casa hanno in centro a Milano. Un'eleganza! Cose che noi poveretti ci sogniamo!

Certo, loro non ne avevano bisogno. Sentì le mani che le tremavano dalla rabbia.

Non ebbe il coraggio di buttare il giornale nella pila che accumulava sotto il lavello per pulire i vetri con l'aceto.

L'indomani, mentre i figli erano tutti a scuola, ne ritagliò la foto e la depose nella scatola di cartone in cui ancora conservava *Sussi e Biribissi*, la lettera che lui le aveva scritto quando era a Novara, *Martin Eden*, e qualche altra piccola sciocchezza del passato.

Quel giorno buttò nella pattumiera il ritaglio di giornale con la pubblicità della Biblioteca Amena che conservava dagli anni Trenta. Anche se erano passate almeno tre decadi da allora, i libri per se stessa ancora non poteva permetterseli, tanto valeva smettere di sognarci sopra.

Il nuovo lavoro piaceva a Vincenzo. Nonostante fossero ormai anni che stava al lago di Garda, Caterina non aveva idea di cosa facesse di preciso e più di tanto non le interessava saperlo. Quelle rare volte che tornava, era di ottimo umore, scherzava con i ragazzi e si teneva alla larga da ogni discussione.

Aveva messo su qualche chilo, senza per questo sembrare grasso, si vedeva che all'albergo gli davano da mangiare bene.

Ogni volta che se lo vedeva arrivare a casa, pensava che per i suoi cinquant'anni era ancora un bell'uomo. Se non fosse stato la persona con cui da troppi anni era intrappolata in un matrimonio disastroso, anche lei avrebbe potuto giudicarlo attraente.

Dal secondo giorno, già non ne tollerava più la presenza.

L'odore della pipa che impregnava le tende le dava la nausea; la innervosiva la luce del lampadario accesa tutte le sere, anche quelle in cui Francesco non studiava, come se l'elettricità fosse stata gratis; oppure il respiro pesante nel sonno e quel debole fischio prodotto dal naso. E i piedi. I piedi di sua madre, ancora non poteva vederli. Evitava da anni di guardare anche quelli di Antonia per lo stesso motivo.

Chissà com'erano i piedi di Mario?

Ricordava i suoi piedi da bambino, quelli di adulto non aveva potuto vederli per via dell'oscurità. Solo la Gilda sapeva com'erano davvero, a lei non restava che immaginarli.

Erano pensieri stupidi, lo sapeva. E questo era forse il motivo principale per cui la presenza di Vincenzo le risultava così insopportabile. Quando suo marito le era accanto, lei si ritrovava a pensare a Mario con intensità ancora maggiore.

Quando tornò per il Natale del millenovecentosessantasei Caterina capì che aveva un'altra. Non dubitava che negli anni si fosse concesso più di qualche libertà, ma questa volta era una faccenda seria.

Fu il modo in cui l'abbracciò per salutarla, che non era il modo in cui la stringeva sempre. La pressione dei polpastrelli sulla spina dorsale era più intensa e le sue labbra, invece di cercare la guancia, si posarono sulla fronte. Indizi di un'intimità diversa, che non era certo la loro.

Arrivò con la radio come premio per Giovanna che, in occasione del Natale, era rientrata dal convitto della scuola per infermiere. Fu messa al centro del tavolo. I ragazzi sembravano impazziti, vi rimasero appiccicati per quasi tutte le vacanze, nella speranza di intercettare le loro canzoni preferite. Le fecero ascoltare qualche canzone dei Beatles.

Capitolo 16

Caterina si era accorta che da qualche anno le cose stavano cambiando.

Le gonne che le clienti le chiedevano erano sempre più corte e le camicie estive sempre più trasparenti. I tessuti erano diventati sgargianti e la qualità ogni giorno più scadente.

Ormai le ragazze più giovani comperavano i vestiti già pronti, in negozio; li portavano da lei unicamente per le riparazioni. Solo le signore di una certa età continuavano a commissionarle gonne e cappotti.

Le stramberie iniziarono a entrare anche in casa sua, il giorno in cui Francesco si rifiutò di indossare il bel cappotto di panno blu a doppio petto che lei gli aveva cucito.

A quello, preferì un giubbotto informe, color verde militare, che aveva acquistato con i soldi della distribuzione dei giornali.

Caterina non lo sopportava. Con quell'affare addosso, pareva uno spaventapasseri e, soprattutto, sembrava ancora più magro.

Poi i pantaloni furono sostituiti dai jeans. La cravatta, che lei fin dalle superiori gli annodava ogni mattino, finì nel cassetto del comodino. Ogni insistenza era inutile.

«Ma quanto sei borghese, mamma!» le rispondeva, sorridendole, come se improvvisamente la trovasse completamente scema.

Nonostante Caterina così conciato lo trovasse impresentabile, poco dopo Francesco portò a casa una ragazza.

Si chiamava Loredana, l'aveva conosciuta in treno andando a Padova. Anche lei frequentava l'università. Aveva i capelli castani, lunghi e lisci, con la riga in mezzo. Portava la minigonna e Caterina si chiese se fosse stata proprio lei a rovinargli il figlio.

Una mattina di dicembre, si accorse che era partito da casa senza la tracolla. Gli corse dietro, chiamandolo, lungo la strada che portava in centro. Andava spedito, le ci vollero una decina di minuti prima di raggiungerlo, anche perché i libri pesavano molto.

Solo all'altezza del parco pubblico riuscì a farsi sentire.

Francesco, che forse contava di passarci in mezzo, si fermò davanti alla cancellata. Caterina lo raggiunse col fiatone, stringendo la borsa al petto.

«L'hai dimenticata» gli disse, porgendogliela.

Francesco si fece una risata.

«Oggi non si studia. Si occupa.»

Caterina non aveva più forze, né per obiettare né per chiedere spiegazioni. *Occuparsi di qualcosa* le era chiaro da sempre, *essere occupati da qualcuno* aveva scoperto a sue spese cosa significava. *Occupare qualcosa* le era estraneo, apparteneva alle nuove generazioni.

Si fermò sul ciglio della strada con il fagotto dei libri in mano. Seguì con lo sguardo suo figlio che aveva ripreso a camminare rasente la siepe del parco e che raggiungeva con ampie falcate il piazzale del Bosco dei Preti.

Lo guardò attraversare il grande parcheggio, zigzagando tra le auto allineate, poi passare davanti al bar Commercio e infilarsi nella strada che portava in centro.

Quando non lo vide più, si accorse di essere troppo agitata per tornare a casa.

Varcò la cancellata del parco e si abbandonò sulla panchina più vicina. Ne sentì il metallo gelido sulle gambe, sotto la stoffa pesante della gonna. Strinse a sé la borsa dei libri per proteggere il petto dal freddo.

I primi raggi di sole si allungarono sul parco, nel giro di qualche minuto, dall'erba si alzò un sottile strato di vapore.

Pareva che gli alberi spogli vi fluttuassero sopra. Un colombo volò giù da un acero senza foglie e si avvicinò ai suoi piedi, sperando in qualche briciola, lei lo lasciò fare.

Pensò che, di lì a poco, si sarebbero alzate le figlie, Giovanna per andare in ospedale e Antonia al liceo.

Guardò un'ultima volta il piazzale al di là dal parco.

In quello slargo aveva preso il carretto la prima volta che se n'era andata dai monti. Durante la guerra, dove adesso c'era la caserma dei carabinieri, era stata arrestata e, sul davanti, erano parcheggiati i camion su cui sarebbe stata caricata per andare alle torture.

Osservò da lontano i negozi che alzavano le serrande: una macelleria, una tabaccheria, un bar. Le persone uscivano dalle case vicine. Un paio di autobus passavano sulla strada che costeggiava gli edifici.

Pensò che per suo figlio Thiene era solo quello: una tranquilla cittadina di provincia, dove accadevano così poche cose interessanti che i problemi aveva bisogno di inventarseli.

Le fece un po' pena. Alla stessa età, suo nonno e suo padre erano in guerra, quella vera. Doveva essere duro il confronto con i padri per i figli di quella prima generazione di pace.

Un paio di donne con la sporta piena di mercato stavano entrando dalla cancellata.

Si sollevò con estrema fatica, puntellandosi allo schienale della panchina. Era stanca, aveva freddo, si trascinò fino a casa con la tracolla dei libri che le rosicava la spalla. Era davvero pesante, con l'idea di lasciarli a casa, suo figlio doveva averceli messi dentro tutti.

Se il sessantotto le era sembrato un anno turbolento, il successivo lo fu ancora di più. Quelle poche volte che Francesco tornava a casa, lo faceva con casse piene di volantini che stipava sotto il letto, in attesa di andare a distribuirli davanti alle fabbriche. Altre volte erano striscioni e spolette di spago. Partiva il mattino presto. La sera era sempre fuori.

Con Antonia le cose non andavano meglio. Più volte l'aveva sorpresa a fumare in camera con Claudio, il figlio della vicina di sopra, un ragazzetto smunto che nel giro di pochi mesi era passato dall'aiutare la madre con i bottoni, a litigare tutte le sere con entrambi i genitori. All'ennesimo rimprovero a cui Antonia rispose minacciando di scappare di casa, Caterina si decise a telefonare a Vincenzo.

Per una volta anche il marito poteva fare la sua parte. Ne aveva abbastanza delle maleducazioni dei figli. Avevano bisogno di essere messi in riga con quattro ceffoni, esattamente come suo padre aveva fatto con lei quando ce n'era stato bisogno.

Le cose non andarono come aveva sperato. Nella settimana in cui rimase con loro, per farsi perdonare la lunga assenza, Vincenzo fu particolarmente permissivo.

Con Francesco, con cui da anni, di fatto, non aveva più rapporti, parlò appena, mentre ad Antonia diede i soldi per andare due volte al cinema e le accordò anche il permesso di andare a una festa serale con i compagni del liceo.

«Vedi che con il papà si può ragionare?» le disse con aria di trionfo.

Gli amici la aspettavano in strada, sgommando e strombazzando su Vespe e Lambrette.

Antonia portava una gonna cortissima.

«E quella da dove viene?» domandò Caterina indicandola.

«Me l'ha prestata Sonia. Sua mamma è moderna, non è bigotta come te» disse, uscendo.

Vincenzo era seduto sul divanetto di finta pelle marrone, che Caterina aveva da poco comperato, e guardava la televisione, allungando il collo al di là del tavolo al centro della stanza, per vedere meglio.

«Non è incredibile che stiano andando sulla luna?» commentò, senza togliere gli occhi dallo schermo.

«Trovo molto più incredibile quello che sta succedendo sotto i tuoi occhi, senza che tu te ne accorga.»

Caterina tornò nel cucinino chiudendo fragorosamente il soffietto in plastica alle sue spalle.

Cosa l'aveva richiamato a fare?

Era sempre stato un buono a nulla suo marito.

Arrivò l'autunno e una sera Francesco le annunciò che non era più interessato a laurearsi.

«Te lo dico, mamma, non per chiederti il permesso, ma perché è giusto che tu lo sappia.»

Caterina stava asciugando i piatti sul lavello. Lui era appoggiato col fianco al solito soffietto che divideva il soggiorno dal cucinino.

Caterina si voltò e si accorse che non c'era un solo dettaglio di lui che non le desse fastidio. La barba lunga, i jeans larghi in fondo, la copia del «manifesto» arrotolata sotto il braccio. Solo la magrezza e il collo sottile glielo rendevano vagamente familiare. Si ritrovò a chiedersi chi fosse quell'estraneo in casa sua e abbandonò le cautele che, fino a quel momento, aveva riservato al figlio.

Fece un passo nella sua direzione.

«Si può sapere cosa ti sei messo in testa?» ringhiò, buttando a terra il piatto che teneva tra le mani. I frammenti slittarono sotto la credenza e sotto il fornello.

Francesco esitò un attimo, non l'aveva mai vista così arrabbiata.

«Sta per scoppiare la rivoluzione. Bisogna agire e non studiare cose inutili. Pensavo di andare in Algeria per imparare a usare le armi.»

Caterina gli era ormai addosso.

«E, sentiamo, di che rivoluzione si tratta?»

Francesco si ritrasse lievemente con il busto.

«Della rivoluzione proletaria. Della fine della borghesia e di tutti i suoi falsi valori.»

Caterina sentì che stava per perdere il controllo.

«Stai parlando di una rivoluzione comunista, per caso?»

Francesco annuì.

Lei prese un altro piatto e lo spaccò sul bordo del lavello, poi tornò verso di lui.

Tremava tutta.

«Stammi a sentire, stupido ragazzetto. Sono quarant'anni che deve scoppiare la rivoluzione comunista. Un mio compaesano pensava fosse dietro l'angolo già negli anni Trenta. Ha rovinato tutto per andare a fare il rivoluzionario. E sai cosa fa adesso? Si è trovato un lavoro. Come fanno tutti, quando rinsaviscono. E grazie al Cielo aveva terminato gli studi!»

«Ma...»

«No, Francesco. Non c'è nessun *ma*. Hai idea di quanto mi è costato farti arrivare fino a qui? E non parlo solo di soldi, ma anche di tutte le decisioni difficili che ho preso, perché tu potessi avere qualcosa di meglio di quello che ho avuto io?»

Gesticolando colpì il mestolo appeso allo scolapiatti, che cadde con un gran fracasso sopra le pentole ammucchiate dentro al lavello.

«Mamma, tu non capisci perché hai una mentalità borghese» cominciò lui, abbozzando il solito sorrisetto. «Ti ammiro per aver sacrificato tutto per la famiglia, dico sul serio, ma c'è una dimensione collettiva che deve avere la priorità.»

Si rese conto di avergli dato una sberla solo quando sentì il palmo della mano dolorante e, se lui non fosse indietreggiato, gliene avrebbe dato volentieri anche una seconda.

Si limitò a spingerlo verso il tavolo del soggiorno.

«Se vuoi giocare a fare il rivoluzionario, da oggi, lo fai per conto tuo. Finché non mi assicuri che finirai gli studi, tu in questa casa non ci metti più piede. Chiaro?»

Francesco rimase pietrificato per qualche secondo. Poi raccolse la rivista che gli era caduta e si avviò con le spalle curve verso la camera.

Poco dopo, mentre stirava un paio di pantaloni in soggiorno, lo vide partire con la Lambretta, sulle spalle portava la sacca, che fino a qualche anno prima usava per andare a giocare a calcetto al campo parrocchiale, e anche la chitarra.

Tra i piedi aveva incastrato l'ennesimo scatolone pieno di volantini. Mise in moto e partì.

Caterina si scottò un dito ed emise un gemito.

Per la seconda volta nella sua vita, il comunismo si era messo di traverso tra lei e gli uomini che più amava.

Non l'aveva capita trent'anni prima quella smania di liberarsi di quel poco che possedevano, men che meno la capiva adesso.

Francesco tornò a casa dopo un paio di settimane.

Dichiarò che non avrebbe rinunciato all'attività politica, ma che si sarebbe comunque impegnato a terminare gli studi.

«Non lo faccio perché io ci creda, ma solo perché ci tieni tu» puntualizzò alla madre.

Caterina non ebbe nulla da obiettare, non le importavano le motivazioni, le bastava che finisse.

Si laureò nell'estate del millenovecentosettanta e, già a settembre, iniziò a prendere le prime supplenze a scuola.

Capitolo 17

In primavera arrivò il matrimonio di Giovanna, Caterina si consolava pensando che, almeno con lei, il grosso del lavoro era stato fatto. E le sembrava di capire suo padre quando, da giovane, le aveva fatto una scenata perché non intendeva sposarsi.

Fu un bel matrimonio tradizionale, con l'abito bianco, che Caterina stessa le aveva confezionato, copiando il modello di una rivista.

Tutti le fecero i complimenti per il vestito, tranne Antonia che lo definì imbarazzante e che quasi portò alle lacrime la sorella, proprio nel momento in cui stava uscendo di casa per recarsi in chiesa.

Francesco, per l'occasione, aveva fatto lo sforzo di mettere giacca e cravatta. Antonia non si era impegnata altrettanto e si aggirava tra i parenti in jeans e lupetto attillato, con i capezzoli belli in vista per l'assenza del reggiseno.

«Avrei preferito essere orfana, piuttosto che avere te come madre» aveva risposto a Caterina, quando aveva provato a farle cambiare abiti.

Dopo la cerimonia nella chiesa parrocchiale, si strinsero dentro la Cinquecento che Francesco aveva appena acquistato. La trattoria in cui avevano prenotato il pranzo era uno stanzone grande, con le doghe in legno finto alle pareti e stampe incorniciate, raffiguranti scorci delle più belle città italiane.

Era una giornata soleggiata e mite, il proprietario, dopo essersi assicurato che non ci fossero correnti d'aria, spalancò i vetri e doppi vetri delle grandi finestre, facendo entrare un piacevole profumo di biancospino dalla campagna che circondava il locale.

Si disposero in una lunga tavolata con gli sposi seduti a metà. I vecchi da una parte e i giovani dall'altra.

Vincenzo, alticcio dal mattino, continuava a far tintinnare il bicchiere, chiedendo brindisi per gli sposi.

Caterina, ogni volta che il cameriere le capitava a tiro, si assicurava che le porzioni fossero abbondanti e lo incitava a informarsi se qualcuno voleva il bis.

«Saranno felici quei due assieme» disse la Virginia a Caterina, sputacchiando i bigoli all'anitra che, in assenza di denti, aveva dovuto ridurre in poltiglia con la forchetta.

«Lo credo anch'io» rispose lei.

Guardò nella direzione degli sposi e ammirò compiaciuta gli inserti floreali che lei stessa aveva ricamato sul corpetto dell'abito.

La madre deglutì a fatica.

«Quanto avrei voluto che anche tu fossi felice, Nina.»

«Perché dici così, mamma?» domandò Caterina, confusa.

La Virginia sospirò.

«Ognuno è fatto come è fatto. I figli tu provi a educarli, ma poi vengono su come vogliono.»

Indicò Antonia, che stava fumando una sigaretta davanti alla finestra aperta e che osservava, pensosa, i campi in lontananza, del tutto incurante dei brindisi dei coetanei, delle chiacchiere e del cibo buono.

«Ora tocca a te, Nina» aggiunse la madre, sempre guardando la nipote.

Bevve un sorso di acqua e ricominciò a mangiare i bigoli.

Caterina non ebbe il coraggio di replicare.

Possibile che sua madre fosse ancora delusa, dopo tutto quello che aveva fatto per diventare ciò che ci si aspettava da lei? Come poteva paragonarla ad Antonia?

Ormai la figlia frequentava solo personaggi strambi, con i capelli lunghi e con l'aria di non starci tanto con la testa.

Quando erano in soggiorno, Caterina origliava i loro discorsi dal corridoietto buio delle camere. Pareva che l'unico passatempo di quei ragazzi fosse stilare lunghi elenchi di tutto ciò che, a loro avviso, era *fascista*. La scuola, la famiglia, la società.

«Tua madre lo è» aveva detto un giorno uno di loro ad Antonia.

«Purtroppo lo so» aveva risposto lei, sospirando.

Caterina, di riflesso, si era passata una mano sulle cicatrici che ancora le segnavano l'avambraccio.

Da allora aveva ricominciato a percepire i segni sul suo corpo, come se, dopo tanti anni, la pelle in quei luoghi si fosse risvegliata, improvvisamente le tirava o le provocava un leggero prurito, quando si muoveva.

Infine, a maggio Antonia mise in atto ciò che minacciava di fare da anni e una sera non tornò a casa.

Alle nove di sera Caterina uscì sotto la pioggia e andò a cercarla dalla sua amica Sonia, che abitava in centro, in un palazzo storico sulla piazza principale.

Dopo aver risalito due rampe di scale in marmo lucido, si ritrovò in un elegante salotto con un enorme tappeto persiano e un'intera parete occupata da una libreria colma di volumi. Ai muri erano appesi quadri veri, dentro pesanti cornici intagliate, non stampe da quattro soldi come quelle che c'erano a casa loro. Fuori dalla finestra si intravedeva uno scorcio di Castello Colleoni e delle masse scure degli alberi che crescevano nel suo parco.

Non aveva mai pensato che Sonia, che girava vestita peggio di sua figlia, potesse provenire da una famiglia così benestante.

All'inizio la ragazza fu restia a dare informazioni, cedette solo quando sua madre e Caterina minacciarono di andare assieme dalla polizia.

Allora confessò che Antonia era partita in treno, al mattino, con Claudio, che Caterina scoprì solo allora essere il fidanzato di sua figlia, per andare a vivere in una comune.

«E cosa sarebbe?» domandò esasperata.

«È un posto dove le persone vivono assieme, mettendo tutto in comune.»

A Caterina mancò il respiro. Si fece dare l'indirizzo e scappò giù per scale, senza nemmeno voltarsi a salutare.

Tornando, si infilò dentro la prima cabina telefonica che trovò e pretese che le passassero suo marito anche se stava lavorando.

Nell'attesa finì i gettoni e, quando finalmente lui rispose, ebbe giusto il tempo di dirgli che Antonia era scappata e che lo aspettava a casa il prima possibile.

Poi cadde la linea e lei si ritrovò sotto la pioggia.

Quando rientrò in casa, prima ancora di asciugarsi, buttò all'aria tutte le cose di Antonia, alla ricerca di qualche indizio che le permettesse di capire cosa le fosse passato per la testa. C'era tutto: vestiti, libri di scuola, rimmel e matita per gli occhi, perfino gli elastici da capelli. Non aveva portato nulla con sé.

Poi le venne un sospetto e andò in soggiorno a controllare la scatola in cui custodiva i soldi che Vincenzo le mandava per le spese correnti.

Erano spariti. Antonia si era portata via tutto l'ultimo stipendio.

Caterina gettò la scatola vuota per terra e scoppiò in lacrime.

Non piangeva per i soldi e nemmeno perché sua figlia era fuggita. Era disperata perché sapeva che non sarebbe mai più riuscita a volerle bene come prima.

Vincenzo tornò qualche sera dopo. Prima ancora di togliere la giacca, si sedette davanti a lei, al tavolo del soggiorno, caricò la pipa e la guardò.

«Sentiamo.»

Caterina non aveva idea di cosa gli passasse per la testa, negli ultimi anni si erano visti talmente poco, che non era più in grado di prevederne le reazioni. Per quel che ne sapeva, avrebbe potuto prendersela con lei e rinfacciarle tutte le scelte fatte nel passato, oppure alzarsi di scatto e spaccare le tazze e i bicchieri messi ad asciugare sullo scolapiatti.

Mentre gli esponeva i fatti, le venne da chiedersi se anche con l'altra litigava.

Quando finì di parlare, lui ancora non diceva niente, continuava a fumare.

«E se aspettassimo che torni?» domandò, scacciando con la mano una voluta di fumo. «Chi non ha fatto sciocchezze a quell'età?»

«Vincenzo, tu non ti rendi conto. Lo sai cosa fanno i ragazzi in quei posti? Mettono in comune tutto.»

Vincenzo ancora taceva.

«Ma proprio tutto. Maschi e femmine» sussurrò. «Capisci cosa intendo?»

Ancora fumava.

«E i vicini di sopra cosa dicono?»

«Cosa vuoi che dicano? Il loro è un maschio, è ben diverso.»

Vincenzo fece un respiro profondo.

«Va bene. Domani andiamo a prenderla allora.»

Poi, sempre sospirando, si diresse verso la loro camera. Quella notte Caterina dormì nel letto lasciato vuoto da Antonia. Francesco nella solita branda in corridoio.

L'indomani presero il treno per Milano, prima tappa verso il Piemonte, dove sembrava fosse la comune. Non avevano niente da dirsi. Ciascuno guardava fuori dal suo finestrino.

Il paesaggio, dall'ultima volta che Caterina aveva preso un treno in quella direzione, era completamente cambiato. Laddove prima c'era campagna, ora i palazzi popolari si contendevano i confini dei paesi. I capannoni industriali avevano finito col prendere il posto di stalle e casolari o, peggio, col sorgervi accanto.

La colpì la mancanza di armonia di quel nuovo ambiente; gli spazi avevano perso i loro perimetri naturali, nella fretta erano state mescolate città e campagna, vecchio e nuovo.

Dove lei abitava, lo aveva visto accadere gradatamente, giorno dopo giorno, e non le sembrava che il paesaggio si fosse imbruttito altrettanto.

Ripensò a Mario, a quell'intervista in cui criticava così aspramente la gestione del territorio. Che intendesse questo?

Stavano per arrivare a Milano.

Mario, matrimonio, Milano.

Ricordò il fugace momento in cui aveva creduto che queste tre parole avrebbero segnato la traiettoria della sua vita.

Scesero nella grande stazione in marmo bianco più o meno all'ora di pranzo.

Alla biglietteria si fecero dare le indicazioni per raggiungere il paese in cui si trovava la comune. Faticarono a districarsi tra binari e orari. Vincenzo se ne andò, mandando a quel paese l'impiegato che si era spazientito, Caterina lo seguì a fatica, zigzagando tra i viaggiatori assiepati davanti ai tabelloni e vergognandosi per quanto dovevano sembrare imbranati.

Mario di sicuro avrebbe saputo come muoversi.

Vedessi che casa hanno in centro a Milano. Un'eleganza! Cose che noi poveretti ci sogniamo!

Si sedettero su una panchina e Caterina tirò fuori dalla borsa un paio di panini fatti alla buona prima di partire.

«Possibile che con tutti i soldi che ti mando, ancora non compri un pezzo di formaggio decente?» brontolò Vincenzo, estraendo dal pane una fetta di formaggio giallo sul quale era ancora attaccata una crosta di cera rossa. «Certe *pitoccherie* proprio non le sopporto. Potevo capirle in passato, ma adesso?»

Lei non lo ascoltava. Non faceva che chiedersi quante volte Mario fosse passato per quella stazione. Forse aveva aspettato lo stesso treno o si era seduto proprio sulla panchina su cui ora mangiavano. Ne carezzò il marmo freddo, nella speranza di sentirvi il suo tocco.

Dopo pranzo, sbagliarono un paio di volte binario, accusandosi a vicenda di non capire niente, alla fine riuscirono a salire sul nuovo treno.

Quella notte dormirono ad Alessandria, da un affittacamere vicino alla stazione, con i bagni in comune sul pianerottolo, la muffa agli angoli delle pareti e sulla stoffa delle tendine gialle, e due rose rosse, finte, sul davanzale.

La comune si trovava sulle colline, in un luogo che a Caterina ricordava in modo impressionante i suoi monti. Quando arrivarono, era quasi mezzogiorno e un bel sole faceva brillare la vegetazione dei boschi e gli ultimi ciliegi in fiore.

Il signore del paese che aveva dato loro un passaggio in macchina aveva spiegato che i ragazzi avevano occupato alcune cascine in un'area piuttosto vasta.

«Non è detto che troviate subito vostra figlia.»

Non doveva essere la prima volta che accompagnava qualche genitore. Quando si erano salutati, aveva augurato loro buona fortuna.

Raggiunsero a piedi il primo casolare, che era identico alle case delle contrade, con i muri in pietra e le travi di legno a sorreggere le strutture più fragili.

«Se voleva vivere così, bastava che andasse su da noi in contrada» commentò Vincenzo, osservando con perplessità alcuni ragazzi seduti al sole in un prato poco sotto.

Attraversarono lo spiazzo antistante l'edificio, schivando capre e galline che scorrazzavano libere per l'aia.

Tre ragazzi trafficavano sotto una tettoia piuttosto malmessa.

«Di sicuro non sanno tenere in ordine gli attrezzi» disse Vincenzo, raccogliendo un rastrello da terra e poggiandolo al muro.

Quando si avvicinarono ai ragazzi, si accorsero che stavano sfornando il pane. Uno con una lunga pala depositava le pagnotte calde su un tavolo di legno, un altro scacciava le galline che volevano salirvi. Un terzo guardava la scena.

Una capra si avvicinò a Vincenzo e gli leccò la mano, lui le grattò la testa come aveva fatto per una vita con le sue.

Uno dei giovani li salutò e chiese se volevano un pezzo di pane.

Vincenzo disse di sì.

«Ma ti fidi?» sussurrò Caterina. «Magari dentro ci hanno messo la droga.»

Vincenzo ritrasse la mano che già aveva appoggiato alla pagnotta.

In un attimo la corte si riempì di ragazzi che venivano a prendersi il pranzo, alcuni uscirono dalla casa, altri risalirono dal campo in cui stavano zappando le erbacce. Erano scalzi e avevano gli attrezzi ancora in mano.

Caterina e Vincenzo chiesero un po' a tutti se conoscevano la loro figlia.

A qualcuno sembrava di averla vista, altri risposero che forse aveva trovato alloggio in un'altra cascina, ma nessuno si interessava più di tanto a loro.

Sullo spiazzo comparvero anche due bambini piccoli, tre anni al massimo, biondini con i capelli arruffati, portavano entrambi una vestina chiara piena di macchie. Giocavano con le galline e riempivano di terra una bacinella.

«Ma perché vi piace tanto stare qui?» chiese Caterina incredula a una ragazza seduta a terra con le gambe incrociate.

«Ci piace vivere a contatto con la natura.»

Caterina osservò il fienile, le galline, il campo arato, il letamaio, la polvere sull'aia, l'odore di capra e quello degli ornielli in fiore. Pensò che solo qualcuno che non conoscesse intimamente ciascuno di quegli elementi poteva pensare di racchiuderli sotto un unico nome.

Un ragazzo disse loro che gli pareva che una coppia, arrivata di recente, si fosse stabilita in una delle cascine di sopra e li instradò su una mulattiera che attraversava un bel bosco di roveri e castagni.

«Sembra di esser su da noi» disse piano a Vincenzo.

Il profumo degli ornielli, che esplodevano come nuvole bianche tra gli arbusti verdi, era identico a quello della loro giovinezza.

E per un attimo parve loro di essere in passeggiata e si imbarazzarono entrambi, forse ricordando le camminate di gioventù e l'affetto e la tenerezza che avevano scordato di aver provato l'uno per l'altra.

Camminarono in silenzio per una buona mezz'ora, con il cinguettio degli uccelli tra gli alberi che copriva il loro imbarazzo.

Il bosco si aprì su un pendio da pascolo, nel mezzo del quale sorgeva una cascina in pietra, molto più piccola e malmessa della precedente.

Un paio di ragazzi si rilassavano su due sedie davanti all'edificio, con gli occhi chiusi e la faccia rivolta verso il sole. Sul petto nudo erano attorcigliati vari giri di perline colorate.

Sopra le loro teste, dal parapetto di un balconcino sgangherato, svolazzavano alcuni sacchi a pelo, probabilmente stesi fuori a prendere aria.

Un altro gruppo di ragazzi era seduto in cerchio nel pendio dietro la casa.

«Quel balcone andrebbe rinforzato. Tra un po' casca tutto» commentò Vincenzo.

Caterina non rispose.

Si avvicinarono ai ragazzi che sonnecchiavano.

Ne svegliarono uno, toccandogli la spalla. Chiesero di Antonia, quello fece un gesto vago e indicò il retro dell'edificio. Poi tornò a chiudere gli occhi.

«Ma quanti sono?» esclamò Caterina.

Svoltarono dietro la casa.

Antonia era là, con altri tre ragazzi, due maschi e una femmina, tutti con i capelli lunghi. Erano seduti all'ombra, con le gambe incrociate e le schiene appoggiate contro le pietre sporgenti del muro. Stavano raschiando alcuni attrezzi per toglervi la ruggine, ma più di tutto ridevano, così forte che a tratti erano costretti a piegare il busto in avanti.

Caterina non aveva mai visto la figlia così allegra in tutta la sua vita e non osava avvicinarsi per non rompere l'incanto.

Quando Antonia si accorse di loro, sbiancò, poi lanciò tra l'erba la falce che teneva in mano e scattò verso di loro, con l'andatura minacciosa di un felino che si preparava all'attacco.

La cornice verde ne esaltava la figura slanciata e l'incarnato bruno. Caterina ebbe il tempo di pensare che con la sua lunga gonna rossa e la chioma corvina che ondeggiava a ogni balzo era bella. Proprio bella.

«Si può sapere cosa ci fate qui?» ringhiò, quando fu a pochi passi.

«Secondo te?» rispose Caterina.

«Sappiate che preferisco morire, piuttosto che tornare a casa con voi» disse con voce sufficientemente alta perché i ragazzi che li stavano guardando sentissero.

«Come stai?» domandò Vincenzo più accomodante.

«Bene. Qui, finalmente, sto bene.»

Vincenzo provò a carezzarle una spalla, lei schivò il tocco.

Lui ritirò la mano.

«Si può sapere cosa c'è a casa che non va?»

Antonia lo fissò con aria di sfida.

«Lo chiedi proprio tu, papà? Che sei scappato, esattamente come me?»

Rimasero tutti e tre in silenzio.

I ragazzi, che seguivano la scena, ripresero a fare le loro cose, uno tirò fuori un pacchetto di sigarette dalla tasca dei jeans e iniziarono a fumare.

«Io e tuo padre siamo la tua famiglia» provò a dire Caterina, cercando di imitare il tono conciliante del marito. «Abbiamo sempre voluto il meglio per te.»

Antonia le puntò addosso gli occhi spiritati.

«Ah sì? E quale sarebbe? Io non la voglio una vita squallida come la vostra.»

Di nuovo lei e Vincenzo non avevano una risposta pronta.

«Dovrei diventare come te, mamma? Che conti i centesimi e risparmi su tutto? Avere una vita triste, senza cose belle, senza svaghi e senza amore? Perfino papà se n'è andato di casa perché non ne poteva più.»

Aveva alzato il tono di voce, i ragazzi appoggiati al muro, che nel frattempo avevano ricominciato a lavorare, sollevarono di nuovo la testa.

Vincenzo strinse la mano a Caterina, prima che lei potesse alzarla sulla figlia, e prese fiato.

«Non ti permetto di parlare così a tua madre. Tu non hai idea di cosa ha passato perché tu potessi avere ogni giorno cibo nel piatto, perché potessi andare a scuola e avere perfino il tempo di lamentarti. Sei un'ingrata. Nessuno è perfetto, ma tu oggi non saresti qua, se non fosse stato per i suoi sforzi.»

«Sarà anche così, ma io una vita come la vostra non la voglio.»

Caterina di nuovo pensò che era bella, con lo sguardo furioso e le guance infuocate, ancora più di prima.

«Ma cosa vuoi esattamente?» domandò.

«Voglio una vita sincera, voglio amore. Il vostro è un matrimonio terribile, non parlate mai di niente e vi raccontate un sacco di bugie. Tu, papà, te ne sei andato. Magari hai anche un'altra, ma voi continuate a comportarvi come se fosse tutto normale, come se fossimo una famiglia. Io la odio la famiglia.»

Quando finì di parlare scoppiò in lacrime.

Una cavolaia le svolazzò attorno ai capelli, Caterina ne seguì il volo, rasente il prato, fino a quando si confuse con lo sfondo.

Era stanca, molto stanca.

Si sedette sull'erba.

Antonia singhiozzò ancora un mezzo minuto e poi iniziò a tirare su col naso.

Vincenzo le porse un fazzoletto.

«Il balcone non è stabile» disse, indicando l'altro lato dell'edificio. «Chiama i tuoi amici, che vi do una mano a sistemarlo prima che qualcuno si ammazzi.»

Antonia si asciugò le lacrime sul braccio nudo, gli sorrise e fece segno agli altri tre di avvicinarsi.

Caterina non ascoltò ciò che Vincenzo diceva loro, guardava il bosco di castagni che circondava l'abitazione. Era uguale al castagneto di Monte Tena.

Vide suo marito svoltare l'angolo della casa assieme agli amici di sua figlia, per raggiungere la facciata.

Lei si distese sul prato col viso al sole e gli occhi chiusi. Era da un'eternità che gli steli morbidi dell'erba non le sfioravano le guance.

Poco dopo sentì rumore di martellate e Vincenzo che rideva assieme ai ragazzi.

Pensò che le sarebbe piaciuto leggere un libro, anche quello non lo faceva da tantissimo tempo.

Capitolo 18

«Perché non stiamo via un altro paio di giorni, invece che tornare subito a casa? Al lavoro mi sono preso l'intera settimana» propose Vincenzo, non appena entrarono in stazione.

Caterina osservava un treno in arrivo e gli ultimi viaggiatori che si affrettavano a raggiungere il binario per salirci.

«Dove vorresti andare?»

«Potremmo fermarci una notte a Milano e visitare la città. Non lo abbiamo mai fatto.»

Caterina si voltò veloce nella sua direzione.

«No, Milano, no.»

«Allora andiamo in quel posto vicino a Novara in cui hai lavorato da giovane. Non volevi sempre tornarci? Se non sbaglio, una tua amica ci abita ancora.»

«E cosa ci andiamo a fare?» domandò, poco convinta.

«Non so. Intanto andiamo a salutare la tua amica e dopo vediamo.»

Dopo la sfuriata di Antonia, non osava più obiettare che sarebbe costato troppo.

«E se la Pina non è a casa?»

«Cerchiamo un telefono» rispose lui, guardandosi attorno.

Arrivarono al paese a metà pomeriggio. Presero una stanza in un alberghetto, lasciarono le loro cose e andarono dalla Pina, con la quale si erano accordati per un caffè.

Attraversando il paese, Caterina indicò a Vincenzo i vari posti in cui aveva lavorato. Quando furono davanti alla sartoria, che ora si chiamava *atelier*, gli raccontò della proposta di matrimonio del figlio della sarta.

«Se la madre cercava qualcuno che mettesse in riga suo figlio, ci aveva visto giusto» ridacchiò Vincenzo.

Caterina si rese conto che era molto più facile stare con suo marito in un luogo che non le ricordasse la loro vita assieme.

Quando arrivarono alla casa della Pina, Caterina estrasse uno specchietto dalla borsa e si sistemò i capelli.

«Come sto?» domandò, rivolta al marito. «Senza i bigodini sembro una befana.»

Lui la osservò attentamente.

«Sei sempre stata bella, tu.»

Caterina si imbarazzò e suonò il campanello.

Negli anni lei e la Pina si erano telefonate, ma non si erano più viste.

Caterina si sorprese di trovarla cambiata. Non aveva che un paio di anni più di lei, ma aveva tutti i tratti che gliela facevano identificare come vecchia: i capelli corti e bianchi, due enormi solchi sulla fronte e altri due in diagonale tra il naso e le labbra, il doppio mento e la vita abbondante. Se possibile, con quel cedimento di pelle, il viso era diventato ancora più lungo.

Come potevano essere già così anziane?

Si salutarono affettuosamente e introdussero i due mariti.

Mentre bevevano il caffè, la Pina raccontò che erano rimasti solo lei ed Ernesto, avevano tre figlie che erano già uscite di casa da un pezzo. Tutte ragazze con la testa a posto, disse.

Caterina capì che non avevano conosciuto i loro problemi e si chiese se non fosse il motivo per cui la vecchiaia era entrata in quella casa in anticipo.

Risero, scherzarono e ricordarono la sartoria e le passeggiate serali. Poi Vincenzo li intrattenne, raccontando del suo lavoro all'albergo, degli ospiti ricchi che vi alloggiavano e delle loro manie. Caterina si ritrovò ad ascoltarlo con curiosità, in dieci anni non aveva mai chiesto nulla della sua occupazione, né lui aveva mai mostrato interesse a parlarne con lei.

«È proprio simpatico tuo marito» disse la Pina, quando loro due si spostarono in cucina per sciacquare le tazzine. «È anche un bell'uomo. Non me lo avevi mai detto» aggiunse, dandole una piccola gomitata.

Alla fine si fermarono a cena e per la prima volta dopo tanti anni lei e Vincenzo si ritrovarono a ridere nella stessa stanza.

Dopo mangiato decisero di fare un giro per il paese, Caterina voleva mostrargli il posto in cui qualche volta era andata a ballare.

Il paese aveva cambiato fisionomia e lei fuori dal centro non si orientava più molto bene, ma era una bella serata, mite e luminosa, con le rondini che solcavano il cielo sopra ai palazzoni in costruzione e i bambini che giocavano sui marciapiedi o tra le auto parcheggiate lungo la strada.

«Credo fosse qui» disse con un filo di voce Caterina, quando dopo aver camminato mezz'ora, si ritrovarono al punto di partenza.

«Sei sicura?»

Annuì, senza togliere gli occhi da uno spiazzo in terra battuta adibito a parcheggio, nel mezzo di due grandi caseggiati popolari, molto simili a quelli che a Thiene aveva fatto costruire il ministro Fanfani, una decina di anni prima.

«Dai, non piangere» disse Vincenzo, passandole il braccio dietro le spalle. «Abbiamo fatto comunque una bella passeggiata.»

Caterina, però, non riusciva a calmarsi.

«Come è possibile che siamo diventati così tanto vecchi in così poco tempo?»

E ormai si disperava per i capelli bianchi della Pina, per le verità dette da Antonia e per tutti i posti e le persone che non esistevano più.

«Non siamo poi così vecchi. Non abbiamo ancora sessant'anni» disse Vincenzo.

Ma Caterina piangeva lo stesso, perché ormai la vita era stata quella che era stata.

Quando entrarono nella loro stanza, ci fu un momento di imbarazzo, erano troppi anni che non facevano l'amore e nessuno dei due ricordava quale fosse il gesto d'inizio. Optarono per mettersi velocemente sotto le coperte.

Quando Caterina spense la lucetta del comodino, nel buio lo sentì avvicinarsi. Lui la abbracciò da dietro e lei si girò.

Dopo la prima sequenza di movimenti noti, si rese conto che suo marito non stava facendo l'amore come lo avevano sempre fatto e come avevano concepito i figli.

Non c'era più la fretta di un tempo ed era sparito anche il pudore, che in tanti anni di matrimonio non li aveva mai abbandonati.

«Basta, Vincenzo» gli sussurrò lei, piena di imbarazzo, quando i suoi baci raggiunsero il ventre.

«Lasciami fare quello che voglio per una volta nella vita» rispose lui, spostando le coperte.

Era vero, non gli aveva mai permesso di fare niente.

Caterina chiuse gli occhi e provò ad abbandonarsi a suo marito.

Chissà dove aveva imparato quel modo diverso di amare.

Di certo non da una di passaggio. Erano gesti pazienti, di cura e tenerezza che con lei non aveva mai avuto.

Capitolo 19

Nel marzo del millenovecentosettantatré, con grande sollievo di Caterina, Francesco si sposò con Loredana.

Se voleva ancora fare la rivoluzione, grazie al Cielo, non era più un problema suo, se la sarebbe vista con la moglie.

Si sposarono in municipio, perché erano comunisti. Lei, per di più, era diventata anche femminista.

Caterina non andò al matrimonio. I matrimoni veri si facevano in chiesa, anzi, si vergognava per loro.

Non erano mica a Milano. Cosa si erano messi in mente?

Ci andò, invece, Vincenzo, che se si trattava di far festa, non aveva pregiudizi di nessun tipo. Tornò a casa contento, con le guance belle rosse per via dell'abbondante bicchierata che aveva seguito la cerimonia.

«Mi sembra una brava ragazza» disse, distendendosi sul divano per sonnecchiare.

«Com'era vestita?» domandò Caterina, stendendogli sopra una coperta.

«Aveva un completo blu. Giacca e gonna.»

Caterina sospirò di sollievo.

«Grazie a Dio, non aveva i pantaloni.»

Vincenzo si fece una risata e poi si addormentò.

Il giovedì sera Francesco andava da lei, perché la moglie aveva la serata al collettivo. Caterina era contenta di averlo come ospite, ma era altrettanto felice quando se ne andava e lei poteva tornare al libro che l'aspettava sul davanzale della finestra.

Da quando abitava da sola, aveva preso l'abitudine di prendere un libro in biblioteca ogni settimana. Se il primo volume le era costato uno sforzo di comprensione a cui non era più abituata, dal secondo in poi le righe avevano iniziato a scorrerle velocissime davanti agli occhi.

«Si può sapere cosa fanno le femministe?» gli domandò una sera.

Francesco, che stava guardando il telegiornale sul divano, spense la televisione.

«Si trovano a discutere dei problemi delle donne» rispose carezzandosi la barba.

«Cioè? Quali esattamente?»

«Vogliono gli stessi diritti degli uomini, sono stanche di essere sottomesse all'autorità maschile.»

A Caterina fece sorridere che parlasse delle donne come di un'entità astratta, senza considerare che anche lei apparteneva alla categoria.

«E poi vogliono essere padrone del proprio corpo. Per esempio, vogliono poter decidere se e quando fare i figli. Cose del genere, insomma» concluse, allargando le braccia.

«Noi donne abbiamo sempre chiacchierato di queste cose.»

«Non sono solo chiacchiere, mamma, il personale deve diventare politico.»

Caterina non era sicura di avere compreso.

«E tu cosa ne pensi?»

«Io sono d'accordo. Ci mancherebbe.»

Quando se ne andò, Caterina non cominciò subito la lettura, pensava ai suoi di problemi. Alla vita che avrebbe sognato e che non aveva avuto.

Concluse che tutte le cose che erano andate storte non dipendevano dal fatto che fosse femmina, bensì dal fatto che fosse povera. Con i diritti non si mangiava, erano i soldi a fare la differenza. La Gilda ne era l'esempio. Era nata con i soldi e si era presa tutto: gli studi, Mario, Milano.

Qualche giorno dopo, sua nuora venne a farle visita con un entusiasmo nuovo. Caterina immaginò che avesse frainteso la sua curiosità per le attività del collettivo. Era autunno, le regalò un bel vaso di ciclamini e le portò un paio di riviste.

«So che le piace tanto leggere» disse, poggiandole sul davanzale. «"Noi donne" è un po' troppo tradizionale per i miei gusti, ma può trovare qualche spunto di riflessione interessante.»

Quando se ne andò, sfogliò velocemente uno dei due giornali. Il numero era dedicato a un'inchiesta sul lavoro a domicilio.

Raccoglieva le voci di tante donne, che, come lei anni prima, sopravvivevano grazie al lavoro a cottimo che le fabbriche chiedevano loro di svolgere a casa. C'era chi attaccava bottoni, chi stirava, chi cuciva pezzi di maglie. Tutte si sentivano sole, sfruttate e ricattate. Qualcuna era pure stata costretta a comprarsi la taglia e cuci per stare al passo con le richieste e le tempistiche di consegna.

Caterina interruppe la lettura e posò lo sguardo sul manichino davanti a lei.

Povere donne, ma perché accettavano tutto ciò? Perché, invece di lamentarsi, non si inventavano qualcosa per mettersi in proprio, come aveva fatto lei?

Quando arrivò in fondo, per la prima volta, si sentì soddisfatta della sua condizione.

Non ci aveva mai riflettuto, ma, a differenza di tante altre, lei ce l'aveva fatta. Aveva la sua attività, il suo reddito e la sua libertà.

Sfogliò con meno interesse qualche pagina in cui si parlava di igiene e educazione sessuale, poi gli occhi le caddero sui membri della redazione, anche lì, la maggior parte erano donne.

Scorse quella lunga sequenza di nomi femminili, con la consapevolezza che quelle donne ce l'avevano fatta ancora più di lei.

Fu sotto la voce *Consiglio redazionale* che si imbatté nella Gilda. Dovette rileggere più volte il nome per essere sicura di non averlo solo immaginato.

Ripensò alla prima volta in cui l'aveva vista scrivere e alla grazia con cui teneva il pennino. Si chiese se con la stessa leggiadria pigiasse i tasti della macchina da scrivere.

Chiuse la rivista e riprese la lettura del libro che aveva interrotto la sera precedente. *Un amore* di Buzzati.

Dopo una decina di pagine lo chiuse sulle ginocchia.

Continuava a pensare a quanto Mario dovesse essere orgoglioso di sua moglie e le venne un po' da piangere.

La nuora, nei mesi successivi, provò a portarle qualche altro giornale, ma lei non ne volle più sapere.

Poi Loredana non ebbe più tempo da dedicare alla sua conversione, perché venne il referendum abrogativo della legge sul divorzio e si buttò anima e corpo nelle attività del comitato.

Non passava settimana senza che qualcuno bussasse alla porta di Caterina per convincerla delle ragioni dell'uno o dell'altro schieramento. Una domenica, uscendo dal duomo, si trovò intrappolata in un corteo pro divorzio in piazza Chilesotti.

Caterina fuggì piena di vergogna. Si infilò dentro una pasticceria, sperando che nessuno l'avesse vista, e fu anche costretta a bere un caffè, che le procurò acidità fino a sera.

Il suo non era un matrimonio felice, ma agli impegni bisognava mantenere fede, altrimenti non c'erano argini ai capricci del destino. Le facevano pena i ragazzi come Antonia, che inseguivano la felicità, senza rendersi conto che era la più grande illusione che la *réclame* aveva creato. Sua figlia era scappata per cercare l'amore libero, senza vincoli né costrizioni, ma ancora non sapeva che non esistevano questo tipo di sconti nella vita. Non esisteva una via facile alla felicità.

Il giorno del referendum, lei non andò a votare. Con sua grande sorpresa, ci andò Vincenzo. Quando tornò non osò chiedergli come si fosse espresso. La risposta sarebbe suonata come un giudizio su di loro, così preferì fare finta di niente.

In estate Vincenzo lasciò il lavoro al lago di Garda. In centro aveva aperto la Standa e vi aveva trovato lavoro come magazziniere e tuttofare. Gli mancavano l'albergo, la gente di mondo, il caffè vero e il cibo buono. A casa si annoiava e, per non litigare, quando finiva il turno, si fermava al bar a giocare a carte.

Per fortuna alla sera andava a letto presto, così lei aveva conservato per sé il momento preferito della giornata, quello in cui leggeva e rifletteva e, pur di allungarlo, rosicchiava ore al sonno.

Evitarsi era diventato il loro modo di sopportarsi.

Caterina avrebbe anche potuto smettere di lavorare, ma il suo giro di clienti aumentava di giorno in giorno. Le donne emancipate non se la cavavano tanto bene con aghi e cuciture e le dispiaceva chiudere l'attività in un momento così florido.

Si era fatta un certo nome con gli abiti da sposa. Le ragazze le portavano i cartamodelli e lei ne studiava la fattibilità sui loro corpi, nella maggior parte dei casi molto diversi da quelli delle riviste. Le piacevano le ragazze che ancora si sposavano in bianco e ci lavorava assieme volentieri.

Inoltre, se avesse smesso di lavorare, non avrebbe saputo come impiegare il tempo, aveva l'impressione di non aver fatto altro per tutta la vita e non desiderava affatto stravolgere, a sessant'anni, il suo equilibrio in nome di un ozio che le faceva orrore.

A Natale Giovanna invitò la famiglia per pranzo, Antonia non c'era, da qualche settimana di lei si erano perse le tracce. Nell'ultima cartolina aveva scritto a suo papà che si era lasciata con Claudio e che voleva andare in India con Sonia e un gruppo di altri ragazzi. Poi, più nulla.

Dopo il pranzo, Giovanna annunciò di aspettare un bambino.

«Era ora!» esclamò Vincenzo, alzandosi per abbracciare sia lei sia il marito.

«Abbiamo aspettato che Andrea aprisse il suo studio, così ora siamo più tranquilli» spiegò la figlia.

Caterina ricordò quando lei dovette subire l'interrogatorio del prete, per aver detto, più o meno, la stessa cosa. Guardando Giovanna così rilassata, un po' si ricredette sulle femministe. Se non fosse stata per la fissa di parlare continuamente della vagina, forse qualcosa di buono stavano facendo anche loro.

«Penso sia la notizia più bella della mia vita» le disse Vincenzo, rientrando in casa.

Caterina chiuse la porta con un giro di chiave e si voltò verso di lui con aria stupita. «Perché? Quando sono nati i nostri figli, non eri altrettanto felice?»

Vincenzo si tolse il soprabito e lo appoggiò con cura allo schienale della sedia. «Lo ero, però ero anche tanto preoccupato. Adesso, invece, mi prendo solo la felicità.»

Caterina sorrise. «Immagino sia questo diventare nonni.»

Prese il suo cappotto e quello del marito e andò a riporli nell'armadio in camera.

«Vedrai come sarà bello» commentava Vincenzo dal salotto. «Possiamo offrirci di tenerlo noi, mentre lavorano. Cosa dici?»

Caterina si era di nuovo affacciata alla porta del soggiorno.

«Non saprei. Non vorrei smettere di lavorare.»

«Appena vado in pensione, me lo porto al bar con me e gli insegno a giocare a carte.»

Risero entrambi.

Vincenzo si allungò sul divano e si portò il braccio sopra gli occhi.

«Sarà perché non sai cucinare, Nina, ma ultimamente ho poco appetito. Stasera mi faccio solo una scodella di caffellatte col pane inzuppato.»

«Va bene anche per me» si affrettò a rispondere lei.

Era sempre un sollievo quando non doveva far da mangiare. Anche se era Natale, avrebbe usato il tempo risparmiato per stringere una gonna. La proprietaria si era tanto raccomandata di averla sistemata per Capodanno.

Nei mesi successivi le cene saltate da Vincenzo divennero sempre più frequenti. Ogni giorno era più stanco.

«Dovresti farti vedere, papà» gli disse un giorno Giovanna.

Vincenzo stava sonnecchiando sul divano. Non si fermava più al bar dopo il lavoro, preferiva venire a casa a buttarsi giù.

«I dottori portano sempre disgrazie» rispose lui, senza aprire gli occhi.

«Mamma, devi portarlo dal medico. Non è normale non avere mai fame.»

«È tua madre che non sa cucinare» disse lui.

Caterina si affacciò dal soffietto.

«Lo vedi com'è? Tuo padre preferirebbe morire piuttosto che farsi visitare.»

In effetti con Caterina non volle andarci. Dovette nuovamente intervenire Giovanna, che, dopo un mese, un pomeriggio arrivò arrabbiata, lo fece alzare dal divano e lo obbligò a seguirla in macchina.

Caterina, che li osservava dalla porta di casa, si rese conto, per la prima volta, che Vincenzo era ormai scheletrico.

Era chiaro che non andava tutto bene, ma non erano nemmeno preparati al fatto che andasse tutto così male.

Vincenzo aveva un tumore al pancreas e gli restavano al massimo due o tre mesi di vita.

Capitolo 20

«Nina, prima di morire devo dirti una cosa» Vincenzo allungò la mano malferma verso la sua gamba.

Caterina, seduta di fianco al letto, gliela strinse. «Stai tranquillo, non c'è bisogno che tu dica niente. Conserva le energie.»

Erano due giorni che alternava attimi di torpore a momenti di lucidità. Sembrava che dovesse spegnersi da un minuto all'altro, come il neon del corridoio, la cui luce tremolante andava e veniva in continuazione.

Le avevano detto che bisognava aspettare ancora qualche giorno, che la morte sarebbe stata preceduta dal coma. Le faceva troppa pena vederlo in quello stato e lei, al posto suo, avrebbe voluto essere già morta da un pezzo.

Quando i gemiti di Vincenzo si facevano strazianti, Caterina chiamava l'infermiera perché gli somministrasse del Valium, non c'era tanto altro da fare.

«Devo dirti una cosa» ripeté, cercando, invano, di liberare la mano dalla presa di lei.

«Meglio se provi a riposare» rispose Caterina, carezzandogli la fronte che era fredda e bagnata.

«È importante.»

«La cosa importante è che riposi.»

«Ho fatto delle cose sbagliate, Nina, e ho paura di andare all'inferno.»

Un bambino si sarebbe espresso in quel modo, Caterina gli carezzò il braccio.

«Tutti abbiamo fatto delle cose sbagliate, lascia perdere» gli sussurrò.

«Ma questa cosa riguarda te.»

«Tranquillo. So già che hai avuto altre donne.» Gli liberò la fronte dalle ciocche unte che vi erano appiccicate. «Ti ho perdonato tanto tempo fa.»

Vincenzo mosse la mano in aria in segno di stizza. «Ti prego, lasciami parlare. È importante.»

Caterina non voleva che si innervosisse. «Va bcnc. Ti ascolto, ma non stancarti troppo. D'accordo?»

Vincenzo chiuse gli occhi. Aveva il fiato corto, raccolse più aria che poteva.

L'infermiera si affacciò per assicurarsi che l'ultima iniezione avesse fatto effetto. Caterina le fece un cenno affermativo. Ascoltò il rumore ovattato degli zoccoli allontanarsi sul pavimento in linoleum del corridoio.

«Sono stato io a causare la morte di tuo fratello.»

Chiuse gli occhi.

Stava delirando, le avevano detto che poteva accadere alla fine, Caterina pensò che era una fortuna che si fosse addormentato.

Che fosse arrivato il coma di cui le avevano parlato?

Andò ad aprire la finestra per cambiare l'aria, erano ore che non si alzava dalla sedia.

Percorse in lontananza il profilo tondeggiante di Monte Corno, la luce limpida del mattino ne evidenziava ogni singola difformità, poi scese con lo sguardo sulle contrade che punteggiavano il pendio. Lassù era la stagione del primo taglio, ma in città era solo la stagione del profumo dolce dei tigli. Inspirò profondamente l'aria ancora fresca.

«Non ho mai aderito alla Resistenza, sono stato mandato tra i partigiani da infiltrato.»

Caterina chiuse il vetro e si voltò di scatto verso il letto.

«Di cosa parli, Vincenzo?» domandò, avvicinandosi.

«Non ti ho mai detto la verità» sussurrò lui.

«Smettila. Stai delirando.»

Ma a Caterina sembrò che il sangue non affluisse più al cervello.

Si sedette e guardò la goccia della flebo scendere, una, due, tre volte.

Adesso era lei che non riusciva più a parlare.

Vincenzo la fissava.

«Non pensavo che tu e tuo fratello foste coinvolti. Cercavamo Mario.»

Caterina scattò in piedi e sbatté con la testa sul sostegno metallico della flebo.

«Tu sei matto.»

«È la verità. Adesso lasciami parlare, perché non mi resta tanto tempo e non voglio morire con questo peso sulla coscienza.»

La guardava implorante.

Caterina si sedette di nuovo, ma non riusciva più a tenergli la mano, non trovava la posizione sulla sedia, alla fine decise di rimettersi in piedi.

Vincenzo riprese a parlare.

«Ti ricordi quando sono partito? Avevamo litigato e tu mi avevi fatto capire che pensavi fossi un mezzo fallito. Ero sollevato che ci fossimo lasciati. Non ti stavo dietro, Nina, avevi troppe aspettative sul nostro futuro.»

Indicò il bicchiere sul comodino, lei glielo accostò alla bocca con la mano instabile. L'acqua ondeggiò contro le pareti di vetro e uno spruzzo gli colpì il viso.

Quando ebbe finito di bere, Caterina lo asciugò con un fazzoletto, percepì gli zigomi sporgenti e la mandibola dura, erano ormai ricoperti solo da un sottile strato di pelle.

«In Jugoslavia tutto è cambiato. Scoprii che a fare la guerra ero bravo. Facevamo la controguerriglia ed ero inserito in tutte le missioni più delicate. Fui promosso caporale. Era così tanto tempo che non combinavo più niente di buono.»

Volle bere di nuovo. Questa volta Caterina afferrò il bicchiere con entrambe le mani per essere sicura della presa.

Vincenzo chiuse gli occhi e Caterina temette che si fosse addormentato.

«Poi venne l'otto settembre» ansimava, ora parlare gli costava più fatica. «Mi dispiaceva che tutto finisse. Già lì per lì fui tentato di passare con le SS, ma tutto il mio battaglione decise di ribellarsi e non volevo passare per un infame.»

L'infermiera fece capolino nella stanza.

«Tutto bene?» domandò con un sorriso.

Caterina nemmeno rispose. Lei lo prese per un assenso e si allontanò.

«In pochi giorni fummo stipati in una tradotta per la Germania» Vincenzo ora le cercava la mano, Caterina la ritirò. «Ci dettero solo un pezzo di pane e una scatoletta, dovemmo farceli bastare per giorni. Il viaggio durò settimane. Dormivamo ammassati uno sull'altro e facevamo i nostri bisogni in un bidone, davanti a tutti. I più giovani piangevano sempre.»

Ci erano passati anche Tarquinio, Battista e tutti gli altri? Perché non avevano mai detto una sola parola?

«Quando arrivammo al campo di smistamento le cose non andarono meglio. I guardiani erano cattivi, si divertivano a prenderci a botte e calci oppure a denudarci per lavarci con l'acqua gelida. Dopo due settimane quasi non mi reggevo in piedi e non facevo che chiedermi chi me lo faceva fare.»

Fece una pausa.

Caterina osservò le sue braccia scheletriche, stese lungo i fianchi, e la pancia gonfia sotto il lenzuolo.

«Ci chiesero se volevamo arruolarci con la Repubblica Sociale, se avessimo accettato saremmo stati rispediti in Italia. Ci dissero che lo avrebbero chiesto una sola volta e io dissi di sì.»

Caterina pensò a Tarquinio e a tutti gli altri che non avevano ceduto.

«Ora non riesco più a parlare» sussurrò. «Finisco dopo.»

Caterina non rispose, lo guardò scivolare in un sonno pieno di tremiti.

Venne Giovanna a darle il cambio.

«Stai bene, mamma?»

«Sì, perché?»

«Non so, mi sembri agitata. Ci sono novità?» domandò, sfiorando la mano del padre, abbandonata sul letto.

«No, nessuna novità. Ma preferisco rimanere un altro po'. Torna pure a casa, che con quella pancia non ti fa bene stancarti.»

Giovanna controllò la flebo.

«Sei sicura, mamma?» le appoggiò una mano sulla spalla. «Mi sembri stanca anche tu.»

«Non ti preoccupare. Tieni le energie per il bambino, che a tuo padre ci penso io.»

Giovanna si chinò a dare un bacio alla fronte di Vincenzo.

«Mi sembra impossibile che stia succedendo» disse con gli occhi lucidi.

Vincenzo si svegliò verso mezzogiorno.

Caterina era esausta. Non era riuscita a chiudere occhio e lo stava vegliando dalla sera precedente. Non poteva nemmeno stare seduta, aveva continuato a camminare facendo avanti e indietro tra il letto e la finestra, temendo che suo marito non si svegliasse più.

Lui aprì gli occhi e gemette.

Caterina corse a chiamare l'infermiera, la donna le disse che per un'altra iniezione di Valium bisognava aspettare ancora.

Normalmente in quelle attese infernali provava a distrarlo raccontando sciocchezze, ma non le veniva più in mente niente.

Vincenzo non riusciva a stare fermo, le gambette magrissime si contraevano a scatti per il dolore.

Riferì che Giovanna era passata, ma non trovò altro da aggiungere e si chiese di cosa gli parlava fino a qualche ora prima.

Gli inumidì le labbra e la fronte con un panno.

Che si ricordasse della conversazione precedente?

Si agitò al pensiero che lui potesse aver dimenticato quello che voleva dirle.

Finalmente arrivò l'infermiera.
«Proviamo con il paracetamolo» disse, caricando la flebo.
Dopo qualche minuto il corpo di Vincenzo si ammorbidì un poco. Il respiro si fece più regolare.
Il cuore di Caterina batteva all'impazzata.
Lui, di nuovo, la guardò.
«Dopo l'addestramento in Germania, fui incorporato in un battaglione di SS italiane e fui mandato a combattere contro i partigiani dalle parti di Asti.»
Vincenzo ricordava.
Caterina sospirò di sollievo.
«Mi dissero che stare troppo vicino a casa era pericoloso. In Piemonte conobbi una ragazza. Si chiamava Annalisa.»
Il neon del corridoio si spense definitivamente.
«Ma non ti sentivi male a sparare su altri italiani?» domandò Caterina.
«All'inizio forse sì, ma erano loro i ribelli e comunque in Jugoslavia succedeva ben di peggio. Dopo le prime fucilazioni, non ci fai più caso. È la guerra.»
Caterina sentì che stava per vomitare, forse era la stanchezza o la gastrite o la paura per le cose che suo marito stava per raccontarle. Si portò il fazzoletto alla bocca, ma non accadde niente.
«A febbraio mandai i primi soldi a mia mamma. L'esercito mi garantiva una buona paga. Mi scrisse dicendomi che i soldi erano arrivati troppo tardi, che il mese precedente i partigiani le avevano requisito la vacca e che Antonia era morta. Tu sai quanto le volevo bene, vero?»
Caterina annuì.
«A quel punto il mio odio verso i partigiani divenne incontenibile. Chiesi ai miei superiori se c'era un modo per rendermi ancora più utile. Avevo lavorato bene fino a quel momento, allora mi proposero di infiltrarmi dalle parti di casa mia. Era molto pericoloso, ma io non vedevo l'ora di ammazzare chi aveva fatto morire di fame mia sorella.»

Fece una pausa.

Caterina osservò il catetere di fianco al letto riempirsi lentamente.

«Mi finsi disertore e riuscii a farmi accogliere dalle formazioni partigiane della zona di Schio. Sapevo farmi ben volere.» Prese fiato. «Erano tutti comunisti da quelle parti, non li sopportavo.»

Le chiese un po' di acqua.

Gli andò di traverso. Caterina lo aiutò a sollevare il busto e gli diede qualche colpetto sulla schiena. Poi lo fece riadagiare sul cuscino poggiato alla testiera metallica del letto.

«Insomma, non ti sto a raccontare tutto. A novembre ebbi notizia che Mario era in zona. Era un pezzo grosso, veniva per conto del Comitato Nazionale di Liberazione Alta Italia e teneva i rapporti con gli inglesi. Ci provai in tutti i modi, ma non ebbi modo di incontrarlo né di capire dove si trovava. Poi venni a sapere che si era spostato sull'altro versante, quello di casa nostra. A quel punto decisi di uscire dalla mia copertura e avvisai il presidio di Schio.»

Caterina ebbe uno sforzo di vomito, si mise una mano davanti alla bocca, ma gli fece segno di continuare.

«Quando spiegai che eravamo quasi compaesani, mi chiesero se fossi a conoscenza di qualche dettaglio della sua vita privata utile per la cattura. Allora mi ricordai che tu mi avevi detto che forse stava assieme alla tua amica Gilda e che il padre di lei negli anni Trenta era stato arrestato. Suggerii che tenessero d'occhio la sua casa. Era solo un'ipotesi, ma non avevamo tanto su cui lavorare.»

«Devo uscire un attimo» disse Caterina, già correndo verso il bagno.

Vomitò nel lavandino. Fece scorrere l'acqua e si pulì in qualche modo, aveva fretta di tornare in camera. Temeva che suo marito potesse entrare in coma prima di finire.

Tornando, si fermò a osservarlo un attimo dalla porta. Sembrava addormentato. Ne studiò i lineamenti familiari, l'attaccatura dei capelli che scendeva lievemente a metà della fronte, come pure le orecchie con i lobi troppo piccoli. Si stupì di quanto i corpi potessero essere ingannevoli con le loro piccole imperfezioni che davano l'illusione di verità.

Si avvicinò e gli sfiorò la mano.

Lui aprì gli occhi e voltò il viso nella sua direzione.

«Ti giuro, Nina, che non l'avrei mai fatto, se avessi saputo che tuo fratello era coinvolto. Mi credi?»

Caterina annuì senza pensarci.

«E dopo?»

«E poi hanno beccato tuo fratello che stava andando proprio da loro per conto di Mario. Lo hanno arrestato e interrogato per ore. Alla fine rivelò dove avrebbe dovuto incontrarsi con Mario quella notte.»

«Mio fratello aveva parlato?»

Vincenzo scosse piano la testa.

«Quasi tutti alla fine parlavano. I corpi cedevano e si portavano dietro anche la testa. Tra l'altro, alla fine di quell'anno, nessuno più aveva pazienza e gli interrogatori erano diventati ancora più duri. Ma credo tu lo sappia bene» aggiunse, guardandola.

Caterina rivedeva suo fratello a terra, la pozza di sangue, la mano mozzata.

«In realtà, l'indicazione non era corretta, perché Mario non si vide. Allora tornarono da Quintilio e lo finirono.»

«Ma tu c'eri?» domandò Caterina con la voce che le tremava.

Scosse il capo.

«No, dopo essere uscito dalla copertura mi hanno dato una settimana di licenza e sono andato a trovare Annalisa e poi mi hanno reintegrato nell'esercito regolare.»

Fece una lunghissima pausa.

Caterina iniziò a piangere, fece così tanto rumore che accorse l'infermiera.

«Signora, deve darsi una calmata. Deve essere di conforto a suo marito, così lo fa solo agitare.»

La guidò in corridoio a fare due passi.

La fece rientrare con la promessa di non lasciarsi più andare alla disperazione davanti a lui.

Caterina, prima di sedersi, percorse la stanza con lo sguardo.

Ma che posto era?

Sembrava tutto finto, il linoleum azzurrino che copriva il pavimento e il primo tratto delle pareti, le intelaiature metalliche dei letti senza materassi.

Che fosse solo un brutto sogno?

Adesso era Vincenzo che aveva fretta di terminare. Prese fiato e continuò.

«In primavera chiesi una licenza breve per venire da mia madre. Solo in quell'occasione seppi che tuo fratello era morto. Corsi al presidio di Thiene per capire come fosse possibile. Mi fecero i complimenti per le indicazioni e scoprii che anche tu eri stata arrestata e torturata. Dopo aver letto il verbale dell'interrogatorio di Quintilio non ebbi stomaco di leggere anche il tuo fascicolo.» La guardò. «Ti giuro, Nina, se avessi saputo che eri nella Resistenza non avrei detto niente. Te lo giuro.»

La pelle del viso era gialla. I denti sporgevano dalle labbra, ormai troppo sottili per contenerli, e gli occhi, enormi, parevano due buchi tra la geometria degli zigomi.

Forse era il volto della disperazione o, semplicemente, quello della morte.

Caterina aveva in mente una domanda da quando Vincenzo aveva iniziato a parlare.

Si fece coraggio.

«Ma tu lo sai perché mi hanno arrestata?»

«Non ho letto il tuo fascicolo. Sarai stata di aiuto a tuo fratello o forse facevi la staffetta. Ma che importa?»

Caterina si lasciò cadere sullo schienale.

Ringraziò il Cielo che non sapesse di lei e Mario.

Si erano già fatti tanto male lo stesso.

Anche Vincenzo si era abbandonato sul cuscino.

«Sempre in quell'occasione incontrai la Lucia in paese. Mi raccontò delle condizioni in cui eri tornata. Temeva che volessi farla finita. Prima di salutarci, mi chiese di mettermi una mano sul cuore.»

«La Lucia?»

Vincenzo annuì.

«Mi sentivo così male per quello che avevo combinato che a quel punto disertai davvero. Aspettai la fine della guerra nascosto nel casolare di una coppia di anziani nel Veronese. Non vidi più nemmeno Annalisa. Fu in quei mesi di solitudine che decisi che, quando fosse tutto finito, sarei tornato per prendermi cura di te. Ti volevo ancora bene, in fondo.»

«Prenderti cura di me?» ripeté Caterina, incredula.

Vincenzo annuì.

Seguì un lungo silenzio.

«Mi sento meglio ora che te l'ho detto. Ho passato anni nel terrore che tu lo scoprissi, specie i primi anni.»

«E come avrei potuto? Non ho mai sospettato niente.»

Vincenzo prese fiato.

«Mario lo sapeva.»

«Mario lo sapeva?»

Caterina di nuovo accostò il fazzoletto alla bocca per fermare un conato di vomito.

«In che senso?»

«Nel gennaio del quarantasei me lo trovai davanti, mentre tornavo dai campi. Mi disse che sapeva che ero stato io a fare la spia. Aveva interrogato lui stesso quelli del presidio. Credo avesse trascorso l'intero anno a indagare. Non so perché si fosse preso così a cuore la questione.»

«E cosa voleva?»

«Credo volesse ammazzarmi, non ne ho idea. Quando gli ho detto che eravamo sposati e che aspettavi un bambino, se n'è andato. Per lunghissimo tempo ho temuto di vedermelo ricomparire davanti o che venisse a parlare con te. Dopo qualche anno, ho capito che non sarebbe più accaduto e ho smesso di pensarci.»

Caterina si alzò e andò ad aprire la finestra. Entrò il profumo dolce dei tigli. In lontananza si vedevano i loro monti. Caterina pensò che di *loro* restava ben poco.

«Nina, prima di morire ho bisogno di sapere una cosa» la richiamò Vincenzo.

Lei si voltò.

«Ti prego, dimmi che ho fatto la cosa giusta a tornare, perché negli anni mi sono chiesto tante volte se non avessi fatto peggio.»

I suoi occhi parevano voler uscire da quel volto giallo e ossuto per implorare un sì.

Caterina si avvicinò e gli strinse la mano.

«Hai fatto quello che hai potuto, stai tranquillo.»

«Grazie, Nina, avevo bisogno di sentirmelo dire.»

Parte quinta
Lo spettacolo di canto
(1981-1983)

Capitolo 1

Era bello tornare a sentire la primavera. Le ci erano voluti anni, ma la vita aveva di nuovo prevalso e le ferite erano diventate cicatrici. Le pareva di non aver fatto altro da quando era nata. A ogni colpo del destino, cercare una nuova normalità in cui il dolore trovasse un suo spazio circoscritto.

Un lavoro continuo. Estenuante.

A Caterina piaceva la panchina sotto il grande cedro. Era l'unica, tra quelle all'ombra, da cui si potesse tenere d'occhio la buca della sabbia, a quell'ora del pomeriggio, affollata di bambini. Alcuni stavano scavando buche con palette variopinte, altri si arrampicavano sulle sbarre del castello metallico, i più audaci correvano alla fontana e tornavano con il secchiello pieno d'acqua per rendere la sabbia umida e poterci fare gli stampi. Tutti gridavano e gli uccelli in quelle ore del pomeriggio si zittivano.

Di solito Caterina ci tornava all'imbrunire, quando il parco era chiuso e i merli si riappropriavano con i loro canti di quegli spazi. Amava passeggiare lungo la siepe esterna di alloro, ne sfiorava le foglie nuove che spuntavano dalla rete e chiudeva gli occhi. Ne strappava qualcuna e se la stropicciava sotto il naso, per godere del profumo di lei e Mario bambini.

Tirò fuori un libro dalla borsa, ma lo lasciò chiuso sulle ginocchia.

«Finisce bene?» aveva chiesto al bibliotecario.

Era ossessionata dai lieti fini. Dopo la morte di Vincenzo non riusciva più a leggere storie tristi. La sua vita lo era stata già abbastanza.

Il bibliotecario non aveva saputo risponderle.

Passò una mano sulla copertina. Lo ripose nuovamente nella borsa.

Sulla panchina più vicina, una giovane madre stava dando l'omogeneizzato alla figlia nel passeggino; all'altro lato, una coppia di anziani stava sonnecchiando; la donna aveva la testa poggiata sulla spalla dell'uomo. Lui ciondolava in avanti e il cappello stava per cadergli dal capo.

Nessuno badava a lei, Caterina sfilò le scarpe e passò più volte le piante dei piedi sugli steli d'erba per farseli solleticare sotto le calze fini.

Il piacere presente si fuse con piaceri lontani; l'erba sotto i piedi era infanzia, era vita. Era Mario.

Quando aprì gli occhi, vide l'Anna, che stava entrando dalla grande cancellata al lato opposto del parco. Aveva l'andatura pesante, il corpo grosso dondolava, assecondando il ritmo della camminata. Per mano teneva la nipotina. La vide fermarsi alla fontanella vicina all'ingresso, sotto l'ombra dei grandi pini, e immergere il fazzoletto nello zampillo.

Accompagnò la nipote alla buca della sabbia e poi le venne incontro. Solo all'ultimo Caterina tornò a infilare i piedi nel cuoio umido delle scarpe.

«Che caldo per essere solo maggio!» esclamò l'amica, lasciandosi cadere con un sospiro.

Caterina ebbe l'impressione che la panchina si abbassasse sotto il suo peso e spostò la borsa per farle spazio. L'Anna estrasse il fazzoletto bagnato dalla tasca della gonna e si asciugò le piccole gocce di sudore che si addensavano sulla fronte, all'attaccatura dei capelli corti e radi.

«Che caldo! Non ne posso più!»

Prese dalla borsa un ventaglio tutto pizzi. Da un lato vi erano raffigurate alcune ballerine di flamenco, dall'altro lato un torero nell'atto di infilzare l'animale. Doveva averglielo portato a casa la figlia più giovane dal viaggio di nozze.

Quando l'Anna si chinò per grattarsi una caviglia, Caterina notò una grossa chiazza di sudore sulla schiena che nemmeno la fantasia fiorita del vestito riusciva a mascherare.

Pensò che lei non aveva mai caldo, forse perché non era mai stata grassa abbastanza. Ora che era rimasta da sola, cucinava di rado, si limitava a una minestra a pranzo e a inzuppare il pane nel caffellatte alla sera. Tutto il resto non le piaceva o, comunque, le procurava gastrite.

«Allora, sei pronta per lo spettacolo?»

«Mah, non so se lo voglio fare» sbuffò l'amica. «Mi vergogno a cantare di fronte a tutta quella gente.»

«Si tratta di figli e nipoti, non farla più grande di quello che è.»

L'Anna allargò la scollatura e ci soffiò dentro.

«Fa troppo caldo e con il caldo non ho voglia di niente.»

A Caterina venne da ridere, ormai con lei parlava solo di quanto il suo corpo pesante la facesse sudare.

L'amica ricominciò a farsi aria col ventaglio.

«Ne vuoi uno anche tu?» domandò, avvicinandogliene un secondo con raffigurate le gondole di Venezia.

Caterina lo prese senza usarlo.

«In negozio tutto bene?»

«Ormai Ugo è stanco. Per fortuna se ne occupa Eleonora. È brava, ci sa fare con i clienti e ha la battuta facile. Mi ricorda tanto Giuseppe.»

Povero Giuseppe. Non era diventato né padre né nonno. Un nome che sarebbe scomparso definitivamente quando loro, le ultime ad averne memoria, fossero morte. Ugo si era preso tutto: la moglie, le figlie, il futuro. Di Giuseppe era rimasto solo il suono della parola.

«Sì, anche lui scherzava sempre» rispose Caterina, sovrappensiero.

«Ma dimmi di te» disse l'Anna, battendole la mano grassoccia sulla gamba. «Quando la smetterai di lavorare?»

Caterina vide cadere a terra il cappello del signore che dormiva sulla panchina vicina. La moglie lo raccolse e glielo ripose delicatamente sulla testa.

«Mi piace tenermi impegnata. Altrimenti cosa faccio tutto il giorno?»

L'Anna rise.

«A volte, Nina, mi pare che ragioni come un uomo.»

Caterina si voltò verso l'amica.

«In che senso?»

«Sono gli uomini che hanno bisogno di lavorare.»

Caterina buttò una mano all'indietro.

«Che sciocchezza!»

Aveva ragione sua nuora a dire che il guaio delle donne italiane erano le donne stesse.

«Sai qual è il tuo problema, Nina? Che proprio non ti rassegni a essere vecchia» disse l'Anna con una risata. «Sei l'unica che alla nostra età porta ancora i tacchi» aggiunse, indicando le décolleté.

Caterina guardò i mocassini che l'Anna indossava a mo' di ciabatte, schiacciandone il cuoio del tallone col piede.

«Smettila con questa storia dell'età. Fosse per te, staremo solo ad aspettare la morte. Sai quante cose possiamo ancora fare?»

L'Anna si fece una risata.

«Anche Giuseppe diceva sempre che volevi troppo, che eri troppo ambiziosa.»

Caterina schiacciò un moscerino che le si era appoggiato sul collo.

«Il fatto è che a me non piace lasciarmi andare.»

L'Anna era allegra.

«È la cosa più bella di essere vecchi. Puoi finalmente evitare tutte le cose che ti affaticano.»

«Be', io sono contenta così. Mi piace lavorare e anche portare le scarpe rialzate.»

Rimasero in silenzio a godersi un'insolita folata di brezza che stava attraversando il parco e che faceva frusciare le foglie dei tigli.

L'Anna chiuse gli occhi e allargò le braccia per asciugare le ascelle. Pareva un elefante che volesse spiccare il volo. A

Caterina venne di nuovo da ridere e seguì con lo sguardo la coppia di anziani che si allontanava lungo il vialetto di sassi per raggiungere l'uscita.

«Nonna, nonna» gridò una bambina biondissima che veniva di corsa dalla buca della sabbia.

L'Anna aprì gli occhi e le diede una gomitata.

«Tua nipote ti chiama.»

Caterina si voltò verso la piccola.

«Cosa c'è, Caterina?»

«Nonna» piagnucolò la bambina, indicando un gruppetto di ragazzini che stavano scavando una buca. «Quel bambino mi ha tirato la sabbia in faccia. È cattivissimo.»

Era il periodo dei superlativi, da un giorno all'altro sua nipote aveva iniziato ad aggiungere *issimo* a tutti gli aggettivi e perfino ai nomi.

Nonnissima l'aveva definita il giorno precedente; se fosse una cosa buona o cattiva, Caterina non era riuscita a capirlo.

«Vieni qua che ti pulisco» le disse, facendola sedere sulle ginocchia.

Sputò sul fazzoletto che teneva in tasca e iniziò a sfregarle la pelle attorno agli occhi.

Quando la bambina con un balzo scese dalle sue gambe e corse di nuovo verso la sabbia, Caterina la seguì con lo sguardo. Pensò che non c'erano altri bambini con i capelli chiari come i suoi.

«Sua madre si è un po' calmata?» domandò l'Anna.

Caterina sospirò.

«Con Antonia vivo alla giornata. Per adesso sono contenta che sia andata a vivere per conto suo. Non ce la facevo più ad averla in casa.»

«Lavora in Comune, vero?»

«Sì, l'ennesimo lavoro che le ho trovato io. Fosse per lei, sarebbe rimasta tutta la vita ad aspettare che qualcosa le cadesse dal cielo.»

L'Anna estrasse dalla borsa una merendina. La velocità con cui la fece sparire le procurò il mal di stomaco.

Caterina guardò l'orologio.
«La Lucia? La senti ogni tanto?»
L'Anna, che aveva aperto la confezione di un'altra merendina, annuì.
«Lo sai che è diventata nonna per la decima volta?»
«Non ne sapevo niente.»
«Ma quando ti deciderai a mettere un telefono in casa? Sei sempre così sola.»

Nelle giornate di sole, in quella stagione, dentro casa iniziava a fare più fresco che all'esterno.
«Dai, Caterina, prendi le tue cose che tra un po' la mamma viene a prenderti.»
Lei e la nipote erano appena rientrate dal parco.
La bambina se ne stava seduta sul divano con il viso imbronciato.
«Era più bello quando abitavamo assieme» disse, incrociando le braccia.
Caterina finse di guardare fuori dalla finestra, per nascondere gli occhi lucidi.
«Ma come? Non ti piace la casa nuova?»
La nipotina scosse la testa e iniziò a piangere.
Caterina si sedette di fianco a lei.
«Perché no?»
«Perché la mamma non parla mai e non ride mai.»
Avrebbe voluto stringerla forte a sé e dirle che poteva fermarsi quanto voleva. Ma si limitò a farla salire sulle ginocchia.
«Magari chiediamo alla mamma se una notte ti fa dormire qui?»
La bambina le baciò la guancia.
«Nel lettone con te?»
«Solo se non mi dai i calci» rispose Caterina, facendole il solletico.
Una ciocca dei capelli biondissimi della nipote le finì in bocca e la bambina scoppiò a ridere.

Era sorprendente la velocità con cui passava dal pianto al riso.

«Va bene, vado nella mia stanza a prendere lo zainetto.»

La chiamava ancora *la mia stanza*. In effetti ci aveva trascorso i primi quattro anni della sua vita.

Antonia arrivò con un'ora di ritardo. Come sempre, Caterina aveva temuto che non tornasse più.

Si sedette al tavolo del soggiorno senza dire una parola, aveva gli occhi gonfi di pianto.

Caterina stava ricamando le asole a una camicia estiva, la bambina aveva tirato fuori dal cassettino della macchina da cucire un sacchetto di spille da balia e ne stava facendo una lunga collana.

«Non mi piace che giochi con gli aghi» disse Antonia, indicando la figlia.

Caterina non alzò nemmeno la testa dal lavoro.

«Perché? È importante che impari a usare le mani.» Poi si rivolse alla nipote: «Cate, tesoro, perché non esci un attimo nel giardinetto, finché io e tua madre parliamo?».

La bambina sbuffò.

«Parlate sempre, voi.» Si alzò e sparì fuori dalla porta d'ingresso. La guardarono passare davanti alla finestra per raggiungere il retro della casa.

Caterina si alzò in piedi e poggiò la camicia sullo schienale della sedia.

«Mi avevi detto che saresti arrivata alle cinque. Avevamo fatto un patto, devi avvertirmi se tardi.»

La figlia la guardò.

«E come faccio ad avvisarti se non vuoi mettere il telefono?»

Caterina alzò gli occhi al cielo.

«Allora torni alle cinque e basta.»

Antonia cominciò a piangere.

Caterina scosse la testa e andò in cucina a riempire un bicchiere. Quando tornò, versò l'acqua nel vaso di begonie che teneva sul davanzale.

«Avevamo detto alle cinque» ripeté, mentre verificava che l'acqua non tracimasse dal sottovaso.

Antonia batté la mano sul tavolo.

«Possibile che a te non interessi niente di me? Di come mi sento? Sai solo rinfacciarmi ciò che sbaglio.»

Caterina scostò la chioma della piantina per togliere le foglie ingiallite e morte, nascoste dalla cupola di quelle verdi.

«Sentiamo, allora. Cosa dovevi fare di così importante da dimenticarti di tua figlia?» domandò, senza nemmeno alzare lo sguardo dal vaso.

«Sono andata a trovare la madre di Sonia.»

Caterina interruppe l'operazione su cui era concentrata e fece qualche passo nella sua direzione.

«Come sta?»

«Male. Mi ha detto che l'hanno trovata dalle parti della stazione.»

Caterina poggiò le foglie morte che stringeva dentro il pugno sulla tovaglia e accarezzò la mano della figlia.

«Mi dispiace.»

La bambina le salutò dalla finestra.

Antonia rispose con un cenno distratto.

«Sua madre mi ha anche accusata di essere stata io a metterle in testa certe idee.»

Caterina sospirò.

«Quella donna è disperata e ha bisogno di trovare un colpevole. Ma ognuno è responsabile delle sue scelte.»

Antonia appoggiò la testa alle braccia incrociate sul tavolo e scoppiò in singhiozzi, i lunghi orecchini d'argento tintinnavano a ogni singulto.

«E invece ha ragione lei» biascicò.

Caterina andò a buttare le foglie nella pattumiera.

«Ti ripeto che Sonia era una donna adulta» le gridò dal cucinino. «Sapeva quello che faceva.»

«Non è vero, sono stata io a convincerla a lasciare tutto per raggiungermi nella comune. Io le ho fatto credere che un mondo migliore era possibile.» Si soffiò il naso. «Vorrei essere morta io al posto suo.»

Caterina si affacciò sul soggiorno.

«Non dirlo neanche per scherzo. Tu hai una figlia.»

Antonia si sfilò un orecchino che si era impigliato sul tessuto ampio della blusa.

«Tanto sai che non sono capace di occuparmi di lei.»

A Caterina venne la testa pesante. Le era passata la voglia di parlare. Si avvicinò alla finestra e recuperò la camicia su cui stava lavorando.

Antonia non la smetteva di singhiozzare.

«Io non la volevo questa vita, mamma. Pensavo davvero che ci fosse un'alternativa.»

Caterina ancora guardava la strada davanti a casa.

Sospirò.

«E chi l'ha voluta la propria vita?»

«Ma cosa dici? Per te era tutto più facile. Una volta bastava sposarsi e fare figli per essere felici.»

Caterina trascinò la sedia davanti alla finestra e riprese a ricamare.

«Se non mi fossi presa incinta, sicuramente avrei provato anch'io l'eroina» continuò Antonia.

«Allora sii felice che tua figlia ti ha salvata.»

«No, ha ragione la madre di Sonia. Era meglio se morivo io.»

«Se lo dici un'altra volta, ti prendo a sberle.»

Caterina non trovava il ditale, era sicura di averlo appoggiato sul davanzale, spostò le tende arricciate ai lati e anche il vaso delle begonie.

«Cosa vuoi ancora da me, Antonia?» domandò spazientita, frugando prima nelle tasche e poi dentro il cassettino della macchina da cucire.

«Mamma, io sono disperata.»

Caterina rinunciò alla ricerca e tornò a sedersi. Guardò le mani che la figlia teneva aperte sul tavolo. Portava un anello a ogni dito, uno perfino attorno al pollice. Un giorno le aveva spiegato che venivano dall'India.

Sospirò.
«Dimmi, qual è la tragedia questa volta?»
Antonia scattò in piedi.
«La mia vita è una tragedia.»
Caterina scosse la testa.
«Perché? Cos'ha la tua vita che non va?»
«Non ha nessun senso. Mi alzo al mattino, vado in ufficio, finisco di lavorare, prendo mia figlia, ceniamo e andiamo a letto. Un giorno alla settimana vado a fare la spesa e a fine mese pago l'affitto» sospirò. «Ti prego, mamma, dimmi che non è tutto qua.»
«Sì, Antonia, è tutto qua e sta' contenta che almeno hai uno stipendio» rispose lei.
La figlia tornò a sedersi.
«Facile per te parlare» sussurrò.
A Caterina venne voglia di prenderla a botte.
Si alzò per andare a chiamare la nipote.
Antonia non si muoveva, il labbro inferiore le tremava.
«Possiamo almeno fermarci per cena?» domandò piano, spostando i lunghi capelli che durante il pianto le si erano appiccicati alle guance.
Quell'*almeno* le fece saltare i nervi.
«No, ho voglia di stare da sola. Adesso vai a casa tua e prepari qualcosa di buono per tua figlia, perché oggi ha giocato al parco ed è piena di fame.»
Antonia di nuovo piangeva.
«Spero di riuscirci. Sono talmente giù di morale.»
Caterina pensò che non doveva più cedere ai suoi ricatti.
«Ne ho abbastanza, Antonia. Se domani la bambina mi dice che non ha mangiato, chiamo io stessa i servizi sociali!»
Uscendo, sbatté la porta d'ingresso. Arrivò al giardinetto che ancora tremava dalla rabbia.
«Vieni, Caterina, che tua mamma ti aspetta.»
La bambina stava annusando il grande cespuglio di filadelfo che cresceva sotto le finestre della camera matrimoniale.

«Questi fiori hanno un profumo buonissimo. Si possono mangiare?»

Aveva scoperto solo di recente che comunemente la pianta veniva chiamata *falso arancio*. L'ennesima cosa falsa, aveva pensato, quando il vicino di casa glielo aveva riferito.

«Non ti azzardare. Potrebbero essere velenosi.»

La nipote si avvicinò e le prese la mano.

«Nonna, me lo regali un gattino?»

Caterina le carezzò i capelli.

«Va bene, tesoro. Domani ne parliamo.»

Le guardò avviarsi a piedi, con i morsi allo stomaco.

Chi aveva detto che le madri amavano sempre e comunque i loro figli?

Si sforzò di pensare a cosa avrebbe fatto la sua di madre. Era un esercizio che faceva spesso quando si sentiva sopraffatta dai cattivi sentimenti.

La Virginia era mancata proprio il giorno in cui era nata la piccola Caterina. Lei stessa l'aveva vestita e le aveva fatto la crocchia dietro la testa, esattamente come gliel'aveva vista portare tutta la vita. Mentre la pettinava, si era chiesta come avesse fatto sua madre a reggere alle disgrazie, sembrando sempre la stessa. Lei, dopo la confessione di Vincenzo, non vedeva più alcuna ragione per alzarsi dal letto al mattino, si sentiva esattamente come alla fine della guerra.

Dopo aver posato un bacio sulla fronte fredda della Virginia, aveva provato a ripetersi la frase che lei le aveva detto, qualche anno prima, al matrimonio di Giovanna: «Ora tocca a te, Nina».

Ora tocca a te.

Se lo ripeteva anche adesso, mentre figlia e nipote diventavano sempre più piccole sull'asfalto, ma con Antonia non sapeva proprio cosa fare. A differenza di Vincenzo, lei non aveva mai saputo come prenderla.

«Il padre dov'è?» era stata la prima cosa che le aveva domandato quando l'aveva vista tornare a casa con la pancia grossa.

Forse Vincenzo l'avrebbe abbracciata, le avrebbe chiesto dove era finita negli ultimi anni e come stava. Ma era facile per lui essere indulgente con gli altri, dopo esserlo stato così a lungo con se stesso.

«Non lo so» le aveva risposto Antonia, già col muso. «Credo fosse olandese» aveva aggiunto, sbattendo la porta d'ingresso.

E lei ad abbracciarla e a chiederle come stesse e dove fosse stata proprio non ci era più riuscita.

Capitolo 2

I grandi magazzini erano a una mezz'oretta di strada. Giovanna passò a prenderla puntuale alle nove. Aveva appena comprato una Panda bianca. Caterina non era mai salita su un'auto così spaziosa. Aveva esperienza solo della Cinquecento di Francesco. Suo figlio, però, non la usava da anni, perché era diventato ambientalista e ora preferiva la bicicletta.

«Che bell'auto!» esclamò, appoggiandosi allo schienale foderato in tessuto.

«Con tre bambini, l'altra iniziava a essere un po' stretta.»

Caterina carezzò il cruscotto e sorrise.

Finalmente una figlia senza grilli per la testa.

Giovanna mise in moto e iniziò a tempestarla di domande sulla sua salute. Mangi? Dormi? L'umore com'è?

«Basta, Giovanna, non sono mica decrepita. Dimmi di te, piuttosto.»

Si fermarono a un semaforo.

«Lascio il lavoro» annunciò la figlia.

Caterina appoggiò le mani sul cruscotto.

«Ma come? Non ti piaceva fare l'infermiera?»

Giovanna arrossì e guardò le auto che sfrecciavano sulla strada che incrociava la loro.

«Sì, ma mi piace di più fare la mamma.» La guardò con titubanza. «I bambini sono piccoli una volta sola e voglio godermeli.»

«Ma è un gran peccato. Hai studiato apposta.»

Il semaforo diventò verde e l'auto ripartì.

«Se avevi bisogno di una mano con i bambini, bastava che chiedessi.»

«Tranquilla, mamma. Hai già tanto da fare con gli altri nipoti» le rispose la figlia, senza distogliere lo sguardo dalla strada. «Io lo so che hai bisogno dei tuoi spazi.»

Caterina la guardò sorpresa.

Sebbene Giovanna le risultasse quasi estranea, per assurdo, pareva l'unica persona in grado di capire lei. A volte si ritrovava a chiedersi cosa la figlia sapesse sul suo conto che lei ancora non aveva compreso.

«Poi, mamma, non è una necessità. Stare a casa è una mia scelta, mi piace» sorrise. «Non sono come te che non riesci mai a stare ferma.»

Caterina si voltò verso la campagna che ora affiancava la strada. Una falciatrice stava effettuando il primo taglio. Sul lato opposto, svettavano le piante verdi del granoturco in file perfette. Caterina ricordò che una volta tra il granoturco si piantavano i fagioli, e si chiese dove venissero coltivati adesso.

La luce dei neon appesi al soffitto non concedeva chiaroscuri e l'enorme stanzone, privato delle ombre, risultava spoglio, nonostante di persone e di mercanzie ce ne fossero fin troppe.

Costeggiarono le file di appendiabiti che si allungavano a raggiera ai lati del corridoio centrale e si diressero verso il reparto bambini.

Giovanna afferrò alcuni pacchi di mutandine e canottiere dai grandi cestoni metallici posizionati lungo la corsia e Caterina fece lo stesso, per la nipotina. Antonia aveva dato per scontato fin da subito che fosse lei a occuparsi del vestiario della bambina, nemmeno i pannolini si era mai degnata di procurare.

Tolse dall'appendino uno scamiciato a quadri bianchi e blu, con una fila di ciliegie ricamate sul corpetto. Lo sfilò dal cellophane e lo distese sopra un cestone colmo di calze. In un attimo creò mentalmente il cartamodello per farne uno uguale alla nipote.

Giovanna, invece, finì di riempire la sua borsa con pantaloncini corti, costumi da bagno e cappellini da sole. Quell'estate lei e Andrea, per la prima volta, sarebbero andati in villeggiatura al mare. Un appartamento in una località turistica chiamata Rosolina. I bambini non parlavano d'altro.

Caterina ancora pensava alla scelta della figlia. Era un peccato che non volesse più fare l'infermiera, con tutto quello che le era costato farla studiare.

«Guarda, mamma, che eleganti queste scarpe estive» la richiamò lei, indicando un paio di décolleté bianche con una lieve zeppa di sughero, in bella mostra sopra una pila di scatole.

«Belle. Perché non le provi?» domandò Caterina, rigirandone una tra le mani.

«Mamma» rise Giovanna, «intendevo per te.»

Caterina le guardò con più attenzione.

«Sei tu che hai l'età per portarle. Le scarpe bianche sono per le donne giovani.»

Ripensava alle scarpe bianche che aveva acquistato per andare a ballare. Le scarpe bianche che l'avevano resa diversa dalle altre ragazze della contrada. Il suo riscatto verso Mario che credeva avesse scelto la Gilda.

Mario, la Gilda, Milano. I suoi pensieri, da anni, finivano sempre con l'ingorgarsi su queste tre parole.

«No, mamma, sarebbero perfette per te. Io sono per le cose comode.»

Caterina le riappoggiò, per guardarle con un po' di distanza.

«Non sono poi così alte. Sei giovane. Dovresti osare ogni tanto.»

Giovanna scosse la testa.

«Mi sentirei a disagio. Io non sono mai stata bella come te o Antonia.»

Per la seconda volta, quella mattina, Caterina la guardò senza capire.

«Ma cosa dici, tesoro?»

La figlia sorrideva.
«Guardami: ho il naso schiacciato e il sedere grosso. Ma non è un problema, dico sul serio. Solo che a me non interessa curarmi del mio aspetto.»
«Fai male, perché sei una bella donna, invece.»
Di nuovo Giovanna rise.
«Mamma, non devi consolarmi. Credo sia stato un problema maggiore per Antonia essere carina che per me essere insignificante.»
«Cosa vuoi dire?»
Caterina rigirava la biancheria tra le mani. Sentiva che sua figlia stava per svelarle qualcos'altro che lei ancora non sapeva.
«Intendo dire che se mia sorella fosse stata meno corteggiata dai ragazzi, non si sarebbe fatta tutte quelle aspettative. Ti ricordi quanti compagni le stavano dietro alle superiori? Dava appuntamento a tutti, solo per il gusto di averli attorno.»
Caterina ci pensò su un attimo.
«Ma sai che non me lo ricordo?»
Giovanna rise.
«Ma dove stai con la testa, mamma? A volte dai l'idea di essere in mezzo a noi per sbaglio.»
Caterina pensò che era strano sentirsi fare dalla figlia gli stessi rimproveri che sua madre le faceva mezzo secolo prima.
«Vuoi dire che non sono stata una brava madre?»
Sentì che i palmi le sudavano, strinse nervosamente i pacchetti di biancheria che teneva in mano.
«No, mamma. Hai fatto per noi tutto quello che hai potuto» rispose la figlia, cingendole le spalle. «E adesso provati le scarpe, che sono perfette per te.»
Quella sera, mentre indossava le scarpe davanti allo specchio dell'armadio della camera, pensò che le stavano bene. Così bianche e moderne la facevano sembrare una signora di città.
Si chiese se la Gilda portava scarpe come quelle.

Capitolo 3

Lo spettacolo di canto fu un successo.

Oltre ai parenti, erano intervenute anche le autorità.

Prima dell'esibizione, un assessore comunale aveva celebrato gli anziani, sottolineandone il ruolo sociale. Li aveva definiti *Preziosi depositari della memoria* e, per la prima volta nella sua vita, Caterina si era sentita vecchia per davvero.

Avrebbe voluto rispondere che lei era molto più che *una preziosa depositaria della memoria*. Le sue mani, semmai, erano preziose: ideavano, creavano e aggiustavano.

La fastidiosa sensazione di essere trattata come un monumento fu accresciuta dal giornalista del «Giornale di Vicenza» che, dopo gli applausi finali, volle metterli in posa, sistemandoli come pupazzi. Portavano tutti un ridicolo foulard azzurro che il direttore aveva preteso indossassero per farli sembrare un coro vero.

Quando il fotografo disse un allegro: «Ridete, signori», Caterina lo guardò con astio.

Poi si pentì. Quella foto sarebbe finita sul giornale.

Metti caso che proprio Mario l'avesse vista.

A fine spettacolo si trasferirono nello stanzone attiguo a quello in cui era stato allestito il palco.

Caterina del buffet non toccò nulla, un po' per il fastidio che ancora non l'aveva abbandonata e un po' per la gastrite.

I figli si avvicinarono per farle i complimenti. I nipoti si rincorrevano per lo stanzone, sfrecciando tra le gambe delle persone e nascondendosi sotto le due lunghe tavolate.

L'unico che non si stava scatenando era Tommaso.

Caterina lo vide, oltre le spalle di Francesco e Loredana, che spuntava appena da dietro un vassoio di paste, con il collo da uccellino e la bocca sporca di crema. Intrattenne i genitori in modo che si accorgessero del figlio il più tardi possibile. Per qualche strana ragione, non volevano che il bambino mangiasse dolci, solo frutta. Forse perché erano ambientalisti? Non lo ricordava.

Poco distante anche l'Anna si stava rimpinzando allo stesso modo. Aveva la bocca piena e si faceva aria con un tovagliolo. Notò che sua figlia Paola, mentre parlava con lei, con discrezione provava a nasconderle il piatto di tramezzini. Quel gesto la fece sentire ancora più vecchia e sentì la necessità di distogliere lo sguardo.

«Complimenti, signora Caterina» disse una voce maschile alle spalle.

Caterina si voltò e si ritrovò a sorridere.

«Non mi aspettavo di vederla qua, signor Valentino.»

I figli fissavano con aria interrogativa l'uomo alto e canuto che stava loro davanti.

«Questo è il signor Valentino, ha una bottega di frutta vicino al centro» disse Caterina. «Come mai da queste parti?» domandò in fretta, rivolgendosi a lui.

Ogni venerdì Caterina andava al suo negozio a fare la spesa. Mentre la serviva, commentavano il tempo, i prezzi, il governo ladro e la gioventù senza nerbo. «Così va il mondo» concludevano sempre, scuotendo la testa e approvandosi a vicenda. Era vedovo anche lui. Negli ultimi tempi aveva preso l'abitudine di far passare gli altri clienti in modo da poter chiacchierare con più calma.

L'uomo allargò le braccia.

«Di domenica, se non vengono a trovarmi i nipoti, non è che abbia tanto altro da fare» si guardò attorno. «Posso portarle qualcosa da bere?»

A Caterina faceva piacere quel blando corteggiamento. Di nuovo sorrise.

«Berrei volentieri un bicchiere d'acqua.»

L'uomo si voltò verso il tavolo e le riempì un bicchiere dalla caraffa.

Mentre Francesco gli faceva alcune domande sulla frutta d'importazione, Antonia e Giovanna lo studiavano con attenzione. Caterina si guardò attorno, senza riuscire a trovare un pretesto per allontanare le figlie.

«Bene, signora Caterina, allora la lascio in compagnia della sua bella famiglia» disse il signore, dopo averle passato il bicchiere. «Volevo solo farle i complimenti per lo spettacolo. Tanto io e lei ci vediamo venerdì prossimo.» Le strinse la mano. «Non faccia tardi che dovrebbero arrivarmi i meloni» aggiunse.

Francesco dovette correre nuovamente da Tommaso, che ora si stava ingozzando con una fetta di torta più grande della sua testa.

Lei si ritrovò sola con le figlie.

Antonia la fissava scandalizzata.

«Non ti vergogni a flirtare con gli uomini, alla tua età?»

Caterina si sentì avvampare.

«Tu, Antonia, sei l'ultima persona che può dirmi cosa devo o non devo fare.»

Giovanna guardò la sorella.

«La mamma ha ragione. Io non ci vedo niente di male se vuole un po' di compagnia. È sempre da sola. Poi sembra un tipo cordiale.»

Caterina si sentì come l'Anna, a cui la figlia nascondeva i tramezzini.

Ne aveva abbastanza. Si guardò attorno alla ricerca di una via di fuga.

Fu sulla porta del bagno che incrociò la Ida. Lei entrava e l'altra usciva. Non la vedeva da anni. Aveva sempre temuto di incontrarla di nuovo.

La donna si avvicinò e l'abbracciò.

«Nina cara, che bello ritrovarti.»

Caterina rilevò che si muoveva con un certo impaccio.

La donna parve leggerle nel pensiero.

«Alla nostra età anche quattro anni possono fare una bella differenza. Vedrai.»

Poi le spiegò che era venuta a sentire un'amica che cantava. Caterina, invece, le indicò i nipoti, che ancora correvano tra le gambe delle persone.

«Ti trovo in forma, Nina. Sono contenta che le cose ti vadano bene.»

«Dai, Ida, ormai siamo vecchie abbastanza da sapere che è impossibile che vada tutto bene per davvero.»

Lo disse con una risatina tesa e spinse in fretta la porta del bagno.

«Aspetta un attimo» disse la Ida, poggiando la mano sul suo braccio. «Sai chi ho visto di recente?»

Caterina iniziò a sudare. Sbirciò dentro il bagno. Vide il suo viso pallido riflesso sullo specchio.

«È venuto a trovarmi Mario.» Fece un respiro profondo. «Lui, invece, non se la passa tanto bene.»

Caterina si voltò. Non osava più entrare, ma nemmeno uscire del tutto, rimase sulla porta.

«Perché?»

«È così solo.»

«Come solo? E la Gilda?»

La Ida spalancò gli occhi e le sopracciglia si alzarono sopra gli occhiali spessi.

«Non lo sai? Hanno divorziato tanti anni fa. Appena è stato possibile.» Scosse la testa. «Ho sempre pensato che fossero male assortiti. Secondo me, lei l'aveva sposato perché era uno importante. Ma Mario non è uno semplice, bisogna capirlo per volergli bene. Tu che lo conosci, sai quante fisime ha.»

Caterina calcolò che andavano per i sessanta quando era stata approvata la legge sul divorzio.

«Ma non erano troppo vecchi per divorziare?»

«È quello che ho detto anch'io. Meglio litigare che trovarsi soli a quell'età.»

Caterina, accodandosi alla Ida, rientrò definitivamente nel salone e la corrente d'aria fece sbattere la porta del bagno alle sue spalle.

«E adesso dov'è?»

«Abita ancora a Milano, sempre nella stessa casa. Quando è passato a trovarmi stava andando al mare. Deve starci per lunghi periodi perché gli hanno trovato l'enfisema polmonare e deve prendere le arie.»

«Ma lavora?»

La Ida sospirò.

«Anche troppo per la sua età. Secondo me, non gli resta tanto altro da fare.»

«Mi dispiace» rispose Caterina che stava cercando di assimilare tutte quelle informazioni. «Mi dispiace tanto.»

«Perché non provi a sentirlo? Secondo me gli farebbe piacere. Mi chiede sempre di te. Credo di avere nel portafoglio un suo biglietto da visita.»

La Ida iniziò a trafficare dentro la borsa.

Caterina percepì la solita pietra in fondo allo stomaco e l'allegria del salone le divenne improvvisamente fastidiosa.

«Non ho nemmeno il telefono. E poi, cosa vuoi che gli dica dopo quarant'anni?»

«Be', io te lo lascio lo stesso» disse la Ida, allungandole il cartoncino bianco che aveva appena estratto dalla borsa.

Caterina lo allontanò con la mano.

«Non lo voglio, davvero.»

La donna continuava a porgerglielo. Caterina pensò che a rifiutarlo avrebbe fatto capire più di quanto voleva. Lo prese e si infilò veloce nel bagno.

La pietra in fondo allo stomaco diventava sempre più pesante, le sembrava di non riuscire più a camminare. Le persone, le urla dei bambini, i tovaglioli colorati e le grandi vetrate da cui entrava la luce di giugno: le pareva che di reale non ci fosse più nulla.

Solo il macigno dentro di lei lo era.

Quella sera dovevano andare tutti a cena da Giovanna.

«Ho tanto mal di stomaco» disse quando fu il momento di partire.

A essere vecchi c'era sempre una scusa facile.

La riaccompagnò proprio la figlia maggiore, che aveva anche la cena da preparare per tutti. Francesco era venuto in bicicletta, sempre perché era ambientalista, e Antonia non aveva mai preso la patente.

Quando arrivò a casa, si accorse di non riuscire a stare ferma e provò a cercare un po' di normalità nella camminata serale.

Uscì che ancora aveva addosso il ridicolo foulard azzurro indossato per lo spettacolo.

I giardini erano chiusi. Come d'abitudine, ne costeggiò il perimetro, sfiorando con le dita le foglie coriacee della siepe. Quella sera l'odore dell'alloro le era insopportabile, era più intenso di quando lei e Mario da piccoli se ne riempivano le narici per vedere chi riusciva a farcene stare di più.

Si incamminò nuovamente verso casa, senza aver trovato la pace sperata.

Quando arrivò davanti alla cabina da cui, per anni, aveva chiamato Vincenzo, si bloccò. Senza volerlo, strinse il bigliettino che ancora teneva infilato dentro la tasca laterale della gonna.

Il cielo della sera era luminoso. Le rondini volavano alte davanti alle dita rosate delle nuvole. Pensò che l'indomani sarebbe stato bel tempo.

Prima di finire il pensiero, si trovò dentro la cabina.

Staccò la cornetta dall'apposito gancio.

Ciao, sono Caterina. Ti disturbo?

Avrebbe dovuto iniziare così?

Come si iniziava una telefonata con qualcuno a cui si era pensato per l'intera vita?

Estrasse dalla tasca il biglietto con le mani che le tremavano.

Ciao, sono Caterina. Ti ricordi di me?

Sei o sette cifre per coprire quarant'anni di distanza.

Compose il primo numero e ascoltò il disco tornare al proprio posto.

Mi sento un po' stupida a chiamarti.

Eseguì di nuovo l'operazione, due, tre, quattro, cinque, sei volte. Ogni volta il disco tornava indietro con il rumore di una debole mitraglia.

Sono Caterina. Stai per caso cenando?

Due ragazze si avvicinarono alla cabina. Erano giovani e colorate, una portava una sciarpetta di piume rosa attorno al collo. Arrivarono ridendo. Vedendola, si zittirono e la osservarono con curiosità.

Caterina, d'istinto, coprì con una mano il suo ridicolo foulard azzurro e riattaccò.

Uscendo, le salutò con un cenno del capo, senza alzare gli occhi.

Arrivò a casa sfinita. Non entrò nemmeno, preferì raggiungere direttamente il giardinetto sul retro.

Aveva bisogno di terra, si sedette e si tolse le scarpe bianche. L'erba le punzecchiò la pianta dei piedi.

Guardò le tre viti che Vincenzo aveva piantato l'anno prima di morire. I pampini si intrecciavano alla rete della recinzione e i piccoli grappoli, con gli acini ancora verdi, a fatica spuntavano dal fogliame infestante e dalla ramaglia che si riversava sul giardino dei vicini.

Avrebbe dovuto prendersi maggiore cura di quelle piante.

Allungò la schiena a terra.

Aveva fatto bene a non chiamare. Aveva finalmente trovato un po' di pace: aveva il lavoro, i nipoti, i libri e il canto a riempirle la vita. Non poteva venire niente di buono dal contattare Mario.

E se lui l'avesse dimenticata?

E se non gli fosse più piaciuta?

In fondo lui era colto e anche ricco. Lei era rimasta quello che era sempre stata o poco di più.

Con lei la vita era stata avara.

«Signora Caterina! Si sente bene?»

Si sollevò a sedere. Il vicino la chiamava dall'altra parte della rete, la testa sbucava appena tra la vegetazione disordinata delle viti.

«Sì, sto bene. Grazie» rispose Caterina, togliendosi dai capelli alcune pagliuzze che vi erano rimaste impigliate.

«Mia moglie l'ha vista a terra e voleva chiamare l'ambulanza. Poi le ho detto che venivo prima a dare un'occhiata.»

La donna li stava osservando dal primo piano della casa di fronte. Il marito alzò il pollice nella sua direzione, quella sorrise e sparì dietro la tenda.

«Mi scusi se mi sono permesso, ma sa, alla sua età...»

«Ha fatto bene» rispose Caterina che era sempre più imbarazzata. «Mi ero stesa un attimo perché ero stanca.»

«Ce la fa a rientrare da sola?»

Scattò in piedi per assicurargli che andava tutto bene. Le venne un capogiro e dovette reggersi al cespuglio di filadelfo.

«Vuole che le lasci il mio numero di telefono?» domandò il vicino, che la stava studiando con la fronte corrugata.

«Non si preoccupi. E comunque non ce l'ho il telefono» disse Caterina, sforzandosi di sorridere.

L'uomo ancora la scrutava.

«Farebbe meglio a metterlo. Alla sua età una telefonata potrebbe salvarle la vita.»

Capitolo 4

Aveva passato la notte in bianco.

Si era addormentata quando le tortore, di fuori, già iniziavano a tubare tra i fili dell'alta tensione e la rete del campo da calcio parrocchiale che si stendeva oltre la recinzione del suo orto.

Si sentiva stanchissima. Decise che quel giorno non avrebbe lavorato.

Dopo la solita tazza di caffellatte col pane inzuppato, attaccò un foglio alla porta d'ingresso, con il quale avvisava le clienti che l'avrebbero trovata l'indomani.

Camminò fino alla stazione delle corriere e aspettò la prima che andasse a Calvene.

Non saliva in contrada da quando Tullio aveva venduto tutto e si era trasferito in pianura. Vedere quanto il loro mondo era cambiato, forse, poteva dare la misura di quanto diversi potessero essere diventati anche lei e Mario.

Scese dalla corriera in piazza e si avviò su per la strada militare, che era ormai tutta asfaltata. Lungo il percorso che dal paese portava alle contrade non incrociò quasi nessuno, fu superata da un paio di trattori e dovette spostarsi sul bordo sterrato per farli passare. Un ciclista che scendeva da Monte Corno e che usciva da una curva a grande velocità, dovette sterzare all'ultimo per non investirla. Sfrecciandole di fianco, le urlò di non starsene in mezzo alla strada.

A Mortisa c'era già un po' più di movimento, una signora stava spazzando le briciole fuori dall'uscio, direttamente sulla strada. La donna la salutò con un sorriso, ma non le parve di riconoscerla. Identificò, invece, l'Annamaria, la sua compagna delle elementari. Stava stendendo i panni su uno spiazzo in cemento dietro l'abitazione. Caterina le fece un cenno di saluto ma, questa volta, fu l'altra a non ricordarsi di lei.

Si chiese se da qualche parte, in mezzo a qualche pila di oggetti polverosi, conservava ancora il libro di Pinocchio che aveva vinto alla gara di lettura.

Si ritrovò nello slargo antistante la casa che, un tempo, era stata della zia Rosina. Ancora sentiva in bocca il gusto dolciastro delle sue mele avvizzite.

Guardò il muro scrostato e i vetri vandalizzati dietro le inferriate; era un buco quel posto, adesso ne avrebbero ricavato al massimo un garage. Era sicura che la cosa l'avrebbe fatta ridere, se fosse stata viva.

Al solito bivio, prese a sinistra. Da quando si erano trasferiti in pianura, non era più stata nella contrada in cui lei e Vincenzo avevano abitato dopo il matrimonio. Lui, ogni tanto, era salito a salutare i vicini, lei non ne aveva sentito la necessità.

Arrivò alla fontana sudata. Sopra al lungo ripiano inclinato, su cui per decenni aveva lavato, era cresciuto il muschio e il cemento in più punti mostrava segni di erosione. Bevve dal rubinetto con le mani a coppa, poi bagnò il fazzoletto e se lo passò sul collo. Tornando sulla strada, si punse le gambe con le ortiche che crescevano tutto attorno alla vasca.

Guardò verso le prime case e cercò il campetto in cui coltivavano il mais, il labirinto in cui si perdeva con Mario. L'erba era alta e una porzione del muretto che sorreggeva il terrazzamento era crollata sull'asfalto.

Riprese a camminare, aggirando le macerie.

Poco prima delle abitazioni, c'era un bar. Un pannello metallico diceva GELATI SAMMONTANA 1980. Un cono sorrideva, mostrando la lingua, sotto le foto dei gelati con prezzi scritti a pennarello. In quel posto da giovane ci andava a ballare.

Attraverso la porta aperta vide un anziano. Indossava una vecchia tuta blu da fabbrica, sporca di terra. Aveva i capelli grigi, arruffati e un cappellino rosso col frontino. Era in piedi al bancone, sfogliava la «Gazzetta».

«Quanto ti devo?» domandò alla barista, spingendo la tazzina vuota nella sua direzione.

Solo allora Caterina riconobbe Fabrizio, il fratello della Emma.

Se ne andò veloce, prima che lui la vedesse, non aveva nessuna voglia di fermarsi a chiacchierare della vita di città e delle miserie dei campi.

Superò un altro paio di tornanti e, alzando la testa, vide svettare sul pendio la fila di case della sua contrada.

Davanti alle abitazioni, al posto del noce, c'era adesso un albero di cachi. Gli orti erano stati sostituiti dall'erba. Ma il colpo d'occhio era più o meno lo stesso di allora.

In un attimo risalì il viottolo. Tra gli edifici regnava un silenzio assoluto. Gli infissi erano chiusi dappertutto, tranne che nella casa che era stata della Emma, dove probabilmente viveva Fabrizio con la famiglia.

La sua l'avevano venduta a delle persone dell'Altipiano che volevano avvicinarsi alla pianura. Era stata pitturata di recente, dalle finestre avevano tolto le inferriate e adesso c'erano i doppi vetri con l'intelaiatura in alluminio. Caterina pensò che anche lei avrebbe dovuto farlo a casa sua. Il signor Valentino nella sua villetta li aveva messi e l'inverno precedente aveva risparmiato un sacco di soldi di riscaldamento.

Sull'abitazione di Silvano e dell'Adele, invece, era appeso un grande cartello che invitava a stare lontani per il rischio di crolli. L'Anna le aveva parlato di quella casa perché le sue figlie ne avevano ereditato una quota per via di Giuseppe.

Ormai i proprietari erano così tanti che avevano deciso di affidarne al tempo la demolizione.

Si sedette a prendere fiato sulla panchetta davanti casa, l'unico elemento che, incredibilmente, nessuno aveva toccato.

Appoggiò la testa al muro e chiuse gli occhi.

Le parve di sentire la voce di Mario che la invitava a salire di corsa a Costa Mare. Poi sua madre che la chiamava e la Linda che piangeva. Gli zoccoli della Irma che si avviava alla fontana e le chiacchiere di Silvano e Toni di ritorno dai campi. Il chiocciare delle galline sul ghiaino e le catene delle mucche che cigolavano dentro la stalla.

Stava per mettersi a piangere, quando la moglie di Fabrizio spalancò la porta di casa. La seguiva un bastardino che, alla vista di Caterina, iniziò ad abbaiare come un forsennato e a correre in cerchio a qualche metro da lei.

Era una donna corpulenta con la permanente bionda. Caterina la ricordava con i capelli lisci e più scuri.

«Le serve qualcosa, signora?» domandò, asciugandosi le mani sulla traversa.

Caterina fece un cenno di diniego con la mano, voleva solo essere lasciata in pace, ad assaporare la sua vecchiaia nelle cose che la circondavano.

La donna fece qualche passo nella sua direzione.

«Per la miseria! Ma sei la Nina!» esclamò, facendosi incontro con le braccia aperte. «Perché non l'hai detto subito?»

Caterina si lasciò abbracciare senza dire nulla.

«Entra un attimo che ti offro un caffè. Non passa mai nessuno da queste parti.»

«Ti ringrazio, Teresa, ma devo ripartire subito. Alle quattro devo essere a Thiene per prendere mia nipote all'asilo.»

«Se vuoi, ti do uno strappo io con l'auto.»

Caterina si guardò attorno.

«Chi ci abita ancora qui?»

«È rimasta solo la Maria» rispose lei, indicando l'ultima casa della fila. «Ma ormai non esce più. Non ce la fa a camminare.»

«Quanti anni ha?»

«Più di novanta.»

«È sola?»

La Teresa annuì.

«Al mattino ci vado io e al pomeriggio viene qualcuno della mutua a pulirla. Però bisognerebbe trasferirla in un pensionato.»

Di nuovo Caterina sentì il groppo in gola.

«Secondo te, le fa piacere se vado un attimo a salutarla?»

«Andiamo pure, ma non credo che ti riconoscerà.»

La moglie di Fabrizio estrasse un mazzo di chiavi dalla tasca del grembiule e le fece segno di seguirla. Caterina si attardò a strappare una rosa da una pianta rampicante che ora cresceva di fianco alla panca, al posto del suo lillà.

La porta dell'abitazione, una tavola di legno con la vernice tutta scrostata, si aprì con un cigolio esagerato.

«Buongiorno, Maria» la salutò la donna, attraversando la stanza per andare ad aprire gli infissi. «Guarda chi ti ho portato.»

Caterina notò che sugli stretti davanzali in pietra delle finestre, giacevano cumuli di mosche morte.

La Maria era sprofondata su un letto, la cui rete metallica era incastrata tra il vecchio lavello in marmo e la credenza.

Appoggiato sul tavolo in mezzo alla stanza, c'era un grosso televisore spento.

«Da quando ha smesso di camminare le abbiamo messo un letto quaggiù» si giustificò la moglie di Fabrizio.

Poi si rivolse alla malata.

«Ti accendo la tv, Maria?»

Prima di aspettare la risposta, premette il pulsante sotto lo schermo.

Ci fu un brusio e una sequenza di immagini sfocate dietro una cortina di puntini grigi intermittenti. La donna iniziò ad armeggiare con l'antenna e poi, non avendo ottenuto risultati, con la spina.

Caterina si avvicinò con cautela al letto.

La Maria la fissava.

I capelli completamente bianchi erano ancora lunghi e sciolti sulle spalle. Delle fossette sulle guance, che incantavano i fanti quando era giovane, rimanevano solo due lunghe rughe verticali sulla pelle cadente.

L'anziana non le toglieva gli occhi di dosso.

«Sono la Nina, abitavo in corte tanto tempo fa» disse lei, sorridendo e infilandole la rosa dietro l'orecchio.

Gli occhi della Maria si allargarono a dismisura e la bocca si aprì in un ovale di sorpresa.

«Teresa» balbettò per richiamare l'attenzione della vicina, che ancora trafficava col televisore. «Teresa» ripeté.

«Cosa c'è?» sbuffò quella, sollevandosi da dietro l'apparecchio.

La Maria afferrò la mano di Caterina.

«Finalmente mia figlia è venuta a trovarmi!»

La Teresa si fece una risata.

«Sei contenta che alla fine è arrivata?» disse, avvicinando il tavolo alla malata. «Ora il televisore funziona. Ti va bene Rai Uno?»

La Maria strinse le dita ossute attorno alla sua mano, ancora più forte, e la guardò estasiata.

«Bambina mia, sono così felice che ti sei ricordata di me.»

Le lacrime confluivano nella profonda ruga al centro delle guance.

Caterina gliele asciugò col lenzuolo.

La Maria la guardò con gratitudine.

«Ti ho aspettata tanto.»

La moglie di Fabrizio fece segno a Caterina di non farci caso.

«Maria, ti stai sbagliando. Sono Caterina, la figlia della Virginia e Cesco.»

L'anziana non le dava retta.

«Perché non sei mai venuta in questi anni? Mi sei mancata tanto.»

Ora le stringeva la mano fino a farle male.

Caterina pensò che nessuno l'aveva mai aspettata con tanta intensità e si commosse anche lei. Sciolse la presa e le accarezzò il dorso della mano, un reticolo di vene bluastre e sporgenti.

«Ma dimmi, sono diventata nonna, per caso?»

Lo sguardo implorante dell'anziana le mosse il cuore e decise di lasciarsi adottare.

«Sì, mamma. Sei nonna di tre bei ragazzi. E ormai hanno figli anche loro.»

«Grazie al Cielo» disse la malata, giungendo le mani davanti al petto.

Quando furono di nuovo in corte, Caterina si asciugò gli occhi con la manica. Era così scossa che finì con l'accettare l'invito della moglie di Fabrizio.

«Poveretta» disse la Teresa, mentre versava il caffè nelle tazzine. «Trovarsi così sola! Si inventa storie di continuo. Oggi l'hai fatta felice, sono anni che fantastica su questa figlia immaginaria.»

Caterina osservava l'albero di cachi in corte.

«Chissà come mai lei ed Egidio non hanno avuto figli.»

La donna posò la moka su una presina e si sedette di fronte a lei.

«Che domande fai? Lui non poteva.»

Caterina la guardò.

«Non poteva avere figli?»

«Non poteva fare proprio niente.» La Teresa alzò le sopracciglia e allargò le braccia. «A volte succede.»

Caterina bevve un sorso del suo caffè e si scottò la lingua.

«Ma, scusami, tu che ne sai?»

«Le voci giravano. Lo sapevano tutti. La famiglia di lei era così povera che l'hanno fatta sposare da ragazzina con lui, che era già vecchiotto, per garantirle almeno un tetto sopra la testa.»

«A dire il vero, io non ne ho mai saputo niente.»

La donna rise.

«Nina, tu sei sempre stata presa da altro. Le faccende di noi poveri cristi non ti sono mai interessate.»

Tornò a Thiene. La sua contrada era sparita. Non c'era più alcuna pianta di alloro a ricordarle ciò che era stato. Le stalle erano vuote e le case anche.

Mario esisteva ancora?

Aveva senso chiamarlo?

Infilò il biglietto da visita nel contenitore di latta in cui teneva gli altri ricordi di lui, con l'idea di non pensarci più.

Fu contenta che quella notte la nipotina si fermasse a dormire da lei. Non era serata da stare da sola.

Prima di andare a letto, come faceva ogni volta, la bambina estrasse dal portagioie del comò un groviglio di collane, che allineò con cura sopra il copriletto. Giocarono a indossare quella che a ciascuna piaceva di più e, per un attimo, Caterina dimenticò i suoi tormenti.

La bambina ne scelse una vistosa di bigiotteria azzurra, vinta alla lotteria degli anziani qualche anno prima. Lei prese quella di corallo che i figli le aveva regalato al compleanno.

«Ci guardiamo alla specchio, nonna?» propose la nipote, sistemandosi le grandi farfalle azzurre sul petto.

Caterina era sfinita.

«Facciamo un'altra volta, tesoro? È troppo tardi adesso.»

«Un attimo piccolissimo. Ti prego nonnina!»

Si alzarono dal letto, su cui erano sedute, e si specchiarono sull'anta dell'armadio.

«Guarda come siamo bellissime!» esclamò la bambina. «Io bionda e tu mora, tutte e due con la camicia da notte bianca!»

«Hai proprio ragione» rise Caterina, scompigliandole i capelli sottilissimi.

«Nonna, ti sei mai accorta che abbiamo lo stesso nome?»

«Sì, me ne ero già accorta» rispose lei ridendo.

Pensò che era un gran peccato che non andasse più di moda abbreviare il nome in Nena, tutti chiamavano la nipotina Cate, altrimenti avrebbero potuto riprodurre, al contrario, l'effetto sonoro che la faceva tanto ridere da piccola. Nina-Nena, anziché Nena-Nina.

Era sicura che anche lei si sarebbe divertita, perché quella nipotina biondissima, venuta dal Nord, era quella che maggiormente le assomigliava.

Si svegliò a metà notte tutta sudata. Il cuore aveva preso un'accelerata e non riusciva più a stare ferma.

Dopo essersi assicurata che la bambina dormisse, prese la scatola di Mario e ne svuotò il contenuto sul letto.

Sfogliò il *Martin Eden* e dalle pagine scivolò fuori la lettera che lui le aveva scritto a Novara e che, in un momento di rabbia, aveva strappato. Il nastro adesivo con cui l'aveva aggiustata era diventato secco, e le estremità si stavano scollando dal foglio. Il libro di Sussi e Biribissi, invece, aveva la copertina staccata e la rilegatura così malmessa che, ad aprirlo, aveva paura che le si sbriciolasse tra le mani.

Osservò a lungo la foto ritagliata dal «Giornale di Vicenza» e poi il biglietto da visita. Un cartoncino rettangolare, bianco, senza decorazioni: Ingegnere idraulico. Studio di progettazione. Indirizzo e telefono.

Guardò quella manciata di oggetti.

Solo carta. Perlopiù vecchia.

Era tutto ciò che aveva di Mario.

Com'era possibile che un simile niente le avesse portato via tutta la vita?

Scoppiò in singhiozzi.

Perché ancora non riusciva a liberarsene?

Con una manata buttò a terra la Madonna di plastica fosforescente che l'Anna le aveva portato da Lourdes e che teneva sul comodino. La coroncina si tolse e l'acqua santa si riversò sul pavimento.

La bambina si mise a sedere sul letto. I capelli arruffati le cadevano davanti al visetto accaldato.

«Nonna?»

Caterina si pulì veloce la faccia sul lenzuolo.

«Mi scappa la pipì.»

Caterina la guidò in bagno, perché era intontita dal sonno.

Mentre, in ginocchio, la sorreggeva sul water, senza accorgersene ricominciò a piangere.

La nipote aprì gli occhi e la fissò confusa.

«Nonna?»

«Non è niente, tesoro.»

Le baciò la testolina sudata.

«Solo, me lo daresti un abbraccio?»

La bambina, ancora seduta sul gabinetto, si aggrappò a lei e la strinse forte.

Dopo qualche secondo Caterina sentì le braccine allentare la presa e capì che si era addormentata sulla sua spalla.

Capitolo 5

Fu un'estate tormentata; da quando sapeva che Mario trascorreva i mesi più caldi dell'anno al mare, l'aria di città le divenne irrespirabile. Era diventata come l'Anna, che si lamentava di continuo del caldo, dell'afa e della stanchezza.

Aveva promesso alla Maria che sarebbe andata a farle visita una seconda volta, ma non aveva le forze per confrontarsi, di nuovo, con il declino dei luoghi della sua infanzia, gli unici che ancora la legavano a Mario. Le energie che non bruciava nelle notti insonni erano tutte convogliate nel decidere se chiamarlo o meno.

Proprio quando si stava organizzando per risalire in contrada con la foto dei figli, venne a trovarla sua sorella Linda. La Teresa l'aveva chiamata per avvisarla che la Maria era morta.

Al funerale erano quattro gatti. Evidentemente, dietro di sé aveva lasciato molti amanti e pochi amori, o, semplicemente, erano tutti morti anche loro.

Finita la cerimonia, la moglie di Fabrizio le raccontò che dopo la sua visita si era rasserenata. Parlava spesso di lei e anche dei nipoti che sarebbero andati a trovarla. Caterina si sentì in colpa per aver lasciato passare tanto tempo prima di decidersi a tornare. Pensò che sarebbe bastato poco a renderla felice. Si arrabbiò con se stessa, ma anche con Mario, il cui pensiero le toglieva la voglia di fare ogni cosa.

Dal funerale della Maria, si impossessò di lei un nuovo senso di urgenza. Ormai doveva prendere la pastiglia per dormire tutte le sere e anche quella per la gastrite.

In autunno accettò l'invito del signor Valentino a bere un caffè in centro. Trascorse una mezz'ora piacevole. Era una persona perbene, un gran lavoratore e diceva cose di buon senso. Scoprì che era più giovane di lei di un paio d'anni. Lui non le chiese l'età.

Si trovarono altre volte, si accorse che la sua compagnia la aiutava a placare lo stomaco.

Poi arrivò novembre, accompagnato da una sfilza di giornate nebbiose e regalandole quell'anno in più che, improvvisamente, le bruciava addosso. E iniziò anche una pioggia di brutte notizie.

L'Anna fu ricoverata a causa della pressione troppo alta.

La ripresero «per il rotto della cuffia», come non faceva che ripetere una volta dimessa.

Nel giro di pochi mesi perse un sacco di chili e anche l'allegria.

«Nonna, è diventata vecchissima» le disse Caterina sottovoce, la prima volta che la incrociarono al parco dopo il ricovero.

All'Immacolata andò a trovare la Lucia, che non vedeva da un paio di anni. Era una giornata uggiosa, in cui lo strato di foglie, accumulatosi nelle settimane precedenti, iniziava a deteriorarsi, rendendo i marciapiedi scivolosi. Nel tragitto tra la fermata del bus e la casa dell'amica un paio di volte dovette sorreggersi alle ringhiere delle case. Nonostante l'ombrello aperto si inzuppò il paltò, perché c'era vento forte e pioveva di lato.

La trovò che stava lavorando a ferri davanti alla stufa.

«Prenditi una sedia e avvicinati, così ti asciughi» le disse la Lucia, afferrando un pezzo di legno da una cassetta.

Uno degli anelli in ghisa della stufa sfuggì dal gancio con cui l'aveva arpionato e cadde sulle mattonelle, con grande fracasso.

«Accidenti» borbottò lei, mentre si guardava attorno alla ricerca di una presina con cui raccoglierlo.

Caterina osservò la scena, stupita dalla lentezza con cui l'amica reagiva.

Pensò che il tempo correva veloce e loro, che di tempo ne avevano sempre meno, diventavano ogni giorno più lente.

Le parve una cattiveria.

Quando fu tutto sistemato, la Lucia si sedette e allargò una coperta sulle gambe di entrambe.

Senza preamboli le confidò che le avevano diagnosticato da poco un tumore al seno.

Caterina, che era andata a trovarla nella speranza di svagarsi, percepì la pietra prendere consistenza dentro lo stomaco e dovette piegarsi leggermente in avanti per contenerne la crescita.

«Mi dicono che alla mia età procede piano» le disse la Lucia che, come sempre, non sopportava di essere causa di infelicità per qualcuno. «Potrei avere ancora un paio di anni di vita.»

«E cosa pensi di fare?» domandò Caterina, sforzandosi di avere una voce normale.

La Lucia sistemò meglio la coperta.

«Cosa vuoi che faccia, Nina cara? Continuo a fare quello che ho sempre fatto. Tu come ti comporteresti al posto mio?»

Caterina la fissava senza rispondere.

La Lucia le carezzò la mano.

«Sono felice di tutto quello che ho avuto. Me ne vado contenta. Non avrei voluto niente di più.»

Caterina si chiese se, quando fosse venuto il suo momento, avrebbe potuto dire lo stesso. La risposta le fece venire un attacco di gastrite.

«È tutta la vita, Lucia, che invidio la tua calma. Perfino adesso ti invidio» le disse un po' ridendo e un po' piangendo.

Per sbaglio, le fece cadere il lavoro a ferri che teneva in grembo. Quando si chinò per raccoglierlo si rese conto che anche lei era diventata lenta.

La Lucia la guardava sorridendo. La sporgenza degli occhi, con la vecchiaia, era stata mitigata dalla presenza delle rughe. Nel viso rovinato dal tempo, quel dettaglio sgraziato si notava ormai appena.

«Io, invece, mi sono sempre chiesta dove tu trovassi la forza di volere tutte quelle cose. Mai un attimo di calma, pareva sempre che stessi scappando.»

Adesso anche l'amica un po' rideva e un po' piangeva. A Caterina tornò in mente la nipotina e la sua indefinitezza di riso e pianto. Forse era vero che da vecchi si tornava un po' bambini.

Capitolo 6

Giugno le parve ancora più caldo dell'estate precedente.

Le sue passeggiate serali si erano via via allungate. Non si limitava a percorrere il perimetro esterno dei giardini pubblici per poi tornare a casa; spesso, invece di rientrare, proseguiva in direzione della campagna che, con l'espandersi della città, non era più così vicina. Si lasciava alle spalle una grande lottizzazione di condomini bianchi e squadrati e si immetteva nei viottoli sterrati che ancora attraversavano i campi di grano maturo. Osservava in lontananza trattori che d'estate si attardavano ben oltre il tramonto e cercava sullo sfondo i suoi monti, masse scure nel cielo chiaro della sera.

A fatica individuava gli spruzzi di case che punteggiavano il pendio con il loro pallore.

Tutte le sere, prima di rincasare, si fermava alla cabina telefonica e ripeteva mentalmente quel numero di telefono che non aveva il coraggio di comporre. Qualche sera afferrava la cornetta, altre volte tentava una cifra o due.

Tornava a casa, quando i canti degli uccelli erano cessati da un pezzo e i pipistrelli già iniziavano a pasteggiare con i moscerini addensati attorno ai lampioni accesi. Ne seguiva le traiettorie mute nella patina di luce arancione che si levava dalla città e che smorzava le stelle, e giocava a indovinare i programmi televisivi dai suoni che si riversavano in strada dalle finestre aperte.

Poi entrava in camera e si preparava all'ennesima notte insonne.

Le persiane del soggiorno erano parzialmente abbassate.

Da fuori provenivano rumori distanti, quasi irreali, da qualche anno la città in agosto si svuotava completamente.

La pendola batté mezzogiorno, Caterina guardava il suo piatto di minestra fumante. Avrebbe preferito mettersi a letto piuttosto che mangiare, ma tutti le raccomandavano di non perdere peso.

Buttò giù dalle ginocchia un paio di volte il gattino bianco e nero che aveva preso per sua nipote.

L'animaletto ogni volta le balzava nuovamente in grembo. Al terzo tentativo di scacciarlo lo lasciò fare, anche mandarlo via le costava fatica. Lo osservò sprimacciarle la gonna, su e giù con le zampine, uncinando debolmente la stoffa con le unghie.

Provò a fargli una carezza sotto il mento. Il cucciolo voleva giocare e le mordicchiò il dito. Caterina ne sentì il palato spinato. Da piccola le piaceva mettere le dita in bocca ai gatti per percorrerne i solchi.

Quando ritrasse la mano, l'animale si acciambellò sul giaciglio che si era preparato sulle sue gambe.

Il gatto era caldo. La minestra anche.

Al mattino erano venute un paio di signore, una per farsi fare una camicia e l'altra per stringere una gonna. Ormai anche lavorare solo mezza giornata la stancava.

Sentì il ronzio di una mosca e poi il *toc* che ne decretò la fine contro il vetro della finestra. Si girò verso il davanzale, l'insetto ancora dimenava debolmente le zampe, accanto a un altro paio di mosche già morte.

Si ricordò di aver lasciato aperta la finestra della camera, per questo erano entrate.

Quando si alzò, il gattino cadde a terra.

Mentre si avviava verso la stanza da letto dovette poggiarsi alla parete per un lieve capogiro.

Si svegliò di soprassalto quando la pendola del soggiorno batté le tre. Non aveva mai dormito di giorno in tutta la sua vita e si mise a sedere sul bordo del letto completamente stordita. Non ricordava nemmeno di essersi stesa. Il gattino riposava sul guanciale accanto al suo, il respiro leggero come quello di un neonato. Con le persiane abbassate, non riusciva a capire se fosse mattina o pomeriggio. Fece qualche passo in corridoio e quasi inciampò sul gradino del bagno.

Si spaventò per la sua vecchiaia.

In soggiorno la minestra si era freddata, al centro vi galleggiava una mosca. Si ricordò che non aveva ancora chiuso la finestra della camera.

Di nuovo si spaventò di quanto era vecchia.

Vuotò la scodella nel water e faticosamente provò a mettersi al lavoro.

Era concentrata già da un'oretta sulla gonna da stringere, quando sentì squillare il campanello. Alzò la testa e, oltre il cancelletto, vide il signor Valentino. Portava pantaloni grigi con la piega stirata e una camicia chiara arrotolata sulle braccia. Sulla testa un panama beige.

Caterina si affacciò alla porta d'ingresso e fu investita da un'ondata di aria torrida. Solo qualche grillo nel parco dei vicini dava segni di vita, perfino gli uccelli con quel caldo se ne stavano zitti.

«Signor Valentino, cosa ci fa da queste parti?»

Lui alzò il braccio per salutare.

«Me lo offrirebbe un bicchiere d'acqua, signora Caterina?»

Quello scambio cordiale la mise di buon umore e a un tratto si sentì sveglia. Sistemò velocemente i capelli, specchiandosi sul vetro della porta, e lo fece entrare.

«Non lavora oggi?» gli domandò, non appena ebbe messo piede nella stanza.

«Non sono mica fortunato come lei» disse lui, indicando la gonna adagiata sul tavolo. «In questi giorni non c'è un cane in giro, mi conviene chiudere.»

Mentre Caterina gli porgeva un bicchiere d'acqua, le spiegò che aveva girato tutto il centro, in cerca di un barbiere aperto. Dato che erano tutti chiusi e che si trovava in zona, aveva deciso di farle visita.

Caterina studiò i suoi capelli bianchi.

«In effetti sono un po' lunghi.»

«Già» disse lui, passandoci le mani in mezzo. «Ma ormai mi tocca aspettare fino a dopo Ferragosto.»

«Se si fida, posso tagliarglieli io. L'ho fatto per tanti anni a mio figlio.»

Dopo averlo detto, Caterina si sentì avvampare. Vincenzo non aveva mai voluto farsi tagliare i capelli da lei.

«A lei affiderei anche il mio conto in banca, signora Caterina» rise lui. «Mi farebbe davvero un favore se me li sistemasse.»

Caterina sospirò di sollievo.

«Bene, se vuole, anche subito» disse, indicandogli una sedia.

Al primo contatto con la testa di lui, di nuovo Caterina si sentì in imbarazzo. Il signor Valentino attaccò a chiacchierare, come se fosse la situazione più normale del mondo, usando quella terza persona di cortesia che lei trovava tanto deliziosa, e non pensò più che stava toccando un uomo estraneo.

Il lavoro fu più lungo del previsto.

«Ma quanti capelli ha?» domandò, quando la posizione iniziò ad affaticarle le braccia.

Lui rise.

«È una fortuna, ma con questo caldo si starebbe meglio senza.»

«Con questo caldo si starebbe bene al mare» rispose Caterina, sventolando in aria la forbice per far cadere a terra un ciuffo di capelli che vi si era impigliato.

«Lei va al mare, signora Caterina?» domandò lui, guardandola con interesse. «Non la facevo un tipo da mare.»

Caterina si bloccò.

«Cosa vorrebbe dire?»

«Mi sembra una grande lavoratrice, non una che si concede simili lussi.»

Caterina si ammorbidì.

«In effetti non ci sono mai stata.»

«Allora ci ho visto giusto» disse lui, scrollandosi i capelli tagliati dalle spalle. «Mia moglie voleva andarci ogni anno. In estate sapevo che, almeno due o tre domeniche, avrei dovuto portare lei e mio figlio a Sottomarina. Andavamo in giornata. Loro si divertivano, io facevo da autista.»

Mario, Milano, mare.

«Prima di morire, mi piacerebbe vedere il mare almeno una volta» disse Caterina, sovrappensiero.

Tolse lo straccio da cucina che gli aveva legato attorno al collo e andò a sbatterlo davanti a casa.

Quando rientrò, il signor Valentino si era chinato per guardarsi sulla superficie convessa del televisore spento.

«Ottimo lavoro» disse, rimettendosi dritto. «Come posso ringraziarla?»

«Si figuri» rispose lei che stava ammucchiando con la scopa le ciocche cadute sul pavimento.

«Sa cosa le dico? Uno di questi giorni, se osa prendersi un giorno di vacanza, la porto a Sottomarina a vedere il mare.»

Mario le aveva promesso che l'avrebbe portata lui al mare. Ma Mario al mare c'era già.

«Non saprei» rispose lei. «Non vorrei farle spendere troppi soldi.»

«Non si preoccupi. Ho quasi finito di costruire la casa anche per mio figlio. Adesso qualche piccolo lusso posso concedermelo. E poi mi faccia fare qualcosa, quando non lavoro mi viene la tristezza.»

Mario. Mare.

Capitolo 7

Il signor Valentino suonò il clacson davanti al cancello alle otto in punto, come d'accordo.

Caterina si affacciò alla porta d'ingresso con un cenno di saluto.

Lui abbassò il finestrino.

«Buongiorno, signora Caterina. Ce la fa a uscire subito, così non devo parcheggiare?»

Aveva un'auto grigia, lunga e squadrata.

«Arrivo» disse Caterina, rientrando velocemente per prendere la sporta che aveva lasciato sul divano.

Cosa serviva al mare?

Aveva preso con sé un paio di scarpe di ricambio, nel caso le prime si fossero bagnate, un fazzoletto da naso, la cipria e un pettinino. Poi, dentro un sacchetto di carta, ci aveva infilato due mele e un paio di panini fatti con le Sottilette, che non aveva mai comprato, ma che il giorno prima aveva trovato in offerta.

«Ha un'auto davvero grande» disse Caterina, dopo aver chiuso la portiera.

Il signor Valentino ridacchiò.

«È una Mercedes.»

Caterina sfiorò con il palmo della mano il sedile in pelle.

«Le piacciono le auto?»

L'uomo intanto si era fermato davanti a un semaforo rosso.

«Non sono un appassionato, ma dopo una vita di lavoro, un'auto come si deve me la merito.»

Caterina fece dondolare con l'indice un piccolo rosario che pendeva dallo specchietto retrovisore.

«Gli affari le vanno bene allora.»

Il semaforo divenne verde e l'auto ripartì.

«Non mi lamento. Da quando ho spostato il negozio fuori dal centro pago molto meno di affitto e ho potuto ingrandire. Poi, sa, un po' di nero si fa sempre» ridacchiò. «Non lavoriamo mica solo per mandare i soldi giù a Roma.»

«Certo» rispose Caterina, che non aveva mai pensato che un negozio di frutta potesse rendere tanto.

Anche l'Anna e Ugo avevano messo via un bel po' di soldi. Con il loro ferramenta erano riusciti a costruire la casa per entrambe le figlie, una bella bifamiliare non lontana dalla loro.

Perché non aveva pensato anche lei ad aprire un negozio, quando era il momento giusto?

«Se è stanca può riposare» le disse il signor Valentino che la osservava. «Lo schienale è reclinabile.»

Mentre lo diceva, staccò una mano dal volante e le indicò una manopola sul lato del sedile.

Caterina armeggiò con la rotella di plastica fino a quando trovò la posizione giusta. Era un'auto davvero confortevole e lei non dormiva bene da un sacco di notti.

Imboccarono l'autostrada Valdastico. Era stata inaugurata qualche anno prima, lei ne aveva solo sentito parlare. Una strada enorme con un sacco di corsie. Nella striscia di terreno tra i due sensi di marcia era stata piantata una fila di oleandri, i cui fiori rosa e bianchi brillavano al sole. Al di là del guardrail metallico le trebbiatrici erano al lavoro sui campi ormai secchi e con i loro enormi rastrelli sollevavano nuvoloni di polvere gialla.

Si chiese se anche Mario percorresse la stessa strada per andare al mare.

Mare. Mario.

Poi il ronzio del motore e le piacevoli vibrazioni dell'auto le fecero chiudere gli occhi.

«Bella compagnia mi ha fatto» esclamò, ridendo, il signor Valentino.

Caterina si svegliò di soprassalto.

Erano fermi in uno spiazzo di terra battuta, attorno a loro altre auto erano parcheggiate in lunghe file e i tettucci riflettevano la luce del sole, accecandola.

Caterina aveva una lieve nausea.

«Dove siamo?»

«Al mare.»

Si guardò attorno senza capire.

L'uomo rideva.

«Guardi da quella parte» le disse, indicando la strada dietro di loro.

Caterina si voltò. Al di là dell'asfalto, si allungava una striscia di sabbia gialla piuttosto affollata. Dove finiva, iniziava la distesa azzurra del mare, che si distingueva dal celeste del cielo solo per il luccichio.

«Ah» disse lei, scuotendo la testa per svegliarsi.

Scesero dall'auto e presero le sporte dal portabagagli.

Si avvicinarono alla strada zigzagando tra le auto parcheggiate.

«Aspetti un secondo. Ho un sasso nella scarpa» disse Caterina.

«Lo tenga. Tanto, tra un attimo, le togliamo.»

«Come sarebbe?»

«Non vorrà mica camminare sulla sabbia con le scarpe?»

Non aveva calcolato di dover stare a piedi nudi. L'ultimo uomo che l'aveva vista senza calze era stato Vincenzo. Al massimo si concedeva di sfilare di nascosto i piedi dalle scarpe al parco, quando nessuno la guardava, e comunque mai senza calze.

«Perché no?» domandò lei.

Il signor Valentino rise.

Aspettarono che passasse un'auto che avanzava lentamente in cerca di parcheggio e poi attraversarono l'asfalto rovente.

Dall'altro lato, c'era un leggero declivio di un paio di metri, infestato da erbacce e piante secche, tra cui si aprivano alcuni varchi aperti dai villeggianti.

Sulla gonna le si appiccicarono delle piccole palline uncinate.

«Che razza di pianta è mai questa?» disse, tentando di togliere le piccole sfere una alla volta.

Da lì iniziava la spiaggia.

Il signor Valentino si tolse le scarpe da tennis e vi infilò dentro i calzini. Caterina distolse lo sguardo.

«Io non le tolgo.»

Di nuovo il suo accompagnatore rise e le porse la mano per aiutarla a fare gli ultimi passi in discesa.

Si stupì di quanto fosse dura la pelle del palmo di lui.

Balzò veloce sulla sabbia e le décolleté col tacchetto affondarono fino alle caviglie.

«Intendevo questo» disse lui indicandole i piedi.

Caterina sudava.

«Signor Valentino» disse piano, «non posso togliermi le scarpe.»

Lui si avvicinò incuriosito.

«Perché?»

Lei arrossì.

«Ho le calze di nailon.»

Lui le guardò le gambe.

«Che modo è di venire al mare?»

«Che ne sapevo io!»

I loro sguardi si incrociarono.

L'instabilità dei tacchi sulla sabbia le fece perdere l'equilibrio e lui dovette prontamente sorreggerla.

Di nuovo si guardarono in faccia, ma questa volta scoppiarono a ridere entrambi.

«Ho fatto un bel pasticcio, vero?» domandò lei, asciugandosi le lacrime che le erano venute a forza di ridere.

«Direi di sì» disse lui, che ancora la reggeva per il braccio. «Ma almeno un costume l'ha portato?»

Caterina scosse la testa.

Lui sospirò.

«E cosa ci stiamo a fare al mare tutto il giorno?»

«Non ne ho idea. È lei quello pratico di queste cose.»

Il signor Valentino guardò, pensoso, la distesa azzurra. Poi si voltò verso di lei.

«Riesce almeno a togliersi le calze fini? Così può mettere i piedi in acqua.»

«Scherza? Mi vergogno.»

Lui le sorrise.

«Non sia sciocca» disse, tirando fuori dal suo borsone un ampio telo da mare colorato. «C'è un sacco di gente mezza nuda in spiaggia. Chi vuole che le guardi le gambe? E poi sono sicuro che non ha niente da nascondere.»

Questa volta fu lui ad arrossire, dopo averlo detto.

Caterina si confuse.

«Quindi? Cosa vuole che faccia?»

Il signor Valentino posò il borsone a terra.

«Facciamo che le tengo il telo attorno e così lei può togliersi le calze.»

Caterina si rassegnò e iniziò le complicate manovre per sfilare i collant che non volevano scivolare sulla pelle sudata delle cosce.

Una giovane coppia stava percorrendo la breve discesa. Quando passarono di fianco a loro, ridacchiarono.

Caterina tirò giù il collant con un gesto di stizza e in un attimo una lunga smagliatura si aprì dal ginocchio alla caviglia.

«Ora non ho più calze per tutta la giornata» disse, appallottolandole e nascondendole dentro la borsa.

«Non l'ho mai vista così rossa e sudata» disse lui, ridendo. «Non sono sicuro che il mare le faccia bene.»

Lasciò cadere l'asciugamano e le diede una veloce occhiata.

«Posso assicurarle che senza calze sta altrettanto bene.»

Caterina si imbarazzò, raccolse le scarpe da terra, per nascondere il viso.

Chissà se anche Mario l'avrebbe trovata ancora attraente.

Si aggrappò al braccio che lui le offriva e si avviarono verso la battigia.

La sabbia era calda, ma non ancora rovente. L'ultima volta che aveva camminato a piedi nudi era stato prima della guerra, quando andava a ballare e toglieva le scarpe durante il tragitto per non sporcarle. Ma allora erano tutti sassi e spine.

Si godette la brezza del mare che le carezzava il dorso dei piedi e che le provocava la pelle d'oca su tutto il corpo. Allargò le dita e sentì la sabbia fine infilarsi tra l'una e l'altra, rivelandole terminazioni nervose laddove pensava di non averne affatto.

«Tutto bene?» le domandò il signor Valentino, che la stava studiando.

«È bello avere i piedi nudi.»

In prossimità dell'acqua si fermarono. La zona era molto affollata, perlopiù famiglie con asciugamani distesi a terra e borse in plastica colorate. Dove le onde rendevano la sabbia più scura, i bambini giocavano con palette e secchielli o si avventuravano in acqua con il salvagente attorno alla vita, sotto lo sguardo vigile delle madri.

Erano tutti in costume e profumavano di crema solare.

Loro erano gli unici vestiti.

«Le va se la chiamo semplicemente Valentino?» domandò lei, guardandolo.

«Volentieri, Caterina» disse lui, stendendo a terra lo stesso asciugamano che aveva usato per nasconderla.

Vi si sedettero, con le gambe flesse e i visi verso l'acqua.

Caterina chiuse gli occhi e si divertì a infilare i piedi sotto la superficie dorata, dove la sabbia si faceva fresca e umida.

Valentino la osservava con curiosità.

«Mi scusi, Caterina, se la disturbo, ma io la porto al mare e lei neppure lo guarda. Per trovare un po' di sabbia, bastava andare al parco.»

Lei aprì gli occhi.

«Ora capisco perché mia nipote ama tanto giocarci.»

«Ma almeno le piace il mare?» domandò, indicandolo.

Caterina alzò lo sguardo. Il sole di fronte le dava fastidio. Si mise una mano sopra agli occhi per difendersi. Ne osservò a lungo lo sfavillare tremulo.

«No, non mi piace» rispose, distogliendo lo sguardo. «Troppo grande, troppo celeste, anche troppo luminoso. Se lo guardo mi sento persa.»

«In che senso?»

«Non so bene come dirlo. Ma non ci sono ostacoli. Mi fa sentire senza uno scopo. Mi ricorda la morte.»

Anche Valentino lo osservò a lungo.

«Non sono sicuro di capire cosa vuole dire, ma non è mai piaciuto più di tanto neanche a me.»

Caterina si voltò verso di lui.

Si accorse che la luce impietosa del mare rendeva più profonde le rughe orizzontali sulla fronte e anche quelle a fisarmonica attorno agli occhi. Si girò a osservare le altre persone svestite attorno a lei. Gli uomini avevano busti troppo pelosi e pance gonfie. Le donne i seni cadenti, con i capezzoli rivolti verso il basso sotto la stoffa leggera dei costumi, e sederi molli con lo stampo dell'asciugamano. Pensò che il mare rendeva brutti. La montagna con le sue ombre e le sue difformità offriva maggior riparo.

Con le mani costruì una piramide di sabbia per seppellire il reticolo di venuzze rosse che, ormai da una dozzina di anni, le circondava le caviglie.

Valentino si guardò attorno a sua volta, e parve intuire i pensieri di lei.

«Siamo gente dei monti, noi, non è vero?»

«Da dove viene lei?» domandò Caterina.

«Dal Tretto, sopra Schio. Sono cresciuto anch'io guardando la pianura dall'alto.»

Caterina lo osservò.

«Non lo sapevo.»

«Mia moglie era di Thiene. Quando ci siamo conosciuti, mi pareva di sposarmi con una donna di città» disse ridendo.

«Le manca?»

«Le volevo molto bene» rispose, sospirando. «Ma ormai se ne è andata da così tanti anni, che è più il tempo che ho passato da solo che quello che ho trascorso con lei.»

«È morta giovane?»

L'anziano annuì.

«Sì, mio figlio era ancora un bambino.»

Caterina gli appoggiò una mano sulla spalla.

«Mi dispiace.»

«Mia madre e mia suocera mi hanno aiutato a tirarlo su.»

Caterina per un attimo tornò a guardare il luccichio dell'acqua.

«Perché non ti sei risposato?»

Anche Valentino ora guardava il mare.

«Per un periodo c'è stata una persona, ma poi non me la sono sentita, mi pareva ancora di tradire mia moglie.» Si voltò verso Caterina con un sorriso. «Comunque mi sono concentrato sul lavoro e ho trovato soddisfazione in quello.»

«Capisco.»

Lui tirò fuori dal borsone un panama e fece per metterselo in testa.

«Ti sei portata un cappello?»

Solo in quel momento Caterina si accorse che erano passati dal *lei* al *tu* e lo trovò giusto.

Scosse il capo.

«Allora prendi il mio che altrimenti ti viene il mal di testa» disse, appoggiandoglielo piano sui capelli.

Rimasero sulla spiaggia ancora per un'ora.

Andarsene fu per Caterina una liberazione. Già non ne poteva più di quella distesa piatta e accecante, del sudore e di tutta quella carne poco attraente in esposizione.

Cosa ci faceva Mario al mare per mesi interi? Che le stesse sfuggendo qualcosa?

Piegarono l'asciugamano, tenendolo ciascuno per un angolo, lo misero nel borsone e si apprestarono a risalire sulla strada.

L'auto era arroventata, il sedile le scottava la pelle nuda e sottile dietro le ginocchia. Tirò in giù la gonna per proteggersi.

Il signor Valentino abbassò il finestrino e uscì in retromarcia dal loro parcheggio.

«Ti va se andiamo a Chioggia?»

Il nome le era familiare. La Marcella, durante la guerra, si faceva arrivare il sale da Chioggia. Si ricordò la storia di quel tale che partiva da Caldogno e che andava a prenderselo a piedi.

Annuì.

Diede un ultimo sguardo alla spiaggia, ormai c'era gente ovunque anche a ridosso delle erbacce, nuda, colorata e sudata.

Chissà cosa ci faceva Mario al mare?

Che mettesse il costume anche lui?

Percorsero una strada che costeggiava la spiaggia. Dopo qualche minuto, attraversarono un ponte e parcheggiarono nuovamente.

Era ormai mezzogiorno e gli abitanti dovevano essere tutti chiusi in casa. Le rare famiglie che camminavano per le viuzze che costeggiavano i canali portavano ciabatte in plastica e trascinavano borsoni da spiaggia.

Arrivarono a una strada acciottolata piuttosto larga, ai cui lati si affacciavano le tende aperte dei bar e le serrande abbassate dei negozi.

Il signor Valentino camminava mezzo metro dietro di lei e aveva il respiro pesante.

Caterina si voltò.

«Tutto bene?»

Lui abbozzò un sorriso.

«Questo è il risultato di una vita da fumatore» rispose, appoggiando un attimo la mano al muro per riprendere fiato. «Ti va se ci fermiamo un attimo?» Indicò una panchina all'ombra, addossata a una grande chiesa di mattoncini.

Quando si sedettero, si fece aria con il panama e provò un paio di respiri profondi.

«Ora va meglio» disse, avvicinando il borsone. «Mangiamo qualcosa?»

Caterina annuì e aprì anche lei la sua sporta.

«Ho portato dei panini.»

«Anche io» disse lui, tirando fuori un sacchetto. «Mi ero organizzato per un'intera giornata in spiaggia. Bello scherzo mi hai fatto!»

Ne estrasse due mezzi filoni da cui sporgevano prosciutto, asiago e insalata. Caterina pensò alle Sottilette ormai mollicce e nascose il suo incarto.

«Li hai fatti tu?» domandò stupita, prendendo il panino che le porgeva.

«Come ti ho detto, sono solo da tanti anni, ormai so fare tutto.» Poi strappò un pezzo di pane con le dita e se lo portò alla bocca. «No, non proprio tutto. Come vedi, non riesco più a mordere come quando avevo i denti veri» disse, già masticando.

«Non parlarmene» aggiunse Caterina, compiendo lo stesso gesto col suo panino.

Mangiarono in silenzio, fissando il muro in mattoni della chiesa davanti a loro. A metà panino Caterina disse che se ne avesse mangiato di più le sarebbe rimasto sullo stomaco. Lui le incartò la parte rimasta in modo che potesse portarla a casa.

In cambio lei gli offrì una delle due mele che teneva nella sporta.

«Così mi offendi» ridacchiò lui. «Queste non le hai certo prese nel mio negozio. Sono così striminzite che sembrano quelle del supermercato.»

Caterina le mise via, senza confessare di averle prese alla Standa.

Valentino tirò fuori dal suo borsone un coltellino svizzero e un paio di pesche belle grosse e succose.

Quando ripresero il cammino la calura era feroce, l'ombra dei palazzi sulla strada era ridotta al minimo e in giro non c'era più nessuno. Si buttarono dentro una delle tante chiese che costeggiavano le calli in cerca di frescura.

Anche lì erano gli unici. Valentino si fece il segno della croce e si sedette su uno degli ultimi banchi. Caterina si diresse verso un altare laterale. Nell'apposito sostegno metallico, una candela, ormai completamente sciolta, emanava bagliori intermittenti.

Infilò in fretta una moneta nella cassettina delle offerte e si affrettò ad accenderne una di nuova, prima che la fiamma dell'altra si spegnesse del tutto.

Lo faceva in ogni chiesa in cui entrava; sperava, in questo modo, di tirare fuori Vincenzo dal purgatorio il più in fretta possibile. Non poteva di certo essere già in paradiso, con quello che aveva combinato. In Italia c'era stata un'amnistia generale per i fatti di guerra, ma dubitava che Dio assecondasse le scorciatoie umane. Nonostante il male che le aveva arrecato, provava per lui una pena uguale a quella che provava per se stessa.

«Cosa hai fatto?» le chiese Valentino, quando si avvicinò a lui per sedersi.

«Ho acceso una candela per mio marito.»

Lui la guardò pensoso.

«Pensi che ne abbia bisogno?»

Caterina sentì le mani sudare.

«Sì.»

Rimase in silenzio a guardare il tabernacolo sopra l'altare maggiore.

Valentino la osservava con discrezione.

«Mi ha mentito per tutta la vita su una cosa importante.»

Non lo aveva mai detto a nessuno e, senza accorgersene, iniziò a piangere.

«Caterina, mi dispiace. Non volevo intristirti.»

Le passò un braccio dietro le spalle.

«Via, via, pensa alle cose belle che avete fatto assieme.»

Caterina si soffiò il naso.

«Non sono sicura che ce ne siano.»

Adesso lui la guardava con stupore.

«Come fai a dire così? Hai tre bellissimi figli.»

Caterina scosse la testa.

In quel momento entrò una coppia di turisti. Il rumore dei loro passi si propagava nella grande navata centrale.

Lei si asciugò le lacrime sul dorso della mano e Valentino tolse prontamente il braccio dalle sue spalle.

Si voltarono verso i nuovi arrivati.

Stavano consultando una guida marrone del Touring Club. Quando arrivarono davanti all'altare delle candele, l'uomo iniziò a leggere qualcosa a bassa voce. Ogni tanto staccava gli occhi dal libro e indicava con la mano l'affresco che avevano davanti.

Loro due non osarono più dire nulla, rimasero a guardare i nuovi venuti e ad ascoltarne il bisbiglio indistinto, amplificato dagli spazi ampi della chiesa.

«Cosa ne dici di tornare?» disse piano Caterina, quando i due, lasciato l'altare, iniziarono a muoversi nella loro direzione.

«Certo» rispose lui, alzandosi e porgendole la mano.

Di nuovo la guardò.

«Mi dispiace di averti fatto ricordare cose tristi. Sappi che se ti verrà voglia di raccontarmi qualcosa, io sono uno che sa ascoltare.»

Caterina si appoggiò alla sua mano dura e gli sorrise.

Capitolo 8

Con la ripresa della scuola, come ogni anno, il suo calendario settimanale fu rimescolato dalle nuove esigenze dei figli. Francesco le chiese se poteva tenere Tommaso di mercoledì, perché avevano modificato i turni di lavoro della moglie e Antonia si accordò perché andasse a prendere la nipotina più spesso.

Quel cambio di ritmo, per il primo mese, la mandò in confusione. Un paio di volte andò a prendere Caterina nel giorno in cui toccava a sua madre e saltò ben tre prove di canto, perché si ricordava il giorno dell'anno precedente.

L'Anna le confidò che ormai si annotava tutto da tempo e, in vista dell'anno nuovo, le regalò un calendario di Frate Indovino. Caterina lo trovava orrendo e si rifiutò di appenderlo in soggiorno: aveva impiegato metà della sua vita per smarcarsi dai ritmi della terra, non sapeva che farsene delle lune e dei consigli per la semina.

Lesse in una rivista che la memoria era questione di allenamento. Iniziò a fare esercizio con qualunque cosa le capitasse a tiro, dai santi elencati nel calendario dell'Anna, opportunamente nascosto in un cassetto del comò, ai numeri di telefono di parenti e conoscenti. Prese in biblioteca un'antologia di poesie italiane e si sforzò di impararne a memoria almeno una alla settimana. Leopardi, Foscolo, Pascoli, D'Annunzio. Molte le aveva già viste quando aiutava Francesco con i compiti alle medie, ma l'unica che ricordava per intero era *La mia sera*, che aveva studiato con Mario, molto tempo prima.

Chissà com'era adesso la memoria di Mario? Che dimenticasse anche lui le cose? Che ricordasse ancora *La mia sera*?

A Natale aveva ormai acquisito il nuovo ritmo e imparato una dozzina di poesie. Comprò il Cicciobello per Caterina e l'ennesimo pacco di costruzioni per Tommaso. Si dimenticò dei figli di Giovanna, ma lei le disse di non preoccuparsi, che di regali ne avevano già ricevuti fin troppi.

Il venerdì andava sempre al negozio di Valentino, il mercoledì pomeriggio, invece, passava lui a trovarla. Era il turno di chiusura del negozio. Solo un'oretta, perché poi aveva impegni che indicava come «fornitori e cose simili».

La prima volta che era passato, non aveva visto l'ora che se ne andasse. Temeva che Tommaso potesse riferire al padre che lei aveva un amico.

Quando aveva capito che Francesco era completamente disinteressato alla questione aveva smesso di sentirsi a disagio, anzi: il martedì notte dormiva profondamente e il mercoledì mattina si svegliava di buon umore; ed era l'unico giorno della settimana in cui metteva la cipria e il rossetto.

Quando lei doveva lavorare alla Singer, lui si accomodava su una sedia, appendeva il cappello all'angolo dello schienale e si rivolgeva a Tommaso.

«Giovanotto, hai preparato la valigetta delle costruzioni?»

Il bambino, entusiasta di trovare qualcuno che finalmente si interessasse ai suoi giochi, ne vuotava l'intero contenuto sul tavolo. Mentre rimestava quella montagnola di pezzetti di plastica fastidiosamente rumorosi, gli spiegava il progetto per il pomeriggio.

«Mi pare buono» diceva Valentino, sfregandosi le mani, quando il piccolo smetteva di parlare.

Caterina sorrideva tra sé e sé, senza sollevare la testa dalla stoffa su cui stava lavorando davanti alla finestra.

«Un filo, Nina, devi prendere solo un filo, se non vuoi che si veda sul dritto» le diceva sempre Alessandro. Pensava ancora a lui ogni volta che doveva fare un orlo, al suo dritto e al suo rovescio e a tutti i rovesci che le persone non facevano trasparire sul lato visibile.

«Oggi mi tocca guardare te che lavori» disse a Caterina, scherzando, un mercoledì di gennaio in cui Tommaso era a casa con la tonsillite.

Poggiò il cappello al solito schienale e si avvicinò a lei che stava distendendo un rotolo di stoffa sul tavolo.

«Porta pazienza, ho quasi finito» si scusò.

«Fai con calma. Mi piace guardarti.»

A quelle parole, Caterina andò in confusione e dovette riposizionare più volte il grande rettangolo di cotone rosa che stava appianando sopra il telo da stiro.

«Cosa stai facendo?» domandò lui, avvicinandosi ancora di più.

Caterina poteva quasi sentirne il respiro pesante sulla guancia e, improvvisamente, le sembrava di avere vent'anni in meno.

«Ho preso al mercato questa stoffa e vorrei farne un abitino per mia nipote.»

Prese un vestito già fatto e ve lo appoggiò sopra per tracciarne la sagoma con un gessetto.

«È uno scamiciato, semplice semplice. Non ho nemmeno bisogno del cartamodello» gli disse, quasi in tono di scusa.

Valentino rise.

«Per me sarebbe difficile tutto.»

Caterina prese la forbice e iniziò a tagliare lungo la linea bianca che aveva tratteggiato.

«Perché è più grande dell'originale?» domandò lui, indicando il pezzo che lei già teneva tra le mani. «È cresciuta tua nipote?»

«Lo faccio più grande per le cuciture e poi lascio sempre un po' di margine, per poterglielo allargare, così lo usa più a lungo.»

«Sei previdente» disse, senza staccare gli occhi dalle sue mani.

Caterina le sentiva sempre meno ferme, sbagliò la traiettoria di taglio e sul fianco lasciò meno bordo di quanto avrebbe voluto.

Valentino non accennava a spostarsi.

«Hai ancora le mani molto agili.»

«Be', ho finito» disse lei che, ormai, sull'abito non riusciva più a concentrarsi.

«E adesso cosa ne fai delle due metà?»

«Le imbastisco. Ma non adesso. Ti preparo un tè?» domandò, già iniziando ad ammucchiare fili, aghi e forbici.

Lui sfiorò con il dito i pezzi di stoffa appallottolati sul tavolo.

«Sarei curioso di vedere.»

A Caterina cadde a terra la forbice. Il gatto ci balzò sopra come si fosse trattato di un topolino.

«Tieni» disse Valentino, che si era piegato a raccoglierla.

Quando le loro mani si toccarono, all'unisono spostarono lo sguardo sull'animale che trotterellava verso le camere da letto.

«Allora mi fai vedere o no come imbastisci?»

Caterina sospirò.

«Va bene. Ma puoi spostarti un pochettino? Altrimenti faccio fatica a muovermi.»

«Certo» rispose lui, rimettendosi a sedere.

Caterina estrasse dal cassettino della Singer un filo di cotone grosso.

Infilò gli occhiali da presbite, prese un foglio bianco da usare come sfondo per vedere la cruna dell'ago e, al terzo tentativo, riuscì a infilarlo.

«Una volta lo facevo al primo colpo» disse Caterina che aveva le mani sudate.

Lui rise.

«Vuoi che ti faccia la lista io delle cose che non riesco più a fare al primo colpo?»

Caterina si sentì avvampare.

Lui se ne accorse e distolse lo sguardo.

Si sentì stupida e anche sfacciata. Come le era venuto in mente?

Unì velocemente le due metà con dei punti molto larghi, senza mai alzare la testa. Poi tranciò il filo in eccesso, mettendoci più forza di quanta servisse.

«Ecco fatto.»

«Non sarà mica finito così?» domandò lui, sporgendosi con il busto nella sua direzione.

Lei ancora non riusciva a guardarlo in faccia.

«Ma no, questo filo serve solo per tenere insieme i pezzi, dopo aver fatto le cuciture a macchina, lo tolgo.»

Ci fu un lungo silenzio.

Valentino tornò ad appoggiare la schiena alla sedia.

«Mi piace trascorrere del tempo con te.»

Caterina alzò la testa.

Lui la studiava.

«Tu non ti senti mai sola?»

Lei guardò fuori dalla finestra.

Dell'ortensia piantata nell'aiuola davanti a casa, come ogni inverno, non restavano che i tralci legnosi, recisi di netto a qualche centimetro dal suolo.

«Non saprei» sospirò. «Non più che in passato.»

E pensava a Vincenzo che aveva accettato di sposare solo perché le aveva taciuto la verità. E ai figli che mai avrebbero immaginato che lei avrebbe voluto un altro uomo e che avrebbe preferito vivere a Milano e fare una vita completamente diversa, una vita che non li includeva affatto.

A chi mai avrebbe potuto confidare queste cose?

Certo che era sola.

Dal giorno in cui Mario l'aveva lasciata per andare a studiare, era sempre stata sola.

Valentino si schiarì la voce per attirare la sua attenzione.

«Forse, potremmo smettere di esserlo.»

Caterina si scosse dai suoi pensieri e lo guardò.

Il martedì sera era felice al pensiero di vederlo il giorno successivo, ma lui non era Mario.

«Anche io sto bene con te» disse, scuotendo la testa. «Ma ormai siamo vecchi per queste cose.»

Valentino batté entrambe le mani sul tavolo e si alzò in piedi.

«Non scartare subito l'idea. È triste invecchiare da soli.»

È molto più triste passare l'intera vita da soli, pensò lei.

«Vado che i fornitori mi aspettano» aggiunse lui, dirigendosi verso la porta. «Ci vediamo il prossimo mercoledì.»

Prima di uscire si mise il cappello.

Capitolo 9

A fine gennaio morì la Lucia.

Caterina per qualche giorno fu in preda al panico. I luoghi e le persone attorno a lei stavano scomparendo. Chi avrebbe potuto adesso garantire per i suoi ricordi?

Sarà successo davvero o l'ho solo sognato? si chiedeva ripensando agli episodi del passato che le erano più cari.

Le era stato rimproverato così tante volte di vivere nel suo mondo, da iniziare a dubitare che ciò che lei aveva vissuto come reale lo fosse stato anche per gli altri.

Il desiderio di Mario si fece più intenso. Ormai non le era rimasto che lui a poter dare consistenza alla sua storia, perché la sua esistenza, che lo volesse o meno, era sempre girata attorno a lui.

Il funerale venne celebrato a Zugliano. Difficilmente Caterina avrebbe potuto immaginare un giorno più grigio. Al mattino una pioggia mista a neve aveva impantanato strade e marciapiedi e i gradini della chiesa erano così scivolosi che i vecchi erano costretti ad appoggiarsi allo stipite della porta per non finire gambe all'aria.

Caterina rifiutò la mano che una signora più giovane le aveva offerto e andò a sedersi in un banco delle prime file.

Una suora iniziò a recitare l'*Eterno riposo* a gran voce. I presenti si accodarono in un borbottio indistinto.

Caterina si guardava attorno.

Giobatta era curvo sulla bara, accartocciato dal dolore. Il pomo d'Adamo sporgente gli sobbalzava sul collo nello sforzo di trattenere i singhiozzi. Invano i figli lo invitavano a prendere posto in prima fila, lui li mandava via con le braccia, senza nemmeno voltarsi.

L'Anna, passandole di fianco, le fece un cenno di saluto; era tornata così grossa che Ugo faticava a camminarle di fianco e, da soli, bloccavano l'intera navata. I nipoti della Lucia, alle loro spalle, ridacchiavano e si lanciavano occhiate nel tentativo di superare l'ingombro.

Un chierichetto fece cadere il turibolo dell'incenso e l'intera platea alzò la testa nella sua direzione.

In quel preciso istante Giobatta si abbandonò alle lacrime e la Emma, seduta dietro di lei, le toccò la spalla per dirle quanto era bello rivedersi tutti quanti. Caterina pensò che l'amica non solo era rimasta brutta, ma anche sciocca.

Poi arrivarono sua sorella Linda, con il marito Francesco, Tarquinio da solo e Tullio con la moglie. La Mara era l'unica ad avere conservato un aspetto gradevole, ma Caterina, a distanza di tanti anni, vedeva ancora in lei solo la morte di Quintilio e, di conseguenza, l'inganno di Vincenzo.

Iniziò la celebrazione.

Caterina non riuscì a seguire né l'omelia né il ricordo finale letto con la voce rotta dal figlio Romano.

Per tutta la funzione non fece che pensare a un pretesto per attaccare bottone con la Ida, che era arrivata sorretta da ben due bastoni e che stava seduta tre banchi davanti a lei.

All'uscita, la adocchiò in mezzo alla fila che si ingrossava attorno a Giobatta e ai figli per le condoglianze. Pensò di raggiungerla, ma nello spazio davanti alla chiesa c'erano troppe persone e tutti si muovevano con cautela per non finire con le scarpe dentro le pozzanghere. Ogni spostamento era difficile.

Quando il carro funebre si mise in movimento e la folla si accodò in processione, riuscì finalmente ad avvicinarla.

Le prese uno dei due bastoni e le porse il braccio.

«Posso?»

L'anziana la guardò.

Dietro le lenti spesse aveva le congiuntive arrossate e grandi occhiaie violacee.

«Che dispiacere, Nina, la Lucia era una delle donne più buone che io abbia mai conosciuto.»

Caterina annuì.

«Sì, era in pace con se stessa.»

La Ida le carezzò una guancia.

«Eravate così legate in passato.»

Imboccarono la strada che scendeva alla piazza del paese. Sull'asfalto ripido, più di qualche anziano dovette aggrapparsi a un parente più giovane. Altri appoggiavano la mano al cemento umido e muschioso delle abitazioni, facendo attenzione a non finire con i piedi dentro al rivolo di acqua sporca che correva lungo le case e i muretti dei giardini.

Caterina prese tempo e le raccontò di quella volta che lei e la Lucia, in seconda elementare, avevano litigato prima della gara di lettura.

Ogni tanto, appoggiando il piede destro a terra, la Ida gemeva.

«Pensa che poi sono arrivata terza, dopo Mario» concluse il racconto Caterina.

La Ida si asciugò le lacrime.

Andavano così piano che ormai si erano staccate dal gruppo.

Perché questa volta non le diceva niente di Mario?

Arrivati in centro, la Ida volle fare una sosta per prendere fiato.

Nel grande piazzale di ghiaia, tra il Comune e le scuole, qualche auto si muoveva lenta, affondando con le ruote nelle buche create dalla pioggia e sollevando due ali di fanghiglia ai lati. I passeri scappavano in alto, sui rami spogli degli alberi.

Caterina restituì il bastone alla Ida e la aiutò a rimettersi in movimento.

Il cuore le batteva forte.

«La Lucia era anche amica di Mario. Ricordi?»

La donna, che stava aggirando una pozzanghera, non diede segno di averla sentita.

Caterina colpì un sassolino con la punta della scarpa.
«Per caso hai notizie di Mario?»
L'anziana si fermò e la guardò.
«Mario?»
«Sì. Tuo cugino.»
L'altra riprese a camminare.
«Ogni tanto ci sentiamo al telefono. Sempre il solito. Perché?»
Perché?
Perché?
Calciò giù dal marciapiede un pacchetto di sigarette vuoto.
«Non so. Per sapere» rispose.
«Mi chiedo se Giobatta sopravviverà alla morte di sua moglie. Guardalo» disse la Ida, indicando il vecchio che, sorretto dai figli, non riusciva a staccare la mano dal lunotto posteriore del carro funebre.
Caterina alzò lo sguardo distrattamente e poi tornò a osservare i suoi piedi sull'asfalto, che si muovevano lentissimi per accordarsi al passo della Ida.
Ormai il gruppo era distante.
Un'auto che stava per imboccare la stessa strada, di fronte alla cortina di persone che ne ostruiva il passaggio, fece retromarcia.
Loro due dovettero spostarsi di lato per consentirgli la difficile manovra tra le due file di case compatte che costeggiavano la via.
Quando ripresero a camminare, il corteo era sempre più lontano.
«Mi piacerebbe incontrarlo.»
«Chi?»
«Mario.»
La Ida scosse la testa.
Ci fu un lungo silenzio.
«Dici che sia possibile?» domandò titubante Caterina.
L'anziana sospirò.

«Boh. Un paio di volte all'anno passa per Thiene, gli dirò che venga a salutarti.»

Era così semplice? Lo era sempre stato?

A Caterina girava la testa.

«Ma lo sai almeno il mio indirizzo?»

«Sì, lo so dove abiti.» La Ida si fermò e la fissò. «Io invece ti ho dato il mio, tanti anni fa, e non ti sei mai fatta viva.»

Caterina abbassò gli occhi.

La Ida si staccò da lei e varcò la cancellata del cimitero.

La bara fu calata con le corde nella voragine. I figli dovettero sorreggere Giobatta, che era sul punto di caderci dentro con la moglie.

Nel momento in cui il legno sbatté contro la terra, a Caterina si contorse lo stomaco, sentì l'acidità risalirle l'esofago e fu sul punto di rimettere.

Scappò fuori dal cimitero, con la mano davanti alla bocca per respingere il vomito.

Il rumore del legno contro il fondo della buca le risuonava in testa e non riusciva a farlo smettere.

Si sedette un attimo sul muretto esterno, con la schiena appoggiata alla recinzione, per prendere fiato e radunare i pensieri che le vorticavano in testa.

Respirò a fondo l'aria fredda e guardò verso i monti, oltre i tetti del paese. La montagna era decapitata da una grande nuvola di condensa bianca che si stagliava contro il cielo torvo. Più su di Calvene, non si vedeva nulla.

Spostò lo sguardo su un pettirosso che zampettava sulla ringhiera. Si concentrò sui suoi movimenti leggeri per dimenticare la terra fredda e bagnata che si era mangiata la Lucia, la sua amica di una vita.

L'uccellino balzò al suolo e mosse qualche passo nella sua direzione.

Caterina ripensò alle parole scambiate con la Ida e al fatto che Mario forse sarebbe venuto a trovarla.

Pensò che se c'era ancora Mario, c'era ancora vita.

Sentì le viscere appianarsi e si incamminò verso la stazione delle corriere. Quando gli passò di fianco, l'uccellino spiccò il volo.

Già il mattino successivo Caterina iniziò a vestirsi con maggiore attenzione, come se Mario fosse potuto arrivare da un momento all'altro. Controllava più volte che le calze non avessero smagliature, indossava la collanina di corallo tutti i giorni e, se doveva uscire, si passava un po' di rossetto sulle labbra.

Il primo mercoledì dopo le vacanze di Carnevale, mentre Tommaso e Valentino giocavano con le costruzioni, il bambino per errore lo chiamò *nonno.*

Caterina, seduta sullo sgabello della Singer, sobbalzò e, prima che se ne andasse, gli disse che dalla settimana successiva lei e il nipote avrebbero avuto degli impegni.

Dismise la vecchia tovaglia di cotone bianco ricamato, che ancora apparteneva alla sua dote, e ne comperò una nuova, più moderna, sui toni del marrone, con delle piccole treccioline dorate sui bordi.

Addirittura abbellì la stanza con delle stampe incorniciate delle quattro stagioni, prese per pochi soldi alla bancarella dell'usato. Mancava l'estate, che era già stata venduta. Vi erano raffigurati dei contadini che parevano dei pupazzetti: puliti, con cappelli di paglia e grembiuli leziosi, in paesaggi di betulle e capanne.

In primavera si fece fare una leggera permanente e il giorno di Santa Caterina preparò un tiramisù per lei e la nipotina. Era cattivo, sapeva di uovo e i savoiardi, troppo imbevuti, si disfacevano sul cucchiaino prima di arrivare alla bocca, ma si divertirono a mangiarlo e risero di quanto era cattivo.

Perfino parlare con Antonia diventò meno difficile. Adesso che la figlia frequentava un gruppo di preghiera era meno spigolosa e, ogni tanto, quando veniva a prendere la bambina, Caterina aveva piacere che si fermassero per cena.

Nel tempo libero leggeva. Sapeva che Mario aveva un'intera stanza di libri. Magari avrebbero di nuovo parlato delle loro letture, come avevano fatto con *Martin Eden* da giovani.

Parole. Di nuovo aveva bisogno di conoscere più parole, nuove parole per dire cose diverse da quella che era stata la sua vita.

A fine giugno al Bosco dei Preti, come ogni anno, arrivarono le giostre per la sagra di San Giovanni. Ogni volta che attraversava il luna park con la nipotina, per andare a fare la spesa in centro, la bambina lasciava gli occhi sui calcinculo.

Caterina fu irremovibile, a lei non piacevano quelle diavolerie e le trovava anche pericolose. Una volta, però, le comprò lo zucchero filato. Dopo che la nipote l'ebbe mangiato, impiastricciandosi abbondantemente le guance, al bastoncino di legno applicarono una stella di cartone per farne una bacchetta magica.

Quel giorno, mentre la piccola Caterina ancora saltellava per casa trasformando il gatto in un principe e le mosche in farfalle, Antonia venne a prenderla in anticipo.

Si sedette e rimase in silenzio, tirava nervosamente una trecciolina della tovaglia nuova.

«Smettila, che me la rompi» disse Caterina, che, seduta poco lontano, stava scucendo dal giubbetto una cerniera da sostituire.

Antonia avvitò la trecciolina su se stessa con ancora maggiore forza.

Caterina alzò la testa. Notò che aveva le dita libere, era la prima volta che la vedeva senza anelli.

«Allora?»

La figlia smise di torturare la tovaglia.

«Devo dirti una cosa» disse, senza alzare lo sguardo.

Caterina sentì tutti i muscoli contrarsi.

«Dimmi.»

«Sto per sposarmi.»

Caterina spalancò gli occhi.

«Sei di nuovo incinta?»
Antonia la guardò confusa.
«No.»
«E perché ti sposi?»
Caterina avrebbe voluto dire altro, ma era in confusione anche lei.
«Ma che domande sono? Perché ho trovato un uomo che mi piace.»
Dov'era allora il problema? Con sua figlia doveva esserci un problema.
«E tu piaci a lui?» domandò Caterina, titubante.
Antonia aggrottò la fronte.
«Perché me lo chiedi? Ti sembra così impossibile che io possa piacere a qualcuno?»
«No, no, certo. È solo che non hai l'aria contenta di una che sta per sposarsi.»
Antonia di nuovo abbassò lo sguardo.
Caterina entrò in soggiorno. Saltò in braccio alla madre e la trasformò in una fata. Poi corse fuori, inseguendo il gatto.
«C'è ancora una cosa che devo dirti, mamma, e non credo che ti piacerà.»
Caterina capì che erano entrate in un terreno più familiare, si sentì quasi rincuorata.
«Dimmi.»
Di nuovo Antonia tirava le treccioline della tovaglia.
«Ti assicuro che è una bravissima persona.»
La figlia aveva le guance in fiamme.
«Lo sai anche tu, mamma, che a volte anche le persone perbene possono prendere delle decisioni sbagliate. Specie da giovani.»
«Insomma, Antonia, cosa vuoi dirmi?» Caterina aveva poggiato il lavoro sul davanzale. «Si drogava anche lui?»
Antonia alzò la testa di scatto.
«No, cosa ti viene in mente?» Fece un respiro profondo. «È solo che dobbiamo sposarci in Comune perché lui è divorziato.»

Caterina girò la testa verso la finestra. La nipotina era arrabbiata con il gatto che non rispondeva ai suoi incantesimi. Lo rincorreva intorno al cespuglio di ortensie. Quando lo raggiunse, lo colpì forte in testa con l'asticella di legno e lo fece scappare oltre la rete divisoria.

Pensò che anche Mario era divorziato da tanto tempo.

Che gli mancasse la Gilda? Che l'avesse amata davvero mentre erano sposati?

«Mamma, perché non dici niente? Sei arrabbiata, per caso?»

Caterina ancora guardava fuori dalla finestra, il gatto e la nipotina erano spariti, c'era solo la pianta di ortensie nel buco scavato in mezzo al cemento, una enorme palla di foglie da cui spuntavano ciuffi spumosi di infiorescenze rosate.

«Mamma, ti assicuro che è una brava persona. L'ho conosciuto al gruppo di preghiera, è ormai un anno che ci frequentiamo.»

Caterina guardò la figlia. Aveva le guance rosse e di nuovo arricciava le frange della tovaglia.

Le fermò la mano e gliela strinse.

«Stai tranquilla. C'è di peggio.»

Antonia piangeva.

«Grazie, mamma, non ero sicura che avresti capito.»

Caterina avrebbe voluto abbracciarla, ma si limitò ad accarezzarle la mano.

Le ci volle un po' di tempo per comprendere il significato di ciò che le aveva detto la figlia. Capì solo molte ore più tardi, mentre l'intera città era radunata al luna park per assistere ai fuochi d'artificio, che il matrimonio di Antonia aveva risolto l'ultimo grosso problema della sua vita.

Con il botto finale, che arrivò nitido fino a casa sua, esplosero anche le lacrime.

Finalmente non aveva più nulla di cui preoccuparsi. Le tribolazioni erano finite.

Ora si sentiva pronta per incontrare Mario.

E dopo qualche settimana accadde ciò che aspettava da quarant'anni.

Nella cassetta della posta, assieme a una bolletta della luce e a una comunicazione dell'associazione degli artigiani, trovò una cartolina. Una foto del duomo di Milano, stessa inquadratura di quella che negli anni Venti aveva spedito la zia Alma in contrada. Ma questa volta la foto era a colori: un bel cielo azzurro sovrastava i palazzi. E come sempre era accaduto, mentre la afferrava, le mani iniziarono a tremare.

Capitolo 10

Caterina si rivoltava tra le lenzuola umide, una zanzara le dava il tormento da ore. Un paio di volte aveva acceso la luce e si era aggirata per la stanza con il cuscino in mano nella speranza di scovarla.

Ma non era l'insetto a toglierle il sonno, bensì le poche righe che aveva ricevuto solo il giorno prima.

Cara Nina,

spero che tu stia bene. L'undici luglio sarò a Thiene da mia cugina Ida. Lo so che dopo tanto tempo la mia richiesta può sembrarti inopportuna, ma mi farebbe piacere rivederti. Nel pomeriggio sarò in biblioteca. Se anche a te non dispiacerebbe fare due chiacchiere con un vecchio amico, sai dove trovarmi.

Spero di vederti,

Mario

Il postino aveva sbagliato cassetta. La cartolina era rimasta una settimana dai vicini, che erano in vacanza, e lei l'aveva ricevuta solo all'ultimo.

Non aveva fatto in tempo ad andare dalla parrucchiera e nemmeno a cercarsi degli abiti adatti.

Si era sentita prima intimorita e poi scoraggiata.

Non era pronta. Più ci pensava, più le pareva che rivedere Mario non fosse una buona idea. Le tornava in mente la sua contrada: le stalle vuote, le abitazioni fatiscenti e la terra spianata dove un tempo cresceva l'alloro.

Prima di andare a letto aveva aperto il contenitore di latta in cui conservava tutti i ricordi di lui per infilarci anche la cartolina. L'aveva appoggiata sopra il pacco delle carte, ma poi l'aveva ripresa in mano.

No, la cartolina non c'entrava niente con quel vecchiume, con le pagine strappate o quelle sbiadite. Era nuova e colorata, ma soprattutto era arrivata giusto in tempo. Un giorno più tardi e l'incontro sarebbe stato impossibile.

Non poteva nasconderla nella scatola delle loro occasioni mancate.

Confortata da questo pensiero, l'aveva esposta in bella mostra sulla scansia centrale del grande mobile del salotto.

Di cenare non le era proprio venuto in mente. Era andata a letto presto, per arrivare all'appuntamento riposata.

Dai buchetti delle tapparelle entrava ancora la luce del crepuscolo. Nel campo da calcio parrocchiale stavano disputando un torneo, aveva dovuto chiudere gli infissi per impedire alle grida di entrare. In un attimo il calore dei muri aveva saturato la stanza.

Verso mezzanotte le attività sportive si erano concluse. Dopo i saluti e le risate, le auto parcheggiate in strada avevano messo in moto e si erano allontanate.

Adesso fuori c'era il silenzio, ma erano i pensieri che aveva in testa a fare baccano.

Avrebbe rivisto Mario.

Per la prima volta, dopo tantissimo tempo, concedeva all'avvenire di cancellare le immagini delle stalle vuote e delle case diroccate.

La zanzara le si posò sulla guancia, provò a schiacciarla. Rimase in ascolto con il dubbio di esserci riuscita. Dopo qualche istante la sentì nuovamente ronzare.

Accese la luce e andò in bagno.

Rimase a lungo seduta sul water a fissare il pavimento, e a godersi la frescura delle piastrelle sotto i piedi nudi e la brezza notturna che entrava dalla finestrella a ribalta.

Si alzò e si sciacquò la faccia. Il caldo era insopportabile.

Prima di tornare nella stanza da letto, passò per il soggiorno a prendere la pastiglia di sonnifero che teneva nel grande mobile a parete. Di nuovo guardò la foto del duomo, la piazza elegante, l'edificio bianco, il cielo azzurro. Immaginò le mani di Mario toccarla. Chissà come erano diventate le mani di Mario.

Mi farebbe piacere rivederti, aveva scritto.

Questa volta era preparata e non avrebbe permesso che niente si mettesse tra di loro.

Ci aveva impiegato una vita, ma finalmente conosceva tutte le parole necessarie per dire quello che voleva.

Si svegliò stordita per il poco sonno. In camera adocchiò la zanzara che l'aveva tormentata durante la notte, appoggiata sulla specchiera. Quando la schiacciò con l'asciugamano, sul vetro rimase una macchia di sangue.

A stomaco vuoto si preparò e uscì.

Di fuori l'aria era ancora sufficientemente frizzantina da rendere piacevole la camminata. Quando fu in strada, cercò le sue montagne oltre i tetti della città, le contrade nel sole mattutino spiccavano tra il verde della vegetazione.

Sorrise.

Si avviò verso il centro, costeggiando il parco. Raggiunse la zona degli allori, dove le piante rigogliose protendevano i rami nuovi oltre la rete, sfiorandola mentre camminava sul ciglio della strada. Le loro radici possenti avevano crepato l'asfalto, Caterina doveva fare attenzione a non inciampare. Il profumo quella mattina era particolarmente intenso. Le esplodeva dentro le narici, ubriacandola.

Imboccò la strada che portava in centro, negli anni vi avevano aperto molti negozi: alimentari, vestiti, addirittura una gioielleria. Alzò gli occhi verso la striscia di cielo delimitata dai cornicioni bianchi dei palazzi storici. Vi scorse un celeste così pastoso e compatto che, se non fosse stato per la scia di un aereo, che ne scalfiva l'uniformità, sarebbe apparso dipinto.

Guardò i piccioni che zampettavano sul bordo dei tetti, che volavano da una parte all'altra della strada e che si corteggiavano, saltando da un balcone all'altro, inseguendosi con passetti corti e frenetici.

Lunedì era giorno di mercato.

Caterina si infilò tra la folla che occupava il corso. C'erano tante mamme che stringevano le mani dei figlioletti, per non perderli. Qualche papà che, invece, se li era caricati sulle spalle. Le suole delle scarpe sull'asfalto ruvido e le grida dei venditori. Fumo di sigaretta, risate e voci.

Con le scuole chiuse il giorno di mercato era l'occasione per ritrovarsi in centro. I ragazzi ridevano, amoreggiavano, si spintonavano con la stessa vitalità dei colombi.

Nei capannelli di persone davanti alle bancarelle c'erano molte donne anziane come lei, che contrattavano sui prezzi e che, di metro in metro, andavano riempiendo la sporta a quell'ora ancora mezza vuota.

Ma niente spese per lei quella mattina, niente verdure e niente formaggi. Nemmeno le bolle di sapone per i nipotini.

Era uscita a comprare un regalo per Mario.

Una scatola di cioccolatini? Dei calzettoni? Un libro?

Aggirò le bancarelle per avvicinarsi alle vetrine.

Passò davanti a un negozio di biancheria per la casa e a uno di dischi. Subito dopo raggiunse una tabaccheria in cui erano esposti accendini, portasigari, cravatte e borselli da uomo. Tutto di marca. Tutto molto caro.

La porta trillò quando la spinse. Dentro c'era un forte odore di tabacco e talco. Un uomo di mezza età si avvicinò, camminando leggero sulla moquette.

«Signora?»

«Buongiorno, dovrei fare un regalo.»

Il negoziante sorrise.

«Mi dica. Di cosa si tratta?»

Lei si guardava attorno.

«È per un uomo che compie settant'anni.»

«Il marito?»

Caterina sentì caldo.

«No, no. Un mio cugino» farfugliò.

Non ci mise molto, in pochi minuti uscì dal negozio con dei guanti in pelle nera morbidissima che le erano costati uno sproposito, perché aveva scelto i più cari.

Infilò il pacchettino nella borsa e si avviò in fretta verso casa per anticipare la calura.

Il pomeriggio si era fatto afoso. Attese l'orario di apertura della biblioteca, camminando da una stanza all'altra della casa, provando a fare qualcosa senza concludere niente, e prendendo a pedate il gatto che la intralciava negli spostamenti.

Inutilmente provava a contare i punti infilati sui ferri da calza. Perdeva di continuo la numerazione, i fili, la voglia.

L'agitazione, di nuovo, le aveva impedito di mangiare.

Quando la pendola batté le tre, finalmente andò in camera a prepararsi.

Si tolse la traversa e gli abiti da casa.

Non si guardava mai senza vestiti, un po' per pudore e un po' per paura, ma quel giorno sentì l'urgenza di farlo.

Sfilò le spalline della sottoveste e l'indumento si afflosciò a terra con un lievissimo fruscio.

La sua immagine svestita apparve sull'anta a specchio del grande armadio. Percorse con l'indice le pieghe orizzontali della pancia, sformata dalle gravidanze, poi le cicatrici sulle braccia e, voltandosi, quelle sulla coscia. Osservò il reticolo di capillari violacei sulla carne non più compatta dei fianchi e delle gambe. La pelle molle delle braccia e i seni svuotati dagli allattamenti.

E se a Mario non fosse più piaciuta?

Si guardò le mani. Le vene in sporgenza dicevano che era anziana.

Fece un giro su se stessa. Tornando al punto di partenza, ebbe la sensazione che il suo corpo avesse lasciato dietro di sé un sentore di naftalina.

Raccolse in fretta la sottoveste da terra e si cosparse di talco per nascondere l'odore di vecchio.

Tirò fuori dall'armadio la camicetta azzurro cielo che si era fatta per andare a ballare da giovane. La stoffa buona era sopravvissuta per cinquant'anni ai rimaneggiamenti che lei aveva operato per inseguire i cambi di moda.

Ci abbinò una gonna leggera color crema.

In ultimo, indossò la solita collana di corallo e le scarpe bianche.

Si guardò di nuovo allo specchio: con i vestiti non aveva nulla da invidiare alla Gilda.

Il gatto, accovacciato a pollo, la osservava da sopra il comò.

Caterina gli carezzò la testa. L'animale si alzò e si stirò, allungando le zampe in avanti e alzando la coda. Poi spiccò un balzo sul pavimento e si avviò in soggiorno.

Caterina lo seguì. Prima di uscire di casa, gettò un'ultima occhiata alla cartolina sul mobile.

Le quattro rampe di scale che dovette percorrere per raggiungere la biblioteca le fecero venire il fiatone. Più saliva, più l'edificio si faceva caldo. Sostò in cima al pianerottolo per riprendere fiato, poi spinse la grande porta a vetri.

Che fosse già lì?

Il bibliotecario la salutò con gentilezza.

«Com'è elegante oggi, Caterina.»

Lei protestò in modo blando, perché l'ultimo libro che aveva preso era finito male.

Intanto si guardava attorno. La biblioteca era molto tranquilla. Nella stanzetta dei bambini, vicino al banco dei prestiti, non c'era nessuno.

Oltre una parete di vetro, nell'area adibita allo studio, alcuni ragazzi leggevano in silenzio, chini su grandi tavoli di formica marrone.

Mario non era ancora arrivato.

Il bibliotecario strizzò gli occhi, come se cercasse di ricordare.

«Che libro era?» domandò.
Caterina lo estrasse dalla borsetta di cellophane che teneva appesa sull'incavo del gomito.
«Si intitola *Ethan Frome*. Ma non sono sicura di come si legge» disse, porgendoglielo.
Il bibliotecario lo rigirò tra le mani.
«Non lo conosco. Triste?»
«Molto.»
L'uomo ridacchiò.
«Allora la prossima volta deve scegliere con più attenzione.»
Lo depositò sopra una pila di altri libri e iniziò a registrarne la restituzione.
Caterina aveva bisogno di parlare. Se stava zitta il cuore le esplodeva dentro i timpani.
«Secondo lei, sono di più i libri che finiscono bene o quelli che finiscono male?» domandò con fare nervoso.
Il bibliotecario chiuse il registro e la guardò divertito.
«Non saprei, non ci ho mai riflettuto. Lei, Caterina, cosa pensa?»
Ormai grandi chiazze di sudore si allargavano sulla stoffa blu in corrispondenza delle ascelle. Allargò un poco le braccia senza darlo a vedere, nella speranza che si asciugassero per l'arrivo di Mario.
«Io leggo solo quelli che finiscono bene. Non capisco perché uno scrittore dovrebbe far finire male la sua storia. Non sarebbe più bello se tutte fossero a lieto fine?»
Il bibliotecario scosse la testa.
«Non sarebbe realistico.»
Caterina osservava una coppia di ragazzi che, oltre il vetro, ridacchiava, sfogliando lo stesso libro. Lui posò un bacio veloce sulla guancia di lei. La giovane arrossì e lo spinse via.
«Chi le vuole le cose realistiche. Per quelle c'è già la vita, no?»
«Però i finali tristi danno di più a cui pensare» insistette l'uomo.

«Su questo non ci piove.» Caterina appallottolò il sacchettino di plastica e lo infilò in borsa.

Le girava la testa. Si ricordò che non aveva mangiato niente dal giorno prima.

«Ha qualche lettura da consigliarmi, per caso?»

Lui rise.

«Tutto quello che conoscevo glielo ho già indicato. Ora non le resta che rischiare.»

Caterina lo ringraziò, tornò sul pianerottolo e si sporse sulle rampe di scale.

Nessuno.

Rientrò e si diresse verso il grande stanzone. Costeggiò i tavoli con gli studenti, cercando di fare meno rumore possibile con i tacchi. Le finestre erano spalancate. Un'improvvisa corrente di aria calda le fece sventolare l'orlo della gonna. Le pagine dei quaderni, aperti sui tavoli, girarono rumorosamente e una ragazza, con i capelli lunghi e biondi, li raccolse in una coda per evitare che le andassero davanti agli occhi.

Caterina guardò fuori, nonostante il cielo in quella direzione fosse luminoso pensò che stava per cambiare il tempo.

Si fermò, ancora un istante, a controllare per l'ultima volta la porta d'ingresso, poi si infilò nella corsia della W. L'ultimo libro che aveva preso era molto triste, ma voleva dare all'autrice una seconda possibilità. Aveva letto, sul retro della copertina, di un altro romanzo che aveva scritto: *La casa della gioia*. Il titolo prometteva bene.

Lo adocchiò sulla mensola più alta. Nonostante i tacchetti, non riusciva a raggiungerlo, in punta di piedi ne toccava appena il dorso con il dito. Inoltre le mani erano così sudate che qualunque cosa sarebbe sfuggita alla loro presa.

«Posso aiutarti?» domandò qualcuno alle sue spalle.

Rimase qualche secondo con la faccia rivolta ai libri perché non riusciva più a respirare.

Si voltò.

Lui era lì.

Avrebbe voluto nascondere la sua vecchiaia, di quella di Mario quasi non si accorse.

Lo spazio era angusto, tra loro non c'erano più di venti centimetri. Lui si avvicinò ulteriormente per prendere il libro.

Caterina percepì fortissimo l'odore di sigaretta del suo respiro. Il braccio alzato di Mario le sfiorò il viso.

Erano di nuovo vicini come dentro i crepacci di roccia da bambini.

Non riuscì ad afferrare il volume che lui le passava. Il libro cadde a terra e slittò in direzione dei tavoli. Gli studenti si voltarono per scoprire l'origine del tonfo.

Videro due vecchi che si guardavano in silenzio. Vicinissimi. Nemmeno si muovevano per raccogliere il volume caduto che, con le sue pagine malamente piegate contro il pavimento, avrebbe generato in chiunque l'impulso di sistemarlo.

La ragazza con i capelli biondi sbuffò.

Capitolo 11

«Ti senti bene?» domandò Mario piano, per non disturbare.

Caterina ne riconobbe gli occhi celesti.

Si chiese se non stesse morendo. Forse era così che arrivava la morte, sotto le sembianze di chi più si aveva desiderato in vita. Che stesse facendo un infarto? Un'ischemia? O una delle tante malattie che purtroppo negli ultimi anni le erano diventate familiari?

«Appoggiati a me, che ti porto fuori a prendere un po' di aria.»

Lo seguì docilmente. Non ci si poteva opporre alla morte. Sentiva la sua mano appoggiata alla schiena e pensò che era bello andarsene così all'altro mondo.

«Ha bisogno di aiuto, signore?» domandò il bibliotecario a Mario, alzandosi in piedi e uscendo dalla sua postazione.

Lui gli fece un gesto vago per indicare che andava tutto bene.

Avevano sceso le scale?

Caterina non se ne era accorta.

Si ritrovò seduta su una delle panchine, tra le aiuole di fronte all'edificio. Le altre erano occupate dagli studenti in pausa.

«Sto morendo?» sussurrò a Mario.

«No, è solo un calo di pressione» rispose lui serio. «Ce la fai a restare un attimo da sola?» domandò, già alzandosi. «Vado a prenderti qualcosa da bere.»

Caterina lo trattenne. La mano di Mario era finalmente stretta nella sua. Non chiedeva altro.

«No, rimani.»

Si appoggiò allo schienale della panchina e chiuse gli occhi.

Dal gruppetto vicino arrivavano odore di sigaretta e parole confuse. In lontananza, il brusio indistinto delle auto sulla circonvallazione. Anche l'ultima volta che si erano visti c'era un ronzio di sottofondo, Caterina ricordò che un grosso calabrone le volava attorno ai piedi.

Non riusciva a riaprire gli occhi. Negli ultimi tempi le capitava spesso di sognare di non potersi svegliare. Provò la stessa angoscia.

«Nina? Tutto bene? Mi fai preoccupare.»

La voce era la sua, ma meno pulita di come la ricordava. Un tremore di gola le conferiva una leggera incertezza. Le parole risentivano di un eccesso di saliva che ne rendeva la chiusura meno netta.

«Scusami, mi gira un po' la testa» rispose, con gli occhi ancora chiusi.

Mentre lo diceva, si chiese se anche la sua voce fosse invecchiata.

«Vado a prenderti un bicchiere d'acqua. Non ti muovere.»

Quando Caterina riuscì ad aprire gli occhi lui non c'era più. Si domandò se l'avesse solo sognato.

Infilò la mano nella borsa per assicurarsi di avere con sé il pacchettino del regalo. Vi si aggrappò.

Un attimo dopo vide un vecchio uscire dal grande edificio industriale che ospitava la biblioteca, attraversare il passaggio acciottolato e avanzare verso le aiuole, nella sua direzione.

Era lui?

I pantaloni gli erano così larghi, che dentro sembrava non esserci niente a riempirli.

Mentre si avvicinava, notò che di capelli ne aveva ben pochi. La pelle rosea della testa si vedeva chiaramente sotto il riporto dei lunghi ciuffi bianchi che ancora crescevano attorno alle orecchie.

Constatò che nulla lasciava trasparire una particolare ricchezza o eleganza.

«Mi fa piacere che ti sia ripresa» disse, risedendosi accanto a lei. «Non sono riuscito a trovare nemmeno un bicchiere, mi dispiace.»

Caterina gli fece cenno di non preoccuparsi.

Non riusciva a spiccicare una sola parola.

Perché Mario le parlava in italiano?

Loro non lo avevano mai fatto.

Se non gli parlava in dialetto, le pareva di recitare.

Lo guardò estrarre dalla tasca di dietro un pacchetto di Nazionali morbide e infilarsene una tra le labbra.

Gli occhi le caddero sulle mani.

Erano chiare, affusolate, con le unghie leggermente troppo lunghe per un uomo.

«Ti trovo bene» le parole gli uscirono dalla bocca mescolate al fumo.

Sul dorso c'era qualche piccola macchia bruna, come ce le avevano tutti gli anziani, ma la pelle sembrava trasparente, come quella di un bambino, le vene si intravedevano appena sotto l'epidermide sottile.

«Ti trovo bene» ripeté lui.

Caterina non rispose, per il solito imbarazzo linguistico, ma anche perché non avrebbe potuto ricambiare il complimento. A parte la magrezza, niente in lui ricordava l'uomo che aveva lasciato.

Ascoltarono gli studenti che nella panchina vicina stavano organizzando le vacanze.

«Sei stato dalla Ida?» gli domandò lei in dialetto.

Lui ebbe un attimo di esitazione.

«Sì, mi ha invitato a pranzo.»

Aveva risposto in italiano. Caterina dovette adeguarsi.

«E così sei venuto alla fine.»

Aveva detto una cosa sciocca, ma il senso era passato in

secondo piano. Era concentrata a usare meno parole possibili in quella lingua ingombrante.

«Be', sì.» Fece un tiro di sigaretta. Quando aspirava, incavava le guance e lunghe rughe verticali si formavano ai lati della bocca, c'era qualcosa di femmineo nel suo modo di fumare.

Caterina abbassò lo sguardo per non vederlo.

Quando alzò di nuovo gli occhi, era lui a non cercarla più. Nella pelle cadente del collo scorse un tremito leggero.

Capì che aveva iniziato a contare i secondi tra un tiro e l'altro.

Pensò con sollievo che per un po' non avrebbe dovuto dire nient'altro.

Mario finì di fumare e rigirò il mozzicone tra le dita per far cadere a terra il tabacco residuo.

Rimasero in silenzio a guardare davanti a loro. Dove finivano le aiuole e iniziavano i sampietrini, le rondini volavano basse. Finalmente avrebbe piovuto.

I ragazzi vicini ancora parlavano di vacanze. Alcuni volevano andare da qualche parte in Jugoslavia, altri proponevano Levico.

Per un po' ascoltarono le ragioni degli uni e degli altri, poi anche il gruppetto tacque.

«Allora, cosa mi racconti?» domandò Mario. Fece per toccarle il ginocchio, ma il gesto si fermò un attimo prima del contatto.

«Ho una vita normale» rispose lei. «Tre figli e cinque nipoti.»

Prese fiato.

«Faccio la sarta.»

«Ah sì?» disse lui.

Caterina iniziò a sudare, arrancava, come in salita.

«Sì, ho una attività ben avviata, negli anni mi sono creata un bel giro di clienti.»

Mario fissava l'edificio industriale che ospitava la biblioteca. Non diceva niente.

«Poi abito qui, a Thiene, non lontano» indicò un punto generico alle sue spalle, per attirare la sua attenzione. «È casa mia, l'ho comprata tanti anni fa, quando siamo scesi dalla contrada» si affrettò a precisare.

Lui continuava a studiare la costruzione industriale, come se ne stesse valutando le dimensioni o la forma.

A cosa stava pensando?

«Nel tempo libero leggo. Tanti romanzi.»

La camicia azzurra si era appiccicata alle braccia per via del sudore, le sollevò un pochettino dal busto per cercare sollievo.

In un attimo l'elenco delle cose interessanti della sua vita era terminato e lui nemmeno se n'era accorto.

Mario smise di fissare l'edificio e girò la testa verso di lei, ma senza guardarla davvero.

«Beata te, io non leggo un romanzo dagli anni Quaranta. Magari ne avessi il tempo.» Sospirò. «Ho già troppo da leggere per il lavoro. Al massimo guardo qualcosa di saggistica.»

Caterina sentì la bocca secca.

Lei aveva rinunciato al sonno per leggere. Aveva divorato decine di romanzi, pensando alla sua stanza piena di libri. E poi cos'era la saggistica?

Mario non pareva accorgersi dei suoi sforzi.

Adesso toccava a lui parlare e raccontava ciò che lei già sapeva. Che abitava a Milano e che era divorziato da tanti anni.

Disse che con l'ex moglie era in buoni rapporti.

Ex moglie.

Marito e moglie.

Mario e Gilda.

Con lei parlava italiano?

Lei la guardava in faccia?

Aggiunse che aveva un figlio e una nipotina che abitavano a Mestre, ma che non li sentiva quasi mai.

Caterina pensò di dirgli che tanti anni prima aveva visto il bambino. Poi rimase zitta.

Mario precisò che il figlio faceva l'avvocato.

Il cuore di Caterina accelerò: anche lei aveva un figlio laureato.

«Anche il mio Francesco ha fatto l'università» si inserì veloce, prima di perdere il coraggio.

Mario scosse la testa.

«Ormai nemmeno nelle università si respira più un minimo di coscienza critica.»

A Caterina, che stava per aggiungere che aveva studiato filosofia, morirono le parole in bocca.

Mario si voltò verso di lei. Di nuovo non la guardava, fissava un punto in mezzo agli occhi o forse il naso.

«A proposito, se non ricordo male, anche tu volevi studiare. Alla fine sei riuscita a fare qualcosa dopo la guerra o hai lasciato perdere?»

Di nuovo Caterina era senza parole.

Pensò al suo misero diploma elementare, nascosto dentro a un qualche cassetto e fu contenta di non avergliene mai accennato.

In assenza di risposta, Mario riprese a parlare.

Le spiegò che nel suo studio di ingegneria ormai ci lavorava solo lui. Stava pensando di chiuderlo, iniziava a essere stanco. Adesso aveva una causa aperta con un Comune di montagna.

Lei seguiva i movimenti lenti delle sue mani da bambino, le parole avevano smesso di interessarla.

«Abbiamo costruito una serie di briglie, in modo che l'acqua del torrente non defluisse a velocità troppo elevata. Purtroppo la strada forestale che conduce al cantiere è franata e la zona di accesso ai lavori è ancora interdetta.»

Era serio e monocorde.

Fece una pausa per asciugare con il fazzoletto due grumi di saliva che si erano addensati ai lati della bocca.

Stiamo in silenzio, Mario, così possiamo almeno immaginare di avere ancora qualcosa da dirci.

«In realtà la rogna più grossa è che ora il Comune sostiene che la strada ha ceduto a causa dello scavo che abbiamo effettuato nelle vicinanze, per accogliere la spalla di una delle briglie. Capisci?»

Caterina si sentì in dovere di dire qualcosa.

«E hanno ragione?» si sforzò di domandare.

«No. Abbiamo effettuato tutte le perizie geologiche nella fase preliminare. La causa del cedimento sono state le piogge.» Sospirò. «Hanno sventrato la montagna con una strada, senza nessuna attenzione alla situazione idrogeologica e ora se la prendono con noi. Questa classe politica lo sta distruggendo il nostro Paese, se continuano così, tra qualche anno ci franerà tutto addosso. Ma nessuno sembra accorgersene. Tutti hanno a cuore solo il loro piccolo orticello.»

Caterina pensò che lui aveva scordato che un orticello poteva fare la differenza tra la vita e la morte.

«Vai ancora a Roma?» lo interruppe.

«In che senso?»

«Non eri stato eletto?»

«No, no. Ho lasciato la politica tanto tempo fa.»

Sospirò di nuovo.

«Non mi ritrovavo più nel partito di Togliatti. Sai, gli operai, la democrazia diretta e tutto il resto erano diventate solo parole. Veniva deciso tutto in alto. Della gente comune non si interessava più nessuno. Poi, quando si sono scoperti i guai dell'Unione Sovietica e soprattutto i crimini commessi da Stalin è stata una delusione troppo grande.»

La gente comune…

Lei era la gente comune.

Era così che lui e la Gilda chiamavano quelli come lei quando parlavano di politica?

«Le persone oggi si accontentano della casetta di proprietà, della macchina bella e dei vestiti costosi. Che delusione, Nina. A volte mi sembra di aver lottato una vita intera per niente.»

Le tornarono in mente i guanti costosi che nascondeva nella borsa e le si chiuse lo stomaco.

Mario prese fiato e alzò la testa verso di lei.

«Mi guardi in modo strano. Ho qualcosa che non va?» domandò, passandosi le mani tra i capelli radi.

Parlava con la voce piatta di chi era abituato alle pianure. Dietro gli edifici, sulle montagne, si stavano addensando grossi nuvoloni grigi.

Una brezza fresca ne annunciava l'arrivo. Le foglie sfilacciate della palma, sopra la loro testa, vibrarono, producendo un suono metallico.

«Sta per piovere» disse Caterina.

Lui alzò lo sguardo in direzione del Monte Summano.

«Già.»

A Caterina fece piacere che ancora ricordasse da che parte arrivava il maltempo. Per un attimo, tra le rughe profonde, riconobbe nei suoi occhi il celeste familiare.

Con enorme sforzo si spostò di qualche centimetro sulla panchina nella sua direzione, anche quella pareva in salita.

«Sono stata in contrada di recente» buttò là. «Non ci abita praticamente più nessuno.»

«Immagino.»

«Sai chi ho visto di sfuggita?»

Lui non diceva niente.

«L'Annamaria. Quella che aveva vinto la gara di lettura alle elementari. Ricordi?»

Mario strinse leggermente gli occhi.

«Vagamente.»

«Ma come puoi averlo dimenticato? Quell'anno c'era in palio il libro di Pinocchio.»

Lui taceva.

«Non ti ricordi neanche il maestro? Quello che ci faceva cantare?»

«Sì. Quello purtroppo lo ricordo» disse lui. «Era un guerrafondaio e ci indottrinava fin da piccoli con l'idea della Patria, dell'eroismo, del sacrificio. Poi si è visto dove siamo andati a finire.»

Caterina di nuovo ascoltava la palma fremerle sopra la testa.
«Sta per piovere» sussurrò.
Lui non diede segno di averla sentita.
Gli studenti camminarono loro di fianco e rientrarono nell'edificio.
Li guardarono varcare la porta.
Adesso erano in silenzio.
Non c'era più nemmeno il chiacchiericcio dei ragazzi a mascherare la loro estraneità.
Una grossa nube nera si stava spostando velocemente dalla cima del Summano verso la pianura.
«Senti, Gilda. Speravo di fare qualcosa con te, prima di ripartire» disse lui tutto d'un fiato.
Si rese conto dell'errore e scosse la testa.
«Scusami, Nina» disse senza guardarla in faccia. «È solo l'abitudine. Anche se siamo divorziati da tanti anni, ormai è rimasta una delle poche persone con cui parlo.»
Con la Gilda parlava, lei l'aveva invitata solo a fare due chiacchiere.
Mario iniziò a cercare le sigarette nelle varie tasche, non ricordava dove le aveva messe. Sfilò il pacchetto dal taschino della camicia, ma gli cadde a terra, sotto la panchina. Si piegò per raccoglierlo.
Caterina ne osservò i capelli umidicci incollati alla nuca. La pietra in pancia iniziava a darle la nausea, non aveva nessuna voglia di aiutarlo.
Una delle poche persone con cui parlo.
La frase le rimbombava in testa.
«Quando torni a Milano?» domandò.
Lui stava ancora cercando il pacchetto.
«Domattina.»
Era tornato a sedersi, un po' più lontano da lei, e rigirava le sigarette tra quelle mani troppo bianche e troppo morbide, che lei non riusciva più nemmeno a guardare.
«Ti interessa il cinema?» chiese lui.
Chi mai ci era andato al cinema?

«C'è un regista russo di cui parlano bene, non so se lo passano anche qui a Thiene. Tarkovskij, lo conosci per caso?»

«Mi dispiace, Mario, sono stanca. Non credo sia una buona idea.»

Notò i suoi sopraccigli cisposi aggrottarsi mentre fissava i sampietrini.

Di nuovo non dicevano niente.

Il vento si fece più forte.

Sbatté una cancellata da qualche parte, subito dopo uno scatolone rotolava in strada. Ne ascoltarono i tonfi sordi fino a quando si attutirono e si confusero con lo stormire dei rami degli alberi dentro i giardini. Un paio di rondini mulinavano nell'aria incapaci di contrastare le correnti.

Poi, forse, un appiglio.

«Per caso ti ricordi ancora la poesia *La mia sera*?» domandò piano Caterina.

Mario la fissò confuso e scosse la testa.

«No, perché? Dovrei?»

Caterina sentì che stava per mettersi a piangere.

In lontananza si udì tuonare.

«Devo andare» disse indicando il cielo.

Si alzò in piedi.

«Però è stato bello rivederti» aggiunse.

Non era vero, ma tanto in italiano era già tutta una farsa.

Mario sollevò la testa nella sua direzione.

«Vai allora. Altrimenti prendi la pioggia» le disse senza cambiare tono di voce.

Si alzò a sua volta.

Erano fermi uno davanti all'altra.

Lei era gente, lui no.

Meglio se ognuno sta al posto suo, le era stato detto tanti anni prima.

Caterina raccolse la borsa poggiata sulla panchina. Abbozzò un sorriso e si avviò verso il cancello.

«Nina» chiamò Mario con voce improvvisamente tremula.

Lei si girò.

«Nina…»

Per la prima volta da quando si erano incontrati lui pareva guardarla per davvero.

«Sì?»

I suoi capelli radi e bianchi, sopra la testa, erano in balia del vento.

«Mi prometti che non moriremo?»

Caterina fissò l'estraneo che aveva davanti. Si imbarazzò per lui. Se avesse risposto qualcosa non sarebbe più riuscita a trattenere il pianto.

Iniziò a piovere, gocce rade, ma gonfie. Sulla sua camicia azzurro cielo esplodevano e si allargavano come macchie scure.

Si voltò e riprese a camminare, quando fu al cancello gli fece un ultimo cenno di saluto con la mano.

Lui non rispose, aveva acceso una sigaretta e stava contando.

Si fermò a osservarlo.

Era solo un vecchio, uno come tanti.

La pioggia cessò subito. Anche quella era stata solo una farsa. All'altezza del parco, Caterina tastò il pacchettino dentro la borsa e dovette sorreggersi agli allori, nonostante l'odore delle piante all'improvviso le desse la nausea. Ebbe qualche sforzo di vomito, ma la pietra non voleva saperne di uscire.

Adesso piangeva, singhiozzi disperati come rare volte le era capitato di piangere nella vita. Le poche mamme rimaste al parco con i bambini, nonostante il maltempo, la guardavano preoccupate.

Sfilò i guanti costosi dalla borsa, ancora avvolti nella confezione lucente, e li scagliò a terra. Se avesse avuto una manciata di sassi in mano ci avrebbe lanciato sopra anche quelli.

Arrivò a casa senza sapere come.

I monti stavano vomitando sulla città cumuli di nubi nere e in lontananza si udivano i primi conati.

Tirò su le tapparelle perché dentro la stanza si era fatto buio. Sul davanzale del soggiorno c'era una manciata di mosche morte. Nemmeno quel giorno aveva chiuso la finestra della camera.

Raccolse gli insetti con l'aiuto della cartolina e buttò tutto nella pattumiera, poi si sedette accanto alla finestra ad aspettare il temporale.

Attese a lungo. Le nuvole nere sciamarono sopra le case, tuonando per circa un'ora, ma non accadde niente.

All'ora di cena, la città era nuovamente immersa nell'afa.

I vicini di sopra spostarono le sedie sul pavimento per mettersi a tavola e il signore che le abitava di fianco uscì a innaffiare il giardino.

Il gatto miagolava tra i suoi piedi perché aveva la pancia vuota.

Caterina non si muoveva: contava le nuove mosche morte sul davanzale.

Epilogo

Novembre 1998

In autunno Caterina recide i crisantemi che crescono lungo la recinzione dell'orticello dietro casa, lottano con le erbacce che hanno invaso tutto il resto dello spazio, ma hanno comunque la meglio e ogni anno i fiori svettano rigogliosi tra la vegetazione incolta. Il falso arancio, invece, è stato soffocato dall'edera.

Con i crisantemi Caterina fa grandi mazzi che porta al cimitero alle persone, tante, che negli ultimi anni l'hanno abbandonata.

Se n'è andato Tarquinio a causa di un tumore alla prostata e anche Tullio, investito da un'auto mentre attraversava la strada con troppa lentezza sulle strisce pedonali. La Linda non se la passa male di fisico, ma non ci sta più tanto con la testa e i figli l'hanno messa all'ospizio.

È morta l'Anna, la sua amica più grande, portata via da una emorragia cerebrale, mentre la scorsa Pasqua mangiava un uovo di cioccolato assieme ai nipoti. E con lei è definitivamente scomparso quel che restava del mondo di Caterina.

Ma sono mancate anche persone giovani come Claudio, il figlio della vicina, il fidanzato con cui Antonia era scappata di casa, consumato da una malattia nuova e pericolosa.

Caterina raccoglie fiori per tutti e anche per gli altri, quelli che se ne sono già andati da un pezzo.

In direzione del Summano, tra gli stralci delle nuvole

spesse si intuisce un principio di tramonto invernale. Ha le mani gelide e sporche di terra e il naso umido per il freddo. Osserva i crisantemi che regge con il braccio, calcola di averne ormai raccolti abbastanza.

Quando apre la porta di casa, uno spicchio di luce tenue si allarga sulle piastrelle del soggiorno, lo attraversa per raggiungere il grande tavolo al centro della stanza. Ci appoggia il mazzo, che in un attimo si sparpaglia con tutto il fogliame sulla superficie scura del legno.

Nel buio cerca l'interruttore a tentoni. I suoi movimenti sono ogni giorno più incerti.

La lampadina prova l'accensione con dei bagliori intermittenti, poi la luce si stabilizza, accompagnata da un lieve ronzio.

Sulla scansia centrale del grande mobile a parete la accoglie la foto che i nipoti le hanno regalato per il suo ottantesimo compleanno. Sono tutti e sette, seduti su un prato con le gambe incrociate, i più grandi dietro, i più piccoli davanti. L'ultimo di Antonia, Vincenzo, ha appena sei anni e ride di gusto senza incisivi. La sua piccola Caterina, invece, si è ormai fatta donna. È una ragazza inquieta, fatica a trovare la strada. Caterina è preoccupata per lei perché ha già cambiato due volte facoltà, i ragazzi ormai non si contano più, e adesso vorrebbe anche andare un periodo all'estero.

Quella sera le ha chiesto di passare a prenderla per andare al centro commerciale che da qualche anno hanno aperto alla periferia di Thiene. Vuole comperare un regalo per Valentino, che si è rotto il femore ed è ancora ricoverato.

Con lui si vede tutti i giorni da anni. Per un certo periodo si sono anche chiesti se non fosse il caso di vivere assieme, ma poi hanno concluso che va bene così, perché ormai sono troppo vecchi per le cerimonie e ciascuno è abituato da troppo tempo ai suoi spazi. Però, nella bella stagione, sono andati a ballare alle sagre paesane e hanno fatto anche dei bei viaggetti. Hanno visitato Venezia e Milano. Adesso sanno perfino usare la guida del Touring Club. Valentino ogni tanto butta là l'idea di una crociera, ma Caterina sospetta che voglia solo prenderla in giro, perché in realtà lui sa benissimo che al mare lei non ci torna.

D'estate vanno ad Asiago, a prendere i freschi. Lasciano l'auto in centro e raggiungono a piedi il laghetto di Lumera. Arrivati allo specchio d'acqua, si siedono su una delle panchine. Lui allunga un braccio sullo schienale e lei ci posa la testa. Guardano i bambini che mangiano il gelato, i villeggianti che pescano e si godono l'aria buona e l'odore di resina degli abeti.

«Chissà cosa ti passava per la testa quando volevi invecchiare da sola» le sussurra lui, ogni volta, battendole piano il dito sulla fronte. «Non si sta meglio assieme?»

Lei sorride e chiude gli occhi.

Non sta male. Da anni la pietra nello stomaco ha smesso di tormentarla e la notte dorme bene, ma come potrebbe spiegargli che dal giorno in cui l'alloro ha perso il suo buon odore, lei ha perso ogni fame?

I libri hanno cessato di interessarla e perfino del lavoro si è stancata nel giro di breve tempo. Le passeggiate serali al parco o in campagna sono finite. Dopo cena al massimo vaga per la zona pedonale del centro, guarda le vetrine attraverso le serrande abbassate. Ora che avrebbe i soldi per comperarsi tutto, non le interessa più niente.

«Quando si ha il pane non si hanno più i denti» le aveva detto suo nonno più o meno alla stessa età.

Mentre cerca un vaso per i crisantemi, qualcuno suona al campanello.

Sbircia dalla porta ancora socchiusa.

Non è sua nipote, come si sarebbe aspettata.

In strada c'è un signore elegante.

«Buonasera.» L'uomo alza il braccio per farsi vedere meglio.

In giro non c'è nessuno. Caterina esce e si avvicina con cautela al cancello.

«Buonasera» risponde piano, come se facesse una domanda.

«Caterina?» chiede lui tirando gli occhi.

Nemmeno lei lo vede bene, perché ormai è quasi buio.

Indossa un completo grigio con la cravatta. Ha i capelli chiari e l'aria cordiale. Non le sembra di conoscerlo.

«Caterina?» domanda di nuovo.

«Sì, sono io» balbetta. «Perché?»

«Sono il figlio di Mario.»

Lei nasconde le mani ancora sporche di terra dentro le tasche laterali della gonna.

«Torno adesso da Milano, sono andato a svuotare il suo appartamento.»

Caterina deve artigliare le dita alle cosce per evitare che lui si accorga che dentro alle tasche non riescono più a stare ferme.

«Prego, entri.»

L'uomo scuote la testa.

«No, la ringrazio. Ho fatto un lungo viaggio e ho fretta di tornare a casa, abito a Mestre. Sono solo passato a consegnarle questa.»

Le allunga una voluminosa busta gialla.

«L'ho trovata sulla scrivania di mio padre. È per lei.»

Caterina la prende in mano.

In quel momento in strada si accendono i lampioni.

Il gatto, ormai vecchio, l'ha raggiunta dalle camere, ha provato un paio di volte il balzo prima di riuscire a salire sulla sedia di fianco alla sua. Cerca carezze, da quando ha perso l'appetito gli interessano solo quelle.

Ma stasera Caterina non gli bada.

Gli occhi sono inchiodati alla busta, appoggiata a poche spanne, tra lei e i crisantemi.

Perché Mario è tornato a tormentarla?

Adesso che ha ritrovato il sonno e che non ha più male allo stomaco, non sarebbe più saggio liberarsi della busta?

«Si è lasciato morire» ha detto il figlio poco prima. «Da anni si era chiuso in casa. Ormai non parlava più con nessuno.»

Le volontà dei morti vanno rispettate, lo sanno tutti. A buttarla le sembra di fare peccato.

Se vuole aprirla deve farlo subito.

Da un momento all'altro sua nipote potrebbe arrivare.

Non è nemmeno chiusa, è facile allargarla per spiarne il contenuto.

Si tratta perlopiù di carte.

Con un gesto veloce la svuota sul tavolo.

I fogli, di grandezze diverse, si accatastano uno sull'altro con il fruscio leggero delle foglie che cadono.

Prende il primo, che è piegato a metà, e lo distende sul legno.

Novara, 16 novembre 1935 c'è scritto nell'intestazione. La scrittura è quella fitta e precisa di quando le mani erano giovani e ferme.

Calcola che sono passati esattamente sessantatré anni da quel giorno, sessantatré anni precisi, precisi.

Si stupisce di non avere alcun bisogno di leggerla e di ricordare perfettamente cosa aveva scritto.

Le cade l'occhio sulla parte in cui raccontava che la sarta voleva che lei ne sposasse il figlio. All'epoca si era mangiata le mani per aver rifiutato la proposta e aveva odiato Mario che le occupava tutti i pensieri. Adesso sorride. Pensa che la sua sartoria alla fine se l'è costruita da sola, senza dovere niente a nessuno e che è stato anche meglio.

Sposta la lettera perché sotto ha adocchiato una bustina di plastica trasparente, una di quelle in cui di solito si conservano i francobolli. La apre con cautela e ne estrae un piccolo bottone nero, di madreperla. Mentre cerca di ricordare, ne sfrega il bordo tagliente contro il polpastrello del pollice.

Quando capisce, le si blocca il respiro. È il bottone che si era staccato dalla sua gonna durante la guerra e che Mario aveva chiesto di portare con sé.

Incredibile che lo abbia conservato dopo tutti quegli anni.

Anche allora era novembre. Anche allora faceva freddo. Anche allora erano morte tante persone.

Lo appoggia lontano, come se scottasse.

Sul tavolo c'è il trafiletto che «Il Giornale di Vicenza» aveva dedicato allo spettacolo di canto. Ricorda che quel giorno indossava le scarpe bianche, comprate ai grandi magazzini, sempre pensando a lui.

Nella foto le sembrava di essere venuta male. *Metti caso che Mario la veda*, si era detta all'epoca.

Riguardandola, ora, non si trova più così brutta, ma ormai le pare bella qualunque foto in cui compaia più giovane di adesso.

Lo appoggia e prende un volantino pubblicitario scritto a mano, col pennarello nero: *Sarta con esperienza crea abiti su misura ed effettua riparazioni*...

Sussulta.

Come aveva fatto Mario a entrarne in possesso?

E, soprattutto, perché quando si erano incontrati non aveva dato alcun segno di essere a conoscenza del suo lavoro di sarta?

Per la prima volta le viene il dubbio che lui fosse imbarazzato e confuso quanto lei. Magari anche lui stava affrontando le sue salite quel giorno.

Sospira.

Dei suoi silenzi non ha mai capito niente.

Ha la bocca asciutta, come quando è spaventata.

Ormai trema tutta.

Si alza per prendere un bicchiere d'acqua.

Tornando dal cucinino, lascia sulle piastrelle una lunga scia di gocce.

Sta per portarsi il bicchiere alle labbra, quando si accorge di un piccolo bozzo sulla superficie della busta. Dentro deve essere rimasto ancora qualcosa.

La capovolge con dei colpetti leggeri.

Sulla tavola rimbalza un foglietto ingiallito, piegato in otto come i segreti dei bambini.

La carta è così sottile da sembrare trasparente, lo dispiega facendo attenzione a non strapparlo.

Compare una calligrafia infantile con le lettere imparate di fresco, precise come quelle dell'abecedario, con le maiuscole panciute e le *o* con il ricciolo in aria:

LE COSE CHE FANNO MORIRE
La guerra
La miniera
La Spagnola
La polmonite
Il riscaldo
Il colpo
Il Soio delle Laste
La fame
I semi del maggiociondolo
Gli ordigni inesplosi
Il basilisco
Il tetano
La poliomielite
I fulmini
L'estasi mistica
L'infezione
Il colera

Lo rilegge più volte, l'ultima sottovoce.

Ricorda che Mario quel giorno piangeva e che, dopo aver scritto la lista, aveva ricominciato a ridere.

E adesso è lei che passa dalle lacrime al sorriso, perché in quella busta ha ritrovato Mario. Il suo Mario.

Guarda gli oggetti sparsi sul tavolo. Raccontano la sua vita e tutte le cose che ha fatto pensando a lui.

Era fuggita dai monti, aveva imparato un mestiere, si era tenuta bene e aveva letto decine di libri. Tutto per mostrare a lui di potercela fare.

Che persona sarebbe diventata senza Mario?

Quante volte era stato proprio lui a non farla morire?

Raduna i pezzi di carta per rimetterli via. Prova a infilare il bottone nella busta trasparente, ma l'apertura si slabbra e le due superfici di plastica indurita dal tempo finiscono con lo scollarsi.

Di nuovo le viene da piangere e un po' da ridere. Non è mai stata precisa come Mario, quando erano piccoli lui riusciva perfino a catturare le farfalle senza sciuparne le ali.

Mentre ripiega il volantino, si accorge che in calce Mario ha annotato il suo numero di telefono, quello che solo di recente Francesco le ha fatto installare a casa senza chiederle il permesso.

Immagina Mario alla sua scrivania, da solo, a guardare quel numero di telefono. La sigaretta accesa, otto secondi tra un tiro e l'altro.

Di nuovo sospira.

Magari se quel giorno in biblioteca gli avesse dato più tempo per capirsi...

Si chiede come sarebbe stato trascorrere gli ultimi anni in sua compagnia. Magari avrebbero continuato a lavorare entrambi, lei a creare vestiti e lui a progettare ponti. Qualche volta lui l'avrebbe portata al cinema, lei, in cambio, gli avrebbe tagliato i capelli. Col tempo, probabilmente, si sarebbe affezionata alle sue fisse. Forse ci avrebbero riso un po' su.

«Chi altra mi prenderebbe?» le aveva confidato lui, tanto tempo prima.

Avrebbero passato le sere a raccontarsi gli anni trascorsi assieme e quelli molto più numerosi in cui si erano solo aspettati.

Sarebbero davvero andate così le cose?

Scuote la testa.

Ormai i periodi ipotetici non la ingannano più.

La pietra nello stomaco la costringe a piegarsi in avanti. Urta il bicchiere, che si rovescia, e in un attimo l'acqua si propaga sulla tovaglia fino al foglio con la lista. Con la mano cerca di asciugarla, ma è troppo tardi. Rimane comunque con il palmo appoggiato alla carta umida, dove le parole adesso si leggono appena.

Sente i passi di sua nipote sul vialetto esterno.

Si asciuga in qualche modo il viso. Prova a rimettere tutto dentro la busta. Nella fretta il foglio bagnato si appiccica alle dita e si disfa.

«Eccomi» le dice la ragazza, entrando e sfilandosi i guanti di lana colorata che le ha fatto lei.

Alle sue spalle, la porta aperta scopre una porzione di tramonto. Nel cielo, adesso rosato e limpido, si stanno aprendo le stelle.

Caterina si gira verso il mobile a parete per non far vedere le palpebre gonfie e la cipria impiastricciata sulle guance.

La nipote le tocca la spalla.

«Nonna. Cosa succede?»

Caterina è costretta a voltarsi.

Legge lo stupore nello sguardo della ragazza.

«Va tutto bene. Solo che novembre è un mese tanto triste.»

La nipote chiude la porta alle sue spalle.

Adesso i suoi occhi si muovono veloci, passano dal tavolo, al mobile e tornano su di lei. Sono sempre stati così. Non si fermano mai, pare sempre che cerchino qualcosa. Forse non è un caso che tutti le dicano che quegli occhi sono uguali ai suoi.

«Cos'è quella?» domanda, indicando la busta sul tavolo.

Caterina si gira.

«Niente, niente di importante.»

La ragazza la studia.

«Ti è arrivata qualche brutta notizia?»

Lei non risponde, ma ricomincia a piangere.

La nipote lascia cadere a terra la borsa e si avvicina.

«Vieni qua» le sussurra abbracciandola.

Caterina si aggrappa al suo corpo familiare, i capelli sottili e biondi le finiscono in bocca. Sanno di shampoo, ma non si dà la pena di toglierseli dalle labbra.

La nipote la stringe più forte.

La lascia fare, esattamente come aveva fatto suo padre con lei, quel giorno nella legnaia, quando lui della guerra non riusciva a parlare e lei gli aveva abbracciato le gambe per consolarlo. Era bello, da bambina, credere che il mondo fosse solo quello davanti agli occhi e che con le parole giuste si potesse dire ogni cosa.

Quando la pietra si fa più leggera, Caterina fa un passo indietro e si liscia la gonna.

«Va meglio?» le chiede la nipote, obbligandola ad alzare gli occhi.

Sarebbe troppo complicato spiegarle che la sua presenza è una di quelle cose che non fanno morire, riesce solo a prenderle la mano e a guidarla verso il tavolo.

«Non ho più voglia di andare al centro commerciale» le dice. Avvicina una sedia vuota alla sua. «Ti va se rimaniamo un po' qua, assieme?»

La ragazza si siede al suo fianco.

«Certo, nonna. Ma adesso vuoi spiegarmi cosa c'è nella busta?»

Caterina appoggia la mano alla superficie della carta.

Indugia.

Poi alza gli occhi sulla nipote e le sorride.

«Magari un giorno.»

Nota dell'autrice

A mia nonna Maddalena brillavano gli occhi quando raccontava dei suoi balli giovanili. Ne avrebbe parlato all'infinito. Non aveva lo stesso entusiasmo nemmeno quando ricordava il matrimonio o la nascita dei figli. Ballare rappresentava per lei la spensieratezza che la vita le aveva tolto e i sogni di gioventù mancati.

Mia nonna apparteneva a una generazione di donne di provincia che avevano sacrificato tutto per emanciparsi da un mondo di miseria e per consentire ai figli di avere un futuro promettente. Donne schiacciate dai doveri e abituate a tacere, perché l'introspezione era un pericolo e le ambizioni personali una bizzarria.

All'inizio degli anni Novanta aveva scritto una ventina di pagine intitolata *Ricordi della mia vita*, una storia semplice, un resoconto di date e di eventi. Ho riletto quei fogli durante la pandemia – nell'incertezza si torna alle radici – e vi ho trovato solo in parte la ragione di quello scintillio negli occhi che io le avevo sempre visto e che, a ottant'anni, non si era ancora spento.

Non potendo più chiedergliene conto, ho provato a riempire con l'immaginazione gli spazi bianchi tra una riga e l'altra e a ipotizzare le parole omesse di quel racconto.

Tra realtà e fantasia, ne è uscita la storia di Caterina. Un'esistenza completamente inventata, che solo a tratti si ispira a quella della persona vera.

Non ho la pretesa di sapere cosa passasse davvero per la testa di mia nonna e, forse, in questo grande mistero, ho finito con lo scrivere più di me che di lei, ma sono convinta che dietro alle vite ordinarie e silenziose di quella generazione si siano celati così tanti sogni e desideri che sarebbe un gran peccato non provare almeno a immaginarli.

Ringraziamenti

Ringrazio mio marito Bert per l'aiuto, la complicità ma, soprattutto, per avermi insegnato a osare, e i miei figli Tommaso e Giovanni perché in questi anni hanno dovuto aspettarmi tante volte.

Ringrazio mio papà, per le tante camminate assieme, per le consulenze storiche e geografiche e per avermi trasmesso la passione per la scrittura. E mia mamma, che da sempre ho visto con un romanzo in mano e che è stata la mia prima e più preziosa lettrice.

Ringrazio i docenti della Bottega di narrazione, in particolare Giulio Mozzi, Alessandro Lise e Giorgia Tribuiani.

Un ringraziamento speciale alla mia agente Laura Ceccacci che fin dal primo momento ha creduto in me e ha saputo come dirmi le cose.

Grazie a Federica Magro e a Gemma Trevisani, che mi hanno accolta con fiducia ed entusiasmo, a Francesco Deambrogi e a Chiara Morabito, con i quali ho lavorato al testo, e a tutta la bella squadra di Rizzoli.

Un grazie anche a tutte le persone che mi hanno dedicato poco o tanto del loro tempo per farmi conoscere il mondo di Caterina: dalla signora Antonia, sarta esperta e appassionata, al mio amico Alessandro, che ha risposto a tutti i miei dubbi su semine, stalle e vitelli.

Per finire, sono debitrice ai testi, tanti, che ho consultato per scrivere questo romanzo. In particolare ringrazio gli autori e gli storici locali che con passione e competenza mantengono vive nel tempo le preziose memorie del territorio di cui racconto.

Indice